吴嘉纪诗箋校

上

〔清〕吴嘉紀　著
楊積慶　箋校

上海古籍出版社

圖書在版編目(CIP)數據

吴嘉紀詩箋校 / (清) 吴嘉紀著;楊積慶箋校. —上海:上海古籍出版社,2024.1
(中國古典文學叢書)
ISBN 978-7-5732-0980-1

Ⅰ.①吴… Ⅱ.①吴… ②楊… Ⅲ.①古典詩歌—詩集—中國—清代 Ⅳ.①I222.749

中國國家版本館 CIP 數據核字(2023)第 229907 號

中國古典文學叢書
吴嘉紀詩箋校
(全二册)
〔清〕吴嘉紀 著
楊積慶 箋校
上海古籍出版社出版發行
(上海市閔行區號景路 159 弄 1-5 號 A 座 5F 郵政編碼 201101)
(1) 網址:www.guji.com.cn
(2) E-mail:guji1@guji.com.cn
(3) 易文網網址:www.ewen.co
常州市金壇古籍印刷有限公司印刷
開本 850×1168 1/32 印張 25.5 插頁 11 字數 485,000
2024 年 1 月第 1 版 2024 年 1 月第 1 次印刷
印數:1—1,500
ISBN 978-7-5732-0980-1
I·3783 平裝定價:108.00 元
如有質量問題,請與承印公司聯繫

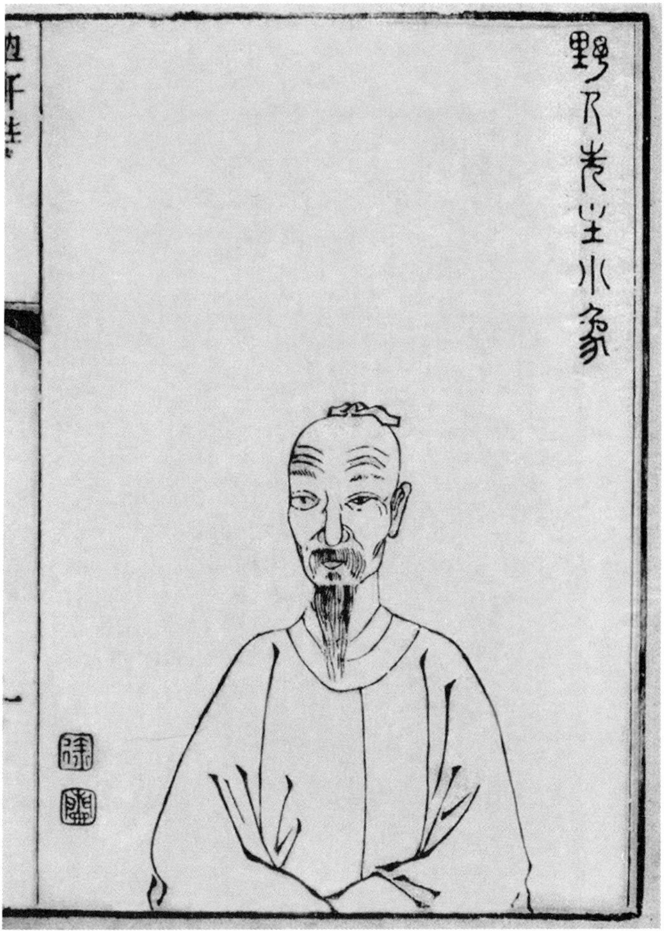

吴嘉紀像（清道光間泰州夏氏刊本《陋軒詩》書首）

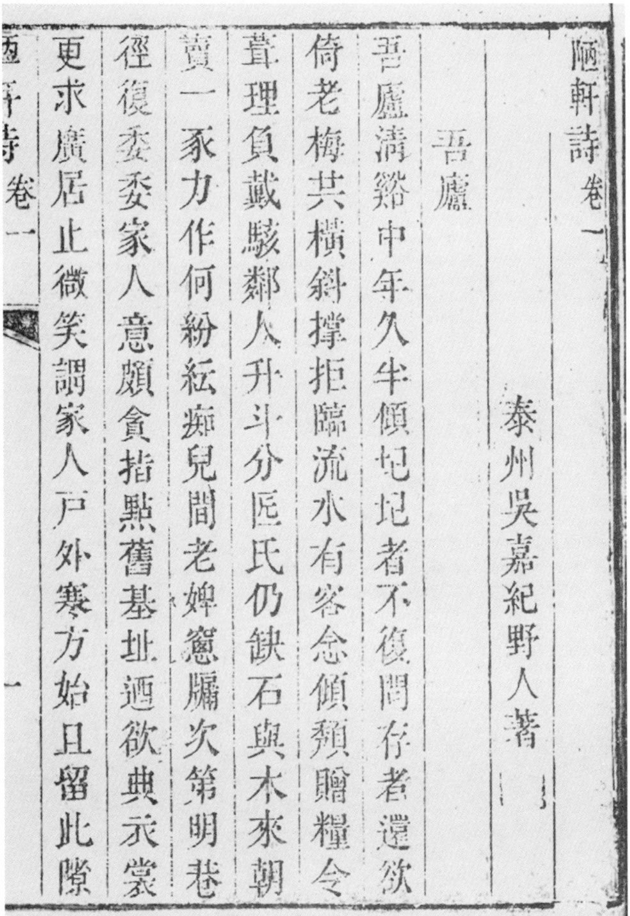

陋軒詩卷一

泰州吳嘉紀野人著

吾廬

吾廬淸谿中年久半傾圮者不復問存者還欲倚老梅共横斜撑拒臨流水有客念傾頽贈糧令葺理負戴駭鄰人升斗分匠氏仍缺石與木來朝費一家力作何紛紜癡兒閒老婢竈牖次第明巷徑復委委家人意頗貪指點舊基址遽欲典衣裳更求廣居止微笑謂家人戶外寒方始且留此隙

陋軒詩　卷一　　一

《陋軒詩》書影（清道光間泰州夏氏刊本）

前　言

陸廷掄序陋軒詩云：「數十年來，揚郡之大害有三：曰鹽筴，曰軍輸，曰河患。讀陋軒集，則淮海之夫婦男女，辛苦墊隘，疲於奔命，不遑啓處之狀，雖百世而下，瞭然在目。甚矣吴子之以詩爲史也，雖少陵賦兵車、次山詠舂陵，何以過？」當時人對吴嘉紀詩的評價如是，後來如沈德潛、洪亮吉、陳田、譚獻諸人，都非常推重他。可是，三百年來，他的詩集始終若存若亡，現在一般從事文學的人，或不能舉其姓名，以視王士禛、袁枚諸人，真可謂有幸有不幸。

陋軒集的作者吴嘉紀，字賓賢，號野人，江蘇泰州東淘人，生于明萬曆四十六年（一六一八），死于清康熙二十三年（一六八四）。他的祖父吴鳳儀，是明代著名理學家王心齋的學生，他又受業于鳳儀的弟子劉國柱。詩人二十七歲的時候，親眼看到明王朝的覆亡，接着清兵南下，沿海居民，慘遭屠殺。覆巢破卵之餘，從此偪處海濱，絶意仕進，過着極端貧困的生活，惟以吟詩遣日，正像孟郊所説「以詩爲活計」者。東淘是兩淮的重要鹽場之一，居民大多是以煮鹽爲生的窮竈户，他們受盡官吏與鹽商的重重剥削，加以水災軍輪，一直過着人間地獄的生活。詩人雖不是竈户，但也時常受到牽連，被迫逃亡，衣食不周，朝不謀夕。他又足迹不出州里，不大爲人所知。晚年得周亮工、王士禛等人的譽揚，纔稍稍爲當世名流所注意，可是不久就去世了。

他雖然出身于封建地主家庭，但由于環境的轉變，使他的生活接近于當時的被壓迫階級。他的許多反映黑暗現實的詩篇，大多出于詩人的親身體驗，不同于泛泛的旁觀者的同情。例如那首描寫竈户勞苦生活的絶句：

白頭竈户低草房，六月煎鹽烈火旁。走出門前炎日裏，偷閑一刻是乘凉。

不是長期生活在這些窮苦人民之中，深深體味到他們的苦難，把他們的感情化爲自己的感情，是寫不出來的。他作品中最值得重視的部分，就是這些反映鹽民生活和描述水災兵役中受盡磨難的窮苦大衆的詩篇，如臨場歌、朝雨下、海潮嘆、流民船、翁履冰行、鄰翁行等等，一幅幅驚心動魄的圖畫，都是對壓迫階級的血淚控訴。真實而又深刻的内容與高度的藝術概括相結合，對我國的現實主義古典詩歌，作出了一定的貢獻。同樣難能可貴的是，既不模擬漢、魏，也不同于杜甫、白居易因事立題的新樂府；因題制宜，不拘一格，用自己的語言和自己的風格來表現這些題材，曲折洞達，狀難狀之景，達難達之情，在近古詩人中殊不多有。其他詩篇也都有真情實感，不事藻績，直抒胸臆，得陶、杜之意而不襲其迹。吴周祚序稱其「冰霜高潔，刻露清秀，不得指爲何代何體，要自成其爲野人之詩」。這話是很中肯的。

但是作者畢竟是出身于封建階級的知識分子，封建主義的傳統觀念，在他的思想上留下了深刻的烙印，所以集中宣揚封建道德的作品也爲數不少，雖説是時代爲之，歸根到底，還是階級局限的具體表現，這是必須加以批判和揚棄的。如果我們善于區别精華、糟粕，則在明、清集部中，陋軒集不失爲一部值得推薦的好書。

吴嘉紀陋軒集，雖然刻過好幾次，但舊本已頗不易得。現在一般所見的，是清道光間泰州夏氏刻本，就是這個本子的底本。楊積慶同志整理這一部書，搜求舊本，校理異文，輯録遺篇，費了不少工夫。在目前説來，這是一個比較完備的本子。吴嘉紀在同時詩人中，並無赫赫之名，所與交往的，也大都是草野之士，其里居出處頗不易查考，楊君鈎稽方志及同時人詩文集，十得八九，尤足爲論世知人之助。

續詩兩卷，曾假得北京文學研究所藏的鈔本對勘一過。鈔本是夏氏付刻時的底本，用紅格紙鈔録，書口上刻「陋軒詩」，下刻「宋石齋」。分爲二卷，上卷一百二十首，下卷五十二首，與刻本略有出入。案宋石齋即夏荃齋名，鈔本前有劉寶楠題記，全書朱、墨筆批改甚多，朱筆似出夏氏手筆，墨筆批注則出於劉氏。大約夏氏預備付刻時，曾就陋軒原稿略加删潤，並以之就商於劉氏，而劉氏爲之勘定。另有浮簽數十，皆是夏、劉二人往復商略之語。我疑心續集是吴氏的删餘稿，原本恐不止此數，夏氏選取其中一部分付刻。按理鈔本正文應是陋軒原稿，但卷下梅女詩所附浮簽，二君商榷之語，多不見於鈔本正文，則鈔本正文是否吴氏原稿，尚有可疑。如果作爲陋軒詩來研究，則續集二卷是不足爲據的，仍當以前十二卷爲正。但劉氏批改之處，往往有精義，足以發人深思。劉氏邃於經學，不聞有能詩名，而其詩功之深如此，亦見能者之不可測。

楊君原稿，曾爲校讀一過，並略下己意，因識數語于卷端。

徐震堮

一九七八年四月

吴嘉紀詩箋校編例

一、陋軒詩刊本，見各家序跋題記者凡八：最早爲康熙初周亮工賴古堂本（校語簡稱「周本」）。汪芾斯分司東淘時，據周本重刊。康熙十八年己未（一六七九），方于雲裒其前後詩刊之。康熙二十三年甲子（一六八四），程雲家、汪舟次復梓其遺稿爲六卷。乾隆三十年乙酉（一七六五），泰州陳璨依舊刻校補刊行（校語簡稱「陳本」）。後繡水王相覆刻於清初十大家詩中，即信芳閣活字本（校語簡稱「王本」）。嘉、道間，泰州繆中重刊其詩，始析六卷爲十二，是爲一草亭本，後版歸同邑夏退庵所有。夏氏增選陋軒未刻詩百二十餘首，編爲續集上下二卷，附刻集後，一併刊行，即此集所據底本（校語簡稱「夏本」）。民國九年（一九二〇），丹徒楊程祖復依信芳閣六卷本及夏氏所編續集二卷合刻，是爲絶妙好辭齋本（校語簡稱「楊本」）。

二、諸家刻本，所經見者，惟周、陳、王、夏、楊及玉蘭堂六本。周刻最早，所收詩僅至康熙三年甲辰（一六六四）止。王本頗有缺漏。陳本及玉蘭堂本較不易得。夏本刻手雖不及前者之精工，但能存吴詩舊觀，且以六卷釐爲十二，亦便於檢閲，故此集據夏刻爲底本，加以整理標點，並將其卷次略作更改。原陋軒詩十二卷，現改編爲吴嘉紀詩箋校第一至第十二卷；原陋軒詩續上下二卷，改編爲吴嘉紀詩箋校第十三、十四卷；新入增補輯佚陋軒詩若干，另編爲吴嘉紀詩箋校第十五卷。

三、北京圖書館藏周刻賴古堂本陋軒詩，係分體編纂，收詩二百餘首，其不見于各本者凡九十首。兹連同自其他各書輯得之佚詩，編爲本集第十五卷，並將周本目録附存集後（見附録二）。

四、兹編曾據周、陳、王、楊、玉蘭堂諸本，及經寶應劉寶楠手批夏氏宋石齋原抄本陋軒詩續、國朝天下名家詩觀、溉堂集、漁洋感舊集、篋衍集、黄山志定本、明遺民詩、明詩綜、明詩紀事、清詩别裁、皇清詩選、國朝詩、硯桂緒録、康熙揚州府志、東臺縣志等書彙合比勘。其間除闕字及顯係謬誤者就原詩訂正外，其各本有字句異同者，悉列校語於詩後。

五、中國社會科學院文學研究所藏宋石齋抄本陋軒詩續二卷，係夏退庵選刻續詩時，商同劉寶楠氏審訂之原稿。眉注中附有兩人相與斟酌文字，原詩亦多增删塗改，其編排次序，亦與刻本迥異。故特將此抄本中所有眉批、旁注，及增删塗改前後之字句，一併輯入校語，以存抄本原貌，並抄附目次於周本目録之後（見附録三）。有關抄本之考訂源流及校勘經過，徐震堮先生於「前言」中詳及，兹不贅述。

六、集中有數首宣揚節婦殉夫、孝子割股、義僕報主之作，因封建意識特别濃厚，已予删去。

七、兹編箋語，旨在箋明作者生平交往諸人傳略行蹤，詩之本事，有關史實。其朋輩酬答之作，凡能發明詩意或有助於編年者，則予徵引，否則只存題目，以備參考。其他典實故事，一概從略。

八、兹編據孫枝蔚溉堂詩集編年，與吴詩詳加證勘，凡陋軒詩中歲月明確可考者，分别寫入箋語，以備考查。

九、清季東臺人袁承業，曾編有野人先生年譜一卷，附於所纂陋軒江村詩合集内，此書惜未見傳本。吴詩可編年者，僅得十之三四，餘付闕如。爲便於讀者查考，特將上項年月可證之詩，合有關作者事迹行蹤，彙爲年表，附於集後。

十、陋軒詩雖未經編年，但可約略考見作詩年月。夏本前集十二卷，約始於順治十年癸巳（一六五三）以後，迄於作者逝世之前。續集二卷，則多爲順治初，與同里王太丹、王鴻寶、方麗祖諸人結社淘上之什。

十一、兹編附録凡七：其一，吴嘉紀手札、序贊輯佚；其二，賴古堂本陋軒詩目録；其三，宋石齋抄本陋軒詩續目録；其四，陋軒詩序跋題記；其五，吴嘉紀事迹輯存；其六，諸家品題評論輯存；其七，同時諸家酬贈題詠輯存。其間必多掛漏失當之處，期望專家與讀者指正。

十二、兹編曾經徐震堮先生指導、審閲，並得北京圖書館、中國社會科學院文學研究所圖書館及原華東師範大學圖書館、中文系等有關同志協助者至多，謹致謝意。

楊積慶

一九七八年二月

吴嘉紀詩箋校目録

前言……徐震堮 一
吴嘉紀詩箋校編例……一
卷一（原陋軒詩卷一）
古今體詩八十二首
吾廬……一
送人歸黄山……二
雜述 八首……三
元日……五
懷吴後莊……五
僻壤……六
逢方子傳……七
七歌……七
嘉樹詞……一二
臨場歌……一二
寄吴公調……一三
題張良進履圖……一四
題卓文君當壚圖……一四
絶句……一五
河邊廢冢……一六
落葉……一六

吟詩秋葉黄圖爲吴介兹題……一七
過史公墓……一七
懷汪舟次……一八
送友……一九
郝羽吉寄宛陵棉布……二〇
贈孫八豹人……二二
哀羊裘爲孫八賦……二四
内人生日……二五
王太丹死不能葬吴次巖汪次朗
贈金發喪感泣賦此……二六
晏谿送汪虚中兼懷吴後莊……二八
送汪耳公之沙丘……二九
送吴仁趾 二首……三〇
谿頭……三一
揚州雜詠……三二
董井……三二
瓊花……三二
玉勾斜……三二
第五泉……三三
平山堂……三三
隋堤……三三
浮山……三三
梅花嶺……三四
登康山 二首……三五
風潮行……三六
朝雨下……三七
九月四日吴雨臣見過……三八
舟中九日……三九
送方爾止……三九
送吴仁趾北上 四首……四〇
贈汪秋澗……四二
翁履冰行……四三
答贈王幼華……四四
菖蒲詩 四首……四五

淒風行……四七
江邊行……四八
鄰翁行……五〇
汪大生日……五一
挽饒母 四首……五二
茉莉……五四
藊豆棚……五五
賣書祀母……五五
集江曙生南城別墅……五六
客悔齋送汪舟次之龍岡……五六

卷二（原陋軒詩卷二）

古今體詩一百六首

海潮嘆……五八
碾傭歌 二首……五九
秋霖……六〇
長林吴處士……六一
一錢行贈林茂之……六一
客中七夕時與汪長玉別……六三
看雪行贈揚州少年……六四
破屋詩……六四
送孫豹人 二首……六五
税完……六七
送貴客……六七
答櫟下先生……六七
城閉不能出汲江水汪舟次乞諸豆腐店得水半甕煮茗供余喜賦……六九
贈歌者……七〇
歲暮留别鄭仲夔……七〇
懷江象賢……七二
重遊邗上途中寄懷周櫟園先生……七二
五月初四夜……七三
新僕……七三
得周僉憲青州書……七四

哭吳雨臣 二首……七五
登觀音閣……七六
再登康山……七七
寄孫八豹人……七七
孫八期過人家看菊不果……七八
郝羽吉寄梅……七九
雪後夜發寄南梁徐子飲 四首……七九
哭妹 二首……八〇
送鄭小白之泉州……八一
難婦行……八二
東家行……八三
楊蘭佩招同諸子泛舟……八三
次韻答黃鳴六見懷 三首……八四
九月二十二日揚州城西泛舟同諸子各賦一題得荒寺……八五
酒旗……八五
秋原……八六
黃葉……八六
和詠老人燈 二首……八六
冶春絶句和王阮亭先生 八首……八七
題舒樓贈徐蕡階 四首……八九
夏日題程梅憨洗桐圖……九〇
程聖瑞齋中聽吕方旦彈琴六首……九〇
立冬前一日過施彂若別墅看菊見贈黃白二本 四首……九二
酒間口號答句曲張鹿牀 二首……九三
題畢吏部醉眠圖贈方恂如……九四
送雷希樂 二首……九四
船中曲 十一首……九六
與仔靖弟 四首……九七
寄程蝕菴 二首……九八
廣陵過嘉樹堂贈汪左嚴孝廉 四首……九九
十月六日羅母初度贈詩六首……一〇一

汪持後過訪時有豫章之游 二首……一〇三
挽鮑念齋……一〇三

卷三（原陋軒詩卷三）

古今體詩九十六首
擬古 四首……一〇五
程飛濤送苦蒿酒……一〇六
送汪二楫遊攝山……一〇六
十月十九日贈王黄渭二首……一〇八
善哉行二首……一〇九
客中行二首呈關中王季鴻……一一〇
送王季鴻之西泠 二首……一一〇
泛舟詞贈程臨滄飛濤……一一一
送王黄渭之海陵……一一二
別徐大次源歸陋軒時贈予臘酒
園梅……一一三
傷戴酒民 二首……一一三
上巳集汪叔定季角見山樓……一一四
送汪左嚴歸新安 二首……一一五
題亡友江天際畫……一一六
城北泛舟……一一七
過孫園……一一七
送程翼士……一一八
七夕送王阮亭先生 二首……一一八
七夕同諸子集禪智寺碩公房再
送王阮亭先生 二首……一一九
與汪伯光二首……一二一
宿白米村……一二二
東淘九日……一二二
送吴後莊歸灣沚 三首……一二三
留別王黄渭 三首……一二四
傅谿孤子行追挽徐鏡如處士……一二五
贈徐式家……一二六
早春寄汪三韓……一二六

折陋軒梅花入舟中作……一二七
康山宴集送王黄湄遊豫章……一二七
宿從容菴……一二八
郝母詩……一二九
題孫豹人撫琴圖……一三〇
題振衣千仞岡圖爲郝羽吉……一三〇
題汪長玉舟中獨酌圖……一三一
題汪舟次雲山圖……一三一
題程飛濤獨坐抱琴圖……一三二
吾親……一三二
吾兒……一三三
經三里廟……一三三
遣興 七首……一三四
曬書日作……一三五
懷王鴻寶二首……一三六
送王幼華歸秦……一三七
寄答汪扶晨……一三八
憂來……一三九
題王西樵司勳桐陰讀書圖……一三九
吳仁趾復移家來廣陵二首……一四〇
九日懷王西樵客廣陵……一四一
重陽後二日寄贈汪三韓……一四一
歸後贈菊……一四二
野泊……一四二
夜發……一四三
初冬郊園飲集 二首……一四三
葭園讌集 二首……一四四
分賦古迹得第五泉……一四四
送汪左嚴北上……一四五
歲暮送汪舟次遊匡廬 五首……一四六
程臨滄飛濤兩尊人雙壽詩 二首……一四八
晚發白沙……一四九
渡揚子 三首……一五〇
送吳冠五還屯谿 二首……一五一

卷四（原陋軒詩卷四）

古今體詩九十九首
鳳凰臺訪錢湘靈贈詩二首……一五二
登清涼臺……一五三
登燕子磯 二首……一五四
爲錢湘靈題穎川君絶筆二種後
二首……一五五
秣陵酒徒歌贈吴介兹……一五五
栝園詩四首贈周雪客……一五六
勸酒歌二首爲汪季璨……一五八
旅懷二首贈汪牧公……一五九
三月三日絶句二首……一六〇
傷哉行 四首……一六〇
哭吴周 四首……一六二
寄閻再彭 三首……一六三
送高雲客歸遺安草堂二首……一六四
送吴仁趾 二首……一六五
送方虞臣遊楚四首……一六六
屯谿先生……一六七
糧船婦……一六九
答贈羊山先生二首……一七〇
送王司勳四首……一七一
偶歸東淘茅屋寄楊蘭佩二首……一七二
渡江……一七三
泊東溝……一七四
同汪長玉阻風朱家觜二首……一七四
哭徐泌二首……一七五
飲康山草堂……一七六
揚州九日 二首……一七七
懷汪二 十首……一七七
歸東淘答汪三韓過訪五首……一八〇
送吴眷西歸長林四首……一八一
過徐經白幽居二首……一八三
松蘿茶歌……一八三

七月初六夜贈吳仁趾移居二首……一八五
程臨滄三十初度贈詩……一八六
寄題龔大野遺新居　二首……一八六
送程子布……一八八
送程升玉……一八八
東歸道中……一八九
九日冒雨登康山草堂寄汪舟次　三首……一八九
歸燕……一九〇
送汪三韓之秦郵……一九〇
送汪左嚴之虎墩……一九一
寄汪虛中　五首……一九一
還家二首……一九三

卷五(原陋軒詩卷五)

古今體詩八十九首
送汪于鼎文冶兄弟歸春草閣　五首……一九五
流民船　三首……一九七
徐曰嚴送酒……一九九
送王玉久歸茅山……一九九
秋日懷孫八豹人六首……二〇〇
過江漢緯寓園分韻……二〇二
寄別江漢緯……二〇二
舟宿海安鎮懷江漢緯……二〇二
祖姑詩……二〇三
寧四公詩　有序……二〇四
范公堤行呈汪芾斯先生　二首……二〇五
題易書圖贈蘇母……二〇六
謝徐式家送菊兼奉別　二首……二〇七
晚發甓社湖……二〇七
過露筋祠……二〇八
過韓侯釣臺……二〇九
過漂母祠……二〇九
堤上謡　四首……二一〇

堤上行二首……………………二一一
送汪濬之西泠 四首……………二一二
送汪長玉之薊門 二首…………二一三
日落………………………………二一四
挽鄭母……………………………二一四
復洲田四首與老友陳鴻烈……二一五
宿三江口…………………………二一七
江上阻風…………………………二一七
挽方爾止 二首…………………二一七
過鍾山下…………………………二一八
贈程飛濤 二首…………………二一九
詩二首贈郭飲霞博士…………二二〇
送周雪客北上 三首……………二二一
過程臨滄山閣看梅 四首………二二二
送郝羽吉…………………………二二三
寄湯巖夫…………………………二二三
懷錢湘靈…………………………二二四
古意寄王黄湄……………………二二四
青萍港……………………………二二五
海安鎮……………………………二二五
九日懷程翼士客吴門 二首……二二六
贈吴景尼三首……………………二二七
廣陵送汪扶晨歸潛川……………二二八
題荷山草堂圖贈徐仲光 三首…二二九
哭妻父王三重先生二首…………二三〇
秦潼………………………………二三一
催麥村……………………………二三一
仙女廟……………………………二三二
茱萸灣……………………………二三二
馮店………………………………二三三
白塔河……………………………二三三
附程翼士舟歸東淘作……………二三四
挽程母……………………………二三四

卷六（原陋軒詩卷六）

古今體詩九十一首

秦淮月夜集施愚山少參寓亭聽蘇崑生度曲……二三五
過弘濟寺……二三七
挽戴岦二首……二三七
辛亥孟夏二十八日三兄嘉經歸葬東淘……二三八
汪芾斯先生四十初度　四首……二三九
挽王秀才斌　二首……二四〇
送張山侶歸小谿茅屋予時別家……二四一
挽船行……二四二
章兒病何裕充雨中來視贈詩三首……二四二
歸里與胡右明二首……二四三
哭劉業師　五首……二四四
江健六過訪閱其近詩有贈……二四五
送江健六之長洲錢塘……二四六
詠古詩十二首贈郝羽吉……二四七
漲落……二五〇
德政詩五首爲泰州分司汪公賦……二五〇
讀印人傳作歌贈周金谿先生……二五二
客中送汪文冶之衡州……二五四
初夏送王鴻寶之海安鎮向崔朗生乞菊二首……二五五
黃山歌送程飛濤……二五六
題喬雲漸小像……二五七
鶖來詞……二五七
爲湯巖夫題大滌精舍圖……二五八
病中哭周櫟園先生　四首……二五九
舟宿堰上有懷吴載澄……二六〇
夜發蠻子莊寄黃天濤……二六〇
哭汪三韓　五首……二六一
弔謝承啓……二六三

正月三日晨之東亭午歸東淘風帆來去皆便舟中賦此……二六三
贈鮑節婦二首……二六四
送張菊人明府歸江南因邀泛晏溪登天妃山頂分韻三首……二六五
顧友惺畫萱花見贈……二六六
東淘雜詠十首……二六六
范公堤……二六六
勉仁堂……二六七
竹園……二六七
東寺磬……二六七
崇寧觀鐘……二六八
白龍潭……二六八
古石梁……二六八
常家井……二六九
園田……二六九
影山……二六九
汪愧前新婚詠物詩二首寄贈……二七一
釵……二七一
琴……二七二
贈汪長玉　三首……二七二
夏次功來東淘業鹽贈詩二首兼答汪叔定見寄……二七三
送喬孚五北上　四首……二七四

卷七（原陋軒詩卷七）

古今體詩九十首
寄鄧孝威　三首……二七七
汪扶晨自新安之吴門遇於竹西奉送四首……二七八
采葑行……二七九
與程梅憨……二八〇
灣港謠……二八〇
舟中贈程聖瑞　三首……二八一
題圖詩十二首……二八二

劉殷授七子經史圖……二八二
王祜三槐圖……二八二
虞玩之卻屐圖……二八三
陶侃運甓圖……二八三
劉凝之散錢圖……二八三
王烈感化鄉人圖……二八四
范仲淹義田圖……二八四
邴成子反璧圖……二八四
楚丘先生説孟嘗君圖……二八五
龐德公釋耒答劉表圖……二八五
衛武公規箴圖……二八六
萬石君家居圖……二八六
寄程雲家 二首……二八七
種梧桐歌贈萬菴……二八八
送程四之祝塘 四首……二八八
九日同夏五作 三首……二八九
過鑑空和尚故居 二首……二九〇

初冬……二九一
贈汪五南珍……二九一
贈郡伯金長真先生二首……二九二
贈汪觀瀾先生時九十初度 四首……二九三
贈方生詩四首……二九四
乞藥詞……二九五
周急詞……二九五
受侮詞……二九五
贈櫬詞……二九六
寄題汪于鼎文冶始信峰草堂 三首……二九七
送吴蒼二歸新安兼寄汪虚中扶晨于鼎文冶鄭慕倩諸子……二九八
送分司汪芾斯先生歸錢塘 四首……二九九
賦得對鏡贈汪琨隨新婚 二首……三〇〇
臘月四日贈袁姊丈漢儒……三〇一
夢硯歌贈汪蛟門舍人……三〇二

程節婦……三〇三
詠走馬燈和黄摶遠 二首……三〇五
送方菘中申野昆季之西泠 二首……三〇六
二月九日詩三首與徐式家 三首……三〇七
題王大像 二首……三〇八
送汪蛟門……三〇八
六月十一日水中作 二首……三〇九
初秋作 三首……三〇九
九日寄徐式家……三一〇
歸舊居後洪水復至步屧不得出户跼蹐連旬九月十七日徐仁長沈亦季程雲家仰岐方菘中王于蕃攜酒饌來訪柴門邀同泛舟至梁垛夜深宿清暉堂 五首……三一一
送瑶兒……三一三
明毅先生 六首……三一四

卷八(原陋軒詩卷八)

古今體詩八十三首
歲暮送程梅愍歸潛口 四首……三一五
送汪左嚴之太湖教諭任 二首……三一六
途中贈吴子遠 三首……三一七
送喬東湖之吴門 三首……三一八
後題圖詩十二首……三一九
題遨遊圖……三一九
題采芹圖……三二〇
題共被圖……三二〇
題清儉圖……三二一
題撫孤圖……三二一
題遺經圖……三二二
題義田圖……三二二
題贈牛圖……三二三
題服食圖……三二三
題停車圖……三二四

題焚券圖……三二四
題愛下圖……三二五
汪長玉南珍邀過劉仍先看西府海棠 四首……三二六
自淘上至竹西送汪舟次之贛榆教諭任 四首……三二七
汪舟次別後詩二首……三二八
吳蒼遠邀過野竹居……三二九
池蓮歌 二首……三二九
送汪三于鼎歸新安 五首……三三〇
八月十二日寄楊蘭佩 四首……三三一
郡城未得一晤彭爰琴將歸東淘題其山中獨坐圖寄之……三三二
大姊沒百日矣詩以哭之 四首……三三三
寄贈方寧士……三三四
二月十三日王鴻寶七十初度贈詩四首……三三五
詩四首贈程雲家……三三六
喬東湖自吳門歸東淘示山樓讀書圖漫題二首……三三八
挽楊集之 二首……三三九
虎墩弔吳子遠 二首……三三九
舉世無知者五韻五首和贈吳蒼二……三四〇
古鏡詞贈王于蕃……三四二
清鏡嘆和王于蕃……三四二
冬杪自東淘泛舟至廣陵送汪岸舫北上三首……三四三
正月六日王于蕃邀同程雲家泛舟西谿五首……三四四
贈王于蕃新婚 三首……三四五

卷九（原陋軒詩卷九）

古今體詩七十九首
送友人之白門 二首……三四七

江都池烈女詩……三四八
舟中寄懷吳去疑……三五〇
蕪城病中謝吳彥懷寄敬亭茶葉……三五〇
贈黃秀楚 二首……三五一
南梁同王于蕃之蕪城程雲家送至海陵時雲家欲歸新安省母舟中有贈 二首……三五二
曉發朱家莊……三五三
挽歌爲何去驕賦 二首……三五四
送汪扶晨 二首……三五五
初春送程雲家歸江村三首……三五六
孤筠一首呈臬司金公……三五七
和韻答周雪客五首……三五八
送程飛濤遊茅山 四首……三五九
泊船觀音門十首……三六〇
送程三 二首……三六二
四月一日送汪梅坡之東亭……三六三
汪長玉郝乾行過宿陋軒 四首……三六三
之東亭訪吳楞香 二首……三六四
劉希岸招飲於南梁……三六五
栟臺老人行贈徐仁長……三六六
送洪雨平待臣歸白龍潭幽居……三六六
送汪梅坡兼寄悔齋蛟門……三六九
贈程隱菴 三首……三七〇
題孫豹人醉吟圖 二首……三七一
垂釣行答鄭絳州……三七二
鄰人盧愼年七十無子親戚亦寥寥也夫婦止樹下蒔掇自給慮歲晚霜露欺人困餒不免愼扣門語我以懷作詩慰之 四首……三七三
東山五首送程川伯……三七四
堤決詩 十首……三七五
題汪孝子子喻先生遺像……三七七
撫遺腹孤子行三首贈夏節婦……三七八

卷十（原陋軒詩卷十）

古今體詩七十九首

逋鹽錢逃至六竈河作　十六首……三八一
呈四兄賓國　五首……三八五
題程雲家拾橡圖　二首……三八六
懷羅大……三八七
懷羅仲……三八七
移菊復歸陋軒喜戴岳子過訪　二首……三八八
水退後同戴岳子晚步因過季園時季秋九日　二首……三八九
題戴岳子深秋圖……三九〇
悲髯公　三首……三九〇
舟中贈王于蕃　四首……三九一
送劉希岸歸吕四場　四首……三九二
留别汪梅坡二首……三九三
南梁泛舟　三首……三九四
詩四首爲隆阜戴節婦賦……三九五
寄答席允叔　三首……三九六
送汪以言……三九七
燕子巢陋軒十年矣今春余適在家值雙燕來内人顧之色喜乞余賦詩　二首……三九八
雨中栽菊　二首……三九八
李家孃……三九九
王解子夫婦……四〇一
我昔五首效袁景文……四〇四
過金山寺　二首……四〇六
望焦山……四〇七
寄學憲田綸霞先生二首……四〇八
送新安程文中之江右　二首……四〇九
嗟老翁……四〇九
重過鄰家廢園　四首……四一一
荼絶懷郝二　二首……四一一

重寓六竈河聞鴈……四一二
寄吴昌言 三首……四一二
客夜寄汪少文 二首……四一三

卷十一（原陋軒詩卷十一）

古今體詩九十四首

贈別李艾山 五首……四一五
贈陸懸圃 二首……四一七
卒歲……四一八
勸酒歌贈喬功偕 三首……四一九
送何龍若 二首……四二〇
篆隸印章歌贈何龍若……四二一
廣陵送黄秀楚歸新安 三首……四二二
訪田綸霞先生……四二三
渡江……四二三
句曲道中……四二四
傷程梅憨 四首……四二四
廣陵舟中寄許蔭錫 二首……四二五
寄吴靈稚 三首……四二六
寄澄塘吴仁夫……四二七
贈趙雷文儀部 二首……四二八
田綸霞先生見示方園雜詩次韻奉答 八首……四二八
題韓醉白行樂圖 四首……四三一
雨後……四三二
送汪悔齋使琉球 八首……四三二
戴岳子載白岳之石來遊海濱自題曰石桴桴止東淘復適河阜與之晨夕既多褰裳臨流於其行也贈以言 三首……四三四
旅夜寄吴符五 二首……四三五
題吴楷士新築別墅 四首……四三六
贈郡伯崔蓮生先生 二首……四三七
黄孝昭招同吴岱觀介兹蔣前民魏廓功飲集幽齋限真氣二韻

二首……四三八
贈張蔚生先生 四首……四三九
題方嘉客撾鼓遺像……四四〇
挽崔凌岳先生……四四一
崔宗爲妻葛氏挽詩……四四二
題吳九霞雪夜山行圖 二首……四四二
寄贈程孝常新婚 四首……四四三
題許山人白描畫鳳送王山史歸
華陰 四首……四四四
過郝乾行青葵園 六首……四四五
雨中集樂允諧新築幽居 四首……四四六
送吳三劍宜 二首……四四八

卷十二(原陋軒詩卷十二)

古今體詩八十八首
題圖詩十首贈吳君仲述……四四九
樂志圖……四四九
雅量圖……四四九
奉母圖……四五〇
慎交圖……四五〇
恤孤圖……四五一
節儉圖……四五一
好施圖……四五二
解紛圖……四五二
御下圖……四五三
教子圖……四五四
攜美人圖題贈汪梅坡 四首……四五四
吳陵午日寓袁家庵作 四首……四五五
音隱歌贈俞錦泉……四五六
打鰣魚 二首……四五七
自城中歸東淘哭袁姊丈 四首……四五九
望君來 三首……四六〇
嗟哉行贈錢烈士……四六〇
夏日題松圓老人畫寄吳蘭根……四六二
喜汪簡臣自京口歸東淘過訪二

首……四六三
醉竹先生歌贈汪長玉……四六四
程寡婦歌……四六五
京口何龍若僑居吴陵城中奉訪
有贈　二首……四六六
別詩代方多符作……四六六
旱蓮草　二首……四六七
旱浮萍　二首……四六八
自東淘至河阜訪戴岳子不遇止
宿谿上新齋　三首……四六八
贈程雲家時四十初度　六首……四六九
哭汪生伯先生　四首……四七〇
哭妻王氏　十二首……四七一
題亡友程梅憨深柳讀書堂圖　二
首……四七五
董嫗……四七五
車笠詞贈汪左嚴……四七七
歸里別汪殿居　二首……四七八
泊舟揚子橋寄所知　三首……四七九
哭汪母　五首……四八〇
送汪叔定　三首……四八一
汪庾齊之寶應親迎贈詩四首……四八二

卷十三（原陋軒詩續卷上）

古今體詩八十五首
促織……四八四
酬公調諸子見過不遇之作……四八四
苦雨……四八五
夜坐……四八六
題壁上畫菊……四八六
待雁……四八七
送公調歸白門……四八七
初八日雨中送公調……四八八
輓方侍泉……四八八
雨夜酬眉生見懷……四八九

早發……四八九
夢公調……四九〇
送友人入村……四九〇
待王太丹……四九一
又待太丹……四九一
相卿移居……四九二
冬日田家 四首……四九二
庚寅除夕……四九四
歲首書懷……四九四
入歲三日答吳雨臣……四九五
雪夜聞鐘……四九五
夜歸……四九六
河下……四九六
邗上過愼履先生賦贈……四九七
蜀岡下過依園同鴻寶分韻得依字……四九八
拜曾襄愍公墓……四九九
早行……五〇〇
自莫村夜發至樊上宿鴻寶館……五〇〇
歸後送希文鑾江……五〇一
哭王體仁……五〇一
卒歲……五〇二
寓季州來先生城中別業……五〇三
雪夜念爲憲希文去梁村……五〇三
夜發……五〇四
至邗次日送希文往真州……五〇四
往郡城訪楚江漁者不遇……五〇五
雪夜……五〇六
訪羽吉留酌……五〇六
尋酒家不得……五〇六
送曙生歸新安……五〇七
訪姚辱庵……五〇七
送爲憲歸里……五〇八
送希文復往東海客余陋軒……五〇八

向鄰僧乞白秋海棠種……五〇九
天寧寺曉月……五〇九
早春寄懷吴希文……五一〇
雨後過麗祖不遇……五一〇
過江象賢寓齋看梅不值聞昨夜
同方麗祖理絃梅下……五一一
賣硯行……五一二
哭王太丹……五一三
苦雨……五一五
淘上訪龔柴丈……五一六
同鴻寶季康南梁重訪柴丈……五一六
雁盡……五一七
淘上遇李小有……五一七
自虎墩歸見摶遠雨窗寄懷之句
三日後答以此章……五一八
寄題黄公言烟鬟小結……五一九
遠村即事……五一九
雨臣就醫江南夜半憶之……五一九
和集之簡文登泰山絶頂觀日出……五二〇
和夜過采石懷太白……五二一
弔壺……五二一
獨酌……五二二
和雨後客至聽琴……五二三
讀荆軻傳……五二三
説客……五二四
秋夜……五二四
懷徐鳳祖……五二五
寄王鴻寶……五二五
酬鳳祖雨臣摶遠水湄見過得六
魚韻……五二六
秋懷……五二六
沈簡文贈畫……五二七
偶成……五二七
南湖……五二八

摘扁豆……五二八
落日……五二九
懷羽吉……五二九
謁岳武穆祠……五二九
贈潛川汪陶庵……五三〇
短歌爲豐溪吴節婦賦……五三一
謁心齋先生祠……五三一
送周雪客遊新安……五三二

卷十四（原陋軒詩續卷下）

古今體詩八十九首

學圃草堂爲胡益賦……五三四
對雪選鴻寶詩……五三五
哭王水心……五三五
元宵過飲采臣齋中時采臣他出……五三七
寄子期……五三八
哭琳仙 六首……五三八
寄子崔……五四〇
送文在……五四〇
自虎墩歸坐友玉齋中同諸子試新茗分韻……五四一
友玉客舍逢金翁啓明賦贈……五四一
深夜舟抵樊上過鴻寶不遇宿其村館……五四二
爲木天題畫……五四二
雨宿朝尋齋同諸子分韻……五四三
送木天……五四三
答雨臣劉莊見懷……五四四
寒夜寄劉道人並乞小影……五四四
寄李小有……五四五
送緘子……五四五
録一年詩寄半千……五四六
初三夜遲雨臣……五四七
客少……五四七
憶老朋……五四八

微雪……五四八
烹茗……五四八
十三夜酌季大來舟中賦贈……五四八
之三塘投宿子崔宅……五四九
渡江訪雨臣……五五〇
和雨臣京口雪望次韻……五五〇
同鴻寶酌江月下……五五一
登燕子磯……五五一
訪林茂之次茂之喜予過訪韻……五五二
晤公調……五五二
登雨花臺……五五三
六合道中懷鴻寶……五五三
泊舟後遇陸右臣……五五四
除日憶王二……五五五
雪後友玉攜杖頭見過……五五五
自題陋軒……五五六
寒夜試吳昌言所惠園茗……五五六
詠劉生寓齋紅梅……五五七
送汪子兼寄其兄……五五七
今日……五五八
題項楚生幽居……五五八
贈陸老人建之……五五九
懷吳雨臣……五五九
谿翁……五六〇
喜劉師移家至淘上……五六〇
蟋蟀……五六二
贈郝羽吉……五六二
新寒……五六三
滄海故人行贈吳雨臣……五六三
丙申除夕……五六四
虞美人花……五六五
去歲行……五六五
琴歌贈周生……五六六
過懶雲齋看梅主人因留茗酌同

鴻寶麗祖賦……五六七
同麗祖舟過大樊莊訪鴻寶……五六七
送友人……五六八
往邗尋殘客上人不值……五六九
贈金鳴甫……五六九
題漪園次麗祖韻……五七〇
偶述 三首……五七〇
晴……五七一
澹生爲予鼓琴……五七一
送澹生遊南梁兼懷謀伯公燿寧士諸同社……五七二
放舟至柳下……五七二
梅女詩……五七三
懷寄後莊……五七六
放舟過東亭訪方子傳汪虛中……五七六
雨宿大聖寺聞仇松弟復病不得往視悵然賦此……五七七
送汪寧士……五七八
九月十五日過胡翁寓齋值紅梅開一枝同諸子分賦……五七九
十月五日過虎墩訪澹生……五七九
山關別澹生同麗祖賦……五七九
別澹生後虎墩道上同麗祖看蘆花……五八〇
醉詠雁來紅……五八〇
吳搢公惠硯……五八一
過東亭訪趾振招同以賓松弟集飲壚頭……五八二
登東亭南城夕眺同以賓趾振弟分韻……五八二
十七日別趾振得寒字……五八三
送錢退山……五八三
六朝松……五八四

卷十五（據周亮工賴古堂刻陋軒詩補）

古今體詩九十二首

題蘇母小影……五八五
王阮亭先生遠寄陋軒詩序及紀年詩集賦謝……五八五
鸜鵒復來……五八六
得吴後莊書……五八七
贈汪生伯先生……五八八
寄吴介兹……五八九
過徐次源古香堂……五九〇
哭吴雨臣　四首……五九一
哭程在湄　四首……五九二
古意寄周元亮先生……五九三
遠村吟……五九四
常家井……五九四
疾風……五九五
贈蘇羽蒼……五九五
捉魚行……五九六
後七歌……五九六
贈里人吴秀芝……五九八
贈戴酒民……五九九
澄塘吴烈女……六〇〇
贈汪耻人……六〇〇
憶昔行贈門人吴麐……六〇一
悔齋桐樹歌……六〇三
九月四日懷吴雨臣……六〇三
風號呼行……六〇四
贈李生……六〇四
訪周櫟園先生兼呈汪耻人……六〇五
贈汪快士……六〇六
剩粟行……六〇七
過兵行……六〇七
樊村紀遊　有序……六〇八
管鮑篇呈汪舟次……六〇九

吳爾世四十贈以詩……六一〇
自題陋軒……六一一
九月桃花……六一一
懷曹僧白……六一一
同葉澹生飲江聲閣……六一二
品外泉……六一三
別郝羽吉……六一三
待吳後莊……六一三
訪道閒上人……六一四
聞鶯……六一四
送吳雨臣……六一五
送淼公……六一五
汪虛中齋中喜晤汪舟次……六一五
吳趾振齋中夜坐……六一六
送孫無言令弟象五遊汝南……六一六
遲汪虛中……六一七
懷吳雨臣……六一七
九月紅梅……六一八
抵邗集汪耻人齋次韻答周元亮先生 二首……六一八
寄程伯建……六一九
雨中移蕉謝孫八……六二〇
客悔齋送汪舟次之真州……六二〇
寄葉澹生……六二一
登柳家山……六二一
送孫八遊金陵……六二一
題程飛濤在湄兄弟小樓……六二二
九日答甦菴先生見懷……六二三
除日懷孫豹人……六二三
文選樓……六二四
送孫無言之吳門 二首……六二四
送高菘若之都門 二首……六二五
安豐場絶句四首……六二五
題梁鴻賃舂圖……六二六

江天際四十初度……六二七
冶春絶句和王阮亭先生 三首……六二七
送吴仁趾歸句曲……六二八
贈歌者……六二九
送吴仁趾北上……六二九
九月十五夜聞新鴈……六三〇
爲吴爾世題漸江上人畫……六三〇
絶句二首……六三一
題楓山草堂……六三一
代袁漢儒輓崔老人……六三二
附録一　吴嘉紀手札序贊輯佚……六三三
右川袁老伯像贊……六三三
袁母丁孺人像贊……六三三
與王鴻寶書……六三四
與汪舟次書……六三四
王鴻寶哭崔季公三十律詩卷跋……六三五
附録二　周刻賴古堂本陋軒詩目録……六三六
附録三　宋石齋抄本陋軒詩續目録……六四三
附録四　陋軒詩序跋題記……六五〇
吴野人陋軒詩序……周亮工　六五〇
陋軒詩序……王士禛　六五二
陋軒詩序……汪楫　六五二
吴賓賢陋軒集序……孫枝蔚　六五四
泰州吴野人先生詩序……計東　六五六
陋軒詩序……吴周祚　六五七
陋軒詩序……汪懋麟　六五八
陋軒詩序……陸廷掄　六六〇
重訂陋軒詩後序……陳瑑　六六一

陋軒詩跋……王相　六六二
選吴野人先生詩集序……尤瑋　六六二
陋軒詩四刻……夏荃　六六三
陋軒未刻詩……夏荃　六六四
陋軒詩續序……劉文淇　六六五
陋軒詩跋……夏嘉穀　六六六
重刻吴野人先生陋軒詩序……方碩甫　六六七
重刻陋軒集跋……楊程祖　六六八
四庫全書總目提要·陋軒詩提要……六六九
桑園讀書記……鄧之誠　六七〇
陋軒江村集合刻八卷……袁承業　六七一

附録五　吴嘉紀事迹輯存……六七二

悔齋詩集序……王士禛　六七二
吴處士墓誌……汪懋麟　六七三
江村詩序……陸廷掄　六七五
慎墨堂筆記……鄧孝威　六七六
重修中十場志·高隱傳……楊大經　六七六
留溪外傳·逸民傳……陳鼎　六七七
吴野人先生墓碑記……張景宗　六七八
發幽録……沈默　六七九
明遺民録……六八〇
陋軒詩鈔小傳……鄭方坤　六八〇
初月樓聞見録……吴德旋　六八一
王心齋弟子師承表……袁承業　六八二
擬刻東淘十一子姓氏……袁承業　六八三

附録六　諸家品題評論輯存……六八四

閱賓賢社兄詩集因懷之……周京　六八四
選陋軒詩……汪楫　六八四
與汪舟次書……孫枝蔚　六八五

與汪舟次書…………周亮工　六八五
復汪舟次書…………吴介兹　六八五
與周櫟園書…………黄國琦　六八六
山聞集序（節）…………方拱乾　六八六
分甘餘話（一則）…………王士禛　六八六
讀吴野人東淘集…………屈大均　六八六
題居易堂文集屈翁山詩集序後…………孔尚任　六八七
閔賓連墓表（節）…………張符驤　六八七
俞其武詩序（節）…………張符驤　六八七
題陋軒集…………岳　端　六八八
名家詩永…………王爾綱　六八八
論詩絶句（選一）…………李必恒　六八八
讀陋軒詩…………李必恒　六八八
板橋自序（節）…………鄭　燮　六八九
清詩別裁（一則）…………沈德潛　六八九
論詩截句（選一）…………洪亮吉　六八九
百尺梧桐閣遺稿序（節）…………汪文著　六九〇
廣陵詩事（一則）…………阮　元　六九〇
西陴詩稿序…………先　著　六九〇
石桴詩鈔序…………程士械　六九〇
養一齋詩話…………潘德輿　六九一
伯山詩話後集（四則）…………康發祥　六九一
讀吴陋軒詩集…………康發祥　六九二
題吴野人集後…………范崇簡　六九二
讀吴野人陋軒集…………徐　可　六九三
退菴筆記（一則）…………夏　荃　六九三
問花樓詩話…………陸　鎣　六九三
雪橋詩話（二則）…………楊鍾義　六九四
讀吴野人詩…………王　苹　六九四
雜題國朝諸名家詩集後…………郭曾炘　六九五

鈔吴野人陋軒詩一册書後……郭曾炘　六九五
鈔彭秋士詩與舊鈔野人集合裝成卷書後……郭曾炘　六九五
明詩紀事（一則）……陳田　六九六
海天琴思録（五則）……林昌彝　六九六
讀陋軒詩……施峻　六九七
題陋軒詩後……施峻　六九八
題吴陋軒詩……楊謙　六九八
讀吴陋軒詩書後……費文彪　六九八
復堂日記（一則）……譚獻　六九八
湘綺樓日記（一則）……王闓運　六九九
揚州前哲畫像記（節）……劉光漢　六九九
獨樹齋見聞隨筆（一則）……神州舊主　六九九

附録七　同時諸家酬贈題詠輯存……七〇一
與賓賢過虎墩訪曹僧白同楊二集之楊四倫表沈亦季家弟訒次集中弟爲憲齋中……王鴻寶　七〇一
賓賢招集適符同玉與太丹叔至……王鴻寶　七〇一
送吴野人歸海濱兼柬徐次源……汪楫　七〇二
聞吴野人就館角斜却寄……汪楫　七〇二
雨中吴野人至……汪楫　七〇三
陋軒詩爲吴野人賦……汪楫　七〇三
宿陋軒留别野人……汪楫　七〇三
送陋叟……汪楫　七〇四
懷吴野人……汪楫　七〇四
送吴五賓賢二首……汪楫　七〇四
懷安豐吴野人……汪楫　七〇五

題五子樽酒論文圖……汪楫 七〇五
題吴賓賢處士陋軒　三首……孫枝蔚 七〇六
送吴賓賢歸東淘　三首……孫枝蔚 七〇七
懷吴賓賢……孫枝蔚 七〇七
過安豐鹽場作……孫枝蔚 七〇七
過吴賓賢陋軒因題碾坊一絶……孫枝蔚 七〇八
問吴賓賢成二絶……孫枝蔚 七〇八
客中苦熱寄懷吴賓賢……孫枝蔚 七〇八
爲吴賓賢題行路圖……孫枝蔚 七〇九
賓賢自號野人舟次自號耻人希韓戲予曰君詩便可合刻當名三人集予笑而答之……孫枝蔚 七〇九
賦得梅花送吴賓賢歸東淘……孫枝蔚 七〇九
懷吴野人……孫枝蔚 七一〇
望隔墻冬青樹有懷吴賓賢……孫枝蔚 七一〇
寄吴賓賢……孫枝蔚 七一〇
雪中憶賓賢……孫枝蔚 七一一
東淘吴賓賢貧病工詩汪舟次手録其近作相示頗有同調之感舟次且爲予言賓賢近札有夕陽殘照於時寧幾之語櫟下生痛賓賢或真死不及見矣爲賦一詩急令舟次寄示賓賢……周亮工 七一一
汪舟次每見予輒言賓賢不置予既爲一詩寄賓賢感舟次於賓賢纏綿悱切復作此與舟次……周亮工 七一二

吳賓賢爲予至飲汪舟次齋中……周亮工 七一二
吳賓賢力疾爲予至至則病益甚不能晨夕賓賢既以病留邗上予乃先歸……周亮工 七一三
答吳五賓賢……王又旦 七一三
次豐城得汪檢討書知吳野人已卒詩以哭之……王又旦 七一三
柬吳處士賓賢……吳周 七一四
陋軒……吳麐 七一四
贈吳賓賢……張謙 七一五
贈汪舟次兼懷吳野人……陳維崧 七一五
答吳野人以詩見懷……喬雲漸 七一五
過陋軒……喬雲漸 七一六
陋軒爲吳賓賢賦……汪士裕 七一六
泛舟平山下送吳賓賢歸東淘……汪士裕 七一六
懷吳賓賢……汪士裕 七一七
喜吳賓賢過訪……汪士裕 七一七
寄懷吳賓賢……丁日乾 七一七
柬吳野人……王士禄 七一八
答吳野人見訪……錢陸燦 七一八
送吳野人汪秋澗舟次吳仁趾還廣陵……錢陸燦 七一八
晒書檢出吳野人詩……錢陸燦 七一九
贈賓賢……汪懋麟 七一九
過安豐訪賓賢陋軒不遇……汪懋麟 七一九
留別吳野人……錢肅圖 七二〇
吳野人程雲家孫豹人過松菊山房……汪士鋐 七二〇
送吳陋軒……王雅 七二一

杪冬吴賓賢夜話……冷士嵋 七二一
吴野人……冷士嵋 七二一
題陋軒……程峋 七二二
訪吴野人……程峋 七二二
寄懷吴野人三首……程峋 七二二
喜雨兼寄吴野人……程峋 七二三
雨中寄吴野人 二首……程峋 七二四
贈吴野人次來韻……姚潛 七二四
喜吴野人至……田雯 七二五
家野人以陋軒集見貽賦詩奉答兼送歸東淘 三首……吴苑 七二五
登清涼臺同吴野人賦……汪洪度 七二五
送吴野人先生歸東淘……汪洪度 七二六
寄懷吴野人……黄生 七二六
贈汪舟次兼寄吴野人……曾傳燦 七二六
贈吴野人……張紹良 七二七
哭吴野人先生……吴寅 七二七
過陋軒再哭……徐發萸 七二八
拜吴野人先生墓碑……徐發萸 七二八
吴先生野人小影贊 有序……陸廷掄 七二八
吴嘉紀年表……楊積慶 七三一
吴嘉紀詩箋校徵引書目……七五一

吴嘉紀詩箋校卷一

吾　廬

吾廬清谿中，年久半傾圮，圮者不復問，存者還欲倚。老梅共横斜，撑拒臨流水。有客念傾頹，贈糧令葺理。負戴駭鄰人，升斗分匠氏。仍缺石與木，來朝賣一家。力作何紛紜，癡兒問老婢；窗牖次第明，巷徑復委委。家人意頗貪，指點舊基址；迺欲典衣裳，更求廣居止。微笑謂家人：「户外寒方始，且留此隙地，以待春風起；我自荷一鋤，種菜柴門裏。」

【校】

〔題〕周本作修葺破屋詩。

〔吾廬句〕周本作「亂後存一廬」。

〔流水〕周本作「溪水」。

〔傾頹〕箧衍集作「頹廢」。

〔有客六句〕周本作「琴書不能惜，風雨欺無已。故舊憐我陋，贈糧令葺理。不暇攜入門，盡分與匠氏」。

〔來朝〕周本作「明日」。

〔力作句〕周本作「紛然力作中」。

〔指點句〕周本作「燈前相議擬」。

〔衣裳〕周本作「裳衣」。

〔更求句〕周本作「搆室於舊址」。

送人歸黄山

入雲山路碧重重，歸去追隨石户農。幾畝秋田今有主，一間茆屋在何峰？烟崖芝草衰年採，雪嶺樵人落日逢。悵望浮丘蹤迹遠，鍊丹臺上倚青松。

【校】

〔題〕周本及感舊集作送孫無言歸黄山。

〔入雲二句〕周本及感舊集作「故鄉亂後尚留松，久待山翁曳（感舊集「曳」作「策」）短筇」。

〔秫田〕周本及感舊集作「薄田」。

〔烟崖四句〕周本及感舊集作「藥苗不見衰年採，樵父多於落日逢。我欲巾車來問訊，只愁處處白雲封」。

【箋】此送孫默歸黄山之作。孫默字無言，號桴菴，休寧人，寓居江都。見康熙揚州府志、汪懋麟百尺梧桐閣文集孫處士墓誌銘。王晫今世説：「孫無言，性瀟洒絶俗，志欲歸黄山，累年未遂，四方賢士大夫作詩文送者以千百計。」

〔黄山〕靳治荆修歙縣志：「黄山，一名黟山，高一千一百八十仞，勢如削成，烟嵐無際，雲雨在下。世傳黄帝與容成子、浮丘公煉丹於此。後有曹、阮之徒棲焉。唐天寶六年，敕改爲黄山。」

案孫枝蔚溉堂集有送孫無言歸黄山詩，編入清順治十四年丁酉（一六五七），此詩當作於是年前後。

雜述

道傍梧桐樹，跼蹐無顔色。同生天地内，獨苦風塵逼。往來多覆車，終日鄰荆棘。托根既失所，枝幹徒疏直。天寒丹鳳遥，凡鳥競棲息。

改劍爲斧斤，聊作採薪叟；壯心誰謂平？利器猶在手。入山哭松柏，擒虎先儕偶。日暮謳吟歸，相應聲前後。城市戰雲黄，顔熱頻回首。

西施兒女流，出處不草草。歌舞一朝善，起別會稽媪；欲報君王讐，趁此顔色好。蘇臺夜醉月，吴苑朝爲沼。功成辭故鄉，五湖以終老。

東陵荷鑱者，人言是故侯。榮華浮雲散，衣食惟自謀。廢宅鋤爲圃，舊物無一留。雨露難更希，蕙草逢窮秋。柴門落日過，饑雀聲啾啾。

老鵶一何拙，乃育杜鵑雛；骨肉雖滿眼，寧知族類殊？雄飛去啄粟，雌歸來飼餔。用盡慈喙力，錦翼不得烏。雛散爾毛秃，饑困向誰呼？

楚國有羈人，相隔三千里，歌嘯在扁舟，浦浦蓮花美。嗟我不共賞，惆悵盈盈水。採花落月前，採實秋風裏；蓮花留自看，辛苦寄蓮子。

夫婿去從戎，深閨紅粉在；夜夜形影單，迢迢二十載。舊心雖未移，年華不相待；寒衣無人寄，欲裁還自怠。玉鏡塵匣中，何時見光彩？

疊山養老母，賣卜建寧津；故國久淪亡，難言非宋人。賤隷亦識面，潛匿多艱辛。母没徵書來，子道已克伸。絶食别親友，從容死其身。

【校】

〔梧桐樹〕周本作「有梧桐」。

〔歌舞句〕周本作「歌舞一朝解」。

元日

物物漸親類，村村皆向晨。東風今日至，老態一番新。眼底貧交在，樽中臘酒醇；攜來梅樹下，霽色正宜人。

【校】

〔眼底四句〕周本及感舊集作「處亂何妨賤，躭吟敢厭貧。柴門溪水外，慚愧訪予人」。

懷吴後莊

海内諸兄弟，吾憐吴後莊：負薪歌下里，學稼養高堂；有病還耽酒，無求不出鄉。平山分手處，木葉又蒼蒼。

【箋】

〔吴後莊〕王又旦黄湄詩選舟過采石弔吴後莊詩自注：「後莊名周，歙人。乙巳，予見其登采石謁太白祠並月夜聞鵑二詩，奇甚，因定交焉。貧賤早死，世無知者，可悼也。」

〔平山〕即揚州平山堂，見本卷揚州雜詠箋。

僻壤

僻壤無春至，安知春已殘！海雲千里黑，塞鴈一聲寒。老去謀生拙，時危作客難。直西是鄉路，日日出門看。

【校】

〔安知句〕皇清詩選作「探花花已殘」。

〔塞鴈句〕皇清詩選作「山雨一番寒」。

〔謀生拙〕皇清詩選作「依人賤」。

〔是鄉路〕皇清詩選作「鄉井是」。

逢方子傳

飲水近蜃蛤，棲林近鷹鸇；升沉變幻多，道人心不遷。朝出授人經，夜歸同僧禪；皚如塵壒内，長齋三十年。閲歷悲世情，褐來菰蘆邊。蘆中老窮士，但言沮溺賢。腰鐮欲求侶，賣屨偶得錢；相邀共一醉，踽踽就人烟。

【箋】

〔方子傳〕未詳，卷十四有放舟過東亭訪方子傳汪虛中。

七歌

嗟哉我父逝不還，一棺常寄他人田；田中水闊波浪白，渚禽夜叫聲淒然。敝廬去此地幾尺，陌阡經歲無人迹。父在曠野兒在室，淚眼望望終何益！北邙土貴黄金少，毛髮藍鬖兒已老；世人賤老更羞貧，寸草有心向誰道？嗚呼一歌兮歌音淒，乳鴉聲苦山月低。

嘗見里人稱母壽，抆淚即思我慈母；慈母謝世值饑年，棺衾草草何曾厚。我昔抱疴母在時，千里就醫不相離，謂兒形容一何瘦，涕洟落入手中糜。只今災荒生計拙，茆檐卧病對風雪，昔日食中母淚多，今日病裏晨炊絶。嗚呼二歌兮歌辛酸，孤身無倚海天寬。

叔兄昏夜行閭里，突遇惡少椎擊死。前代之冤今不理，嗚呼伯兄慟不起！伯兄一櫬羈南莊，叔兄一櫬州城旁；兩兄白骨亦難聚，安望死生同一鄉！我兄我兄昔有四，出門入門今少二。海内誰爲擊筑人？懷裏空存不平事。嗚呼三歌兮淚縱横，寶刀爲我牀頭鳴。

寒鴉偏叫四兄室，四十獨宿到五十，中夜擁絮身苦醒，不恨日出恨月出。仲兄垂老更多疾，歲儉門衰千慮集；黄金錯買里人田，白頭難覓忘憂術。幾人索逋幾催科，中庭雜沓無虚日。嗚呼四歌兮歌未央，失群飛鴈不成行。

夫没三月兒出腹，我妹心苦無人告。四體饑困不得乳，兒哭母哭聲滿屋。紝績一日得十錢，手作口哺到三年。昨夜燈前初學語，向舅呼爺音楚楚；兒語翻令阿母悲，急掩兒口淚如雨。嗚呼五歌兮雨霏霏，孤燕將雛何處飛？

朝尋道人夜臺去，王劍爲僧身亦死；故鄉三益存者誰？樊上荷鋤王仲子。仲子學稼我問津，欲訪江南舊酒人。賃舂賣卜各鄉縣，天下英雄受貧賤，慘澹關河落日微，眼昏髮短幾相見？嗚呼六歌兮歌唏噓，篋中空滿知交書。

夙昔常輕萬里途，出門大路成江湖；波濤洶湧魚龍亂，車輪馬足胡爲乎？逡巡持斧采枯木，雪花倒落叫鴻鵠；歸來饑子牽衣啼，爨下有薪甑無粟。谿友網得尺半鱗，就余沽酒言苦辛。下山晨月去如水，時不再至徒傷神！嗚呼七歌兮終惆悵，志士顔衰心益壯！

【校】

此題周本異文甚多，第七首與周本迥異，據周本各首校録如下。

〔嗟哉句〕作「吁嗟我父没廿年」。

〔常寄〕作「長寄」。

〔田中二句〕作「田前碧蒿影歷亂，田中白水聲潺湲」。

〔地幾尺〕作「僅咫尺」。

〔曠野〕作「此中」。

〔淚眼句〕作「兒心堅忍已成石」。

〔兒已老〕作「余又老」。

〔慈母〕作「病母」。

〔謝世〕作「病歿」。

〔衾〕作「衣」。

〔我昔〕作「憶我」。

〔謂兒句〕作「顧我形容恐難愈」。

〔只今二句〕作「我今疾痛不暫歇，破廬人少天欲雪」。

〔歌辛酸〕作「悲思長」。

〔海天寬〕作「荒風涼」。

〔前代二句〕作「有冤難向公庭理，可憐伯兄慟不起」。

〔我兄我兄〕作「屈指我兄」。

〔出門入門〕作「出入因依」。

〔仲兄〕作「二兄」。

〔歌未央〕作「歌徬徨」。

〔失群句〕作「半行鴻影啼殘陽」。

〔故鄉八句〕作「故里知音今有誰？荷鋤樊上王老子。老子田園亂後荒，閉門絶客卧冰霜。他年期我數晨夕，賴有江南三四客。或儒或賈或賣卜，幾時歌嘯同一席」？

〔第七首〕作「彼蒼不知窮檐苦，生我稚子四且五；嗷嗷一室仰病父，父病不畊何處取？大者始識父子禮，幾日畏鄰饑不語。小者就學塾師前，六月披裘無俸錢。暮歸向母怒索食，阿母枯似父顏色。昨夜秋來愁不眠，蟋蟀牀頭聲唧唧。嗚呼七歌兮歌淒涼，出門棘刺牽衣裳」。

【箋】 案嘉紀祖鳳儀字守來，號海居，泰州庠生。少從王東厓遊，老年授學里中。生五子，俱能學，惟五子一輔爲尤篤。嘉紀即爲一輔第五子也。見袁承業王心齋弟子師承表。又案嘉紀叔兄名嘉經，見卷六辛亥孟夏二十八日三兄嘉經歸葬東淘。四兄字賓國，見卷十呈四兄賓國。仲兄名嘉紳，見嘉慶東臺縣志。嘉慶東臺縣志：「吴氏，安豐周正冕妻，年二十七寡，閲三月，始舉遺腹子日昇。家無升斗，皆資紝績，晝夜不少息。遂積勞成病，卧床三年而卒，距正冕死十年矣。其兄嘉紀著七歌，第五章爲氏作也。」

〔朝尋道人〕謂王太丹，其所居曰朝尋齋，見本卷王太丹死不能葬吴次巖汪次朗贈金發喪感泣賦此。

〔王劍〕國粹學報第八十期袁承業明遺民王水心先生小傳：「王劍字水心，太丹之從子也。明末諸生，耽吟嗜飲。聞國變，朝夕痛哭，哭之餘，大飲，飲每過量；醉則鼾睡，醒則仍哭，如此者有時，遂成羸疾。厥後薙髮之令急，遂以髮盡割去而爲僧，名殘客，既爲僧，苦吟愈甚。雲游數載，得遍觀名山川，所至，皆有題詠。著有逃禪集。」

嘉樹詞

閨中有嘉樹，三月好花發；年年此時節，遊子在天末。天末軒車來幾時？顧影徒矜妖冶姿。狂風一夜催春老，落盡榮華君不知！

臨場歌

雖曰窮竈户，往歲折價，何曾少逋！胥役謂其逋也，趣官長沿場徵比，春秋兩巡，遹來竟成額例。兵荒之餘，嗚呼！誰憐此窮竈户？

掾豺隸狼，新例臨場；十日東淘，五日南梁。趨役少遲，場吏大怒，騎馬入草，鞭出竈户。東家貰醪，西家割彘；殫力供給，負却公税。後樂前鉦，鬼咤人驚；少年大賈，幣帛將迎。帛高者止，與笑月下，來日相過，歸比折價。笞撻未歇，優人喧闐；危笠次第，賓客登筵。堂上高會，門前賣子。鹽丁多言，箠折牙齒。

【校】

〔胥役〕周本作「衙役」。

〔箠〕陳本作「箬」。

〔牙齒〕周本作「其齒」。

【箋】

案孔尚任湖海集西團記：「海上之村，大曰場，次曰團，小曰竈，荒寂曠邈曰草蕩。比之郡治，場則府也，團與竈則州若縣，而草蕩則其田疇耳。」乾隆兩淮鹽法志引蕩刈草圖說：「煮海之利，以草爲本，竈蕩故皆官地，給竈丁按地配引，輸鹽於官，名曰額蕩。明萬曆間，改輸鹽爲徵課，仍按引起科，此折價之所始。范堤外除古熟陞科，盡屬竈地，專令蓄草供煎，禁私墾及樵爨。其草有紅有白，白者勝而紅次之。斫必以時；每五六月，新草方茂，謂之鑽青，不多斫，厚其殖也。草約十束可煎鹽一桶，故售草者皆以束；或以煎鹽桶數論值，視豐歉以低昂其價，而鹽之消長隨之。額蕩之外，凡新蕩新淤，均歸場轄。」

〔東淘〕嘉慶東臺縣志：「縣南二十五里，場曰安豐場，一名東淘，屬泰州分司。」

〔南梁〕嘉慶東臺縣志：「縣南，由串場河入仇湖港，逕南十八里，場曰梁垛場，一名南梁，屬泰州分司。」

寄吴公調

余去歲往淮時，公調尚客余里。

昔日窮愁裏，看余發舊林；懸知遊子況，尚在故人心。書去夢魂遠，花開離別深；喈喈啼綠樹，求友愧春禽。

【箋】

〔吴公調〕金陵詩徵：「吴嘉鼎字公調，上元人，著有翠雲庵集。公調祖籍歙縣，明季移家金陵。其集爲從子晟字傚明選定。」

案嘉紀往淮時當在壬辰。卷二哭吴雨臣詩第二首有「壬辰歲云凶，盡室命如縷。君解囊中金，趣我出行賈。販薪白駒場，糴麥清江浦」之句，此詩當作於順治十年癸巳（一六五三）。

題張良進履圖

大怒椎秦博浪中，壯心急遽笑英雄；人前雙履殷勤進，喜殺橋頭黄石公。

題卓文君當壚圖

聽罷清琴傍綠樽，如花麗色照當門；臨邛日暮酒徒散，笑視夫君犢鼻褌。

【箋】

孫枝蔚溉堂集有七絶題畫五首同吴賓賢汪舟次作，其一石崇擊碎珊瑚，其二朱買臣負薪，其三卓文君當壚，其四張良進履，其五蘇武牧羊。　案溉堂集題畫五首編入康熙元年壬寅（一六六二），嘉紀二詩當作於是年。

絶　句

白頭竈户低草房，六月煎鹽烈火旁。走出門前炎日裏，偷閑一刻是乘涼。

【校】

周本有安豐場絶句四首，此爲第三首。

〔白頭二句〕周本作「場東卑狹海氓房，六月煎鹽如在湯」。

【箋】

案嘉慶東臺縣志引如皋縣志鹽法論：「海濱壯丁，縛草堤坎，數尺容膝，寒風砭骨，烈日鑠膚；藜藿巖糲，不得一飽，此居食之苦也。海沙渺漫，人畜竊踐；欲守無人，不守無薪，此積薪之苦也。曉霜未晞，忍饑登場，刮泥汲海，傴僂如豕，此淋滷之苦也。暑日流金，海水百沸，煎煮燒灼，垢面變形，此煎辦之苦也。寒暑陰晴，日有程課；煎辦縮額，鞭撻隨之，此徵鹽之苦也。春貸秋償，鹽不抵息，權及母子，束手憂悸，此賠鹽之苦也。秋潮忽來，颶風並作，田薪立槁，廬舍蓬飛，露處哀號，不識所在，此遇潮之苦也。逃亡則丁口飄零，住業則宅器蕩盡。吴嘉紀詩云云，可謂曲狀煎丁之苦。」

河邊廢冢

長眠誰可免？念汝在河隅，泥土已摧盡，兒孫應久無。方將憂陷溺，豈暇辨賢愚？死後復飄泊，人生多此軀。

落葉

枝上曾幾日，夜來秋已終。又隨天地意，亂下户庭中。不静月斜處，偏驚頭白翁。何須怨摇落，多事是春風。

【箋】汪鋆批本：「韓秋伯孝廉云：『相傳此詩作於平山堂漁洋山人座上，至末二句，諸公閣筆矣。』」案汪鋆字鐵生，廪貢生。少習目録考訂之學；中舉，始研究古文，預修泰州志及如皋縣志，著有鏡堂文鈔。見泰州志。

吟詩秋葉黄圖，爲吴介兹題

離群已三年，悵望惟搔首；展圖看秋葉，無意逢我友。坐石爾何思？景物供攬取；高吟豈不快，賞音有人否？疇昔會康山，寒色遍槐柳。此境頗彷彿，幾欲就攜手。攜手不可得，黄葉愁人心。爾如葉在樹，我如葉出林；蹤迹日東西，念爾長獨吟！

【箋】〔吴介兹〕賴古堂尺牘新鈔藏弆集：「吴晉字介兹，一字介受，一字受兹，江南江寧人。有退庵稿。」案吴介兹有將别淮南汪舟次招同吴野人姜西溟彭爰琴何奕美金在五吴仁趾何玉宗金正夏登康山燕集詩云：「地推邗上勝，山爲武功名；此地來朝别，故人今日情。知交應盡醉，亭館有餘情。細雨明燈後，離筵百感生。」詩中「離群已三年」、「疇昔會康山」句，當即指此。

過史公墓

纔聞戰馬渡滹沱，南北紛紛盡倒戈；諸將無心留社稷，一抔遺恨對山河。秋風暮嶺松篁暗，夕照荒城鼓角多。寂寞夜臺誰弔問？蓬蒿滿地牧童歌。

【校】

〔題〕周本作過史可法相國墓。

〔戰馬〕周本作「塞馬」。

〔南北紛紛〕周本作「幾日中原」。

【箋】

〔史公墓〕即史可法墓，在揚州梅花嶺。康熙揚州府志：「乙酉，清師南下，可法嬰城固守，援兵不至，刺血作書，別其母妻，城破死之。養子直求其屍不得，招魂葬衣冠於梅花嶺。」

懷汪舟次

不覺一年盡，凜冽閉空館。愁至又逢夜，夜長歲翻短。前日君遠來，乍使貧家煖。萍葉依藻絲，風波易飄散。村村梅花開，江山雪飛滿。

【校】

〔不覺〕周本作「忽忽」。

【箋】

〔汪舟次〕鄭方坤國朝名家詩鈔小傳：「汪楫字舟次，蓋歙人而僑居揚州者。少能詩，與三原孫焦穫、泰州吴野人齊名。所作以古爲宗，以潔爲體，以清泠峭蒨爲致。務去陳言，又不墮澀體。屢試不第，後以贛榆司訓，膺宏博徵，授史職。既出知河南府，連擢閩省藩臬。初刻悔齋詩，周櫟園先生爲之序。迨遊匡廬，得詩數十首，藥地老人題曰山聞，蓋取『清泉白石，實聞此言』之意，因遂以此名集。」

送友

緩急爾何賴？道旁皆懦夫；分明跨下走，相視惟踟躕。枯罌思酒漿，空掌思干將，干將令怨平，酒漿使愁忘。二物不能得，櫂船去避讐。堅鋼忽繞指，翔鷹聊變鳩。鳩鳴前村晚，細雨開梨花；行人欲借宿，誰是魯朱家？

【校】

〔使愁忘〕篋衍集作「愁思忘」。

〔忽〕篋衍集作「忍」。

郝羽吉寄宛陵棉布

淘上老人心悽悽，無衣歲暮嬌兒啼，多年敗絮踏已盡，滿牀骨肉賤如泥。出門入門向誰告？唯有朔風過破屋。我友何繇知此情？遠寄宛陵布一束。大兒次兒意忽足，小兒懶就簷前旭；老妻裁剪自矜能，還餘一端作翁服。對雪何須命兒觥，看梅自此尋鄰曲。高卧窮濱二十年，無端今日受君憐。卜築還期入山谷，桑麻翳翳雲霞鮮；稚子讀書婦織素，兩人一耒同耕田。

【校】

〔題〕周本作郝羽吉寄予宛陵棉布。

〔無衣句〕周本作「歲暮無衣兒亂啼」。

〔遠寄句〕周本作「千里寄余布一束」。

〔懶就簷前〕周本作「不復依晴」。

〔對雪二句〕周本作「舉室形神從此舒，燈下歡忻忘食粥」。

〔高卧窮濱〕周本作「冰雪高眠」。

〔卜築二句〕周本作「還期偕我深山去，夢想不到風塵邊」。

【箋】

〔郝羽吉〕孫枝蔚溉堂文集郝羽吉詩序：「新安郝羽吉，不獨詩人，固今世隱逸之士也。自少時負穎異之姿，能澹於聲勢。既久客江都，無田産以養其母，乃以魚鹽之業，聊代負米，將身隱於市焉。其形於篇者，至性纏綿，油然足以感人，而一以唐人風調爲宗。其生平所交遊，惟吴野人、後莊、湯巖夫、王幼華、汪長玉、舟次及余數人而已。而尤篤念野人貧乏，時出粟與布周之。故野人陋軒集中，贈羽吉詩獨多。觀其友亦可以知其人矣。」

〔宛陵〕嘉慶寧國府志：「宛陵即今宣城縣治。漢初置丹陽郡治。棉布出宣城東門渡者爲佳，名爲『東門闊』。」

案嘉紀大兒珂，次兒瑟，小兒驄。見卷十五後七歌。汪楫悔齋詩有壽郝羽吉三十，詩云：「蘆荻灘頭吴陋叟，結交只許素心友；對予細數平生歡，更念郝生不去口。爲言生是黄山人，久向漁樵寄此身。道遠歷盡不得意，偶然移家來海濱。讀書好讀五七字，老夫之詩尤酷嗜；步月常過陋軒坐，得酒每就東籬醉。山水情深不顧家，相攜千里上棲霞；短筇看遍峰峰雪，好句吟開樹樹花。十日狂歌驚道路，一朝分手宛陵去。綈袍幾見憂故人，窮冬忽寄一束布。無端受贈方咨嗟，春來又寄敬亭茶。老夫病渴何從識？一緘辛苦來天涯。郝生念我曾無已，我念郝生顔面紫。郝生名儀字羽吉，辛丑之冬甫三十。」案汪詩「窮冬忽寄一束布」、「春來又寄敬亭茶」等語，寄布當在辛丑前一年冬。又溉堂前集寄懷郝羽吉有句云：「昨日吴賓賢，示我棉布詩。」孫詩編入辛丑，此詩當作於順治十七年庚子（一六六〇）。

贈孫八豹人

有明風雅推西秦，前有獻吉後豹人。獻吉直道事天子，諫諍不顧宵小嗔。男兒抱才復得志，進退榮辱懷俱伸。豹人生也獨不辰，天地兵荒二十春。奇士落落淪草莽，關河相對長酸辛。詩紀甲子身去國，柴桑出處杜陵貧。遊越遊吴髮盡白，無聊又卜邗上宅。客慕虚名剥啄頻，披衣欲出還蹙額，車馬紛紛徒泛愛，妻兒依舊炊無食。蕭統樓頭鳴鼓鼙，董相祠前長荆棘。鄙人曳杖叩蓬門，香醪斟酌蕉陰碧；微醉顔熱忽不懌，呼余與語淚沾臆。從遊赤松是幾時？我輩衰頹真可惜！

【校】

〔題〕周本作贈孫豹人。

〔獻吉〕周本作「空同」。

〔蕭統樓頭四句〕周本作「廿四橋頭鼓角悲，董相祠前秋日夕。我曾曳杖叩蓬門，香醪共就蕉陰碧」。

〔與語〕周本作「軟語」。

【箋】

〔孫豹人〕汪懋麟百尺梧桐閣文集徵君孫豹人先生行狀：「孫枝蔚字叔發，號豹人，世居西安三原之王店。父振生，歲貢生，生子五人，豹人行三。年十二，隨父客揚州。歸里，補三原附學生，時年十五。入清，棄諸生幅巾，將妻子趨揚州，其父有所遺舊園，日擁經史，吟嘯自放。四方之士聞其名，無日不來，雞黍作供，舊業日落，遂賣其園居，更僦屋於董子祠旁，名其所居曰溉堂。當是時，南昌王于一猷定、涇陽雷伯籲士俊、長安王築夫巖、黃岡杜茶邨濬、朝邑李叔則楷，先後稱寓公，與先生相往還。諸君各以詩古文名，先生獨以詩名，海内無論識與不識，皆知有豹人先生。是時新城王公阮亭士禛、三原梁公木天同官於揚；其鄉人李屺嶦念慈、任淑源璣亦來遊，咸折節於先生。休寧孫無言默講宗人之好，時左右之。東淘有吴野人者，名嘉紀，歙縣郝羽吉士儀，休寧汪舟次楫，俱以工詩名，與先生交最洽；而郃陽王幼華又旦自秦中來見先生，與三人者傾寫願交，相與論詩無間；及歸，命畫工繪五子論文圖以去。後應博學宏詞試，授内閣中書舍人。以年老放歸。其爲詩，初喜六朝，繼歸漢、魏，于唐、宋、元人全集，莫不手批心識；即近代凡以詩名者，皆流覽，能一一道其所以，故其詞縱横沉博。其爲文，偏喜晉、宋、齊、梁間作，不肯盜竊宋人。生平所爲文，不過數卷。其爲詞，專摹東坡、稼軒，一往雄肆。所著有溉堂前集九卷、續集六卷、文集五卷、詩餘二卷，已板行於世。又著古今稱謂彙編四卷、溉堂隅説若干卷。年三十，鬢髮盡白如老人。

卒於康熙二十六年丁卯正月八日，得年六十有八。」

〔獻吉〕李夢陽字獻吉，慶陽人。明史卷二八六有傳。

〔邗上〕即今揚州。

〔蕭統樓〕即文選樓，在旌忠寺。見康熙揚州府志。

〔董相祠〕康熙揚州府志：「董子祠原在兩淮運司後堂，祠即董子（案指漢董仲舒）宅。」案康熙揚州府志：「溉堂在董子祠側，孫枝蔚僦居處也。取『誰能烹魚，溉之釜鬵』之意而名之。」

哀羊裘爲孫八賦

孫八壯年已白頭，十年歌哭古揚州；囊底黄金散已盡，笥中存一羔羊裘。晨起雪渚渚，取裘覆兒女。亭午號朔風，兒持衣而翁。風聲雪片夜滿牖，殷勤自解護阿婦。裘之温煖誠足珍，不得衆身爲一身。吁嗟乎！長安天子非故人，羊裘冷落對邗水。他年姓字齊嚴光，今日饑寒累妻子。

【校】

〔題〕周本作哀羊裘爲孫八處士賦。

〔散已盡〕周本作「久散盡」。

〔雪渚渚〕國朝詩作「雪霏霏」。
〔風聲雪片〕周本作「風號雪急」。
〔阿婦〕周本作「老婦」。
〔饑〕周本作「餓」。

【箋】
〔孫八〕即孫豹人，見前。

内人生日

潦倒丘園二十秋，親炊葵藿慰余愁。絶無暇日臨青鏡，頻過凶年到白頭。海氣荒涼門有燕，谿光摇蕩屋如舟。不能沽酒持相祝，依舊歸來向爾謀。

【校】
〔題〕周本作内子生日。

【箋】
案此爲其妻王睿生日作也。衆香詞：「王睿字智長，泰興人，東淘詩伯吴野人室，有陋軒詞。」

王太丹死不能葬，吴次巖、汪次朗贈金發喪，感泣賦此

朝尋齋外飛野鶩，人迹不到如窮谷，中有老友王太丹，經年卧對蕭蕭竹。故鄉故人吴賓賢，往往慟哭來齋前。客問哭何爲？哭我老友不能歸。妻子就食去，老友將與他鄉狐兔蒿艾相因依。哭聲遠傳赤岸鄉，吴子次巖中夜獨起心徬徨。不重黄金重白骨，一緘百里忽寄將。汪子次朗同心侣，車過朝尋腹酸楚，可憐西風雨雪天，袖底餘錢盡皆與。吁嗟乎次巖！從未一識王太丹。太丹平生友，且爲雲爲雨；況身没已久，安能戚戚戀戀遥相關？吁嗟乎次朗！心悲朋友死爲客，曹叟昔喪淮南陌，賴子贈金錢，旅櫬歸窀穸。至今山中未死者，稱子義俠猶籍籍。吁嗟乎賓賢！不能葬友徒愀然。若非二子，交何繇全？始信兄弟多在四海間。吁嗟乎太丹！今就舊山。高低野草白，左右溪流寒，詩魂月下來，長夜方漫漫！

【校】

〔題〕周本「贈金」下有「爲」字。

〔吴次巖〕夏本「巖」誤作「嚴」，據周本改。

〔飛野鶩〕周本作「烏號木」。

〔人迹句〕周本作「長卧日對蕭蕭竹」。

〔往往〕周本作「時一」。

〔酸楚〕周本作「悲楚」。

〔心悲四句〕周本作「子情何深意何迫，不教朋友死爲客！憶昔子友曹僧白，僧白殁寄邗江陌。子出金錢贈其兒，使得速埋山中石」。

〔何繇〕周本作「胡繇」。

【箋】

〔王太丹〕國粹學報第七十九期袁承業明遺民王太丹先生小傳：「王衷丹字太丹，泰州安豐場人。係明大儒王心齋五世支孫也。幼孤貧，弱冠補崇禎時諸生。甲申國變，遂獻策福王，力圖中興。未幾，南都亦陷。絶意仕進，歸則與同里吴嘉紀、沈聃開等結社淘上，互相唱和。所有抱負，往往發之於詩。其詩深入高、岑之室。善書法，始摹羲、獻，後仿懷素，蕭疏放曠。以鬻字糊口，日得錢够饘粥則不多書，求者恒滿户外。年四十七而卒。病劇時，以硯托友人吴嘉紀換錢治身後，硯未售而身先亡。既亡，又不能葬，友人吴次巖、汪次朗贈金葬之，蓋吴嘉紀均以詩紀其事頗詳。著有朝尋集，久佚。或謂燬於乾隆時禁書之役。」

〔吳次巖〕未詳。

〔汪次朗〕溉堂文集鶴雨樓記：「汪民俊字次朗，新安人，販鹽海濱。」

〔赤岸〕嘉慶東臺縣志：「李家堡，在縣東南百三十四里，一名赤岸。」

〔曹叟〕謂曹僧白。袁承業輯明遺民王言綸鴻寶先生殘詩注曰：「曹僧白，東臺李家堡人。明遺老，善詩能文，遺稿散佚。順治十一年死。」

晏谿送汪虛中，兼懷吳後莊

凜凜歲寒天，送君歸舊川。溪光浮佛舍，塔影壓漁船。客路閒雲外，家山落照邊；不愁逢酒伴，囊有賣文錢。

【箋】

〔晏谿〕廣陵覽古：「西溪在東臺縣治，一名晏溪，有西溪鎮。宋晏殊嘗監西溪鹽倉也。」

〔汪虛中〕乾隆兩淮鹽法志：「汪舟字虛中，歙人，官教諭，康熙十七年戊午科舉人。」

〔吳後莊〕見本卷懷吳後莊箋。

送汪耳公之沙丘

沙丘宜遠望，三十六湖前。下第去爲客，含情獨上船。詩書成皓首，妻子怨青氈。不寐聽鳴鴈，蘆中曉月圓。

【校】

〔題〕周本作送汪耳公。

〔沙丘二句〕周本作「秦郵湖裏浪，澎湃撼蒼天」。

〔含情句〕周本作「西風獨放船」。

〔不寐二句〕周本作「徹夜蘆灘泊，哀鴻叫可憐」。

【箋】

〔汪耳公〕未詳，或爲汪楫兄弟行。

〔沙丘〕即今江蘇高郵，又號高沙。見嘉慶高郵州志。

〔三十六湖〕天下郡國利病書卷二十八：「高郵有三十六湖，受西山衆流，爲諸水之匯，浩蕩二三百里。」

案汪楫悔齋詩亦有送耳公兄之館秦郵五律一首。

送吴仁趾

二月秦郵路，蒲青荻長芽。湖波低落日，驛柳聚歸鴉。風俗多漁父，閭閻半酒家；鄉愁隨處少，況乃值桃花。

去年同送客，載酒入菰蘆；松柏露筋廟，波濤甓社湖。春風幾人別，暮雨一舟孤。明日盂城泊，知君憶老夫！

【校】

明詩綜引次首，題作送吴麐。

〔二月二句〕周本作「偶作秦郵客，離群不用嗟」。

〔同〕周本作「予」。

【箋】

〔吴仁趾〕印人傳：「仁趾吴麐，天都右姓，隸籍廣陵。有洗馬神清之譽。作爲詩歌，上邁曹、劉，下掩王、孟，超超絶無凡響。嘗以餘閒摹劃篆刻，不規規學步秦漢，而古人未傳之秘，每於兔起鶻落之餘，別生光怪，文三橋、何雪漁所未有也。」清詩別裁：「吴麐字仁趾，江南新安人。仁趾與賓賢有二吴之目；而賓賢以性靈見，此以情韻見，幾於莫能相尚。」石柱國修歙縣志：「吴麐字仁趾，學詩於吳嘉紀，兼工篆刻。」

〔秦郵〕今江蘇高郵。秦始築臺，置郵亭，稱秦郵以此。又州地四圍均下，城基獨高，狀如覆盂，故曰盂城。見高郵州志。

〔露筋廟、甓社湖〕見卷五過露筋祠、晚發甓社湖箋。

汪楫悔齋詩有送吳仁趾之秦郵詩二首。案溉堂集亦有同題詩，編入康熙三年甲辰（一六六四），此詩當作於是年。

谿頭

谿頭有芳樹，茂葉秋尚碧。主人門館閒，偏反常自得。惡蟲何處來？張喙入我宅。延延潛陰底，恣啖弗暫息。食足生子孫，分據枝南北。侵攘若固有，俱忘身是客。須臾軀體肥，與樹同一色。樹悲不能言，形神但跼蹐。供給漸難支，饑窘倏相迫。葉盡族類死，貪戾成狼籍。悔不身微時，留葉遲遲食。

【校】

〔延延二句〕周本作「皮毛如刀踞，犯之痛終夕」。

〔倏相迫〕周本作「忽相迫」。

揚州雜詠

董井

漢董仲舒先生舊宅内。

一泓漢家水，苔深汲者寡。當日供大儒，今日飲戰馬。

瓊花

揚州志云：「宋慶曆、淳熙間，兩移植禁苑，皆逾年而枯。送還揚州，榮茂如故。」

荆榛滿荒臺，奇花不可睹；聞道芳菲時，只愛揚州土。

玉勾斜

煬帝葬宫人處。

莫嘆他鄉死，君王也不歸。年年野棠樹，花在路傍飛。

第五泉

張山人品次。

山人不可遇，石甃久蕭條；我乞僧家火，時來煮一瓢。

平山堂

荒丘青草深，永叔没已遠；日落荷花香，長堤一僧返。

隋堤

何地春最多？隋堤臨淥水；飛飛楊柳花，愁殺行路子。

浮山

蒼黝一片山，城中自渺渺；春風草不生，絶却牛羊擾。

梅花嶺

步出廣儲門，見草不見樹；陌頭往來人，遥指梅開處。

【校】

〔飲戰馬〕周本作「飲邊馬」。

〔花在〕感舊集作「花片」。　周本第五泉題注作「鴻漸高士品次」。

【箋】

案揚州雜詠係與汪楫倡和之作。悔齋詩題下自注：「同吴野人賦。」

〔董井〕揚州鼓吹詞序：「董井在揚州大東門外，兩淮運司廳後，即漢董仲舒宅也。」

〔瓊花〕揚州鼓吹詞序：「蕃釐觀有瓊花一株，類聚八仙草，色微黄而香。歐陽修作無雙亭覆之，因呼瓊花觀。淳熙間，壽皇移之南内，逾年而枯，送還復茂。」

〔第五泉〕甘泉縣志：「第五泉在蜀岡大明寺前。唐張又新品定；宋歐陽修有水記。明御史徐九皋書『第五泉』三字立石。」張又新煎茶水記：「刑部侍郎劉公伯芻稱較水之與茶宜者，以揚州大明寺水爲第五。」

〔平山〕揚州鼓吹詞序：「平山堂在府城西北五里。宋郡守歐陽修建。以江南諸山皆拱揖於檻前，與此堂平，故曰平山。」

〔隋堤〕揚州鼓吹詞序：「大業初，開邗溝入江，旁築御道，樹以楊柳，謂之隋堤。」

〔浮山〕康熙揚州府志：「浮山在縣西五十步禹王廟前，有石出地，高三尺二寸，長四丈五尺，闊一丈一尺，其狀如鐵，不生草木。以其浮於地上，故名。」

〔梅花嶺〕揚州鼓吹詞序：「梅花嶺在廣儲門外。明萬曆中，太守吴秀開河積土而成。舊名土山，後樹以梅，因名。有塘、有池、有樓、有臺，又名崇雅書院。蓋諸生講業，并諸大夫期會所憩也。今毁。嶺前有史可法墓，乃郡人葬其衣冠處也。」

登康山　山以康海先生得名。

康公急友難，喪名無愠顔。夙昔懷高蹤，荒丘始躋攀。木葉下淮甸，冥鴻去不還。俯仰何所遇？但有江南山。想見浩歌時，清風庭户間。終歲羈人寰，登臨忽生趣；夕陽澹澹斂，倒上城頭樹。同人命素甕，言笑罕塵務。草根來蛺蝶，沙渚宿鷗鷺。龍鍾不還鄉，羞見東西路。

【校】

〔命素甕〕感舊集作「接杯酒」。

〔西〕感舊集作「南」。

【箋】

〔康山〕揚州鼓吹詞序：「康山在徐寧門内。相傳爲開河時，積土所成。明康狀元海以救李夢陽罷官，隱居於此；徉狂玩世，終日對客彈琵琶痛飲而已。因以此得名。」孫枝蔚溉堂集有登康山一首，題下注云：「康對山先生曾遊此，因得名。」案揚州府志：「武功以前，便名康山，與浮山齊名。言其小若康籽耳。」

〔康海〕字德涵，號對山，武功人。弘治十五年殿試第一，授修撰。明史卷二八六有傳。

風潮行

辛丑七月十六夜，夜半颶風聲怒號，天地震動萬物亂，大海吹起三丈潮。茆屋飛翻風捲去，男婦哭泣無棲處，潮頭驟到似山摧，牽兒負女驚尋路。四野沸騰那有路，雨灑月黑蛟龍怒；避潮墩作波底泥，范公堤上遊魚度。悲哉東海煮鹽人，爾輩家家足苦辛。頻年多雨鹽難煮，寒宿草中飢食土；壯者流離棄故鄉，灰場蒿滿池無鹵。招徠初蒙官長恩，稍有遺民歸舊樊。海波忽促餘生去，幾千萬人歸九原。極目黯然烟火絶，啾啾妖鳥叫黄昏。

【校】

〔驟到〕周本作「倏到」。

〔幾千萬人〕周本作「幾十百人」。

【箋】

康熙重修中十場志：「順治十八年，海潮至，淹廬舍無數。秋旱。」

〔辛丑〕順治十八年（一六六一）。

案陳霆發何有軒文集郡侯傅公育庵去思記有云：「揚爲郡介江淮之間，一面臨海。沿海居民，謂之竈户，蓋業耑煮海。每淫雨浸灌，海鄉蒸濕；或赤旱亢陽，隔塞地氣，則釜不登鹽，商竈坐困。至於江漲淮決，漂没田廬丘墓，民伏尸涯涘間，肉饗烏鳶獱獺，其流離奔竄而之四方者，率不得斗粟尺布以存給。」當時沿海居民生活疾苦，於此可見一斑。

朝雨下

朝雨下，田中水深没禾稼，饑禽聒聒啼桑柘。暮下雨，富兒漉酒聚儔侶，酒厚只愁身醉死。雨不休，暑天天與富家秋；檐溜淙淙涼四座，座中輕薄已披裘。雨益大，貧家未夕關門卧，前日昨日三日餓，至今門外無人過。

【校】

〔田中二句〕周本作「市頭薪絶穀添價，貧老孳孳謀不暇」。

〔涼〕國朝詩作「響」。

九月四日吴雨臣見過 是日雨臣初度。

俱是先朝戊午生，相知端不爲同庚！黄塵戰伐無年代，白首漁樵此弟兄。萑葦人稀雙鴈下，茱萸節近一谿晴；疏籬陋室秋光在，莫厭頻來酒共傾。

【校】

〔萑葦句〕周本作「烏雀依人雙户掩」。

〔節近〕周本作「傍節」。

〔疏籬句〕周本作「敝廬歲歲秋光好」。

【箋】

〔吴雨臣〕名元霖，號古迂，歙縣人。見卷二哭吴雨臣自注。

案「先朝戊午」當爲明神宗萬曆四十六年（一六一八）。

舟中九日

過節淒然病裏身，强拔湫褐對江津。初霜白鴈隨遊舫，故國黄花怨主人。幾度登臨成老大，半生飄泊喪精神。干戈滿地親朋遠，愁見茱萸刺眼新。

【校】

〔過節句〕周本作「佳節驚逢卧病辰」。

〔初霜句〕周本作「殘秋景物悲孤棹」。

〔故國黄花〕周本作「故園籬花」。

送方爾止

出郭朔風吹湫裘，亭皋東望使人愁。隋宫緑酒離前飲，魯國青山老去遊。寒鴈背群飛夕照，霜砧何處搗殘秋？欲攀堤柳增惆悵，黄葉蕭蕭落馬頭。

【校】

〔朔風〕周本及皇清詩選作「西風」。

〔吹〕周本作「滿」。
〔亭皋句〕周本及皇清詩選作「天涯送客不勝愁」。
〔增〕周本及皇清詩選作「多」。

【箋】

〔方爾止〕卓爾堪遺民詩：「方文字爾止，一字嵞山，桐城人，與錢澄之齊名。荷衣椶笠，隱居金陵。性不能容物，常以氣凌人，有以詩投者，必曲爲改削。著嵞山集，其婿王概梓以行世。」皖志列傳稿：「方文字爾止，號明農，一號嵞山，桐城人也。父大鉉，明萬曆進士，户部主事。當明之季，士君子相尚以名節，相結納以文辭，江北人物，首推桐城；桐城以方氏爲魁。而文與其從子以智，尤聲振天下。文性開朗有天趣，以布衣僑居金陵，能爲詩；其詩任性靈，雖民謡里諺、塗巷瑣事，皆摭拾供詩材，故其詩款曲如話。著嵞山詩文集、説文條貫、訊雅。」

〔隋宫〕康熙揚州府志：「隋宫在城西七里大儀鄉。大業元年，敕長史王弘大修江都宫。舊有内殿宫門遺址。」

案汪楫悔齋詩亦有與方爾止話别詩，當爲同時之作。

送吴仁趾北上

河干落月明，林木晨瑟瑟。攬衣欲何之？候已鳴蟋蟀。西北路如矢，丈夫門始出。鶻飛曠野低，馬走金風疾。行人倏不見，空見長安日。長安盛公卿，錦衣動朝曦；毛褐不雷同，姓名翻易知。浮譽詎足恃？驕人未可爲！平生卧蘆葦，疏散如鳧鷖。此鄉應接多，且免寒與饑。鳥迹世無傳，汝也攻篆刻；用刀金石間，只似用筆墨。馳騁見老態，聰明行古式；晉唐字屢變，末俗沿陋識。斯人李蔡後，李斯、蔡邕。書法一生色。黄山程仲子，飛濤。抱琴亦北遊。城郭糞壤飛，松風自飀飂。菊開試攜手，不異栖林丘。入門思巢許，出門見王侯；京華可避世，何必五湖舟！

【校】

此題諸本皆作四首，溉堂集引作五首，其第四首見卷十五。

〔落月明〕溉堂集引作「落月在」。

〔林木〕溉堂集引作「草木」。

〔此鄉〕溉堂集引作「兹鄉」。

〔飛濤〕溉堂集引作「鍾含」。

【箋】

〔吴仁趾〕見本卷送吴仁趾箋。

〔程飛濤〕程鴻緒程氏所見詩鈔：「程澎字飛濤，歙人，居江都。」江蘇詩徵：「程澎字飛濤，江都貢生，候補主事。」

案孫豹人溉堂集有送吴仁趾北上次吴賓賢韻五首，編入康熙十九年庚申（一六八〇），此詩當作於同年。

贈汪秋澗

秋澗九尺軀，雙腕最有力；自稱草野臣，提刀能殺賊。家破讐未報，亡命走江北；黄金買紅袖，將身委聲色。荒淫不得死，無聊弄筆墨；褚顔與黄董，生氣盈絹幅；時賢慕絶技，他鄉遂謀食。懷中一寸心，到老無人識。

【校】

〔題〕篋衍集作贈王秋澗。

〔秋澗〕篋衍集作「王生」。

〔無聊〕國朝詩作「聊復」。

〔褚顔句〕國朝詩作「歐虞及顔柳」。

〔褚〕周本作「楮」，誤。

〔絹幅〕國朝詩作「丈尺」。

〔遂〕國朝詩作「且」。

〔一寸〕周本及國朝詩作「一片」。

【箋】

〔汪秋澗〕周亮工讀畫録：「汪濬字秋澗。」案周亮工賴古堂詩有過塒齋訪孫豹人不值見其長君懷豐，首句「相對門堅閉」下自注云：「豹人與汪秋澗對宇。」孫枝蔚溉堂文集汪舟次山聞集序有云：「予嘗聞之鄰寓汪湛若。湛若，其族人之善畫者也。」湛若、秋澗意即一人。

翁履冰行

老翁履冰，手挈稚孫。釜甑塵積，貸粟前村。村農穀富，莫肯念故；翁別倉庾，跼蹐歸路。富人如虎，顏色難干。風壓河心，骨重心酸。翁泣語孫，生無一可！河伯應聲，冰開人墮。其子望見，急遽來援，欲引轉仆，骨肉纏綿。一門三世，齊陷波裏。飛鴈哀號，無手救爾。

【校】

〔富人二句〕周本作「人顏如虎，向之誠難」。楊本「富人」作「婦人」，誤。

〔波裏〕楊本作「波底」。

【箋】

按汪洪度翁履冰序曰：「翁挈穉孫暮歸，履冰上，中塗值冰裂，墮水死。」詩云：「東家粟紅，西家粲白，借貸空歸，羞見河伯。河伯羞尚可，一家待我舉烟火。河水生骨膠渡船，攜孫傴僂行難前。誰知河心冰不堅，狐貍隔岸看墮水。枯桑摵摵酸風起，緌緌欲渡愁其尾。」

答贈王幼華

郃陽王伯子，爽氣松林秋。名成不出仕，擔簦來揚州。非無薦紳交，樂與漁樵遊。籬花黄一城，訪我城南樓；攜手出邗關，喟然登古丘。翩翩雲際鶴，何事隨海鷗？寒原落日下，木脱風颼飂；與君共無衣，歲晏豈不愁！

【校】

〔爽氣句〕周本作「真朴世罕傳」。
〔籬花句〕周本作「殷勤問道路」。
〔歲晏〕周本作「歲暮」。

【箋】

〔王幼華〕劉紹攽關中人文傳：「王又旦，郃陽人，字幼華。父早世，貧不能就傅，從季父學。季僅識字，與又旦説經，必先就鄰舍生受解義，記其語，歸而誦之，又旦復述務肖其語，義是而語稍變，扑之，日課數千言，否，亦扑之，其學爲最苦，然因以富。弱冠舉於鄉，令江南纔三十耳！豹人時居江都，從受詩，比入爲給諫，已能頡頏豹人。王阮亭評而鐫之，曰黄湄詩集。」漁洋文集黄湄詩選序略云：「於其鄉，交孫豹人；於楚，交顧黄公；於江淮，交吴賓賢、汪舟次、季角。有郝士儀者，善詩，隱於賈，嘗與幼華爲友。後數年死，幼華哭以詩，其詞甚悲。又有吴周者，貧士也，嘗賦杜鵑行；幼華見之，與定交杵臼間。在潛江聞周死，序刻其遺詩傳之。」

〔郃陽〕舊縣名，在今陝西韓城市境。陝西通志：「郃陽，漢縣名，本有莘國，詩所謂『在郃之陽』也。春秋晉爲合陽邑，漢以名縣。水經注云：『城南有郃水，縣取名焉。』」

〔邗關〕指揚州城。

案汪懋麟黄湄詩選序曰：「初，君戊戌釋褐，涉江遊吴越間，蓋予識君之始。」則幼華初至揚城，在順治十五年戊戌（一六五八），此詩當作於是年。

菖蒲詩

程雲家入萬蘿峰十里，行澗石邊，遇菖蒲，采之，不得離石，並石采之。歙縣沃植至越、至江淮，止於南梁館舍。新水清泠，寒翠掩映，蒲根石稜，不可辨別。賞弄之次，賦詩四首，以贈雲家。

鬱鬱菖蒲，細葉翛然。生長山中，不知幾年。清氣在澗，碧叢近泉。自憑靈虛，霑沫受烟。

菖蒲鬱鬱，幽人采采。顧戀峰壑，根抱石起。石實生我，形氣不解；纏綿出雲，遷轉伊始。

何以乘之？晶晶玉柈。何以溉之？泯泯甘瀾。故巖栖身，客水妙顏；越江吴岫，隨君往還。

遊駕安稅，荻岸茆齋。奇卉至止，海樹徘徊。窗隙風度，水中月來。禁吾衰魄，遲爾花開。

【箋】

〔程雲家〕遺民詩：「程岫字雲家，父懋衡，甲申之變，不食而死。岫博學篤行，守先人之志。與孫豹人、陸懸圃、吴野人交善，吟詠終老。」嘉慶東臺縣志：「程岫字雲家，歙人。托迹梁垛，善詩。與吴嘉紀友善。嘉紀死，無以殮，岫左右之。又爲舉其未葬者三棺，同歸窀穸。收其遺稿刊之。岫有江村詩，一時方吴、程於韓、孟。」

〔萬蘿峰〕在歙縣，山腰有洞，世傳爲黄石公洞，有泉，溉田二頃。見靳修歙縣志。

〔石菖蒲〕新安文獻志：「休寧村落間有奇石，如彈子，渦所出者，宜養石菖蒲。」

淒風行 傷饑竃也。

淒風細雨何連綿？晝暗如夜飛濕烟。幾千萬家東海邊，六七十日無青天。生計斷絶，老人幸先就下泉。孩提無襦，長隨母眠；阿母眠醒，腹餒不得眠。壯者起望西鄰，乞食廛市，不復來還。迴望東鄰，八口閉柴扉，扉外青草春芊芊。水響濺濺，鬼泣漣漣。官長惄然，分俸糴穀，更日夕勞苦，勸富户各出糴穀金錢。富户踟躕聚議，此户彼户，一斛兩斛商量捐。

【校】

〔細雨何連綿〕周本作「淅淅雨聲連」。

〔八口句〕周本作「八口閉門已十日」。

〔扉外〕周本作「門外」。

【箋】

康熙揚州府志：「順治十六年（一六五九），霪雨爲災，民田盡没。」重修中十場志：「順治十六年，春饑，分司高公勃勸賑。」詩中官長，即指高勃。案中十場志載：「高勃號禹門，涿州房山人，以貢士判運司。順治十六年春，淋雨連月，埣民不得攤曬，率皆枵腹待斃。勃親訴上臺，得頒米穀備賑。每日躬自給散。」

江邊行

江邊士卒何闐闐？防敵用船不用馬；督責有司伐大木，符牒如雨朝暮下。中使嚴威震舊京，軍令還愁不奉行，親點猛將二三十，帥卒各向江南程。江南誰家不種木？到門先索酒與肉；主人有兒賣不暇，供給焉能饜其欲！老松古柏運忽促，精魂半夜深山哭；一一皆題「上用」字，樹樹還令運出谷。出谷到江途幾千，將主騎馬已先還。家貲破盡費難足，衆卒仍需常例錢。道路悲號不住口，槎枒亂集成山阜；一朝舟檝滿沙汀，只貴數多不貴精。君不見揚州戰船六百隻，輸盡民財乘不得。寒潮寂寞葦花間，日暮灘頭渡歸客。

【校】

〔何闐闐〕周本作「聚如瓦」。

〔猛將二三十〕周本作「將軍六七十」。

〔焉能〕周本作「那能」。

〔還令〕周本作「還教」。

〔已先還〕周本作「竟先還」。

〔葦花閒〕楊本作「葦花開」。

【箋】

案清世祖實録：「順治十六年己亥秋七月，命户部尚書車克往江南催集各省錢糧，製造戰船。賜之敕曰：『進勦海寇，製造戰船，需用錢糧浩繁，必應用不匱，始可刻期告成。今特遣爾前往江南，凡各省額賦，除兵餉外，酌量堪動項款，移會各該督撫，作速催取起解，爾察明驗收，轉發督造船隻官員，用濟急需。如各該督撫催督不力，司道有司，徵解延緩，致誤營造，即指名題參，以憑究處。』」又「順治十八年辛丑夏四月，吏科給事中嚴沆疏言：『海氛不靖，非戰艦不能撲滅。上年臣鄉修造海船時，地近省會者，尚不敢盡派民間，至僻遠小邑，督撫見聞稍有不及，皆均攤地畝，加派催徵。近日正供糧餉，逋欠猶多，而復加攤額外，勢必至失業拋家。』」案徐芳懸榻編有「辛丑夏，如皋縣伐木造海船」云云。康熙揚州府志載：「順治十八年，江都伐木造船。」此詩當作於順治十八年辛丑（一六六一）。

鄰翁行

鄰翁皓首出門去，慟哭悔作造船匠。伴無故舊囊無錢，此去前途欲誰傍？聞道沿江防敵兵，造船日夜聲丁丁；工師困憊不得歇，張燈把炬波濤明。監使還嫌工弗速，如霜刀背鞭皮肉；肉爛腸饑死無數，拋却潮邊飽魚腹。力役人稀大將嗔，遠近嚴搜及老身；眼看同輩死亡盡，衰羸焉有生歸辰？回望故鄉妻與子，蕭蕭落木西風裏；爨下連朝方斷炊，柴門寂寞無鄰里。常憑微技日圖存，微技誰知喪一門！君不見船成蕩漾難舉步，千檣萬櫂蘆灘住。增金急募駕舟人，有司又派江南賦。

【校】

〔衰羸句〕周本作「孱軀那有生歸辰」。

〔柴門二句〕周本作「柴門寂掩無人語，本依微技覓饔飧」。

〔難舉步〕周本作「人難步」。

【箋】

此詩亦當與江邊行同時所作。

汪大生日

八月八日叢桂香，汪大生日人稱觴。老夫笑與汪大説：君之生日是二月。君不見二月四日天地昏，神鬼號泣沙石奔；北風怒吹皖江棹，棹折纜斷舟船翻。蒼鼉老黿列南北，張牙磨舌待人食；君也沉沉疊浪中，但言此身死不得。須臾如有物，湧身出浪頭；浪頭四體輕，開眼見覆舟。奮臂一躍上舟底，水苔滑滑按折指，蕩漾波心逐野凫，回看僮僕尸浮起。月不明，雪千里，泛泛漸覺灘溆邇。起向江村問路歸，爲人又從今日始。

【校】

〔叢〕周本作「庭」。

〔汪大生日〕周本作「汪大三十」。

〔老夫〕周本作「吴生」。

〔君之生日〕周本作「君之生辰」。

〔怒吹〕周本作「吹汝」。

〔舟船翻〕周本作「舟忽翻」。

〔張牙䶩舌〕周本作「各各張牙」。
〔君也〕周本作「汪大」。
〔出浪頭〕周本作「出潮頭」。
〔浪頭二句〕周本作「潮頭開眼望，倏然見覆舟」。

【箋】

〔汪大〕乾隆兩淮鹽法志：「汪玠字長玉，休寧人，郡庠生，福建布政使楫之伯兄也。喜讀書，與弟楫討論古今，耽吟忘倦。有概菴集行世。」

案卷十二有醉竹先生歌贈汪長玉自注云：「癸卯春，長玉負米，舟覆皖江，性命獲全，洵有神助。」汪楫悔齋詩亦有八月八日寄大兄長玉三首，其二自注云：「仲春，兄曾覆舟皖江。」其三有句云：「今日天氣佳，是君三十辰。」嘉紀此詩當作於康熙二年癸卯（一六六三），爲汪長玉三十生辰作也。

挽饒母　饒白眉母。

金石有銷毁，人生豈長堅！潛寐何時醒？愚智同丘樊。令德式閨閫，膚髮親黄泉；黄泉呼不應，嬌兒日暮還。到家如夢寐，拭淚庭闈間。籠中有藥裹，棬中有饔飧；入室欲反哺，不見病母顏。明膏置中腸，煎迫胡可言？丈人樂施予，房中志不違；金盡君莫愁，笥有嫁時衣。受者得意去，予者空手歸。無衣天更寒，災至歲云饑。赤子內入懷，女紅易餔糜。窮檐值夜深，霜風裂人肌；手僵欲得火，窺竈無然灰。依倚爨下薪，紝績待晨曦。

憶昔蕪城破，白刃散如雨；殺人十晝夜，屍積不可數。伊誰蒙不戮，鬼妻與鬼女。紅顏半偷生，含羞對新主。城中人血流，營中日歌舞；誰知潔身者，閉門索死所。自經復自焚，備嘗殺身苦。崩榱墮楹底，偏存命一縷。事定夫也歸，故妻出垣堵；禍害百萬家，無恙獨此户。仰面謝蒼天，回頭案重舉。

靈山無頑雲，古松無麗英；人子娱父母，豈必身顯榮。阿翁事遠遊，春暉掩柴荆；慈母爲嚴師，誨子心怦怦。旦夕何所授？漢書與孝經。經書雖陳言，所貴能躬行。願兒爲曾參，願兒爲陳平。曾參敬其身，家貧有令名；陳平席門外，長者多車聲。

【箋】

〔饒白眉〕鄧孝威詩觀：「白眉與夏子次功，徐子辰玉，皆阮亭民部所特賞者。不特工制義，而兼擅風雅之長，固一時之秀傑。詩篇甚富，秘不示人。」江蘇詩徵：「饒眉字白眉，江都諸生。著芝山集。」

〔蕪城〕即今揚州。康熙揚州府志：「宋竟陵王誕亂後，城邑荒墟，參軍鮑照作蕪城賦傷之，遂名。」案康熙揚州府志：「順治二年夏四月，豫王率師南征，至揚州。閣臣史可法督師於揚，誓衆死守。王命以飛礮擊城西北隅，破，史可法及知府任育民死之。民膏鋒罹刃者幾盡。」

茉莉

深閣晚妝近，争開羅綺前。芳馨風緩緩，採摘月娟娟。種自宜南土，根難到隔年。比來烽火静，處處賣花船。

【校】

〔芳馨二句〕周本作「微風過户好，亂雪照人鮮」。

【箋】

案汪楫悔齋詩亦有同題茉莉同吴野人賦。

萹豆棚

僻巷都栽豆，縱横蔓幾層。陰森時倚杖，實小預期朋。涼露晨光聚，寒蟲夜語憑。自慚非老圃，蔬食入秋增。

【校】

〔題〕周本作豆棚。

〔都栽豆〕周本作「無來往」。

〔蔓幾層〕周本作「長豆籐」。

〔涼露二句〕周本作「露氣清晨集，蟲聲徹夜憑」。

賣書祀母

母没悲今日，兒貧過昔時。人間無樂歲，地下共長饑。白水當花薦，黄粱對雨炊。莫言書寡效，今已慰哀思。

【校】

〔悲〕周本作「憶」。

〔兒〕周本作「余」。

此題錢詠履園譚詩誤爲黄野鴻作，〔無〕作「鮮」，〔書寡效〕作「無長物」，〔今已〕作「亦足」。

集江曙生南城别墅

南城五株柳，高士一家邨。人迹隔溪水，秋聲在蓽門。客來烹野菜，自起倒清樽。幾載離群恨，燈前總不言。

【箋】

〔江曙生〕未詳。

客悔齋，送汪舟次之龍岡

正值梅花開草堂，扁舟何事去天長？家園入夢同遥夜，老病無依各異鄉。藥裹半囊爲旅食，詩篇幾帙是行裝。他時見月應相憶，君上龍岡我蜀岡。

【校】

〔題〕周本作客邗上送汪舟次之龍岡。

〔值〕夏本誤作「植」，據陳本校正。

〔他時句〕周本作「明朝見月齊相憶」。

【箋】

〔悔齋〕汪舟次讀書處。見卷十五悔齋桐樹歌自注。

〔龍岡〕江南通志：「龍岡在高郵州西南九十里新開湖西，界天長、泗州。」

〔天長〕縣名，在安徽省。江南通志：「唐天寶初，以六合之石梁縣地置天長。」

〔蜀岡〕江南通志：「蜀岡在揚州府西北四里，綿亘四十餘里。西接儀真縣界，東北抵茱萸灣，隔江與金陵諸山相對。上有平山堂，一名崑岡，鮑照蕪城賦：『軸以崑岡』是也。洪武舊志云：『揚州山以蜀岡爲首，上有蜀井，相傳地脈通蜀。』寰宇記云：『蜀岡有茶園，其味甘香如蒙頂，蒙頂在蜀，故以名岡。』郡人藝花者亦多居此。」

案悔齋詩有次龍岡與吴野人家虛中別詩云：「三人十日同草堂，濁酒在手梅花香；酒盡出門忽分散，花開滿牖空蒼茫。南北何曾隔千里，舟車到處成他鄉。湖風正湧水正闊，明夜應從何地望？」

吴嘉紀詩箋校卷二

海潮嘆

颶風激潮潮怒來，高如雲山聲似雷。沿海人家數千里，雞犬草木同時死。南場屍漂北場路，一半先隨落潮去。産業蕩盡水烟深，陰雨颯颯鬼號呼。堤邊幾人魂乍醒，只愁徵課促殘生。斂錢墮淚送總催，代往運司陳此情。總催醉飽入官舍，身作難民泣階下。述異告災誰見憐？體肥反遭官長駡。

【校】

〔題〕詩觀二集題下注：「乙巳七月三日。」

【箋】

康熙揚州府志：「大海在郡東北，自鹽城而南，經興化、泰州、如皋，折而東；通州、海門諸鹽場，皆其濱也。至吕四場東南廖角嘴，始與江合。唐大曆中，黜陟使李承式創築捍海堰。宋開寶間，知泰州王文祐加葺；天聖初，范仲淹監西溪鹽倉，力請發運使張綸疊石重築，長一百四十三里，闊三丈，高一丈五尺，始無海患，至今賴之。近堰爲風潮少損，每鹹水泛溢，田爲斥鹵，比年屢受其害，處士吳嘉紀海潮嘆紀之云云。」案康熙重修中十場志：「康熙四年七月三日，颶風大作，折木拔樹，湧起海潮，高數丈，漂没埻場廬舍，淹死竈丁男婦老幼幾萬人。凡三晝夜風始息，草木咸枯死。蓋百餘年來未有之災也。」同邑沈聃開亦有海潮行紀其事，詩云：「乙巳之秋秋七月，三日食時颶風發。須臾天色黑如夜，雨縱風威行殺伐」云云。汪楫悔齋詩送吳野人歸海濱兼柬徐次源亦紀此事，詩云：「乙巳三春天不雨，五月六月雨不住，七月三日雨更奇，大風拔起園中樹。城郭只怕洪濤入，大野茫茫更何措？昨朝我過邵伯鎮，累累浮屍聚無數，應知白浪無所逃，自縛妻孥作一處。復聞泰州煎鹽場，萬人頃刻隨烟霧」云云。嘉紀此詩當作於康熙四年乙巳（一六六五）。

碾傭歌

殘夜不寐，聞傭者鞭牛碾稻，咿嗚而歌，陋叟爲衍其義。

月照地上霜，人來碾稻輸官糧。夜清剥啄聽不誤，忽忽夢裏披衣裳。碾軸轉轉欲見米，米糠分别風車底。吾儕勞苦不用愁，驅走不寧更有牛。大牛且休息，小牛當努力！不見蓬蒿深巷中，主人昨暮炊無食。

曬場朔風度，臂有鶉衣足無屨。疇昔田禾豐稔時，積得餘糧常易布。碾軸轉轉初見米，市人争糴風車底。吾儕困憊敢不歡，今日得食休論寒。粗者委妻子，精者奉主人。不見隸催碾餉急，主人三日不迎賓！

【校】

〔地上〕周本作「兩岸」。

〔人來〕周本作「幾家」。

〔夜清剥啄〕周本作「人來扣門」。

〔忽忽〕周本作「各各」。

〔碾軸〕周本皆作「碾上」。

〔疇昔句〕周本作「回思往昔秋冬時」。

秋霖

破屋暮寒生，秋霖不肯晴。借糧鄰老厭，衣葛里人驚。聲慘憐鵂鶹，花鮮怨決明。天涯有鮑叔，早晚訪柴荆？

【校】

〔暮〕周本作「又」。

〔天涯二句〕國朝詩作「誰爲子桑扈，裹飯訪柴荆」。

長林吴處士

長林吴處士，白首客江干。沽酒錢應盡，思家月自看。久貧親友薄，多病歲時寒。雙鯉無人寄，何繇勸爾餐？

【箋】

〔長林〕靳修歙縣志：「西鄉爲中鵠鄉，領里五：遷喬、禮教、長林、澧泉、萬年。」

〔吴處士〕未詳。

一錢行，贈林茂之

先生春秋八十五，芒鞋重踏揚州土。故交但有丘塋存，白楊摧盡留枯根。昔遊倏過五十載，江山宛然人代改。滿地干戈杜老貧，囊底徒餘一錢在。桃花李花三月天，同君扶杖上漁船。杯深顔熱城市遠，却展空囊碧水前；酒人一見皆垂淚，乃是先朝萬曆錢。

【校】

〔故交句〕周本作「故交一一成丘墳」。

〔杯深四句〕國朝詩作「誰家酒壚可賒飲？一錢先與人傳看；酒人睇視皆垂淚，乃是先朝萬曆錢」。

〔先朝萬曆〕四字夏本原闕，據諸本校補。

【箋】

〔林茂之〕漁洋感舊集小傳：「林古度字茂之，一字那子，福建福清人。亂後居金陵，自卜生壙於乳山。嘗紉一萬曆錢於衣帶間。康熙初卒。有詩選。」王應奎柳南續筆：「侯官林茂之有一萬曆錢，繫臂五十餘載，以己爲萬曆時所生也。泰州吴野人爲賦一錢行以贈之。」汪楫悔齋詩亦有同題七古一首，詩序曰：「甲辰春，林茂之先生來廣陵，余贈以詩，有『沽酒都非萬曆錢』之句，先生瞠目大呼曰：『異哉！子知我有一萬曆錢在乎？』舒左臂相視，肉好温潤，含光懾人。蓋先生之感深矣！更爲賦一錢行。」

案溉堂文集廣陵倡和詩序有云：「甲辰之春，八閩林茂之，鄞縣陸淳古、錢退山、楊溼仙、王正子，宜興陳其年，錢塘蔣别士，海陵吴賓賢，新安程穆倩、孫無言，上人梵伊，皆聚於江都。」此詩當作於康熙三年甲辰（一六六四）。

客中七夕，時與汪長玉别

斜月照天河，牛女遥綣綣。如何同此夜，人間天上異懽怨？昔爲深山石，今爲出山泉。可憐皓首飄零客，來飲君家離别筵。杯闌慷慨歌一曲，君上扁舟毋躑躅；吉水溝頭楊柳黄，望江城外醽醽緑。

【箋】

〔汪長玉〕見卷一汪大生日箋。

〔吉水〕清一統志：「吉水縣在江西吉安府東北四十五里。南唐保大八年，析廬陵，置吉水縣。」

〔望江〕讀史方輿紀要：「望江縣在安慶府西南百十里。」悔齋詩亦有七夕送大兄長玉五律一首。案悔齋詩孫豹人之屯留省會兄賦送其四有云：「送子去山西，吾兄亦天涯。安得便歲暮，遊子齊還家。」孫豹人之屯留爲康熙甲辰（一六六四），汪長玉此行當在是年，則此詩亦當作於是年。

看雪行，贈揚州少年

雪高一尺雪猶落，東家西家會少年。追歡不顧野無路，浪用只憑人數錢。一時齊披銀鼠襖，有客獨著猩猩氊。孤舟泛出揚州郭，衆馬飛上平山顛。老鷹僵死柳樹折，茆屋壓斜藤蔓纏。隔江看山坐僧榻，臨水憶鱖呼釣船。大甕沽來浮蟻綠，行厨炙熟蟶螯鮮。何須訪訊戴安道，却笑寒酸孟浩然。俗人遊熱爾遊冷，如此繁華劇可憐！

【箋】

〔平山〕見卷一揚州雜詠箋。

破屋詩

避喧數椽在谿北，苔巷葦門意自適。鄰舍無繇窺我貧，幾年全賴此四壁。壁老土柔力漸微，或傾或側紛狼籍；野貍黠鼠恣來往，青天色冷接牀席。妻子常驚瓦礫聲，勸吾修葺苦逼迫。昨夜雨歇天作霜，烈風怒號落吾宅。宅舍壓倒存一半，其下兒女聲喈喈。倉卒提攜出户來，草中坐待朝日白。日高舉室喜重生，雖失栖遲翻不惜。君不見昔日巍巍公與侯，朱門畫棟雲霞流；轉眼蓬蒿生甲第，身死還爲當世羞。何如野老斷垣攲柱下，骨肉因依無所求！

【校】

〔避喧〕周本作「搆得」。

〔苔巷句〕周本作「巷隘門卑亦自適」。

〔微〕周本作「稀」。

〔或傾九句〕周本作「或傾或頽不復立。惡風黠鼠恣來往，牀席冷接青天色。夢裏常驚瓦礫聲，老妻夜夜勸修葺。昨夜朔風天上號，忽然一陣落我室；我室壓倒存一半，其下兒女聲慄慄」。

〔草中句〕周本作「坐立霜中待朝日」。

〔轉眼句〕周本作「頃刻蓬蒿生第宅」。

送孫豹人

眼暗我行路，頭白君問津；同是衣食計，天涯成老人。咫尺會面難，況隔晉與秦。尋常一壺酒，斟酌情倍親。瘦馬饑嘶野，枯蓬轉入塵；離別何足道，悲君多苦辛！

關河霜月在，槭槭黄葉飛。鴈行傍遊子，西風凋布衣。豈不憚行役，同氣人久違。下鞍逢菊花，香醴慰渴饑。晚歲骨肉重，家貧聚會稀。鄙人有老兄，來朝亦東歸。

【校】

〔題〕周本作送孫豹人之屯留。

〔眼暗二句〕周本作「吾目暗已久，君髮白如銀」。

〔況隔句〕周本作「況復爲參辰」。

〔瘦馬二句〕周本作「皎潔秋空月，飛飈陌路塵」。

〔關河二句〕周本作「關河二千里，處處黄葉飛」。

〔西風句〕周本作「霜露入征衣」。

〔鞍〕周本作「馬」。

〔醴〕周本作「醪」。

〔歲〕周本作「年」。

【箋】

豹人此行爲省其仲兄枝蕃也。孫枝蕃，辛卯舉人，知屯留縣，再知徐州同知、兖州海防。見汪懋麟徵君孫豹人先生行狀。溉堂集有將之屯留省五兄大宗留別賓賢羽吉舟次：「吴生性孤直，知交惟數子。鳳凰無苟棲，鴛鴦肯獨止！郝髯與汪生，相親若一己；賦詩送我行，淚下落邗水。交情異薄俗，在遠常伊邇。詩格宗大雅，古淡有如此。」悔齋詩亦有孫豹人之屯留省會兄賦送四首。案溉堂集留別詩編入康熙三年甲辰（一六六四），此詩當作於是年。

稅完

輸盡甕中麥，稅完不受責；肌膚保一朝，腸腹苦三夕。

送貴客

曉寒送貴客，命我賦離別。髭上生冰霜，歌聲不得熱。

答櫟下先生

窮冬伏枕何人問？櫟下先生寄我詩。遠問只愁身便死，憐才幾見淚霑頤。來詩有「把君筆墨淚交承」之句。吟成粱甫徒增慨，老遇鍾期不厭遲。冰雪谿頭扶病起，爲君珍重夕陽時！

【校】

〔窮冬句〕周本作「窮冬高枕掩蓬户」。

【箋】

〔櫟下先生〕賴古堂集附録王愈擴櫟下先生小傳：「櫟下先生姓周名亮工，字元亮，一字減齋，一字櫟園，曰櫟下先生者，學者之稱也。先世自金陵徙居撫州之櫟下，最後其大父復自櫟下徙江寧，又徙大梁。考其世惟櫟下居最久，故自號櫟園。宦轍經歷，自三齊八閩，以至江淮，士不遠千里傾蓋投歡，與談説古今、辨當名物，窮日夜不倦。購求天中四君子集及吴嘉紀詩、王猷定遺稿，皆鏤板以行。以治閩功擢左副都御史，晉户部右侍郎。尋亦以閩故受羅織，迄不爲閩累也。在念室，因樹爲屋，居之若别業然。獄解，出爲青州海防僉事，轉江南督糧參議，愛士益篤。所著書多，尤以表揚人爲第一義，其所輯賴古堂文選及尺牘四集，皆此意。」賴古堂詩東淘吴賓賢，貧病工詩。汪舟次手録其近作相示，頗有同調之感。舟次且爲予言：賓賢近札有夕陽殘照，於時寧幾之語。櫟下生痛賓賢或真死，不及見矣。爲賦一詩，急令舟次寄示賓賢：「無意問從汪舟次，把君詩卷淚交承。同調於今寧幾見？斯人當世未有稱。老病行藏一徑菊，亂離兒女滿牀冰。頗恐傳聞真即死，新詩呼朋細細謄。」

案汪舟次陋軒詩序云：「辛丑歲，周櫟園先生在廣陵，見野人詩，推爲近代第一。復聞野人病，心心慮之，恐遂不及見野人，屬予爲書招之，贈一詩，與書俱往。」此詩當作於順治十八年辛丑（一六六一）。

城閉，不能出汲江水。汪舟次乞諸豆腐店，得水半甕，煮茗供余，喜賦

故人憐我渴無賴，去汲江流逢閉城。贈出路傍殊可愧，擔來竹下有餘清。不愁旅夜衰年病，共對空齋落月晴。茆店雞鳴天欲曙，夫妻竟爲罷謀生。

【校】

題〔江水〕周本作「邗濤」。

題〔豆腐店〕周本作「豆腐翁家」。

【箋】

按汪楫悔齋詩有乞水行和吴野人作，詩云：「君不見廣陵城外廣陵濤，濤聲直接長江潮。又不見蜀岡有泉名第五，此水甘冽傳今古。儘教試茗飲盧仝，況復揚杓經陸羽。無端城門閉白日，里巷喧呼捉盜賊；并州健兒齊倉皇，吴陵老人獨太息。問君太息胡爲爾？瓶有龍團盎無水。主

人不惜青銅錢，其如市上無清泉。董公宅裏轆轤斷，后土祠中石甃遷。斜陽冉冉竹風動，小僮忽憶鄰家甕；鄰家買豆待作腐，每漬甘泉待磨礱。只愁微物係謀生，詎料傾盆肯相送。攜來三徑欲黄昏，争棲無數烏鴉喧。老人爇火自開軒，余亦呼兒倒緑尊。君飲茶，我酌酒，酒滿玉缸茶滿瓿。醉醒同消此夜愁，明日出城看隋柳。」

贈歌者

低聲緩轉小絃柔，冷雨淒風送暮秋。蕩子不知緣底事？酒醒燈下只搔頭。

【校】

此詩諸本俱作二首，此其第二首。第一首見卷十五。

〔小〕周本作「與」。

【箋】

案汪楫悔齋詩亦有贈歌兒七絕二首。

歲暮留別鄭仲夔

朱瑟奏高堂，絲絲相纏綿。丈夫久飄零，焉得不受儕偶憐。天都鄭生肝腸厚，伯通廡下歡攜手。昔人殺身酬一言，何況寸心贈我久。竹西歲暮官梅香，君懷老母我思鄉。釣船明日東淘去，君亦負米鑾江路。看君事事如古人，窮經不厭多苦辛。不見蔡澤無媒伏生老，蓬蒿終不没其身。

【校】

〔飄零〕周本作「飄泊」。

〔焉得句〕周本作「那得不受同心憐」。

〔不厭〕周本作「勿厭」。

【箋】

〔鄭仲嬰〕未詳。

〔天都〕即歙縣，因境内有天都峰，故名。天都峰，詳靳修歙縣志。

〔竹西〕即揚州。古今詩話：「淮南蜀江者，維揚之地也。自蜀江之南，有竹西亭，修竹疏翠，後即禪智寺也。竹西，取杜牧之『誰知竹西路，歌吹是揚州』句。」

〔鑾江〕即儀真縣。江南通志：「南唐徐温自金陵來朝，因改白沙爲迎鑾鎮。」

懷江象賢

邗江三月半，孤客此時情。病起家重憶，愁來野自行。落花關外舫，嬌女竹西箏；無數繁華子，春風送出城。

【箋】

〔江象賢〕未詳。

〔邗江〕或稱邗溝，即今揚州。康熙揚州府志：「邗溝，周敬王三十四年秋，吴城邗溝，通江淮。時夫差欲霸中國，乃築城廣陵，穿溝，東北通射陽湖，西北至末口，謂之邗溝。」

重遊邗上，途中寄懷周櫟園先生

病裏又爲客，登車聞曙雞。海明殘月上，野闊數星低。憶昔吟梅下，同君在竹西。來朝過舊館，碧草正萋萋。

【箋】

〔周櫟園〕周亮工號，見本卷答櫟下先生箋。

五月初四夜

令節我何嘆，頻年天一涯。宿烟孤館樹，啼雨五更鵶。老去病除酒，夢中身在家；幼兒依阿母，頭戴石榴花。

【校】

〔令節句〕周本作「節至嘗愁嘆」。

〔頻年〕周本作「今宵」。

〔宿烟〕周本作「荒風」。

〔啼〕周本作「急」。

新僕

語少身初賤，魂傷家驟離。饑寒今已免，力役竟忘疲。前輩親難愜，新名答尚疑。猶然是人子，過小莫愁笞！

【箋】

案汪楫悔齋詩有新僕同吴野人孫豹人賦詩，此詩當與汪楫、孫枝蔚同作。

得周僉憲青州書

北風荒城來，緼袍少顔色。欲歸家苦遠，尋友路不識。故人青州宦，清貧食無魚。相憶三千里，冰霜寄尺書。開書竟何如？分我以俸錢。攜歸盡糴米，妻兒過凶年！

【校】

〔題〕周本作得櫟老人書。

〔北風句〕周本作「北風蕪城寒」。

【箋】

〔周僉憲〕謂周亮工，時任青州海防道。周亮工年譜：「康熙癸卯，赴青州任。」

〔青州〕今屬山東。讀史方輿紀要：「禹貢青州地，劉宋置青州，明初改益都路曰青州府。」

案賴古堂集壽汪生伯六十序有云：「吴賓賢寄予詩曰：『青州官苦貧，分我以俸錢；持歸盡糴米，妻子過凶年。』詩尾作蠅頭字曰：『生伯汪君六秩，公所知。知公生平不爲壽人文，然楫與嘉紀雨鐙雪茗間對坐，楫忽起東向曰：安得櫟先生言觴家大人？此意公勿忽！』」此詩當作於康熙二年癸卯（一六六三）。

哭吴雨臣

歙縣人，諱元霖，自號古迂。甲辰九月十日，覆舟皖江溺死。

男兒終一死，溝壑亦堪息；所嗟七尺軀，乃爲蛟龍得。常聞抱忠信，可以履不測。斯人忽淪喪，天不與有德！波濤浩茫茫，閨中愴胸臆。日暮彈箜篌，哀音正悽惻。

壬辰歲云凶，盡室命如縷。君解囊中金，趣我出行賈。販薪白駒場，糴麥清江浦；腐儒得利歸，笑視略不取。妻子活至今，叔牙隔泉土。南望九江雲，思君淚如雨！

【校】

此詩周本作六首，其第三、四、五、六四首見卷十五。

〔云凶〕周本作「凶甚」。

〔清江浦〕周本作「淮陰浦」。

【箋】

案甲辰爲康熙三年（一六六四），此詩當作於是年。

〔壬辰〕順治九年（一六五二）。

〔白駒場〕嘉慶東臺縣志：「縣北五十五里，場曰白駒場。」

〔清江浦〕即今淮陰。乾隆山陽縣志：「清江浦，在城西北三十里，漢淮陰縣地。明平江伯開運河，自故沙河西北，至鴨陳口出，與淮通，建閘設壩，此地遂成重鎮。」

登觀音閣　隋妃吴絳仙梳妝樓舊址。

荒丘蕭瑟絶人蹤，坐看江南遠近峰。隋苑杪秋還落葉，平山亭午正鳴鐘。草間雜沓誰家墓？樓上梳妝舊日容。多少繁華今已矣，西風吹老木芙蓉。

【箋】

〔觀音閣〕揚州畫舫録：「功德山亦名觀音山，高三十三丈，在大儀鄉，爲蜀岡東岸，上建觀音寺，一名觀音閣。」

〔隋苑〕雍正江都縣志：「隋苑在縣北九里大儀鄉，一名上林苑。周圍九里。」

案汪楫悔齋詩亦有同題，題下注：「相傳是煬帝宫人吴絳仙梳妝臺故址。」

再登康山

南郭登臨值好天，草堂風景尚依然。樹頭葉落空巢裏，江上山青夕照邊。愛有歌童催客醉，慚無樂府使人傳。梅開雪霽還來此，倒盡殘樽一枕眠。

【校】周本「慚無句」下自注云：「世傳康對山王渼陂樂府。」

【箋】〔康山〕見卷一登康山箋。案汪楫悔齋詩亦有同題。

寄孫八豹人

蓬蒿滿城郭，孫八客其鄉。明月連宵好，秋風古寺涼。借書敧枕讀，沽酒喚僧嘗。須遣羈愁去，天涯鬢已蒼！

【校】

〔皷〕周本作「高」。

【箋】

〔孫豹人〕見卷一贈孫八豹人箋。

此詩當作於康熙三年甲辰（一六六四），時豹人客於句容。

孫八期過人家看菊不果　同郝羽吉分韻。

溪上誰家菊？開扉任客看。杖藜方有興，風雨忽無端。昨夜燈光裏，茆亭水氣寒。徒憐泊船處，花影出闌干。

【校】

〔題〕周本作孫八期過何五看菊雨阻不果。

〔溪上句〕周本作「黄菊何家好」。

【箋】

〔郝羽吉〕見卷一郝羽吉寄宛陵棉布箋。

郝羽吉寄梅

歲歲貧家地，春風長緑苔。多情江上客，遥寄嶺頭梅。嫩葉他時碧，繁花到日開。茆檐雨雪霽，沽酒待君來。

【校】

〔題〕周本作郝羽吉自邗江寄梅。

雪後夜發，寄南梁徐子飲

風雪夜半晴，水聲喧古渡。海門明月起，照遍淮南樹。褰裳望伊人，獨泛扁舟去。野田鴻鴈鳴，何處南梁路？南梁近東淘，雲水接氛氲。孺子門前樹，雞鳴我常聞。昔者造其室，酒漉枯魚焚。積雪壓檐竹，摇光夜紛紛。紛紛竹與梅，清芬結爲友。孝子養雙親，娶得賢慧婦。古髻新裝束，精妙世希有。入門未三朝，羹湯持在手。

手中復何攜？青錢穿紅繩；數去沽壺漿，醉君堂上朋。阿姑不厭客，内助爾更能。曲澗發林花，好景何層層！

【箋】

〔徐子飲〕未詳。

〔南梁、東淘〕並見卷一臨場歌箋。

哭妹

百年各有盡，勞者身先朽。吾妹是窮民，何嘗願老壽？委化蝸舍中，乳鴉啼門柳。人間送死具，傷哉十缺九！宿昔親故稀，霜雪凍窗牖；紡績撫遺孤，饑寒爲寡婦。孤兒未成人，中道失慈母。往時餅與餌，今日不在手。

前日欲出遊，臨行妹致辭；淚滴咽喉瘖，意説永别離。悲風從天來，摧折庭樹枝。骨肉死亡至，我行將委誰？不行餅桁空，兒女號寒饑。躑躅未終日，此意妹已知。蒼惶就下泉，及我在家時。

【校】

〔析〕周本作「盎」。

〔已知〕周本作「蚤知」。

【箋】

案嘉紀妹適安豐周正冕，早寡。見卷一七歌箋。

送鄭小白之泉州

出門逢暮春，花落大江濱。一水連三浙，千山入八閩。聽猿榕樹暗，下馬荔枝新。羈思何能遣？沽醪有主人。

【箋】

〔鄭小白〕未詳。案汪舟次悔齋詩有送鄭小白入閩署兼柬金式如表兄一首，詩曰：「天末有知己，堂中無老親。千山堪立馬，七尺許依人。丹荔懸朝日，清猿嘯暮春。衙齋拜父執，莫不共沾巾。」淮南鹽法志：「金式如名懷玉，休寧人，以鹽莢占籍江都，登順治十五年進士，除泉州府推官，有政聲。」意鄭小白爲金之幕賓。

〔泉州〕今福建泉州市。梁天監中，析置南安郡，隋平陳，郡廢置泉州。

難婦行　壬寅六月瓜洲事。

寧爲野田莠，不爲城中婦。莠生雨露培，婦命如塵埃。江頭六月舉烽燧，東南風吹戰艘至。官長首嚴出城禁，嬌娃艷婦縮無地。愚者争向船艙匿，覆木覆石水關出。木下石下填人膚，日蒸氣塞人叫呼。舟子耳聞眼不顧，往來邏卒逢無數。短篙刺刺漸離城，岸上骨肉喜且驚。夫來挈妻父挈女，開艙十人九人死。吁嗟乎！城外天地寬如此，此身得到已爲鬼。家人畏罪不敢啼，紅顔亂葬青蒿裏。

【校】

〔江頭六月〕周本作「揚子江頭」。

〔東南風吹〕周本作「東風吹得」。

〔嬌娃句〕周本作「如花之人避無地」。

【箋】

〔壬寅〕康熙元年（一六六二）。

〔瓜洲〕在揚州城南四十五里，即今瓜洲鎮地。江中積沙爲洲，形如瓜，因名。又云漕河至此，分爲三支，形如「瓜」字。見揚州府志。

東家行 壬寅六月揚州事。

東家錢多高興發，娶婦無端當六月。婦家愛女竟不辭，楚練齊紈日夜治。治成衣裳妝次第，上着六層下着四。綿綿纏纏直到老，風俗舊例重綿襖。一事違俗恐弗吉，阿母不肯纖毫少。女兒低頭泣無言，擁入繡輿簫鼓喧。眼見新人就火堀，安能忍死到夫門！夫家賓客實華屋，爐燃松焰几燒燭。到處骨肉皆鬼伯，忍將餘生相迫促。有生歡樂轉成悲，始悔炎天作事非。裹尸更不需繒帛，送嫁衣爲送死衣。

【校】

〔到處二句〕周本一作「争迎新婦啓輿門，婦早氣絶空揭幞」。

【箋】

〔壬寅〕康熙元年（一六六二）。

楊蘭佩招同諸子泛舟

火雲蒸萬户，何地覓微涼？柳樹隨堤曲，荷花出郭香。繁華看舊苑，老病入歡場。一任笙歌亂，清譚自野航。

【校】

〔何地〕周本作「何處」。

〔繁華句〕周本作「醉醒看過客」。

【箋】

〔楊蘭佩〕雍正江都縣志：「楊敏芳字蘭佩，陝之涇陽人，爲名諸生。父罷宦僑江都，歲必再省覲。敏芳學問淵博，尤究心於儒先宗旨。其爲文師秦漢唐宋諸大家；詩亦稱雅粹。寧都魏禧、無錫顧祖禹咸服膺之，稱之爲揚州楊仲子。所著有流音園集行於世。」

次韻答黄鳴六見懷

簁簁雙鯉下邗溝，直向東淘去不留；從尾至頭長尺五，爲君傳得萬尋愁。

城西水氣未生塵，白鷺紅橋是比鄰。籊籊竹竿期不至，荷花惱殺釣魚人。

乾坤何處可題詩？畫裏江山雨洗時。時鳴六寄畫。水起峰低人不見，雲生樹冷鶴先知。

【箋】

〔黄鳴六〕皇清詩選：「黄律字鳴六，江南歙縣人。」

〔白鷺〕嘉慶重修一統志：「白鷺洲在江寧縣西南，唐李白詩：『朝别朱雀門，暮宿白鷺洲。』又『二水中分白鷺洲。』」

〔紅橋〕重修一統志：「一名内橋，在上元縣治西。建康志：『天津橋在行宫前，舊名虹橋，政和中蔡嶷建。』」

九月二十二日，揚州城西泛舟，同諸子各賦一題，得荒寺

衰草遍隋宫，禪房秋寂寞；日斜僧不歸，落葉驚黄雀。

酒旗 和汪舟次。

甕中釀已熟，欲唤銜杯者。秋晴客未來，摇蕩柳陰下。

【校】

〔甕中二句〕周本作「田家秫已收，新釀香茆舍」。

〔搖蕩〕周本作「蕩漾」。

秋原 和郝羽吉。

曠莽蕪城西，風高草蕭索。射雕駿馬來，狡兔走撲朔。

黄葉 和程飛濤。

枝頭霜露寒，秋浦轉生色；茆屋在其中，蒼茫不可識。

和詠老人燈

閭閻子弟氣嶒嶸，何事高年市上行？鶴髮入塵心易熱，龍鍾遊夜骨偏輕。衣存舊式同袍少，杖近歡場去路平。南極一星相掩映，餘光不用與人争。

炎涼閲歷已成衰，襟抱分明欲向誰？漫作有情隨景物，聊憑微焰見鬚眉。鼓鳴稚子喧相引，簾捲佳人笑且窺。擾擾六街來復去，風光還似盛年時。

【箋】

案孫枝蔚溉堂後集亦有詠老人燈，當是同時所作。

冶春絶句和王阮亭先生 甲辰清明作。

良辰恰好值天晴，城裏居人盡出城。不怕春風欺老態，也臨邗水過清明。

幾家杏花春雨後，幾家梨花溪水隈；畫船不厭朝朝上，芳樹須教緩緩開。

水邊深樹鳥聲和，樹下輕風吹笑歌。惱殺紅橋賣漿媪，韓家園子醉人多。

輕薄兒郎放紙鷂，一絲牽引入青雲。蛺蝶喜歡飛不倦，雙雙只傍石榴裙。

老圃醉眠庭樹根，樹陰拂拂摇夢魂；墻頭一鵲叫不醒，飛下灌花古瓦盆。

天上紅日已亭午，划船正去浪船還；妖姬相見不相唤，各撥琵琶過水關。

雜管繁絃奏野航，聽來聲調是伊凉；邊關子弟江南老，今日曲中逢故鄉。

岡北岡南上朝日，落花遊騎亂紛紛。如何松下幾抔土，不見兒孫來上墳？

【校】

此題周本作十一首，其四、五、十一三首，見卷十五。

〔不厭〕周本作「那厭」。

〔樹下〕周本作「時有」。

〔紅橋〕周本作「虹橋」。

【箋】

〔王阮亭〕昭代名人尺牘小傳：「王士禛字貽上，號阮亭，自號漁洋山人，新城人。順治乙未進士，以揚州司理入爲户曹，特改翰林，官至刑部尚書。乾隆間補謚文簡。詩爲一代宗匠，與朱竹垞並稱。善古文，兼工詞。著有帶經堂集、漁洋三十六種。」漁洋山人年譜：「康熙三年甲辰，三十一歲，在揚州。春，與林古度茂之、杜濬于皇、張綱孫祖望、孫枝蔚豹人諸名士修禊紅橋。有冶春詩，諸君皆和。」

〔紅橋〕雍正揚州府志：「紅橋在北門外，一名虹橋。朱欄跨岸，緑柳盈堤，酒帘掩映，爲郡城勝遊地。」

〔韓家園子〕揚州畫舫録：「韓園在長堤上，國初韓醉白别墅。」

案帶經堂集漁洋詩甲辰稿有冶春絶句二十首。又汪楫悔齋詩亦有春郊絶句二十首，題下自注云：「甲辰清明同吴野人作。」嘉紀此題亦當爲二十首，周本衹收十一首，恐係經選節者。

題舒樓贈徐蓂階

隋珠欲自珍，斂輝就魚目。斯人慕黄綺，栖止在塵俗。高卧朝已昏，相知樵與牧。雨晴一登樓，野色悠悠緑。谷風稍起蟄，虆虆入閑門。好鳥幾時來？已啼鄰家園。端坐閲時運，群生各就暄；惟有紫蘭花，相看兩無言。仲宣昔望魯，檻外山崔嵬。鄉思結雲木，楚風吹不開。登樓客已遠，作賦誰後來？念汝日嘯詠，鬢絲垂到顋。平生共鄉里，谿上對宇住。夜夜水中月，照青東西樹。野艇散漁燈，烟林醒宿鷺。岸曲板橋長，相尋互來去。

【箋】〔徐蓂階〕嘉慶東臺縣志：「徐發大字願小，安豐人。我達之姪。工詩，與吴嘉紀、沈聃開倡和。弟發莢，字蓂階，亦工吟詠。著嶺雲集、默菴詩稿。」案蓂階爲王石袍之弟子，與王鴻寶同隱樊村，改名弜。見袁承業東淘十一子姓氏。

夏日題程梅憨洗桐圖

秋蘭娱屈子，籬菊媚陶公。如何程梅憨，乃好青梧桐？翳翳蔭林堂，蕭蕭緣澗水。已堪托琴書，還畏霑泥滓。澗聲上樹飛，林氣濕人衣；炎暉炙四野，此地陰霏霏。眼底無纖塵，心神亦清絶。翻笑潁上翁，祇令雙耳潔！

【箋】

〔程梅憨〕未詳。

程聖瑞齋中聽吕方旦彈琴六首

住山徒夢想，過日在塵埃。鶴髮人無賴，龍唇客抱來。野烟初緑樹，村雨欲黄梅。忽似雲峰裏，松濤萬壑哀。

軫促商音至，林虚物態生；晚沙摇月色，鳴鴈落秋聲。海近七絃闊，風吹四壁清。只愁幽響散，自起掩柴荆。

花艷先生里，杯香處士家。無心成聚會，揮手作烟霞。泰岱遊榮叟，滄溟泛伯牙。不須矜古調，時俗重琵琶！大雅難爲和，庸人强辨音。自憐惟匿影，俗賞轉傷心。門内林泉在，襟前涕淚深。君看東海老，行坐亦孤吟。

韓錢吾老友，宛平韓畕、鄞縣錢肅圖皆善琴。疇昔共孤舟；燈下漁樵曲，江干草木秋。薊雲沉淅水，越梗轉燕丘；生死無繇見，關河萬里愁！

曁陽誰習隱？程氏有諸男。耕釣年皆少，風騷興自酣。君山遊雪後，吾道寄江南。想見聞琴處，梅花碧水潭。聖瑞族人川伯、仲旭、季和客江陰，聞方旦琴，皆有詩。

【校】

〔鄞縣〕夏本「鄞」誤作「蘄」，據陳本校正。

【箋】

〔程聖瑞、吕方旦〕皆未詳。

〔韓畕〕雪橋詩話：「宛平韓畕字經正，號石耕。父某，布衣，有行誼，與無錫高忠憲善，攜其二子來南中，因家焉。畕善鼓琴，尤工五言詩。四十不娶，遍游吴越間以終。初，畕之來南，天下猶無事；既遘喪亂，乃叙次其流寓之由，爲詩一篇，幾數萬言。兒時在金陵，與守陵内官相識，從觀陵祭，及見弓劍之陳，俎豆之設，與夫灌壇寢殿，規制曲折，悉見於詩。有天樵子集。」

〔錢肅圖〕國朝耆獻類徵：「錢肅圖字肇一，學者稱爲退山先生，浙江寧波府鄞縣人也。大學士忠介公肅樂之弟。以諸生倡義，歷官監察御史。辛卯翁洲之役，被俘不屈，同輩已戮盡，次及侍御，監刑者熟視，忽釋之，非所望也。生於萬曆丁巳八月二十一日，卒於康熙壬申十月初二日，得年七十六歲。有東村集。」

〔暨陽〕晉置暨陽縣，隋廢；唐又置，復廢。故城在今江陰市東。君山一名瞰江山，在江陰市北，下臨大江，以春申君得名。詳江陰縣志。

立冬前一日，過施弢若别墅看菊，見贈黄白二本

板橋谿上入垂楊，殘雨霑衣草路長。密菊叢叢爲圃地，疏籬曲曲讀書堂。群安脆弱凋寒野，獨蓄芳菲發夜霜；節概挺然當歲暮，人間何必貴松篁！

陰晴終歲荷栽培，淺白深黄次第開。野水孤茆塵隔絶，斜暉三徑客徘徊。名傳淘上初逢賞，種自昭陽遠購來。高趣主人偏會意，寒芳分贈老夫回。

枝上烟霜暮不晞，蒼頭握抱到柴扉；可憐小室籬花滿，自笑空囊酒伴稀。夜静燈前香漸漸，寒生壁上影依依。田間嗜飲陶元亮，發興還應待白衣。

江淮秋盡轉繁華，菊蕊香中賣酒家；杖掛青錢煩地主，風吹皂帽敝天涯。頻年

飄轉身如葉，今日鄉園老看花。從此荷鑱門不出，海風村雪護新芽。

【箋】

〔施弢若〕嘉慶東臺縣志：「施宗鍔字弢若，安豐人。慷慨尚義。山陰丁世隆攝分司，數月罷，居揚州，囊橐蕭然。宗鍔助貲令赴都，尋復涖任，待鍔有加，鍔了不爲意，亦不趨謁。好賓客，建別業曰聽花草堂，吴嘉紀有讌集詩。」

〔海上〕見卷一臨場歌箋。

〔昭陽〕即今江蘇興化市。重修興化縣志：「興化，戰國時屬楚，相傳爲楚將昭陽食邑，故名。」

酒間口號答句曲張鹿牀 次來韻。

看雲藜杖手中持，身在塵埃詠采芝。孟陋布衣須自愛，袁閎土室正堪思。華燈設宴今何夕？老友相逢昔未期。不放深杯同醉倒，海天霜月鴈鳴時。

芳馨酒盞日同持，應勝囊中朮與芝。客路野蔬聊佐飲，仙鄉山色漫相思。江湖釣艇容誰坐？京雒蒲輪爲爾期。醉嚮故交論出處，自憐牙脱髮黄時。

【箋】〔句曲〕江蘇句容縣。乾隆句容縣志：「縣有勾曲山，山形如巳字，勾曲而有所容。又名曰句曲，句容也。」

〔張鹿牀〕張芳字菊人，號鹿牀，又號澹翁，句容人。順治壬辰進士，授宜江令，旋罷歸。工詩古文。康熙七年，奉母來泰州，主監生張士顯家。見藏弆集、乾隆句容縣志、道光泰州志。

題畢吏部醉眠圖贈方恂如

何以了一生？蟹螯與酒杯。方生悦吏部，繪畫以寄懷。閉户静相對，近前酒味來。塊然樽罍傍，土木其形骸，人生有如此，萬事皆浮埃。只恐比舍釀，不如白墮醪；劉白墮善釀香醪，飲之，經月不醒。醒解俗情至，腸腹難洗淘。吏部眠未醒，方生心已焦。

【箋】〔方恂如〕鄧孝威詩觀：「方挺字恂如，號孺菴，江南江都籍，歙縣人。著有碧山堂近草。」

送雷希樂

海岸試一望，悲風夕茫茫。鑿冰不可飲，低鴈徘徊翔，無以慰其渴，何言謀稻梁？遊子宿酒醒，忽驚非故鄉。出門逢舊識，握手陌路旁。相識誰相知？人各有肺腸。柳鳴蒼鷹雛，野過短日光。故廬在何處？惻愴上河梁。回頭念若翁，芳蕙隱深莽；艾陵湖水上，高詠結茅宇。馬班世空傳，沮溺情自苦。竹西芙蓉花，相對戹同舉。宛然一笑言，已歷十寒暑。我今飄素髮，翁乃入黄土。殘生寄乾坤，顧影悲羈旅。論文無知音，送子淚如雨！

【箋】

〔雷希樂〕名毅，雷伯籲之子，孫枝蔚之婿。見汪懋麟徵君孫豹人先生行狀。

〔艾陵湖〕康熙揚州府志：「在城東北四十五里。」

案雷士俊字伯籲，涇陽布衣。與孫豹人聯姻。有艾陵詩鈔、文鈔。見二南遺音。艾陵文鈔莘樂草堂記附雷希樂後記：「順治戊子，先君搆草堂於樊汊西北隅，顔曰莘樂草堂，志隱也。十數年間，疊罹水患。己亥夏，去樊汊五十里許，遷於周墅廟北，艾陵湖南。軒楹堂構，悉如舊制，因仍其名。其地土滋木茂，遂奉先大人窀穸於斯。」

船中曲 谿東淘至邵埭作。

石尤何太狂？爲惱離家客。十里朱顔村，到來頭已白。

流水逢村住，行人有底忙？去來不一盼，菜花他自香。

船姥憐阿女，坐船招女婿。蘆葦静新人，滄浪足家計。

儂是船中生，郎是船中長；同心苦亦甘，弄篙復蕩槳。

戚墅好泊船，湖來雨颯颯。圓笠碧蓑衣，茭中射野鴨。

野鴨銜水飛，小兒拍手笑。寡婦撥船來，回頭老鸛叫。

旗子插船頭，客人坐安穩！儂聽提督差，官兵敢來近！

東家禾不收，相從學駕船。篙檝勝耙耝，日日數人錢。

斷梗不怨風，浮萍不思土；鄉園拚棄絶，租吏餓殺汝！

黄牛愛上河，白魚愛下河；上河樹陰大，下河蓮葉多。

可憐邵伯湖，昔浪今安在？水中田土來，魚鱉走入海。

【箋】〔邵埭〕即邵伯埭。讀史方輿紀要：「邵伯鎮在甘泉縣北四十五里。洪武元年，巡檢張仁開設邵伯埭，今爲邵伯鎮，邵伯驛亦在焉。爲水陸孔道。」〔邵伯湖〕重修揚州府志：「邵伯湖在城北四十五里。晉太傅謝安出鎮廣陵，修築湖埭，民思其功，以比邵伯。」

案顧炎武天下郡國利病書卷三十泰州河渠考：「海陵水利，來自淮泗。其自高郵、邵伯灌入下鄉者，爲下河，田土居多而海爲之洩。其自灣頭東折者，爲上河，田土無幾而江爲之洩。此其大較也。上、下河俱爲運鹽故道，蓋不獨民田藉其灌漑，而鹽場萬艘，往來如織，實爲國家命脈之所繫云。」

與仔靖弟

吞聲卧蓬蒿，顧影驚衰老。揭車逢歲晏，不若三春草。況余實凡材，地瘠生意小。漫自計珍賤，伊誰共襟抱？鶗鴂亦已鳴，花葉亦易槁；紛紛榮落外，吾愛連枝好。賤貧欲誰嚮？趙壹遭鄉閭。翳然枳棘間，鴞多黄鵠孤。霄漢豈無路，羽毛不得舒。吾弟禦侮來，意氣靡群夫。寒暄時相須，如彼葛與裘。九月颶風作，海色愁閑鷗。阿兄把魯酒，阿弟佩吴鈎；門楣有藉在，多難復何憂？時俗攻文藝，腐氣銷清真；悠悠三百年，章句困殺人。吾叔情何似？弟尊人玉水先生諱纘姬，山東庚午舉人。秋天遊孤雲；方舒倏然卷，惝怳江淮濱。堂上歡菽水，門外理絲緡。風波曾不避，葭菼甘自淪。清節映漁竿，吕嚴何足云？

疇昔童稚時，抱文謁吾叔，顧我衆人中，謂是藍田玉。田忽變爲海，玉猶未出匱；淚眼看滔滔，泥途就碌碌。清晨侵露出，薄暮睞烟歸；燕麥炊作餐，兔絲織作衣。衣食亦猶人，誰知我寒饑？回頭念賞音，此生幸一遇。苦竹不開花，春風空煦煦！

【箋】

〔仔靖〕未詳，當是嘉紀族弟。

〔吴纘姬〕康熙重修中十場志：「吴纘姬字璣灘，安豐人。其先以旗籍隸登州。曾祖國相，嘉靖中，以進士官南京户部，欲回籍，不果。及纘姬舉於鄉，值山左亂，挾弓持矟，護二親出重圍，遂成祖志。還居海陵。爲人慷慨負氣節。」

寄程蝕菴

練江巖岫内，沙白葦蕭蕭。鶴髮浮孤艇，漁竿閱兩朝。嶺雲流作瀑，澗樹側爲橋；不得來攜手，思君顏色凋！魯連老東海，周術卧高車；商雒一名高車山。貧賤同輕世，登臨各異居。楚雲逢一鴈，淮水送雙魚；疏懶應容我，三年始報書。

【箋】

〔程蝕菴〕石修歙縣志：「程守字非二，號蝕庵，郡城人，錢塘籍，諸生。甲申後謝去，一意爲詩，刻劃多創語。書法奇崛。涉世早而歷年尊，四方名宿皆知之。性澹泊，操守極嚴。年七十一卒。著省静堂集、汰錦詞。」

〔練江〕環繞歙縣，揚之、布射、富資、豐樂四水，分派合流，直瀉如練，而抵於城南。平衍渟蓄，竟川含緑，是名西溪，所謂河西之干也。見歙縣志。

廣陵過嘉樹堂，贈汪左嚴孝廉 時四十初度。

偶遊歌吹地，不覺歲時增。人疾佯狂叟，君稱耐久朋。瓦盆栽蕙草，石鼎煮江冰；賓主繁華外，清談共一燈。

裘弊仍披褐，羹香半是葵。讀書因悦母，租塾自教兒。雪失荒城路，風栖勁木枝。年華值强仕，欲出轉遲遲。枳棘叢雖密，蘭芝氣自芳。虚懷嚮親友，令德發文章。他日謝安石，清風田子莊；卧看嘉樹大，緑蔭滿空堂。白岳白雲裏，君白岳人。松門石徑斜；半空飛瀑布，其下有人家。山響猿呼子，烟香樹發花。幾時隨我友，仙境醉流霞？

【校】

〔題〕「汪左嚴」王本「汪」誤作「江」。王、楊二本卷一止於此詩，十月六日羅母初度、汪持後過訪時有豫章之遊、挽鮑念齋三題缺，楊本補輯爲陋軒詩遺，附於詩續之後。

【箋】

〔嘉樹堂〕康熙揚州府志：「嘉樹堂、醉白堂，并汪士裕之居。」

〔汪左嚴〕汪士裕，秦黌適園先生傳：「字左嚴，一字容庵。先世居徽之休寧金村。祖心一始寓揚，遂籍江都。舉康熙癸卯科鄉試，屢上春官，隨牒授太湖教諭，艱歸；補沛縣，擢廬州府教授以終。是時，其宗人之在揚者，有叔定、季角、舟次，皆以詩文名海内，縞紵徧其門。秦中孫豹人攜家僑居，泰州吴野人亦不時至郡，左嚴唱酬贈答，因以盡交海内名人。其見於詩集者，可彷彿一二識也。」

〔白岳〕休寧縣志：「白嶽山，在縣西三十里，高三百仞，周三十五里，奇峰四起，絶壁斷崖，遊齊雲者，必先登焉。」

十月六日羅母初度贈詩六首 羅有章、懷祖、臨思之母。

我有盈尊酒，其名曰流霞；一酌精神清，再酌顔色酡。欲贈世人飲，世間人何多？躊躇塵俗内，日入抱還家。聞有羅生母，林下風灑然。到門斟一觴，酒香梅花前。尊酒何足惜，要别愚與賢！

早年良偶偕，並影在山林；盡洗胭脂妝，春汲身獨任。石泉流入户，爲君清釜鬵。巖谷暇日多，提攜試登臨。野鹿作山侶，風松無俗音。鮑桓挽遊駕，朱孔樵遠岑。雲起翠微中，皚皚會人心。

君子事遠遊，門户將焉恃？積蓄稍有餘，云是母經理。人家有當積，母謂不在此；腴田讓叔季，寶飾分娣姒。娣姒競桃花，已獨守秋瓜；割瓜弗棄蒂，苦味盈襟袂。高義與山齊，鬚眉愧巾帨。

三子何翩翩，侍母機杼旁。教之夜開書，焯焯檠燈明。詞華夙所薄，榮譽心尤輕；賢聖傳人間，豈必皆簪纓？他人望子顯，母乃誨兒藏。箕山碧靄靄，潁水流洋洋；懷珠被毛褐，堂上有輝光。

長公詠佳句，憶昔客揚州；詞氣能感人，春風共和柔。城郭人民熱，仲子獨如秋；心慧情易虛，堦庭樹颼颼。養母兼事佛，茹菜不食牛。艷艷槿花發，輝輝螢火流。遺榮背微光，來伴東海鷗。

攜家棄新安，卜此海陵居；海陵稱沃壤，其人多荷鋤。出郭新柳來，鳴禽如笙竽。老人重避世，稚子學爲漁。回首望兵火，舊栖已成墟。俗澆民必亂，慮遠室無虞。故鄉千萬家，明哲誰相如？

【箋】

〔羅母〕姓葉，歙縣人，羅若履妻，生三子：慶善、述善、教善，即有章、懷祖、臨思也。康熙己未十月，六十初度，以詩文稱壽者甚多。見魏禧魏叔子文集羅母六十序。

〔新安〕今安徽歙縣。歙縣志：「晉太康元年，改新都郡爲新安郡。」

〔海陵〕即泰州，東漢爲海陵倉。

案溉堂前集有壽羅母葉太孺人詩，編入康熙十八年己未（一六七九），此詩當作於是年。

汪持後過訪，時有豫章之游

荷杖若翁後，來遊東海濱。清吟兼奉養，孝子是詩人。狎水沙鷗逸，憑風乳燕新。還聞訪同調，葦下問迷津。老逢黄叔度，相與可忘年。忽别海濱月，獨登江上船。樹陰迎槳緑，荷葉近窗圓。泊宿潯陽夜，空山聽落泉。

【箋】

〔汪持後〕未詳。

〔豫章〕今江西南昌。漢高帝六年，分置豫章郡，治南昌縣。見嘉慶重修一統志。

〔潯陽〕今江西九江。晉永興元年置尋陽郡，屬江州。唐天寶元年，改爲潯陽郡。見一統志。

挽鮑念齋 有序

念齋諱耀祖，父夢斗，乙酉客蕪城。四月，兵屠城。耀祖在宛陵，聞父訃，時方九歲，往蕪城尋父屍，不得。笥中得父敝衣，抱歸。歲時泣祀，奉母守節。母死，哀毁成疾。因卜地以斂衣置棺中，招父魂同母厝於南梁，栽樹左右，日夕攀樹枝，哀號灑泣，踰年死。聞者莫不悲之。

獨遘傷心禍，應爲早死人。魂招衣當骨，淚盡子隨親。孤稚遺天末，三棺客海濱。手栽原上樹，霎霎野陰新。

【校】

六卷本卷一迄於此詩。

【箋】

〔鮑念齋〕詳卷六贈鮑節婦二首箋。

吳嘉紀詩箋校卷三

擬古

陽春二三月，夭桃花發紅。十五女當壚，掩映桃花中。錦衣誰家郎？過門駐青驄。殷勤就沽酒，持贈雙玉珫。酒直曾幾何？郎意良爲儂。長跪還玉珫，願請陳鄙衷：葑菲體誠賤，終不爲飄蓬。儂雖未有夫，何敢謾相從！

故人千里外，寄我以松子；再拜受遠遺，種植家園裏。幹節出泥沙，雨露同桃李。芳菲如錦時，每不令人喜。到今三十年，舊顏獨不改。寸心久弗渝，故人亦如此。

大漠數千里，蕭條古邊塞。昔時征戰卒，但有白骨在。故鄉永不歸，野魂泣枯萊。廟堂策戰勳，何年及汝輩？北風愁殺人，慘澹寒日晦。亭堠徒連連，守禦漸弛廢。衛霍没已久，列士悲且慨！

暗牖得明膏，安用皎月光！久客有賢主，何須思故鄉！酒闌親昵散，嗟哉夜未央！羈思成苦調，錦瑟不在旁。出門無人語，枯葉下高桑。徘徊望廣川，何處有津梁？

程飛濤送苦蒿酒

又見海榴開，鄉園夢幾回？老年怕爲客，連日只銜杯。野月臨新竹，城烏下古槐。故人得名酒，自送一樽來。肺病頻年歲，嗔人羨苦蒿；此時斟忽滿，垂老興初豪。飄泊安吾道，沉酣賴汝曹。今宵容易睡，一枕不須高。

【箋】

〔程飛濤〕見卷一送吴仁趾北上箋。

送汪二楫遊攝山

楫也忽嘆壯身纏轗軻，筍皮笠子藤杖荷，大笑出門訪名嶽，先去攝山山頂坐。眼看東海夜月升，手弄寒空曉雲破；疊浪崖名。勢連峭壁湧，白乳泉名。聲自崇巒作。憶昔郝髯偕我來，中峰澗中石上卧。細苔冉冉終日濕，古樹森森兩崖大。懸泉曲折遠投澗，分散亂從樹根過。郝髯倦遊今負瘵，鄙人飄泊正苦餓；致汝登途屢回望，攜手侶伴少兩箇。佳山良友可怡悦，兼此二者誰能那？日落且向棲霞寺，江峰寂歷歌自和。爲我寄語六朝松，老幹無恙真足賀。

【箋】

〔攝山〕即棲霞山，在南京市東北，山多藥草，可以攝生，故名。見上元縣志。

〔疊浪崖〕攝山志：「疊浪崖在西峰之側，層崖岸嶹，亂石錯之，高低起伏，如大海潮汐，波瀾萬疊。崖下爲見山樓，前後疏窗洞達，通以迴廊，翼以傑閣。憑欄而望，九松鬱然。西峰最勝之處。」

〔白乳泉〕建康志：「白乳泉在攝山棲霞寺千佛嶺下。昔因人伐木，始見石壁上刻隸書六大字，曰『白乳泉試茶亭』，不知得名於何人。」

〔郝髯〕謂郝羽吉，見卷一郝羽吉寄宛陵棉布箋。

〔棲霞寺〕攝山志：「棲霞寺，居山之陽，爲南齊永明七年處士明僧紹舍宅所建。」

〔六朝松〕攝山志：「六朝松，相傳爲梁武帝所植。黛色蒼皮，亭亭如蓋，虬幹擎張，懸空飛翠，經千五百餘年矣。」

案陳維崧湖海樓詩有送汪舟次遊攝山同王西樵吴野人賦，孫枝蔚溉堂詩亦有送舟次讀書攝山七古一首，二詩均編入康熙五年丙午（一六六六），此詩當作於是年。

十月十九日，贈王黄湄二首 時黄湄三十初度。

蘭若生山中，花葉自葳蕤；芳馨感君子，移植白玉墀。一朝蒙顧瞻，形影何光輝！榮華及時敷，常恐秋風吹。盛年難再得，景曜日夜馳。老驥伏櫪下，努力亦已遲！

我衰爲傭者，君壯稱進士；天涯俱窮途，出處無一是。寒風吹枯桑，怒號郭門裏。鴻雁哀鳴來，遊子塞兩耳。感君懷慨慷，相逢顔色喜；酒酣發悲歌，燈前拔劍起。眄彼孟嘗門，紛紛躧珠履。我曹無其才，飢寒何足鄙！

【箋】

〔王黄湄〕即王幼華，見卷一答贈王幼華箋。

案黄湄詩選有甯克振同年推余禄命戲呈一首有句云：「偶與東坡同丙子，曾官南楚怕庚寅。」

下注：「余生丙子年庚寅日也。」丙子，爲明崇禎九年（一六三六），至康熙四年乙巳（一六六五）恰當三十。此詩當作於是年。

善哉行二首

華鐙熲熲，命管調絃。親交滿堂，誰不豪賢！一解。名花易零，良宵易晨；及時弗樂，老來逼人。二解。夢騎虎身，寤當麋額；麋額有角，抵觸孤客。三解。寶刀在手，疾視橫行。勳著人間，退守躬耕。四解。涇水入渭，濁我清波；貧賤不廉，受辱良多！五解。

車輪薄薄，迅如日月；逢舊道旁，各驚華髮。一解。黃鵠自怨，鶱舉高高；顧盼網羅，辛苦雲霄。二解。含意勿吐，竊愧稱夫。群士仰訾，闊脣短軀。三解。夸父逐日，帝女填海；雖罕成功，志願恒在！四解。解憂深夜，唯絃與觴；醉彈一曲，星辰摇光。五解。

客中行二首，呈關中王季鴻

川陸無人聲，層雲黯短日。白髮行路子，歲暮慘無色。褐敝帶復斷，寒軀傴不直。陽鳥東南飛，肅肅振羽翼。水深舟楫絶，徒望舊家室。采茶滿懷抱，辛苦人不識。低頭還入門，脈脈向儔匹。

淵淵東海水，盤盤太華山；爾我結交情，豈不深且堅！管鮑重貧賤，風流存往編；何須歌越謡？所願名譽賢。今日美少年，明日凋朱顔；男兒生一世，倏如雲過天。匡衡不讀書，今人誰爲傳？

【箋】〔王季鴻〕王幼華之叔父。黄湄詩選有送家叔季鴻先生遊睢上謁后土祠詩三首，當即此人。

送王季鴻之西泠

高堂十二月，佇望車輪返；浮雲入吴會，誰知獨偃蹇？夜起別親人，殘月照餐飯。鴻雁已北飛，斗柄亦東轉。還家未有期，冰霜路更遠。江樹晨風鳴，徙倚心腸斷！

雄雉匿深莽，不知毛羽鮮。君子在草野，幾人識其賢？西湖春二月，桃李争芳妍；觀者皆快意，遊子獨愴然！此鄉雖云樂，不如歸舊川！毛義室有親，趙壹囊無錢。莫待花落盡，山山啼杜鵑。

【箋】

〔西泠〕指杭州。

案孫豹人溉堂詩有新歲寄懷王季鴻遊浙中自注：「季鴻親家爲浙中巡鹽御史，聞方謝客，雖至親亦罕得通謁。」故詩有「崔盧李鄭雖名族，得及朱陳相見無」之句。溉堂詩編入丙午，此詩當作於康熙四年乙巳（一六六五）歲暮。

泛舟詞，贈程臨滄、飛濤

泛舟何處所？泛出郭門去。郭外蓬蒿滿廢宫，盡是古人行樂處。古人不可見，今人載酒來。烏鴉飛出煬帝冢，黄犢走上吴公臺。程生兄弟殊英妙，酌酒勸予開口笑；予亦回尊相勸語：「痛飲應須及年少！君不見畢茂世、劉公榮，一生生涯唯爛醉，天壤間傳飲者名。又不見吴賓賢，肺病天涯常獨眠；今日病除躭麴蘖，髮禿形羸已暮年！」

【箋】〔程臨滄、飛濤〕即程湄、程澎昆仲，歙人，居江都。見卷一送吴仁趾北上箋。程澎有泛舟平山堂送吴野人歸陋軒詩云：「明朝各南北，今日且登臨。雲静青山近，鶯啼緑樹深。貧交離別老，僻壤雪霜侵。海水知無際，思君一鼓琴。」

〔吴公臺〕康熙揚州府志：「吴公臺，在城西北四里，一名弩臺。劉宋大明三年，沈慶之攻竟陵王誕，築臺以射城中。陳太建中，吴明徹攻廣陵，增築之，亦以射乘堞之士，故號吴公臺。」

送王黄湄之海陵

是我還家路，扁舟汝獨行。干人初短氣，去國各含情。海水孤城暗，霜風一雁鳴。此鄉稱僻壤，誰更識虞卿？

【箋】〔王黄湄〕王幼華號，見卷一答贈王幼華箋。

〔海陵〕即泰州，見卷二十月六日羅母初度贈詩六首箋。

別徐大次源歸陋軒，時贈予臘酒園梅

臘酒與園梅，提攜送我回。香從石甕出，花上野航開。故里陽春近，東風暮雨來。到家樹植了，斟酌興悠哉！

【箋】

〔徐次源〕賴古堂集古香堂詩序略云：「徐次源，諸生，天都人。寡交遊，細瘦苦吟，酷似李長吉。死年二十七。吳賓賢刻其詩一卷，曰古香堂詩。」

〔陋軒〕嘉慶東臺縣志：「陋軒在安豐場吳家橋西，吳嘉紀宅。」

傷戴酒民

平生有真樂，飲酒與使錢；朝急窮乏友，暮置歌舞筵。金盡罍亦竭，形骸合棄捐。獨惜蘭蕙質，委化荆棘間。酒伴不相顧，風雨鳴杜鵑。徒聞存白骨，不得及黄泉。

慷慨出門去，親戚悲牽衣。寸心既許人，寧復問是非？嶮巇至絶命，高歌對落暉。自笑如浮雲，無山不可依。鄉路雖咫尺，生死總不歸。閨中老寡婦，引領空歔欷！

【箋】

〔戴酒民〕休寧隆阜人，爲汪舟次之岳父。汪楫悔齋詩七言古有壽内翁戴酒民先生五十一首。

上巳集汪叔定、季角見山樓 分得「風」字。

來登汪氏樓，眺望春城中；開襟向遠山，悠然來清風。令節因命酒，發興有群公。鳥歸靈曜暮，烟暖櫻桃紅。行樂及芳時，此意古所同。勞勞百年内，況予成老翁。

【箋】

〔汪叔定〕淮海英靈集：「汪叔定名耀麟，號北皋，江都貢生，與弟懋麟齊名。著抱耒堂集六卷、南徐唱和詩一卷、愛圃倡和詩若干卷。」

〔季角〕揚州畫舫録：「汪懋麟字季角，號蛟門。以康熙丁未進士官舍人。每入直，攜書竟夜展讀。夢十二硯入懷，遂以名齋，朱竹垞爲之記。自號覺堂居士。丁母憂歸里，膺薦舉博學，不赴。服闋，以主事銜入史館，與修明史。三年，補刑部。著百尺梧桐閣集二十三卷。復以鄭樵通志浩繁，手爲删訂。死後葬於平山堂側。」

〔見山樓〕康熙揚州府志：「百尺梧桐閣在東關大街，中有見山樓諸勝。」

案溉堂集卷二有上巳日同于皇、賓賢、湛若、龍眉、舟次、仔園、夐巖諸子集汪叔定、季角愛園，登見山樓詩，汪懋麟百尺梧桐閣集有上巳杜于皇、吴賓賢、孫豹人、黄雨相、華龍眉、王仔園、顧思濟、夏次功、魯紫漪、家秋澗、左嚴、叔定、舟次諸兄集見山樓詩，均編入乙巳，此詩當作於康熙四年乙巳（一六六五）。

送汪左嚴歸新安

出城屢極目，江南多翠微。遊子念舊山，清涕滿裳衣。丘墓荒草裏，常望兒孫來。松枝樵采盡，猿聲月下哀。一朝得歸去，快如兩翼飛。斷蓬風吹轉，舊根暫相依。嘆息身未閒，不得買釣磯！

舉世躭麴糵，唯君愛啜茶。煮泉聲蕭蕭，宛在山之阿。茆齋春月白，招尋到君家。左嚴久家揚州。千年雲霧草，早春松蘿芽。皆新安上産。清涼味滿椀，消渴奈人何！時時持飲予，謂予抱此疴。今日新安去，幽事豈不多。看君策斑馬，白首搔天涯。

【箋】

〔汪左嚴〕見卷二廣陵過嘉樹堂贈汪左嚴孝廉箋。

〔新安〕靳修歙縣志：「晉太康元年平吴，改新都郡爲新安郡。」

〔松蘿芽〕休寧碎事：「茶初摘時，須揀去枝梗老葉，惟取嫩葉。又須去尖與柄，恐其易焦。此松蘿法也。」

案悔齋詩亦有送左嚴兄歸里詩。

題亡友江天際畫 甲辰秋，汪舟次招諸同學泛舟平山，天際即景作畫。

牛羊落日散秋山，沽酒維舟緑樹灣。座上畫師成隔世，空留風景在人間！

【箋】

〔江天際〕石修歙縣志：「汪洪度題吴在田畫謂：『吾鄉繪事，國初爲盛。松圓老人後，僧漸江、程垢區、查梅壑、祝壯猷工山水；家璧人、江天際工人物；而在田起，與之頡頏。』」

〔甲辰〕康熙三年（一六六四）。

案溉堂集亦有汪舟次出亡友江天際所畫與予輩泛舟圖漕然題此七絕一首云：「酒伴曾攜棹木蘭，牛羊滿路日將殘。自從失却丹青手，楊柳芙蓉不忍看。」詩編入乙巳（一六六五），此詩亦當作於是年。

城北泛舟

高塍流細泉，湖草碧芊芊。燕子歸僧舍，楊花落酒船。良辰連雨後，往事古臺邊。水調無人唱，隋宮起暮烟。

【箋】

案城北謂揚州城北也。

過孫園

北郭繁華裏，閒園人不知。野荷入門長，堤柳向亭垂。老圃收桑葚，鄰家唱竹枝。開樽因取醉，鶯語夕陽時。

【箋】

案悔齋詩亦有過孫氏園亭五律一首，題下注云：「同吴野人、仁趾、程翼士、左嚴兄賦。」

送程翼士

出城江水大，雨歇開夕陽。程生攜妻子，歸去東臺場。輕舟入浦烟，風起芙蓉香；去者方愉悦，送者忽徬徨。宿昔舊茅屋，與君同一鄉。海潮漂里巷，親友半流亡。家有卧病妻，秋月夜正長；蕩子貧不返，望望涕霑裳。

【箋】

案悔齋詩有黄沙行送程翼士還東臺場七古一首，溉堂集亦有泛舟城西送程翼士之東亭詩，編入康熙三年甲辰（一六六四），此詩當作於同時。

七夕送王阮亭先生

黄河新秋時，涼風吹去舫。帆底宦遊人，欲發重惆悵。月高銀漢斜，雙星默相向。回首望廣陵，烟樹浮新漲。一鳥失其群，雲霄自飄颺。官閣風自清，塵務日以寡。俸米用不足，時時向人假。清廉聞玉墀，琴書赴金馬。劉侯不可留，耆老淚盈把。臨行取一錢，贈與釣魚者。先生時有贈遺。

【箋】

漁洋詩話：「余在廣陵五年，多布衣交。甲辰内遷，乙巳七夕，諸詩老送別禪智寺。」此詩當作於康熙四年乙巳（一六六五）七夕。

七夕同諸子集禪智寺碩公房，再送王阮亭先生

蒼惶不肯别，送送多纏綿。泊船尋古寺，秋螢飛野田。草深去途隱，處處生寒烟。山僧惜離人，殷勤煮石泉。今夕且歡會，新月正娟娟。蘇公送客處，高岡滿荆棘。今日别離人，於此重攀陟。入户訪詩碣，蘇長公送李孝博遊嶺表詩碣。塵埃試拂拭。作者時已遠，宛如見顏色。江山重文章，斯道迹久熄；出處雖不同，吾曹各努力！

【校】

〔題〕遺民詩作禪智寺送客。

【箋】

〔禪智寺〕謝吟廣陵覽古：「上方寺，即禪智寺，一名竹西寺，在城北五里蜀岡上。每天氣晴朗，南徐諸山，蒼然襟帶間。隋煬帝幸江都，令合東西南北四寺爲一，更名上方禪智寺。寺内有石刻吳道子畫寶誌公像，李白作讚，顏真卿書，謂之三絶碑。」

〔碩公〕謂僧碩揆也。王弘撰西歸日札寄碩揆上人詩注：「碩揆，儒者也，有托而隱於浮圖。久主靈隱，有讒於當事者，留揭而去。」鄧孝威詩觀：「釋原志碩揆，江南鹽城人，有借巢、正續堂諸集。」

案帶經堂集有七夕諸公集禪智寺祖道留别二首，其一云：「傾城相送罷，日暮到禪扉。月出星河淺，山空人迹稀。清江去淼淼，徒御情依依；緬想東林事，風塵未息機。」其二云：「昔送日南使，今歸天北人。諸公復高會，片石悟前因（寺有蘇公送李叔師使嶺南詩斷碑）。星影依雙樹，鐘聲絶四鄰。誰言竹西路，相望是天津？」

〔詩碣〕漁洋詩話：「東坡送李孝博詩石刻，在蜀岡禪智寺，斷仆已久，而字畫幸無刓缺。余訪之出諸榛莽間，緘以鐵。會重修禪智，三峰碩揆禪師來爲住持，屬陷字方丈壁間，所謂『新苗未没鶴，老葉初翳蟬』者也。余次韻亦刻一石。」

案漁洋山人年譜：「康熙四年乙巳七月，登舟北行，諸名士祖道於禪智寺碩揆禪師方丈。有禪智倡和集。」此詩當與前詩同時所作。

與汪伯光二首

八月潮汐落，草白范公堤。堤上堤下海雲黯，鵁鶄哀叫風淒淒。君家何爲久羈此？黄金散盡歸途迷。涼秋席門掩窮巷，林雨淅瀝鴉欲栖。多病相如徒有壁，一寒范叔正無綈。試看親友感恩者，藥餌酒錢誰爲攜？

昨夜河漲太無賴，狂瀾竟從衡門入；架木作巢茆屋中，一家人共雞犬集。夙昔故交不得見，長橋高岸俱爲隰。惟爾寂寥偏念我，小舟溯洄每尋及。蘆葦花開月照人，重陽節近風吹笠。我適遠歸爾病起，酒杯會須同爾執！

【箋】

〔汪伯光〕未詳。

〔范公堤〕廣陵覽古：「范公堤，即捍海堰，唐黜陟使李承創築。宋開寶中，知泰州王文祐增修，後圮。天聖中，范仲淹監西溪鹽倉，議更築，發運副使張綸上其事，且自請知泰州，以仲淹令興化，董修築之役。越三年堰成，障蔽潮汐，民得安居，農子鹽課，兩受其利，因稱爲范公堤。」

宿白米村

黄葉樹頭下，北風溪上涼。村孤愁獨夜，人老適他鄉。水店飛螢入，秋田晚稻香。故林望不見，葭菼暮蒼蒼。

【校】此詩夏刻續集卷下重見，題作宿白末村。

【箋】〔白米村〕雍正泰州志：「白米鎮在州治東六十五里。」

東淘九日

野水沉沙岸，邊鴻到竹扉。在家時節好，送酒友朋稀。晴日争收豆，霜風促補衣。東籬花發盡，只爲主人歸。

【箋】〔東海〕見卷一臨場歌箋。

送吴後莊歸灣沚

籠鳥不忘空，櫪馬不忘途。遊子踐霜雪，寧不懷舊廬？僕夫晨在門，惜伴留須臾。平生共歡樂，東西倏異居。昭昭西山月，流光及路衢。親愛從此隔，悵望雙飛凫。

憶昨君抱疴，攜手在海徼。東籬菊正花，夜夜明月照。病起淚轉滴，離群適遠嶠。良會固不常，其時年各妙。君今復罹疾，旅舍相慰勞；慰勞病稍蘇，荒江問歸棹。褰裳更送君，臨水見老貌。浩浩東流水，逝波何時倒？葉落難上樹，人老不再少。何如疾疢時，得共開口笑。

隱居在何處？乃在魚鹽中。邈哉於陵子，門户多清風。織布煩山妻，詩書嬌女攻；姓名何用著，方將爲人傭。湯湯黄河水，泥沙混濛濛；掉尾遊其間，不須别魚龍。

【箋】

〔吴後莊〕見卷一懷吴後莊箋。

〔灣沚〕江南通志：「灣沚河在寧國府治北，有渡有鎮，今爲鹽埠。北出楊青口，合黄池流入於江。」

案悔齋詩有送吴後莊歸宛陵兼柬郝羽吉詩，當爲同時送別之作。

留別王黄湄

雞鳴攬衣起，顧侶心踟蹰。晨月在簷楹，歡會戀斯須。丈夫非連枝，安能守根株？舉步便隔絶，何況秦與吴！海燕會東翔，塞馬思邊隅；升沉各有役，愴愴即長途。

桑榆風烈烈，行子踐荆棘；歲歲此道途，疲我筋與力。身孤多憂懼，野曠昧南北。日没故鄉遠，烏鳶號我側。一從別家人，頭髮都不黑。悲哉志士軀，用以求衣食！

念君客江城，破屋無來賓。除夕酒錢絶，雪片飄紛紛。搔首望秦川，懷中轉車輪。綺紵着昏夜，辨者復何人？可惜翩翩鵠，翔入鳧鷖群。

傅谿孤子行，追挽徐鏡如處士 諱之鑑，徐式家之父。

傅谿水，濺濺流；谿上群兒嬉遊。誰者兩稚子？登臺攀樹枝，太息夷猶。太息維何？他人有父有母，我兄弟亦人，命運獨罹愁苦！歸睞吾祖母，頭白身羸，前來挈孤，思欲存此二孤，貧家尚有機杼。山月在簷夜織縑，雞鳴天曙起織素。縑素各成匹，里姥購去；孤兒食粟，孤兒衣布。孤兒稍稍成人，堂上齒耄矣，不能苦辛。呼弟行賈，東適江淮，南適越與閩。蕪陰春暮，榆緑日晚；榆上老鴉啼，遊子心腸斷！負米返故山，雲深路不明。入里詢祖母，鄉鄰指丘塋。長跪丘塋前，我非祖母何繇生？蒼穹廣大恩難名！恩不報，作人何爲？呼天號泣，涕下霑衣。不如早就下泉，題書與弟，好視吾一雙黄口兒女；一慟便去下泉，噫歔欷！去不歸，祖母孫子長依依！

【箋】

〔徐鏡如〕溉堂集追挽徐鏡如詩并序：「徐之鑑字鏡如，歙西傅谿人。幼孤，祖母張獨支門户，年老體羸，朝夕手一梭。鏡如既長，與弟遊蕪湖，漸至羸餘。又數年，將治裝歸矣；未至里門，聞祖母歿，痛哭至月餘，骨立死，年僅三十五歲。崇禎庚辰年事也。吴賓賢爲作傅谿孤子行，予亦和焉。」

案濉堂詩編入康熙二年癸卯（一六六三），此詩當作於是年。

贈徐式家

人生莫早孤，早孤意悽惻。髫年適遠方，況復長寄食！黄葉一飄落，故柯難再識。丈夫思報親，立身天地間。宿昔寡師友，安得稱聖賢！出門復入門，秋風涕潸然！欲歌上留田，欲弔尹伯奇。尚有賢叔母，相視如親兒。有弟同一身，依依重連枝；骨肉不我薄，努力當此時！

【箋】〔徐式家〕徐鏡如之子，見前箋。

早春寄汪三韓

别來已旬日，西望心若失。春風至蕪城，曾否蘇疢疾？念昨相送時，贈我錢與履；履以踐野霜，錢以酤村醴。坐使羈滯客，平慎到鄉里。感君懷區區，欲報無璵璠。竊效古人義，遠寄蒭蕘言。蒭蕘意何如？錦箋長跪書，上言復下言：願君愛其軀！君與故人厚，歡喜烹雙魚。

【箋】〔汪三韓〕汪舟次弟，名琦，有百一詩，爲詩老所許。早殤。見孫枝蔚溉堂文集汪南珍屏齋詩序。

折陋軒梅花入舟中作

清溪正發數株梅，惆悵芳春别釣臺。手折花枝登小艇，前途看到十分開。

康山宴集，送王黄湄遊豫章

迢遞送遊子，兒童扶病身；登高花刺眼，勸酒淚霑巾。猿狖啼深夜，江湖正暮春。客途今更遠，何日却歸秦？

【校】〔客途〕感舊集作「飄蓬」。

【箋】〔康山〕見卷一登康山箋。

案康熙揚州府志有徐泌同諸子集康山送王又旦賦詩，汪楫亦有徐泌招集康山送王又旦遊盱江詩。溉堂續集卷一有贈王幼華五古四首，編入丙午，其三自注云：「幼華將有豫章之行。」嘉紀此詩當作於康熙五年丙午（一六六六）。

宿從容菴

老僧借宿處，窗對大江開。茆屋無門户，寒潮夜去來。火明揚子渡，鐘動妙高臺。蕭瑟憑風雨，繩牀有舊醅。

【箋】

〔從容菴〕光緒重刊江都縣志：「從容菴在瓜洲小南門外，面臨江，與金山相對。沙岸植柳千株，風景最盛。」

〔揚子渡〕雍正揚州府志：「揚子津，在府城南十五里，即揚子橋，一名揚子渡，又名揚子鎮。」

〔妙高臺〕在鎮江金山。京口山水志：「妙高臺在金山絶頂，宋元祐間釋了元建。有石刻王安國『妙高臺』三字。」

郝母詩 郝羽吉母。

傷心稱未亡，伊昔紅顔時。仰矢蒼蒼天，俯挈煢煢兒。家國值滄桑，兵刀耀朝日；殺人奪婦女，城中無處匿。用盡千黄金，母獨先時出。不嘆家屢空，孤雛毛羽豐。無心慕雲霄，避世屠釣中。頗爲晨昏計，悽惶走西東。今日上扁舟，明日乘羸馬；回首故鄉雲，愴然雙涕下！棲禽暮啾啾，負米歸江頭。老母顔色喜，庭開海石榴。

【箋】

〔郝母〕沈氏，明光禄丞郝璠妻，郝羽吉母。康熙江都縣志有傳。

案汪楫悔齋詩亦有同題，詩云：「甲申遭大亂，流離遍九有。丈夫紛紛時，何人知匹婦？婦是沈家女，今稱郝氏母。早歲歌黄鵠，伶仃四五口；大兒十歲餘，二女歲八九。風雨壓重檐，涕泣環相守。南都立新君，四鎮皆赳赳；一劉軍泗上，一劉軍淮右，靖南與興平，金印總如斗。社稷不曾復，先將輿地剖；私鬭滿江干，旌旗截飛鳥。母也挈諸孤，日日東西走。幾度脱重圍，不在兵燹後。全活到今日，令子爲吾友。論文常登堂，母儀肅户牖；治具必精腆，每食令人飽。何曾鬢髮空，見者吁嗟久。丙午夏五月，母稱五十壽。令子跪舉觴，日照菖蒲緑。吴生（野人）爲作歌，孫郎爲擊缶。苦節得令譽，皇天不相負；寄語采風人，慎勿遺井臼。」此詩當與汪詩同作於康熙五年丙午（一六六六）。

題孫豹人撫琴圖

高生入秦，伍氏適吴；鉛筑鐵笛，困辱窮途。孫郎出關，焦桐坐撫。懶事成連，羞爲阮瑀。悽悽秦聲，烈烈壯心。聞此音者，誰不沾襟？

【箋】案漁洋詩有題孫豹人小像，詩云：「絶磵長松不世情，科頭箕踞一先生；胸中磊塊無人語，落落琴聲大蟹行。」

題振衣千仞岡圖，爲郝羽吉

峨峨高岡，鸞鶴之鄉。彼何代子？來遊來翔。手整襟帶，身俯松篁。緇塵弗及，笑弄景光。昨日世網，搔首相望；今日天風，衣衫飄揚。

【箋】

案溉堂集爲郝羽吉題小像詩序：「戴葭湄爲郝羽吉畫小像，置身千仞岡上，蓋取太冲句也。方爾止、吴賓賢、王幼華各題詩其上。羽吉將之蕪陰時，留此圖索予題。諱名所獨，予每臨左詠，輒增躊躇，因而閣筆三年餘矣。辛亥秋，始與郝重相聚江都，責及宿逋，既不可卷還前畫，不得已，因其歸來，却更爲遠望當歸圖賦成與之。」

〔郝羽吉〕見卷一郝羽吉寄宛陵棉布箋。

題汪長玉舟中獨酌圖

郭門青甓，舒州舊杓；拖上釣船，任船飄泊。葦白江清，鷺飛漠漠。飲盡陳醴，醉眼寥廓。

題汪舟次雲山圖

曾憾瑶枝，炤燿塵俗。開襟抱膝，翛在空谷。泉沫濺頂，松風吹足。近拾芝朮，遠棄鄉曲。之子曰否！予偶停軸。未遂封留，焉敢辟穀？山雲浩浩，澗流肅肅。只恐更來，容衰毛禿。

題程飛濤獨坐抱琴圖

憶在梧下，聞君鳴琴；高山流泉，兩人會心。君今兀坐，碧梧空館。皎皎冰絃，欲揮意懶。豈惜古調，知音則遠。

【箋】 溉堂續集題程飛濤小像自注：「圖中主人抱琴，童子繙書。」案溉堂續集編入康熙五年丙午（一六六六），此詩當作於是年。

吾親

秋來三夜雨，田園盡沉漭。吾親波浪中，敗棺魄憑仗。豈無所生兒？他山遠拾橡。常恐飢凍死，去住長飄蕩。望歲歲更凶，四野惟菰蔣。殘骼傍隴畝，何日歸泉壤？

吾兒

吾兒齒已壯，歡樂平生稀。豈惟室無婦，四體無完衣。狀貌亦猶人，時命與願違。不知背老父，涕淚凡幾揮？昨宵谿月上，閉門撫金徽；隔垣聽汝奏，傷哉雉朝飛！

經三里廟

此地烏鳶集，當年將士雄。同讐東海上，授命戰場中。廢戍雲猶黑，秋田蓼自紅。家家餘寡婦，野哭對西風。

【箋】

〔三里廟〕海安考古録：「三里廟在西門外三里，明里人程泮建。」

案泰縣志：「繆景先，明季泰州海安北栟茶人，勇敢多力。甲申後，明故宗室遺臣多起兵海上。景先集鄉中壯士，欲應募。乙酉夏，諜報清軍至。時景先與廟僧對弈，聞訊躍起，持槊超騎，奮趣敵陣。清軍張兩翼馳射之，矢發如雨，不能傷。一卒出不意，伏弩中喉際，猶力殺十餘人，始僵。廟僧葬其遺骸於廟後，鄉人塑像祀之。恐觸時忌禁，諱言土神。婦某氏聞耗痛甚，潛修於鎮中某尼庵，更名月朗，歿葬庵之後院。」此詩或即指繆事。

遣興

矯矯越石父，縲絏意迫促。何人來救援？舉國擁膏沃。平仲悠悠者，左驂解相贖。若爲不知己，已見離困辱。患難受人恩，奚須辨石玉？後車方入門，請絶亦何速！

炎光昔中闈，内戚亂三綱。頭禿身謙恭，糞壤飾馨香。四十八萬人，功德盛稱揚。勢利使人愚，不察否與臧。達哉蔣元卿，稱疾歸草堂；終身不復出，徑蒿芃芃長。

鄉鄰賤貧窶，元叔嫉復慨。骯髒傷薄俗，器業亦少隘。彦方遭世亂，播遷荆棘内。德音及群愚，盜賊聞教誨。煌煌紫靈芝，華艷照蕭艾。不見争訟人，望廬悉然退。

處士申屠蟠，因樹以爲室；黨人盡罹禍，評論獨不及。八俊名弗與，半畝趣自適。董卓何人斯？乃欲呼之出。荀蔡荀爽、蔡邕。鑒不明，清譽一旦失！蟠也卧樹根，不起亦不匿。雲鴻飛冥冥，網羅徒爾密！

吾聞焦孝然，樵薪煮白石；鄰舍有飢困，餽贈不自惜。饑者飯其遺，常有好顔色。漢亡身逸去，卧處留松柏。即今東海濱，日旰人未食。親戚盡老醜，雞犬同偪側；生不逢斯人，延頸空太息！

朝過烏衣巷，石城黯無暉。植杖訪王謝，門第久矣非。晉室既淪喪，二姓亦顛危。海内戰不息，笳聲日夜悲。風流衆子弟，瑣尾向誰依？傷心舊燕子，雙影自飛飛。

陶潛重其腰，慷慨歸鄉井。有田須自耕，舉室無宿廩。吟咏喜身逸，辛苦逢歲稔。酒熟秋氣佳，黄花秀挺挺。茅檐聚素心，言笑到酩酊。客去枕肱卧，夢寐優遊甚。

曬書日作

弱齡多病嗜詩書，藥裹書帙盈篋笥；散髮養痾萬卷前，人生如此真得意。十年戎馬鬬中原，産破無聊歸蓽門。丈夫久困形容醜，手持經史换饔飧。鄉里小兒氣驕矜，凶年擁穀如璵璠；幾時但得許升㪷，我直十倍何須論。即今五十暗雙目，衰疾纏身輟誦讀。飲食藥物向誰求？牀上殘編餘一束。細字模糊半銷滅，鼠迹蠹痕手難觸。握出茅齋憶往年，炎暉杲杲吞聲哭。

【箋】

案「即今五十暗雙目」句，此詩當作於康熙六年丁未（一六六七）前後。

懷王鴻寶二首

茅屋場圃上，開門對芰荷。主人解衣卧，日夕涼風多。此中今有誰？但有狸與蛇。何事盡室逃？公家賦税苛。追呼曾幾日，村村無人家。念昔歲稔時，酒熟籬發花。人烟暮曖曖，荷蓧來相過。

日入原野暗，鳥雀向林歸。吾亦驅黄犢，谿上認柴扉。入門濁醪熟，山月下茅茨。半酣發慷慨，因唱郢中辭。鄰舍傾耳聽，曲終方寸違。衆人漫賞音，益傷知我稀。樊村緑楊柳，眄睞涕欲揮。

【箋】

〔王鴻寶〕國粹學報第八十一期袁承業明遺民王鴻寶先生小傳：「先生姓王，諱言綸，字鴻寶，號鈍夫，世居泰州安豐場。先生明季諸生，高才卓識，非尋常人。鼎革後，棄舉業，遠塵俗，隱居鄉僻樊村，離淘之西二十五里，嘯歌自得。吴嘉紀、沈聃開、方一煌諸先輩嘗扁舟造訪，詩酒相頡頏。先生生明萬曆時，卒康熙中葉，年八十。著有棘人草、陟屺草、望岱吟前後集、卯辰出遊草二集，都散失。」

〔樊村〕嘉慶東臺縣志：「縣西南五十里，莊曰大小樊莊。」

送王幼華歸秦

步登郭外山，佇看去輪轉；登山未及巔，去輪已遠遠。遠遠尚隱隱，黄塵倏隔絶。歸人望白雲，送者指明月。願爲前途月，昏曉尤皎潔；一更照君宿，五更照君發。

【校】

〔題〕遺民詩作送友。

【箋】案溉堂集有題樽酒論文圖送别王幼華歸秦七絶一首，編入康熙二年癸卯（一六六三），此詩當作於是年。

寄答汪扶晨

病渴老益甚，命棹還田家。情人相追送，贈我紫霞茶。此物瘳疾疢，歲産苦不多。感君回首望，已隔芙蓉花。花紅江水碧，歸程盡三百。茅齋林木裹，明月照牀席。獨飲山中茶，憶此山中客。

【箋】〔汪扶晨〕歙縣志：「汪士鋐，原名徵遠，字扶晨，一字栗亭，潛口人。工詩古文辭。康熙中，召對行在。生平喜交遊，篤風誼，曾歸汪沐日之喪，爲之營葬。著有四顧山房集、轂玉堂詩、續黄山志。」

案翁山詩外寄新安汪扶晨自注：「扶晨家在潛溪，門前有紫霞山，去黄山九十里。扶晨自製茶，名紫霞片。海陵吴野人有謝扶晨寄紫霞茶詩。」汪扶晨栗亭詩集有紫霞茶歌。

憂來

憂來望南梁，烟火秋靄靄；落日不見人，隔水狗鳴吠。遊子久不返，徐次源。中庭長蒿萊。松桂手自種，連枝日已大；軒車及時來，閱此堅貞態。

【箋】

〔徐次源〕見卷三別徐大次源歸陋軒時贈予臘酒園梅箋。

題王西樵司勳桐陰讀書圖

已著薜蘿衣，尚羈泥滓路。回首昧白雲，鄉關是何處？慨慷歌詠懷，宿昔林泉趣。夜來孤燭下，夢見三桐樹。清陰生草堂，碧葉滴涼露。起來尋畫師，含情乞毫素。

【校】

〔昧〕王本作「睞」。

【箋】

〔王西樵〕感舊集小傳：「王士祿字子底，號西樵，山東新城人，漁洋胞兄。順治壬辰進士，官考功員外郎。有十笏草堂集、考功詩選。」

溉堂集題王西樵桐蔭讀書圖序：「王西樵考功，少年讀書之地有堂，曰十笏草堂。堂前有三桐樹。後遊宦及在西曹，每憶桐樹，形於吟咏。揚州戴蒼善寫真，西樵命作桐陰讀書圖，書舊所作詩附於圖之後，屬余賦之。」案溉堂同題詩編入康熙五年丙午（一六六六），此詩當作於是年。

吴仁趾復移家來廣陵二首

草閣蓬門趣自殊，原思貧窶莫踟躕！東鄰笑爾懸鶉子，借問繁華似昔無？

菊開漫漉陶潛酒，予以肺病止酒。月出須烹陸羽茶。老眼近諳南郭路，會尋僻巷到君家。

【箋】

〔吴仁趾〕見卷一送吴仁趾箋。

案溉堂續集亦有贈吴仁趾移居一首，編入康熙七年戊申（一六六八），此詩當作於是年。

九日懷王西樵客廣陵

海雲何漫漫，北飛來鴈南去燕。田家酒熟少親昵，開門望君君不見。我荷長鑱返故園，君飄短髮羈他縣。幾枝黄花不得共，悔却從前稀見面。灣頭茱萸顔色新，紛紛絲管出城闉。相如多病誰曾問？落葉秋風愁殺人。

【箋】

〔灣頭〕康熙揚州府志：「茱萸灣今名灣頭，在城之東北。」揚州鼓吹詞序：「茱萸灣在城東北十五里，今名灣頭。蓋吴王濞開通海陵倉，隋仁壽四年開通漕者。今多爲郡人送别之所。」

案考功年譜：「甲辰十一月至揚州，士禛以舟逆於秦郵。」此詩當作於康熙四年乙巳（一六六五）九日。

重陽後二日寄贈汪三韓

霜降衆芳歇，時菊生意饒。孤花挺窮秋，天地何寂寥！此時同懷子，索居豈不愁。藿遝候三益，疾病日以瘳。采花泛良醞，一酌盡一瓢。

歸後贈菊 予去年九日到家。

荒蕪籬落菊還開，知是應門稚子栽。勿嘆頻年多寂寞，花時又見主人回。

【箋】

案溉堂詩甲辰有送吴賓賢歸東淘七絶三首，其三云：「已過重陽溪最滿，大魚網得應躊躇。海風愁捲層茅去，老人於此坐讀書。」此題自注「去年九日到家」，當即甲辰重陽也。此詩當作於康熙四年乙巳（一六六五）。

野泊

野渡人歸盡，沙田鴈自呼。船停楓葉落，月没客身孤。何處鳴刁斗？衰年在道途。倘能免憂辱，飄泊敢長吁！

【校】

〔倘〕感舊集作「但」。

夜發

田家夜收稻，吾亦適江關。燈火遠相映，去留俱不閒。水喧仙女廟，月上謝公灣；一路饒風景，扁舟任往還。

【箋】

〔仙女廟〕康熙揚州府志：「仙女廟在江都縣東北三十里。」

〔謝公灣〕即茱萸灣，見本卷九日懷王西樵客廣陵箋。

初冬郊園飲集 分得「殊」、「幽」二字。

北郭競提壺，喧風春不殊。詞人多在眼，吾道幾曾孤？籬下花迎馬，池邊樹集烏。疏慵來自晚，非是厭歡娛！

應接吾曹簡，追陪此地幽。停歌聞落葉，把酒傍閒鷗。勝會兼紅粉，歡場已白頭。論文永今日，人醉古揚州。

葭園讌集 第二會，分得「東」、「臺」二字。

葭園清絶郡城中，邃屋層巖一徑通。豈少名賢吟竹下，又傳折柬到墻東。時王西樵司勳復以手札見招。月明隋苑夜方永，燭照子都歌未終。自愧沉疴常止酒，黄花笑殺白頭翁。

尚未離群君莫哀，生涯今夜是樽罍。樹中曲檻鷺鷥宿，池上幽居窗牖開。聞笛可憐人欲醉，觀魚應許客重來。老夫實愛垂綸好，不向滄溟憶釣臺。

【箋】

案汪楫悔齋詩有顧菴荔裳西樵諸先生招同諸公復集葭園限韻二首，當是與嘉紀同時之作。又陳維崧湖海樓詩亦有宋荔裳曹顧菴王西樵招集劉峻度葭園分得山字七律一首，編入康熙四年乙巳（一六六五），此詩當作於是年。

分賦古迹，得第五泉

荒丘絶塵囂，石甃蒙荆棘。疇昔烟霞侶，修綆於此汲。提攜甕罌潔，滴瀝苔蘚濕，靈液生天壤，何心冀賞識？人偶辨甲乙，名已傳都邑。伊予家海濱，潮汐作飲食。鹽井難沃胸，原泉苦相憶。數載願弗遂，一瓢今始執。悠悠寺鐘聲，霎霎秋山色；披榛自去來，松風動蓑笠。

【箋】

〔第五泉〕翁山詩外第五泉自注：「泉爲陸羽所品，居天下第五，名曰大明泉，亦曰蜀井。」

送汪左嚴北上

燕山十二月，寒氣正凝沍。雪打披裘人，風號無葉樹。之子攜琴書，臨歧別親故。先春到薊門，今夜宿何處？村冷雞早鳴，橋危馬暗渡。疏星照僮僕，殘夢經道路。淮甸隔雲望，金臺仰面遇。三策獻廟廊，知音笑相覷。

【箋】

〔燕山〕讀史方輿紀要：「燕山在玉田縣西北二十五里。志云：山自西山一帶迤邐東來，延袤數百里抵海岸。」

〔薊門〕大清一統志：「薊邱在京師德勝門外。」長安客話：「今都城德勝門外，有土城關，相傳古薊門遺址，亦曰薊邱。舊有樓館，并廢，但門存二土阜，旁多林木，蓊翳蒼翠。燕京八景有『薊門烟樹』即此。」

〔金臺〕方輿紀要：「黄金臺在順天府東南十六里。又北里許爲小黄金臺，燕昭王嘗於易水東南築臺以延天下士，後人慕之，因築焉。」

案汪左嚴適園詩鈔有入都留别諸同學七古一首，詩云：「朔風凛冽寒雲平，南飛鴻雁啾啾鳴。迢遞薊門驅馬去，驪歌初唱難爲情。故人多在隋堤畔，歲暮川原色黯淡；别酒頻斟不忍行，那堪回首垂楊岸。問訊征夫路正賒，時時引領望京華；曉風聽漏過山縣，暮雪停車問酒家。漫羨長安春色早，春風争似故園好；天末依依遊子心，夢中夜夜江南道。」

歲暮送汪舟次遊匡廬　用「遠懷塵外蹤」五字爲韻。

泛泛木蘭舟，高高匡廬巘。發興風雪時，褰裳道途遠。聊以攄心胸，因之卜棲遁。歲盡行人稀，江澄布帆穩。天邊五老峰，烟靄蒼蒼晚。

遊子何所攜？素琴與青鞵。俯仰湖山際，天風吹人懷。遠公昔結社，此地有茅齋。長嘯白雲壑，送客蒼松厓。高風今邈矣，猿鶴君且偕。

杳冥香爐峰，高卧堪幾旬？只愁雪不化，不知天地春。晴霽試出户，雲物多鮮新。飛泉一萬仞，半空聲粼粼。解衣置石坎，滌盡人間塵。湖波連松杉，寒山互明昧。陶謝往來後，斯人繼高會。惜哉廡下人，阻絶雲山外。十年共歡娱，一朝殊嚮背。徙倚塵埃中，相憶摧肝肺。吾鄉有施老，人比陳元龍。振翮臨此邦，翛然鸞鶴蹤。登眺得閒暇，尊酒須相從。吟咏鷺洲勝，盤桓就亭松。歸來山月下，虎谿聞夜鐘。

【箋】

〔匡廬〕即廬山。嘉慶重修一統志：「廬山在九江府德化縣南二十五里。」

〔五老峰〕嘉慶重修一統志：「在南康府星子縣北廬山，去縣三十里，山石骨峙，突兀凌霄，如五老人駢肩而立，爲廬山盡處。」

〔香爐峰〕嘉慶重修一統志：「在德化縣西南三十里，廬山北。峰形圓聳，氣靄若烟，故名。」

〔虎谿〕嘉慶重修一統志：「在德化縣南，廬山東林寺側。相傳晉慧遠送客過此，虎輒號吼。」

案周亮工賴古堂文集送汪舟次遊廬山序：「吾友舟次汪子，負磊落才。今秋不得意於有司，別予歸維揚；念予寥落，忽復渡江相慰。登繖山後，匆匆有意匡廬。里井之士咸疑舟次胸中糾紛縈結，膠固不伸，藉兹遊以舒其坎壈。」云云。郝羽吉亦有送汪舟次詩。又溉堂集有送汪舟次遊廬山兼寄施尚白少參詩，編入康熙五年丁未（一六六六），此詩當作於是年歲暮。

程臨滄、飛濤兩尊人雙壽詩

隱者多入山，丈人唯愛石。但存巖栖意，城郭亦自適。常聞位置勞，已見岡巒積。引泉磊砢底，種樹苔蘚隙。有時攜良偶，閒夜煮雲液。艷艷林花發，泠泠池月白。賢哉廡下賓，邈矣鹿門客！優遊以偕老，高風齊往昔。里巷盡人子，誰娱二人心？君家賢嗣息，欲然思何深！伯氏志禄養，笑綰頭上簪。膝下依仲子，手弄焦桐音。昨夜明月佳，曳杖來相尋。主人聞客至，罷鼓丘中琴。群木寂不響，餘音散空林。

【校】

〔君家〕王本作「若家」。

【箋】

〔程臨滄、飛濤〕見卷一送吴仁趾北上箋。案程臨滄、飛濤之父名有容。雍正兩淮鹽法志：「程有容，字休如，歙人。嘗遇水澇，御史郝浴倡勸賑救，容身任其勞，事聞，給頂帶。子澎（即飛濤），刑部主事，封如其官。」

晚發白沙 同汪舟次、吴仁趾，限「沙」字。

黯黯雲垂野，喧喧浪激沙。黄昏初放艇，白首正思家。江戍聞寒柝，漁燈見宿鴉。飛蓬真似我，歲晚更天涯。

【箋】

〔白沙〕廣陵覽古：「白沙洲在儀真城南，即白沙鎮。」

案汪楫有同題詩云：「北風初作雪，逋客正辭家。濁酒當寒水，輕帆入暮笳。燈明村犬吠，潮落榜人譁。歷歷疏星外，江烟起白沙。」意即與嘉紀限韻之作。汪楫山聞續集自序云：「丁未遊西江，歷匡廬、青原、西山諸勝，得詩數十首，藥地老人題曰山聞，謂『清泉白石，實聞此言』也。迄壬子，始合數年登覽贈酬之詩授之梓，統名山聞詩。」此下諸詩山聞詩皆有同題，編於遊匡廬之前，則當作於康熙五年丙午（一六六六）歲暮，時嘉紀送汪楫遊廬山而之金陵。又案周亮工賴古堂詩卷六有吴仁趾自廣陵過訪五律一首，列於丙午季秋自雲門南還諸詩之間。首句有云：「興來齊麥酒，大雪涉江干。」考諸時序，亦相吻合。

渡揚子 限本題三字爲韻，同汪舟次、吴仁趾。

霧斂大江流，淼淼吴楚路。北風吹寒潮，吾掛片帆去。遠岫隔樹蒼，狂湍擁橈怒。抱膝遊空濛，舒襟忘驚懼。嗚鴈何連翩？飛下金陵渡！歲晏無衣食，奔走悲中腸。舉頭見攝山，神情忽飛揚。山色如舊日，疏鐘到野航。中峰定憐我，齒落髮盡蒼。未遑來結屋，倚棹空相望！落日壓峰頭，斜光射江底；洪波亂清暉，蕩激數千里。城郭何勞勞？衣裳在泥滓。常聞陸山人，賞此中流水。瓷罌自引汲，酌共二三子。

【箋】

〔揚子〕讀史方輿紀要：「揚子江，揚州府南四十里，由六合縣經儀真縣至瓜洲鎮。江心有南泠水，與鎮江府分界。」

案汪楫山聞詩渡揚子三首，亦以本題「渡揚子」三字爲韻。此與前詩同時所作。

送吴冠五還屯谿

客路夕陽低，逢君歸舊溪。狂歌杯共把，無意手重攜。石澗清人影，晴沙健馬蹄。回頭看蕩子，皓首獨栖栖。

此日新安路，千山雪正晴。濁醪香野店，獨樹候柴荆。過嶺春禽語，臨溪夜月明。往來與樵牧，款款故鄉情。

【箋】

〔吴冠五〕賴古堂尺牘新鈔結鄰集：「吴宗信字冠五，江南休寧人。著有履心集、屯溪集。」

〔屯谿〕江南通志：「屯谿鎮在休寧縣東南三十里。」

案周亮工賴古堂詩有送冠五還黄山五律四首，汪楫山聞詩亦有送吴冠五歸里五律二首，當爲同時所作。　案周詩列於丙午自雲門南還諸詩中，汪詩列於山聞詩遊廬山諸詩之前，當均作於康熙五年丙午（一六六六）歲暮。

吳嘉紀詩箋校卷四

鳳凰臺訪錢湘靈贈詩二首

翳翳寒雲下，荒臺何嶙峋？鳳凰不來遊，梧竹愁殺人！誰愛一抔土？抱琴來結鄰。登臨發慷慨，長句助有神。時時江山際，清風吹衣巾。李白逝久矣，斯人洵可親。

隴畝在南村，歲凶不得食。吏胥徵税苛，親戚共亡匿。平生工詞賦，出門路人識。文采成饑寒，盛名有何益？昨聞故園松，樵人斤斧逼；扁舟遺兒歸，涕淚正霑臆。

【箋】

〔鳳凰臺〕在南京。重刊江寧府志：「鳳凰臺在今南門内新橋西。宋元嘉十六年，秣陵王顗見二異鳥，文彩五色，時謂之鳳，乃置鳳凰里，起臺於山。」

〔錢湘靈〕吴德旋初月樓聞見録：「錢湘靈名陸燦，别自號圓沙，常熟舉人。生明季，爲諸生，已有名於時。湘靈治經，長於言易。爲詩、古文、時文皆工。以其學教授，出遊揚州、金陵、常州。晚而歸里，弟子著録者數百人，率一時知名之士。著有調運齋集。」

案錢有答吴野人見訪詩，見海虞詩苑。詩云：「故人雲端墮，汪子與吴子，又偕一友來，海陵野人是。曰余夙所欽，拾衣不及履。掀髯見古貌，揮麈乃譚止。曩昔讀叟詩，性情拓於紙。食淡鹽焰中，苦吟東淘市。朅來舊京洛，蒼然定交始。何處可論心？青蓮有遺址。」汪楫山聞詩亦有鳳凰臺歌爲錢湘靈作七古一首，列於遊廬山諸詩之前，此詩當作於康熙五年丙午（一六六六）。

登清涼臺 即虎踞關。

此地舊京華，登臨落照斜。雄關空踞虎，廢殿只啼鴉。山脊明寒燒，江心長白沙。來遊吾獨晚，搔首聽悲笳。

【箋】

〔清涼臺〕江南通志：「清涼山在江寧府西六里清涼門内。舊有清涼臺，俯瞰大江，南唐翠微亭遺址在焉。」

案山聞詩登清涼臺題下注云：「同龔半千、吴野人、仁趾。」此下三題，皆當爲康熙五年丙午

（一六六六）歲暮赴金陵時所作。

登燕子磯

空翠壓蒼波，高亭試一過。江流向北小，山色直南多。風雪孤舟遠，饑寒兩鬢皤。浮家願不遂，老眼看漁蓑。

危磯猶似昔，曾同王鴻寶登此。孤客獨傷魂。親友浮雲散，關山曉霧昏。疾帆衝白鷺，怒浪擁蒼黿。俯視維舟處，潮收露石根。

【箋】

〔燕子磯〕讀史方輿紀要：「燕子磯在觀音門西。金陵記：『幕府山東有絶壁臨江，梯磴危峻，飛檻凌空者，宏濟寺也。與宏濟寺對岸相望，翻江石壁勢欲飛動者，燕子磯也。俱爲江濱峻險處。』」

〔王鴻寶〕見卷三懷王鴻寶箋。

案卷十四有同題七律一首，意即嘉紀同王鴻寶登臨之作。

爲錢湘靈題潁川君絶筆二種後

閨中風味亦何清，學佛躭詩已半生。字畫置懷三四載，安仁惆悵不勝情！

金陵歲暮對斜曛，病婦音書久不聞。邂逅鳳凰山下客，蕓衣偏説潁川君。

【箋】

〔潁川君〕錢湘靈妻。錢陸燦調運齋集族叔丹成君壽叙：「君弱弟鶴田，桑氏婿，其妻則吾亡妻潁川君姊之出也」云云。

秣陵酒徒歌，贈吴介兹

秣陵吴生今酒徒，絳脣白面蒼髭鬚。年已三十産業無，終朝擊劍歌烏烏。去冬相逢桃葉渡，老梧樹下人提壺。霜落華筵失凜冽，月來深夜隨歡娱。長干老春真有力，遊子臘月衣無襦。今年卧疾蕪城隅，出門送君倩人扶。榾柮炙酷未及把，灑泣睞予傴僂軀。丈夫豈作兒女態，爲予貧病心踟蹰。帆前鴈雛唤侣伴，掌大雪片飛江湖，君且痛飲歸舊都。君不見杜陵野叟在泥途，空墻日落妻兒餓，窮谷歌成手足痛。吾曹溝壑等閒事，臨歧顧戀徒區區！

【箋】

〔秣陵〕即南京。讀史方輿紀要：「江寧府，秦改曰秣陵，屬鄣郡。郡志云：『始皇三十七年自會稽還，改金陵爲秣陵，漢因之。建安十七年，孫權自京口徙秣陵，改爲建業。』」

〔吴介兹〕見卷一吟詩秋葉黄圖爲吴介兹題箋。

〔桃葉渡〕嘉慶重修一統志：「桃葉渡，張敦頤六朝事迹：『在（江寧）縣南一里，秦淮口。』通志：『在江寧縣秦淮、青谿合流處。』」

〔長干〕重刊江寧府志：「長干里在今聚實門外。劉淵林吴都賦注：『建業南五里，有山岡，其間平地，吏民雜居，有大長干、小長干。』」

案詩中有「去冬相逢桃葉渡，老栝樹下人提壺」之句，乃與汪舟次、吴仁趾去金陵時也。此詩當作於康熙六年丁未（一六六七）。

栝園詩四首，贈周雪客

栝，柏葉松身。因以四字爲韻。

嶇嶔數株栝，幹素葉何碧！君家清陰下，三世宴賓客。凛冽歲晏時，巖壑冰霜積。今君憂患餘，重來拭白石。儔侶轉寥寥，此木獨如昔。人生戀故舊，物性貴孤適。天寒色不凋，何必松與柏？殘冬憶名園，滄江命舟楫。入門清風起，謖謖響松葉。故人喜我來，襪束不暇屧。霜蔬把鋤劚，濁酒隔墻饁。開軒試舉杯，蒼然遠山接。十年走東西，僮羸馬無鬣。羡爾於陵子，歸來有舊業！爾祖此習靜，如山先生。不知春與冬。掩卷時出户，開襟對群峰。躞蹀向小橋，鹿麑隨短筇。倏倏塵壒外，伊人洵可宗！我來訪高蹈，寒泉暮淙淙。但見栖鳥回，孤雲已無蹤。徒然嘯歌處，仰首看喬松。紀也非斷蓬，家在東海濱。門外即流水，狂歌把釣緡。妻兒饑驅我，青鞵入紅塵。一生何疏散，垂白翻苦辛。曠哉園中池，水石清粼粼。風景豈不佳，回首忽愴神。美人峰園中峰名。頂月，何須照老身？

【箋】

〔栝園〕張瑶星金陵諸園詩：「栝園在大功坊東巷内。初，沈生予得之魏國家，數易主而歸周櫟園。堂三楹，敞而受風，寬而宜月。老栝兩株，亭亭直上，園之得名以此。中多石，石亦最奇，而皆具玲瓏透露之致。池水一泓，朱鱗數百；水閣三間，可以忘暑。」

〔周雪客〕今世説：「周雪客名在浚，櫟園長子。有黎莊集。」

〔如山先生〕今世説：「周赤之名文煒，素行屹立，人稱爲如山先生。周曰：『吾如山哉！吾乃坦然者耳。』因以自號。少以文自豪，尤喜賓客。初官諸暨簿，尋忤令，左遷王府官屬。會母喪過哀，竟以病棄官。於所居爲昔有園，與向時賓客觴詠其中，謂之秦淮釣侶。」

此題及以上鳳凰臺訪錢湘靈贈詩二首、登清涼臺、登燕子磯、爲錢湘靈題潁川君絶筆二種後諸詩，皆當作於康熙五年丙午（一六六六）歲暮，與汪舟次、吴仁趾遊金陵時也。本卷有送吴仁趾七絶二首，其二「秋山繞郭儘堪遊，莫宿城西孫楚樓」句下自注云：「予去臘與舟次、仁趾同遊。」當即此時。

勸酒歌二首，爲汪季瑑 時季瑑二十初度。

爲君彈清琴，調苦未免旁人嘲。爲君歌白紵，曲長愁見東方高。何如燭下金叵羅，殷勤斟香醪。香醪味醇色復殷，曾使朱顔常不凋。三萬六千朝，過去七千二百朝；從此朝朝飲美酒，那羡仙人王子喬？

君不見隋家苑，昨爲歌舞場，今爲狐兔窟。眼前景色那有定，山岳轉瞬成溟渤。人生難得沽酒錢，況君翩翩正少年。滿堂賓客皆好我，追光逐景相周旋。往昔有劉生，其人稱大賢；一石飲盡枕锸卧，摇手不聽婦人言。

【箋】

〔汪季璨〕名瑋，汪舟次之弟，能詩，有葦溪詩。見魏叔子文集二汪遺詩叙。

〔隋家苑〕謂隋苑，見卷二登觀音閣箋。

旅懷二首，贈汪牧公

春風吹幾日，草木都葳蕤。遊子有肺病，萌芽亦已滋。空囊尚羞澀，皓首唯低垂。時無韓伯休，疾痛欲呼誰？故鄉路漫漫，俛仰不敢思。嗟哉命一縷，燈前聽子規！

藥物日盈筐，煎汁勸吾茹。竊感汪郎情，食苦不知苦。汪郎洵多藝，未嘗向人語。心偶憐孤客，我已免二豎。朝授神農經，夜話伯通廡，扶持疾病人，斯道亦云古！

【箋】

〔汪牧公〕未詳。

三月三日絶句二首

船頭昨夜雨如絲，沃我盆中蘭蕙枝；繁蕊争開修禊日，遊人正是到家時！

已見江城桃李開，風帆飛渡五湖來。揚州有五湖。滄溟三月冰初泮，飽看茅齋緑萼梅。

【箋】〔五湖〕江南通志：「五湖在高郵州西六十里，通天長縣銅城河。」

傷哉行

鶡雞鳴桑榆，朝旭動溟渤；雨晴宿霧斂，海岸曠兀兀。此時送吾親，就彼丘中穴。破幔不蔽棺，親戚皆且咥。輓輀心自悲，送死具都缺。所念河之濱，一抔勢硉矹。行人村口來，遠帆墓門列。老病未死兒，抱土掩親骨。墓田固姪有，族姪珍。范公堤東偏。脈脈春流外，西南對澄淵。近水蘆葦多，鴛鴦何翩翩。姪也忽相售，肯不多索錢。遂使我二人，容易及重泉。落葉向故根，吾祖塋在前。三世祖謙公墓。墓後即鄉廬，遠遠見人烟。依然是桑梓，庶以娱長眠。緬懷乙酉歲，里閭爲戰場。長跪借人隴，雙親厝其旁。石槨製未了，子孫散匆忙。亂定主人歸，枯槔種稻粱；引水二三尺，迫我速發喪。見此五内裂，還家豁日黄。小兒如哀猿，饑卧唤爺娘。俯仰生死際，夜夜淚千行。葬師語我曰：「三月廿二吉，汝其亟爲槨，時哉不可失！」倉卒聞師言，空手計安出？貧窶鄰里外，豈無交如漆！已推食食我，復干恐見疾。不悟素心者，委曲更相恤。匍匐救有喪，高情罕其匹。瓊瑶光采多，持報是何日？

【校】

〔依然〕楊本作「依依」。

【箋】

〔謙公〕嘉慶東臺縣志：「吴謙字撝軒，安豐人，原籍蘇州。宋季，其祖休徙安豐。謙幼讀書有智略，工騎射。元成宗朝，以文武全才，舉爲兵馬都轄。」

哭吳周

形骸葬何處？遥望但潸然。同病吾猶在，吾與周皆有肺病。貧交汝最賢。買山徒有約，學道苦無年。俊逸豐谿集，周著豐谿草堂集。人間自此傳。

傷哉倡和友，寂寞把君詩。老滴招魂淚，生無會面期！青山躬稼地，丹旐出門時；想見茅簷下，呱呱一歲兒。

丙申赴友難，周也願相隨。冒雪攜裝出，租驢讓我騎。犬鳴投宿店，燈照下鞍時。潎褐西風裏，禁寒泣共持。

重壤懷生友，遊魂到遠舟；形容猶夙昔，風景只颼飀。缺月長橋落，清淮半夜流；醒來憶攜手，惆悵海西頭。七月十九夜，夢周於茱萸灣舟中。

【箋】

〔吳周〕即吳後莊，見卷一懷吳後莊箋。

案「丙申赴友難」係指嘉紀葬程琳仙事。悔齋詩有贈吳後莊詩，紀周事頗詳。詩云：「前年知君名，人言君歸里；去年見君詩，人言君已死。聞君夙昔負奇氣，當杯十日九日醉，謀生不復工讀書，徑寸之書一朝記。落拓遊東海，結交吳賓賢。賓賢有友程琳仙，客死邗關無賻錢；老人淚枯不得赴，其時臘盡河冰堅。君乃奮臂扶驢韉，肩馱襆被手執鞭。冰霜着指指欲墮，三百里路相周旋。琳仙得葬賓賢喜，群訝此君胡爲爾？竭蹶不受高義名，冷暖羞看輕薄子。此舉世人殊未識，忽聽人言淚沾臆。一片崚嶒骨，零落荒山誰與拾？剥啄何人來草堂？登堂自稱吴後莊。相逢驚定還熟視，輕風冉冉吹斜陽。我昔疑君形偉岸，君身不過四尺半；我昔疑君垂白人，君年甫過三十春。知君生平嗜莊子，放情物外輕生死。男兒生爭日月光，安得漫同草木委！執君手，與君歌，驚人詩句今更多，支離病骨難消磨；可憐把酒不敢飲，濡首頓足呼奈何！」又案溉堂續集有哭吴後莊詩，編入康熙八年己酉（一六六九），此詩當作於是年。

寄閻再彭

武陵桃杳然，淮南桂猶好；斯人塵網中，高翔獨何早？出城結草屋，栽樹來啼鳥。俛仰日悠悠，衰頽已稍稍。秋雨過田園，家人采葵藻；開軒延孤賞，舉案勸一飽。仲子有賢妻，灌園足娱老！

躭幽賦招隱，好我須同行。再彭隱處名一蒲，其友張虞山悦之，乃爲結屋，並治釣具。淼淼楚水中，雙雙釣魚航。棲遲共菰蒲，飲啜多滄浪。自比於巢許，人稱曰閻張。予生東海濱，獨著薜蘿裳。聞君居有鄰，欲往河無梁；臨流試極目，葦花秋蒼蒼。

酈炎吟見志，楊惲醉擊缶；人情固多忌，其調亦傷厚。嘯咏乃娱懷，憂患翻自取。緬彼大雅流，迴哉淮陰叟！春風隨手來，群物解顔受。朝看天際雲，暮倚門前柳；士窮無怨音，時俗安能咎！

【箋】

〔閻再彭〕李元庚望社姓氏考：「閻修齡字再彭，號容菴，别號飲牛叟，大參磻楚先生子。崇禎乙亥諸生，明末落籍，遯迹白馬湖濱，名其居曰一蒲菴。同時如李楷、杜濬、傅山、王猷定、魏禧、閻爾梅輩，過淮皆下榻焉，時人稱盛。又與同里張虞山、靳茶坡爲世外交，朝夕行吟，結望社相倡和。其詩高潔無烟火氣，不減儲、王。著有秋心、秋舫、冬涉、影閣諸集、紅鷗亭詞行世。」案汪鋆批本：「閻再彭妻名仙窈，字少姜，清河丁士美季孫。」

〔一蒲〕茶餘客話：「一蒲菴在平河橋。」

〔張虞山〕感舊集小傳：「張養重字子瞻，號虞山，别號椰冠道人，江南山陽人。」

送高雲客歸遺安草堂二首

遐哉閩中人！攜手竹西路。紅橋正放芙蓉花，黄葉忽落梧桐樹。回首仙霞意淒絶，故鄉宛在雲深處。棲遲只憶大池邊，草堂池水秋蕭然。何妨抱甕澆蔬圃，那慣尋人問酒錢。深夜月明不復眠，散髮狂歌獨扣舷。羨君欲歸便歸去，蘆葦瑟瑟開江船。雪峰巃嵸半空起，君家舊業兹峰裹。千巖古雪壓城郭，四序清光映妻子。淒寒舉室無怨嗔，苦節累世已如此。今君何事來江干？塵中觸暑行蹣跚。幽人能冷不能熱，不覺長歌行路難！路難羞作飛蓬轉，足繭還山力未倦；開笥重看玄晏書，閉門續著高士傳。雲客著續高士傳。北馬南禽難重親，天涯老病獨傷神；遺安堂中僵卧去，夢見栖栖織屨人。

【箋】

〔高雲客〕今世説：「高兆字雲客，福建侯官人。少遭喪亂，自江左還舊鄉，補衣蔬食，塊處蓬室中，采搜隱逸，輯爲高士續傳，鑒别精嚴，論者謂其才識不讓士安。」全閩明詩傳：「高兆字雲客，一字固齋，侯官人。崇禎末諸生。有遺安草堂集。」柳湄詩傳：「兆世居東門後嶼。」案高士續傳，起晉迄明，凡一百四十三人。今刻於觀自得齋叢書中。

送吴仁趾

鳳凰臺北路迢遥，冷驛荒陂打暮潮。汝放扁舟去懷古，白門秋柳正蕭蕭。

秋山繞郭儘堪遊，莫宿城西孫楚樓。予去臘與舟次、仁趾同遊。後夜酒醒思舊伴，烏啼殘月不勝愁！

【箋】

〔吴仁趾〕見卷一送吴仁趾箋。

〔鳳凰臺〕見本卷鳳凰臺訪錢湘靈詩二首箋。

〔白門〕即南京。劉宋之世，宫門外六門設竹籬。有發白虎樽者，言「白門三重門，竹籬穿不完」，乃改立都墻。見南齊書王儉傳。後世遂稱金陵爲白門。

〔孫楚樓〕在南京。江寧府志：「孫楚酒樓在石頭城側。後人因李白詩，亦名李白樓。」

案注中「去臘」，當指丙午歲暮，與汪舟次、吴仁趾赴金陵時也。此詩當作於康熙六年丁未（一六六七）。

送方虞臣遊楚四首

青錢用盡時，問渡欲何之？夜雨人無酒，秋風鬢已絲。船頭分菡萏，浪底出鸕鷀。萬里江湖路，蕭條一畫師。

漫遊蹤不定，望遠意多違。詞客悲秋處，江山木葉飛。新知前去覓，鄉信北來稀。霜降君惆悵，人家又擣衣。

失路仍分手，臨觴各黯顔。才多成蕩子，老至憶鄉關。明月澤中樹，啼猿江上山；天寒渡湘水，愁見竹斑斑。虞臣家有斑竹園。

到時逢早鴈，中夜起搔頭。風景重陽節，饑寒八口謀。忘機人不識，薄醉自銷愁。容易吟清絶，方干共遠遊。時附方季舟。

【箋】

〔方虞臣〕未詳。悔齋詩有送方虞臣歸鶴巢七古一首，詩云：「昔我逢君君披緇，狂歌爛醉真吾師；今我逢君君戴笠，身學陶朱走都邑。出世入世偶然耳，高蹤那許常人識。齷齪富兒多俗懷，黄金在手中心猜。驕人自足鄭虔畫，結客偏傾袁紹杯。人生得錢須適意，安肯只作妻孥計？日落柴門倚白頭，却望千金等閒致。木葉下山天泬漻，驪歌最愛唱秋郊。莫令下士驚龍變，且勸先生歸鶴巢。」

屯谿先生

屯谿先生貌魁梧，惆悵世間磊砢路。高歌自攬懸鶉衣，把劍人嗤猛虎步。大雪醉上黄金臺，擊筑之人不可遇。俛首忽見金谿公，板屋蕭瑟烏啼樹。非無趿履舊賓客，患難一朝散如霧。先生慷慨來扣門，一室五載同晨昏。薊門月白人聯榻，燕市花黄酒滿樽。即今已白金谿兎，又見門庭車馬喧。公也動爲海内法，座上獨拜先生言。君不見東園桃李花正妍，孤松顔色如去年；主人却憶歲寒日，敷榮競艷徒紛然！

【箋】

〔屯谿先生〕周在延書影序：「先君子著述十餘種，是書則於請室中，將平生所睹記有關於世道人心、文章政事，以及山川人物、草木蟲魚，可助見聞者，皆隨筆記出成帙。是時歲在己亥，予小子年方七歲，諸兄弟亦皆幼小，棲息白下。朝夕與先君子周旋吟咏無間者，獨黄山吴君冠五，諱宗信，多才思，尚氣節，有古人風，即書所列屯溪螺隱先生是也。」周亮工年譜：「戊戌，四十七歲。詔逮下刑部復訊。六月出閩，十一月至京師，就刑部候訊。己亥，四十八歲。刑部訊未結。公乃結廬於白雲司，日賦詩著書其中，顔之曰因樹屋。有北雪詩、因樹屋書影諸集。時獄事方急，親友星散，獨白岳吴宗信冠五時左右公，故集中與冠五倡和獨多。」意屯谿先生即吴冠五，見卷三送吴冠五還屯谿箋。

〔金谿〕謂周亮工，周祥符籍，江西金谿人，見卷二答櫟下先生箋。

糧船婦

秋風河上來，吹我饑饉夫；雖有如花婦，不及盤内餔。日暮何喧喧，河灣泊糧船。船公坐上頭，盼睞見紅顏。遣人通殷勤：「吾家衣食足，若輩愁餓死，試來同力作。力作到一年，償錢令汝歸；力作到三年，無錢令汝歸。」阿夫呼婦語：「與卿勉相從；不從便餓死，爾我長西東！」匍匐起偕婦，婦淚落如雨。昨日閨中人，今日舟中婢。儔侶聞添丁，餽酒遺犍蹄。河南艤船來，河北艤船來。船公中心喜，舉手數斟酌；自謂佳麗質，已是虞羅雀。羅雀則有雄，匹婦則有夫。誰知匹婦志，千折不可移！阿夫泣相持：「依人且低眉。力作到三年，無錢共汝歸。」阿婦默無聲，人眠窗落月，急遽離船公，慷慨尋鬼伯。抱石投邗溝，波濤爲不流。行人揮涕看，尸横溝水頭。

【校】

明遺民詩題下注作「海氏」。

【箋】

案溉堂集雨舟望海烈婦祠詩自注：「吴賓賢有糧船婦詩，爲海烈婦作也。」歸莊集洞庭三烈婦傳附有海氏傳：「海氏家貧，婦色美，有運糧武弁窺見之，紿其夫以遠賈，夫遂挈海附糧艘以行，武弁遣其夫還市物料，夜入犯海，海力捍之，武弁殺之而藏其屍米中，遣其黨追殺其夫於道。黨不義其所爲，詣有司告之，勘驗得實，事聞臺使，爲誅武弁，而奏旌烈婦，立祠於毘陵驛。過之者多嗟嘆泣下，文人學士作爲詩文以彰之。」

答贈羊山先生二首

步出南郭門，稍稍離塵壒，清風悠然來，景物與人會。頻年親道路，飄轉成老大。愁疾纏一身，仰天但長嘅。日落上河梁，遠山秋靄靄；邂逅壺丘子，偕我遊方外。

杳杳吴門岫，翛翛鸞鶴群；羽儀不可見，仰止徒殷勤。淮南叢桂下，不悟揖清芬。周易把三卷，此外皆浮雲。一燈照茅檐，羲皇向我云。雨歇花更發，半夜香氤氳。

【箋】

〔羊山先生〕姓馬，吴門人。汪舟次弟三韓業師也。見魏叔子文集二汪遺詩序。

案溉堂集有贈馬羊山詩，編入康熙七年戊申（一六六八），此詩當作於是年。

送王司勳四首

身閒方嘯傲，組解豈蹉跎！琴鶴辭人去，炎涼奈爾何？青山過雨净，黄菊到家多。試聽楓林下，樵夫正踏歌。

清絶孟夫子，遐哉王輞川！雅音曠千載，歷下踵先賢。文選樓頭月，平山堂外蓮；新詞吴女羡，歌滿泛湖船。

倚杖看秋柳，長謡憶阮亭。阮亭令弟有秋柳詩。賢兄仍遠别，老淚忽雙零。嘆我眉空白，唯君眼最青。天涯復何賴？落日共伶仃。

山寒明月出，犬吠遠人歸。入户梧桐長，憑軒鴈鶩飛。鄉鄰言款款，燈火夜微微。莫問年凶稔，生涯有釣磯。

【箋】

〔王司勳〕謂王士禛之兄士禄，號西樵，官吏部考功司員外郎。見卷三九日懷王西樵客廣陵箋。

〔文選樓、平山堂〕並見卷一揚州雜詠箋。

〔秋柳詩〕四首，見王士禛帶經堂集漁洋詩三丁酉稿。蠶尾集菜根詩集序：「順治丁酉秋，予客濟南，時正秋賦，諸名士雲集明湖。一日，會飲水面亭，亭下楊柳十餘株，披拂水際，綽約近人，葉始微黄，乍染秋色，若有摇落之態。予悵然有感，賦詩四章，一時和者十人。又三年，予至廣陵，則四詩流傳已久，大江南北，和者益衆。於是秋柳社詩爲藝苑口實矣！」

案王西樵旅揚十五月，丁未秋告歸。雷伯籲艾陵文鈔北歸録别詩序：「西樵先生旅於揚州者十有五月，將告歸，置酒城北之墅，前期遍誡于交遊。及期，洒掃早治具再速，頃之，累累而至。籩豆既列，獻酬迭行。酒半，先生揖而請曰：『余之歸有日矣！盍贈以詩？』於是取江文通之别賦三十六字，人各鬮之；體五言古，限以十韻。遂酣醉盡歡而退。翼日，群致其所爲詩者：江南則王式之、白仲調、陳散木、吴野人、鄧孝威、李若金、卞云郭、宗梅岑、華龍眉、許師六、汪左嚴、汪叔定、王仔園、汪季角、蕭靈曦、夏次功、程穆倩、孫無言、汪長玉、查二瞻、吴西崖；浙江則李山顔、黄復仲、孫介夫、姚端木、邵天自、張祖能、姜綺季；江西則涂子山；湖廣則許漱雪、杜茶邨；福建則黄帥先、高雲客；山東則孫道讓；陝西則王築夫、雷伯籲；而郭飲霞、高小卻又自爲韻。名曰北歸録别詩。康熙丁未秋。」此詩當作於康熙六年丁未（一六六七）。

偶歸東淘茅屋，寄楊蘭佩二首

蘭佩與予同庚，八月十二日五十初度，先予四十日。

原野乍涼飈，抗策還三徑。雨餘秋草青，返照泠泠映。家人聞我來，烹蔌開藏醞。寂寂叢桂發，亭亭籬菊迎。時物競招隱，晚芳殊引興。惜哉美人遥，此意難持贈。先民采芝歌，臨觴獨吟詠！

俗士羨逃世，高人偏入城；門外勢利區，門裏絃誦聲。檐花向酒落，園鳥隨人鳴；論文與析疑，兄弟即友生！自愧披裘者，道路日營營；乞米年方暮，狂歌客問名。凍餒成貪鄙，叔牙知我情！

【箋】

〔楊蘭佩〕見卷二楊蘭佩招同諸子泛舟箋。

案汪懋麟墓誌，嘉紀生於明神宗萬曆四十六年戊午（一六一八）九月二十二日，至康熙六年丁未（一六六七）恰值五十。楊與嘉紀同庚，此詩當作於康熙六年。

渡　江

終歲唯行役，荒江幾問津。風淒青塞鴈，浪駭白頭人。飄泊誰知我？饑寒易此身。雲山不相厭，擊汰就嶙峋。

泊東溝

寒潮衝北渚，夕照見東溝。身出江心浪，魂招葦下舟。數錢尋酒店，高枕近沙鷗。穩繫中流檝，飄摇任石尤。

【箋】〔東溝〕讀史方輿紀要：「東溝在儀真縣西南四十里，爲儀真、六合之交，值黄天蕩，大江衝要處也。」

同汪長玉阻風朱家觜二首

岸上北風急，紛紛飛荻花。賈船停擁浪，江戍遠吹笳。有恨黄天蕩，無棲白項鴉。危途頻慰勞，得伴勝還家！

黄壚山下店，往日飲偏豪，壓酒紅顔麗，當門緑樹高。長歌重慷慨，勝地已蓬蒿。惆悵寒江水，人來見二毛。

【箋】

〔汪長玉〕見卷一汪大生日箋。

〔朱家觜〕江南通志：「江寧府大江南岸，自下新河而東爲草鞋夾，二十里至七里洲，三十里至鰣魚廠，二十里至草堂橋，四十里至朱家嘴。」

〔黄天蕩〕康熙揚州府志：「黄天蕩在儀真縣西南揚子江中，流湍瀰漫，最爲天險，即韓世忠與金兀朮相持處。」

哭徐泌二首

素心苦難得，朝露偏易晞。嗟哉芳蘭質，不待秋風萎！就養更何人？雙親寄天涯。琴書委塵壒，親友長别離。夙昔羅浮東，海陵有羅浮山。栖遲一茅茨；相憶每相就，雞鳴樹依依。主人今何適？景物猶往時。臨谿試延頸，五内車輪馳。

生栽雪墅梅，泌種梅處，顔曰雪墅。死葬雷塘土。舊樹鄰里惜，新墳鷗鷺伍。委化人漫悲，平生爾最古。應念貧交者，碌碌殘生苦。窮途類衰驂，世態如猛虎。還家誠已疲，羸疾久弗瘉。鴈鴻寒叫野，風雪夜侵户。歲暮亦何爲？灑泣懷仁祖！

【箋】

案康熙揚州府志藝文有徐泌同諸子集康山送王又旦賦詩一首，注作歙縣人。

〔羅浮山〕江南通志：「羅浮山在泰州西北五里。在藪澤中，不爲水没，遥望如羅浮然，因名。」

〔雷塘〕揚州府志：「雷塘在城西北十五里，漢所謂雷陂。」

飲康山草堂

九月八日，汪長玉招同王西樵、郭飲霞、汪左嚴、程翼士分韻，得一東。

山堂木脱草芃芃，客子登臨思不窮。塞馬偏嘶南郭外，籬花只似故園中。樽開已見當頭月，髪短先驚落帽風。座上酒人交最古，悲歌何用弔康公！

【箋】

〔康山草堂〕康熙揚州府志：「康山在新城内東南隅，舊在姚思孝給諫宅内。其上搆堂，董其昌爲題扁曰康山草堂。以武功康海失職後，來此地與客讌飲彈琵琶處也。」

〔汪長玉〕見卷一汪大生日箋。

〔王西樵〕見卷三題王西樵司勳桐陰讀書圖箋。

〔郭欽霞〕二南遺音：「郭士璟字欽霞，號梅書，涇陽人，江都籍進士，官蓬萊道。」

〔汪左嚴〕見卷二廣陵過嘉樹堂贈汪左嚴孝廉箋。

案汪左嚴適園詩鈔有九月八日長玉兄邀同人飲康山草堂七律一首，即同時所作。

揚州九日 和王西樵「登高」二韻。

佳辰易使旅愁增，隋氏荒丘强一登。疾病自宜無酒日，飄零誰是授衣朋？淮田稔歲齊收稻，漁艇斜陽各曬罾。楊柳蕭疏江霧斂，秋山遠見碧層層。只思種菊老東淘，極目秋原首自搔。郭外酒人船泛泛，灣頭鄉路水滔滔。行經廢苑逢樵語，飲汲清泉見鬢毛。嘆息儒冠全誤我，天風今日爲誰高？

【箋】

〔王西樵〕王士禄，號西樵。見卷三九日懷王西樵客廣陵箋。

懷汪二 用「落月滿屋梁，猶疑照顏色」十字爲韻。

年華無駐時，鬢髮皎於鶴。芳春又荏苒，遠道仍飄泊。薰吹斂微雲，曜靈輝碧落。偶逢西江使，相送出南郭。臨流望所思，逝波浩漠漠。川霽戲鱗介，林暄歡鳥雀。物情各有適，予懷獨鬱若。

扶病送君行，歧路團團月。君行不我顧，我亦歸溟渤。嬌兒牽衣語，溪水繞籬潔。疾疢雖爲蘇，朝食乏薇蕨。山川二千里，當誰尋汝説？詎意同心人，離居肺肝熱。青錢寄來時，海天正風雪。

中夜懷遠遊，晨裝不暫緩；一帆江山際，去去樵風滿。出門多苦辛，君情自瀟散。予也志四方，皓首棲廢館。兹遊弗汝從，惆悵失良伴。臨河渡船絶，汲井素綆短。旁人不相知，啞啞笑予嬾。

西山六百字，吟成寄予讀；手筆真絶倫，丘壑宛在目。水碓殊尋常，何爲倏蹩躠？故鄉念老友，賃舂於村屋。一從此詩出，辭客盡稱服。我願好事者，勒之蒼崖曲。醇意與高言，允矣照山谷！

五老接青天，元氣春混茫。君排白雲來，倒日摇山光。仰指霄漢逼，俯瞰江湖蒼；養真於此地，真堪結草堂！只愁虎谿鐘，催君歸下方。松徑墜斜月，谿流夜浪浪。不見陶淵明，搔首三石梁！

夜半急雨來，驚鴻聲啾啾。不眠起長嘆，人在古吉州。翳然瘴癘鄉，巒山荒且稠；猿狖愁煞人，時時啼不休。淒絶獨眠夜，傷哉斗粟謀！吳天斷北信，瀨水長東流。徒令行路子，引領頻夷猶！

冉冉樹中草，植根苦不卑；因依生意薄，寸心常憂疑。自我客君家，廬陵夢見之；須臾亦良會，覺來惜已遲。庭前寒梅花，是君手種枝；東風入門來，南枝生葳蕤。日夕相顧盼，思君君不知！

蕭蕭旅館夜，忽忽華燈照。故舊不得見，輸心許年少。抱琴過我門，慕我廣陵操。相與始逢迎，驕矜露稍稍。分手當何如？對面已非笑。寄言輕薄子，敝廬臨海嶠。漫譏阮氏窮，終學任公釣！

硉矹吳公臺，泱漭茱萸灣；堤柳緑酒船，與君時往還。今予在舟中，櫂歌春風間。鴛鴦飛上下，桃花水潺湲。風景不異昔，君滯豫章山。豫章路悠悠，夜夜懷故關。爲聽杜鵑啼，凋却舊朱顏。

東家樹梨栗，西家來采食；口腹藉別人，那能長得力？吁嗟和氏玉，數獻無相識！掩泣低雙眉，嚮人乞顏色。舂米城市裏，牧豕隴畝側；不如歸去來，攜手同作息。君看梁伯鸞，思友吟愴惻！

【箋】

此詩懷汪舟次也。時舟次遠遊豫章。汪舟次有西山紀遊六百字呈同遊施愚山高阮懷五古一首，「西山六百字」指此。案溉堂續集戊申送汪長玉夜入真州詩自注云：「時令弟舟次客吉州。」此詩當作於康熙七年戊申（一六六八）。

歸東淘答汪三韓過訪五首

限「野外貧家遠」五字爲韻。

郡邑難久居，歸去東淘社。行行故鄉近，蓬蒿蔽原野。時候當播穀，膏雨霏霏下。隴無荷鋤人，路有催租馬。白骨委塵埃，盡是逋賦者。皮肉飼饑鳶，居室餘敗瓦。哀哀鵁鶄啼，汨汨溪流瀉。我歸齒髮暮，方嘆生計寡。鄉黨復遘患，倚徙淚盈把。

徒隸持州帖，㕑行柴門外。族有逃役者，署名呼我代。我無半畝田，征稅何繇派？密網及無辜，無地可趨背。兒女藏四鄰，酒食緩群吠；用盡腐儒力，未免公家逮。落日望曠野，飈風淒以大。嗟哉越石父！脱驂人安在？

修綆纏轆轤，展轉暮與晨。自我還家來，中腸多苦辛。鸛鳴海雨霽，萬物歡陽春。入門避良時，出門逢故人。故人何翩翩，交我不羞貧；空手來赴難，悲憤幾霑巾！不悟荆棘場，矯矯見松筠。叔牙情不易，黄金那足珍！

十載雞黍約，三春杖藜過；百憂對汝失，一甕趨鄰賒。停午茅簷下，把盞睞庭柯。我羡莀楚枝，君憐紫荆花。花下憶而兄，宿昔客吾家。枝葉仍海甸，塤箎異天涯。主賓意何限，悢悢到棲鴉。

僻壤斜陽多，荷杖上修阪。春風吹平蕪，野緑油油遠。是時攜勝引，田間一繾綣。未敢問桑麻，焉得遂棲遁。行人亦已稀，海天稍欲晚。稚子報黍熟，長吟望烟返。

送吴眷西歸長林四首

孟夏雨初霽，海村桑葉肥。小麥蕲蕲秀，雉來麥上飛。悵然遠遊子，顧盼思巖扉。十年困馬足，四體縣鶉衣。世態已閱歷，長策莫如歸。檗樹無甘蔭，冰壑無炎暉；從來高蹈士，不厭寒與饑。去去故山中，努力餐蕨薇！

長林何處所？泉潔山秀峙。暧暧人烟際，灌木四五里。枝上老鴉多，春來各生子；子幼含哺勞，子大雄雌恃。恩勤雖已極，骨肉一巢裏。此時垂白母，望遠閭自倚。行路稍欲稀，夕陽半山紫。兒也遠歸來，無米親亦喜。

老夫貧賤交，强半是君鄉。兵甲阻來往，雲峰苦相望。逢君問所思，十人九人亡。而翁最知我，墓已拱白楊。感念平生歡，不覺淚霑裳。自顧遲暮景，宛如斜日光。出門道無車，入門甕無糧。何時磨鏡去，一慟亡友旁？

君家草堂前，種禾有山田。糗糒日不足，何嘗無豐年！況復征賦急，村野正喧闐；里胥夜捉人，不問愚與賢。君試荷耰耡，鄰里相往還。劬勞及農時，刈穫償租錢。歸來山月下，盡室情依然。雖無儋石儲，庶得高枕眠！

【校】

〔薪薪〕皇清詩選作「澌澌」。

〔思巖扉〕國朝詩作「歌式微」。

〔種禾〕皇清詩選作「種秫」。

〔往還〕國朝詩作「周旋」。

【箋】

〔吴眷西〕未詳。

〔長林〕見卷二長林吴處士箋。

過徐經白幽居二首

草路行人少，蓬門野色閒。吟詩過白日，避世駐紅顔。疏牗羲皇意，陳醪琥珀殷。自然拚一醉，借宿竹陰間。

芳菲慳鹵壤，芍藥盛徐家。植來已百年，種多奇艷；他宅移種，輒憔悴以萎。里人稱「徐家芍藥」云。歲歲春將暮，叢叢自發花。我來思賞玩，艷色已泥沙。榮日無人問，君應起嘆嗟。

【箋】

〔徐經白〕未詳。

松蘿茶歌

東南産茶非一鄉，盧仝當日推陽羨。月團雲腴那易致？山荈野薞市井遍。今人飲茶只飲味，誰識歙州大方僧名。片？松蘿山中嫩葉萌，老僧顧盼心神清。竹籯提挈一人摘，松火青熒深夜烹。韻事倡來曾幾載？千峰萬峰叢亂生。春殘男婦采已畢，山村薄雲隱白日。卷緑焙鮮處處同，蕙香蘭氣家家出。北源土沃偏有味，黄山石瘦若無色。紫霞摸山兩幽絶，谷暗蹊寒苦難得。種同地異質遂殊，不宜南鄉但宜北。夐巖汪子真吾徒，不惟嗜茶兼嗜壺。大彬小徐盡真迹，水光手澤陳以腴。餅花冉冉相掩映，宜興舊式天下無！有時看月思老夫，自煎泉水墻東呼。郝鬗陸羽無優劣，茗櫝微茫觸手别。靈物堪令疾疢瘳，今年所貯來年啜。憐予海岸病消渴，遠道寄將久不輟。二君俱是新安人，我願買山爲比鄰。一寸閒田亦種樹，甌香椀汁長霑脣，况復新安之水清粼粼。

【箋】

〔松蘿茶〕靳修歙縣志：「明隆慶間，僧大方住休之松蘿山，製茶精妙，郡邑師其法，因稱茶曰松蘿。」休寧碎事：「茶初摘時，須揀去枝梗老葉，惟取嫩葉，又須去尖與柄，恐其易焦。此松蘿法也。」

〔松蘿山〕休寧縣志：「松蘿山在縣北十三里，高一百六十仞，周十五里，與天葆山聯。山半石壁插天，峰巒攢簇，松蘿交映。」

〔北源〕歙縣志：「茶有所謂紫霞、太函、羃山、金竺，歲産原不多得，諸種皆謂之北源。」

〔夐巖汪子〕謂汪扶晨，有紫霞茶歌，見卷三寄答汪扶晨箋。
〔郝髯〕謂郝羽吉。
〔新安〕即安徽歙縣。晉太康元年，平吴，改新都郡爲新安郡。見歙縣志。

七月初六夜，贈吴仁趾移居二首

蕪城蟋蟀鳴，節候傍七夕。寂寂新月下，家家茉莉白。炎熱復何在？涼颸已摵摵。之子别故鄰，是夜遷其宅。兒女雜琴書，意況各自適。鮮新石徑草，滴瀝糟牀液。晨光啓雙扉，遲爾素心客。

爾昔家海濱，來往蘆花洲。陋軒與雪阿，兩家寒颼颼。自爾入城來，時賢尊敝裘。蒿徑弗容屨，更爲棲止謀。人生貴適意，居室亦須求。烹葵召親昵，種竹躭清幽。未知風雨夕，幾迴思舊遊？得新不忘故，庶免前人羞！

【箋】

〔吴仁趾〕見卷一送吴仁趾箋。
〔雪阿〕當爲吴仁趾所居。

案溉堂續集亦有贈吳仁趾移居詩，編入康熙七年戊申（一六六八），此詩當作於是年。

程臨滄三十初度贈詩

朱顔須久駐，日車不停轢。人生比四時，難得者春夏。程郎乘高軒，光輝映鄉鄰。將身受歡娱，年齒甫三旬。出門志四方，入門養二老。錦衣老萊衣，被服任懷抱。行樂情易恣，學仙世易欺。保己惜景光，延年理在兹。

寄題龔大野遺新居

亂離足飄泊，老大還郊坰。江水真有意，流轉一浮萍。親戚復誰在？虎嘯山風腥。驚疑兒女色，顧戀歸人情。翳翳寒烟墟，蕭蕭茅草亭。琴書既有托，斂迹謝逢迎。澄潭入郭流，群峰繞舍青；悄然松際月，聞爾商歌聲。君鄉是舊京，山盤江瀠洄。勝概今何似？處處蒿與萊。邈哉爾幽居，却傍清涼臺；落日試登眺，吳楚潮皚皚。三山若圖畫，鍾阜何崔嵬！樵牧指伊人，俛仰襟抱開。誰知遊覽意，百感從中來！

【校】

〔題〕詩觀作寄題龔大野遺秣陵新居。

【箋】

〔龔大野〕讀畫録：「龔半千賢，又名豈賢，字野遺。性孤僻，與人落落難合。其畫掃除谿徑，獨出幽異。自謂前無古人，後無來者。程青溪能畫，於近人少所許可，獨題半千畫云：『畫有繁減，乃論筆墨，非論境界也。北宋人千邱萬壑，無一筆不減；元人枯枝瘦石，無一筆不繁。通此解者，其半千乎！』早年厭白門雜遝，移家廣陵；已復厭之，仍返而結廬於清涼山下，葺半畝園，栽花種竹，悠然自得。足不履市井，惟與方盇山、湯巖夫諸遺老過從甚歡。筆墨之外，賦詩自適。」

〔清涼臺〕見本卷登清涼臺箋。

〔三山〕在南京西南。江南通志：「三山在江寧府西南五十七里。吴志：『晉王濬伐吴，順流而下直指三山是也。』大江從西來，勢如建瓴，此山突出當其衝。有峰，吴時津戍處。輿圖志云：『其山積石森鬱，濱於大江，三峰行列，南北相連。』唐李白詩『三山半落青天外』，即此。」

〔鍾阜〕謂紫金山，在南京。江南通志：「鍾山在江寧府東北十五里朝陽門外，本名金陵山。據庾闡揚都賦云：『山時有紫氣，故又名紫金山。』高一百五十八丈，周迴六十里。」

送程子布

嘯傲終年傍俗喧，君真不愧古晨門。天寒禄米持沽酒，雨夜家山憶灌園。北固鐘聲摇碧落，南朝木葉下黄昏。扁舟去宿金陵渚，鳴鴈蕭蕭獨黯魂。

【箋】

〔程子布〕未詳。

〔北固〕山名，在鎮江。京口山水志：「北固山在城北一里，甘露寺在山上。」

送程升玉　時别妻家歸省。

朝思建業暮言歸，冷釜梁鴻自寡依。淮海孤舟同婦坐，菰蒲幾鴈近人飛？關心里巷生秋草，極目江山上夕暉。琴瑟到門親一笑，征衣解却换斑衣。

【箋】

〔程升玉〕未詳。

東歸道中

人烟四望稀，野雪不見路。歸鴉與暝色，稍稍隋宫樹。

【箋】〔隋宫〕見卷一送方爾止箋。

九日冒雨登康山草堂 康修撰海别墅。寄汪舟次

風雨海西至，雲山江上重。人愁鬢毛换，節好道途逢。薄俗嗤金盡，貧交餽酒濃。壺觴何處好？載向草堂松。

歌吹争歡會，城池待夕陽。背人高處立，引領寸心傷。前輩泉臺下，同袍瘴癘鄉。老夫無倚賴，羞見菊花黄。

聞道廬陵客，年來逸興增。出城衝猛虎，入谷訪高僧。祇樹君應憩；儒冠世久憎。東鄉是歸路，雲岫不須登。

【箋】〔廬陵〕嘉慶重修一統志：「江西吉安府，後漢興平元年分置廬陵郡，隋開皇初，郡廢，改置吉州；大業初，復曰廬陵。」

案汪舟次時客吉州，此詩當作於康熙七年戊申（一六六八）。

歸　燕

春色空梁少，霜華昨夜新。他鄉徒有子，倦羽漸無鄰。已識時將暮，終難冷傍人。故巢托王謝，簷雀未須嗔。

送汪三韓之秦郵　分韻得七虞。

澤國年饑日，寒天客去孤。淮流漲入郭，塔影倒沉湖。征稅逃田父，豨薟秦郵名酒。媚酒徒。泊船雲水際，遮莫數錢沽。

【箋】〔汪三韓〕見卷三早春寄汪三韓箋。

〔秦郵〕即高郵，見卷一送吴仁趾箋。

送汪左嚴之虎墩 分得「冬」字。

澤滿哀鴻羽，墩留猛虎蹤。布帆君獨往，海岸正窮冬。鹽賤人休市，年荒里罷春。吾廬在直北，試望數株松。

【校】

〔羽〕東臺縣志引作「集」。

【箋】

〔汪左嚴〕見卷二廣陵過嘉樹堂贈汪左嚴孝廉箋。

〔虎墩〕嘉慶東臺縣志：「虎墩在縣治西北六十八里，舊小海場。范文正公築捍海堰，起自虎墩，即此地。」又案中十場志云：「富安場亦有虎墩，在西便倉北。故富安一名虎墩。」

寄汪虛中 限「願得萱草枝」五字爲韻。

愁眼看黄鵠，天涯淚如霰。何心慕雲霄？奮飛實所願。微哉道上蓬，身逐淒風轉；景光忽已暮，故根亦已遠。何如青松枝，泉石相纏綣。蒼蒼雲岫外，辛苦君不見。

美服昏夜掩，美玉石中匿。悠悠天地間，真賞那易得！自我別同心，懷抱多偪側。魑魅立歧路，顛倒我南北。車側同旅笑，壯腕不與力。毛褐御炎暉，葛屨行霜域。寒暄總自詒，敢怨人顏色！

明明海濱月，翳翳桑下門。避地來吳汪，攜手如弟昆。亡友吳元霖、吳周與汪同里。有暇時命酒，無憂不對萱；樂極哀情至，東西各飛翻。只今舊酒徒，唯我與君存；老夫餬口出，君亦歸田園。饑雀戀空倉，羸驥懷故軒。死別長已矣，生別傷我魂！

扶晨君從姪，邂逅廣陵道。開尊始晤言，平生便傾倒。可憐輕薄場，恭敬嚮一老。歸去躭林泉，與君恣幽討。嘯咏近鸞鶴，登臨無晏蚤。徒思蹤迹遐，不見顏色好。松泉寒濺濺，嶺雲暮浩浩。終然黃帝山，相隨拾瑶草。

百年亦易盡，歡樂須及時。膏沃媚形骸，俗情每如斯。念君齒已壯，當世人不知。鶉懸冰雪候，蟻視鄉里兒。歲暮空山裏，梁甫吟正悲。悲吟和者稀，儔侶君相思。天寒無驛使，惆悵梅花枝。

【校】

〔題〕詩觀二集作寄汪舟兼示令姪徵遠。

〔扶晨〕詩觀作「遠也」。

【箋】

〔汪虚中〕詩觀：「汪舟字虚中，江南歙縣人，有岸舫齋詩。吴子野人數言虚中之爲人，質直多古誼。詩篇清矯，如喬松直上，如澄潭絶塵。」

〔吴元霖〕即吴雨臣，見卷二哭吴雨臣箋。

〔吴周〕字後莊，見卷一懷吴後莊箋。

〔汪扶晨〕見卷三寄答汪扶晨箋。

還家二首

近海無淡水，唯冰淡且潔。天地不沍寒，清濁何繇别？紛吾返故林，窮冬雨澤絶。兀兀野桑枯，飕飕颸風發；河伯喜人歸，一夜水生骨。古諺云：「犂星没，水生骨。」漁艇成阻滯，狐狸競馳越。家人嚮河笑，擊伐兼抱挈。千片光晶瑩，一堂氣凛冽。閉門煮月團，貧家歲堪卒。

夷吾困窮日，分金感叔牙。叔牙適有金，交情安足誇！不見汪伯子，概莽。債主紛如麻。韡躠出見人，西風吹雪花。客路一相遇，怪我鬢髮華。囊中稱貸錢，視之如泥沙。脱贈豈必多，我已得還家。迷雲楚天鴈，繞樹隋宫鴉。報德空有懷，川原白日斜。

【校】

六卷本卷二迄於此詩。

【箋】

〔概莽〕汪長玉號，見卷一汪大生日箋。

吴嘉紀詩箋校卷五

送汪于鼎、文治兄弟歸春草閣 限「池塘生春草」五字爲韻。

翩翩兩汪生，惻惻遥相思；相思來相尋，攜手淮水湄。清泠松澗雪，不受塵壒欺。臨水見遊魚，慨然懷故池。早食猶在蓐，征車已載脂。樽酒歡娱地，轉瞬生涕洟。哀泉下隴頭，東西南北時。余亦欲高卧，浩歌還東菑。

歸軒嚮何處？萬松鬱青光。君家萬松前，一閣臨池塘。雲水四時漲，蕩漾如舟航。空山晝無人，風細水花香。隨意自來去，雙雙紫鴛鴦。

歙州半汪氏，司馬最有聲。道昆前輩。身後猶籍甚，端不爲公卿。我聞著書處，松杉淒以清；山水洵奇絶，復生爾弟兄。年少伏草莽，鄉人未敢輕。峻孫有季直，侃裔有淵明；家風久勿墜，豈不賴後生？別業尚在山，遺書尚在籯。還家各努力，允矣寶榮名。

氣暄積雪盡，堤樹榮振振。山雨池上來，草色亦已新。擔簦兩遊子，歸來正及春。登臨入翠微，窗牖開良辰。浮雲一時散，黄山出蒼旻。三十六青峰，靄靄遠嚮人。會心發長謡，佳句助有神。寂寥山谷中，高調無四鄰。

我愛新安江，水清石皓皓；一瓢可以飲，松蘿茶名。味尤好。往歲賢昆季，東望溟渤島；寄我松明茶，二君家歙之松明山。迢迢吴楚道。君言種茶人，白骨久枯槁。僧大方。遺叢蔓巖谷，萌芽混野草。到家春暮時，千峰霽懷抱；烟霞最深處，爲子攜筐造。

【箋】

〔汪于鼎、文治〕石修歙縣志：「汪洪度字于鼎，松明山人。父子喻，隱居煉丹峰下。洪度善屬文，工詩；受業于王士禛，士禛爲定其全集。歌行中，賞其建文鐘篇，云中有史筆。靳治荆修邑志，延洪度專志山水。著有息廬文集、餘事集、黄山領要録、新安女史徵，詞意雅飭。畫法尤爲時所重。弟洋度，字文冶，並有才名。王士禛嘗曰：『松山二汪，聲價比於儀、廙。』詩亦拔俗有逸致。書仿晉人，尺蹏便面，人争重之。」

〔春草閣〕靳修歙縣志：「春草閣在松山，臨池而山，水木清湛，遠峰環列，縈青繚紫。汪司馬南明與弟仲嘉、仲淹讀書於此。汪太學恕，因司馬故址重搆，令其子鑑、鈺、洪度、洋度肄業其中。」

〔歙州〕安徽歙縣。隋開皇九年，改新安郡爲歙州。見歙縣志。

〔汪道昆〕字伯玉，號南明，歙縣千秋里人。嘉靖丁未進士，官至兵部左侍郎。著有太函集。康熙歙縣志、明史皆有傳。

〔新安江〕康熙歙縣志：「邑以歙浦得名。浦會三江，江瀦衆水，其濫觴於浦而東注者，曰新安江。端歙浦，委桐廬，凡四百里，咸謂新安江。」

〔松明山〕一名箕山，山不甚峻，汪司馬道昆之族居之。見歙縣志。

流民船

泗水漲入淮，千里波滔天。極目何所見？但有流民船。横流相盪激，篙短不得前。家人滿船中，肢骨撑朽舷。人生非木石，飲食胡能捐？嗚呼水中央，日暝風颯然！撥棹欲何之？遠投烟火處。歲儉竊盗多，村村見船怒。男人坐守船，呼婦行乞去。蔽體無完裙，蔽身無敗絮。嬌兒置夫膝，臨行復就乳。生長田舍中，那解逢人訴！一米一低眉，淚濕東西路。

鹽城有三人，云是親父子。洪濤没其廬，適遠求居止。饑寒世俗欺，同伴氣都靡。三人萬人中，屹如山島峙。長嘆呼彼蒼，攜手蹈海水。志士逢溝壑，將身會一死。釜中生遊魚，井上有敗李。我餓難出門，聞之慨然起。

【箋】

康熙揚州府志藝文載有李宗孔於康熙十年二月二十四日所題請撥鹽課賑濟淮揚疏，略云：「去歲淮、揚兩府水災滔天漫地，如高、寶、興、鹽、江、安、山、桃等處十一州縣之民，田地陸沉，房屋倒塌；牛畜種糧飄浮，父子兄弟夫妻兒女死於洪波巨浪者，不幾千百人，而無衣無食，露處江干，號泣之聲，震動天地。聞去歲十二月内，淮、揚大雪，連陰三十餘日，嚴寒積冰。饑民數萬，屯住揚州四郊寺觀。或搭蓆篷，或借小船，居沿河住。雖督撫漕鹽諸臣勸諭商民，賑粥施衣，而雪久寒深，凍餓死者，一日之内，少者數十，多者百餘；一月之内，死無數矣！饑民攜兒挈女，鳩形鵠面，百結鶉衣，行乞城野。四鄉内外，結聚成群。」溉堂續集流民船和吴賓賢其一：「生長水邊村，將謂水邊老。門前繫一船，取魚媚翁媪。爲農盡地利，福善倚天道；天道不可知，地利棄如掃。蛟龍奪人宅，汝罪誰能討？舟小賴相活，焉論濕與燥。飄零不自惜，墳墓頗浩浩。」其二：「平時在平野，丐者耻同論。但爲采桑出，或復餉耕耘。婦有冀缺敬，夫非秋胡倫。自謂鄭衛俗，不如朱陳村。今日紅顔女，乞食傍人門；下船施脂粉，上船多笑言。信哉橘易化，傷哉萍無根。」其三：「餬口無定向，吴民或之楚。鄰邑不相容，不如鄰家鼠。將云防盜賊，只在高墻宇；南北爲一家，驅逐到兒女。故鄉不可歸，他鄉復難處。怨氣結爲雲，日日多風雨；水患烈如此，無人信袁甫。」案李宗孔題疏，此詩當作於康熙九年庚戌（一六七〇），溉堂和詩亦編入庚戌。

徐曰嚴送酒

飢饉爲賃頗非計，别侣歸我東淘田。谿梅始花野雪大，徐君抱酒來門前。君意既厚酒復醇，一盞一日堪醉眠。甕儲有無不更問，日日如泥到有年。

【箋】

〔徐曰嚴〕未詳。

送王玉久歸茅山

結廬雖福地，家無辟穀方；白石煮不爛，無食愁高堂。勞勞負米兒，邈邈今還鄉。持此且承歡，新穀將登場。鄰里聞君歸，叩門攜酒漿。咸稱新吏賢，七月未開倉。吾族老與少，差得緩逃亡。月照谷中屋，雞鳴墻下桑。高眠須適意，勿便趨行裝。

【箋】

〔王玉久〕未詳。

〔茅山〕讀史方輿紀要：「茅山在句容縣東南四十五里，山高三十里，周百五十里。初名句曲山，又名巳山，皆以形似名。漢有三茅君得道於此，因謂之三茅峰。梁陶弘景亦隱居此山。」

秋日懷孫八豹人六首

江洲芳草歇，時序已蹉跎。閉户真無賴，干人復若何？南天深瘴癘，北客懼風波。中路逢名嶽，開顔試一過！

大雪迷他縣，奇寒困老人。抱痾惟獨卧，卒歲與誰鄰？家遠江千里，書來日五旬。急難兼悵望，淚眼過冬春。

疾病辭修水，行吟入漢陰。歸裝空計日，適遠更何心？岸樹下雙鶴，漁舟横一琴；悠悠欲誰嚮？郢上有知音。

王郎關中王黄湄，時爲潛江令。苦幽獨，今日失咨嗟。夜夜夢中友，轔轔門外車。秦聲歌短調，才子近長沙。攜手清風裏，秋蘭爲發花。

潛江卑下地，年歲幾時豐？舟檝城池内，鴛鴦里巷中。縣官真范冉，過客是梁鴻。杵臼家家絶，何繇慰轉蓬？

衰年纏百慮，我輩豈長存？努力辭飄梗，還家學灌園。兒童須負米，居止必同村。極盡餘生樂，朝朝扣爾門。

【箋】

〔修水〕在江西南康府建德縣南。見嘉慶重修一統志。

〔漢陰〕陝西通志：「漢陰，唐縣名，本漢安陽。唐至德初改漢陰。縣志云：『舊治漢江南，紹興初，徙治新店。按水南曰陰。初治漢南，故名漢陰；後徙漢北，而仍名漢陰者，襲舊名而誤也。』」

〔郢〕今湖北江陵縣。荆州府志：「江陵縣，春秋楚郢都。」

〔潛江〕湖北通志：「潛江，宋初爲安遠鎮，乾德三年，升爲潛江縣。」潛江縣志：「王又旦字幼華，號黄湄，陝西西安之郃陽人。順治戊戌進士，康熙戊申來爲邑宰，甲寅冬，以廉能最，召試南省。」又縣志河渠志云：「潛自改邑以來，去江差遠，輪袤延亘，規郛七百餘里，周環皆漢。其東北陬爲景陵，西北陬爲荆門，東南陬爲沔陽，西帶江陵，南襟監利。内有重湖沮洳，暴漲苦墊，頻年漢水横溢，城郭田廬，悉委巨浸。康熙戊申、己酉間，漢水屢決，王又旦有前後屯營堤嘆詩，即紀其事。」

案此詩懷孫豹人，豹人時客潛江王又旦署中。溉堂集留别王幼華明府詩編入康熙八年己酉（一六六九），此詩當作於是年。

過江漢緯寓園分韻

維舟便入門，草路似山村。樹色侵荒野，鶯聲聚廢園。幽人此偃息，酒店隔墻垣。漫漫邗溝水，相尋一笑言。

【箋】〔江漢緯〕未詳。

寄别江漢緯

掛帆更回望，病友在南林。楚塞秋聲起，淮流日暮深。野禽争獨樹，村月急鳴砧。我識雷塘路，舟中有夢尋。

舟宿海安鎮，懷江漢緯

獨處榮榮爾若何？荒園古木對沉疴。人間孤孽關心少，眼底親知失意多。露濕土城鳴蟋蟀，月臨秋野渡駕鵝。江干海岸相思苦，試聽滄浪有櫂歌。

【箋】〔海安鎮〕見本卷海安鎮箋。

祖姑詩

雙飛畫堂燕，春來又銜泥。堂中紅顏女，歲歲惟孤栖。孤栖何爲爾？有母年齒衰。今年復明年，朝昏不暫違。膝下辛苦多，織作致甘肥。女身日以長，母身日以羸；桑榆戀斜景，依依能幾時？淚下未及收，里姥來門楣：「東家有賢郎，相煩求蛾眉。」深閨聞姥來，倉皇愁生離；懇懇托家媪，徐徐出謝之。東家去諾諾，西家又遣媒。人生各有志，紛紛徒去來。媒妁殷勤言，祇以煎人懷。今年復明年，荏苒歲月徂；母年既七十，女亦三十餘。霜風吹林木，落葉辭舊枝；傷哉黄髮母，一夕赴泉臺。骨與肉離别，天傾地崩摧。女也何所賴？抱痛長號呼。浮雲爲黯淡，翔鳥爲徘徊。月落空房冷，至哀毁形骸。母女相繼逝，見者靡不悲！家人出卜葬，葬母以女隨。生死在親傍，夙願已克諧。迄今三百載，丘塋猶嵬嵬。往事聞故老，小子仰前徽；援筆傳孝女，慚非絶妙辭。

【箋】

案此詩嘉紀咏其六世祖姑也。嘉慶東臺縣志有傳。

寧四公詩 有序

紀七世族祖寧四公，諱汝寧，兄弟四人，公行二。伯兄汝陽公，洪武時爲蔡權鹽法事，應例，充雲南烏撒衛軍；六年歸。寧公以弟代兄役赴衛；至黄陵廟前，遇風，覆舟溺死。

我聞洪武皇帝二十年，中原子弟多戍邊；開邊拓宇歲不歇，故鄉那得歸耕田？海樹烏栖溪月圓，烏撒軍人萬里還。盡室驚看如夢寐，老親喜極轉潸然。骨肉款款重依依，不知假期難久延。訪舊比鄰方載酒，催行里正已鞲韉。妻子更牽衣，雙親齊撫背；頓足仰面向天哭，高天暾日爲昏晦。就中一弟中心煩，呼人置兄起相代。入門自裹頭，出門自束帶；軍令不用暫留戀，彎弓插箭隨前隊。驅馬渡吴山，山深日落無人行。密林峭蹊馬蹄側，枝上鷓鴣時一聲；慷慨征夫顔色苦，開眼不見親弟兄。行行歷楚疆，七澤魚龍鄉；波濤訇訇氣㷓翳，回頭數望耶與娘。危檣攲柁往前去，黄陵廟前風大狂；風狂舟楫覆，壯士逢夭殤。未把吴鈞舒國奮，翻成李樹代桃僵。白骨從此日漂泊，閨中延頸復何望？君看東海箜篌引，悽愴哀音千載長！

【箋】

〔寧四公〕康熙揚州府志：「吴汝寧，泰州人。洪武初，伯兄汝陽以鹽事戍雲南烏撒衛。越六年歸里，心憚遠行，臨發，愀然不樂，汝寧慷慨願代兄役，行至黄陵廟，遇風覆舟溺水死。其七世孫吴嘉紀紀之以詩。」

范公堤行，呈汪苪斯先生

范公勞苦築長堤，洋洋潮汐不復西。黄壤黑壤接廬舍，南場北場多鳴雞。運鹽搰搰車在野，穫稻蒼蒼水映畦。老弱嬉遊日無擾，風俗宛與成康齊。遺愛千年東海湄，只今强半是蒿藜。此中啼號有赤子，長者試與重提攜。

烟火七里曰東淘，淘上儒生饑拾橡。商歌無限不平意，不嚮親朋嚮官長。官長自顧室何如？生魚釜中遊蕩蕩。攜手海天秋正半，清風皎月長堤上。閔貢口腹羞累令，陳遵醴醹會盈盎。腐儒廉吏俗情稀，閒鷗漫笑人來往。

【箋】

〔范公堤〕見卷三與汪伯光二首箋。

〔汪芾斯〕嘉慶東臺縣志：「汪兆璋字芾斯，浙江錢塘人，貢生。康熙六年任諸場，在職九年，以廉幹稱。康熙十二年，重修十場志，彙爲十卷，較舊志愈加詳備，稱信史焉。」

題易書圖贈蘇母

唐李昭母，以珍玩易書教子。

卓哉李氏母，珍玩家有餘，未肯愚其子，乃以易詩書。奇書異帙充梁棟，世俗紛紛那知重！卷軸倏爲志士有，清宵白日恣吟誦。草間一朝光彩著，鷃雀改顏避鸞鳳。始知玩好最蠹物，達者入手皆有用。此風邈矣千餘年，蘇宇之母世稱賢。紡績換書授孤子，兼父兼師意惘然。母子勤劬燈影間，雞鳴夜夜空閨寒；織作日久書亦多，麻縷珠玉總一般。二母教子真可法，李爲其易蘇爲難。矧母高節難盡述，即今春秋已六十。紅顏茹荼到白首，竹叢松葉冰霜集。宇也出爲鄉黨師，李昭跬步慚不及。是母是子天壤間，門内門外山島立。當代何人采國風？願向輶軒陳此什。

【箋】

〔蘇母〕姓汪，江都諸生蘇光達妻，蘇宇之母。見雍正江都縣志。

溉堂集有題掩錢圖壽蘇母汪太夫人詩，序云：「吾友蘇與蒼，採古來賢母教子事，自孟母下共得十二人，命工繪圖，徵詩於海内作者，以壽其母。掩錢圖其一也，予爲題此歌。」溉堂詩編入康熙九年庚戌（一六七〇），此詩當作於是年。

謝徐式家送菊兼奉别

入户何心對草萊？故人憐我遠遊回。不知明日還行路，自櫂扁舟送菊來。鴉啼溪色樹蒼蒼，采汝籬花上野航；前路重陽誰送酒？今宵片月倍思鄉。

【箋】

〔徐式家〕見卷三傳谿孤子行挽徐鏡如處士箋。

晚發甓社湖

終年住城郭，今夕在菰蘆。淮水渾無岸，秋天半入湖。見人浮鴈起，逆浪去船孤。明月真如畫，何煩蚌吐珠！湖中老蚌吐珠，光燿遠近。

【箋】〔甓社湖〕廣陵覽古：「甓社湖在高郵州西三十里。宋孫莘老家湖陰，夜讀書，覺窗明如晝，循湖求之，見大珠，其光燭天。」案汪楫山聞詩有晚發甓社湖詩，題下注云：「同周櫟園先生、吴野人、高康生、吴仁趾諸子限韻。」

過露筋祠

祠祀烈女蕭。蕭同嫂夏夜經湖濱，時蚊厲甚，嫂避去，蕭爲蚊噬，露筋死。

湖日映藤蘿，荒祠艤棹過。狂瀾聲滾滾，遺像骨峨峨。蘩藻當門緑，鴛鴦隔樹多。皮膚生不重，利喙欲如何？

【箋】〔露筋祠〕廣陵覽古：「露筋祠在邵伯鎮北三十里，地與高郵分界，祠祀高郵貞女。按隨園詩話云：『高郵露筋祠，説部有四解：或云鹿筋，梁地名也，有鹿爲蛟所噬，露筋而死，故名；或云有遠商二人，分金於此，一人忿争不已，一人悉以贈之，其人大慚，置金路上而去，後人義之，以其金爲之立祠，故名路金，訛爲露涇；所云姑嫂避蚊者，乃俗傳一説耳』云云。然歐陽修憎蚊詩，有『傷哉露筋女，萬劫讐不復』句，則不知何據？」

過韓侯釣臺

放艇來爲客，登臺獨弔韓。少年從古惡，楚水至今寒。芳草憐人過，殘碑背市看。我窮誰顧盼？也把一漁竿。

【箋】〔韓侯釣臺〕清一統志：「韓侯釣臺在山陽縣北，與漂母祠爲鄰。」案汪楫山聞詩亦有過韓侯釣臺詩。

過漂母祠

薄劣淮陰市，淒涼漂母祠；畫衣紛薜迹，繡幔網蟲絲。進食調饑處，哀人受侮時。高情臺下水，千載碧漪漪！

【箋】〔漂母祠〕清一統志：「漂母祠在山陽縣城望雲門外。」乾隆山陽志：「漂母祠舊址，本在舊城西門外。明弘治間，邑人雍時中有重修漂母祠碑記。後改建於北角樓漕河堤濡。」
案山聞詩亦有過漂母祠詩。

堤上謡

汴泗河淮，水合勢高；行我下河，千里滔滔！
牛鳴鶩嘯，不見渡船。側水如矢，直到堤邊。
水聲斷肝腸，登高望儂村；喬木不見頂，何處是柴門？
斷竹拾葦作巢居，胡爲乎生人爲漁，死人飼魚？

【箋】
案康熙揚州府志引李宗孔請修堤濟漕疏：「漕運自淮安、山陽至江都邵伯鎮，二百六十餘里。河東有堤，與河俱長。堤之東係高郵、江都、興化、寶應、泰州、鹽城、山陽各州縣民田，地形低窪，如在釜中。全恃此堤，護七邑之居民，障二百餘里之湖水。水漲堤潰，則糧艘有傾阻之虞，居民有淹没之苦。故明亦時崩潰，至我朝其害滋甚。順治四年至六年，連潰三載。順治十六年、康熙元年，又潰二次。今歲水勢更大，堤岸不能護。波浪滔天，横屍遍野，慘目傷心。説者委之天災，無可如何。不知使有去路以宣洩之，何致水聚諸湖，乘風爲害乎？」汪楫悔齋詩亦有同題七首，題下自注：「范水道中」。

堤上行二首

高低田没盡，横流始歸海。壞堤石出何磊磊？官長見田不見湖，摇手不減今年租。未崩河堤餘幾丈，留與催租者。草枯風瑟瑟，往來走驛馬。岸旁婦，如花枝，不妝首飾髻低垂。達官大賈畫船近，長跪欲告腸中饑，舉頭不覺雙淚墮，隔河望見露筋祠。露筋，烈女也。

【箋】

案顧炎武天下郡國利病書卷三十論勘災異同有云：「圖所列五州縣水患詳矣，然被水無彼此，而論災有異同。泰州僻在東偏，誰則見之？而誰則聞之？泰州之偏，往來者獨二三上司也。上司以樓船從揚子灣入，徒見兩岸禾黍穰穰，洵美且都，嘆賞不容口，而安見江都、泰州之分界也？又安見下河之一望成湖也？其府有行縣入興化者，故道又不由泰州往也，而泰州之水安從見之？然間亦有勘災之委官矣。委官之入境，未嘗一遍歷也。上下河多寡之數，未嘗一通考也。其以災報者，往往雜於上下之間，未嘗一分疏爲區別之也。而泰、興一體之義，又何自而得轉聞於當路乎？當路且不聞矣，況廟堂乎！」此詩正寫其咨嗟昏墊之慨也。　案重修中十場志載：「康熙八年七月，河決，洪水傷稼，歲大歉。」以上二詩，或作於是年。

送汪濬之西泠

田園荒白嶽，毛髮秃揚州。老去無長策，天涯復浪遊。琵琶勸酒婦，風月渡江舟。浩蕩烟波上，忘機一海鷗。千年書法絶，叟獨愛羲之。今古人誰辨？臨摹老勿疲。沿溪濯石硯，倚樹看鵝兒。景物東南勝，逍遥歲晏時。雙峰看不厭，畫舫足徘徊。湖水三十里，梅花兩岸開。夕陽明古寺，積雪冷荒臺。冉冉鳧鷖起，漁人送酒來。富春君莫望，江樹嘯哀猿。灘峻懸潮落，山多宿霧昏。十年别親友，此路近家園。佇看漁樵去，遊人獨黯魂。

【箋】

〔汪濬〕字秋澗，見卷一贈汪秋澗箋。

〔白嶽〕康熙休寧縣志：「白嶽山在縣西三十里，高三百仞，周三十五里，奇峰四起，絶壁斷崖，遊齊雲者，必先登焉。」

〔富春〕嘉慶重修一統志：「富春江在富陽縣西南，自桐廬經富春入錢塘。」

送汪長玉之薊門

斑騅鳴蕭蕭，遊子急行役。北風增慷慨，出郭無離色。親愛惜暌違，開樽待官驛。背人雙鴈去，隔水數峰碧。酒酣因止宿，泠泠野月白。攜手登高丘，嘉會盡今夕。及時不歡娛，來日徒相憶！北望臨碣石，薊丘何巍巍！伊昔昭王時，國中盛賢才。一士蒙敬禮，齊趙紛來歸。陳迹復何在？草根惟夕暉。君今遊此都，清風吹襟懷。誰知郭隗後，國士驅馬來！悲歌飲濁酒，醉上黃金臺。

【箋】

〔薊門、薊丘、黃金臺〕並見卷三送汪左嚴北上箋。

〔碣石〕讀史方輿紀要：「碣石山在昌黎縣西北二十里。山勢穹窿，頂有巨石特出，因名。」

日落

日落穆家灣，日落馬家灣；兩灣地僻易爲賊，往往横刀挾矢林莽間。饑烏下啄冢中骨，浮雲不見江南山。曾一經過喪我膽，今日孤身仍往返。何當復似萬曆時，桑榆翳翳人烟遠？

【校】

〔萬曆〕二字夏本原闕，據陳本補。

【箋】

〔穆家灣、馬家灣〕道光泰州志：「正東隅有沐家灣、馬家灣。」案雍正泰州志引沈龍翔周公鋪詩，後注云：「出州南門，沿運河折而東，十五里爲塘灣，兩岸空闊漭坱無人迹，爲萑苻藪。往來舟車，久成畏途。」

挽鄭母　鄭仲嬰母。

朝與慈母違，暮與慈母違，菽水苦不足，承歡未敢期。悄悄念桑梓，行行寡容儀。

縫衣相送處，回望多斜暉，努力學聖賢，鼎養或有時。年華逝冉冉，志士無錦衣。還家北風勁，芳萱遽已萎。有米母不食，晚爨爲誰炊？一櫬寄他舍，宛如客未歸。飛飛霜夜雛，栖宿嚮何枝？

【箋】

〔鄭仲嬰〕未詳。

復洲田四首，與老友陳鴻烈

洲田復與民，官長示告諭。故主前來看，猶疑夢未寤。落葉遇回風，衰林尋舊樹。寥寥亂後人，歷歷沙上去。烽燧壘尚在，望望生驚懼。十年避兵戈，萬姓凋道路。他鄉溝與壑，一步一回顧。

斜日寒江流，褰裳試遵渚。不悟餘黎民，重踐舊田土。廬墓在何處？四顧唯榛莽。雉雞見人飛，狐狸嘷且怒。生理何暇計，先須蔽風雨。刈草覆我堦，叠石爲我堵。不復辨東西，向山編竹户。室成誰往來？蘆中有漁父！

泱莽大洲上，君亦結茅茨。雖無百畝田，蕪穢轉易治。耕牛托老僕，詩書誨嬌兒。開門清風來，江平水漪漪。明月出遠峰，哀笳不復吹。時時聞盪槳，城中輸賦歸。餘生免喪亂，稅課安敢遲？朝築潮水堤，暮鋤野蘆根；且以餬口腹，漫思長子孫。我聞甲申前，此地如桃源。雞犬江山際，灌木深里門；霜落秫穗熟，橘柚香村村。日晏釣魚歸，鄰里笑語喧。想見太平時，家家酒滿樽。

【箋】

〔陳鴻烈〕雍正江都縣志：「陳無競字鴻烈，生而木質，見人侗然縮朒朒，似不敢前。性好讀書，自經籍而外，凡三教九流之書，無不手自薈蕞謄寫，著述等身。爲文奥博沉厚，而不得志於有司，年三十餘，始爲諸生。詩絶似孟襄陽，而所遇亦如之。」

案江蘇詩徵引費錫璜復洲田詩，題下自注曰：「順治十三年六月，禁海船市易。後因海氛，遂棄洲田，不許耕種。康熙中，始復洲。」謝國楨清初東南沿海遷界考：「清初遷界之事，殃及沿海江、浙、閩、粤、魯五省人民。陋軒詩中有復洲田之詩，似亦遷涉避匿之事，未久即復，但未如浙、閩之甚耳！」

宿三江口

淺水迴沙岸，淒風送角聲。月明鄉樹遠，潮長客船輕。飢饉多爲盜，堤防正用兵。歸心中夜劇，江北聽雞鳴。

【箋】

〔三江口〕京口山水志：「三江口在圌山下。汪楫泊三江口詩：『月出日未落，大江生晚烟；舟停宿鷺起，潮落薄冰懸。列戍吹笳地，黄蘆賣酒船。比來長道路，盡醉水雲邊。』」

江上阻風

避風隨賈舶，抱膝對蘆花。濺沫驚灘鳥，迴波卷岸沙。漁船來賣酒，江水汲煎茶。過日偏容易，征途鬢已華。

挽方爾止

斯人盛文采，時運苦不遇；行吟三十年，鄉井耻歸去。豈不極勞瘁，久拚死道路。兵戈淚眼看，書卷衰年著。僦居秦淮閣，日望鍾山樹。黃河清幾時？人命倏朝露。飛塵上琴瑟，衡門下鷗鷺。哀哀稚女啼，慰問無親故！

往昔隋宮路，逢君酒壚邊；擊節市人中，高歌聲淒然。慨慷來百憂，囊筒無一錢。失意惟適遠，中途及黃泉。沙浦飛白鶴，江波映紅蓮；雖無要離鄰，幸有漁父船。旅櫬何用歸，三山二水前。春風殘夜月，歲歲啼杜鵑。

【箋】

〔方爾止〕見卷一送方爾止箋。

案溉堂集亦有哭方爾止四首，編入康熙八年己酉（一六六九），此詩當作於是年。

過鍾山下

茲山大江南，形勢何雄特！萬樹隱蟠虬，四序蔥蔥碧。常懷山上雲，今作山下客；綣綣路人語，暉暉崖日夕。勝地縱搏爪，半天稜瘦脊。但見下牛羊，不逢舊松柏。乾坤遭燬鑠，禍害及木石。暮角受降城，寒潮瓜步驛。渡江吾遲遲，回首淚霑臆。

【箋】

〔瓜步〕即瓜洲。光緒重刊江都縣志：「瓜洲渡在城南四十五里瓜洲鎮，與江南鎮江府對直二十里江面。」

贈程飛濤

末俗矜繁華，衆人悦雷同。城中與四方，相傚何時窮？古諺：「城中好高髻，四方高一尺。」廣陵侈尤甚，巨户如王公；食肉被紈素，極意媚微躬。歡樂成惛愚，不幸財貨豐。我愛程仲子，矯矯魚鹽中。春草野萋萋，中有幽蘭叢。何以别氣味？君試臨清風。

種樹城郭内，喈喈啼春禽。昆弟何容與，仿佛棲山林。良辰集朋儔，緑酒花下斟。月來失暝色，灑灑舒胸襟。君情復何向？高梧與鳴琴。舉手弄素絲，開軒受清陰；清陰蔭連枝，素絲娱知音。

【校】

〔題〕明詩綜作贈程澎，僅收第一首。

〔矜〕明詩綜作「慕」。

〔窮〕明詩綜作「終」。

〔中有〕明詩綜作「内有」。

【箋】

〔程飛濤〕見卷一送吴仁趾北上箋。

詩二首贈郭欽霞博士

老樹憎淒風，旅人愁歲暮；歲暮雨雪多，鄉園憶親故。栖栖予何爲？悵悵在歧路。見人唯傴僂，所嚮詘言語。亂絲置懷袖，何繇别緇素？夕鳥戀林栖，流水知東注。褰裳望川原，吾廬不能去！

茸茸蕙蘭發，皎皎官梅清。君子適在鄉，里巷多芳馨。一氊十年坐，朝野尊先生。空憐顔色壯，荷兹爵位榮。歸來無酒錢，大雪滿荒城。何以慰親友？日暮心屏營。揚雄貧嗜飲，劉向老傳經。遐心寓簪紱，昔人同此情。

【箋】

〔郭欽霞〕順治乙未進士，改授常州府學教授，遷助教。見卷四飲康山草堂箋。

送周雪客北上 限「難爲心」三字。

半年騎北馬，兩度向東安。緩急親知少，關山道路難。濁醪憑自慰，長鋏對人彈。又見悲風起，蕭蕭易水寒！

渡江迷去路，下馬問相知。林雨鴉歸早，梅花酒熟時。愁人不得醉，歡會轉成悲。多難無長策，徘徊空爾爲！

路遥夜不息，力盡涕難禁。榛莽愁饑虎，桑榆羨野禽。迴腸催白髮，空手急黄金。此日誰相贈？貧交一寸心！

【箋】

〔周雪客〕櫟園長子。見卷四栝園詩四首贈周雪客箋。

〔東安〕方輿紀要：「東安縣在順天府東南百五十里。漢安次縣地。元中統四年，升爲東安州，屬大明路；明初復爲縣。」

案汪舟次山聞詩有送周雪客入燕三首，亦以「難爲心」三字爲韻，當是同時所作。

過程臨滄山閣看梅　同諸子分韻，得六麻。

主人愛種植，城市有烟霞。梅放來登閣，窗開正對花。林風摇坐雀，蘚石啄饑鴉。萬户笙歌裏，冰霜自一家。

聞説羅浮勝，春來到處花。雲中流澗水，雪裏住人家。客路纏饑凍，衰年墮齒牙。只思扶杖去，卜築問桑麻。

閣上春光始，園中逸興賒。一城啼曙鳥，四序有名花。兄弟無多客，招尋必煮茶。婆娑此林麓，每到似還家。

春風懷故里，溪水繞圓沙。漏屋誰添草？寒梅又發花。簷低枝上下，月出影横斜。滿目芳菲意，傷心不在家！

【箋】〔程臨滄〕飛濤之兄，見卷三泛舟詞贈程臨滄飛濤箋。

送郝羽吉

長男昨已婚，老母今待食。入門復出門，俯仰情孔亟。春風別桑榆，依依何默默！林中嬌鳥鳴，道旁芳草色。物情皆自繇，行子不得息。生涯況依人，志氣始偪側。我矩人以圓，我鈎物偏直。世途齟齬多，負米君努力！

寄湯巖夫

相識各已老，十年復阻絶。登高望浮丘，日落江湖闊。同心怨離居，白髮禁久别。自君歌北風，乾坤盛雨雪。褰裳欲何之？舉步泥滑滑。踽踽避膏沃，栖栖采薇蕨。波瀾不上山，熠燿空照熱。披裘棄遺金，愧殺吴季札！

【箋】

〔湯巖夫〕明遺民詩：「湯燕生字巖夫，太平人。布衣，性朴質，精漢隸，授徒自給。志尚甚高，縣令餽金，不納，亦不枉見。赭山四詩，可以概見其生平矣。」

懷錢湘靈

蕭條萬竿竹，念君羈此間。春風吹不到，饑凍有苦顔。搣搣蓽門暮，翩翩棲鳥還。高賢棄道傍，蘭蕙同草菅。俛首欲何言？登高眺江關。水雲清可把，沙路杳難扳。淚落鳳凰臺，家在鳳凰山。

【箋】

〔錢湘靈〕見卷四鳳凰臺訪錢湘靈箋。

古意寄王黄湄

揚州青銅鏡，多年陷泥滓；雕文半已蝕，妙質幸猶在。一朝蒙提攜，稍得見光采。常感磨瑩力，不致鑒别改。逝將與儀容，百歲相終始。奈何漢江去，棄置空房裏？鞶帶徒爲飾，塵垢復欲浼。儻非故時人，誰更拂拭此？

【校】

〔題〕皇清詩選作古意寄王又旦。

【箋】案王黄湄時任潛江令。

青萍港

青萍港，樹翳翳，野烟入河河水黑，來船去船樹根繫。人家門開鵝鴨歸，酒店月出藤蘿細。模糊缸底釀，鮮新網來鱖。村無盜賊客有錢，買君一醉高枕眠。

【箋】案道光泰州志：「清瓶港在州治東九十里。」或即此。

海安鎮

古鎮樹修修，長河流泯泯。西顧吴陵大，東來楚尾盡。淮泗英雄起戰争，將軍開平公。此地築孤城。城土只今尚壘壘，吁嗟人事一朝改！來瓶去犢暮逡巡，草色愁殺行路人。

【箋】

〔海安鎮〕道光泰州志：「海安鎮城，在州東百二十里，南北朝戍守處。明常遇春築，後圮。嘉靖間倭警，巡撫唐順之、海道劉景韶重建土城，周六里許，牓其三門曰鎮寧、泰寧、永安。尋復圮。」

〔吴陵〕即泰州。泰縣志：「唐武德三年，置吴州，更縣曰吴陵。」

九日懷程翼士客吴門

淒清授衣時，辛苦還家叟。雨霽良辰來，茱萸發户牖。呼兒分果餌，倚杖閲雞狗。衰年在鄉井，未覺風景醜。鄰圃念倦遊，贈我蔬與酒。氣寒鴈來早，草枯蟲默久。觴至誰共銜？思君坐搔首。行賈小人事，心力殫錙銖；如何骯髒懷？亦與齷齪俱。吁嗟菰蘆中，鴻鵠𪇆鶬鳧。渴饑共儔侶，少壯輕道途。衆悦爾趣同，誰知中心殊？吴月起松栝，麋鹿驚相呼。鄉愁惄然來，脈脈臨具區。

【校】

〔銜〕王本作「御」，誤。

【箋】

〔程翼士〕未詳。

〔吴門〕指蘇州。

〔具區〕乾隆蘇州府志：「太湖在府西南三十餘里，古謂之震澤，亦謂之具區。」

贈吴景尼三首 歙縣澄塘人。

不用歌二龔，不須讚四皓！今日塵埃中，高趣有吴老。斂迹親庸俗，寄情在羲皞。丹砂笑人愚，白髮顏自好。問年已七十，無人識懷抱。亂後故園蕪，客中兒子小；日暮讀書歸，牽衣索梨棗。

長者有令德，蕙草多芬芳；芬芳易感人，近者靡不臧。一從辭歙浦，家國纏禍殃。避世魚鹽中，清風在門墻。質疑與問字，往往來登堂。放歌對隋柳，把釣懷澄塘。王烈羈遼東，范宣客豫章；到處風俗美，終思還故鄉。

采藥去鹿門，織畚老蒙山；泉石娱夫婦，齊眉豈不歡！倉卒罹大亂，閨閣急紅顏；入井復出井，女中逢大賢。曲護冰雪意，全生鋒刃間；慷慨勵孤節，流離經五年。終焉歸夫子，軒車辭幽燕。只今淮水上，鴛鴦鳴關關！寶劍分復合，古鏡破仍圓；高士配貞女，雙美人争傳。

【箋】

〔吴景尼〕未詳。

〔澄塘〕靳修歙縣志：「十五都十二圖，村曰班塘、古塘、澄塘、陳村、潜口、水界山、松明山、莘墟、唐貝、西山。」

廣陵送汪扶晨歸潛川

露白桂花香，命駕聊遊衍。牀頭金欲盡，竹西舟重泛。秋水没繁華，流民雜凫鴈。入郭尋舊居，鄰里半已换。驚心蟋蟀鳴，過眼雲烟幻；世事迭榮枯，吾曹值貧賤。去去故山中，餐薇飲石澗。莫以錢刀少，遂令鬒髮變！

【校】

〔題〕康熙揚州府志引作廣陵送汪徵遠歸潛川。

〔竹西句〕揚州府志引作「淮南路重踐」。

【箋】

〔汪扶晨〕見卷三寄答汪扶晨箋。

〔潛川〕即潛溪。歙縣志：「潛溪，亦名阮溪，經紫霞山下，數里而出莘墟。」

題荷山草堂圖，贈徐仲光

泱漭江湖間，青山何崧巃！山水相掩映，曠然澄心胸。崖壑宿古雲，屋宇當清風。沙鷗入籬飛，琴書在高窗。伊人不得志，杖策歸山中。柴門松樹老，樵徑石橋通。世事勿復問，澗泉鳴淙淙。

潦中不生梧，道傍不生藻。山公爲荷蕢，五岳盈懷抱。北風摧卉木，寒灰共枯槁。骯髒將何之？雲際山杳渺。結廬自悲歌，炊藿時一飽。泉石誠足娛，壯顔倏已老。光采秋蘭花，零落同野草。

踽踽懸鶉人，籊籊釣魚竿。廣眉不肯傚，盡室纏饑寒。饑寒竟欲死，擔簦來江關。蘴蘼欲誰向？逢君陌路間。提攜梅樹前，清琴對月彈。琴絃常苦直，梅子常苦酸；君聽蜀岡上，啼鵑摧肺肝！

【箋】

〔徐仲光〕陳田明詩紀事：「徐芳字仲光，號拙菴，江西南城人。崇禎庚辰進士，官澤州知州。國變後，與友人鄧廷彬入山偕隱。有松明閣詩選、懸榻編。」施愚山詩集悼徐仲光詩自注：「公隱於盱江之荷山，撰著極富。己酉春，同遊麻源三谷。」

案溉堂續集亦有徐仲光先生來揚州爲題荷山草堂圖詩，編入康熙九年庚戌（一六七〇），此詩當作於是年。

哭妻父王三重先生二首

鳲鳩啄我隴上土，農夫田父嘆息起。冬去春來雨雪多，前村長者僵卧死。村孤水大弔客絶，角角雞鳴桑柘裏。平生無榮復無辱，耄年情性如赤子。榮叟行歌身帶索，黔婁謝世斂無被。生不羞貧没亦然，清風謖謖吹鄉里。

十年力田九不穫，晚歲偃息甥之廬。廬中過日有書帙，柴門衆樹陰扶疏。甥也捨此遠賃廡，臨行囑婦司中厨。糗糒入手先致翁，諸兒簞豆霑其餘。人多食少心腸苦，我婦朝饑每到晡。舂米人歸今有儲，炊飯飯翁翁已徂。惆悵外孫問字處，春花谿月滿階除。

秦潼

秦潼水霧中，屋上棲野鴨。蘋花蓮葉遍里巷，野鴨飛下争啑喋。有船田父皆爲漁，十口五口依菰蒲。蒲多村少心腸亂，網得大魚無米换。亭午風順客船來，烟生茅店人炊爨。可憐冷落紅顔婦，凶年賣飯不賣酒。

【箋】

〔秦潼〕嘉慶東臺縣志：「縣西南六十里，鎮曰秦潼鎮。」

催麥村

催麥，鳥也。村多此鳥，故名。

村南催麥，村北催麥，催得小麥長四尺。晴日照地菜花香，更晴十日麥亦黄。姑思食麪婦打手，焦氏易林云：「口饑打手。」麥穗滿田不得嘗。朝饑暮饑時有數，柳陰茅屋家人聚。試看門外無田人，髮秃足繭獨行路！

【箋】

〔催麥村〕在泰州東。

仙女廟

急湍湧雷霆，淮水入江瀉。孤舟别家客，泊此過遥夜。遥夜未央白髮新，饑寒思共糟糠人。梁孟吴門有賃廡，朱孔山陰會采薪。夢中鄉里覺來遠，仙女廟前花纂纂。毛秃鴛鴦相背飛，東望菰茭淚雙滿！

【箋】〔仙女廟〕見卷三夜發箋。

茱萸灣

安石怡情地，滃滃茱萸灣，安石不在茱萸在，秋來到處花斑斑。自開自謝雜榛莽，千年此物無人賞。廣陵城東酒店多，晉時月出滄波上。漁歌淒涼岸樹緑，我櫂扁舟來止宿。

【箋】〔茱萸灣〕見卷三九日懷王西樵客廣陵箋。

馮店

孤舟近馮店，居人望不見。颼颼風鳴店前桑，我行滯此呼誰援？雨下雪下天已暝，來鵜去鴈不識面。前櫂船頭後把舵，遠水青來盜賊火。饑寒誰能死勿變？草野稍見戈争荷。爾輩縱然不殺人，解去緼袍凍殺我！

【箋】

〔馮店〕道光泰州志：「正東隅有村曰馮甸。」或即指此。

白塔河

朝發黄金壩，暮宿白塔河。河流上河泥土沃，夏收麥菽秋登禾。人家隱隱暮春遠，楊柳傛傛燈火多。咫尺下河没洪水，哭聲水聲一千里。上河農厭下河哭，船來繫樹遭驅逐。同是耕田鑿井人，何惜樹陰不借宿？

【校】

〔春〕皇清詩選誤作「舂」。

【箋】

〔白塔河〕康熙揚州府志：「白塔河在郡東北六十里。明永樂七年，平江伯陳瑄所穿。」

〔黄金壩〕在揚州城北。見甘泉縣志。

附程翼士舟歸東淘作

客久吾逾拙，囊空汝倦遊。故鄉無百畝，壯日盡孤舟。村吠隔花犬，谿飛銜雨鷗。相攜應不厭，同是敝貂裘！

挽程母

昨稱介壽觴，今歌薤露詩；南山成北邙，變故倏如斯！井臼秋蕭瑟，鄉鄰涕漣洏。廣莫遇高丘，行者皆仰之！賢母有盛德，歿後令人思。桁上留衣裳，形容不可追。孫兒可憐甚，含弄永無期！

吴嘉紀詩箋校卷六

秦淮月夜，集施愚山少參寓亭，聽蘇崑生度曲 同郭汾又、楊商賢、汪舟次。

洛陽蘇生善度曲，今夕相見秦淮河。秦淮渺渺江水漲，其時月出清光多。生也惜良會，臨風爲我歌。清音不使管絃佐，嬌鶯哀狖樽前過。一座搔頭聞白雪，四鄰傾耳擬青蛾。却憶盛年時，歡場擅高譽。珠履主人最有情，玉顔弟子從無數。樂極哀來世運遷，東西亡命髪皤然。楚水吴山如舊日，翠翹紅袖總寒烟。還家那有妻兒在？絶技唯聞坎壈纏。往事紛紜勿復道，今日詞人吾亦老。風塵困頓誰相識？身世歡娱恨不早。曲罷出門何所之？石頭城上笳聲曉。

【箋】

〔秦淮〕河名，在南京。江南通志：「秦淮在江寧府治東南，相傳秦時所鑿。」

〔施愚山〕施閏章字尚白，號愚山，宣城人。順治六年進士，授刑部主事，擢山東學政，秩滿遷江西參議，分守湖西道。見清史稿文苑傳。

〔蘇崑生〕明末蔡州人。左良玉駐軍武昌，以擅歌與柳敬亭爲幸舍重客。良玉歿，蘇生痛哭削髮，入九華山。久之，出從武林汪然明。然明亡，流落吴中。見吴梅村詩集楚兩生行序。

〔郭汾又〕郭奎光字汾又，四川羅江人。施愚山詩集酬郭汾又送別詩自注：「郭，蜀人，流寓吴興。」

〔楊商賢〕名彭齡，宛平人。籍隸順天府學。自少有聞，衆推國士。宅近桃葉渡，僅蔽几杖。其詩清逸幽寒，能削浮響。見施愚山文集楊子商賢墓志銘。

〔石頭城〕即指南京。後漢建安十六年，孫權徙治秣陵；明年，城石頭。

施愚山詩集有秦淮水亭集郭汾又楊商賢吴野人汪舟次聽蘇生度曲詩云：「客舍何人堪共飲？獨歌獨酌勸孤影。今日鄰翁致魚膾，良朋偶爾成高會。座中絶調有蘇生，含商激羽傾公卿。當筵按拍絲管亂，一字沉吟更漏换。空階玉佩翩珊珊，重崖乳瀑寒潺潺；忽聞巨石墮千仞，驚猿駭鶴啼秋山。可憐此曲真可惜，會須一飲盡十石；我看四座各忘言，況是天涯白頭客。劉郎故舊嘆何戡，子山摇落哀江南。是夕輕風動楊柳，飛來片月明寒潭。貧賤傷局促，富貴多傾覆；笑殺柴桑翁，惟恨飲不足。孫楚樓前酒再沽，桃葉渡頭歌重續；與君爛醉梨花春，明日東西南北人。」汪楫亦有秦淮月夜聽蘇崑生度曲詩云：「明月在天復在水，開軒坐入空明裏。鰣魚堆雪酒如銀，春波乍定歌聲起。歌聲自斷還自續，一肉能兼絲與竹。隔簾共擬蛾眉青，當筵不信顛毛秃。借問歌者誰？蔡州蘇崑生。吴兒愁一顧，楚客最知名。我聞審音先辨字，新聲共拍皆其次；生言辨字須求全，要令文義隨聲傳。折坂登頓馬蹄碎，崩崖峭絶藤絲牽。梨園子弟毹氍老，繞梁振木皆徒然。在昔寧南建大纛，歇鞍便索陽春曲；錦衣按拍虎帳歡，烏巾調笑紅裙哭。只今喪亂苦飄零，老翁七十還如玉。琱弓畫戟飽經過，必遇詞人始放歌。坎壈知爲盛名誤，崚嶒偏覺賞音多。月黑歌停奈爾何！噫嘻月黑歌停奈爾何！」

過弘濟寺

鐘聲聞谷口，勝地試攀躋。白日無塵事，長風浄石堤。潮翻沙浦小，山壓寺檐低。坐對娑羅樹，鵁鶄不住啼。

【箋】〔弘濟寺〕見卷四登燕子磯箋。

挽戴茁二首

侵晨治行裝，省親歸舊宅。鄉雲空在眼，催促逢鬼伯。甘脆置道塗，老母死生隔。汩汩泉水逝，淹淹槿花夕。室暗鼠囓書，林秋葉墮席。仿佛形容在，户牖氣摵摵。

同學無多人，妙年君且慧；靈心出敏思，著手便有致。稍解亦已倦，有恒君則未。勖勵悔不早，傳世無精藝。藝精竟何益？念昔徒歔欷！

【箋】

〔戴峃〕未詳。

辛亥孟夏二十八日，三兄嘉經歸葬東淘

二兄呼五弟：「荷鋤隨我發！爾我將老死，應收三弟骨。」行行見廢墟，荆棘何翳鬱！饑鳶啄貍骼，野蔓牽人膝。二十八年來，始有家人迹。朽櫬在何處？形骸雜土木。肢體拾容易，砂礫亂爪脊。撥剔到天暝，全軀乃無缺。嗚呼甲申歲，兄禍生倉卒。身飽强横手，命盡少壯日。官長來相視，行路色慘戚。磊磊讐人頭，指日白刃割。哀笳忽四起，鐵騎來萬匹。野積戰士屍，城流殺人血。群兇出獄門，亦各操鈇鉞。依倚猛虎區，見者咸竦慄。飲恨歸去來，待時卧蓬蓽。次男名瑶琴，襁褓兄愛

惜；衆謀立爲嗣，此支庶不歇！四歲離所生，命仰伯母活。不悟大人心，憐女不憐姪。綺襦擁外孫，兒也足無襪！弱膚受風霜，毿髮叢蟣蝨；憊極走還歸，持抱生母泣。我時實貧窘，寸心與誰説？今年兒齒壯，摧殘膺疢疾；媒妁不議婚，徭役長被責。敢望吾宗大？仍愁兄祀絶。冤魂久飄零，今日就窀穸。蔓蔓鄉樹近，沃沃水荄碧。死者抱痛眠，生者吞聲哭。報讐事已矣！斜陽遍阡陌。

【箋】

〔辛亥〕康熙十年（一六七一）。此詩當作於是年。

汪芾斯先生四十初度

旱潦淮南甚，魚鹽舊業蕪。潮聲寒擁日，草色晚飛鳧。召杜來何後？黔黎苦欲蘇。五年蒞茲土，夫子最勤劬！

撫人皆是惠，省事更稱賢。黑壤存千室，蒼生戴二天。蒹葭堤月下，雞犬海雲邊。到處追呼少，閭閻足穩眠。

歲首沍寒候，海濱狐兔驕。琴堂對風雪，蝸舍念漁樵。稍益詩書色，潛令侮慢消。猪肝何用給，仲叔意陶陶。此地昔爲宰，群推王孟津。高風踵張范，素學鄙韓申。老壽酬仁政，歌思遍海民。無疆千户祝，今又見斯人！

【箋】

〔汪芾斯〕見卷五范公提行呈汪芾斯先生箋。

〔王孟津〕雍正鹽法志：「王雉鼎，河南孟津人。由舉人順治二年任泰州運判。會遭明季兵燹，閭巷蕭然；雉鼎務噢咻安集，布衣蔬食，恬然不擾。性尤仁恕，或過誤干法，輒多寬宥。尋擢保定同知。」

案汪於康熙六年就任，據首章「五年莅兹土」句，此詩當作於康熙十年辛亥（一六七一）。

挽王秀才斌

懷抱人難測，衣冠自不迂。傳經多弟子，結友半屠沽。死去文章在，年凶産業蕪。故林滄海畔，鳴噪盡饑烏。

賦詩悲亂世，易簣及芳春。夙昔寧知佛，精魂實避秦。老妻單冷墅，殘帙委流塵。杖履難重遇，桃花處處津。斌卒之前日，夢一僧邀往須彌山；寤題詩云：「本是須彌極樂身，沉淪苦海幾多春；憑君引我還山去，趁有桃花好問津。」

【箋】

〔王斌〕字爲憲，安豐人，明諸生，能詩，善屬文。弟斓，字萊衣，尤工書法。順治乙酉，偕從子禹開客揚州，遇亂，禹開被掠，斓追至宛虹橋奪之，禹開逸，而斓爲亂兵所殺。斌家居聞變，徒步往收弟骸骨於積屍中，求禹開以歸，終不復出。結社淘上，與諸老互相倡和。所著詩文多刺時，皆湮没。康熙重修中十場志、雍正兩淮鹽法志有傳。

送張山佀歸小谿茅屋，予時別家

衡門昨放歌，主賓悵隔絶。張有訪予不遇詩。歧路今搔首，會聚成離別。谿水芙蓉繞四鄰，柳風拂簷村酒醇；田間景物真堪戀，愁殺孤舟行路人！

【箋】

〔張山佀〕未詳。

〔小谿〕靳修歙縣志：「六都五圖，其村有小谿。」

挽船行

疫困駕船人，人船雙趦趄。老姑起把舵，新婦爲縴夫。尚存異鄉息，自憎薄命軀。夏日懸中天，灼死岸旁樹；纏頭苦無巾，裹足猶有布。數羅商人錢，拭淚盼官路。路長縴繩短，挽船不敢緩！

章兒病，何裕充雨中來視，贈詩三首

羸軀負米在凶年，辛苦今成困頓眠。安得疾瘳兒遽起，老親無食也歡然！
溪無流水隴無禾，久旱窮濱災疢多。今日何生來賣藥，范公堤上雨滂沱。
一經自是傳家物，肘後方書且救貧。便有青錢日盈把，腐儒何事不如人？

【箋】

〔何裕充〕嘉慶東臺縣志：「劉仲一字裕充，安豐人。幼失怙恃，寄養於姑夫何信家，因冒姓何。何本世醫。仲一初事舉子業，崇禎末，隱居東淘，還治醫。鍵户十年，博貫群書，遂爲名醫。款門者不遠千里來，日得百錢，輒付酒家，醉後即杜門狂歌，人呼爲『癡先生』。有贈以多金者，輒謝曰：『子非知我者也，我豈爲利計哉！』同里吴嘉紀嘗贈以詩。子良彪，世其學。」

歸里與胡右明二首

潦後復大旱，穀價貴荆吴。疫癘纏饑民，喪亡滿道途。故里災尤甚，中宵憶吾廬；歸舟不待曉，取道緑楊湖。水淺茭草長，翳翳蔽游魚。烟火何處乞？秋陽净平蕪。鷹鸇遥睨雀，盜賊僞爲漁。人險物情異，行止多踟躕。

行路不知疲，近鄉翻蹙額。水涸原野高，衰草蕭蕭白。天心凶歲忍，我室多艱阨。養生急饔飧，救死缺藥石。涙迸老妻啼，病勢嬌兒劇。出門自悵悵，入門仍脈脈。雨歇秋氣佳，黄花發檐隙。何以遣予愁？籬外來嘉客。

【箋】

〔胡右明〕未詳。

〔緑楊湖〕當即渌洋湖。光緒重刊江都縣志：「渌洋湖在城東北六十五里，西南接艾陵湖，東北屬高郵州界。」

案重修中十場志載：「康熙十年潦，六月、七月旱，瘟疫行，人多死，歲歉，米石價一兩八錢。」

首章四句當即指此。此詩當作於是年。

哭劉業師 師諱國柱，字則鳴，江西人，寄籍泰州梁垛場。

叢棘真難偶，孤松倏已萎。黔公衾不足，卜氏淚方垂。四日前，師喪次子。死喪誰相救？高寒俗所嗤。手栽籬菊在，瑟瑟海風吹。

管樂成虛願，荆高匪我儔！放歌悲失鹿，蹈海看閒鷗。門巷青蒿塞，江河落日流。師亡吾已老，壯志復何求？

南州雖故土，梁垛有高賢。黄髮鹽烟内，青鞵野水邊。傳經猶有子，歸里苦無田。餬口逢凶歲，凄涼老伏虔。

回首思冬夜，扶兒訪蓽門。海風折衆樹，野雪陷孤村。白酒呼鄰借，黄精佐客飡。家貧供給薄，脈脈愴予魂！

貧士不可死，家人唯掩扉。室寒蠅懶入，缾罄鼠常稀。我亦多兒女，門東待蕨薇。看師身後事，涕淚倍霑衣！

【箋】

〔劉國柱〕袁承業王心齋先生弟子師承表：「劉國柱字則鳴，本江西人。少負大志，遍遊四方，訪名儒宿學，以資見聞。一日來安豐，慕心齋學，因師事守來（按守來即吴嘉紀之祖吴鳳儀）。適學使按試泰州，與考，即冠其曹，遂爲泰州庠生，續以梁垛爲家焉。未幾，主講安豐社學十年。先生博涉群書，自經史子集旁及醫卜，無不通曉；尤長易，著易宗二卷，一洗訓詁舊習。又著三通衷略、四書學史、私史諸書，貧不能付梓，故世未有知者。年八十餘卒。門人吴嘉紀以詩哭之。」

〔梁垛場〕即南梁，見卷一臨場歌箋。

江健六過訪，閱其近詩，有贈

天寒朝日如夕暉，桑葉颯颯蘆花飛。風落河濱叫鴻雁，刈楚捕魚人出稀。老夫側立滄海上，來牛去馬不可嚮。入門倚徙搔白頭，久別貧交遠相訪。嘗聞餬口在江湖，亂後鄉園歸去無？梁子饑炊却熱釜，阮公獨往遭窮途；思友詠懷何耿耿，梁鴻思友、阮籍詠懷。一卷新詩冰雪冷。風人半是窮愁人，乃知坎壈非不幸。

【箋】

〔江健六〕未詳。

送江健六之長洲、錢塘

長歌去路遥，遥遥去何處？楓橋與斷橋。兩岸梅花五更月，布帆吹去風翛翛。嘯傲山水前，豈遂稱豪賢！豪賢舉動笑腐儒，飲酒縱博膽氣麤。朝出赴急難，夜歸提頭顱。一旦功成不受報，有時義在仍捐軀；不然潛身至老死，結屋種樹臨江湖。雨晴放艇隨漁父，客散分餐飼鶴雛。君不見吴要離，宋林逋！

【箋】

〔長洲〕即今蘇州。乾隆蘇州府志：「長洲縣本吴縣地。唐萬歲通天元年，析置長洲縣，取長洲苑爲名，與吴縣分治郭下。」

〔錢塘〕大清一統志：「杭州，秦置錢塘縣，屬會稽郡。」

〔楓橋〕乾隆蘇州府志：「楓橋在閶門西七里。豹隱紀談云：舊作封橋，因張繼詩，相承作『楓』。今天平寺藏經，多唐人書，背有『封橋常住』字。」

〔斷橋〕乾隆杭州府志：「白沙堤東第一橋曰斷橋。」

詠古詩十二首，贈郝羽吉

諸古人予與羽吉所夙慕也，詠之以自勖，並以勖羽吉。

甯戚窮適齊，旦暮牛因依；細草勸牛食，扣角歌所懷。桓公夜出郭，商歌聲正悲。遭際商旅中，後車載之歸。尺半長鯉魚，鱗鬐光葳蕤。粲粲石何白，漫漫夜未晞。當其身未遇，淒涼單布衣。賢聖雖自命，儔侶爭相譏。

巢繇稱至潔，衣食亦相須。儻欲遂高尚，未可厭錙銖。達哉范少伯，易名曰陶朱。但計刀與錐，不言越與吳。貨殖偶加意，貲財便有餘。餌美魚爭戀，財多人易愚。一朝別鄰里，揮手散膏腴。受者感且送，提攜傍菰蒲。扁舟倏已遠，清風吹五湖。

邯鄲圍日急，衆欲帝强嬴。秦民死不爲，齊國魯先生。慨然訪趙勝，乃以口舌爭。開口屈梁客，數語却秦兵。孤鳳鳴霄漢，萬族仰其聲。區區寵與位，那足詘高情！趙人不相知，樽前金滿籯；一笑拂衣起，東海歸柴荊。

下士鄙滑稽，不識義理存。翩翩東方朔，待詔金馬門。皇帝好殺戮，得罪方紛紛；同列盡緘口，斯人獨笑言。罪偃氣何壯，割肉度何溫！巧言寓忠藎，聽者中懷忻。身全事亦濟，誰謂辭不根！畜之以優俳，武帝真寡恩！衆山何犖确？於中挺五嶽。人苟不自卑，應須嗜丘壑。卧看松上月，行採澗邊藥。心迹既已遐，塵網焉能縛？漢運昔中衰，禽慶家索寞；茅屋三卷易，嘯歌對碧落。新莽禄不食，故人饋不却。同好得子平，擔簦著芒屩；冥然投雲峰，秋空一雙鶴。

伯鸞貧牧豕，遺火及他室。義不負若主，尋問償所直。盡驅其豕去，不足身爲役。樵汲每行吟，卑微無耻色。小人奴長者，耆老交相責。時危遠適吴，夫婦勞筋力。盛德杵臼間，遂爲皋叟識。數椽借棲遲，四體聊偃息。憑君餬吾口，著書送餘日。

郭泰不可即，人稱爲神仙。樹下逢茅容，言談何依然！雨止攜泰歸，家中待舉烟。炊黍以爲飯，殺雞以爲餐；雞黍一時熟，跪奉阿母前。徐徐出食客，蔬糗不盈盤。老親養不輟，良朋心轉歡。敬友道如此，容也真大賢！

淵明樂田園，獨居每搔首；搔首復跂足，遥望南村柳。其下多居人，情高風俗厚；力作共陌阡，羲皇在户牖。幾年懷此鄉，今日去爲耦。五男與弱女，抱琴或牽狗。籬邊菊正花，入室催漉酒。殷勤語稚子，柴門候賓友。

百年傷母單，遺體誓不暖。孤清懶近人，獨契孔思遠。遠廬偶一造，入户樽已滿。燈影照茅檐，笑語接繾綣。勝引既同心，雪花復在眼。良夜寧惜飲，榻在遂忘返。主人護醉眠，取具覆緩緩。温綿驚冷骨，酣夢倏中斷。起來却卧具，賓主淚齊泫。

曇首離奇人，年少無競心；貲財散兄弟，自取書與琴。歌調尤絶妙，康樂慕其音；挽髻著袴褶，匹馬來相尋。相尋不相近，載騾入中林。舉聲嚮謝侯，野静松蕭森。一唱皎秋月，再唱醒棲禽。曲罷謝欲前，歸騎已駸駸。

襄陽孟夫子，紅顔樂巖阿。灌園不入市，釣魚臨滄波。釣得槎頭鯿，沽酒造鄰家。顯者期弗顧，醉來一高歌。淅淅竹露滴，清響何用多！誦詩天子前，觸忌將如何？佳句實自賞，無心競榮華。歸來鹿門山，雪月松徑斜。

茶味世不識，濁俗何繇醒？鴻翼覆野啼，陸羽真天生。飲啜道遂廣，荈蔎辨尤精。採摘穀雨前，歸來山月明。夜火喧僧舍，幽芬淡人情。吴楚幾原泉，氣味本孤清；汩没山谷裏，幾與衆水并。逢君一鑒賞，人間盡知名。至今品題處，滴溜寒泠泠。

【箋】

〔郝羽吉〕見卷一郝羽吉寄宛陵棉布箋。

漲落

漲落見村墟，藻荇掛死楓。蓮子河中央，饑殺岸上翁。翁媪久飄零，荷鋤返鄉里。耰鋤戀故土，魴鯉樂深水。古陌行人來，鷺鷥雙飛起。

德政詩五首，爲泰州分司汪公賦　芾斯先生。

嶺梅豈不清，感人者芳馨。黔首雖至愚，懷德有同情。荒荒瀕海岸，役役煎鹽氓；終歲供國税，鹵鄉變人形。饑兒草中卧，蟋蟀共悲鳴。倘不逢良牧，何繇慰群生？撫字日已勞，罷癃日已寧；祝良作甘澤，遍野起歌聲。

夫子昔高卧，别業吴山下。圖史娱弟兄，吴越擅風雅。泠然湖山際，襟抱各瀟灑。令譽倏以廣，長嘯别松檟。伯子陟雲霄，仲氏膺民社。蒼茫潮汐區，何堪詘静者？鷗鷺迎清琴，蒹葭隱斑馬；煌煌瑚璉器，光采及原野。

風潮飄蕩後，萬井莽荆榛。黄草連遠天，鳴雁愁殺人。兹鄉實寒陋，亟亟思陽春。春風一朝至，草木鬱然新。噓煦六年來，慈祥四海聞。當代選循吏，徵車正轔轔。赤子涕漣洏，唯恐失其親；耆老扶竹杖，鄙生出山雲。未暇贈劉寵，方將借寇恂。

鷙鳥避叢棘，鯉魚肥泉水。仲舉稱高賢，乃下徐孺子。孺子不仕君，榮華草菅視。一榻何戀戀？心實感知己。往來古不廢，干謁余所耻。軒車遇鶉衣，攬挈若蘭芷。野月臨冰雪，田玉出泥滓。孤雲漫悠悠，偃室重貧士。

頻年禾不登，流離滿海邊；困餓傍萑葦，容易把戈鋋。使君騎馬來，淚迸流民船。賑饑日行野，糶米時借錢。或有强肆者，辱之以蒲鞭；一誠消衆蠢，散去如雲烟。只今中十埸，里巷何晏然！牛車夜不歇，鷄鳴月在天。民物各自適，誰知官長賢？

【校】

〔泠然〕夏本原作「冷然」，據王本改正。

【箋】

〔汪苇斯〕見卷五范公堤行呈汪苇斯先生箋。

〔吴山〕嘉慶重修一統志：「吴山在杭州府城内西南隅，舊名胥山，上有子胥祠。」

〔中十場〕乾隆兩淮鹽法志：「國朝通、泰、淮三分司所隸三十場，初皆仍明之舊。通州分司駐石港，其所屬豐利、馬塘、掘港、石港、西亭、金沙、餘西、餘中、餘東、吕四等十場，爲上十場。泰州分司駐東臺，其所屬富安、安豐、梁垛、東臺、何垛、丁溪、草堰、小海、拼茶、角斜等十場，爲中十場。淮安分司駐安東，其所屬白駒、劉莊、伍祐、新興、廟灣、莞瀆、板浦、徐瀆、臨洪、興莊等十場，爲下十場。其隸淮南煎鹽者，爲通、泰二十場，及淮安之劉莊、伍祐、新興、廟灣四場。其隸淮北曬鹽者，爲淮安之板浦、徐瀆、臨洪、興莊四場。至場不産鹽，惟刈草供課者，在淮南則爲白駒，淮北則爲莞瀆。此淮南北三分司分駐分隸之舊制也。」

案汪於丁未涖任分司，據三章「嘘煦六年來」句，此詩當作於康熙十一年壬子（一六七二）。

讀印人傳，作歌贈周金谿先生

千餘年來尚楷書，篆體唯憑印信傳。秦章漢璽苦難遘，時俗臆見空拘牽。一從近代有文何，文三橋、何雪漁。朗如雲盡窺青天。鈍鐵在手代毛穎，象牙棗木失其堅。

肥不喪真瘦不枯，龍搏鵠峙相糾纏。慧心漸次趨簡便，磊磊石塊採青田。坑凍柔澤如可食，燈光出土珊瑚鮮。坑凍、燈光凍，皆石名。海内繼起日稍稍，新安梁谿尤多賢。金谿先生最嗜此，高手到處與往還。錦纏帕覆隨出入，宦遊載滿烟波船。斯道彰明五十載，金谿實爲風氣先。只今能事復誰數？老成强半歸重泉。不憚苦心訪遺迹，肯教絶技同寒烟。生者死者爲作傳，印人一一在眼前。異哉吾鄉黄濟叔，蓬蒿中挺孤芳荃；深心厚蓄流精光，意所欲到手已然。諸家豈不各稱善，濟叔兼之無愧焉！如皋濟叔里。丘墓松楸護，賴古公堂名。文章星斗懸。誰知黄也身存日，姓字不出鄉閭邊。若非遭遇周夫子，懷瑾握瑜祇自憐！

【箋】

〔印人傳〕錢陸燦印人傳序：「印人傳，櫟園先生未完之書也。先生故精深於六書之學，四方操是藝以登其門者，往往待先生一裁别以成名。先生於是患難相從，退食平居之隙，薈蕞其印，列於左方，人冠以小傳，大要指次其印學之所以然，而其人之生平亦附著」云云。

〔周金谿〕即周亮工，見卷二答櫟下先生箋。

〔文三橋〕繪事微言：「文彭號三橋，徵仲長子，善繪蘭竹。」

〔何雪漁〕道光徽州府志：「何震號雪漁，休寧人。工金石篆刻，海内圖書出其手者，争傳寶之。生平不刻佳石及鐫人氏號，故至今流傳者尚不乏云。」

〔黄濟叔〕乾隆如皋縣志：「黄經字濟叔，善山水，仿倪、黄遺意。究心篆籀，得秦、漢法。周櫟園侍郎嘗稱其書畫，品兼神逸。緣姓名與人同，誤置非所，冤雪後，名震公卿。以書畫日致千金，旋即分友散去，客死延陵。黄岡杜茶村不遠千里來弔，詩以哭之。著六書定論三十卷、藝苑微言四卷、品畫麈談二卷。」

客中送汪文治之衡州

老懷易忘失，偏不失羈愁。金盡浪依人，悲君亦遠遊。遠遊何處所？春水滿揚子。江樹鵑啼一片月，雲山客路三千里。寒泉皎皎下青松，君到衡山定憶儂。題罷音書無北雁，踟躕獨上祝融峰。

【箋】

〔文治〕汪洋度字，見卷五送汪于鼎文治兄弟歸春草閣箋。

〔衡州〕嘉慶重修一統志：「衡州府在湖南省治南三百八十里。隋廢湘東、衡陽二郡，改置衡州。」

〔揚子〕見卷三渡揚子箋。

〔衡山〕嘉慶重修一統志：「衡山在湖南衡山縣西三十里，五嶽之一也。上如車蓋及衡軛之形，山高四千一十丈。共七十二峰，十五巖，十洞，三十八泉，二十五溪，九池，九潭，六源，八橋，九井。祝融峰，乃七十二峰最高者。」

初夏送王鴻寶之海安鎮，向崔朗生乞菊二首

蔣生偕二仲，三徑思悠哉。我亦歸田舍，君應日往來。青春悲已去，黄菊約同栽。發興求名種，扁舟遠泝洄。

斥鹵海安鎮，清風崔氏林。籬低沙鳥入，菊長草堂深。花待飛霜發，人今冒雨尋。寒芳贈不惜，持抱碧森森。

【箋】

〔王鴻寶〕見卷三懷王鴻寶箋。

〔海安鎮〕見卷五海安鎮箋。

〔崔朗生〕未詳。

黄山歌送程飛濤

躡芒屩，抱鳴琴，登嶺望天都，天際何嶇嶔！嶇嶔復氛氲，昔住軒轅君；丹成騎龍上天去，三十六峰唯白雲。雲生雲漲失丘樊，天海浩浩波濤翻。扶桑日低却倒照，精光萬頃摇心魂。巖巒絶非人世境，磽确都無泥土存。巇松葉細幹下垂，盤曲石上孥瘦根。空洞氣冥漠，暗瀑聲潺湲。林深鶴鳴風瑟瑟，老龍卧處寒潭昏。伊予慕名勝，無羽難高騫。白日馳旦暮，紅顔落家園。夭桃過雨花葉新，村村石路净無塵。君今逍遥去遊覽，萬壑千丘正暮春。登臨倘與赤松遇，服食時有明霞親。年華不能老，雲峰任卜鄰。只愁見月思鄉縣，又櫂扁舟返故津。滿山瑶草輕抛擲，松下青猿笑殺人！

【箋】

〔天都〕靳修歙縣志：「天都峰，高九百仞，健骨崚嶒，卓立天表。頂有石室，洞門宏敞。又有石臺凌空而出，背倚玉屏，端嚴聳峙；雲濤澎湃，時擁山腰，峰拔雲上，反若喬影虚懸，頽然欲墮。」

案黄山志定本有程飛濤遊黄山詩三首。

題喬雲漸小像

頭不戴鷊冠，身不衣鹿皮。片石爲深山，幽意無人知。眼中浮雲盡，麈尾清風隨。匿鱗泳静淵，憩翼投高枝。紛紛巖栖輩，應爲丈人嗤！

【箋】

〔喬雲漸〕喬出塵字雲漸，號疑庵，寶應人。明御史可聘從孫，有疑庵集。見阮元淮海英靈集、劉寶楠陶澂傳附喬出塵傳。

案溉堂續集亦有同題詩，編入康熙十三年甲寅（一六七四），則此詩亦當作於是年。

鷲來詞

六月蝗爲災，有鷲自東來，來立田中如老翁，秃頭長頸驅蝗蟲。群蠢赴海齊趯趯，飛走不疾鷲啄食。食既飽，起高飛，人來争穫救公饑。稻名。田公田姥呼鷲拜，恩德爾比鳳凰大。昨日憔悴今日歡，他家流亡我家在。我願家長在舊村，爾鷲老壽多子孫。子孫翱翔遍天下，年年護我農夫稼！

【箋】

〔鷲〕揚州府志：「俗名青鶴」。

案重修中十場志載：「康熙十一年六月，飛蝗蔽空。」此詩當作於是年。

爲湯巖夫題大滌精舍圖

誤聞遂洗耳，祛垢因濯纓。所保甚微細，未足稱至清。不見翠微内，遥遥懸户庭。窗外峰羅列，檻底海訇訇；氣勢相盪激，白雲曠英英。長風吹入松，一山皆水聲。豈惟肺腸净，簷楹亦光晶。幽人此歌嘯，高趣有誰并？薜蘿製爲裳，藜藿采作羹；不謀衣與食，安知姓與名？老夫牙齒落，無地可歸耕。轥襪敗泥滓，舟車違性情。樹茶乃求甘，飲酒乃求醒。乘桴思尼父，坐榻望管寧。何當卜居來？荷鍤送殘生。

【校】

〔樹茶〕王本作「樹荼」。

【箋】

〔湯巖夫〕見卷五寄湯巖夫箋。

案汪楫山聞詩有題湯巖夫大滌精舍圖，施愚山學餘詩集亦有大滌精舍圖詩，題下注：「潛谷爲湯巖夫畫。」

病中哭周櫟園先生

建業來雙鯉，先生去九原。風流餘劍佩，精采散乾坤。舊侶沉痾日，殘生一綫存。支離東海上，茅屋遠招魂。

往弔應扶病，知音苦不多。白頭慚我在，青鏡爲人磨。樓閣塵書畫，門墻長薜蘿。頻年車馬少，今日復誰過？

荷衣裁昨日，竹杖曳何之？幽徑蒿生早，荒齋月去遲。錦纏新刻印，稿剩未成詩。景物都如舊，無緣見所思。

洛下何時返？人間暫住難。生涯逢短景，死所得長干。螻蟻殘簪紱，蕭蓬没蕙蘭。霑巾賓客淚，不與露同乾。

【箋】汪舟次有哭周櫟園先生：「每逢佳士必書紳，最愛吴陵吴野人；一卷新詩誇國士，百年荒海識遺民。牙籤插遍烏皮几，桀戟迎來折角巾。江左風流千古在，文章交道總如神。」案周亮工年譜，櫟園卒於康熙十一年壬子（一六七二），此詩當作於是年。

舟宿堰上有懷吴載澄　吴時在汪使君幕中。

塞鴻集霜渚，海燕巢廈梁；羈旅各有托，安用别炎涼？惝怳予何之？寒夜宿菰蔣。聽雞憶同志，見月起長望。夙昔隔千里，今宵同一鄉。曖曖桑榆烟，濛濛雲水莊。不謂膠與漆，翻成參與商！岸上種芳蓮，池中樹甘棠。君勿笑顛倒，世事真難量！

【箋】

〔吴載澄〕未詳。

夜發蠻子莊，寄黄天濤

蠻子莊前掛席歸，姜家堰上月輝輝。情人相近起相望，淮水不流低雁飛。

【箋】

〔蠻子莊〕泰縣志：「蠻子莊在姜堰北，明監察御史蔣行之墓在焉。行之科隆慶戊辰進士，巡按兩廣，故名其莊曰蠻子。又以其巡按甘肅，故又名其莊曰回子。」

〔黄天濤〕清詩別裁：「黄九河字天濤，江南泰州人。」

〔姜家堰〕廣陵詩事：「姜堰在泰州郭東四十五里，黄天濤與從兄仙裳居於此。天濤於宅後搆秋嘉館。又築臺結閣，以爲賓友吟眺之處。閣始成，適黄岡杜于皇至，因名其閣爲杜來閣。」

哭汪三韓

秋氣入中庭，使我芳樹萎。白日不與光，君亦從此辭。東流潑潑逝，零露朝朝晞；人生幾日客？念君獨早歸。夙昔負奇懷，動爲時俗嗤。瓊玖在懷袖，光輝有誰知？志大年命促，千古同歔欷！

遊魂汝安托？郭外多丘墳。林木鳴悲風，不見親昵人。草根傍衿佩，血氣隨飈塵。狐狸暝來宿，弗别愚與賢。寧知白髮親，徙倚門楣邊。往時出門去，不待日入還。原野今已暮，極目惟寒烟。

同氣多白眉，嗣息兩黄口。抱兒昆弟間，嬌鳥啼槐柳。好風起竹叢，灑然到户牖。開襟賦新詩，往往兼親友。興味一何逸，但未買田畝。鄉鄰第宅高，卿相章句取；豈不榮且艷，君視若芻狗。俛首師丹經，良繇抱羸痾。獨坐睨牀頭，奈此緑樽何！稍愈謝服食，對酒舞婆娑。侶伴來扣門，檐下發新花。及時且行樂，莫計去日多。却笑賈終輩，棄繻與投沙。濁醪不解飲，歲月空蹉跎！北風稍已寒，葉落黄公店。蒼蒼隋苑樹，盼睞淚如霰。昨日此分手，病中各眷眷；君道長相思，我期重會面。平生言猶在，金石質已變。窗中書卷高，雨後茱萸艷。同病故人來，入門君不見。

【箋】

〔汪三韓〕汪楫弟。見卷三早春寄汪三韓箋。魏叔子文集二汪遺詩叙：「三韓性迒邁，爲詩若不經意，而自然高爽。躭於酒，竟以此發病卒。」　案清詩别裁有吴麐哭汪三韓詩。

弔謝承啓

疾風揚沙礫，原野黯無輝。蕙蒻方不辨，志士將安之？舉手謝丘園，褰裳行嶮巇；跼蹐至摧敗，憂來發狂癡。狂癡天地間，羞作弱男兒。膏明衹自煎，杼急多亂絲。稻粱在籬下，雀飽黄鵠饑。徒然如精衛，神哀形體疲。蒼海何時涸？白日但西馳。勞苦願未酬，老死令人悲！

【箋】

〔謝承啓〕康熙中十場志：「謝紹烈字承啓，歙縣謝村人。博綜典籍，隱居自廢，善書畫，爲人所寶。黄生贈詩云：『謝公人共棄，楷法世終傳。家遠黄山下，途窮白眼邊。狂來多駡坐，醉裏即逃禪。末俗宜嗔怪，遺民在葛天。』又有謝顛歌，以張顛、米顛自況。暮年移家梁垜，居最久，竟卒於梁垜。」

正月三日晨之東亭，午歸東淘，風帆來去皆便，舟中賦此

晴暉殘雪在谿中，來去孤舟一老翁；自説今年出門好，樵薪恰遇鄭公風。

【箋】

〔東亭〕一名東臺場，淮南中十場之一，即今東臺市。見東臺縣志。

贈鮑節婦二首　鮑爾榮母。

南梁烏，爲巢樹上生爾雛。樹下寡婦心愴然，紡績日暮炊無烟。市來餅餌那足茹？飼却嬌兒遺却女。冰堅雪厚日難過，眼前黄口何時大？

南梁烏，烏老小烏來反哺；巢高翅弱飛不起，南梁孝子愛殺爾。山松青青谿水長，母年六十身體康。酒饌朝昏盈豆甒，阿母舉匕淚如雨。東林荼蓼西蔗枝，今日甘芳昨日苦。

【箋】

〔鮑節婦〕乾隆兩淮鹽法志：「鮑夢斗妻方氏，徽州人。年二十七，夫客死揚州。三子一女皆幼，貧不能自存，奉姑王轉徙梁垛場，盡鬻奩具，以供菽水。教子讀書，擇交遊，勵名節。次子耀祖，與安豐吴嘉紀爲詩友，嘉紀賦南梁烏贈焉。」

〔南梁〕見卷一臨場歌箋。

送張菊人明府歸江南，因邀泛晏溪，登天妃山頂，分韻三首

兩岸楊花落，送君搔白頭。衰年憎別路，斜日戀扁舟。鯉躍漁罾得，人歸海市休。晏公溪上水，不厭寂寥遊。

橈停石梁下，路到土山頭。曠野無人迹，涼風近麥秋。棘叢銷勝地，海氣敗危樓；諸佛塵埃裏，翻增過客憂。

吳郝秋天遇，郝羽吉、吳仁趾。琴樽此地遊。渚寒花皎皎，沙晚雁啾啾。舊好成飄梗，殘生托釣舟。登臨一回望，淚灑敝羊裘。

【箋】

〔張菊人〕即張芳，見卷二酒間口號答句曲張鹿牀箋。

〔晏谿〕見卷一晏谿送汪虛中兼懷吴後莊箋。

〔天妃山〕嘉慶東臺縣志：「泰山在縣治西南五里，西溪鎮通聖橋之南。壘土而成，高四丈二尺，上建碧霞宫，故名泰山，又曰天妃山。」

顧友惺畫萱花見贈

遲暮隨飄梗，荒蕪嘆故丘。徑花常入夢，樽酒不忘憂。有客來蝸舍，題名是虎頭。一枝圖贈我，風露晚悠悠。

【箋】〔顧友惺〕皇清詩選：「顧自惺，字友星，江南江寧人。」金陵通傳：「顧夢游從子友惺，亦工詞翰，閏章嘗贈以詩。」

東淘雜詠十首

范公堤　宋范文正公築。

茫茫潮汐中，矶矶沙堤起；智勇敵洪濤，胼胝生赤子。西塍發稻花，東火煎海水；海水有時枯，公恩何日已？

勉仁堂 王心齋先生精舍。

先儒樂道處，明月寒塘出。門外地名月塘灣。枯樹曉啼烏，頹垣春長棘。余亦生此鄉，水濱訪其室。獨往意悠悠，沙禽起衡泌。

竹園 紀四世祖顯卿公墓上竹也。公仕元爲提舉，至正間，棄官歸，隱新豐團，甃街恤鄰，里人至今德之。

抽笋思凌雲，結根肯傍海。野霜叢森森，水月碧靄靄。一從種植來，幾遇人代改？蕭瑟天海間，清風四百載。

東寺磬 文銘和尚遺物。

我來弔高僧，古寺深蒿艾。人間留一磬，身後覺群昧。暉暉日墜淵，淅淅風生檜；清音送出林，適與幽人會。

崇寧觀鐘 鐘鐵質，相傳神冶所鑄。鑄成，冶人晨别去，戒曰：「勿暮，勿鳴也！」黄冠疑焉；旋撞之。冶人甫去二十里，聞鐘嘆曰：「聲止此矣！」

大器方遠聞，去程未及半。時俗昧神工，徘徊鳴海岸。臨流鳥雀静，將曙星辰爛。聵聵塵中人，一聲殘夢斷！

白龍潭 即仇湖村。舊傳有白龍育子於此。至今梅雨時，鱗爪每隱見雲際，居人相顧喜曰：「白龍歸矣！」其年必稔。

風起枯榛鳴，遠村晝如暮。神物久飛騰，寒潭尚雲霧。田荒男婦散，水冷鷺鷥聚。龍子不歸來，豐年幾時遇？

古石梁 場北。

場北夕陽多，石梁宜登陟。行人戀景光，去水無休息。閒泳魚逐群，倒生草垂色。樵牧暮還家，相逢半相識。

常家井 在常家竈。

竈丁日食鹽，澹味詫爲異。可嘆清泠泉，乃生斥鹵地。旱天澤不枯，夜月茶堪試。淒涼蔓草中，汲引誰遠至？

園田 通倉橋西。

烟火幾十家，園田三百畝。野雪甘青菜，春風脆新韭。門閒時繫船，市近易沽酒。我無買地錢，空羨荷鋤叟！

影山 在新豐團澤中。

泱漭東海邊，一丘何竦峭！地僻名不章，湖清影自照。棲雲林樹低，驚月鸛雛叫。祇應垂釣翁，繫艇來登眺。

【箋】

〔范公堤〕嘉慶東臺縣志：「范公堤，即捍海堰。南抵通、泰，北接山陽，長五百餘里。唐李承建，宋范仲淹重修，故又名范公堤。」

〔勉仁堂〕東臺縣志：「在東淘精舍内，王艮講學之所。東淘精舍在安豐場月塘灣，即王艮之宅，今改爲祠。」

〔竹園〕東臺縣志：「在安豐場新竈南，元提舉吴顯卿墓側。」

〔顯卿〕吴顯卿，東臺縣志：「謙之子，仕元爲嘉、松提舉司。初下車，卻餽減耗，風采凛然。未逾年，詭冒盡除，鹽政清肅。至正間，罷歸，隱居新竈，闢園曰小隱。里中苦旱，掘地爲井，以恤鄉鄰，出資獨甃市街，遺迹尚存。」

〔東寺〕東義阡寺，東臺縣志：「在安豐場，明萬曆四十年建。寺有古磬，爲行僧文銘遺物。」

〔文銘〕道光泰州志：「文銘，正德間祝髮泰州東寺。」

〔崇寧觀〕嘉慶東臺縣志：「崇寧觀在安豐場，明洪武年建，萬曆年修，康熙二年，徐我選倡修。」

〔白龍潭〕東臺縣志：「仇湖在縣治南四十里，湖周三十里。阮昇之記云：『昔有仇姓居此，故名。』又名白龍潭。今湖墾爲市，居民鱗次矣。」

〔古石梁〕即北石橋，在減水壩西，明王嘉令倡建。見縣志。

〔常家井〕在安豐常家竈。斥鹵之地，水味獨甘，遇旱不枯。見縣志。

〔通倉橋〕在安豐場，大使張雄建，康熙四年，張承信重修。見縣志。

〔影山〕東臺縣志：「在縣治南四十里安豐場新豐團。自澤中起，高二丈餘，草木蓊翳，隱隱如高峰特聳，翠黛橫雲，照水蕩漾，故曰影山。」

案徐發莢有和吳嘉紀影山詩：「依稀海上山，蓯蘢起藪澤。十丈飛紅塵，山邊自遠隔。秋月映蘆花，天地光明積；漁父吹笛來，錯認神仙客。」

汪愧前新婚詠物詩二首寄贈

釵

南金持作釵，金堅色蒼蒼；良工懷古儀，製出雙鳳凰。質貴容止和，毛羽亦非常。無心食竹實，懶去鳴高岡。連翩欲何向？願佐新婦裝。握來玉臺前，見者嘆無雙。著髻珠玉潤，入鬢膏澤香。徐徐出房户，人釵兩輝光。棲托既得所，恩情何敢忘？永結百年歡，追隨以頡頏。

琴

迢迢雲峰下，翳翳孤桐枝；桐枝甚微細，生長無人知。雅音中自具，空望手指揮。一朝利斧斤，遭遇寂寥時。根株留山中，枝隨良工來。紛紜塵俗裏，始見不凡材。固以膠與漆，飾以黄金徽。黄金何光采，膠漆不相離。明月來閨閣，軒牖殷勤開。良夜既如此，請君彈素絲。

【箋】〔汪愧前〕未詳。

贈汪長玉

索居寡忻豫，薄言訪親故。扁舟入殘荷，左右滴清露。人來宿鷺起，葦盡曠野曙。早歲識伊人，樂與同旦暮。寒暄時向往，鬢髮白道路。淮村月照花，海岸雞鳴樹。幽興人不知，長河自來去。

靡靡衆情内，長者如鳴琴；古調清且和，感人亦何深！世俗不相識，遺身在幽林。泉石須偃仰，時運有升沉。嘗聞鄉里間，親交頌徽音。遠岫跂足望，春風吹衣襟。鍾君可爲師，安用被華簪？

堂上急糗糒，雪裏上江船。行行遇疾風，舟覆波浪間。失足蛟龍悦，負米神鬼憐；入水復出水，身體獲安全。天日重照曜，於今已十年。誰知更生者？崇德志益堅。周行夷且長，獨往方慨然！

【箋】

案汪長玉舟覆皖江爲康熙二年癸卯（一六六三），此詩第三章有「天日重照曜，於今已十年」之句，當作於康熙十二年癸丑（一六七三）。

夏次功來東淘業鹽，贈詩二首，兼答汪叔定見寄

不妨魚目溷明珠，皂帽青袍碧海隅。伏驥幾曾忘道路？困鱗聊且就霑濡。地偏野月來隨客，俗厚商人肯敬儒。應接得閒還嘯詠，東淘新酒正堪沽。

來鶩去雁任紛紛，茅屋清谿遠俗氛。自是菰蒲堪送老，誰知言笑得同君！秋晴海上尋黃菊，日落淮南見白雲。獨有良朋懷故舊，臨歧一倍惜離群。

【箋】

〔夏次功〕清詩鐸：「夏次功名九叙，江都人，有緑雪堂詩。」

〔汪叔定〕字耀麟，見卷三上巳集汪叔定季角見山樓分得風字箋。

案夏次功緑雪堂詩略有客東淘贈吴賓賢詩二首，詩云：「東淘賈客何雄豪，囊中光彩金錯刀；貨殖紛紛用千鏹，白鹽突兀如山高。秋光澄爽日亭午，肥肉大酒齊相邀；氍毹軟疊争博塞，袒跣大叫矜且驕。尊前花下紅妝女，明眸皓齒吹鸞簫。相看志意盡如此，幾人拭眼看蓬蒿。」「青袍儒生無舊業，饑軀似鳥投林樾；扣角聊爲甯戚歌，傭租遠詠袁宏月。悠悠海岸少情親，不悟蒹葭有故人；僻壤長吟老將至，破氈獨坐家長貧。游龍行空逐雲霧，我亦追隨喜相遇。一任塵埃黿鼉嗤，扁舟秋水時來去。」

送喬孚五北上

兩家茆舍一清谿，同日歸來手重攜。積水葦花方掩映，秋風蓬葉又東西。交稀自結王生襪，歲晏誰遺范叔綈？騎馬看山兼望遠，川原斜日暮淒淒。

秦郵邵埭去經過，極目飛飛鷗鷺多。水上饑寒銷赤子，淮南井邑貯黄河。轉輪久廢公家藏，勞苦常聞役者歌。今日堤成明日潰，空令藿食淚滂沱！

及至河流向海奔，狂瀾已没幾千村。陳潘陳公瑄、潘公季馴。此日存遺迹，淮泗何人問水源？吹律谷邊春意在，黄金臺上布衣尊。懷中計畫分明甚，七邑餘民待一言。披裘誰是汝同心？謂孫豹人。浩月當頭酒滿斟。鄒衍逢時成往事，荆軻醉處一長吟。年凶乞米關河遠，身老辭家歲月深。又值薊門霜雪至，紛紛雲雁有哀音！

【校】

六卷本卷三迄於此詩。

【箋】

〔喬孚五〕嘉慶東臺縣志：「喬寅字孚五，號東湖，寶應人，前明諸生，隱居安豐。性豪邁不羈，慷慨激昂，發爲詩歌，梓有碧瀾堂集，杜濬爲之序。」

〔陳瑄〕字彦純，合肥人。永樂初，以平江伯充總兵都督，帥舟師海運。起堤八百里，爲海運表識。後開會通河，罷海運。造淺艖二千艘，歲運二百萬，後增至五百萬。疏清江浦，引水由管家湖入鴨陳口達淮。就管家湖築堤十里，以便引舟淮濱。明史卷一五三有傳。

〔潘季馴〕字時良，烏程人，進士。萬曆五年，河決崔鎮，黄水北流，清河口淤澱，全淮南徙，高堰湖堤大壞，淮陽皆爲巨浸。會河漕尚書吴桂芳卒，六年夏，命季馴代之。季馴以故道久湮，雖濬復，其深廣必不能如今河。議築遥堤以防潰決。季馴凡四奉治河，前後二十七年，習知地形險要，增築堤防，置官建閘，下及木石樁埽，綜理纖悉。明史卷二二三有傳。

〔吹律谷〕畿輔通志：「黍谷山在密雲縣西南十五里，亦名燕谷山。燕有黍谷，地美而寒，不生五穀，鄒子居之，吹律而温生，因以種黍，黍生豐熟到今，名之曰黍谷。」

〔黄金臺、薊門〕並見卷三送汪左嚴北上箋。

吴嘉紀詩箋校卷七

寄鄧孝威

銅爐何代冶？製古無人識。歲月磨雕文，渾然見異質。置身綺席上，豈不勝金玉？夜深吐芳氣，氤氲久不歇。奈何美人遥，寥寥自一室。燃灰遂枯槁，朱火成隔絶。迷迭雖甚馨，何繇爲君發？

黄鵠大羽翼，乃向蘆中翔。鼎烹奉仲繇，顧之涕盈裳。甘肥信云美，怙恃去高堂。榮達事事好，不如老親傍。人生得終養，裋褐庸何傷！髮白車輪邊，展轉爲餱糧；裹糧望廬返，依依暮景光。

運會今如何？紛紜執管籥。有懷不肯默，緣調發哀樂。歡娱情易靡，悲愁響易索。孰是和平奏？尚須賈人鐸。大雅久荒蕪，斯人起林薄。操持正始音，一唱諧衆作。矯矯泥滓中，何用嗟淪落？時選詩觀。

【箋】

〔鄧孝威〕海陵文徵沈龍翔鄧徵君傳：「徵君姓鄧氏，名漢儀，字孝威，號舊山，蘇州人，徙家泰州。十九歲，補吳縣博士弟子員。生平著述甚富，遊淮有淮陽集，居揚有官梅集，遊粵有過嶺集，遊潁有濠梁集，遊燕有燕臺集，遊越有甬東集，膺薦有被徵集，皆逐年編紀，手自删訂。詩餘、古文數百篇，藏於家。所選天下名家詩觀初二三集，搜羅富而抉擇精。戊午春，詔舉宏博科，户部郎中談皆宏憲以先生名應，力辭不獲。是年秋，偕三原孫枝蔚應詔入都。與枝蔚均以年老學優，賜内閣中書舍人銜，當軸皆惜其才，欲薦入史館，以母老遄歸，徜徉吟詠。康熙己巳卒於家，年七十有三。」

案鄧孝威詩觀二集序有「甲寅春，予復至廣陵，選詩觀之二集」云云，此詩或當作於是年。

汪扶晨自新安之吳門，遇於竹西，奉送四首　次扶晨留別韻。

泉石辭高卧，風霜漫出遊。獨行悲曠野，卒歲在扁舟。烽火終年舉，人烟幾處稠？故山回首望，不見陣雲收。

臘盡歸無計，知稀懶自嗟。故人來扣户，良夜似還家。逝水離雲壑，飄蓬遇雪花。艱難經歷了，念汝鬢毛華。

相見當歧路，貧悽共酒杯。去春廡下米，行折嶺頭梅。晴浴江鷗悅，饑鳴澤鴈哀。褐衣珍重甚，老母別時裁。

路梗聞兵過，囊開見客貧。低顔聊貰酒，高興忽尋人。殺戮遺身體，歡娱報苦辛。吴歌催酩酊，燕語李花春。

【箋】

〔汪扶晨〕名徵遠，見卷三寄答汪扶晨箋。

案汪徵遠栗亭詩集有丁巳秋與吴門太守過兩洞庭詩，知丁巳秋汪在吴門。又案詩觀引汪徵遠詩後注曰：「新安兵革初定，而高蘇州使君訂之入吴，往來皆取道邗江。」據次首「臘盡歸無計」、「故人來扣户」句，則遇於竹西之時，當在丙辰歲暮，此詩當作於康熙十五年丙辰（一六七六）。

采葑行

東家來采葑，西家來采葑，采罷去樊圃，根荄委泥土。孰爲可棄孰可珍？貴賤繇來本一身。分歡共娱在疇昔，失意顧盼今何人？南山北山手堪捧，世間莫如恩義重。

高歌拔劍出門行，里中少年誰最勇？雲翻雨覆紛相欺，鴻鵠無煩燕雀隨。君食園瓜我食瓠，甘苦分明各自知。

與程梅憨

昨聞徽州忽遘亂，潛峰憶我程梅憨。居民逃難莫敢哭，晝投山北夜山南。山鬼前嘯猛虎後，巖昏谷邃路弗諳。血氣少年罷已甚，疾病奔走君何堪！不謂赤眉敬長者，烽火不近潛峰嵐。六邑沸騰日殺掠，此鄉醉歌人自酣。始知善類若蔗枝，根荄托處多芳甘。朝來寇退病亦痊，行裝束與蒼頭擔。涉江蹈海何録録？欲就安豐老友談。野菜霽生牧豕地，岸花晅坼釣魚潭。亂後相逢若爲喜，春風鶴髮同藍鬖。

【箋】

〔程梅憨〕未詳。

灣港謡

郎刺船，儂夜炊，飯熟共郎食未畢，船頭已見飛鷺鷥。鷺鷥飛飛下啄蚌，水大船輕到灣港。樹鳴東淘鷄，海黑三塘岸，來到灣港程一半。

【箋】

〔三塘〕泰州志：「芙蓉塘在海安西寺，沿塘植芙蓉。合鷗鳥、白鷺，故號三塘；惟芙蓉名最勝，邑亦名芙蓉塘。」

舟中贈程聖瑞 時聖瑞往江南。

羽檄日徵兵，瑟瑟風嘶馬。寒雲愁殺人，十日暗原野。開門試延頸，毛褐雪雹打。腐儒是贅疣，行路何爲者？有客駕舟來，偕宿桑榆下。負米辭行旅，尋親適他縣。江清舟自孤，烽舉士將戰。戰壘行欲盡，春風藹吹面。阿翁若爲喜，舉頭忽相見。柴門杏發花，日出飛雙燕。江南多水村，村村植梅樹。花開雪始晴，蕩漾湖日暮。此中好鄰舍，櫂船互來去。茆屋臨稻田，婦人織棉布；自然足衣食，何必桃源住？

【箋】

〔程聖瑞〕未詳。

題圖詩十二首

甲寅孟春，汪生伯先生七十初度。先生行誼類前賢者，親友繪圖以介壽；紀同孫豹人製詩。

劉殷授七子經史圖

受福貴多男，昌後須設教；男多教勿施，往哲何繇肖？譬彼竽與笙，雅音奏古調。不蒙君吹嘘，徒然具孔竅。昔者劉長盛，挺挺北方嶠；七子皆不凡，因材各相造。經史几案高，燈火軒楹照。清談誤人國，閉門不敢效！

王祜三槐圖

積善如種木，生意日夜滋。晉公既被放，蒔植以寄懷。懷苦誰見諒？祗應天地知。天若知此懷，吾後有大時；地若知此懷，定茂吾三槐。轉瞬樹凌雲，華袞兒孫披。良辰齊襟抱，童稚掃堦墀。仰面視清陰，黃鳥鳴喈喈。

虞玩之卻屐圖

踽踽虞少府，來造蕭公席；光輝袞繡間，斜銳一雙屐。及席行且止，醜物驚貴人。舉手取相視，回頭趣贈新。新恩豈不榮，念故意逡巡。一從競奢侈，薦紳多謬戾。敝屐甚細微，少府不肯棄。儉約使人厚，永堪式頹世！

陶侃運甓圖

人生各有爲，照曜同白日。去來相馳迫，筋骨不遑逸。中原夠多事，志士欲致力；郡邑雖幽偏，砥礪得衆甓。光闇抱挈入，光曙抱挈出；四體惟自勤，寸心有誰識？從此慣勞苦，遂以濟家國。光陰與人聖，何可易拋擲！

劉凝之散錢圖

錯刀解擇主，不聚義士囊。志安隱荆州，歲儉多感傷。眼中饑困人，無計充其腸；十萬遠相遺，云是衡陽王。高人心忽貪，受之氣揚揚；提攜到市門，分散何匆忙！春風吹道左，愁苦變歡場。紛紛糴米去，佇看樂未央。

王烈感化鄉人圖

君子在鄉曲，有如薰在罏；薰香使人聞，不擇賢與愚。漢運昔云替，彥方棲家丘。盜賊一相念，不覺赧然羞。中懷久勿欺，遺劍守道周。清風起松下，謖謖遍鄉閭。今日山中蘭，昨日野中芻。君看爭訟人，望見長者廬。

范仲淹義田圖

嬴氏廢井田，千年民失所；耕織既無資，衣食將安取？皇天篤范家，希文大門户。困窮憐本族，俸禄買田土。田父笑荷鋤，稻花香帶雨。秋成聚老幼，樹下開倉庾。誰更有緩急？餘廩以待汝！雞棲命棹歸，處處烟火舉。

郈成子反璧圖

右宰倏罹禍，兒啼婦徬徨。車輪何方來？患難肯相迎。只緣杯酒歡，平生不能忘。禄食自此分，同棲隔垣墻。孤兒稍成立，故璧出輝光；已蒙存母子，終更潤箱籯。峨峨山岳高，浩浩海水長；俯仰天壤間，丈人德難量！

楚丘先生説孟嘗君圖

七十楚丘生，披裘髮皓皓；田文不相知，乃謂先生老。人生貴有用，何必形容好？善士如五穀，衆士如野草。錯薪徒紛紜，嘉禾令人飽。運會值列國，時事多煩擾。詞令與謀畫，老成國之寶。雞鳴狗盜徒，雖壯那足道！

龐德公釋耒答劉表圖

庸人愛子弟，往往使爲官。小柱承榱桷，常有崩摧患。劉侯造龐公，言談隴畝間。新苗何油油，妻子耘于前。冠蓋雖炫燿，力作意自閒。鴻鵠巢高枝，黿鼉穴深淵；耒耜遺兒孫，亦欲求其安。安危世誰知？長吟對峴山。

衛武公規箴圖

伏生年九十，聖經授來學。榮叟年九十，彈琴歌且樂。强哉衛武公，爾室尋愧怍；年已九十五，警顧何矍矍！古柏自孤清，甘霖更澣濯。出入有明戒，怠荒防暗作。泉水容易流，德基容易薄；殷勤語師工，倘類童求角。

萬石君家居圖

漢臣曰石奮，徵祥集其家。禄糈到門來，擔石一何多！天子稱爲君，尊崇無以加。歸來暮景長，皇恩日優渥。榮遇歷五君，躬行先四國；兒孫益孝謹，卿相盈廟廊。朝回鄉里羨，令德受冠裳。百福繇一人，省侍向高堂。

【箋】

〔甲寅〕康熙十三年（一六七四）。

〔汪生伯〕乾隆兩淮鹽法志：「汪汝蕃字生伯，休寧人。幼失母，爲庶母所虐。年十一，即走四方謀食。中年，以鹽筴起家。明季，四鎮分争索餉，横甚，汝蕃冒死走説靖南侯黄得功，析以大義，得功改容禮之。妻閔，能相助爲善。次子楫。」

案溉堂集亦有題圖詩十二首，序曰：「甲寅孟春，汪生伯先生七十初度，先生行誼類前賢者，親友繪圖以介壽，蔚同吴賓賢製詩。」

寄程雲家

大絃音和平，小絃音清峭；音響雖不同，與君實同調。古曲雅逾淡，時俗每非笑。下里安可向？東海不妨蹈。海水何茫茫，伊人在前谿。雨歇開門望，遠樹鵓鴣啼。

褰裳就葭菼，微風生水湄；水湄有芳草，氣味近始知。子莊徙杜陵，幼安適遼東；經授亂離後，榻穿羈旅中。野蒿長入門，春花開入夏。夢裏更尋君，依然舊館舍。

【箋】

〔程雲家〕見卷一菖蒲詩箋。

種梧桐歌贈萬菴

開士避地來安豐，鹵鄉始有碧梧桐。短袂長鑱自塵外，疏枝直幹生定中。海雨人眠夜颯颯，炎天日午陰濛濛。禪宫如拭浮雲過，汲水澆樹樹皆大。和鳴不見鳳凰栖，軟語時偕樵牧坐。怪殺秋風直北來，乾葉蒼蒼墜幾箇。爲菀爲枯總一身，蕭條風景轉宜人。獨立長廊看月色，不知霜露濕衣巾。

【箋】

〔萬菴〕未詳。

送程四之祝塘

老態自栖栖，荒谿風瑟瑟。開門見布帆，扶杖看行客。斜陽共屏營，暮齒經離索。鴻鴈下蘆洲，沄沄秋水白。北風吹飛梟，散我水上霧。扁舟出荻花，試問祝塘路。潮來五山小，月上雙槳去；稍近石崖行，松梢滴清露。

江鄉好風俗，結識多老農。秋涼釀濁酒，新秫家家舂。前山風景佳，提壺願相從。蓑笠不畏雨，雲起鹿娘峰。已買暨陽田，尚須嘉樹林；藝植曾幾時，茆簷生緑陰。獨坐對禾黍，風來聞鳴禽。爲君隔城市，莫問世古今。

【箋】

〔程四〕未詳。

〔祝塘〕江陰縣志：「祝塘鎮在縣東南五十里。」

〔暨陽〕即今江陰市，見卷二程聖瑞齋中聽吕方旦彈琴六首箋。

九日同夏五作

嘆息三秋暮，蹉跎萬事非。年衰初學稼，霜降未成衣。隔水蘆花潔，開門塞雁飛。登高無處所，海岸雨霏霏。

風雨朝如晦，乾坤日用兵。秋魂聽鬼哭，老眼看人争。榛梗方爲害，東南稍輟耕。吾家二十口，溝壑正關情。

淵明醒對菊，偏使白衣憐。今日予無酒，貧交適有錢。野蔬烹後緑，河蟹擘來鮮；賴汝酬佳節，壺觴緩緩傳。

【校】〔題〕明遺民詩作九日同夏次功作。

【箋】〔夏五〕即夏次功，見卷六夏次功來東淘業鹽贈詩二首兼答汪叔定見寄箋。

過鑑空和尚故居

杖藜及户轉徘徊，相識緇流隔夜臺。皓月當頭懷往昔，殘經離去聲手委塵埃。成林碧樹皆親種，遍地黄花只自開。棲鳥不知人已去，鐘鳴各認舊枝來。

谿邊從此笑言稀，獨往孤雲背落暉。浮世同爲行客舍，禪林但見故人衣。欲知遺教花仍墜，應念餘生露未晞。我挾俗情空顧盼，懸燈虛室暮輝輝。

【箋】〔鑑空和尚〕未詳。

初冬

海桑還落葉，田舍始休農。暖日窮人得，行雲老鴈從。地偏欣事少，廬敝畏鄰春。歲月躊躕過，中原正舉烽。

贈汪五南珍

往昔隋宮路，鵲噪老槐樹。扣門尋令兄，竹月夜相遇。樽前諸弟出，五弟年最孺；燈燭照襟袖，爽氣軒然露。拜受長者果，羞爲童子語。是夕始識面，良辰期必晤。老成衆所輕，風雅心獨慕。低頭親卷帙，轉眼貌魁梧。汝齒何其盛，余髮亦已素。文舉稱正平，林宗契叔度。心交每忘年，何論早與暮！

【箋】〔汪南珍〕汪楫五弟。溉堂文集汪南珍詩序：「今南珍年甫弱冠，持其所爲屏齋詩請予評定。閒淡老成，類久於詩者。中間憂憫農夫之辛苦，其言不一而足。予讀之，私喜衰暮之年，又得一畏友矣！」

贈郡伯金長真先生二首 遷江寧參憲。

在昔二千石，嘗聞劉寵賢；當其别會稽，朱轓誰攀援？耶谿與山陰，老生來翩翩。余亦草茅士，釣魚東海邊。時遭鄉里笑，懶扣諸侯門。明公蒞吾郡，雨下乾旱天。歲豐雞犬静，閭閻多晏眠。奈何棄此去，恩澤惟一年。薜衣裘馬際，藜杖冰雪間。今日遠相送，自愧無大錢。

永叔嘯歌處，山上忽有堂；我公多好懷，於此來彷徉。公復建平山堂。緑樽對遥嶼，座客吟短章。豈惟山澤榮，士氣亦已揚。誰知五色鳳，欲棲千仞岡？德音雖未遐，瞻顧違輝光。我來新宇下，三山跂足望。自無雙羽翼，安得共翺翔？華棟明雲岫，佳詞唱酒航。異日思遺愛，郭外荷花香。

【校】

〔題〕康熙揚州府志引作贈金長真郡伯。

〔忽〕揚州府志引作「舊」。

〔彷徉〕揚州府志引作「徜徉」。

【箋】

〔金長真〕康熙揚州府志：「金鎮字又鑣，又字長真，山陰人。崇禎壬午舉人。康熙十三年知揚州府。宋歐陽修平山堂，郡名勝地也，爲棲靈寺僧所占，鎮興復之。郡志皆手自排纂。擢江南鹽驛副使，晉按察使。」

案揚州府志，金鎮於康熙十三年知揚州。此詩首章有「奈何棄此去，恩澤惟一年」之句，此詩當作於康熙十四年乙卯（一六七五）。

贈汪觀瀾先生，時九十初度

居愛大海濱，遊愛廣陵城。海大好釣魚，城郭有交情。於中誰最密？二汪如瓊英。謂叔定、蛟門昆季。迢迢就光采，每每費逢迎。客來賢父喜，僮僕掃中庭。曾參酒食多，分甘及友生。山雨過園林，石澗幽蘭馨。醉飽卧簷下，櫂船夢滄溟。蒼蒼隋苑樹，東風吹新鮮。氣暄鶯早至，樹下飛翩翩。丈人悦良辰，披襟自開顏。坐石聽寒濤，登樓見遠山；健勝如少壯，人乃賀耄年。花底斑衣舞，松陰白日閒。皤然數老友，提壺來扣關。豪賢當代推，聘幣及林薄。孰知孤雲意，嬾向塵氛托。開户横素琴，天地夜寥廓。月低竹影長，野風鳴老鶴。榮公逢仲尼，自述平生樂。逍遥閱歲時，歌詠清巖壑。翁適與同年，高趣還相若。

蒼穹好施予，悋惜惟光陰。自非天所篤，漫比石與金。衆人各有身，衆人各有心；瞿瞿衆人内，翁獨似臨深。平楚曠茫茫，嵬然聳孤岑。擊磬亂石中，靈者發清音；音清聽彌遠，躬厚慶平聲易任。年壽不可量，酒漿徐徐斟！

【箋】

〔汪觀瀾〕汪如江字觀瀾，自號覺非居士，歙縣人，家於揚州。有四子：振麟、兆麟早卒；耀麟，揚州府學生；懋麟，康熙丁未進士，官内閣中書舍人。見施閏章學餘堂文集汪覺非先生墓誌銘。

〔叔定、蛟門〕即汪耀麟、懋麟，見卷三上巳集汪叔定季角見山樓箋。

案施愚山汪覺非先生墓誌：「公生於萬曆十四年正月二十一日，卒於康熙十五年十二月五日，得年九十一。」題云「時九十初度」，此詩當作於康熙十四年乙卯（一六七五）正月。

贈方生詩四首

天都方于雲，直樸慷慨少年，以至孝稱於鄉。比居南梁，室稍饒；樂善好施，久勿怠也。鄉里人德之，請老夫賦詩。

乞藥詞

乞藥乞藥，父病馬嶺，醫住白岳。白岳暮去曉始來，一月去來三十回。峭壁陰長山月落，松風瑟瑟猿啼哀。不愁草中出猛虎，只愁堂上卧老父。低頭嘗藥雙淚垂，藥味不及兒心苦！

周急詞

多財令人愚，亦復令人賢。親交來扣門，欲貸主人家裏錢。有錢當用與子孫，主人獨用倉浪天。天雨天雪謂親交：「來，予錢！」急難者萬，饑困者千；幾人離患，幾爨舉烟！笑殺西家齷齪兒，飲食生長青銅側；體胖心肺勞，夜夜憂盜賊。

受侮詞

此揶揄，彼睚眦，水上風來波浪生，鸞鷟無端集於枳。時俗計校苦不休，赤丸白刃争報讐。江海納水千萬里，下來那擇清濁流。山麋擁大角，隴羫擁小角；長者襟懷自坦夷，異類相逢任抵觸。

贈櫬詞

南河有梁，北河有梁。怒潮之上成坦途，漁樵在前後牛羊。牛羊過橋上高丘，丘下死人陳不收。路旁不少惻隱心，木匠去領方家金。金置懷中人不見，櫬櫝聚散匠人店。海村寒食草始青，東風輕緩飛新燕。遊魂各抱髑髏喜，方君更欲買蒿里。

【箋】

〔方于雲〕名鴻逵，歙縣人，寄籍南梁，業於鹺。康熙重修中十場志、嘉慶東臺縣志均有傳。

〔馬嶺〕靳修歙縣志：「二十四都九圖，村曰：環山、石嶺、石岡、羅下田、馬嶺、忠堂、共良塌、楊村。」

〔白岳〕見卷五送汪濬之西泠箋。

寄題汪于鼎、文治始信峰草堂 峰在黄山。

海水藏蛟龍，不拒鰕與魚。世人争入山，誰賢復誰愚？田泥暵美珵，浦水還舊珠。時危在鄉曲，貧賤懷亦攄。高山蓽門前，去去聊卜居。石烟净毛髓，天漢涼衣裾。未遑問治亂，且自全我軀。兄茅而弟堵，築室何劬劬！

兹峰常夢想，今到峰上頭。松瘦氣長清，四叙如深秋。開門臨萬象，散髮人悠悠。雲生散花塢，水白蓮花溝。日月走一壁，階庭凌九州。移爾昆季情，銷人古今愁。畏壘寓庚桑，社山棲吾丘。青青千歲猿，招之從我遊。

步虚何代人？道士鳥窠。真僧乘化去，精舍存遺址。一乘和尚曾於峰頂構定空菴。瓢笠宿於此。石竈冷無烟，白月竈傍起。聳然來獨坐，復聞江烈士。石壁鑱「寒江子獨坐」五字，乃江文石先生書。清飆卷巘雲，飛鶴投泉水。卒逢君父難，褰裳别桑梓。髮過三山豎，頭擲九衢死。何用蓮花青，何用靈芝紫？烈士即仙佛，吾慕寒江子！

【校】

〔畏壘句〕黄山志定本引作「鄭圃寓子林」。

〔聳然〕黄山志定本引作「嵬然」。

【箋】

〔汪于鼎、文治〕見卷五送汪于鼎文治兄弟歸春草閣箋。

〔始信峰〕黄山志：「始信峰在石筍矼散花塢之西南。三面臨壑，背北面南；從絶壑中凸起東面一峰，隔丈許，闊不盈尺，架木作橋，兩木相接，可至峰腰。左垂翳一松，借枝扶手，名曰『接引松』。度橋即入石坼，窄僅容身；盤折而上，稍以碎石補綴爲逕，頂倚片壁，有室在焉。室前古松數株，絶頂有定空室，僅容蒲團；僧一乘居三年，每從師子林暮梵畢，雖昏黑大雨雪，必孑影歸宿室内，絶無傾躓之患。後道者烏寞採藥黄山，亦喜居此。文學江天一來遊，書『寒江子獨坐』五字。壑中有繞龍松。」

〔江烈士〕謂江天一。康熙歙縣志：「江天一字文石，正直廉介，工文章。寒江村人，稱寒江先生。晚年棄舉子業，甲申死於難。同學閔遵古、洪瀾，閩人蕭倫，蕪湖僧海明爲購屍殯之。寧都魏叔子爲之作傳。」

送吳蒼二歸新安，兼寄汪虚中、扶晨、于鼎、文治、鄭慕倩諸子

園中折花娱眼前，老翁結友許少年。少年開口易然諾，豈必士士皆輕薄！吳郎

舊家子，饑困不受鄰姥哀。負米常竭仲谿力，説詩遠就匡鼎來。軒墀顧眄忽清絶，彷佛坐對西谿梅。鴛鴦愛水馬愛路，昨日相逢今日去。勸盡村醨人轉醒，停杯問汝往何處？刈了嘉禾田野閒，白雲茆屋練江山。故人俱在山中住，淚滴船頭送汝還！

【箋】

〔吴蒼二〕未詳。

〔鄭慕倩〕歙縣志：「鄭旼字慕倩，號遺甦，貞白里人。或言旼本名旻，國變後，移日於左，寓無君之痛也。工詩，卓然名家；畫出入元季。又學漸江上人，秀者近查梅壑，而俊逸過之。常隱於狂疾，服如野僧。嘗作詩以文山自況。亦時畫蘭，有小印曰『鄭所南後身』。手輯杜詩箋注，尤嗜理學。有拜經齋、致道堂、近己居等集。湯燕生爲作傳。」

〔練江〕見卷二寄程蝕菴箋。

送分司汪芾斯先生歸錢塘

帆前葦下鴈聲悲，回首東亭夕照時。何日鳴琴重到此？海鷗堤柳最相思。

黄花每入訟庭開，今歲花開人已回。蟋蟀自吟門館静，分明秋月爲誰來？

頗無刁斗近窮檐，還喜輸公役不添。露水初乾斫新草，强梁子弟各燒鹽。

范公堤西田父歌，飛得蝗來不喫禾。雨滿池塘蒲葉嫩，家家門外鴨兒多。

【箋】

〔汪芾斯〕見卷五范公堤行呈汪芾斯先生箋。

〔錢塘〕即今杭州。秦置錢塘縣，屬會稽郡。

〔東亭〕嘉慶東臺縣志：「本城即東臺場，一名東亭，屬泰州分司。」

〔范公堤〕見卷三與汪伯光二首箋。

案此詩爲送汪芾斯因親喪歸里所作。王大經獨善堂文集送泰州分運汪芾斯丁艱歸里序有云：「錢塘汪芾斯先生分理鹺運於東亭，至兹九年矣。」汪任分司始於康熙六年丁未，至乙卯（一六七五）爲九年，此詩當作於康熙乙卯。

賦得對鏡，贈汪琨隨新婚

鑑物渾如秋水鮮，揚州鏡子使人憐；盤龍在底無波浪，穩泛鴛鴦一百年。

洞房深處絶氛埃，一朵芙蓉冉冉開；顧盼忽驚成並蒂，郎君背後覷儂來！

【箋】

〔汪琨隨〕未詳。

臘月四日，贈袁姊丈漢儒

萬曆年間老者樂，子弟學問倉廩盈。柴荆晝無隸胥扣，道路夜有商賈行。東淘邊淮地瀕海，竈户煮鹽農力耕。雲黄隴畝稻將熟，烟暗茆茨雞共鳴。南里北里孰高義？吾翁若翁皆有聲。桑梓漫説知交少，青松更耐女蘿繞。門闌喜色君始過，林薄哀吟我猶小。轉眼饑荒致亂離，傷心朝野遭煩擾。吴苑野鹿上臺遊，鼎湖飛龍入雲杳。男兒壯志伸幾時？舉盞入村聽啼鳥。生産繇來不關慮，蝸廬豈厭長居住。室人儉歲任艱辛，舂米績麻忘曉暮。留客典衣足飲食，教兒學圃完租賦。近水竹令庭户閑，當階苔引琴書趣。一榻常依繡佛眠，連宵未覺金樽誤。糟牀經帙日隨身，白髮朱顔已七旬。倜儻魯連排患難，清虚韓順誨鄉鄰。中原風俗今非舊，落日踟躕淚滿巾。余亦衰年爲釣叟，愁來無處見先民。漁竿在掌作雄劍，往往遺笑尋常人。

【校】〔中原〕二字夏本原缺，據陳本補。

【箋】〔袁漢儒〕字聖傳，安豐場人。乾隆兩淮鹽法志有傳。

夢硯歌，贈汪蛟門舍人 舍人夢得十二硯，因以名其齋；自著有夢硯歌並記。

老夫有一硯，質美貌殊醜。濡煤點筆三十年，寒暑不厭真吾友。買文人少米甕空，持出换穀十五斗。舍人有一硯，精堅世無偶。鳳凰池頭人竊去，歸來官舍唯搔首。端谿石貴無錢購，栩栩夢向廣庭走。縱横几席雲烟生，磊磊落落皆瑊玏。水痕墨瀋何淋漓，螭立龍行互蚴蟉。澄泥老坑素所愛，一十二枚任意取。從此文思有神助，齋名詩句傳人口。與君同是硯主人，摩挲舊物今何有？君獨神遊霄漢上，我如饑鳥鳴林藪。殘編禿穎有何用？破袖多寒徒内手。安能提挈入華胥？石塊分贈吴陵叟。

【箋】

〔汪蛟門〕汪懋麟號蛟門，時官中書舍人，見卷三上巳集汪叔定季角見山樓箋。

〔十二硯齋〕康熙揚州府志：「十二硯齋在東關，刑部主事汪懋麟之居。」

案汪懋麟百尺梧桐閣集夢得十二硯詩：「秋室病卧睡無著，忽然夢得十二硯；巨璞一一禹所鑿，異狀紛陳眼稀見。初然將身入廣廈，中有大几排四面；几上横陳端谿石，墨瀋新磨吾所羨。意中似是校士場，試席淋漓罷酣戰。紛紛好硯胡不收？就中竊取亦非僭；最先選取得六石，龍虎蛟螭刻雕變。潑水濡墨攜將歸，餘者摩挲復無厭；又取六石似蒼玉，火焰蕉紋衆星現。不惜矜袖莽包裹，寇物提攜手多顫。我有一硯行將焚，顧此十二重留戀；天公毋乃故戲弄，使我白首老書掾。張華之筆行當還，文字豈容久誇衒。留此多石何爲乎？酢酒揸牀兼擣練。」

程節婦

節婦歙縣程岫母也。岫父懋衡公，甲申之變，不食死。婦事姑舅，撫三幼子，孝行義方，鄉里推重。丙辰秋，年六十矣，紀與岫友，悉其家世，因賦其尊人大節，以俟世之採風者。

谷爲陵，人世非；鼎湖龍，去不歸。隴上禾熟，程公腹悲。一解。公無名位如龔生，公無門逕如蔣翁。不願立他人地上，飽食令終。二解。朝不視餐，夕不視餐。室中新婦長跪前：「夫子有志，兒女子衣何敢牽？」三解。歌呼慨慷。仰邪俯邪？付之誰邪？揮手就泉下，笑謂室中婦：汝稱未亡！四解。未亡人捧羹上堂，但見堂上雙白頭，不聞故人聲與音。泣不以面，淚滴中心。五解。未亡人抱杼下堂，但見呱呱黄口，不見故人容與顔。車輪入懷，轉我肺肝！六解。肺肝殷勤，菽水甘馨。舅耄姑耋，瘻者起，盲者更明。七解。檠燈照夜，傳簡授編。孟博士行，方將爲世規矩，寧知母也惻愴勞苦，三十三年！八解。鄒衍呼天，霜飛五月；魯陽揮戈，空駐落日。九解。哀哀寡婦，神鬼祜爾！煢煢孤兒，鄉鄰莫敢侮爾！嗟哉母今日之生，嗟哉公昨日之死！十解。

【箋】

〔程岫〕字雲家，見卷一菖蒲詩箋。

〔丙辰〕康熙十五年（一六七六）。

案溉堂集亦有程母詩并序：「程母詩，爲歙縣程處士岫字雲家母作也。雲家父玉中先生，名懋衡，聞甲申之變，不食而死。母事舅姑，如夫在日，鄉人皆稱其孝。撫幼子三人皆成立。丙辰秋，壽六十，余友吴賓賢美之以詩，他日屬余和焉。余未得交雲家，但從賓賢處得見其所作江村詩，善作悲涼語，皎潔有冰雪之色，心異之。且嘆義士節婦之有子也。詩之三章，因并及之。」

詠走馬燈和黄摶遠

紛紜鐵騎猛如彪，甲士持戈坐上頭。鞭策未施行已疾，道途多險去無愁。軼群毛骨從誰辨？接踵奔騰那自繇；争戰只今方攘攘，杞人看罷不勝憂！

鬬勝家家燈火紅，高蹄峻耳製尤工。趨炎不住行空際，逐伴何曾到暗中？南陌笙歌歡夜永，西莊父老願年豐。隴頭黄犢强於馬，春雨梨花唱牧童。

【校】

〔摶遠〕「摶」諸本均作「搏」。案卷十三有自虎墩歸見摶遠雨窗寄懷之句三日後答以此章，抄、刻二本皆作「摶遠」，據以校正。

【箋】

〔黄摶遠〕未詳。

送方葹中、申野昆季之西泠

越嶠梅將放，吳船櫂不停。雪消春水活，雲落遠峰青。周易攜三卷，村醪載百缾。鄉愁容易起，月在夢兒亭。燕子來紅樹，鵝兒戲白沙。湖山人入畫，兄弟自爲家。門閉移松影，書開落柳花。虎跑泉味美，日日煮新茶。

【箋】

〔方葹中、申野〕梁垛人，諸生。見乾隆兩淮鹽法志。

〔西泠〕即杭州。

〔夢兒亭〕在杭州西靈隱山。乾隆杭州府志：「夢謝亭，即是杜明浦夢謝靈運之所，因名客兒也。靈運父不宜子息，乃於錢塘杜明師舍寄養。明師夜夢東南有賢人相訪，及曉，靈運至。故有夢謝亭，一名客兒亭。」

〔虎跑泉〕在杭州大慈山上。西湖志：「泉清澂而甘寒，與龍井、玉泉相伯仲。」

二月九日詩三首，與徐式家

一樹不作林，尺布難縫衣。貧賤無友生，戚戚中腸悲。行路隨阪牛，覓食傍野雞。不掩饑凍色，應受鄉鄰嗤。念爾期期者，我里來棲遲。出入二十年，交態未曾衰。爾家堤柳東，我家堤柳西；同蔭復同根，日聽鵖鴂啼。

開扉積雨晴，野色入懷抱。幾日不出門，處處生春草。遲暉移節叙，暄風變枯槁。同生天地間，我獨形容老。何以散我憂？樽罍與朋好。攜幼上舟航，涉谿采蕁藻。親昵相尋來，海天月皓皓。

時俗尚辭華，結交亦相須。賦詩酌醇酒，膠漆應不如。夜深燭影薄，星月落庭隅。履迹未出門，中情稍已疏。交遊徒爾爲，雷陳今則無。麻根不生葛，犢母不産駒。文士滿華堂，不如一直友。九畹滋幽蘭，不如禾一畝。

【箋】

〔徐式家〕見卷三傳谿孤子行追挽徐鏡如處士箋。

題王大像

王大既没，其友李十一，貌其田間小像，沽酒祀之，爲題絶句二首。

何緣世上見情親？粉繪經營一寫真。觴酒檠燈風雨夜，霑衣重對故時人。

槐柳陰涼夏日斜，含情獨立在田家。石湖水上飛鳧子，茆屋門前發稻花。

送汪蛟門

蘆中水禽叫，夏雲將變霞。飄飄宦遊子，方舟適京華。親友從此遠，還顧望巖阿。黽勉事貧交，三年子在家。徒爾相扶植，蓬萱終匪麻。欲别我何賴？隨子看荷花。水香風稍來，落日思情多。芳馨難久戀，搔首獨咨嗟！

【箋】

案「三年子在家」，當指汪蛟門丁母憂在家時也。百尺梧桐閣集有七夕入京詩，編入丙辰，蛟門服闋入京當在是年，此詩亦當作於康熙十五年丙辰（一六七六）。

六月十一日水中作

驟雨催堤決，奔雷向海驅。虛空浮屋宇，里巷入江湖。蛇齒時愁嚙，蛙聲夜與俱。急難誰救汝？稚子莫號呼！產業眼看破，詩書心最關。浪中千卷去，架上幾時還？碧荇親愁思，浮萍笑老顏。水頭八十丈，又報黑羊山。

【箋】

案東臺縣志祥異：「康熙十五年，水。」又興化縣志：「康熙十五年，河淮泛漲。五月，大風雨，高郵漕堤決三十餘處，清水潭決數千丈，興化水驟長以丈計，舟行市中，漂溺廬舍人民無算。」此詩似作於是年。

初秋作

地僻無來往，閒吟在蓽門。微風生綠樹，東郭欲黃昏。稻没人炊麥，瓜香里灌園。鷄栖林月早，不異住山村。

出郭驚洪水，褰衣上戍樓。怒來塵世换，高擁海天流。新鬼漂千里，殘人寄一舟。蕩揺波浪際，淚眼看閒鷗。深莽没僧屋，愁霖崩海城。荒蕪林鳥去，容易草蟲鳴。旅況惟雙樹，新涼近五更。俗人夢纏擾，多謝曉鐘聲。寓陳家菴。

【校】

〔纏擾〕楊本作「纏繞」。

【箋】

〔陳家菴〕孔尚任湖海集陳菴記：「陳菴者，在泰州之南城，州人陳氏佞佛所築也。正樓五楹；左右折而爲廂樓，又各二楹，如宫門之有雙闕，如城門之有兩觀。」

案此詩當作於六月十一日水中作之後，爲避水而寓居陳菴也。

九日寄徐式家

清波晃蕩荻花齊，徙倚衡門獨杖藜。家在水中霜降早，船行林半鷺飛低。凶年酒貴鄉人醒，返照村空寡婦啼。浦溆黄昏君不見，涼風衰柳思淒淒。

歸舊居後，洪水復至，步屧不得出户，跼蹐連旬。九月十七日，徐仁長、沈亦季、程雲家、仰岐、方菘中、王于蕃攜酒饌來訪柴門，邀同泛舟，至梁垞，夜深宿清暉堂 限「平生飛動意」五字爲韻。

霜降漲復至，瀰瀰與階平。坐卧洪水間，盡是鳧鷖情。北風吹蒲葦，日夜聞雨聲。今日天忽高，霽色新柴荆。郊原見樵牧，遠樹午鷄鳴。何能就人烟，一杖徐徐行？

籬落魴鯉遊，氣寒白浪生。饑犬走上墻，狺狺吠水聲。溯洄者誰子？舟楫來相迎。秋暉壓桑柳，澤國摇空青。故舊滿眼前，壺漿勸我傾。兀然醉中流，笑與浮鷗并。

攬衣望梁垞，草間路微微。夕陽入草根，人各負戴歸。道途何紛紜，嗟哉歲云饑！耕牛賣已盡，烟火村舍稀。去年此時節，家家鷄彘肥；蘆洲接稻田，新鴈高下飛。

野水闊無垠，東連碧海湧。明月對船來，萬象波前動。居然星漢遊，左右雲滃滃。微吟懷李郭，攜手類朱孔。酒盡夜更沽，提攜一樽重。

曩宿清暉堂，白露多秋思。叢叢桂樹下，款款道人至。方子傳。言笑今何在？遺蛻已委地。造化偏役我，奔馳費襪屣。飄飄一片雲，又向堂中寄。入林烏鴉啼，海月欲西墜。夜静菊花開，邈然自得意。

【箋】

〔徐仁長〕卷九有栟臺老人行贈徐仁長，記其生平事迹頗詳。

〔沈亦季〕沈聃開字亦季，東淘人。性不喜交遊，所與善者，屈指數人而已。善畫，片楮尺幅中，遠近明滅，往往具千巖萬壑之勢，人多求之。然不當其意者，未始一輕搦筆。工楷書，書法遒勁秀逸，不事摹倣，自成一家，而絶無蹊徑。其爲詩獨多五古，高渾沉鬱，直逼漢魏；近體歌行，亦力追三唐。與同里王大成、大經、吴嘉紀相頡頏，號東淘四逸。著有汲古堂詩存。見獨善堂文集沈亦季傳、嘉慶東臺縣志。

〔仰岐〕未詳。

〔方菘中〕見本卷送方菘中申野昆季之西泠箋。

〔王于蕃〕見卷八古鏡詞贈王于蕃箋。

此詩及以上九日寄徐式家，似當亦作於康熙十五年丙辰（一六七六）九月。

送瑶兒

瑶兒，余長子大年也。丙辰孟冬，病殁里中。舊俗，殁之三日，家人隨親戚攜酒治饌，設魂車焚祀里門外，謂之餞程。余欲往，里老謂父不可以送子。余徘徊門欄，登高而望，以老眼送之。作送瑶兒詩。

送瑶兒，出門闌。門外生死别，行人駐足觀。鬼馬在後，仙幢在前；胡僧偏袒摇掌，導魂鈴子聲錚然。鄰挈酤，友炙膰。汝黄口兩兒，大者執梨栗，乳媪襁負之里門。瑶兒！里門臨河湄，中流無梁舟楫稀。楚天西漏，淮水東飛；蛟鯨掀翻崩湍怒，彭咸窟宅何可依？瑶兒！里右荒丘枯白楊，枝上妖禽啼夜霜。魚鹽死客子，骸骼寄此鄉。年年寒食無祭祀，羈困之鬼，難與相羊。袖中粔籹汝母置，未許分作他人糧。瑶兒！惝怳焉之？曠野悲風，埃色黯蔚。長牙闊口，利爪敦背，來往豺狼狒。病後汝力微，生前汝膽細，彼伺人者侁侁欲前寧不畏！郊原四顧多險艱，魂兮杳渺不知還。擊鼓吹簫促命駕，靈輀彷彿雲烟間。雲烟見老父，將去仍緩緩；老父眼睫血淚滿。夜臺汝夢長，人世吾日短，落暉躑躅崦嵫巘。送瑶兒，心腸斷！

【箋】〔丙辰〕康熙十五年(一六七六)。

明毅先生 紀族叔也,善相人。

海岸光光雙眼開,見人肝肺不須猜。道旁曲士應趨避,明毅先生顧盼來!
烽火笳聲三十年,乾坤氣色久茫然。静中揮麈觀人物,豪傑何曾到眼前!
尋常品格也堪論,日日鄉鄰扣蓽門。與弟言恭子言孝,丈人高義並嚴遵。
灑然蹤迹遠風塵,苔巷茅檐自在貧。不使姓名傳市井,肯將皮相媚時人!
臨流久絶羨魚情,射鴨寒谿白髮生。草裏孤蘭蒙採掇,君言我是濁中清。
高年喪子失扶持,休咎從前已可知。生意人間餘幾日?且依殘照哺孫兒。

吴嘉紀詩箋校卷八

歲暮送程梅憨歸潛口

戎馬猶酣戰，舟航獨遠歸。青山茆屋在，白髮里人稀。店近醅香發，江寒雪片肥。菰蘆舊遊地，回首重依依！

潛口無人處，山頭倚杖時。樹沉雲漲壑，室冷水生池。茶筍春風長，烟霞老態宜。衡門殘夢醒，松月曉吟詩。

奔流壓東海，啼眼暗西河。水災之後，余哭長子。患難曾誰援？門墻獨爾過。貧無金玉報，老奈別離何！送送霜風裏，霑巾血倍多！

汪生岸舫。同里巷，鬢髮雜蒿萊。壁立賦何益？樽空愁更來！雪田鋤野蕨，山牖面寒梅。暮齒蕭疏甚，因君笑口開。

【箋】

〔程梅憨〕未詳。

〔潛口〕靳修歙縣志：「十五都十二圖，其村：班塘、古塘、澄塘、陳村、潛口、水界山、松明山、莘墟、唐貝、西山。」

〔汪岸舫〕見卷一晏谿送汪虛中兼懷吴後莊箋。

案第三章自注「水災之後，余哭長子」，則當作於康熙十五年丙辰（一六七六）歲暮，時長子大年病殁未久也。

送汪左嚴之太湖教諭任

髮白初膺命，氈青未離身。古文傳弟子，薄俸寄慈親。水闊邗江月，梅深皖國春。依然是負米，勉矣宦遊人！

讀易長松下，攜琴石澗邊；洞雲霑舊帙，林鶴聽鳴絃。造士應多術，居鄉昔最賢。江山淳朴處，今日有師傳。

【箋】

〔汪左嚴〕見卷二廣陵過嘉樹堂贈汪左嚴孝廉箋。太湖縣志：「汪士裕字佐崖，江都人，康熙癸卯舉人，爲湖諭。」

〔太湖〕安徽太湖縣。宋元嘉二十五年置縣。見清一統志。汪左嚴適園詩鈔有留别諸同學之任太湖七律一首，詩云：「雪晴寒色擁征裘，南郭笙歌送客遊。桑梓情多傾别酒，關河月迴照行舟。長途敢憚一千里，壯志空過四十秋。離思却隨江上水，瀠洄日夜向東流。」　案本卷送汪三于鼎歸新安第五首自注云：「時汪左嚴之太湖，汪舟次之贛榆。」汪舟次之贛榆爲康熙十六年丁巳（一六七七），此詩當作于是年。

途中贈吴子遠

鴉啄河干雪，人行郭外烟。回頭逢我友，攜手上漁船。鑪火延深坐，壺漿助穩眠。看君北風裏，一路費青錢。

椎冰休進艇，賃僕遂肩輿。垂老津還問，明朝歲又除。寒雲沉野木，暝火動江墟。借宿田家好，衡門夜晏如。

雪止川原合，茫茫中夜情。倦身臨岸側，僵足揣途行。渚凍鴈難下，村光鷄易鳴。三塘桑柳近，僮僕計歸程。

【箋】

〔吴子遠〕案國朝書畫家筆録載有「吴期遠字子遠，丹徒人」。疑即此人。

〔三塘〕見卷七灣港謠箋。

送喬東湖之吴門

出門忽大笑，雪盡見青山。掛席東風來，浦禽鳴關關。草木帶行李，春晴無醜顔。前路遊趣佳，掉頭海岸遠。岸上飯牛人，離群日欲晚。稽古禿兩鬢，踟躕葦花洲。碌碌腐儒冠，何如漁父舟！夜隨鷗鷺宿，時與商賈儔。不則傭保間，筋力受人餐。高吟思友詩，不弱梁伯鸞。吴會何氛氲！太湖春二月。梅花八十里，水上懸積雪。君來開正滿，晝静香共發。俗人不可攜，樹枝誰最好？緑蕚酒店花，黄髮岷峨老。西川余生生時客虎丘。

【箋】

〔喬東湖〕喬寅，號東湖。見卷六送喬孚五北上箋。

〔吴門〕即蘇州。

〔余生生〕江蘇詩徵：「余喬字生生，號鈍庵，四川青神人。肅敏公裔。明季官錦衣衛。僑居江都。著增益軒草。」淮海英靈續集：「鈍庵賣文自給。詩工古體，不屑作近體。與吴野人遊。康熙乙丑，卒於瓊花觀，年七十九。」

後題圖詩十二首

新安徐翁文振，長者也。春秋七十，同里汪叔向悉其生平，繪古人盛德事以彷彿翁；紀賦詠古人詩，蓋詠翁也。

題遨遊圖

計然，姓莘，名研，遨遊海澤，自號漁父；范蠡嘗請見越王，研曰：「越王爲人，烏喙狼步，不可同安樂也。」

衣摇風，笠戴雨，遨遊海澤曰漁父。海澤多洪波，漁父多善策。鴟夷子師爾肥家，烏喙王用爾霸國。烏喙狼步不可依，朱公齊相計全非。蒹葭深處持竿往，獨坐扁舟看鶴飛。

題采芹圖

劉殷七歲失怙，祖母王，冬月思芹，殷往澤中慟哭，有頃，芹生遍地。

張公嗜蓴，劉姥嗜芹。秋風蓴益美，冬月芹菜不出水。堂中停匕頗相憶，堂下孫兒心愴惻。霜涯冰涘忽生芹，涕淚滴處來陽春。採歸微佐醯鹽味，芽白莖青愛殺人！

題共被圖

姜肱字伯淮，與弟仲海、季江共被起卧；及娶，兄弟相戀，不入房室，以孝友聞。屢徵不起。桓帝令工貌其像，肱引被韜面，以眩疾辭。曹節等薦之，徵爲犍爲太守，避去。

入門人情喜，室中新嫁娘，牀上合歡被。姜生娶婦夜燒燭，夜來只同二弟宿。被闊温有餘，宵長睡不足。徵車何爲來？驚駭中林鵶。容顔懶使皇帝貌，夙昔羞令閹豎誇，起偕阿弟避地海之涯。樹有枝兮枝有花，與君共根本，君胡戀弟，不顧室家？

連枝芟骪老天涯。

題清儉圖

胡壽安德性清儉，爲新安令，民化之。嘗眠一紙帳，題詩云：「紫郎步翰最奢華，卧雪眠雲自一家；雪又不寒雲又暖，扶持清夢至梅花。」

新安江高林宛奥，日落空山鬼虎嘯；一朝鬼啞虎潛迹，問政山前縣官到。郭門騎馬流泉清，村舍飯牛冬日照。梅花開遍鳥啁啾，館署人稀争訟休。嶺雪洞雲寒不已，夜深高卧入羅浮。

題撫孤圖

沈道虔善琴，隱居石山，捃拾以給諸孤兄子。冬月，道虔單，戴融迎之，爲作衣服，並與錢一萬；及還，悉以供諸子無衣者。宋文帝聞其慈愛，遣使存問，賜錢三萬，米一百斛，以給孤兄子嫁娶；徵員外散騎侍郎，不就。

鎌刈藿歸，筥拾穗歸，努力舉烟，不救兒饑。吾兒饑尚可，兄之諸孤活待我。親交贈我襦，親交贈我錢。清廉何可爲？溝壑在我諸孤前！天子憫諸孤，轔轔使臣車。載米來，載錢來，山中二月開桃花。孤男壯，當有婦；孤女長，應有家。男婚女嫁，老人始暇。衣錦食禄，老身不欲。三畝菜田一畝竹，清風謖謖吹山谷；就緑陰，彈白鵠。

題遺經圖

南朝柳世隆，廉静寡欲。張緒問曰：「觀君舉措，將欲以清名遺子孫乎？」答曰：「一身之外，亦復何須？子孫不才，將爲争府，遺其財，不如一經。」工師愚，貴梁木；父祖愚，嗜錢穀。梁大柱小室每傾，貲厚德薄多競争。家有不測患，里無君子名。但知擅利寡婦清，不識説經楊子行。籯中金，几上卷，遺子孫，何者善？柳世隆，君不見！

題義田圖

范希文置田千畝，以濟貧族，日有食，歲有衣，婚嫁凶葬有助。

朝力田，暮力田，禾熟未肯棄一粒，主人持竿來隴前。饑鴉餓雀畏人打，東西南北飛上天。伊誰良田一千畝？倉庾悉令宗族有。扶老攜幼日營營，量人緩急與升斗。墻桑岸柳棲水雲，枝上禽啼遠近聞。五月涼風六月雨，稻花歲歲媚希文。

題贈牛圖

漢劉翊，自陳留罷守歸，路逢知交困乏，停車解牛，以濟其急；從者止之，翊曰：「視難不救，非志士也！」乃徒步歸。

興逸組初解，登車看鴻翔；鴻翔不離伴，人生故舊安可忘！中道遇知交，饑困使人憂。還家殊無季子金，負軛尚有伯陽牛。脱贈勿復顧，起步歸林丘。林丘路遥遠，故人難已免，不辭身憊足生繭。

題服食圖

鄧先生名郁，隱居衡山，辟穀三十年，惟以澗水服雲母屑，日誦大洞經。梁武帝敬信殊篤，起五岳樓貯之。白晝，魏夫人乘雲而降，從媪三十，並著絳紫羅繡袿襹，年皆可十七八許；謂郁曰：「君有仙分，所以來也！」

鄧先生住祝融峰，霄漢氣滋峰頂松，峻巖懸澗泉淙淙。服藥誦經冬復春，换吾骨兮清吾神；天上飛下魏夫人。夫人遥顧五岳樓，氛氲駕底雲波流，皎如江水盪輕舟。飄飄少媪從鸞車，容顔羞殺人間花，含馨發艷先生家。先生窗牖無纖埃，耳聆仙語心胸開，東海摇光曉日來。

題停車圖

賈思伯至性謙和，遇士大夫，雖在街道，停車下馬，接引恂恂，曾無倦色。得冠便忘笠，貴來易驕逸。鄙夫將身委車馬，出入不異膠與漆。相逢豈無舊相識，濂鞍著幰動不得。跐舉半空欲何爲？氣蓋一世有底益？不見路旁聲嘖嘖，佇看官人揖人客；軒高騎勝貴無敵，官人何人賈思伯！

題焚券圖

李士謙嘗出粟數千石，以貸鄉人。值年穀不登，債家無以償，皆來致謝。士謙曰：「吾家餘粟，本圖賑贍，豈求利哉！」於是悉召債家，爲設酒食，對之燔契，曰：「債了矣，勿爲念也！」

缾罄莫就鄉里假，往見債主顔色下。李公座上賓如雲，於中豈無賢豪者！已慚歲凶粟難辦，何勞命酒陳佳饌！歡會未能辭醉飽，債了燈前又焚券。醒人餒士天所罰，公也接引何繾綣！鑪中烈火池中冰，世俗炎涼開眼看。欲離困窮無羽翰，今夕何夕長者盼！

題愛下圖

陶公爲彭澤令，不以家累自隨，送一力給其子，書曰：「汝旦夕之費，自給爲難，今遣此力，助汝薪米之勞。此亦人子也，可善遇之！」

下山流泉去不息，貧户生兒富户役。舂米寒夜聞鷄鳴，樵薪遠山見虎迹。瓟甊滋味苦難嘗，人生誰願離耶孃？耶孃念子勞家裏，賃奴鬻力來助爾。自家骨肉獲安逸，焉得不顧他人子？蒿萊生野蘭生谷，貴賤同被陽春旭。五柳先生書上詞，爲人上者應三復！

【箋】

〔徐文振〕未詳。

〔汪叔向〕石修歙縣志：「汪家珍字璧人，又名葵，字叔向，巖鎮人。少爲諸生，明末棄舉子業。工山水，模擬大癡及黄鶴山樵，與汪之瑞、孫無逸齊名；而人物花鳥蟲魚，尤傳神入妙。」

汪長玉、南珍邀過劉仍先看西府海棠

連旬風雨晴今日，燕子飛來廿四橋。纔説名園花欲放，多情酒伴已相邀。

紛紛蛺蝶入林遊，緑葉初生嫩蕊稠。欲語嬌花看不得，醺醺樽畔客搔頭。

深林仍有最高臺，坐對清風一舉杯。空際芳菲吹不散，亂隨斜日蕩胸來。

青樽入夜還留客，白髮逢春轉怕花；不分歡娱屬年少，禁持老態醉君家。

【箋】

〔汪長玉〕見卷一汪大生日箋。

〔汪南珍〕見卷六贈汪五南珍箋。

〔劉仍先〕未詳。

〔廿四橋〕康熙揚州府志：「二十四橋在府舊城，隋置，並以城門坊市爲名。後韓令坤築州城，分布阡陌，別立橋梁，二十四橋存廢莫考矣。又傳煬帝於月夜，同宮女二十四人吹簫橋上，因名。故唐人有『玉人何處教吹簫』之句。」

自淘上至竹西，送汪舟次之贛榆教諭任

雨止聞鷄鳴，披衣坐孤舟。新柳三百里，一路上揚州。桃花照田父，草色娱隴牛。竹西春風來，絲管何啁啾！倚棹忽不懌，念君將遠遊。家有范生甑，人彈貢氏冠。可憐天下才，逡巡就小官。俸米焉能飽？華簪安足歡？良驥不好櫪，美瑜不戀山。則知高賢意，不是愁饑寒。兹鄉胡相公，仕進始上舍；豁達引善類，權豪性不怕。前賢遺風在，東望税高駕。吾子好植人，儕偶多倚藉。常憾滯蒿萊，胸懷無繇瀉。請看三尺劍，操持今有杷。石欄東海上，齊魯氣佳哉！講席罕塵事，登臨自吟詩。淮南顧葭莩，慨然嘆我衰。同學二十載，未曾久别離。黄鵠已高翔，鷗鳥難隨飛。欲遊陳仙洞，會須扶杖來。

【箋】

〔贑榆〕光緒贑榆縣志：「漢因秦制，始建贑榆縣，屬瑯琊郡。即今江蘇贑榆縣。」

光緒贑榆縣志：「汪楫，儀徵人，由選貢任贑榆教諭。學問淳雅，才筆卓犖，舉博學鴻詞，授翰林院檢討。康熙十六年在任。」唐紹祖通奉大夫汪公墓誌銘：「公之爲教諭於贑榆也，贑故窮僻，邑無通經學古之士，爲文章不中法度。學使者歲科試士，例不置高等。公日與諸生講説經史百子，繩削其文詞。由是士皆刮劘刻剔，而儁賢儒雅之人出。」

〔胡相公〕謂宋胡松年，海州懷仁人。政和初，上舍釋褐，歷遷中書舍人。建炎間，除給事中。使金還，拜吏部尚書，權參知政事。宋史卷三七九有傳。

案贑榆縣志所云，此詩當作於康熙十六年丁巳（一六七七）。

汪舟次別後詩二首

渺渺河流繞石堤，蒲青沙白畫船低。船中攜手同來客，隔在秦郵湖水西。

老人離伴若爲情，皓首湖干落日生。天際一帆看欲盡，杖藜扶上鉢盂城。

【箋】

〔秦郵、鉢盂城〕即今高郵。見卷一送吴仁趾箋。

此詩亦當作於康熙十六年丁巳（一六七七），爲汪舟次之贛榆後所作。

吴蒼遠邀過野竹居

老叟賣茶處，麥田飛野鷄。籬邊江岫近，屋後竹林低。過雨陰如水，聞雷筍出泥。山泉煎欲熟，入座聽鶯啼。

【箋】

〔吴蒼遠〕未詳。

池蓮歌

陸羽嬉，吾里黄天濤妾也。麗而能詩，詠芙蓉詩尤佳。病殁，天濤傷之，賦琴怨；余爲作池蓮歌。

隨郎何處行？清風池水邊；風吹荷葉捲，得使儂見蓮。

荷枯采荷根，根斷見亂絲；纏綿有底益？無復舊容儀！

【箋】

〔陸羽嬉〕衆香詞：「陸羽嬉字酌泉，泰州詩伯黄天濤妾，詠芙蓉詩甚佳。病殁，黄殤之，賦琴怨詩。東淘吴野人高士有池蓮歌紀之。」

〔黄天濤〕詩觀：「黄九河字天濤，一字浮螺，江南泰州人。有玉照堂稿。」

案此詩乃爲黄天濤題琴怨詩而作。同時題詠者甚多。鄧孝威有黄天濤姬人陸羽嬉工詩早殁賦慰詩。陳維崧迦陵文集有琴怨詩序，題下注曰：「琴怨詩者，吴陵黄子天濤悼其亡姬陸小雲之作也。」

送汪三于鼎歸新安

七年一見面，蹤迹又東西。離别君何易？壺盧手自提。晴江才子驛，緑樹小姑溪。醉上扁舟去，鴿鵰處處啼。

舊國前途近，嗚嗚畫角悲。牛羊草色晚，宫闕麥花時。半畝誰爲圃？三山直對籬。清涼臺畔客，龔野遺。老去使人思。

茅屋在何處？嵬峨始信峰。雲來翻作海，巘側倒生松。筍蕨漁樵社，門庭鹿豖蹤。自然無俗態，若輩可相從。

此日烽烟静，空山蘭蕙聞。門前閒倚杖，石上漸生雲。田舍還堪住，松杉總未焚。翩翩雙白鶴，清唳爲夫君。

酒伴紛紛去，時汪左嚴之太湖，汪舟次之贛榆。天涯獨黯懷。歡娱辭白髮，疏懶負青鞵。山色晴分楚，江流暮入淮。笑言思叔度，新月下高齋。

【箋】

〔汪于鼎〕見卷五送汪于鼎文治兄弟歸春草閣箋。

案汪左嚴任太湖教諭、汪舟次任贛榆教諭均爲康熙十六年，此詩當作於是年。

八月十二日寄楊蘭佩 時楊六十初度。

我思楊子又三秋，海水江波日夜流。避色中原新鶴髮，思家北地老羊裘。門墻士授書千卷，蓑笠躬耕雨一丘。梁甫吟成情不懌，乘風獨上五湖舟。

弟兄絃誦欲誰希？東海峨峨大布衣。昆玉私淑吾里王心齋先生，曾爲修葺祠宇。跬步後先一相接，草茅豪傑幾曾稀？地荒刺眼蓬生里，河決驚人水入扉。寄語涇陽舊同學，講壇今日鷺鶿飛。

紛紛帶甲駕舟航，君亦謀生適豫章。陵谷狖啼松月暗，江湖人戰水雲黃。莘研妙策終垂釣，王烈高蹤半是商。何日吳天烽燧靜？匡廬山色下潯陽。

蘆中疇昔數追隨，同齒余年亦六十。同心人未知。虞夏詠思殘照裏，兵戈消盡盛年時。單鷗泛泛群何在？野鶴翛翛自不羈。此日貧交更招隱，淮南叢桂蕊盈枝。

【箋】

〔楊蘭佩〕見卷二楊蘭佩招同諸子泛舟箋。案楊蘭佩之兄名紉茳，見魏叔子文集贈楊仲子六十叙。

〔王心齋〕即王艮，見卷十三謁心齋先生祠箋。

〔涇陽〕舊縣名，在今陝西三原縣境。本秦邑，昭王弟悝封此，號涇陽君。後魏置縣。見讀史方輿紀要。

案墓誌嘉紀於康熙十六年丁巳（一六七七）爲六十歲，此詩當作於是年。

郡城未得一晤彭爰琴，將歸東淘，題其山中獨坐圖寄之 彭在金公署中。

嘆息城中人未聞，塵埃咫尺隔容顏。浮舟我去卧蒼瀨，開卷君來栖碧山。得意各隨林鶴遠，清吟獨見岫雲還。從今幽夢會相訪，只在水聲松影間。

【箋】

〔彭爰琴〕鶴徵録：「彭桂原名椅，字上馨，一字爰琴，江南溧陽人，監生。著有泊菴詩詞。」

〔金公〕謂金長真，見卷七贈郡伯金長真先生箋。

案江辰六文集初蓉閣詞序：「山陰金公守廣陵，（爰琴）得偕行，住郡治一年，金公比即遷觀察，移省會，彭子亦去。」詩觀初集亦載有彭爰琴揚州鹾署爲董江都故居署後有祠遺井尚在余於丁巳秋假榻數月得遂瞻謁感賦詩。則彭在金署中，當在康熙十六年丁巳（一六七七），此詩亦當作於是年。

大姊没百日矣，詩以哭之

三日不見姊，便去扣柴扉。即今已百日，扶杖我焉之？骨肉到衰老，泉水下山時；前水與後水，聚散何可期？悲哉南北枝，同根異榮萎。殘月照户牖，如聞聲幽噫。隙裏駒難駐，遼東鶴未歸。年華我亦暮，清涕空纍纍。制䪥暮爲羹，糜䊦朝當糗。心酸腸腹苦，無告貧家婦。家貧多早死，吾姊不幸壽。操持五十年，精血透井臼。翁齋手烹蔬，姑病手濯垢；二人養已終，績紝買田畝。屋角稨豆花，門墻竹與柳。晚景將優游，誰知骨遽朽！姊丈習章句，高情輕腐儒。里閭值顛危，往往起相扶。同志門内得，援彼寡與孤。義室金不止，歲饑尤拮据。半菽亦分食，數椽爰共居。寡婦免再嫁，孤兒今有鬚。他家骨肉聚，夫子懷抱攄；厨中甑生塵，吟詠樂有餘。齡怨吾未報，草間甘老死。悲歌鄰里愁，姊也顔色喜。殷勤相慰勞，貰醞鱠河鯉。觴至感知我，淚下如秋水。我今擊劍歌，賞音復誰是？吾姊一寸心，頽頽九原裏。願弟爲詞人，願弟爲烈士。不類屈原嬃，不慚聶政姊！

【箋】案嘉紀大姊適同里袁漢儒。袁漢儒，見卷七臘月四日贈袁姊丈漢儒箋。

寄贈方寧士

君從程季遊，程雲家。季也於余厚。知君善事師，心好師之友。相識忘老少，見招潔林藪；徑花笑迎杖，家醞香出瓿。雜賓此地稀，明月中宵有。自憐田野趣，每與城市偶。豈不煩藝植，伊誰辨苗莠？愛泛主人勞，迹恭交態醜。益念君可親，藹如玉初剖；砥礪石應須，光輝塵未受。雪晴東風暄，緑見南梁柳。陳醴儻更斟，來攜穆生手。

【箋】

案溉堂後集有哭方于雲四首，其二有云：「我未識君面，哭君蓋有因；君是東淘詩老之好友，新安程生之主人。」自注：「詩老謂賓賢，程生謂雲家。」意方寧士當爲方于雲子侄輩。

二月十三日，王鴻寶七十初度，贈詩四首

當時鄰舍已全非，寂寞樊村一布衣。避地至今牙齒墮，力田連歲稻粱稀。烟深草澤耕牛散，水落蓬門舊燕歸。苦竹寒松生意在，春來膏雨正霏霏。

豈有蒲輪來日邊，伏生毛髮已皤然。哀吟且過兵荒候，得志還須二十年。伏生九十就徵。浦溆看雲親鸛鶴，藩籬問字繫舟船。盈車充棟都歸腹，卷帙捻來换酒錢。

門東索飯我徘徊，君亦霜田拾橡回。兩室饑寒垂老甚，百年懷抱幾時開？遣憂林卉逢人乞，佐飲園蔬共友栽。記得重陽風雨裏，扁舟遠送菊花來。

終朝催賦騎駸駸，賦外誅求力豈任？官長撻膚凋赤子，先生隨手散黄金。人如霎霎山雲去，澤共泱泱海水深。里巷不平誰更起？對君彈劍一長吟！角斜場災，我場暫代輸課。久之，角斜稍繁富，我場代輸不免。令祖仰菴先生禀强歷險，慷慨控告當事，乃復歸課於角斜，然先生已散千金矣。

【箋】

〔王鴻寶〕見卷三懷王鴻寶二首箋。

〔仰菴先生〕王嘉令，號仰菴，安豐場人。同治兩淮鹽法志有傳。

〔角斜場〕中十場之一。乾隆兩淮鹽法志：「角斜場在東臺境，舊隸泰州分司，乾隆元年，改屬通州。距分司百六十里，其地橢而修，如一角然，故名。」

詩四首贈程雲家

團團芳荷葉，生長南村渠；朝昏近田父，相視同茭蒲。其上飛鴛鴦，下游紫鱗魚。雨晴水氣涼，畫舫來徐徐。清風葉上起，吹向遊人裾；遊人盡解顔，賞弄生歡娛。物態豈異前，人情則已殊。知希俗自闇，愛泛中易疏。爲蓋堪覆首，製裳可被軀。不遇屈靈均，甘隨秋草枯。

東風着地吹，一夜生芳草；萋萋復衍衍，及此時光好。歲歲娱何人？天涯緑不了。伊余栖遯處，終日車馬少。雨色柴門静，露涼村徑曉。夫君相尋來，裳服遥縹緲。贈佩思何深，褰芳時未老；常恐同秋蓬，分飛愴懷抱。鶗鴂聲莫悲，來年春更早；爲我羈王孫，芊眠遍遠道。

草木摇落盡，孤桂挺軒墀。自有青青葉，無慚松柏枝。衆中著顔色，致爲君所知。冰霜何烈烈，人樹同依依。轉瞬玄陰散，繞林黄鳥飛。陽和醒天地，妍醜争華滋。兹樹但如昨，君心亦不移；君心胡不移？曾共苦寒時。賞識窮逾感，風光盛易衰。擾擾繁華裏，堅貞與君持。

遊子嘆海棠，嬌艷成寂寞；昨日烟際開，今日風前落。階庭失藉在，蛺蝶飛徘徊。紛紛賞花者，門外不復來。愛憎實自致，攀條君莫哀。客路景將晏，及時命酒杯。酒杯須對人，酒杯勿對樹；樹春思榮華，人遠思親故。親故苟同心，貴賤長相聚。請看從風花，東西南北去！

【箋】

〔程雲家〕見卷一菖蒲詩箋。

喬東湖自吴門歸東淘，示山樓讀書圖，漫題二首

歸裝忽問海邊鷗，海浦經年憶遠遊。去路柳花香匹馬，來時荷葉緑扁舟。峰巒夕照支硎近，水湧春雲震澤浮。今日窮濱得攜手，逢君更在讀書樓。

何須吴市嘆飄蓬，靉靉雲山有路通。千尺雪迎藜杖冷，萬巖花向石牕紅。奇書久識君能讀，勝地遥憐我未同。不信江南憶江北，試看人倚小樓中。

【箋】

〔支硎〕乾隆蘇州府志：「支硎山在府西二十五里。寰宇記：『晉高士支循嘗憩遊其上。』」

〔震澤〕乾隆蘇州府志：「太湖在府西南三十餘里，古謂之震澤，亦謂之具區。」

案百城烟水蘇州虎丘仰蘇樓附詩有徐崧丁巳夏杪同余生生劉雪舫姜勉中學在飲喬孚五寓樓及喬寅山樓晤松之先生賦此留别二詩，言喬自吴門歸在康熙十六年丁巳秋，此詩當作於是年。

挽楊集之

逃名有底用？崇德亦徒爲！伯道人難贖，韓康世已知。圖書汙鼠迹，筐篚網蟲絲。室内啼聲苦，烟低欲雨時。喪亂芳年過，追隨往日頻。看山垂淚眼，蹈海獨醒人。藥店生青草，蒿原散舊鄰。重來高隱處，飛燕爲迎賓。

【箋】〔楊集之〕國粹學報第八十一期明遺民王言綸鴻寶先生殘詩袁承業注：「楊集之，本姓王，幼從外戚姓，諱大成，安豐人，博學能文章。明亡，隱居海上，托業於醫，所著書多不傳。同里吳嘉紀以詩哭之曰：『看山垂淚眼，蹈海獨醒人。』蓋勝國之遺民也。」

虎墩弔吴子遠

嘆息流波逝不回，渚雲沙鶴意徘徊。亭空海上月誰看？家在谿南花自開。桑梓多時思倦羽，乾坤到處有深杯。玉蛆綠蟻終何益？惟見青蠅入户來！

雲翻雨覆俗情煩，此日貧交孰可論？鶴髮與君方執手，虎墩揮涕已招魂。行尋人迹漫漫雪，立聽鷄鳴遠遠村。最是歸途堪記憶，提攜除夜到衡門。

【箋】

〔虎墩〕見卷四送汪左嚴之虎墩箋。

舉世無知者五韻五首，和贈吴蒼二

出亦無儔侣，入亦無儔侣，霜風入葛衣，骨冷呼誰語？黄金急他人，阿父不遺汝。寧知受恩者，咥咥笑貧寠？蜉蝣競朝光，蟊蛃矜溽暑。父書篋笥中，諷詠自容與。兒願學賢聖，賢母歡相許。采薇暮歸來，烟火稍稍舉。

摯公愛季常，師弟爲翁婿；高賢托兒女，豈是温飽計！况汝煢煢人，味苦如瓜蒂。時俗好桃花，伊誰采蘭蕙？立身自有志，失意羞垂淚。長者何慨然，汪岸舫。乃以嬌女妻。米春廊廡下，車挽田園際。夫婦雖賤貧，清風著當世。

求友須傍漁，涉水須近蒲；漁者輕風波，蒲叢有鷗鳧。忘機日來往，何處情不愉？汝謂釣有道，吕嚴各異途。未問出與處，先辨賢與愚。渡江復浮海，扣門尋老夫。野潔葦花吐，林鳴桑葉枯。相逢轉惆悵，沽酒一錢無。

展汝贈余畫，漸江畫。山碧江晴時。掛席嵐水間，幽人爾何思？長謠采白蘋，獨往意遲遲。繪者今安在？孤雲藐難追。疇昔桑田改，車輪腸裏馳；揮毫聊換酒，易服遂披緇。自號曰山僧，人稱曰畫師。平生懷頍頍，海内幾曾知？

江上秋風生，夜深鳴戰馬；聞之旋掩耳，清涕已霑灑。山河此何時？詩書手尚把。有弟遠餬口，弱小憑藉寡。仗劍相尋去，樵路入松檟。鷄啼湖月斜，伯仲西山下。秦筝横野艇，吴酒白深斝。悲歌要離鄉，豈少知音者！

【校】

〔山河〕二字夏本原闕，據諸六卷本校補。

【箋】

〔吴蒼二〕汪舟之婿，生平未詳。

〔汪岸舫〕歙縣志：「汪舟號岸舫，潛口人，康熙戊午舉人。有岸舫詩及阮溪、深柳堂諸集。」

〔漸江〕康熙徽州府志：「僧宏仁號漸江，俗姓江氏，名舫，字鷗盟，歙人。師汪無涯受五經。乙酉，自負卷軸，偕其師入閩，遊武夷。後依古舫禪師爲僧。嘗往黄山，收松雲巖壑之奇，一一著之於畫。」

古鏡詞贈王于蕃

夷則師曠鑄十二鏡，第七鏡名夷則，沉井中，千年乃出。厭俗顔，千載甘泥垢；奇光飛出井，迺爲西家有。西家十五女，拂拭纖纖手；笑謂鏡中人：「我堪嚮汝否？」顧盼既絶世，年齒復不多。仙照駐芳容，日月奈我何！新妝度容與，妙舞人婆娑。空閨易踟躕，形影終安托？欲結百年歡，但恐逢輕薄！

【箋】

〔王于蕃〕今世説：「王範字慕吉，一字君鑒，一字心矩，四川成都人。肆力經史，工詩古文辭。辛未成進士，筮丹陽令，治漕有功，擢御史。會遭母艱，時已大亂，遂移家入吴。丹陽之人聞其至，争願割田宅授之；謝弗受。東阡西陌，與父老過存，見者初不知爲舊令也。子撍四，名于藩，官司李。」

清鏡嘆和王于蕃

妾貌若芙蓉，常聞旁人羡。不有青銅鏡，何緣自識面？自識因自憐，含情對相哂。夫也獨不顧，盛年去鄉縣。他縣浮雲闇，故鄉北風多。浮雲掩明月，北風吹却花。芳菲欲過時，遊騎不思家。罷鏡起攬衣，蟪蛄鳴日晚。已誤一生顔，夫子何用返？

冬杪自東淘泛舟至廣陵，送汪岸舫北上三首

泛泛海濱月，漁船照我卧，夢見紫霞人，騎馬揚州過。登高望東海，水上孤雲作。念子遥盼睞，篙楫莫敢惰。村醞沽幾升，河魚釣兩箇。相尋一笑言，不畏風雪大！

修修山村竹，生雜桑與麻。良工採洞簫，吹嘘動巖阿。幽音易爲感，聞者皆嘆嗟！世不乏異材，如汝何能多？一奏歲時稔，再奏風俗和。物生貴有用，豈必老烟霞！

海水與山雲，相思隔川阜。何如濁酒杯，長得在君手！鸕鷀用頗適，鸚鵡名不朽。李詩云：「鸕鷀杓，鸚鵡杯。」對月斟頻滿，及時醉自取。君今往長安，樽罍别老友；樽開罍便隨，老友難别離。

正月六日，王于藩邀同程雲家泛舟西谿，五首 分韻

春來浦漵悦鳧鷖，歲稔鄉園罷鼓鼙。藜杖新年扶我出，壺盧霽日看君提。草生頹舍人家静，柳壓清波畫舫低。野老沙鷗機慮少，醉醒同在晏公谿。

蘭橈欲進意遲回，臨海居民安在哉？西谿，即古臨海縣。榛莽空看栖鴈去，城池但有暮潮來。東風呴呴親蓬鬢，殘日輝輝傍酒杯。世事浮雲多變幻，樵歌一曲使人哀！

又值春光碧海濵，谿暄冰泮見游鱗。乾坤閲歷顔難駐，少壯知交態一新。于藩齒最幼。到處不忘泉石想，登高聊盼道途塵。羊裘嬾與軒車近，恐使彈冠薄釣緡。

烟墟晻藹野暉斜，問訊谿中仙女家。一自杼聲聞下里，千年泉水出寒沙。里有仙女繰絲井。離塵古甃自生蘚，照影今人誰似花？環珮遥遥不可遇，荒原徙倚暮雲霞。

天妃山下水泠泠，田父柴門野色青。蛺蝶隨群遊麥隴，鴛鴦並翅下雲汀。何時有地秋收穀？暇日留賓釀滿瓶。刁斗無聞租不負，月明深夜徑花馨。

【校】

〔遲回〕嘉慶東臺縣志引作「徘徊」。

〔泉水〕嘉慶東臺縣志引作「流水」。

〔暮雲霞〕東臺縣志引作「暮雲遮」。

【箋】

〔西溪〕嘉慶東臺縣志：「臨海縣城在西溪鎮。戴勝徵亦云：『西溪，相傳爲古縣地，今湮無迹矣，而鎮前尚有城門口之名。』案宋州郡志載建陵郡有寧海，無臨海，或聲相近而譌也。」

〔繅絲井〕雍正泰州志：「天女繅絲井在西溪鎮廣福院，漢董永所居，即曹長者故宅内井也。永養父至孝，家貧，常傭；辦父亡，貸主人萬錢以葬，約自鬻其身。後感天女爲偶，一月織縑三百六十四以償，乃凌空而去。井即其汲以繅絲者。水最深廣，旱汲不絶；每蠶熟時，井有白草，根長丈餘如絲然。」

〔天妃山〕見卷六送張菊人明府歸江南因邀泛晏溪登天妃山頂分韻三首箋。

贈王于蕃新婚

熲熲雙蠟燭，深深照洞房。房中何所有？繡幙爛生光。幙上繡何物？黄鵠白鷺紫鴛鴦。菰茭漾水碧如拭，入户仿佛荷花香。夜久燭影低，鷺翔鵲舉争餘輝。渚邊獨有鴛鴦懶，只是貪眠不好飛。

林青樹氣暄，枝上名花開。曉色霑濡夜來露，初芳雅艷無纖埃。凡蝶不敢棲，遊蜂飛徘徊。閨中女兒始爲婦，妝成階下看花來。看花來，折在手，把嚮玉鏡比容顔，新婦新花相似否？

宵清月入牖，香鑪几案間。東鑪名合歡，西鑪名博山。銅質年深類周鼎，冶師技巧如魯班。鑪中火正紅，婦西爇香郎在東。繚繞雙烟成一氣，但隨羅袂不從風。

【校】

六卷本卷四迄於此詩。

吴嘉紀詩箋校卷九

送友人之白門 友，廣東人。

有客入門來，不識客何人？長跪問姓字，是我平生親！吴雲與粤梅，相見有何因？復問離居日，庭草二十春。庭草緑又黄，我耄君齒强。會晤只須臾，喜極生悲傷。江濤低遥岫，磯雪壓野航。不知從此去，别路幾何長？

桐城方老儒，爾止。秦淮僦高樓；窗檻對鍾山，見君常淚流。流淚有何用？志士成荒丘！君今欲安適？採蕨野颼颼。飢馬鳴廢宫，斜陽使人愁。尚有丈人龔柴丈。圃，可與樹杉楸。長鑱倚雪山，攜手山上頭。江海天水寬，白雲時近遠。建業日夷猶，羅浮不思返。

【校】

〔題〕諸本皆作送屈翁山至白門，題下注作「屈，廣東人」。

【箋】友人指屈大均。遺民詩：「屈大均字翁山，廣東番禺人。文學，爲屈原後。少丁喪亂，長而遠遊。其所跋涉者秦、趙、燕、代之區；其所目擊者宫闕陵寢、邊塞營壘廢興之迹，故其詞多悲傷慷慨。著書外、易外、嶺南文獻諸書。曾爲僧，字一靈。」

〔方爾止〕桐城人，見卷一送方爾止箋。

〔龔柴丈〕見卷四寄題龔大野遺新居箋。

〔羅浮〕廣東通志：「羅浮山在博羅縣西北五十里，與增城縣接界。高三千六百丈，地袤五百里，峰巒四百三十二，溪澗川源不可勝數。」

案陳作霖鳳麓小志：「方文字爾止，又名一耒，字明農，號忍冬，桐城人。少孤，長有才名，與復社、幾社相應和。汪偉以女妻之，遂家金陵。初居瓦官寺側宋氏鷗天館，復移桃葉渡。」

江都池烈女詩

烈女姓池，吴廷望妻也。未嫁，廷望從軍南征，戰死。其父吴某，素稱里中無賴，欲以女婚次子，女之父兄憚之，屬姨母語女，且勸之嫁；女不從，自縊，繩斷者三，竟縊死。吾友張琬爲作傳，命紀賦詩。

時。旌旆摇野風，戰馬顧群嘶。壯士志封侯，不娶娉婷妻。娉婷方盛年，桃花三月真。三月轉盼盡，征戰返無期。無端夢沙場，血污泣遊魂。覺來信已至，夢寐竟成芳。招魂親剪紙，涕淚濡羅巾。朝爲未嫁女，暮稱未亡人。蝴蝶飛過墻，栩栩尋春羊？安得久踟蹰，鬼伯隨姨孃。姨孃是尊長，出言何不莊？令人亂匹配，人生豈牛能。烏棲城郭黑，三星檐前明。壁上懸一燈，炤燿人嚴妝。生小不知路，死路行最顔；永從黄泉伴，三結朱絲繩。鄰舍聞此變，日出走來看。從未識女面，今日見容環。一枝紅桃花，霜雪色尤鮮。問女首何飾？夫家聘時簪。聘時更何物？玲瓏雙耳居。女意何所嚮？面南身徘徊。巾帶微飄揚，如上望夫臺。問女住何處？草屋女所夫。草屋有此女，此女天下無。鴛鴦不擇水，泥滓産明珠。商人争殯葬，酹酒多士憂。酒酹起黄沙，沙場鬼還家。還家徒夜遊，得妻不得侯。始悲謾好勇，生死滋繁憂。傳戒後世人，慎勿把戈矛！

【校】

〔懸〕溉堂集、明遺民詩作「青」。

〔人嚴妝〕明遺民詩作「大嚴妝」。

【箋】〔池烈女〕江都貧民池天祥女，墓葬於平山堂。留溪外傳及雍正江都縣志有傳。
〔張琬〕江都縣志：「張琬字子琰，邑廪生。中康熙壬子副榜，以文名於時。」
案溉堂後集有江都池烈女詩和吴賓賢詩，編入康熙二十年辛酉（一六八一），此詩當作于是年。

舟中寄懷吴去疑

不見江南人，遥望江南雲。後雲氣光晶，前雲行逡巡。逡巡行復止，依依如戀群。物態有如此，余益思故人。夕風吹浦溆，野色迷我津。鳧鷖各有類，孤舟欲誰親？唯有楓林下，潮聲漸漸聞。

【箋】〔吴去疑〕未詳。

蕪城病中，謝吴彦懷寄敬亭茶葉

授衣時節霜頻下，消渴人眠日欲斜。客路淒其誰倚賴？宛陵棉布敬亭茶。令舅郝二寄布。

【箋】

〔吴彦懷〕吴嘉紀門人，順治辛丑，曾讀書陋軒。見卷十一過郝乾行青葵園詩之五。

〔敬亭〕嘉慶寧國府志：「敬亭山在宣城縣北十里。」

〔宛陵〕見卷一郝羽吉寄宛陵棉布箋。

〔郝二〕謂郝羽吉，見同上箋。

贈黄秀楚

夫子何灑灑，性不受羈絆。皎如清秋鵠，緩翼遊天漢。襟度近儕偶，困者失惋嘆。復如琬液味，令人愁自散。杭香邵伯田，竹翠蕃釐觀。晚歲樂家園，慵歌白石爛。獨有杯中物，一宵不能斷。大雪滿淮南，着屐登高岸。折得嶺頭梅，歸來插几案。細君醪已漉，斟酌夜同看。

求堅必須石，求滌必須漆。客中逢勝引，依倚過時日。寸心昔已知，交態久益密。孤燭秋照人，啼螿雨入室。親昵在眼中，顧盼惟恐失。與君俱遲暮，手應疏卷帙。苦吟自不輟，嗜飲吾堪匹。甌香茗若蘭，甕濁漿如蜜。醉醒情誰慰？寒暄户屢出。安得共買田，種茶兼樹秫！

【箋】

〔黄秀楚〕未詳。

〔邵伯〕讀史方輿紀要：「邵伯鎮在甘泉縣北四十五里，洪武元年，巡檢張仁開設邵伯埭。」

〔蕃釐觀〕康熙揚州府志：「蕃釐觀在府城大東門外，即古后土祠，漢成帝元延二年建。」

南梁同王于蕃之蕪城，程雲家送至海陵。時雲家欲歸新安省母，舟中有贈

送别臨歸路，回頭竟僦裝。望雲聊命駕，逐伴似還鄉。雙槳河冰觸，孤村店酒香。今宵非夢寐，燈燭照舟航。

沙白路將半，雞鳴天又晨。追隨嫌短景，信宿任迷津。老藉杯中蟻，寒懸雪裏鶉。離家當歲晏，羡爾欲歸人！

【箋】

案程雲家江村詩有送吴野人之蕪城七絶四首：「平山烟靄碧參差，藜杖躊躇未覺疲。貧賤出門多暇日，登臨隨處有新詩。」「節過重陽風雨寒，紛紛木葉下湖干。扁舟一樣邗溝路，只有歸人去較難。」「城裏笙歌曉未休，輕寒市上盡披裘。繁華自笑人間少，擾擾翻增過客愁。」「渚邊紅蓼隱魚罾，霜落官河徹底澄。記得前年隋苑去，南梁攜手到吴陵。」其第四首後二句，即指送嘉紀至海陵事。

曉發朱家莊

宿鴈飛鳴起，勞人知夜闌。樹摇東水白，霜灑北風寒。籠鴨田家放，烽烟澤國殘。五湖冰未合，且喜去程寬！

【校】

〔題〕嘉慶東臺縣志引作曉發朱家垛。

〔烽烟〕東臺縣志引作「飛鴻」。

【箋】

〔朱家莊〕嘉慶東臺縣志：「縣西南（由北運鹽河逕西南）二十五里，垛曰伍家垛、朱家垛。」

案嘉慶東臺縣志載程雲家有同題詩云：「雲氣夜深合，河冰曉自開；共言前路近，漸覺別愁催。出浦鷄聲聚，揚舲雁陣來。波流緣底急？不使暫徘徊。」當是同時所作。

挽歌爲何去驕賦

憶昨客邗上，寒夜同汪賡言、張幼蔣、汪舟次、何山公飲何去驕別墅，笑言達旦，起支户樞，各酩酊別去。今余重尋舊遊，去驕已物故，賡言亦亡，舟次宦遊京雒，山公去淮北，執手慰予，惟幼蔣一人。自傷年已遲暮，道路日益奔走，親交又稍稍散失，寒來内手，龍鍾無依，對幼蔣不禁潸然泣下也。幼蔣曰：「去驕又字茹，初名起泰，二十五歲死復甦，吟詩二首乃絶。」其詩云：「苦海沉淪無盡時，人生何用壽期頤？吾今步屧離波浪，明月蘆花任所之。」「屋倒舟翻亦殺人，斯人斯世損吾真。碧天洞裏桃千樹，長嘯歸來處處春。」

邗上再經過，車輪轉我懷。昨夜明月今未缺，胡爲昨夜照君之紅顔，今夜照君之枯骸？人有形骸，誰不銷毁？笑題詩句別苦海。海波浩蕩無津梁，中有人思君兮向月望，月欲落兮摇清光。水氣瘦肌骨，微風嘘衣裳。鸛鶴不飛洲渚静，蘆花千里愁人腸！

徙倚更何望？我望碧天洞。碧天杳藐洞安在？盼睞不見肺肝慟。座上酒器猶未收，酒徒四散如水流。買醉青錢不在手，雪片打白愁人頭。愁來何可釋？思君淚霑臆。野中蓬梗長飄零，洞裏桃花自顔色。桃花兮可親，嗟無人兮告我以去津！途長日暮身踆踆，年過六十不獲已，桃花笑殺行路人！

【箋】

〔汪賡言、何山公〕未詳。

〔張幼蔣〕名琬，見本卷江都池烈女詩箋。

送汪扶晨 時汪歸潛口葬母。

枯桑天風來，颯颯鳴江村。道上行旅歸，鄙人方出門。出門寧獲已，毛禿眸子昏。何以慰羈老？良友爲家園。梅花入檐低，張燈開酒樽。奔車我暫歇，君已懷丘樊。雲霞不忘岫，葛藟知庇根。舊棲各顧戀，歧路我何言？往年到潛口，倚閭見白髮。今日到潛口，疏籬惟積雪。雪上乳鴉飛，遊子心斷絶。笑言不更聞，子母從此訣。靈輀何轉轉，牽挽出門閾。何處蔭母樹？何處葬母穴？麻衫裹手腕，抱土掩枯骨。山深夜無人，杜宇啼斜月。

【箋】

案溉堂後集送汪扶晨歸新安詩自注：「扶晨歸營葬事，四方名士贈别者五十人。」

〔潛口〕在歙縣。見卷八歲暮送程梅憨歸潛口箋。

案溉堂詩編入康熙十八年己未（一六七九），此詩當作于是年。

初春送程雲家歸江村三首

峨峨凋冰泮，肅肅雲鴈遠。乾坤始春暉，先照遊子暖。遊子良苦辛，足繭顛毛短。千里常望鄉，三年乃結伴。途負仲由米，家傳萊子畚。柳色渡江來，導爾扁舟返。

賨蕢佩左右，秋蘭束作薪；俗情有如此，芳意難自陳。膏沃擁下愚，姱修多賤貧；匱瑾雖云美，不如近市珉。望巖親鹿豕，臨水濯衣巾。夫君欲安適？本是山中人。

鳥雀飛且鳴，江村到歸客。水雲上樹棲，瀁瀁柴門白。風光暄菽水，離别大松柏。舊山在簷前，晻靉日已夕。飲汲思沽泉，倦眠晏公石。回頭昧塵埃，昨日曾行役。

【箋】

〔程雲家〕見卷一菖蒲詩箋。

〔江村〕馬步蟾修徽州府志：「歙縣十三都五圖，村曰砂城、曹溪、開黄、東回、葉村、方村、江村、湯口。」

孤筠一首，呈臬司金公

孤筠生寒谷，桃李近門闌。門闌扶植多，華滋殊不難。不見陽和至，嬌鳥聲綿蠻；群樹芳菲菲，遊人顧之歡。眄彼谷中筠，蕭條猶舊顔。春風不擇物，動蕩無時閒。自然嘘煦意，肯及冰雪間。何心競榮艷？但欲離苦寒！

【箋】

〔金公〕謂金長真，見卷七贈郡伯金長真先生二首箋。

和韻答周雪客五首

蒼然菰茭中，日與鷗鷺處。豈不忘機慮，終念寡笑語。踠足望三山，掉頭尋舊侶。人坐海濱船，雲生江上嶼。十年憶梨莊，無翼可翔舉。誰知一燈前，今夜吾與汝！

牛羊亦已歸，落日山腰細。問路角聲中，何處中丞第？衢巷暝烟深，茫如隔身世。伊予遠褰裳，思欲見蘭蕙。荒榛滿道途，舉趾多牽繫。聽爾負薪歌，行人墮清涕。

杖藜入園居，粲粲石如瑜。主賓足盤桓，栝樹天下無。雪後剪畦韭，竹中提酒壺。不悟客再至，園在主已殊。浮雲多誤人，變態生須臾。往事不得忘去聲，痛飲求模糊。

我歌白雪辭，少小思離奇；四十不改調，笑殺鄉里兒。長鳴振饑寒，獨往謝華滋。一從珠樹萎，翠羽集無枝。擊壺困頓夜，磨鏡冰霜時。忍淚之曠野，大聲哭相知。

城闕何紛紜，故交盛車馬。顏色如金玉，禁持略不假。裘披塵壒内，爾趣徒瀟灑。長策是棲霞，試看中峰下。松林樵父歌，石澗泉聲瀉。去去掃敝廬，手招同心者。雪客有別業在棲霞山中。

【箋】

〔周雪客〕見卷四栝園詩四首贈周雪客箋。案白下瑣言：「周櫟園侍郎亮工，康熙間，官督糧道。子在浚，字雪客，遂家金陵金沙井，亦以詞翰名，著有天發神讖碑考。侍郎葬南門外分山口，墓前坊表尚存。又後陽寺側羊子山，亦有侍郎祖墓。據侍郎行狀，墓在朱門鄉梨莊。」

〔棲霞山〕即攝山，見卷三送汪二楫遊攝山箋。

送程飛濤遊茅山 時飛濤四十初度。

江闊霧始收，放船隨落潮。渚渚草新綠，沙暄鷺鷥驕。長吟望江南，疊玉峰岧嶤。霞色秀寒松，鐘聲搖碧霄。停橈問前路，漁父遙相招。

招招過石橋，千嶂梅花落。纔入華陽洞，忽覺衣裳薄。舉世慕神仙，畢竟何人學？丹經塵古殿，明月出暝壑；之子投宿來，驚起三仙鶴。

鶴乘茅真人，翩然翔翠微。雲氣庇阡陌，年年稻麥肥。花樹馨婦子，鷄犬情依依。遐哉此鄉民，淳悶無是非。已是地上仙，何須騎鶴飛？飛舉術如何？清風度林藪。采得石菖蒲，日月在吾手。一服顔色美，再服年命久。登眺晨光中，石立泉聲走。聊從桑扈遊，笑謝王庭綬。

【箋】

〔程飛濤〕見卷一送吳仁趾北上箋。

〔茅山〕見卷五送王玉久歸茅山箋。

〔華陽洞〕在茅山，陶弘景曾棲居於此，見茅山志。

溉堂集有程飛濤四十詩，編入康熙十九年庚申（一六八〇），此詩當作於是年。

泊船觀音門十首

征南十萬卒，如蟻泊歸舟。懸旆纏雲脚，悲笳裂石頭。清平他日夢，行旅夕陽愁。亡國恨無盡，滔滔江水流！

磯上誰長嘯？蒼然老匹夫。江山六朝在，天水一亭孤。秃樹翔歸鷺，層濤捲亂鳧。漁舟安穩甚，吹笛入菰蒲。

開；鍾阜雲何似？吴陵客重來。松杉焚已盡，鸛鶴暮空回。特特高原立，頻頻倦眼
東風吹不歇，草色出寒灰。
微。即以山爲郭，堅完世所稀。雲鴻應得度，塞馬竟如歸。隴雨耕時大，人烟戰後
年年禾與黍，養得駱駝肥！
緡。江路倏昏黑，狂風吹倒人；怒潮奔上岸，小艇泊無鄰。何事歌彈鋏？惟應把釣
深深建業水，欲飲轉傷神！
兵火猶存寺，乾坤未息戈。前朝寄何物？古樹指娑羅。陰冷山僧坐，花香水鳥
多。盤桓吾不厭，一日幾回過。
鼓鼙聲颯颯，道路色淒淒。盤髻婦馳馬，横刀兵捉雞。山城常罷市，帝里已成
畦。黄屋光輝瓦，紛紛碎入泥。
寒潮看又落，漸漸見山根。拾蚌澗沙軟，打魚江水渾。饑民春滿路，米店晝關
門。吾亦餬吾口，愁來只自言。
短褐張道士，張瑶星。長安舊錦衣；饑眠紫峰閣，老掩白雲扉。塵世鹿還逐，鼎
湖龍不歸。時時一回首，血淚盡情揮。
高情憶吴季，吴介茲。小築面秦淮。書帙集連屋，蘭花開上階。看人澆菜圃，邀

我到茆齋。山色在門外，春風多好懷。

【箋】

〔觀音門〕江南通志：「觀音門在江寧縣北，明洪武中所建十六外郭門之一也。當直瀆水入江之口，爲歷代屯戍之處。」

〔張瑶星〕張怡，一作遺，初名鹿徵，字瑶星，上元人。都督可大子，以諸生廕錦衣衛鎮撫，歷正千户。甲申後，隱居攝山，自號白雲道者。有古鏡庵詩内外集。見方苞望溪文集白雲先生傳。

〔吴介兹〕見卷一吟詩秋葉黄圖爲吴介兹題箋。

案末章「小築面秦淮」，當指吴介兹節霞閣。溉堂後集有爲吴介兹題節霞閣詩云：「閣外青溪接短垣，窗前指點舊東園。鍾譚葛顧都如夢（鄒滿字處士讀書節霞閣中，所與唱和詩者，有鍾伯敬、譚友夏、葛震甫、顧與治），雪月風花尚到門。書入新居成滿載（介兹舊曾借居恕老堂側），交多厚禄免空樽。争墩不是先生事，只似徐潭住後村。」

送程三

夢裏鄉頻望，塵中鬢已華。有生長作客，無意得還家。嶺石碧於樹，山泉流出霞。春風先汝到，開遍練江花。

宅卜虹梁匯，門臨白石谿。當時此避世，埒壤灌成畦。山氣催蘭發，雲層壓樹低。故園今在眼，不怕子規啼！

【箋】

〔程三〕未詳。

四月一日，送汪梅坡之東亭

樹上鶯啼猶是春，城東雨過不生塵。菜花蒲葉故鄉路，獨倚杖藜看去人。

【箋】

〔汪梅坡〕今世說：「汪梅坡名鶴孫，字雯遠，錢塘人。神情飛動，識解過人。癸丑進士，官翰林。」

〔東亭〕嘉慶東臺縣志：「本城即東臺場，一名東亭，屬泰州分司。」

汪長玉、郝乾行過宿陋軒

時與汪、郝同舟自廣陵至東淘。

何處堪餬口？窮濱去掩扉。荒年遊易倦，飽食老應稀。籬長陶潛菊，鄉看原憲衣。一舟偏有色，載得故人歸。

概莽長玉號。常解榻，於我意何親！設醴繁華地，看花二十春。谿聲清户牖，月色濕衣巾。歲歲君家客，今宵是主人！

一室誰尋問？髯公遠溯洄。郝羽吉。船停村犬吠，詩罷徑花開。歡會成疇昔，風騷寄草萊。阿翁苦吟處，令子放歌來！

信宿須謀醉，追隨願學漁。店賒新醱酒，厨膾釣來魚。兩兩羊求影，寥寥冰雪居；欲酬雞黍約，更起摘園蔬。

【箋】

〔郝乾行〕羽吉子。溉堂文集郝羽吉詩序：「新安郝子羽吉，殁一年餘，其子乾行，梓其生平詩，惟存七十首，與其父執吴後莊遺詩，合行於世。」

之東亭訪吴楞香

暮投竹西宿，夜向海上發；蒹葭兩岸深，坐聽蘆聒聒。海鳥名，叫則天雨。浮橈礙芳荷，新水澄曙月。此時懷抱好，將與何人説？衰年儕偶稀，細雨舟航返。桑梓在眼中，故人亦不遠。故人光采多，瑋瑋璆琳器。顧我砂礫中，遲暮嗟同志。志同出處殊，我實由自棄。負薪歌聲哀，舂米筋力匱。軒然老烈士，束縛饑寒傍。良馬甘鹽車，老死何足傷！

【箋】〔吴楞香〕同治兩淮鹽法志：「吴苑字楞香，歙人。父曠，業鹽。苑登康熙二十一年進士，由翰林歷官國子祭酒。太學自崑山徐乾學、常熟翁叔元後，惟苑得士爲盛。著書十餘種，題曰北黟山人集。」

劉希岸招飲於南梁 次劉見贈韻。

習静門常掩，追歡客乍過。打衣淫雨大，入眼故人多。程雲家自新安來，王于蕃亦在席。老愛家園近，醒嫌鬢髮皤。勸醪君有詠，佳句似陰何。

【箋】〔劉希岸〕未詳。

枬臺老人行，贈徐仁長

噫吁嘻！明膏照夜，煎迫自悲。義士出門，路逢嶮巇。君不見枬臺老人鬢如絲，一室坐卧滄海湄。蓽門草深，樞牖斜隳。或歌或哭，蛩啾鼯咿。寒不去，暑不去，戚愉困餒不去。故山棄置舊茅茨，山中猿鶴多愁思。思君不見栖，澗月掛巖雲，哀啼槁我青松枝。問君何爲然？要欲報相知，相知没遺紅顏妻。可憐天邊黄口兒，煢煢身影無倚藉，母子攜手將安之？叫跳遇魑魅，舔啖來虎羆，老人夜起拔劍與之鬭，鶹鵂遍野光芒馳。東方漸高氣逾猛，鬼畜伎倆無繇施。海可竭，山可移，愚公帝女君漫嗤！君不見寡婦勿復受人欺，孤兒頎然能詠詩。老人今日始得意，花下緑醅斟滿巵。

【箋】

〔徐仁長〕未詳。

送洪雨平、待臣歸白龍潭幽居

我聞白龍潭，乃在黄山中。懸泉蜿蜒向潭落，彷佛白龍遊碧空。竹木溟濛聚水鳥，巖巒飄灑吹天風。林棲永懷容成子，瓢飲不見浮丘公。伊誰卜宅潭之旁？雙扶玉杖來相羊。結侣時與鹿麇偶，讀書夜聞蘅杜香。北斗掛簷月當窗，山腰四面寒潭光；雲馳波漲天地動，三十六峰如舟航。回看始信峰名。翠靉靉，汪生謂于鼎、文治，時雨平昆季受業于鼎之門。亦有草堂在。瘦松屈曲下前厓，造物靈奇鍾後海。欲招同心擊缶吟，兀坐片石横琴待。一室師徒相授受，兩家兄弟盛文采。杳杳武陵安足誇？夭桃此地明於霞。白龍潭，一名桃花源。橋欹洞口引來屐，水到人間流去花。我欲臨流樹桑麻，刺船遥訪幽人家。迷津不用停橈問，迎客飛飛有白鴉。山下有白鴉一雙。

【校】

〔題〕黄山志續集引作送洪雨平待臣昆季歸黄山白龍潭幽居。

〔待臣〕夏本「待」誤作「侍」，據陳本校正。

〔向〕黄山志續集作「嚮」。

〔容成子〕黄山志續集作「巢居子」。

〔我欲句〕黄山志續集作「我在塵埃髮已華」。

〔遥〕黄山志續集作「欲」。

【箋】

〔洪雨平〕乾隆歙縣志：「洪雲行字雨平，餘姚縣丞。」

〔待臣〕洪力行字待臣。見黄山志續集。　案歙縣志汪洪度傳，稱其「嘗館於洪琮家，教其子姪多成材」。據詩中自注：「時雨平昆季受業于鼎之門。」意洪雨平、待臣當爲洪琮子姪輩。洪琮字瑞玉，號谷一，洪源人。歙縣志別有傳。

〔白龍潭〕歙縣志：「白龍潭在黄山白雲溪，懸瀑飛奔，噴薄如雪，聲撼陵谷，流入朱砂溪。旁有狎浪閣。」

案程雲家有同題七古一首。　又黄山志續集卷六引有洪力行待臣追酬吴野人程雲家兩先生送予兄弟歸白龍潭幽居之作，詩云：「憶昔隨我兄，雙拖青玉杖。逝將穿雲謁帝閽，愛此潭飛白龍壯。飛龍直下三千仞，瑶草琪花相掩映；清光炯碎深難測，神物潛藏九淵静。有時白毫光一縷，直從潭底射天宇；重雲靉靆上下合，頃刻人間盡霖雨。睹兹變化在須臾，忽悟飛躍由潛初。因之結茅潭水上，吸瀣餐沆味異書。老友吴程忝同志，聞予入山謝塵事，雙魚腹裏寄長謡，盡是赤文兼緑字。羡我高居在翠微，門前一對白鴉飛。幾回欲刺漁郎棹，攜手桃花洞口歸。桃花潭一名桃花源。幾回欲刺漁郎棹，攜手桃花洞口歸。

掃徑期君曾幾日，龍蛇應讖嗟何及！兜率天中結伴還，兩先生相繼而逝。手捧遺篇淚霑臆。塵世希聞鸞鳳音，天風吹去杳難尋；願將老筆鐫崖石，流水高山共古今。」

送汪梅坡，兼寄悔齋、蛟門

嗟哉！伯鸞牧豚，長卿賣酒，谿來賢哲草莽間，饑寒困辱無不有！紀也鄙人豈其偶，悲吟拾橡東西走。入山坎壈多，照水形容醜。門庭自絶親朋迹，詩句偏傳道路口。道路何人？珠樹瑶華，掩映萑與葭。結我懸鶉，駭我栖鴉。不辭信宿在鹵壤，頓使烟火喧貧家。道路何人？鸛鳴谿曙，懷我新詩攬衣去。扶杖佇歧路，問君去何處？嗟哉老驥！駑駘同鶩。蘅芷芬馨，棘薪叢聚。而我碌碌衆人中，此時何得蒙君顧？顧盼漫躊躇，玉堂待君几席虚。堂中兄弟如璠璵，摇綵筆，曳華裾，恩輝已知霄漢近，夢寐應與漁樵疏。蒼蒼竹林月，遠遠茅草廬。木榻倘思海上客，鯉魚早寄江南書！

【箋】

〔汪梅坡〕見本卷四月一日送汪梅坡之東亭箋。

〔悔齋〕謂汪楫，見卷一懷汪舟次箋。

〔蛟門〕謂汪懋麟，見卷三上巳集汪叔定季角見山樓箋。　時悔齋、蛟門俱在京。

贈程隱菴

晚年厭奔競，命駕歸林丘。汲水煮山荈，聞君彈海鷗。海水何蕩蕩，鷗鳥何修修！無心波浪間，南北東西遊。夙昔望溟渤，風景不銷憂。今日絃指際，頓覺此生浮。葭蘆可以栖，鴈鶩可以儔。機慮澹已盡，餘生復何求？

軫回調忽變，庭户陰濛濛；無端幽澗泉，鳴我茆屋中。四壁颼颼寒，又復聞風松；風松散煩囂，澗泉澄心胸。半生慕巖栖，兹役何時從？餘音聽未畢，起望江上峰；浮雲爲君盡，巒岫青蘢蓯。

有時内兩手，抵死絃不揮。怕遭俗人賞，甘忍終日饑。湜湜羅浮路，菰茭鷺鷥飛。自抱緑綺琴，遠尋白板扉。向我奏古調，思情何依依！豈不憚辛苦，知音古今稀。西山有樵徑，東海有漁磯；願言謝塵網，從子歌采薇。

【箋】

〔程隱菴〕程氏所見詩鈔：「程雄字隱菴，歙槐塘人。著有松風閣琴譜二卷、抒懷操一卷、松濤詩一卷。」

案溉堂後集有聽程隱菴雄彈琴詩，編入康熙十九年庚申（一六八〇），此詩似當作於是年。

題孫豹人醉吟圖

足前山多路不平，腸中憂來思欲鳴。溉堂先生爾何憂？盛年鶴髮已蕬蕬。一片浮雲辭故國，邈然意興隨糟丘；及時緑醑斟在手，對景清吟弗住口。不爲虎豹嘯衢路，乃若蟲鳥啾林藪。調古懷悽須自禁，聞聲漸有人相尋。謂爾樂沉湎，謂爾躭聲音，紛紛誰識先生心？

茂世盜飲但求醉，甕旁顔面不堪視。靈均行吟悴爾形，濁世豈能容獨醒？何如玉薤貯金罍，一酌再酌幽思來。思若黄河碧空下，酒作波濤萬里瀉。吟聲浩浩容色閒，既如陶元亮，復類白香山；獨有深情無可似，孤影躊躇詩酒間。

【箋】

魏叔子詩文集有孫豹人像記：「墨所加，縱六寸，衡八寸。有衣有裳，有幅有巾，有帶有履。有大銅盂，平底闊中而巨口。有杯，有高木托。有盤，磁達且蹲。有安石榴，有桃，桃三實；榴二綻其衣，子齒齒然。皆有緑葉藉於盤中。盂有長瓢，見其柄。右肘露，加盂口，手握柄。袒胸而笑，白鬚胥疏掀動，目眈眈視木托上杯。左手拊膝，膝左豎；右膝衡屈，徇地坐。朱履，裳所不掩者，頭三分加二。裳色薄青；衣形鼈。衣白而青其純幅。巾色視裳淺，類綃，見短髮。大銅盂深碧雕文，疏有環。杯磁白；木托朱色，實榴、桃。盤類杯。杯、盂居右；榴、桃盤居左。身倚盂正面，而身右欹帶左委，自巾放履，高數盡於縱。是爲溉堂先生像。其腹皤然。盂所有人不得見也，吾見於瓢於杯。皤然其腹，所有人不得見也，吾見於目、眉、鼻、口、鬚、髭、巾、衣、帶。辛亥立夏日，易堂魏禧記。」

垂釣行答鄭絳州

風吹明月上海樹，照我鬢髮成蓬麻。壯志猶存貌已老，夜深顧影生嘆嗟。悔未從學安期生，徒羨其棗如大瓜。又未獲從李廣遊，彎弓射虎南山頭。斂抑猛氣上小舟，天海之際垂釣鈎。幾千萬里看殘日，三十六年披敝裘。得魚攜歸故林路，木葉紛紛歲云暮。絲緡不慰妻孥飢，縕縷偏遭鄉里惡。歌罷將懷語阿誰？睡酣舉足加何處？門外飄然逢子真，如鷗如鷺清谿濱。不隨白雲眠谷口，乃謂東淘似富春。嚴光蹤迹君休擬，賤子平生無故人！

【箋】

案王劍有送鄭絳州之含山詩，意鄭亦爲嘉紀淘上社友。

鄰人盧慎，年七十，無子，親戚亦寥寥也。夫婦止樹下，蒔掇自給。慮歲晚霜露欺人，困餒不免，慎扣門語我以懷，作詩慰之

樹下風清藝植人，衡門終日絶來賓。海榴開罷山梔放，獨有庭花不厭貧。

蒿長墻短雀來栖，墻裏皤皤一老妻。捃拾人歸烟火舉，蔬香茆屋月輪低。

曉駕驕驄晚牧羊，人間富貴劇堪傷！饑寒不逐浮雲變，坐擁牛衣看鳥翔。

須知惸獨易相存，積雨家家水入門。凶歲形容魚鱉笑，人生怨殺有兒孫！

【校】

明詩紀事僅引第四首，題作慰鄰人盧慎年七十無子。

東山五首，送程川伯

東山雲，光氤氲，一峰兩峰每結伴，江北江南遥望君。望望不見宿林莽，朝來變作下山雨，爲君溉蘭復滋杜。

東山泉，鳴山巔，落石穿巖幾千仞，一山草木顔色鮮。潺湲直到農夫田，田中水白鴛鴦飛，緑頭紅掌鴨兒肥，秫花香裏主人歸。

東山桑，陰廬墅；東山麻，露湑湑，葉秋根冷蜻蛚語。堂上思婦燈下織，治絲積縷思成匹，持作衣服稱郎身，郎歸雪夜如春日。紈綺擁郎在天涯，何似門前桑與麻？

東山松，山中自孤清；東山人，松下來躬耕。耕田寧爲麥與菽，念此枝頭風謖謖。野鶴山麋同偃蹇，解衣坐卧情何遠。吕公灘上夕陽斜，猶聽風松不思返。

東山尊，人歸日日新漿渾，里巷故交來扣門。瓶中亦復攜村酒，灣灣月緑田家柳。席前飲食分兒童，階下茱萸侍賓友。兒童得酒開口歌，賓友不爛醉，茱萸欲笑他。

【箋】

〔東山〕靳修歙縣志：「東山，去登第橋二里許，崗阜平衍，與郡治相犄角，今爲巨鎮。」

〔程川伯〕未詳。

〔呂公灘〕在歙縣東南。方輿紀要：「呂公灘即徽溪下流，長二里，亦名車輪灣。」

堤決詩

庚申七月十四日，洶之西堤決，俄頃，門巷水深三尺，欲渡無船，欲徙室無居，家人二十三口，坐立波濤中五日夜；抱孫之暇，作堤決詩十首，詩成，對落日擊水自歌，境迫聲悲，不禁纍纍涕下。

田桑溪柳棲野雞，洪水西來崩我堤。村村稻苗今安在？川飛湖倒接大海。盡說小船直萬錢，誰知檝短不能前，一浪打入水半船。

今日隨人去築堤，明日隨人去守堤；颶風霪霖無休息，土濕泥流積不得。杖藜登高看水長，東舍西鄰白泱泱，蝦蟆入門坐蘋上。

浮來草屋如浮萍，蟋蟀啾啾屋脊鳴。家人延頸望天曉，水作北風寒氣早。裄無衣裳甑無餐，空腸瘦骨當狂瀾，何時有暇愁饑寒？

有客徙室就高崇，贈之籬邊菊數叢。蕭蕭晚芳予所嗜，常捧泥土雨後植。影落清波戀老身，何須一處同沉淪，作花好對新主人。

暮年辛苦飼孤孫，黄口命倚白頭存。餅餌斷絶已兩日，水中走來抱我膝。鶖鶬天上鳴嗷嗷，嘆息汝祖非其曹，不得銜汝出波濤！

貍貓公然蹲屋梁，黄犢只欲走上墻。家家登艇向高岸，水烟中人開眼看。平生骨肉安在哉？有兄有兄同祖兄。居崔嵬，曷不垂手援我來？

兄之舟船繫樹下，憎我貧窮不肯借。伊昔漁父渡窮士，行路之人尚如此。緩急自傷有所求，低顔更與何人謀？盡室應從正則遊。

漉起甕中數升黍，竈沉薪濕不可煮。家僮營營欲奚適？毒蛇蜿蜒遍阡陌。高歌落日慘我顔，膠漆故舊阻河關，安知我在洪濤間？

去年夏秋雨澤絶，嘉禾枯似翁媪髪。今年天漏夏日冷，黄魚黑鱉戲樹頂。無税無糧官長矜，吏胥用錢求開徵，以災爲豐爾最能！

劉生希岸。寄我糴米貲，甑結簷頭乞火炊。炊熟欲餐轉踟蹰，念生囊中錢已無。容易用錢俗所鄙，違俗更有程季子，雲家。刺船尋我漲瀰瀰。

【校】

明詩紀事引第二、三、五、八、九、十等六首，題下注「六首」。

〔序〕「三尺」嘉慶東臺縣志引下有「許」字。

〔欲徙室無居〕東臺縣志引作「欲徙無室」。

〔不能前〕東臺縣志引作「不得前」。

〔白泱泱〕雍正鹽法志引作「自泱泱」。

〔欲奚適〕東臺縣志引作「欲何適」。

〔天漏〕東臺縣志引作「久雨」。

〔希岸〕明詩紀事引作「岸希」。

【箋】

案溉堂集行路詩序云：「庚申秋，安豐場堤決，平地水忽數尺。老友賓賢以赤貧，無力致舟楫，復無可徙之屋，受患獨甚，惟賦詩自悲歌於水中而已。水退後，曾以見示，予行路之暇，每展翫此詩，未嘗不自幸生平憂患事，尚不賓賢若也。」庚申爲康熙十九年（一六八〇），此詩當作於是年。

題汪孝子子喻先生遺像

孝子遺棄榮名，隱居煉丹峰下，竭力養母，四十年弗怠。母老死，孝子慟甚，哭輒嘔血，亦死。令子于鼎、文治以行樂圖見示，圖繪孝子松泉間，面䕲草不違北堂，蓋生前素志云。

悲哉孝子！爾力爾血，力竭逢哀，血盡存骨。骨隨老母，皓月青峰。昔聞芳躅，今識舊容。儀若古賢，情則嬰兒。言念北堂，愍然以思。攀桂茹芝，莫如樹䕲。松蔭我葉，泉滋我根；根葉長茂，樂不可言！

【箋】

〔汪子喻〕名恕，歙縣松明山人，汪道昆之從孫。康熙歙縣志有傳。

〔汪于鼎、文治〕見卷五送汪于鼎文治兄弟歸春草閣箋。

撫遺腹孤子行三首，贈夏節婦 夏世長母沈氏。

南舍兒，飼餹餅；北舍兒，襦褆褆；中舍之兒呱呱啼。芩薺生共畝，他舍倚藉多，中舍惟一母。牀上索乳如饑狖，乳勤哺數母身瘦。時暮急衣裳，手中布短刀尺涼。煢煢母子在深夜，簷月照厚階前霜。

花開不見根，兒生不見爺。生者死者將安賴？黯然少婦持人家。袖潤懷堅，誰知玉石？膏煎腸中，心自明白。眼前赤子看漸長，夜讀孝經機杼旁。已知身體屬父母，呼母問父在何方？母悲摧，兒悚視，舉手爲母拭涕淚。

鸛之老者雙翩翩，導雛飛，飛在前。一飛稍出林，再飛飛到野雲邊。雲銷野曠雛散去，老者翩倦歸巢眠。禽鳥劬勞乃如此，人中寡婦尤堪憐！今日又來日，今年復來年。木填東海波欲涸，溜滴泰山石已穿。不見遺腹子，骯髒稱男兒。地下公，目睫瞑；堂上姥，身體衰。嗟嗟！撫孤寡婦不可爲！

【箋】

〔沈氏〕東臺縣志：「沈氏，本城庠生夏相如妻，年十七，夫故，撫遺腹子振生，至七十歲卒。」案汪楫亦有夏節婦沈氏壽詩，當與吳詩作於同時。

吴嘉纪诗箋校

〔清〕吴嘉紀 著

楊積慶 箋校

下

上海古籍出版社

吴嘉紀詩箋校卷十

逋鹽錢逃至六竈河作

草舍不盈丈，乃在鹵壤中。濛濛黑壒飛，户外起秋風。何能免沾汙？已覺改形容。居人若鬼魅，衣食常不充。往昔遇汝曹，心魂悸且恫。今予獨何辜？棲止與汝同。

稱貸鹽賈山西人。錢，三月五倍利。傷此饑饉年，追呼雜胥吏。其奴喫竈户，牙爪虎不異。腐儒骨稜稜，隨俗受罵詈。秋清發茱萸，償錢期已至。空手我何之？鄉廬聊棄置！

日傍故園落，洲洲蘆花開。新鴈此時至，孤鳴夕悲哀。我亦始離群，行坐無好懷。長謠思同心，道阻不可偕。風末聞櫂歌，何人遠溯洄？呼兒匿草中，叱咤債主來！

鹽貴賈歡甚，索鹽不索錢。黽勉更東去，牽船買鹵還。中夜起披衣，牢盆賃人煎。蟋蟀無宇托，愁音遍野田。北斗低照地，我在霜露間。賈子爾何人？使我夜不眠！

曠野風又起，葦乾葉颼颼。海岸欲下雨，狼鳴五更頭。衰年近異類，驚定淚旋流。眼中無萲草，何以忘我憂？土室絶親愛，雪窖長淹留。往哲已如此，老夫復誰尤？

故里水蕩蕩，垣傾巷無扉。吾妻此卧痾，終日謝餔糜。甑上澤蛙躍，牀前秋蘚肥。無金可糴米，病腸幸不饑。壯年鮮共林，衰疾更分飛。何當似萊子，織畚隱翠微？

海水東北徙，新沙細草緑。稍稍蕪鹽池，紛紛買耕犢。煮海每絶糧，有地因播穀。雨多鹵氣消，露白禾苗熟。芳香炊在釜，子粒散如玉。珍産不擇鄉，何須地土沃？

苾茀秋原菊，平生海水濱。花葉誰采采？腰鐮來樵人。束縛衆莽中，爨烟漸相親。當其花發時，野意何清新！蒿艾各自得，孰知汝邁倫？托根近下愚，豈不同錯薪！

雄雉徘徊飛，羽毛何陸離！孤蹤傍潮汐，文采欲奚施？豈無山澤侶，道遠不可追。入草聊自潛，尾長人易知。隨鴻苦無力，變蜃非此時。常愁觸羅網，顧盼心驚疑。

北風凋萬族，蒼蠅氣先靡；横飛力何微？仰蹶鳴不已。時衰物態醜，患遠人情喜。念我初來時，鹵鄉聚如蟻。帶聲到盤餐，遺穢霑巾履。驅除恨無術，悶悶杖自倚。

氣臭行若飛，俗呼曰鼈蝨，匾身藏木榻，穢種散書帙。囓人膏血飽，何夜昏黑出。拙哉一愁人，於此來抱膝。嗥嚶羡僮僕，爬搔增老疾。何能久食音嗣。渠？海岸望朝日。

髯公郝羽吉。似靈均，情性受芳馨。籬下蘭茝多，常使醉人醒。要我此聚會，焚香掩軒檽。香氣何氤氲，夜深燈影青。山泉流入渭，一半流入涇。分離曾幾日，清濁倏異形！

伯子汪長玉。對債主，瓊花糞壤前。丘樊縶雲鶴，不得飛翩翩。人小但争利，虎饑寧避賢！丈人氣蓋世，乃不如一錢。乾坤悲枳棘，湖海夢蘅荃。惟予實同病，相望徒相憐！

夫子孫豹人。不可測，置身夷惠間。今日被華衮，昨日把釣竿。泊如塵壒内，流水與高山。驅車方北上，鍘口又南還。帝王好詩賦，妻子足饑寒。奔走更誰嚮？自歌行路難！

老人立樹下，遲客來秋原。原上雨初霽，麥芽青到門。笑謂牧牛豎，好持沽酒樽。酒未知濃否？乃沽自遠村。佐飲虀鹽味，無拘山野言。顧瞻及窮困，愧我非王孫。

誰送一樽來？河涯嗥瘦狗；遥知舉案人，嗟我乘桴久，自抽頭上簪，暫質店中酒。僮抱入鹽烟，鷺鷥起荻藪。銷憂味必醇，寄遠懷何厚！欲飲轉躊躇，月痕在甕牖。

【箋】

〔竈河〕重修揚州府志：「竈河在東臺縣治，范堤東各場竈户辦煎運鹽之河。東抵海濱，西抵場垣，支河汊港，名目甚多，總名曰海河，實與海隔。各場界以土壩，彼此亦不相通。」

案第六首「故里水蕩蕩，垣傾巷無扉」之句，當作于庚申（一六八〇）七月安豐場堤決之後。

呈四兄賓國

歲潦野無實，餧烏繞塍飛。遲回挈空篚，我亦望廬歸。里閭漲始落，藻荇掛垣扉。鴈鶩帶居人，烟火一何稀！吾兄棲廢宅，恬憺自忘機。蕭蓬新物態，寒暑古絺衣；閉門秋樹裏，反照夕微微。

朔風散昏霧，天地廓無涯。回瞻桃李樹，顔色今若何？逐艷氣節靡，過時憔悴多。吾兄乃種梅，寒極林發花。濃霜如雨露，肅殺容轉和。始知冰霰中，此是真繁華。疏枝影盤罣，新月出我家。

少年兄尚勇，壯亦悦聲音；牀頭掛古劍，席上横清琴。詎能適人意？時命違寸心。絃斷不更續，鐵鋒埃壒侵。猛虎爪縮縮，單鴛淚涔涔。盛衰情不易，缺陷恨常深。空餘漸離筑，拂拭自沉吟。

曩時慕雲霄，棄去爲樵牧。膏腴讓他人，藿食我不足。志氣誠清虚，受禍則腸腹。驅走傷薜衣，滯淫夢茅屋。骨肉成枯葉，紛紜謝寒木。只今存一兄，歲暮淮南曲。吾道在桂叢，連枝雪中緑。

紫蘭怡深山，錦鯉戀澄潭。窮鄉味如荼，吾兄心獨甘。腰鐮遣歲時，花藥翳茅檐。阿弟曷舍此？舟車北與南。問年兄七十，弟亦六十三。出户涕霑灑，臨風髮藍鬖。浮雲野冉冉，離别老何堪！

【箋】

案第五首有「問年兄七十，弟亦六十三」之句，嘉紀生於明萬曆四十六年戊午（一六一八），此詩當作於康熙十九年庚申（一六八〇）。又首章有「里閭漲始落，藻荇掛垣扉」句，當爲是年七月堤決之後所作。

題程雲家拾橡圖

簞豆不屑盼，先生得無饑？里舍笑商歌，愁然欲焉之？青青竹筥手提攜，山谷清風早已知。辛勤吹橡樹，其實下離離。安用身受仁祖米，不須口茹黄公芝。攀石林，陟雲陂，前路狙公是我師。

采掇望雲山，古人餓未了。老夫努力追前修，一笑覯君東海道。穎陽清夕原，單鵠響秋昊。君齒壯盛吾髮皓，褰裳各自詠懷抱。君願逢林類，捃拾腹同飽；我願遇韓終，烟霞顔更好。

懷羅大 字有章。

世人漫結交，其後每多悔。誰能二十年，猶是舊交態？壺醞醇易醉，匵瑜潤堪佩。憶昨渡揚子，扁舟坐相對。潮長石磯低，花深村犬吠。回首望南徐，江中山靄靄。

懷羅仲 字懷祖。

仲也躭苦吟，亦復有禪癖；釋子滿四座，詩人爲上客。結納東淘老，笑言廣陵陌。憶昨還家時，灣頭李花白。餔糜我則無，解贈君不惜。儻非鮑子金，安得凶年麥？

【箋】

〔羅有章、懷祖〕見卷二十月六日羅母初度贈詩六首箋。

〔南徐〕即今江蘇鎮江市。嘉慶丹徒縣志：「宋元嘉八年，以江北爲南兖州；江南爲南徐州，治京口。」

移菊復歸陋軒，喜戴岳子過訪

家貧傷轉徙，漲落見丘樊。起抱籬邊菊，言歸廡下軒。荒階仍散影，故土倍宜根。已有攜尊客，看花到蓽門。

暫寄他籬下，重尋舊路回。隨人秋渡水，勸我老銜杯。扶杖依依看，當門緩緩開。寒芳嫌俗物，之子不妨來！

【箋】

〔戴岳子〕淮海英靈集：「戴勝徵字岳子，休寧人。康熙間，居泰州之東淘及河阜，因家焉。愛遊白岳，以舟載其石歸，因號石桴。窮居海濱，吟咏自適，與吴野人同歌嘯于寒蘆野水間。著有石桴詩鈔上下二卷，又名河干草堂集。」戴夢麟石桴詩鈔序：「岳子，吾宗之雋也。少孤貧力學，以期芥拾青紫，乃不得志於有司，奉母而隱。過江卜居，遷徙于東淘、河阜斥鹵之鄉，樂其地僻而釣遊可適，非逐魚鹽利也。胸中奇氣鬱鬱無所吐，發之于詩，積而久之，至二十卷之多。袖一帙正余，玩味之下，和而能峻，博而不繁，風格直追漢魏；寓鮮濃於澹遠中，誠逸響也。」

案首章有「家貧傷轉徙，漲落見丘樊」之句，此詩當作於康熙十九年庚申（一六八〇）水災後也。

水退後，同戴岳子晚步，因過季園。時季秋九日

細草垂桑柘，紛紜如薜蘿。村莊寒水出，樵牧夕陽多。澤國年頻饉，殘秋氣轉和。廢園蕪莽莽，尋路與君過。

水中微徑出，沙石白粼粼。枯柳不棲鳥，空亭始受人。東淘漁火聚，西寺磬聲新。吹帽風何急，蕭蕭落葉頻。

【校】

〔與〕嘉慶東臺縣志引作「共」。

〔粼粼〕東臺縣志引作「鱗鱗」。

【箋】

〔季園〕嘉慶東臺縣志：「季園，在安豐場，季大來孝廉讀書别墅也。」

〔西寺〕東臺縣志：「西林禪寺，舊名西寺，在梁垛場。」

案詩中「水退後」當指庚申七月十四日堤決之後也，此詩亦當作於是年。

題戴岳子深秋圖

湖濱楓摵摵，巖際菊斑斑。瀟灑戴安道，形容宛在深秋間。秋深隴畝天欲寒，乃補茅屋，乃葺柴關。羨君躬耕安宜田，羨君家住松蘿山。稻粱亦已穫，婦子亦已閒，正好騎牛與泛艇，江北江南獨往還。

【箋】

〔松蘿山〕見卷四松蘿茶歌箋。

悲髯公　歙縣郝士儀。

悲髯公，冬之夜，魂車鬼馬門外駕，不待東方高，倉皇辭館舍。館中有詩書，舍中有兒女妻孥。疇昔歡樂地，奈何兒女妻孥于此哭公，弗於此歌？歡樂成悲摧，堂上母，耄何依？尋常出户負米，老人額蹙聲欷！只今口不甘簞中之菽水，手但撫桅上之斑衣。垂涕望兮開扉，膝下人兮歸不歸？

悲髯公，在中年，瑶樹不結實，疾風吹華落野田。野雲飛片如鷺鷥，白衣白冠，公之親知。親知到門思曩時：雪積地上，影我疏梅；宵深月出，童子炙醅。往往與公，吟詩舉杯。今夕是何夕？秉燭望公回。夜色冥冥照不開，公乎公乎幾時來？

悲髯公，肺肝厚，二十五年事老友。老友歲寒，棉布迢遥寄宛谿。老友歲荒，洪水漂屋，霪霖没畦，妻兒叫呼魚鼈内，徙宅青錢寄竹西。老友好遊，絶巘躋攀。江流吴楚際，人立天水間。幾峰流泉會一峰，千折萬折聲潺湲。老友於此，濯纓澣顔。但見東海日出團殷殷，醒鶴呼子鳴深山。公偕老友，坐澗石，弄松雲，吟嘯不知還。

【箋】

〔髯公〕謂郝羽吉，見卷一郝羽吉寄宛陵棉布箋。

案溉堂集亦有哭郝羽吉七律二首，編入庚申。又黄湄詩選亦有哭郝山漁三首，自注有云：「庚申冬，屢夢山漁，次年三月始聞訃，逆計之，則見夢之夕，山漁撤瑟之日也。」嘉紀此詩當作於康熙十九年庚申（一六八〇）。

舟中贈王于蕃

萍蹤空傍水邊鷗，鷗自忘機我自愁。歲儉業蕪皋廡下，天寒人在楚江頭。渚風亂聒群飛鴈，野日斜熏獨去舟。時晏路長多謝汝，酒錢攜共老夫遊。

田父開顔對雪花，豐年氣色到桑麻。忽驚草屋埋雲内，又見江梅發水涯。點點火來垂釣艇，飄飄旗動賣漿家。黄昏阡陌人歸盡，凍殺難栖繞樹鴉。

回念去冬冬已殘，同君吟嘯適江干。溝頭楓立海雲蕩，湖上鴨飛淮水寬。范蠡遊船宜偃蹇，孟郊詩境只清寒。樽空燈黑夜將半，雪止月來人坐看。

平生猛氣向誰陳？擊筑高歌意未伸。虎步支離傷老大，鷃冠凋敝怨風塵。城中細雨春求友，江上洪波晚問津。閲歷少年輕薄態，始知君是可憐人！

【箋】

〔王于蕃〕見卷八古鏡詞贈王于蕃箋。

送劉希岸歸吕四場　吕神仙四至此場，故名。

南梁南去可移情，處處蘆洲有鴈聲。半畝卧雲懷舊業，一舟如月在歸程。寒宵緑酒須盈盞，鄰榜黄金任滿籯。山驛梅花海岸雪，令君詩思峭然清。

何能更一降純陽？風景翛翛吕四場。天際白雲人盼望，水邊玄鶴自翱翔。吕四鶴稱仙種。兩三鄰舍蒹葭住，五百程途雨雪長。去去酒錢安用數，流霞早已熟仙鄉。

逸興應知中路增，紫狼碧漢樹層層。偕僧松壑霽浮櫂，乞火竹罏寒煮冰。萬里潮聲江海合，千尋石路杖藜登。何當共宿翠微裏，夜半開門看日升。

樹上烟霜鳴曉雞，燈前機杼憶山妻。如萍如梗有何事？一載一回尋舊栖。擁棹遠看村靄靄，出門猶記草萋萋。歡顔想見到家日，竹徑茅檐黄口啼。杪秋，希岸生子。

【箋】

〔劉希岸〕未詳。

〔吕四場〕讀史方輿紀要："吕四場在通州東百二十里，俗傳以吕仙四至此而名。有白水蕩，其地寬闊，魚鳧鶴鹿之所泳游也。"

留别汪梅坡二首

我生如蜻蛚，草間吟不休；思欲吐悲憤，不鳴復何由？林薄白露瘦，野風宵颼飂。群物怡四時，我獨當窮秋。含情將安適？挾瑟海西頭。喧喧十萬户，誰者爲我儔？歡場厭商音，賤伎矜俚謳。褎裳語同調，蘭欲化爲蕕。

藹藹古貧士，孤雲不可攀。爨火絶七日，詠歌有好顔。伊予懷清芬，骯髒葭蘆間。士生立百行，先欲堪饑寒。如何缾罍罄，勝引乃相關？手持糴米錢，送我歸考槃。考槃東海上，門開野雪寬。對此思仁祖，何敢漫加餐！

【箋】

〔汪梅坡〕見卷九四月一日送汪梅坡之東亭箋。

南梁泛舟 正月四日，同程雲家、戴岳子、方喬友。

櫂向柳堤邊，漿沽茅店裏。春風蘇萬物，已在河之涘。枯容變好顔，先自酒人始。酒人頗忘機，不繫中流船。晴光暄入水，波動清鮮鮮。鳧鷖爾何慕？浮到樽罍前。前谿是安豐，小築橋邊住。相思北郭生，佇望南梁樹。白雲幽意多，往往隨人去。

【箋】

〔方喬友〕未詳。

案嘉慶東臺縣志載有程雲家同吳嘉紀南梁泛舟詩三首。其一：「春水欲緑時，雲中叫歸雁。斜日喧林皋，垂楊細堪綰。倚棹待歸人，沽酒來何慢？」其二：「夜夢溪上客，曉寄園中梅；梅花折在手，故人翩翩來。一笑放野艇，香風滿樽罍。」其三：「輝輝沙渚喧，泛泛鳧鷖陣。此地昔曾游，風景不可認。杯到忽躊躇，清波見蓬鬢。」

詩四首爲隆皐戴節婦賦

婦汪氏，戴勝徵之母。

隆皐樹湛湛，鹿車遊其中。雙情共一娱，所向多春風。奈何時命衰，黄壚没爾雄。没者良已矣，寧知生者恫！朝爲並栖燕，暮作單飛鴻。鴻飛金天寒，人泣玉鏡圓。遂甘堇荼味，乃自桃李年。

隆皐月遲遲，入門復上堂。悄然見公姥，衰疾須扶將。新婦起爲子，忍心稱未亡。虎嘯山頭風，鷄鳴樹上霜。酸辛百年養，黽勉二人喪。鄉鄰争嘆羨，舉動合禮儀。事親有如此，不弱親生兒。

隆皐雪深深，夜闌寒寡婦。餔糜活赤子，絍織勞纖手。堅冰齊泰華，母德共高厚。兒今如古士，踽踽米自負。人皆笑兒迂，母不謂兒醜。百計存藐孤，艱難力轉堪。不慚嬰與杵，嬰杵猶是男。隆阜泉泠泠，霑濡遍遐邇。於中有賢豪，聳若江峰峙。身自持門户，義仍及桑梓。得穀即飯饑，有錢頻救死。宗族子憑藉，周親墳崼嵔。人今多緩急，尋問魯朱家。朱家是婦人，鬒髮猶未華。

【箋】

〔隆阜〕休寧縣志：「十八都十二圖，其村：隆阜、博村、油潭、黎陽、葉祈、閔口、奕淇、高梘、珠里。」

〔戴勝徵〕即戴岳子，見前。

寄答席允叔

淮瀆海浦路迢遥，記得蘭舟繫板橋。多少離憂人不見，鳩鳴桑柘雨瀟瀟。

嘯咏如今已白頭，賞音人遇葦花洲。滄浪銷我雄心盡，一曲漁歌涕泗流！允叔選時賢詩，采及拙作。

欲上平山春未能，杖藜西望白雲層。灣頭柳色多情甚，爲爾青青過海陵。

【箋】〔席允叔〕江蘇詩徵：「席居中字允叔，遼東錦州人，僑居江都，著卧石山房稿。」案席允叔所選時賢詩，名昭代詩存。屈大均翁山詩外題席允叔册子詩，題下自注云：「允叔有詩存一書，選予詩至五十餘首。」

送汪以言

魚目競入市，隋珠豈應藏！斑騅騣騣欲安往？長安之日多輝光。遥指西山是別業，白雲一片塵埃接。逢世家傳劉向經，干人獨耻馮驩鋏。昨朝相見笑開口，今夜屏營又分手。落月斜摇銀燭花，歌兒低壓玉缸酒。可憐少年輕别離，不聽江南黄鳥啼。欲問歸時何敢問，天涯芳草正萋萋。

【箋】〔汪以言〕汪楫長子。林佶樸學齋稿文學恒若汪君傳：「君諱守吏，字以言，吾師悔齋公之長子也。師以言語文章妙天下，所交遊，皆當世豪隽；所議論，皆古詩書六藝之遺。故君之學，得之庭訓者多。後師舉博學鴻儒，官詞林，君因侍遊京師，就補太學生，日從名卿巨公，所學益進。而詩尤工，其古體所著紀將軍歌、候閘行、過朝市米灘、食新栗諸作，尤爲人傳誦，無愧吾師之家學也。」

燕子巢陋軒十年矣！今春余適在家，值雙燕來，內人顧之色喜，乞余賦詩

雙燕來，舊巢在，柴門海日白藹藹。補巢雨後憐泥軟，逐伴園中嗔樹礙。緑樹空梁隨意栖，年年此時驢馬嘶，閨中顏色獨顛頞，與郎離别范公堤。雙燕來，鳴且盼，頹垣僻巷往來慣。戀故寧知家計貧，慵栖不怪門開晏。簷際春梅又發花，郎君今歲未離家，匹偶但得長如爾，不妨相對鬢毛華。

【箋】

〔范公堤〕見卷三與汪伯光二首箋。

雨中栽菊

枯野得春雨，芳草青過河，籬落既霑濕，可以種黄花。小童荷鋤立，看我着笠蓑。

筋力誠已衰，爲勞苦不多。細荄倚篠筊，翠葉清泥沙。薆然寒秋色，頃刻遍貧家。琴書從此托，吾願亦有涯。

去秋漲入門，抱菊登舟航；離立家人中，影比稚子長。故土一朝别，悲如客去鄉。嬌鳥銜林花，東風銷天霜。籬落得重寄，枯根又發萌。藝植倘及時，不難英蒼蒼。荒谿閉門户，九日偕友生。倘能免飄轉，何必醉壺觴？

【箋】案第二章首句「去秋漲入門」，當指庚申七月堤決時也。此詩當作於康熙二十年辛酉（一六八一）。

李家孃　已下二首補詠舊題。

乙酉夏，兵陷郡城，李氏婦被掠，掠者百計求近，不屈。越七日，夜聞其夫殁，婦哀號撞壁，顱碎腦出而死。時掠者他出，歸乃怒裂婦尸，剖腹取心肺示人，見者莫不驚悼，咸稱李家孃云。

城中山白死人骨，城外水赤死人血。殺人一百四十萬，新城舊城内有幾人活？

一解。妻方對鏡，夫已墮首；腥刀入箭，紅顔隨走。西家女，東家婦，如花李家孃，亦落强梁手。二解。手牽拽語，兜離笳吹，團團日低，歸擁曼睩蛾眉。獨有李家孃，不入穹廬栖。三解。豈無利刃，斷人肌膚，轉嗔爲悦，心念彼姝，彼姝孔多，容貌不如他。四解。豈是貪生，夫子昨分散，未知存與亡。女伴何好，髮澤衣香，甘言來勸李家孃。五解。李家孃，腸崩摧，箠撻磨滅，珠玉成灰。愁思結衣帶，千結萬結解不開。六解。李家孃，坐軍中，夜深起望，不見故夫子，唯聞戰馬嘶悲風；又見邗溝月，清輝漾漾明心胸。七解。令下止殺殘人生，寨外人來，殊似舅聲。云我故夫子，身没亂刀兵。慟仆厚地，哀號蒼旻。八解。夫既殁，妻復何求？腦髓與壁，心肺與讎。不嫌剖腹截頭，俾觀者觳觫若羊牛。九解。若羊若牛何人？東家婦，西家女，來日撤營北去，馳驅辛苦。鴻鵠飛上天，毚兔不離土。鄉園回憶李家孃，明駝背上淚如雨！十解。

【校】

明詩紀事引，删去第三解、第七解，及第十解首句。

〔亦落强梁手〕明詩紀事引作「不辱强梁手」。

〔兜離、穹廬〕四字夏本原缺，據陳本補。

〔旻〕諸本均誤作「雯」，據明詩紀事校正。

〔歿〕明詩紀事引作「死」。

〔俾〕明詩紀事無。

〔若羊若牛何人〕明詩紀事無。

王解子夫婦

如皋王解子，酷嗜酒。里有義士妻某氏，罪當遣戍，縣官差役往送，解子與焉。歸，悲惋終夜，爲之罷飲。其婦詢知，願以身代義士妻，解子許之。送至戍所，值鄉人以金贖義士妻還，不知其爲解子婦也。姚潜爲余言，命余賦詩。

張羅待黄鵠，鴛鴦乃罹咎。義士妻遣戍，解子罷飲酒。慘愴還家門，色驚糟糠婦。漿醖寄性命，今何不入口？問訊執壺前，解子起摇手：汝曹婦女流，中懷豈堪語！若欲知其繇，汝且將壺去！漿醖非刀劍，能平不平事，汝亟將壺去；義士妻遣戍。其婦毅然謂：堂堂義士妻，此去爲奴婢，羞辱儂念之。面貌外不識，他人可代伊。何人可代伊？搔頭惱阿公。公也無庸惱，願代者是儂！解子得聞之，歡喜涕還墮。汝曹儻如此，我拜汝曹坐。未明肩輿出，曉至官衙裏。鞲鞍遣戍人，點名及解子。鋃鐺繫馬上，戈挺荷馬前。意氣火伴中，寧知路險艱。蕭森北林樹，黤黮黄河烟；蘆葦隱漁火，宿鴈雙雙鳴。回首睞鄉土，夫婦欲何言！月落别黄河，日出見戍樓，來日關塞外，永辭我故夫！高情生惻怛，淚下如連珠。無端故里客，邂逅他鄉陌，深悲義士妻，遽解黄金贖。仁義感道路，見者欣相告。誰知有匹偶，天暗全骨肉！西風吹歸騎，東皋指茅屋。解子婦言旋，義士妻免辱。團團臺上鏡，皎皎匱中玉。解子樂何如？滿引杯中緑！

【校】

〔題序〕「以身」二字，夏本原缺，溉堂集引「願」下無缺字，據遺民詩補。如皋縣續志引此詩，詩後注云：「按義士許元博也；以金贖者，冒襄也。」

【箋】

〔王解子〕留溪外傳王義士傳：「王義士者，失其名，泰州如皋縣隸也。雖隸，能以氣節自重，任俠好義。甲申亡國後，同邑布衣許元博德溥不肯薙髮，刺臂誓死，有司以抗令棄之市。妻當徙。王適值解，高德溥之義，欲脱其妻而無術，乃終夜欷歔，不成寐。其妻怪之，問曰：『君何爲傍徨如此耶？』王不答。妻又曰：『君何爲傍徨如此耶？』曰：『非爾婦人所知也！』妻曰：『子毋以吾爲婦人也而忽之。子第語我，我能爲子籌之！』王語之故。妻曰：『子尚德溥義而欲脱其妻，此豪傑之舉也。誠得一人代之可矣！』王曰：『然！顧安得其人哉？』妻曰：『吾寧成子之義，願代以行！』王曰：『然乎，戲耶？』妻曰：『誠然耳，何戲之有！』王乃伏地頓首以謝。隨以告德溥妻，使匿於母家，而王夫婦即就道。每經郡縣驛舍就驗時，儼若官役解罪婦也。歷數千里抵徙所，風霜艱苦，甘之不厭。於是皋人感之，斂金贖歸，夫婦終老於家焉。」

〔許元博〕留溪外傳：「許德溥字元博，如皋人。父國欽，母前死，事後母盡孝。有宗人名直者，甲申國難，德溥壯其節，日哭之。明年，揚州破，德溥不肯薙髮，然重違父意，乃翦其半如頭陀。他日讀唐史，感張令監故事，即刺字兩臂曰：『生爲明人，死爲明鬼。』又刺其胸曰：『不愧本朝。』未幾，讎人摘以告，縣令捕得德溥，詰其情。即慷慨自陳曰：『吾實不忍忘先朝，故爲此。』令曰：『汝不識時務一布衣耳！未食前朝升斗之禄，何爲若此？』德溥厲聲曰：『忠義之心，人皆有之，有何布衣縉紳之分？』令曰：『然則爾欲何爲？』德溥曰：『今天下大定，我一書生，有何能爲？但求速賜一死，得爲明朝鬼，則含笑快心九原耳！』令又逮其父，德溥曰：『吾萬死不辭，但無累吾父足矣！』初，庭立不肯跪，至是乃爲父一屈膝。令感其誠，釋其父，止論德溥死，遂絶粒十數日，獄卒恐爲法受過，泣以請，乃幡然食，曰：『餓與殺，等死耳！吾豈畏一刀乎！』在獄自得如平常。同里故郎官李之椿大生，亦以論在繫，服其器量，曰：『德溥，子真義士也！』臨刑，殊從容，四顧觀者曰：『毋爲争識我！使天下人皆如我心，大明安得便亡？』徐引頸北向曰：『吾今日得爲明鬼矣！』遂死。妻子當入旗，胥王姓者感其義，陰以妻代行；久之，得贖歸。」

〔姚潛〕遺民詩：「姚潛字後陶，原名景明，字仲潛，歙縣人，家於江都，前廷尉諱思孝仲子也。少爲博士弟子，甲申後棄舉子業，以詩酒自豪。值其妹家被禍，没入戚里爲奴，不惜罄毁家貲，走京師，極盡謀慮，贖妹氏及孤甥以歸。中年妻子俱喪，不嘆無家，遨遊自適，世稱達者。晚年曹寅館於幸舍二十年，年八十有五終。有遺稿一卷。」

案漑堂後集有王解子夫婦和吴賓賢詩，編入康熙二十年辛酉（一六八一），此詩當作於是年。

我昔五首，效袁景文

我昔客途逢敗兵，弓弦旆影風秋鳴；殘騎如狼散草莽，居人雞兔奔縱横。漁船貪利夜賣渡，金大乃許載人去。暝色潛行曙則隱，口乾腸饑我能忍。

我昔攜家亟逃難，海雲霾霿晝昏晏。野空蹄響賊馬近，我船欲速行轉慢。須臾燔燒閭里紅，風漂船入蘆港中。蘆葉菰葉蔽男婦，引衣掩塞啼兒口。

我昔避亂走三夜，蕪塍倦魂碧藉藉。道路梗塞不得前，莫莊寺外僦草舍。半間草舍日百錢，夜傍主人雞彘眠。壁隙臭蟲餒俟血，齧人不待檠火滅。

我昔兵過獨還家，畦上髑髏多似瓜。鴨毛滿蹊舊狗死，籬菊自放霜中花。天南伯兄天北季，驚魂棄絶故園地。又聞土賊聚稍稍，細雨夜啼九頭鳥。

我昔有鄰怒開扉，崔省之。提刀堰東入重圍；手誅群賊氣力盡，身委萬鋒肌肉飛。頭兒聚馬觀好漢，相誡勿近虎墩畔。虎墩燈火秋樹間，妻妾夜望丈夫還。

【校】

此題明詩紀事、國朝詩引入第一、二、四等三首，題作我昔三首效袁景文。

〔弓弦句〕明詩紀事、國朝詩作「弦聲旆影魂俱驚」。

〔金大句〕明詩紀事、國朝詩作「金多方許載人去」。

〔霑霪〕明詩紀事、國朝詩作「漫漫」。

〔鴨毛句〕明詩紀事引作「空村無聲鷄犬盡」；國朝詩作「空村無人雞犬静」。

〔又聞土賊〕明詩紀事、國朝詩作「夜寒鬼語」。

〔夜啼〕明詩紀事、國朝詩作「還聞」。

〔丈夫〕明遺民詩作「丈人」。

【箋】

〔袁景文〕袁凱字景文，洪武中爲御史，後以疾罷歸。明史卷二八五有傳。案袁凱海叟詩集卷三有老夫五首，其一云：「老夫避兵東海頭，海風吹衣夜颼颼。黄蒿斷岸少人迹，飢鳶無食聲啾啾。狐狸向人呼姓名，兩脚直立當前行。自信從來膽力壯，此日對之魂欲喪。」其二云：「老夫避兵荒山側，三日無食在荆棘；鞵韈破盡皮肉碎，血破兩踵行不得。於時瘦妻實卧病，十聲呼之一聲應。夜深困絶倚枯樹，逐魂啼來雨如注。」其三云：「老夫避兵三江口，江中夜夜蛟龍吼；砉然一聲腦欲裂，千尺長堤忽如走。須臾海門風雨來，江水震蕩如奔雷；同行百船半沉溺，無力救之空嘆息。」其四云：「老夫避兵黄浦上，八月秋濤勢逾壯。蛟龍變化不自謀，鯨鯢偃蹇還漂蕩。船中小兒懼且泣，婦女嘔吐無人色。我獨不坐面向天，篙師疾呼更索錢。」其五云：「老夫避兵三泖邊，泖水闊絶無人烟。惡風三日天正黑，濕雲臭霧相盤旋。草頭飛蟲嘬人肉，更有青蛇口尤毒。小兒無知恣奔走，我欲近前捉其手。」嘉紀我昔五首當即效此。

〔莫莊〕莫家莊，在東臺縣南七十里，見縣志。

過金山寺

屢向征途見此山，興來維艇一躋攀。忽開襟抱魚龍際，況載樽罍水石間。吴楚千年流白日，風塵半世損朱顔。留雲亭上人微醉，坐看江帆暮往還。

雨後山清鐘磬新，松窗栖宿白鷗親。江雲飛近郭公墓，海月蕩來揚子津。馳騁於今無馬路，舊傳，人騎馬上山。興衰不問有漁人。誰知勝地仍擐甲，嗚角嗚嗚愴客神！

【箋】

〔金山寺〕在鎮江市西北金山上，舊名澤心寺。見京口山水志。

〔留雲亭〕在金山絶頂。明景泰中，郡守白仲賢建。見京口山水志。

〔郭公墓〕方輿勝覽：「金山前有三島，號石簰。俗稱郭璞墓，大水不能没。」

〔揚子津〕見卷三宿從容庵箋。

望焦山

矹矹中流見石屏，波濤蕩激坐來聽。曾聞冰雪卧高隱，但有松杉留户庭。雲起南徐群壑動，潮連東海半江青。回風明日吹船去，山脚先尋瘞鶴銘。

【箋】

〔焦山〕在鎮江城東大江中，與金山對峙，相距十里許。京口山水志：「本名譙山。潤州圖經云：『焦山，焦先所隱，故以爲名。』」

〔南徐〕即鎮江，見本卷懷羅大箋。

〔瘞鶴銘〕江南通志：「瘞鶴銘在丹徒縣焦山水中。有銘并序，華陽真逸撰，上皇山樵人逸少書。此碑斷殘剥落，久在江中，摹搨殊難。國朝郡倅鄭康莊倣而刻之，勒石於山。後蘇州糧儲副使王熯，令善没者縋險而下，探取得之，繪焦麓剔銘圖，一時傳爲盛事。湘潭陳鵬年爲置焦山寺中。」

寄學憲田綸霞先生

炎炎秦焰後，經學乃在齊。邈矣子莊氏，嵬然漢帝師！家風久勿墜，天際軒車來。作人江南北，一鳳毛輝輝。文采非無徒，楷模世所稀。山桐入爨下，賈鐸沉路蹊。賞識今日遇，永辭燔與泥。冬暉始及春，寰宇忽生氣；層冰失其堅，啼鳥亦稍至。陽和詎有私，寒者先得意。我聞攬芳人，辛苦仍樹藝。桃花李花開，復好淮南桂。夜明野雪晴，醇酎熱觴觶。坐遲薜蘿衣，蘭舟艤林際。

【箋】

〔田綸霞〕文獻徵存録：「田雯字綸霞，號山薑，德州人，順治己亥進士，由中書歷官户工二部，校順天鄉試。旋出爲河督提學副使，累遷貴州巡撫，改江南巡撫，終户刑二部侍郎。著有黔書七十六篇、長河志籍考、古歡堂集、山薑詩選。其移居詩有『墻角自放山薑花』之句，因以爲號。山蘆詩才力既高，取材復富，山左詩另開一徑。」

案葦齋年譜：「庚申，四十六歲，六月，陞提督江南通省學政，按察使司僉事。」此詩似作於康熙庚申、辛酉間。

送新安程文中之江右

去國愁隨江水長，林猿嗷嗷月蒼蒼。何時客路入新建？到處雲山似故鄉。菽水荒年謀養親，風波遠涉問迷津。田間稼悦荷鋤叟，江上花迎負米人。

【箋】

〔程文中〕未詳。

嗟老翁

弔黄周星也。字九烟。汪扶晨云：「九烟於庚申五月五日，投錢塘江死。」

嗟老翁！徵聘來。翁應稱疾卧鄉里，不則遯迹異縣，雲山之内，烟壑之隈。徵聘來，未及翁。翁避地已三十有六載，曷爲一旦謝人群，捐軀體，不待天年終？吁嗟哉！翁閲世間，亦有翁隱南山，亦有翁隱北山，求賢詔書下，龐眉皓髮紛紛乘車騎馬別松關。童稚識翁顔，儒生誦翁文詞，當代遺老非翁誰！年七十，立路歧。出不可，處不可，嵬嵬一老，不死復安之？吁嗟哉！翁求死，死何方？海内久無家，首丘奚所望？月輝不藉星，孤莖能芬芳。丈夫蹈義，寧必牽衣灑泣妻孥旁！延頸睞遠峰，晻晻茸茸，中有人兮飲飛瀑，依長松。要欲躡其蹤，披蘭帶蘅佗自適，志士難與言心胸。嗟老翁！浙江鳴，高潮低潮忽怒生。思悄悄兮人抱石，來瞻狂瀾兮眦血霑纓。願見彭咸，願從屈平。野雨溪濺沙渚暮，浪啾啾兮江鬼迎。嗟老翁！幾時還？清儀矐影行企企，乾坤迫窄罷留連。歌嗚嗚兮酒伴，色愴愴兮漁船。嶂微陰，月半圓，林花發紅水蒲緑，歲歲年年啼杜鵑！

【箋】

〔黄周星〕明詩綜：「黄周星字九烟，晚居湖州，布衣素冠，寒暑不易。年七十，忽感愴於懷，仰天嘆曰：『而今不可以死乎？』自撰墓誌，作解脱吟十二章，與妻孥訣，取酒縱飲盡一斗，大醉，自沉於水。時五月五日也。」

〔庚申〕康熙十九年（一六八〇）。

案溉堂集亦有聞黄九烟自投水死哀且異之賦二詩紀其事，編入康熙二十年辛酉（一六八一），此詩當作於是年。

重過鄰家廢園

過橋市井隔，觸石杖藜響。低風吹豆花，亂落芒鞵上。
客到草亭坐，叢叢憶桂花。昔年秋未了，露水白蒹葭。
四望没藩籬，蟲鳴曠野冷。斜陽隔水來，草上行人影。
主人歡樂場，今日牧童在；枕石自謳吟，羔羊齧青菜。

茶絶懷郝二

三徑蓬蒿一老身，愁聞穀雨是今晨。自從郝二夜臺去，空椀空鐺乾殺人！
箬簍鉛瓶封且題，頻年千里寄柴扉。數錢今日與山店，買得松蘿茶名。忍淚歸！

【箋】案此詩懷郝羽吉也。作於康熙二十年辛酉（一六八一）穀雨日，羽吉殁後之一年。

重寓六竈河聞鴈

不覺淚如雨，鴈聲聞草中。栖遲仍此地，摇落又悲風。霧出鹽場黑，潮翻海浦紅。稻粱東去少，與爾共途窮！

【箋】

〔六竈河〕見本卷逋鹽錢逃至六竈河作箋。

寄吴昌言

江雲變爲水，日暮聲潺湲。引領攬衣袂，清風吹澤蘭。搴芳曾有期，涉遠思古歡。一從索居來，幾易暑與寒！予髮既已禿，聞君鬢亦斑。紫芝欲笑人，去日殊不還。祝鷄霽松下，種秫烟隴間。安能共長往，不見俗士顔？鹵壤昨行賈，高情誰可比？無心一沙鷗，飲啄群凫裏。蕭葦怡泳游，魚鹽静棲止。即事有仁義，刀錐安足鄙！一朝聚老幼，焚券别海市。只今舊門庭，薜荔滴露水。巷思倜儻生，家祝鴟夷子；感人以德音，歌詠何能已！

芳躅復何在？乃在宛之濱。碧浮岫遠遠，白折溪沄沄。依稀桃源洞，容與釣弋群。瞿硎避世翁，此地昔嘗聞。廬舍弗可見，山山起白雲。白雲足娱人，賞弄今有君。汪倫里貰酒，謝眺亭爲鄰。醉來便高卧，庶不弱先民！

【箋】

〔吴昌言〕未詳。案詩中「鹵壤昨行賈，高情誰可比？」「芳躅復何在？乃在宛之濱」句，意吴乃宛陵人而賈於東淘者。

〔瞿硎〕嘉慶寧國府志：「瞿硎石室在宣城縣西三十里文脊山中。山有門，一名山門。瞿硎先生隱居於此，洞有瞿硎，因以自號。」

〔謝朓亭〕寧國府志：「謝公亭在宣城縣北二里。九域志：『齊太守謝玄暉置。』舊經云：『謝玄暉送范雲内史，此其處也。』」

客夜寄汪少文

瓜瓠纏草屋，旅人卧屋中。乾葉四壁鳴，夜深起颶風。颶風愁予心，兩載獨行吟。曠野不可處，披衣望城陰。去去無車輪，苦思黄叔度。復願爲飄蓬，轉向隋宫路。

莫笑老年人，叙説多往昔。記得爾啼時，石池藕花白。纔見弧懸門，旋聞冠加首。冰雪清肺腸，日月過户牖。杜若及時榮，雲松自言青；歲寒有顔色，終讓爾芳馨。

【校】

六卷本卷五迄於此詩。

【箋】

按汪舟次有懷長玉、叔定、閑先、殿居、少文諸兄弟詩。少文，當爲舟次兄弟行。

吴嘉紀詩箋校卷十一

贈别李艾山

送君返興化，予亦歸安豐；灣頭南北帆，各受鄭公風。釣弋葭蘆中，平生願相從。如何一見面，蹤迹又西東？野鸖掠枯草，水鴈上寒空；側望緑楊湖，烟雪晚濛濛。

哀樂不能已，寄情詩與歌。時俗昧其本，紛紛競詞華。盛極詩乃亡，徒爾如鳴蛙！江河流滚滚，何繇挽逝波？醇意謝糟粕，高文唱岩阿；黽勉扶正始，如君良足多！

薄命憂患多，悲歌天地小。攄懷若嘯虎，轉眼成飢鳥。詩書辭家園，揖讓見朋好。人情嚮風雅，我意營温飽。林亭花灼灼，江湖月皎皎。昔年娱性情，今日作傭保。

年年淮南漲，淼淼昭陽田。既鶩里爲沼，又苦家無饘。出門亦暮齒，問字逢少年。豈難拜白髮，不易解青錢。歲盡繁華地，矗空風雪天；何似舊茅屋，樂飢湖水前？

鴈鴻思共渚，芝朮思共岑；聲氣倘相同，離居情益深。嘆息各年耄，杖藜難遠尋。安得似栗里，何能如竹林？蘭香老友至，鶯語春醪斟；此懷弗克愜，惝怳羅浮陰。

【箋】

〔李艾山〕陳瑚離憂集：「李沂字子化，别字艾山，南京興化人。李沛從弟。亦不仕。常言古文不師八大家，詩不宗唐人，皆非其正也。有舊詩百餘首，已付梓，一旦裂而焚之，更爲新作。沂少於沛二十餘歲，恂恂謹飭，閉户株守，兩人者，一狂一狷焉，顧又深相知也。」國粹學報袁承業明隱士周遜之先生七十壽諸名人祝詩墨迹姓氏考：「李沂字子化，號艾山，别號壺菴道人，興化人。幼孤，而事母孝。少補句容縣學生，鼎革後，遂謝去，而隱於野，與從兄沛訂詩社。王文簡漁洋先生司理揚州，聞沂名，願一見不可得。會行縣至興化，命駕訪於門，沂固辭不見，王益以爲重，不强見，人皆兩賢之。沂不多交友，惟與同里陸廷掄、寶應王巖、泰州吴嘉紀爲莫逆。廷掄住郭外，十年不入城，沂日親廷掄飲小樓上，吟嘯狂歌。著有鸞嘯堂集二卷。」

〔昭陽〕即今江蘇興化。

按李沂有廣陵贈吴野人詩云：「把君詩句忽驚呼，便欲追隨賣酒壚；裁得相逢又分手，北風吹雪滿江湖。」當爲同時贈答之作。

贈陸懸圃

水雲深荻花，望君長相思。今夕是何夕？道途攜手時。顧盼各涕下，君老吾更衰。蓬蒿銷志氣，慷慨亦徒爲！地主俞錦泉。悦賓客，玉佩出羅幃；歌聲何婉轉，舞袖復蕤蕤。紛紜朱顔中，白髮人徘徊。忽驚君在眼，心胸豁然開。冰蟲不向日，蓼蟲不嗜葵。或泣或愉悦，我心惟君知。

山泉流到澗，滋味還相同。李杜韓蘇後，吾曹氣頗雄。何心冀名世，哀怨寫心胸。鄙人安足言，君文亦已工。靡靡草茅内，肅肅挺孤松。誰知握毛穎，不若佩吴鈎；毛穎困豪傑，吴鈎報恩讐。寒野月黯黯，老木風颼颼。草叚敵人血，腰懸讐家頭。平盡世間路，絃歌從去聲。君遊。

【校】

〔題〕興化縣志引作吴陵即席贈陸懸圃二首。

〔蕤蕤〕原作「甤甤」，據興化縣志校改。

〔安足〕興化縣志引作「何足」。

〔草殷二句〕興化縣志引作「草殷亂血色，誰擲讐人頭」。

【箋】

〔陸懸圃〕陳瑚離憂集：「陸廷掄字懸圃，別號海樵子，南京興化人。成童時，才鋒橫出，吾師湯司理以國士目之。經國變，坐卧一室，授徒養母，惟與同邑李平子講易，李艾山談詩，宗子發論史，三人外，跫然足音也。」

〔俞錦泉〕見卷十二音隱歌贈俞錦泉箋。

案陸廷掄陋軒詩序云：「辛亥，館海陵，以爲必識吴子，越十年，不識如故。今年癸亥夏四月，始定交於館舍。」此詩當作於康熙二十二年癸亥（一六八三）。

卒歲

履冰返故里，倦身獲稍閒。村墟多積雪，凛凛生暮寒。烏鵲亦懷栖，各認舊林還。車轍復誰顧？詩書聊自看。維廬則有堵，維井則有榦；老年逢卒歲，布褐無一端。晚暉檐下來，梅影落我冠。家人進簞豆，肘見容色歡。借問何爲爾？門外追呼寬。

勸酒歌，贈喬功偕

臘梅開花醖香發，親戚攜觶造門闥。造門闥，來勸翁，念翁遯迹楚雲東。皁帽布裙臨大海，蘆花蒲葉多清風。清風吹，吹塵起奈何？未若蟻浮鷃鵡螺。繇來醉鄉可避世，請翁聽我勸酒歌！

燭光漾漾酒殷瓢，雪飛入簷見酒消。瓢與杓，引翁嘗，念翁辛苦容貌蒼。汾河恒岳家鄉遠，吴樹淮堤歌思長。長歌復短歌，古調清泠泠，不如濁醪注瓦缾。繇來醒者多智慮，勸翁一醉安性靈。

桑田變易城市改，翁家書卷年年在。東壁卷，西壁書，中間惟應置酒壺。萊衣芰裳膝前侍，偉節慈明天下無！門户須開，明月欲來，甕中又漉新熟醅。有書有子願已足，翁不痛飲胡爲哉？

【校】

〔多清風〕國朝詩作「生清風」。

〔吹吹〕國朝詩作「蕭蕭」。
〔燭光〕國朝詩作「燭花」。
〔殷〕國朝詩作「滿」。

【箋】

〔喬功偕〕未詳。

送何龍若

無事坐谿上，青天度白雲；光采殊可攬，聊與盡殷勤。如何賞弄懷，倏忽思紜紜？關山妒良會，舉步即離群。影散悲落葉，心焦近燔薰。路側戀親昵，斑騅鳴夕曛。

駕鵝下田間，飲啄同鸒鳩。洲渚怡野性，顧盼以遨游。得展聚會情，翻因稻粱謀。大風催勁翮，將舉復夷猶。去程方汗漫，感子念舊儔。舊儔欲安適？桑柳趣悠悠。非惟毛羽小，心實好林丘。

【校】

〔妒〕王本作「度」。

【箋】〔何龍若〕張符驤何鐵傳：「何鐵字龍若，鎮江人。幼從學陳太史維崧，工元人詞曲。任俠負氣。善畫及秦漢金石刻，常持刀筆出遊，所在醵金求之。或不願作，有力者强之，終不肯竟作。好昌谷詩，其自作亦往往多鬼氣。諸老宿皆畏其才。其僑居吾州特久。老年從宦河南，入柳縣令文署中，感暴疾死。鐵或名金雨，別號忍冬子云。」

篆隸印章歌，贈何龍若

幾十年間工篆隸，布衣獨數黄雉皋。書須毫楮黄不然，以石爲紙筆則刀。白日照牖石飛几，孤情卓犖思嘲嘈。丞相中郎李斯、蔡邕。微妙意，脱然出手心不勞。户外車馬忽雲集，是時頭顱已二毛。厥初推重谿櫟下，迺獲聲價來蓬蒿。父執相呼者何人？南徐何郎今譽髦。熟精其技弗嘗試，偶試便爲時賢褒。田産蕪盡仍下帷，門東無奈兒啼號。新坑石名。入廛質衣購，鈍鐵鍘口行路操。寧知賤貧趾逾跼，市井輕薄身頻遭。精製漫受不與錢，旅甑塵壓烟難高。行李冰霜問北闕，道途坎壈尋東淘。俗方譏客類寒鴞，我獨愛君如駿鰲。從來金臺會鑒賞，此日上谷尤風騷。況君少年善詞賦，才藝俱足稱世豪。詎乏知音若櫟老，吹笙擊筑傾松醪。簷際落花向座飄，歌童舞妓娛我曹。興酣起作猛虎步，籬下豺狗誰敢嘷？

【箋】

案江蘇詩徵引潤故云：「忍冬子（何龍若別號），工鐵筆，名重宇內，與程穆倩相埒。吳野人作篆隸歌贈之。寓居泰州牛市，自號牛市長者。」

〔黃雉皋〕謂黃濟叔，如皋人。見卷六讀印人傳作歌贈周金谿先生箋。

〔櫟下〕謂周櫟園，見卷二答櫟下先生箋。

廣陵送黃秀楚歸新安

稚子歡攜酒，山妻厚製衣。鄉園生未識，書劍老言歸。飲伴天寒密，行人歲暮稀。渡江雲岫見，杉檜影微微。

漸與漁樵偶，休嫌鬢髮華。泉聲扶杖聽，酒釀到村賒。鳥聚冬林語，梅開雪谷花。行裝入仙境，何處是君家？

閭閻無宅在，家世有棺存。時歸葬令高祖母、曾祖、曾祖母。古骨青山得，新鄰柏樹繁。月明林見鶴，雲冷岫聞猿。不信隨風梗，飄飄近本根。

【箋】

〔黄秀楚〕未詳。

訪田綸霞先生

冰雪稍已盡，蘆中僵卧醒；慨然念所思，曉月上漁艇。氣象來草木，歌謡越鄉井。春風鶴髮受，野鶩羊裘領。峨峨江上山，擊汰頻延頸。

【箋】

〔田綸霞〕見卷十寄學憲田綸霞先生箋。

案蕫齋年譜：「壬戌，四十八歲，四月交代卸事，七月二十四日抵里門。」此詩及以下田綸霞先生見示方園雜詩次韻奉答八首，皆當作於康熙二十一年壬戌（一六八二）。

渡江

近江心忽曠，獨坐泛小航。雪水蜀山來，吴楚天洋洋。晚晴亦烟霧，春氣增混茫。櫂歌徐自發，鳧子漾人旁。流波不暫住，中帶日月光。萍轉何時寧？我髮今已黄。落水鳴嶺岫，紅霞壓松篁。徒羨瘦仙鶴，山巔棲且翔。

句曲道中

未明開店扉，星斗巖樹上。捨舟逐侶伴，入山穿林莽。泉堙罅隙咽，驢走犖确響。松風來吹衣，客意何蕭爽！曾讀父老歌，仙鄉積夢想。將身轉塵埃，如鳥嬰羅網。華陽愁殺人，咫尺不能往！

【箋】

〔句曲〕見卷二酒間口號答句曲張鹿牀箋。

〔華陽〕乾隆句容縣志：「華陽洞在大茅峰，其洞有二，西洞在崇壽觀後，南洞在元符宫東。其門有五，三顯二隱。三茅君、二許君俱得道於此。」

傷程梅憨

如客浮蹤苦易湮，客中爲客更悲君。卧看海岸度明月，病望鄉山深白雲。藥餌在筐蛾拍拍，藤蘿垂牖蝶紛紛。旅魂從此謝羈絆，芳草寒烟淮水濱。

澗水嶺雲猶往時，家人望信啓荆扉。故山已有青松待，久客惟將白骨歸。任昉溪邊醅欲熟，嚴陵灘下鱖初肥。平生痛飲高歌地，愁聽寒鴉噪落暉。

山色葱葱是紫霞，誅茅相對遠移家。數峰雲滿鶴尋樹，三月雨晴人採茶。嘗擬閒身衰里巷，曾偕鄰叟話桑麻。春風今日依然好，開遍潛川川上花。

范公堤上欲黄昏，疇昔同君一笑言。積雪北銷淮樹出，斜陽東逼海潮翻。會心景物成孤賞，轉眼情親隔九原。除夕酒錢瀫雨茗，更誰相餉到柴門？

【箋】

〔程梅憨〕未詳。

〔任昉溪〕康熙歙縣志：「昉溪在縣北四十里，梁太守任昉行春至富資，緣源尋幽，累日不返，人因名爲昉溪，其村曰昉村。唐大中間，刺史盧潘改爲任公溪、任公村。溪上有石屹立，爲任公釣台。」

〔紫霞〕紫霞山，見卷三寄答汪扶晨箋。

廣陵舟中寄許蔭錫

海氣作東風，藹然吹片席；逸興托虚舟，飄飄隨所適。雨驟谿聲懸，草新岸影碧。籬犢勇之野，澤鵝慵避客。昔者早春夜，五塘水月白；泛艇偕素交，除憂命歡伯。荏苒西逝景，依稀舊遊迹。攜手復何時？愁看梅蕊坼。江蘺北渚發，辟芷南林榮；臭味雖相似，幽蹤不獲并。渴士夢澄波，醒客須濁醪；引領望所思，鷄鳴樹膠膠。吴榜情何愜，漁竿老勿抛。叔度是我師，公瑾令人醉。終焉往從之，湖海以肆志。

【箋】

〔許蔭錫〕未詳。

寄吴靈稚

我思扶杖去遨遊，良友佳山古歙州。嶺上日斜樵箇箇，澗中雲起鹿呦呦。村無災沴人難老，里接松杉地易秋。白水碧巖尤勝絶，先生家在石橋頭。

結交何必手曾攜，卓卓芳蹤我所思。薇蕨味甘虞夏後，綺園身老漢秦時。泉聲欲熟煎茶竈，草色初來洗藥池。却笑伯休稱大隱，姓名翻使俗人知。

鵝公習静緑谿灣，掃石焚香日月閒；履不出門四十載，雲同住屋兩三間。滄江有路多修阻，白社何人共往還？真趣玄言君獨會，宛然支許在塵寰。

【箋】

〔吴靈稚〕未詳。

寄澄塘吴仁夫

一鴈南飛乍失群，江湖雨雪夜紛紛。去留共值歲云暮，老大還悲手易分。歙浦幽懷臨積水，揚州舊夢隔浮雲。黄金散盡歸鄉邑，惟有貧交不忘君。

【箋】

〔澄塘〕靳修歙縣志：「十五都十二圖，村曰：班塘、古塘、澄塘、潛口、水界山、松明山、莘墟、唐貝、西山。」

〔吴仁夫〕未詳。

〔歙浦〕乾隆歙縣志：「邑以歙浦得名。浦會三江，江瀦衆水，其濫觴於浦而東注者曰新安江。」

贈趙雷文儀部　時榷税揚州。

豐饒自古説江淮，此日惟聞澤鴈哀。莫嘆疲民全少力，須知長者善臨財。東風扇野銷霜雪，好雨當春换草萊。賈舶商船歌頌起，一河清水伯開來！

自慚蓬鬢日東西，又值邗關花滿枝。餬口塵泥應到老，置身傭保久相宜。舟航接尾潮生夜，歌吹無聲月白時。袁虎開襟聊詠史，清音却被謝公知。

【箋】

〔趙雷文〕即趙吉士，字天羽，休寧人，著籍浙江。順治辛卯舉人，知交城縣，陞户部郎中，榷關揚州。見乾隆兩淮鹽法志、清史列傳。

案溉堂集有同題詩編入康熙二十一年壬戌（一六八二），此詩當作於是年。

田綸霞先生見示方園雜詩，次韻奉答

幽偏負郭地，𩀱𩀱過江雲。堤緑新栽樹，沙黄昔駐軍。季長來税駕，仲彦與去聲。論文。坐見烟塵静，絃歌足解紛。

道途存暇日，心迹寄閒園。山對竹西屋，人憑花下軒。新辭方和郢，醇酒一留髡。矯矯九皋鶴，何勞籠與樊！

竹籬臨野水，柳樹接谿田。雪大頻飛絮，寒生欲入氈。風光故鄉似，懷抱尺書傳。幾夜王孫夢，萋萋芳草邊。

軒車殊罕到，偃息復何辭？窗下羲皇客，案頭韓杜詩。自然成獨往，不顧屢違時。桃李栽培倦，清霜已滿髭。

我亦思逃俗，年來懶入城。放歌村釀濁，把釣海天清。自曳看雲杖，僮攜煮茗鐺。祇應共夫子，人外聽啼鶯。

影園鄭超宗先輩園名。即此地，何處認荆扉？冷落廢墟在，一雙新燕飛。草香過細雨，峰遠帶餘暉。回首思賢主，賓來每似歸。

隋樹立如客，淮流青若苔。園中春已暮，城裏舫還來。遊興當年好，名花滿地栽。芳菲催酩酊，百朵牡丹開。壬子春，同孫豹人遊方園，時堂前牡丹發花一百枝。

野月晴茅舍，汀烟壓板橋。鸕鷀歸泛泛，薜荔掛條條。一榻更何日？三江正落潮。只愁仙櫂去，松菊意無聊。

【箋】

〔田綸霞〕見卷十寄學憲田綸霞先生箋。

〔影園〕淮海英靈集有施朝幹題影園圖詩，序云：「園爲鄭超宗先生别業，其址在今天寧門外。」

〔鄭超宗〕揚州府志：「鄭元勳字超宗，號惠東，先世歙人，祖景濂，占籍江都，遂爲江都人。元勳舉天啓四年鄉試。庚辰，江淮大飢，約族人捐麥千餘擔，爲粥於天甯寺，以食飢者。搆影園，以集天下名士。崇禎十六年進士，明亡，破産招集義旅，高傑將攻揚城，揚人疑其黨傑，露刃圍之，遂及於難。杭世駿爲作傳，見道古堂集。」

按田雯古歡堂集有方氏園林四首及方氏園林後四首，兹附録如下：其一：「睡穩竹邊屋，坐看溪上雲，波平風有暈，花艷午如醺。可笑田京兆，翻憐鄭廣文，春駒飛不定，衣桁亂紛紛。」其二：「蜿蜿長堤好，何人築小園？官蛙皆給廩，老鶴亦乘軒。空闊巢賓爵，頽唐臥醉髡；吾廬高津水，恨少此丘樊。」其三：「白勃通溪栅，山雌入麥田；柳花飛似蝶，荷葉小于錢。水調聲初歇，蕪城賦又傳；來朝掛帆去，二十四橋邊。」其四：「肘後懸何益？尊前興莫辭。門人争送酒，小吏解吟詩。春筍登盤日，河豚入饌時；堂堂三月盡，白盡使君髭。」後四首其一：「抱病眠西郭，牽船並水城；罷官吏人少，避地客懷清。江上回飄鼓，花邊煮藥鐺；園林好風日，深樹一聲鶯。」其二：「紅亭一溪繞，白板兩重扉；漁艇有時人，水禽無數飛。理琴過小雨，看畫立斜暉；但住爲佳耳，言歸未肯歸。」其三：「僕馬須長避，休教蹋緑苔；魚沉緣屐響，鶴静怪官來。草屋三層好，畦葵二畝栽；桃花開未了，又報牡丹開。」其四：「書案排幽閣，花棚繫短橋；竹根穿户檻，柳絮没人腰。風雨白門樹，帆檣揚子潮；秦郵木瓜酒，鎮日醉無聊。」

題韓醉白行樂圖 醉白修禊日初度，圖繪蘭亭景物。

修禊曾傳王右軍，青山邈邈水沄沄。當時風景誰留得？少長人中喜見君！
憶昔屠城慘不堪，尸骸堆裏出奇男。不祥之事易除去，聞道君生三月三。
落地已知逢上巳，置身今始在蘭亭。良辰美景宜行樂，我友何曾一日醒！
林泉安得久追隨，爾我朱顔道路衰。别後登山與臨水，暮春天氣倍相思。

【箋】

〔韓醉白〕詩觀：「韓魏字醉白，江南江都籍，山西臨汾人。有獨存堂詩、日删集、湖上吟。」

案溉堂集有題韓醉白小像詩，題下注曰：「醉白以上巳日生，寫生者因爲作修禊圖。」溉堂集編入康熙二十三年甲子（一六八四），此詩當作於是年。

雨後

蒼天施雨澤，赤地洗塵埃。鵝掌挐新水，蟬聲咽濕槐。霑濡存晚稼，時節過黄梅。猶喜黑雲在，斜陽熏不開。

送汪悔齋使琉球

異域需新命，朝端餞遠行。路從雲際下，人過竹西榮。悔齋家廣陵。鴈鶩歡徒御，關河別弟兄。中原樹鬖鬖，回首若爲情！

使命儒臣重，推尊衆議同。節臨尚氏國，帆滿鄭公風。忠信魚龍衛，遐荒雨露通。舟人笑相指，黿鼉海波中。黿鼉嶼，在琉球國西。

渺渺仙舟遠，翩翩彩旆揚。東南心眼闊，中外姓名香。始快鯤鵬意，誰言天海長？共瞻上國使，文德布殊方。

波濤休遠駕，島嶼繫孤楂。傍日承恩國，含烟迓客花。蔗馨濃酒熟，螺飾舞衣華。景物争芳夜，歡娱未有涯。

漢字咸來問，雲車試一停；教行守禮俗，人祝使臣星。海色三峰秀，松陰四境青。廉名知久著，不羨却金亭。

舉步中山頂，披襟四望時；看君何縹緲，念我未追隨。痛飲婦人釀，其俗，婦人嚼米釀酒。獨吟才子詩。蕃王供翰墨，醉態想淋漓。

雲路達三島，王程經兩淮；素交猶在目，緑酒暫相偕。自愧星霜鬢，餘生齷齪懷。煩君語仙鶴，雞鶩戀藩柴。

亦既竣公事，願言還故郊。祖筵精製饌，嬌媛自臨庖。海舶飛天際，閩峰見樹梢。囊中蕉布在，歸以贈貧交。

【箋】案汪楫詩有出門二首，紀其奉使離家時事。其一：「勞勞息無時，忽忽歲云暮。老父呼我言：『家宿難久住。王程幸未迫，閩疆應早赴。』老母拍我肩：『兒無憂内顧，孃今頗强飯，爺又齒牙固。及此勉王事，爲喜勿爲懼！諸弟漸成立，幼弟行當娶，衹此仗作計，其他勿復慮！』聞命敬再拜，氣塞語難吐。俯仰真跼蹐，出處總乖忤。忍淚作大言：『乘風兒所慕！』」其二：「天王大神聖，天使百靈護。夏至七日風，大海直飛渡。曰歸寧久淹，屈指在寒露。春正開八袠，歸來慶初度。相風憑木鳶，計程報尺素。下堂不盡觴，趦趄猛虎步。」案汪楫父汝蕃康熙甲寅年七十，見卷七題圖詩十二首。汪詩其二有「春正開八袠，歸來慶初度」之句，則計歸來之日，當爲出使之明年，即康熙二十三年甲子（一六八四），汪汝蕃八十初度時，則此詩當作於康熙二十二年癸亥（一六八三）。

戴岳子載白岳之石來遊海濱，自題曰石桴。桴止東淘，復適河皋，與之晨夕既多，褰裳臨流。於其行也，贈以言

吾道屬滄浪，辭山適海澳。浩歌求我桴，采石不采木。石是山中石，浮石如浮山。持此巖壑趣，漾入菰蘆間。蘆花秋氣來，洲渚日欲晚。獨坐依海天，人隨片雲遠。

麋悦口銜苹，客悲身近人。讀書淘之市，笑殺東西鄰。蠅虻上樹喧，不讓孤鳴蟬。吞聲移櫂去，海動沙灘烟。烟中秋草生，野色熒熒碧。生意雖違時，淒涼情自適。

河皋露已白，鷺鷥飛皚皚。蓊然禾黍鄉，游子泛宅來。谿水秋更澄，垂手摘鮮

菱。茅店婦賣酒，鄰船漁舉罾。客路風景佳，晤言親戚少。斷石有本根，終念故山好。

【箋】〔河阜〕嘉慶東臺縣志：「何垛場，在西門外，一名河阜，屬泰州分司。」

旅夜寄吴符五

歲云暮矣河水冰，夢到家園身未曾。涉遠忽驚人已耄，驅愁深恨酒無能。烏啼欲落樓頭月，鼠鬭微明壁上燈。不寐夜殘情兀兀，笑言安得共良朋？

蕪城鶴唳客停舟，懷古悲吟帝子丘。見示勸影軒集。明遠賦情何婉麗，牧之詩態最風流。充庖夜炙黄雞美，勸影春醪緑蟻浮。昨日見招成爛醉，老身輕泛似江鷗。

【箋】〔吴符五〕乾隆兩淮鹽法志：「吴嶽字符五，歙人，湖廣江夏籍。康熙三十三年甲戌科進士，有淳發堂詩稿。」

題吴楷士新築别墅

已在山中住，入山還卜居。老松主人至，積莽小童鋤。結構如看畫，栖遲但讀書。雲來爲二仲，絶勝蔣生廬。可憐晞髮處，谷口石橋頭。茅屋人家遠，桃花澗水流。烟霞資飲食，麕豕共林丘。我亦忘機者，願言從子遊。縹緲軒轅氏，騎龍去不回。愁雲常似海，丹竈尚留灰。閣對黄山築，窗臨碧水開；心胸豁霄漢，三十六峰來。潛川汪岸舫，痛飲一先生。身老渌醽味，人存赤子情。偕君稽古昔，有鶴守柴荆。新館舊明月，花間甕甕盈。

【箋】案詩觀汪舟有同題深柳堂詩四首爲吴楷士賦，鄧孝威注曰：「雙溪山勢嵸巃，泉石清婉，爲歙西最勝地。楷士築室讀書其中，性好賓客，名流贈詩成帙，梓有專集。虚中詩此其一。」

贈郡伯崔蓮生先生

薜衣芒屨老槃阿，擊劍觀書只嘯歌。海岸蘆花空荏苒，柴門草色孰來過？亦知廣厦階庭近，偏是貧家雨雪多。自分苦寒同竹木，何期今日值陽和！

淮南纔見駐車輪，十邑絃歌俗一新。久識文翁能造士，誰知杜母更臨民？花開城郭禽聲囀，秫熟村莊酒味醇。飽食醉謳千萬户，先生笑看太平人。

【箋】

〔崔蓮生〕雪橋詩話：「崔華一字蓮生，號西嶽，真定平山縣人。己亥進士，以開化令擢揚州府。甲子，諭舉廉能備擢用，廷薦者七人，推爲天下清官第一。兩江總督缺，以郡守得列會推；越一歲，擢兩淮鹽法道，轉陝西涼莊道，未任卒。」

案崔華始任揚州府爲康熙十九年庚申（一六八〇），此詩第二章有「淮南纔見駐車輪」之句，意當作於康熙二十年辛酉（一六八一）左右。

黄孝昭招同吴岱觀、介兹、蔣前民、魏廓功飲集幽齋，限真、氣二韻

鴻鴈夜鳴悲，群飛過城闉。燈燭今何夕？照君堂上賓。念君方盛顔，賓客皆老人。夙昔或紲組，平生或垂綸。此日願頗同，願同賤與貧。腴瘠任人擇，錦褐入夜均。萍梗偶相遭，言談情倍親。林寒樹謖謖，徑白石粼粼。歌呼以適意，誰復嫌我真？

澗水清泠泠，河水有滋味；豈不好甘美？要欲辨涇渭。中情倘灼然，形穢亦足貴。不悟邂逅間，俾我襟懷慰。夜深月將出，烟霜色鬖毿。衆客如蕙蘭，鄙人若蒿蔚。杯酒作陽春，一時俱有氣。

【箋】

〔黄孝昭〕詩觀初集：「黄天嗣字孝昭，江南江都人。有澹山集。」

〔吴岱觀〕石修歙縣志：「吴山濤字岱觀，號塞翁，歙縣人，仁和籍。崇禎舉人，爲成縣令。有西塞詩。」

〔吴介兹〕見卷一吟詩秋葉黄圖爲吴介兹題箋。

〔蔣前民〕光緒重刊江都縣志：「蔣易字前民，又字子久，江都瓜洲人。少補諸生，即棄去。家有洲田數十頃，坍于江，遂致窮餓。爲詩不取時好，五言得少陵風格。無子，晚年益窘，賣畫自給，人争寶之。有石閭集。」

〔魏廓功〕國粹學報第八十一期袁承業明隱士周遜之先生七十壽諸名人祝詩墨迹姓氏考：「魏衛字廓功，儀真人。精書法，長于詩，著有西陴詩稿六卷。詩境澄淡，時以匹吴嘉紀。然嘉紀稱揚於當事，魏名不出白沙。説者謂陋軒詩朴勁有法，少生新之意；西陴詩鬱鬱古色，如孤霞映日，淡然塵表。蓋其神識烺鑒，絶纖俗塵。生平不妄交當世顯者，讀其詩，知其夷然不屑也。」

贈張蔚生先生 興化縣令，時署泰州分司。

天邊洚水下淮揚，興化波濤接海長；魴鱖成群游里巷，槐榆露頂認村莊。未知樂歲逢何日？尚有餘民戀故鄉。召杜藹然來税駕，陰森雪窖見朝陽。

城闉漲落散湖雲，原隰村墟次第分。已見夏畦歸復業，還偕寒士坐論文。日熏桃樹庭無訟，風入蘭叢室有芬。玆邑舊稱儒雅俗，家絃户誦又紛紛。

早夜煎鹽鹵井中，形客黧黑髮鬔鬔；百年絶少生人樂，萬族無如竈户窮！海色昏昏啼怪鳥，榛聲獵獵起悲風。此中疾苦誰曾問？今日張君昔范公。

清晨徒隸掃官衙，安穩閭閻飛落花。僻壤何緣近琴鶴？往時相望隔蒹葭。恤災不覺垂雙淚，續命真能活萬家。惆悵仙舟歌返棹，無繇借寇使人嗟！

【校】

〔題〕嘉慶東臺縣志引作贈張蔚生分運。

〔張君〕東臺縣志引作「張公」。

〔無繇〕東臺縣志引作「無緣」。

【箋】

〔張蔚生〕國粹學報第八十一期袁承業明隱士周遜之先生七十壽諸名人祝詩墨迹姓氏考：「張可立字蔚生，奉天鑲黄旗人。康熙十六年，爲興化令。二十一年，攝篆泰州鹺運分司。」案獨善堂文集張蔚生德政詩歌序云：「康熙之十六年出宰興化，越五年，攝篆鹺運，來泰州。」此詩當作於康熙二十一年壬戌（一六八二），張署分司時也。

題方嘉客撾鼓遺像

主人撾鼓，左右列三美人：一執檀板，一捧酒壺，一吹笛。

蝦蟆競鳴埃壒裏，夜來聒聾老翁耳。伊誰擊鼓鼓逢逢，赭顏皁帽長鬚公。俗物擾人公色怒，手握雙袍驅使去。大聲勢逐蒼崖崩，小聲韻倚横笛度。世上賢豪何足論，醉懷轉向兒女吐。一自庸奴殺爾生，至今山岳不曾平。微技定須存氣象，不悟斯人移我情。亦復骯髒就長夜，腥烟血燐燒枯野。朧朧月落靈鼉鳴，魑魅咽喉一時啞。

【箋】

〔方嘉客〕兩淮鹽法志：「方國賓字嘉客，歙人。家無恒産，乃從事鹽筴，往來江淮間，雅與文士周旋，月夕花晨，嘯歌不輟。國賓善撾鼓，能爲漁陽三叠聲。推官王士禛作七言長歌贈之。」

挽崔凌岳先生

志士心懷苦，躬行尤艱難。芰荷以爲衣，荼蘖以爲餐。一身集百憂，要使二親歡。愛弟親已歡，枕被霜雪寒。提攜兼教誨，脊令生羽翰。翩然蒞邦郡，民歌政教寬。發揮皆家學，何必自爲官！況復膝下人，一一俱鳳鸞。汝子如我子，高堂語不刊。縉紳頌令德，行路意悲酸。平生如夫子，生順死亦安。

【箋】

〔崔凌岳〕名崑，揚州知府崔華之兄。崔華，見本卷贈郡伯崔蓮生先生箋。

案溉堂後集亦有輓崔凌岳崑兼呈令弟揚州太守蓮生華詩，編入康熙二十二年癸亥（一六八三），此詩當作於是年。

崔宗爲妻葛氏挽詩

雙鵠俱南遊，翺翔得所棲。飄飖遇回風，雄鵠忽北飛。南北會當逢，分飛情苦悲。豈知時運乖，雌鵠翼低垂。年壽有早暮，嗟哉永別離！雄歸惟見雛，雄歸不見雌；死者腸已斷，生者若爲歸？

【箋】

〔崔宗爲〕未詳。

題吴九霞雪夜山行圖

積雪已踰尺，飄落猶絮絮。茫然夜山中，攬褐適何處？老父在天涯，緩急往相助。身體爲親有，艱難肯自顧？林冰膠宿鴉，見人飛不去。暗澗駭左逢，側巖愁右度；魑魅亦斷絶，向誰問前路？

晝行畏讐家，夜行懼虎狼；虎狼或可脱，人意難堤防！石觸指爪裂，棘纏肌肉傷，行路何其難，況在雪中央。皇天生一草，必令榮且芳；人子有用身，豈遂委道旁！前林榛莽動，颯颯風氣凉，髣髴有人來，不覺生徬徨。

【箋】〔吴九霞〕未詳。

寄贈程孝常新婚　雲家之子。

翰墨程生善，聲名一郡傳。里人因擇婿，弱冠已稱賢。壁上龍唇在，鑪中雞舌然。含毫復何嚮？新婦翠眉邊。江村二月半，沙白草萋萋，林樹水雲聚，人家山鳥啼。室香巾漉酒，烟煖甑蒸梨。喜煞含飴者，孫兒今有妻。已識才華美，還憐德性温。廈誰棄梁棟？珉自讓璵璠。夫婦雙栖廡，絃歌獨閉門。伯鸞雖可學，何必戀丘園！谿晴流活活，山夕翠微微。棲宿鴛鴦喜，去來樵牧稀。留賓催煮醖，唤婦學烹薇。新舊意飛動，而翁正遠歸。

【箋】

〔程孝常〕袁承業東臺詩徵：「程之宸字孝常。」

〔雲家〕謂程雲家，見卷一菖蒲詩箋。

〔江村〕見卷九初春送程雲家歸江村三首箋。

題許山人白描畫鳳，送王山史歸華陰

翩翩孤鳳有威儀，問爾翱翔何所之？野翟山雞遍城市，時人只愛羽毛奇。
湯湯淮水失同遊，無賴誰憐一白鷗？莫道忘機是此鳥，爲君惆悵海西頭！
梧陰竹實滿丘樊，歸去仙厓招旅魂。愧我顛毛都白盡，空思玉女洗頭盆。
分手衰年已自悲，看君雙鬢也絲絲。南京北地三千里，老態相逢更幾時？

【箋】

〔許山人〕未詳。

〔王山史〕明遺民録：「王弘撰字無異，號山史，陝西華陰人。諸生，嗜學；收藏古書畫金石最富，著易象圖述及山志、砥齋集。關中人士之領袖也。康熙戊午，以鴻博徵，不赴。初與李因篤同學甚密，及因篤就徵，遂與之絶。顧炎武嘗曰：『好學不倦，篤於朋友，吾不如王山史。』卒年七十五。」

〔華陰〕陝西通志：「華陰，漢縣名。本禹貢華陰地。寰宇記云：『漢改華陰，以在太華之陰故名。』」

〔玉女洗頭盆〕陝西通志：「華嶽玉女祠前一石突兀，廣二丈，長十餘丈；有坎，可容五斗水，曰玉女洗頭盆。集仙録：『其中水色碧緑澄澈，雨不加溢，旱不減耗。』」

過郝乾行青葵園

深户巷中閉，雨多生蘚苔。客來家醖熟，君指玉蘭開。光采分臨牖，芬馨下入罍。奈何此嘉樹，顧盼轉徘徊。適遠人無着，追歡夜亦良。絃歌因信宿，酒茗即家鄉。瓦盎栽叢蕙，銅鑪爇妙香。木瓜花欲放，賢主又移牀。此身忽自勵，題墅曰青葵。履豫常懷懼，方榮已念衰。暄暄春去葉，濯濯露盈枝。節序何妨晚，寒松與爾期。

秋色更堪愛，去年余在家。清明鋤黑壤，籬落種黃花。今日人攜鍤，春風菊長芽。栽培聊共爾，不恨滯天涯。

夜話復誰共？門生吴彦懷。燭燈冷林薄，風雨撼江淮。海水月流野，荻花霜覆階。別離幾十載，君不忘荒齋。辛丑，彦懷讀書陋軒。

但得羲皇意，寧須山水居。啼林無俗鳥，連屋有遺書。孤咏聲情苦，高眠應接疏。故人謂山漁。芳躅在，念子頗相如。

【箋】

〔郝乾行〕羽吉子，見卷九汪長玉郝乾行過宿陋軒箋。

〔吴彦懷〕郝羽吉甥。卷九蕪城病中謝吴彦懷寄敬亭茶葉自注：「令舅郝二寄布。」

〔山漁〕即郝羽吉，見卷一郝羽吉寄宛陵棉布箋。

案第四章有「去年余在家，清明鋤黑壤，籬落種黃花」之句。辛酉春，嘉紀適在家，卷十有雨中栽菊詩，當即指此。此詩當作於康熙二十一年壬戌（一六八二）。

雨中集樂允諧新築幽居

別墅繁華里，林丘趣轉賒。小齋懸石澗，緑樹接鄰家。卜築還餘地，承歡更買花。老親易菴先生。厭歌吹，從此得烟霞。

漾漾新流漲，菶菶蔓草芟。春催林潤澤，烟引石巉巖。甕釀啼鶯勸，缾花喜鵲銜。追陪願學圃，我亦有長鑱。

更有幽栖地，江村雞犬寧。寒潮流世代，遠岫碧階庭。稚子炊茶竈，漁人抱酒缾。遥知花月夕，宜醉復宜醒。

旅愁徐失去，故舊緑樽前。痛飲須終夜，重逢已暮年。燭燈光照壑，舍宇泛如船。酩酊雨聲裏，聊隨鷗鷺眠。

【箋】

〔欒允諧〕曝書亭集徐州蕭縣儒學訓導欒君墓志銘：「維揚有嶔奇磊落之士欒君，諱又令，字允諧，一字介冰。少能文，學使者試童子，拔置府學名第一。其爲人孝弟，廣交友，輕貨財。闢葙圃京江中，焦山障其下，芰荷葭菼浦樹圍之數重。有橘獨立，結實青黃，足當洞庭百頭。暇招番禺屈大均賦詩，韓畕援琴，鼓羽化之曲，陶然樂其志也。既而海艘深入，戰後廢爲牧馬之場。乃移居江都郭東八十里，築洗心亭，雜樹花柳，比于故園，風景略似」云云。

送吴三劍宜

薊門歸馬一聲嘶，笑指隋堤車又脂；顏色偏增南北路，風光況值艷陽時。村家白墮消鄉夢，驛館倉庚囀樹枝。歌醉不應求勝侶，盧溝橋畔草離離。黄花開遍古揚州，伯氏令兄鹿園。當時此北遊。折柳又看難弟去，臨觴祇益故人愁。迢迢霄漢違青眼，逐逐塵埃到白頭。從此客途誰藉在？春風自攬敝羊裘。

【箋】

〔吴劍宜〕詩觀：「吴荃字劍宜，歙縣人。有花嶼堂存稿。」

〔薊門〕見卷三送汪左嚴北上箋。

〔盧溝橋〕在北京廣安門西十三里，跨永定河上。金明昌初所建，長二百餘步，名廣利橋。見方輿紀要。

〔鹿園〕吴苑字鹿園，見卷九之東亭訪吴楞香箋。

吴嘉紀詩箋校卷十二

題圖詩十首，贈吴君仲述

樂志圖

仲長統字公理，倜儻不矜小節，州郡召不就，思卜居以樂其志。

閒雲戀岡巒，芳蕙怡丘樊。幽人欲安托？夙昔有志存。慮恬生趣味，事熱多競奔。居止遠軒冕，聊以媚雞豚。琴尊親魚鳥，聊以娱心魂。手攜老氏書，坐與故人論。松柏壽吾里，日月在吾門。逍遥樂其志，達哉公理言！

雅量圖

吕文穆公始爲相，有朝士於簾内指之曰：「此子亦參政耶？」同列欲詰其姓名，公曰：「若一知姓名，則終身不能相忘，固不如不知也。」光芒席上器，中窄外壘嵬。榮貴誠足珍，寡受亦易殆。呂公朝士中，川中之大海；溪澗江河湖，滔滔於此匯。簾下伊何士？妄言使人駭。香穢置一區，氣味各不改。藚菉易知名，任爾侵蘭茝。既知不能忘，長者徽音在。

奉母圖

潘岳閒居賦：「微雨新晴，六合清朗，太夫人乃御板輿，升輕軒，遠覽王畿，近周家園，稱萬壽以獻觴，或一懼而一喜。」

孝子愛年華，亦復愛景物；景物不養親，虛擲良可惜！霏霏靈雨晴，鬱鬱茂林碧。薄薄輕車音，遲遲老人出。禽鳥鳴喈喈，清風左右翼。仰睎天宇澄，遐邇瞻第宅。遊歷忘衰老，徘徊動顏色。承歡及良時，兒也進雲液。

慎交圖

蔣詡舍中三徑，唯羊仲、求仲從之遊。二仲皆挫廉逃名之士。

豪士愛苦泛，座上盈嘉賓。醇酒引情言，居然雷與陳。燭短酒肉闌，主賓意已伸。不待出門户，紛紛皆路人。吾慕蔣元卿，荒廬塞棘榛。闢徑待誰過？羊求乃其倫。俗態何足盼，衰年益相親。砥礪豈必多，一璧勝萬珉。

恤孤圖

張裔與楊恭善，恭早逝，遺孤未成人，裔迎其母子，分屋舍與居。孤長，爲娶婦，置產業，使立門户。時人義之。

人子畏早孤，園花畏晚榮；榮晚霜露欺，早孤情煢煢。昔爲懷中玉，今與瓦石并；時勢一朝異，誰爲臼與嬰？不悟張夫子，視孤若己生。兩世門户計，一堂琴瑟聲。雲巘何峨峨，松巖何巍巍；高山世上有，高義今世稀。

節儉圖

宣巨公爲御史中丞，秉性節約，常布服蔬食瓦器；帝幸其府舍，見而嘆曰：「楚國二龔，不如雲陽宣巨公！」

萬錢供匕箸，列錦衣軒除，侈者一盼睞，猶言無可娛。人生同所願，飽腹與暖軀。何爲恣情欲，不顧家室儲？試看宣巨公，天子過其廬。貴幸世無比，服食唯粗疏。樸誠易厚物，省約則寡須。楚國兩賢人，盛德或不如。

好施圖

北魏李士謙，好施；歲荒，出粟千石貸鄉人。明年又荒，人無以償。公對衆焚券，設粥賑濟，全活萬餘人。或曰：「子陰德大矣！」公曰：「陰德猶耳鳴，人無知者；今子已知，何爲陰德？」

彼蒼者好施，君子亦好施。雨露降霄漢，禾黍以蕃滋。惠澤有時偏，畎畝逢荒年。君子開倉廩，用穀以佐天。饑饉貸且賑，時豐不用償。老幼存活多，頌聲溢故鄉。鄉人徒嘖嘖，李公不爲名。陰德人不知，請自聽耳鳴。

解紛圖

朱冲字巨容，少有至行。鄰村失犢，誤以冲犢歸，後得犢，慚謝以犢還冲。

有牛犯其禾，冲屢芻飼牛，無恨色。居安南，人有争者，冲以禮讓爲訓，親黨化之，村無兇人，路不拾遺，惡蟲猛獸皆不爲害云。

凱風吹林芳，聞者願相從。栖托附麟鳳，寧憂豺與蟲？世俗日已澆，争起骨肉中；不有禮讓訓，何以化頑兇？高士如玉鏡，善惡如形容；醜陋倘自見，羞與佳麗同。山澤患害絶，田園稻粱豐。人生朱公鄉，真有羲皇風。

御下圖

東漢劉寬，性仁恕，雖在倉卒，未嘗有疾聲遽色。恒帝朝，爲廷尉，時當朝會，嚴裝訖，婢持肉羹，翻汙朝衣，寬神色不異；徐曰：「羹爛汝手乎？」

貴人重玩好，小物情每親。勞勞僕與隸，賤之如埃塵。僕隸親生身，貴人親生身；賤者視貴者，形體亦猶人。趨承微有誤，奈何遂怒嗔？爾行固蹇劣，良由褊其中。仁愛寓倉卒，君不見劉公。劉公誠可師，問婢不問衣。

教子圖

韓魏公琦，教子以義方，有五子：忠彦官僕射，封康國公；端彦贊善大夫；粹彦吏部侍郎；純彦徽猷直學士；嘉彦駙馬都尉。

連翩馬上郎，云是弟與兄。弟兄有五人，同時皆顯榮。朝回多輝光，觀者盈路旁。借問爾誰家？云是魏公郎。魏公有德行，厥後自應昌。孰知堂上訓，凛凛惟義方。樹禾須土腴，植菊須篠扶。施厚報亦厚，可爲嚴父模。

【箋】

〔吴仲述〕未詳。

案溉堂續集有壽吴仲述三十韻，編入康熙二十二年癸亥（一六八三），此題當作於是年。

擕美人圖題贈汪梅坡

深山曲水絶塵埃，冰雪層層花亂開。高士此時真快意，手中擕得美人來。妝罷婷婷白玉姿，人間羞煞俗胭脂；胸前欲佩宜男草，林下先成連理枝。

微風吹入水邊林，珠翠梅花香共深。莫怪鴛鴦不相離，世間難得是同心。漫把飛瓊夢裏誇，許渾有夢飛瓊詩。羡君今已到仙家。疏枝弱態影清潤，不識是人還是花？

【箋】

案美人當指蔡婉羅也。衆香詞：「蔡婉羅字仙季，幼失怙恃。年十九，歸錢塘汪梅坡。與梅坡縱遊吴下名山水，又僑寓鴛鴦湖者一載。庚申歲，始移居廣陵。甲子春三月，家中失竊，資財盡失，婉羅怏怏成疾。三月杪，遂不起，年只二十七。婉羅無子，梅坡即以兄子嗣之。適東洶吴野人造訪，遂代命名曰以蔡，字念屺。」

吴陵午日寓袁家庵作

身暇乃知静，城中如遠村。客驚時節换，老畏應酬煩。稚子炊茶竈，新交贈酒尊。今朝鄉思切，只爲近家園。

釣艇歸蒼海，良辰醉緑醽。誰知羈半路，兀坐對高梧？今日老漁父，前生屈大夫。好辭有何益？吟罷獨踟蹰。

泛然任栖泊，不敢恨淹留。積雨忽成霽，涼風已似秋。荷香浮遠渚，柳色動行舟。逆旅俗人散，堂空得自愁。禪室僧皆醉，疏籬鳥自鳴。閒中頭更白，飲罷悶還生。艾葉時當採，槐陰露洗清。故林高卧處，豺狗正縱横。

【箋】

〔吴陵〕即今江蘇泰州。泰縣志：「唐武德三年，置吴州，更縣曰吴陵。」

〔袁家庵〕泰縣志：「幻竹庵，明兵備副使袁懋貞建，在州治東北。」或即此。

音隱歌贈俞錦泉

君不見曼倩避世金馬門，簪纓衮衮高蹈存。君平卜筮成都市，空簾隔人情似水。沮溺豈必雲山住，乾坤到處身堪寓。君不見俞錦泉，亦棲園圃亦入城。景物盤桓絶係戀，性情寄托惟音聲。海月飛上林樹枝，熒熒華燭照卮匜。長袖窄靴裝未畢，主人已是開襟時。齊心勸緑醑，嬌唱領朱絲。曲精不用周郎顧，調古衹應郢客知。借看門外來公侯，聲入俗耳主人羞。應酬只令杯在手，閨閣争避錦纏頭。獨有漁樵四座多，花前命舞還命歌；蓑笠釣竿及斧柯，雜錯釵鈿與綺羅。老夫城郭走踖踖，招去歡飲不待夕。知我平生嗜泉石，善謳取媚同心客。謳者妙顔我髮秃，宛如桃杏繞古柏。隱居趣味君何深，鴻鵠翱翔懶集林。請聽平聲。今夜絲竹内，盡是先生山水音。

【箋】

〔俞錦泉〕雍正泰州志：「俞瀫字錦泉，號音隱，以廩生膺歲薦，需次内閣中書。躭志林泉，搆漁莊園以處四方賓客，日與名士飲酒賦詩，不減玉山草堂之勝。著流香閣詩詞行世。」

打鰣魚

打鰣魚，供上用，船頭密網猶未下，官長已鞲驛馬送。櫻桃入市笋味好，今歲鰣魚偏不早。觀者倏忽顔色歡，玉鱗躍出江中瀾。天邊舉匕久相遲，冰填箬護付飛騎。君不見金臺鐵甕路三千，却限時辰二十二。

打鰣魚，暮不休，前魚已去後魚稀，搔白官人舊黑頭。販夫何曾得偷買，胥徒兩岸争相待。人馬銷殘日無算，百計但求鮮味在。民力誰知夜益窮？驛亭燈火接重重。山頭食藿杖藜叟，愁看燕吴一燭龍。

【箋】

案此題蓋指康熙二十二年供鰣魚事也。余孔瑞代請停供鰣魚疏：「康熙二十二年三月初二日，接奉部文：安設塘撥，飛遞鰣鮮，恭進上御。值臣代攝驛篆，敢不殫心料理。隨於初四日，星馳蒙陰、沂水等處，挑選健馬，準備飛遞。伏思皇上勞心焦思，廓清中外，正當飲食宴樂，頤養天和；一鰣之味，何關重輕。臣竊謂鰣非難供，而鰣之性難供；鰣字從時，惟四月則有，他時則無。諸魚水養可生，此魚出網即息；他魚生息可餐，此魚味變極惡。因藜藿貧民，肉食艱難，傳爲異味。若天厨珍膳，滋味萬品，何取一魚？竊計鰣産於江南之揚子江，達於京師，二千五百餘里；進貢之員，每三十里立一塘，豎立旗桿，日則懸旌，夜則懸燈；通計備馬三千餘匹，夫數千人。東省山路崎嶇，臣見州縣各官，督率人夫，運木治橋，鑿石治路，晝夜奔忙，惟恐一時馬蹶，致干重譴。且天氣炎熱，鰣性不能久延，正孔子所謂魚餒不食之時也。臣下奉法惟謹，故一聞進貢鰣魚，凡此二三千里地當孔道之官民，實有晝夜恐懼不寧者」云云。

〔金臺〕雍正畿輔通志：「黄金臺在大興縣東南十六里。燕昭王置千金於臺上，以延天下士，謂之黄金臺。」

〔鐵甕〕即鎮江。嘉慶丹徒縣志：「郡有子城，周六百三十步，即三國吴所築，内外皆甃以甓，號鐵甕城。」

此詩當作於康熙二十二年癸亥（一六八三）。

自城中歸東洵，哭袁姊丈

海岸淒涼又落暉，出門何處覓相知？如雲如霧客長逝，或哭或歌予自悲。照影螢棲晴草色，呼群鵲噪古槐枝。平生風景依然在，語笑因思曩昔時。

水際閉門青草生，衰年過日有經聲；香燈儼若高僧在，齋館長如古寺清。謖謖寒濤鐺茗熟，菲菲時艷徑花榮。與君來往稱婣黨，不減人間親弟兄。

何曾得見没時顔？百里睽違若萬山。天曉畏看星落落，櫂歸愁聽水潺潺。治塋表聖親朋送，自祭淵明意趣閒。去去夜臺偕我姊，不殊梁孟在人間！

吾衰壯志未銷磨，侶伴嗚嗚對酒歌。蒿里可憐頻悵望，柴門從此罷經過。黄昏形影燈前寄，白首知交地下多。亦識死生無異理，哀來難遣奈情何！

【箋】

案嘉紀姊丈袁漢儒，見卷七臘月四日贈袁姊丈漢儒箋。

望君來　思循良也。

望君來，荷鋤夫，嗷嗷待哺同烏雛。野寬母遠日欲晡，不慰饑渴蒿與蒲。誰念頻年水旱多？隴無黍麥，畝無嘉禾，蛙鄉魃藪仍催科。不有黄穆，奈此赤子何？望君來，君未來，溝塍里巷歌聲哀！

望君來，愚竈户，日蒸野草氣方暑。小舍煎鹽火焰舉，鹵水沸騰烟莽莽。斯人身體亦猶人，何異雞鶩鬻中煮。況復今年春夏雨弗息，沙柔泥淡絶鹵汁；坐思烈火與烈日，求受此苦不可得！不有杜詩，誰與説胸臆？望君來，來何遲，遠見琴鶴人色怡。

望君來，老儒存，眼看十場，愁心自捫。胥徒但徵里閭税，子弟不道周孔言。往時社學那可見？菜花草色海壖遍，於中豈無商歌者，織屨蘆中匿顔面。不有文黨，風俗何繇變？馬聲蕭蕭車轉轉，望君來，君至止，稱詩説禮自今始！

嗟哉行贈錢烈士　名嘉，字麟圖。

嗟哉！田仲郭解，斯人已徂。殘忍者不復有人斷其頭顱。嗟哉！世間道途何處無巘巇，徒爾按劍太息胡爲乎？不見官人虐人孤，晨箠夕撻，兒無完膚。兒潛身入野雪哭，昨日王孫，今日困辱爲人奴。嗟哉！哭聲一何悲，行路泣下悲哀。行路何人？虞山烈士，遠自彰義門來。慷慨前與官人言：「彼孤王孫，當以金贖。」官人摇手不受金，答言：「雨下勿再入雲，泉出不更還源。彼童子若鶤雞，在吾籬藩，雖有兩翅，豈能得上天飛翻？」烈士聞之，髮豎心意煩。官人宦遊北上，烈士亦徒步入彰義門。疾呼向大廷，誓必贖孤，義欲捐生。黄金臺下，誰不直此不平之鳴！爰有忠烈裔，排患拂衣起，隋珠趙玉，挈還烈士。花開夜樹，月出東水。侶伴舉酒賀，醉歌長安市。雨入雲，源見泉；鶤雞翅，飛上天。獨惜手把龍泉，仍使官人頭，乃與項領聯。回睇官人，車輪轉烈士中腸，且攜孤兒歸故鄉。嗟哉！

【箋】

〔錢嘉〕字麟圖，常熟人。少孤貧，奮欲樹立。後仗劍從軍，署都司，累立戰功，官順德總兵，卒於任。見乾隆常昭合志。

〔虞山〕謂常熟也。山在縣治西北一里。見乾隆常昭合志。

〔彰義門〕嘉慶重修一統志京城引金史地理志：「燕城門十三：東曰施仁、宣曜、陽春；西曰麗澤、顥華、彰義；南曰景風、豐宜、端禮；北曰會城、通元、崇智、光泰。」

夏日題松圓老人畫，寄吴蘭根

海濱三伏亭午時，鴉鵲斂翼匿蒿艾。老夫病熱將安適？牀上展閲松圓畫。庭宇冉冉雲氣來，山川蒙蒙雪片大。巖裂風吼石欲墮，泉銜竇凝霰微灑。遲遲行路者誰子？身縮驢背笠覆蓋。僕夫褐飄步不進，手僵指直難結帶。遥向小橋尋徑往，不知何村有漿賣？伊余卧遊甫未畢，倏覺暍疾盡已瘥。脚赤焉用層冰踏，神寒反思杲日曬。因念白沙吴居士，暑天事佛弗弛懈。遠心西漾隨鯉魚，畫圖寄去草堂掛。清涼趣在炎熱中，此意但有居士會。

【箋】

〔松圓老人〕感舊集小傳：「程嘉燧字孟陽，江南休寧布衣，與牧齋爲友，謚之爲松圓詩老。有耦耕堂、松圓、浪淘等集。」

〔吴蘭根〕未詳。

〔白沙〕見卷三晚發白沙箋。

喜汪簡臣自京口歸東淘過訪二首

東淘柳條向西青，枝上晨鳥飛且鳴；晨鳴暮鳴思無聊，念君西遊適金焦。山月妙高臺，江松三詔洞。沙鷺水花接笑言，漁翁釋子相迎送。范公堤邊舊草堂，累月醇醖乾壺觴。我友直似壺中醖，醒人夜夜不能忘。

雲散碧巖岧岧高，拭開老眼看故交。時簡臣病愈。籬落雞犬有歡顏，故交身體安如山。我昔避債匿蘆渚，子解金錢擲債主。虎狼莫敢施爪牙，爲逢仗劍魯朱家。家舍梅開卒歲時，歸來酌酒對花枝。我友直似掌中劍，懦夫日日不能離。

【校】

〔題〕「汪簡臣」王本作「汪生」。

【箋】

〔汪簡臣〕同治兩淮鹽法志：「汪銓字簡臣，歙人，以鹽筴占籍儀徵。父鐖，諸生。銓少從父學，涉獵管、商諸書，河渠、鹽法，無不得其要領。康熙中，奉旨濬海口及串場河，命銓司其事。銓以海口雖經疏鑿，而各場運鹽諸河尚苦於淤淺，請併力濬之，御史如其言。四閱月，工竣，富安等二十餘場，賴以濟運。」

〔京口〕即今鎮江。嘉慶丹徒縣志：「三國時，吴主孫權自吴郡徙京口，號曰京城，即丹徒縣西之京口里。後遷都秣陵，京城爲京口鎮。」

〔妙高臺〕京口山水志：「妙高臺在金山絶頂。宋元祐間，釋了元建。有石刻王安國『妙高臺』三字。」

〔三詔洞〕京口山水志：「焦公洞，一名三詔洞，在焦山西南，内有焦公像。」

〔范公堤〕見卷三與汪伯光二首箋。

醉竹先生歌，贈汪長玉

歲寒三友松、竹、梅。昔嘗聞，高趣吾尤念此君；陰低枝斜風雨裏，可憐醉態頻徙倚。仲秋八日弧懸室，先生生逢竹醉日。竹醉世情渾不知，東西南北任人移。先生亦是忘機者，湖海飄然酒一巵。清節曾爲神鬼祐，癸卯春，長玉負米，舟覆皖江，性命獲全，洵有神助。虚心又見親交推。況復百年已過半，更生不飲生何爲？今辰初度賓屢至，一壺一壺主人醉。此君酩酊扶茆簷，簷下早待先生睡。

【箋】

案卷一汪大生日詩，爲長玉三十生辰作，時當康熙二年癸卯（一六六三）；此詩曰「況復百年已過半」，「今辰初度賓屢至」，乃爲長玉五十生辰作也，則此詩當作於康熙二十二年癸亥（一六八三）。

程寡婦歌

明星墜爲石，高田流作海；天地變遷有如此，世人心志形容長不改？形容長好，伊維仙人；心志不改，伊維寡婦忠臣。臣忠識大義，臨難往往致其身。婦人脂口澤膚，十人九人腸肺愚。節操曷繇自勵？門户胡能獨扶？君不見程寡婦，乃是程湄妻，夫死婦不死，祇緣黄口兒女須提攜。餔糜終朝爨烟冷，刀尺半夜燈火低。只今歲時不知凡幾換，嬌女嫁人稱賢媛，兒讀父書，雙雙㞳㞳名譽遠。八十歲舅，爲樂多方。豆有甘肥，壺有酒漿；廩中菽粟椸上裳，孫子在膝婢成行，寡婦猶然茹荼檗，躡冰霜。吁嗟乎！苦味寒威何日已？一門四世咸相倚。上不學天星，下堪慚海水。寡婦寡婦！吾乃程湄之友。今日登寡婦之堂，把盞作歌悲且喜。寡婦頭白閨門中，程湄目瞑泉壤裹。

【箋】

〔程寡婦〕汪楫妹，揚州諸生程湄妻。見雍正江都縣志。

京口何龍若僑居吴陵城中，奉訪有贈

門内語鷓鴣，門外無車馬。城郭里巷緑，樹色來原野。何年此卜居？蝸舍趣瀟灑。雨餘菜自種，客去書還把。白雲映萊妻，宛在三山下。楊雲情嗜飲，對月思酒壺。識字雖無用，飲君尚有徒。歸來每微醺，粟甕則空虚。閭閻雜糟丘，風俗易模糊。念醒不念餒，此地亦難居。

【箋】

〔何龍若〕見卷十一送何龍若箋。

案黄逵黄儀逋詩有豆棚詩爲何龍若作四首，於龍若僑居吴陵城中景況，約略可見。

别詩代方多符作

程方二生，共寄迹市井十餘載，情好甚殷；程適謀生他往，方臨别踟蹰，殊難爲别也。余時與二生同寓舍，因代方賦詩。

君爲野田葛，我爲田中蘿；生計偶相近，纏綿意何多！趾趾同出入，錢錢贍室家。弟昆寧異此，管鮑不讓他。人事倏忽改，各言天一涯。明朝天一涯，今夕共燈花。河魚煮爲膾，甕酒紅於霞；須臾且飲食，淮樹啼醒鴉。皎如西嶺月，斜照東逝波；去君漸以遠，回首奈君何！

【箋】〔方多符〕未詳。

旱蓮草

渡口水清放湖蓮，園中雨晴開旱蓮；旱蓮雖讓湖蓮美，一生不受路人憐。林中籬下風氣涼，白花綠葉自然芳。不嫌采掇人年老，生性能令老益强！本草云：「旱蓮草，益血固齒。」

旱浮萍

水萍逐水去不還，旱萍生根籬落間；有根且戀田園土，日與桑麻共好顔。不去漂流奈爾何！江湖景色門内多。鷗鳥菱花莫相憶，微生今已離風波。

自東淘至河阜，訪戴岳子不遇，止宿谿上新齋

自汝移家去，東淘一老愁。人譏毛秃鳳，我飯力衰牛。兩岸水雲濕，幾家村樹秋。倚舷望河阜，曉月落扁舟。

到岸興猶在，水花秋氣鮮。竟遊安道墅，不返子猷船。烟火魚鹽内，圖書鴈鶩前。家僮留客宿，益識主人賢。

步屧暮谿上，衡門寒水深。雞塒蟋蟀語，魚穴鷺鷥尋。養母羹初熟，留賓酒自斟。中宵猶不至，薄醉一横琴。

【箋】

〔戴岳子〕見卷十移菊復歸陋軒喜戴岳子過訪箋。

贈程雲家，時四十初度

寂寞殘生懶問天，蓬門藝植謝人憐。白衣客到黄花裏，皂帽翁歌碧海邊。釣弋野情臨水静，賤貧交態比金堅。雞鳴鵲噪東淘路，相慰相尋已十年。

凛凛颶風啼老鴉，悲秋誰不鬢毛華！漫嫌景晏身逾老，且喜年豐醖可賒。遠水渚前楓落葉，斜陽堤上客思家。招來痛飲復攜手，萬里醉看蘆葦花。

梧枝禽向竹枝翔，暮色凄凄天雨霜。入户銷憂桑落在，開軒兀坐菊英香。也知膠漆爲同類，不信雷陳肯異鄉。昨夜扁舟吾訪汝，月明新鴈下南梁。

辛勤頗爲稻粱謀，少壯光陰付旅愁。杖履幾時離斥鹵？耰鋤常悔别園丘。松林石澗鶴雛聚，茆屋柴門江水流。更説煉丹峰似畫，終須偕伴晚年遊。

詠歌淮水楚雲東，詞賦翻因轉徙工。黑夜誰能知錦繡？青氊只欲老英雄。舞聞村樹雞聲起，讀借鄰家燭影紅。前哲婞修多若此，天涯不用恨途窮！

不求簪組但懷鐔，節孝傳家恩怨深。雲際飛龍豈知己，潮邊精衛是同心。只今四十齒猶盛，空對蹉跎杯自斟。昫昫春暉勞夢想，生辰涕泗一霑襟！

哭汪生伯先生

平生親與故，車馬紛紛來。入門各躑躅，上堂見裳衣。故物宛如昔，丈人安在哉？有道遽云亡，氣色黯江淮。鄉鄰何所仰？手攀庭樹枝。摇落懷蔭庇，暮鳥鳴悲哀。

露水白秋草，蟋蟀鳴呴呴。人生若寒烟，誰不歸丘墟？黄葉落原野，牛羊色踟躕。孤雲逝悠然，暮景在桑榆。依依戀廬舍，隱隱見圖書。憶昔獨安坐，顧盼興蕭疏。檐鴿向索食，飛翻下階除。

在昔靖南侯，猛氣臨巨川；蛟龍值其影，避縮如蚓然。何哉一布衣，慷慨劍戟間。開口陳大義，契合繇片言。威猛變恩澤，願言授高官。士卒盡嘆羨，將軍真好賢。月出戰馬嘶，清風吹轅門。禄糈豈不沃，錦服豈不鮮；一笑拂衣起，誰知魯仲連？

秋風吹斷蓬，飄轉心不悔。倦身獲有托，中路喬松在。節概既相親，鄙吝亦自改。朝日與夕月，二十有六載。寒燈照户庭，梧竹陰靉靉。禦冬醅始熟，止宿榻重解。我今策杖來，廡下誰相待？

【箋】

〔汪生伯〕汪楫父。見卷七題圖詩十二首箋。此詩第三章「在昔靖南侯」云云，賴古堂集壽汪生伯六十序：「汪君異甚，當甲申、乙酉間，素封家率以貲得官，避兵軍中。君挾重貲往來楚豫，獨避之若恐浼焉。靖南侯虎山黄公樹塞關隘，聞鹽艘有助興平餉者，大怒，將盡攫諸鹽艘。旅行數百人莫敢前。君獨從槊戟中走白黄公曰：『細民千里貿易，利止錙銖，比加榷税，苦不聊生。今將軍罪苛斂之吏，將軍之仁也！將軍奈何誅求細民，欲與興平等？』黄公掀髯起曰：『誤矣！若前！若敢言。若倜儻可任，今官若督軍！』君固辭不受。使君重功名，五十時，功名已赫赫當世矣！」

案第四首有「朝日與月夕，二十有六載」之句，嘉紀始交舟次在順治十六年己亥（一六五九），至康熙二十二年癸亥（一六八三），已近二十六年矣，此詩當作于是年前後。

哭妻王氏 癸亥仲冬一日。

王氏名睿，字智長。上聲。歸余四十五年，嘗願先余死，問之，曰：「冀得君挽詩耳！」今子死，余哭子有詩。涕泗之時，詩愧不工，然子願酬矣！嗚呼！子願獲酬，余悲可勝言哉！

昨日餔糜熟，共食情何怡！神清若無病，夜話雞鳴時。如何東方明，咽喉息已微。俄頃異生死，念之發狂癡。執子舉案手，從此長别離。海上停鹿車，人間棄牛衣。木脱風烈烈，别我去何之？

入門不可見，出門登高丘。茅草霜打死，寒氣野颼颼。狗吠古墳中，狺狺使人愁。我妻素畏狗，弱魂今獨遊。掌中無餅餌，急遽將奚投？崦嵫雲縱横，斜景黯黯收。故夫方悵望，回首見之不？呼我我不聞，欲答夫何由？

傷心今爲誰？東海商歌者。哀怨五内滿，時藉音聲瀉。棲禽中夜醒，惻愴集梧櫝。山妻披衣起，傾耳殘燈下。秋花爲我落，林雨爲我灑。孤調何酸淒，猿啼蛩咽野。蘊結我方吐，妻淚已盈把。相對攄性情，詎云慕騷雅。閨房有賞識，不嘆知音寡！

結褵無幾時，家國丁喪亂。夫婦是鴛鴦，蘆花爲侶伴。兵燹同閲歷，容顔各凋换。願言惡衣食，暮齒足昏旦。誰知淮南田，歲歲水漫漶。射雉蕭蓬墟，懸鶉斥鹵岸。猶恐我志遷，固窮爲我言：「高義歸夫子，飢寒死不怨！」怨，平聲。廣韻二十三元韻，音鴛。後漢班叔皮北征賦，音淵。

西舍景欲晏，貧家天始晨。蠢僕徐徐起，怒視甑上塵。掃除頗不煩，門巷苔蘚新。詩書出篋笥，質米復貿薪。雲烟動楊樹，烏鵲飛水濱。炊熟鄰媪來，令我老婢嗔。妻也入厨下，簞豆給最均。釜餘己所餐，舉手授鄰人。借問何爲爾？人飽甚于己。阡陌慘無色，漁樵行徙倚。請看謝世日，哭聲滿桑梓。

儉室鮮宿儲，驚聞客遠顧；黽勉一倒屣，低顔澀言語。車轉腸中輪，牛鳴門外路；回睇竹木影，厨烟已煦煦。槃罍出意外，精食兼清酤。周旋成主賓，霑被及僕御。男兒徒作人，氣色緣内助。團團月入幃，開箱鼠馳去。平生衣與珥，半作留賓具。

始悔盛年時，餬口日奔逐。人生有歡娱，乃以易饘粥。行裝俶中夜，星斗壓簷緑。遊子落月照，辛苦同草木。欲發仍淹留，旅伴相迫促。門鴉雙雙起，渚鷺雙雙宿。掩耳上扁舟，愁聞室中哭。

我本荷鋤者，谿中種梅花。俗人隔流水，老圃爲鄰家。日月臨軒窗，高枝低枝斜。終日應接少，閉門烟霞多。猶記大雪夜，幾樹花婆娑；香醪斟已盡，子爲我煎茶。

居處絶車馬，籬菊爲我客。生長相因依，歲晏趣彌適。栽種有同心，泣下思疇昔。花開重陽日，風雨移入宅。參差雜琴尊，淋漓霑几席。秋氣凉夫妻，毛髮滿頭白。相與坐花中，從朝至暮夕。深夜更秉燭，寒影散四壁。

雄燕朝銜泥，雌燕暮銜泥；顛毛稍稍秃，雙影依依偕。恩勤久不勸，類我老夫妻。題詩思昨日，夫東婦坐西；不厭生計苦，但求耄年諧。風光猶似昨，梁上倏孤栖。門庭人迹稀，錦瑟聊自攜。故雄語未了，故夫亦已啼！齋中巢燕，秋去春來，十有四年。内人曾乞余作詩，爲賦雙燕來二首。其二首結句云：「簷際春梅又發花，主人今歲未離家；匹偶但得長如爾，不妨相對鬢毛華。」蓋以余頻年飢驅道路，終願如燕之不相離，以卒余兩人暮齒也。今春貍齧雌燕死，其雄悲語空梁，余爲涕零如雨。未幾，内人奄然棄世。余栖栖出入，自語自悲，又一雄燕矣！

我曾欲遠遊，夫前婦後從。飲泉還采芝，南澗復西峰。峰腰雲霞起，宿鶴鳴青松。扣門素交來，倒甕酒漿濃。此志亦易遂，吾求殊不豐。生無一日娱，死別忽匆匆。並蓮單辭蒂，孤劍永背雄。褰帷徐入房，彷彿擬形容。疾風吹埃盡，何處尋遺蹤？

念子如杖藜，衰老不能離。飲食及寒暑，時時蒙察伺。只今卧一室，甕飧方告匱。凛冽冰雪中，誰更來相視？我年近七十，幾日在人世？此別雖不久，獨活懶作計。檠火隨悲翁，蔴巾盡血淚。高天碧無情，孤鴈空嚮唳。

【箋】

〔王睿〕見卷一内人生日箋。

〔癸亥〕康熙二十二年（一六八三），此詩作於是年。

題亡友程梅憨深柳讀書堂圖

泬寥庭宇點塵無，萬帙千籤柳色扶。閉户先生聲款款，披帷幾度欲相呼。桑柘蕭條海市空，相尋誰復念墻東？兩行老淚忽成笑，永别故人來眼中。

【箋】

〔程梅憨〕未詳。

董嫗

客行斑竹村，有嫗田間哭。野曠人迹稀，嫗手牽黄犢。犢口齕齕食，草色莽莽緑。哭聲一何悲？牛羊爲躑躅。客行聊駐足，近前問緣由。心念主人恩，欲言淚還流。「主人韓秀才，諱默。家住蕪城裏。城破兵屠戮，夫妻先自死。妻蕭氏。縊死梁上，夫溺死井底。所生兩男兒，一死從嚴親；諱彦超。幼者名魏。在母懷，擎舉托老身。憶母將縊時，復抱幼兒乳；乳兒幾曾飽，蒼惶分散去。門外積骸高，昏暮何西東？裹兒兒不啼，共入死人中。死人蓋生人，尸血模糊紅。五日殺人了，駱駝鳴蜀岡。匍匐夜出郭，隴晴麥穗黄。麥仁采餵兒，烟火投村莊。兒我各無恙，田夫嘆且驚。今年麥穗黄，明年麥穗黄，兒儵稱郎君，軀體如父長。眉宇尤骯髒，落筆善文詞，往來多益友，稍欲大門楣。郎君今安在？書劍燕山陲。燕山三千里，懷思斷肝腸！語罷辭客去，倚櫝向北望。北路驢馬來，飛動遥相呼：「郎君不捨我，今日歸來乎？」謬誤弗自知，但怪無人應。鳥雀返墟落，烟寒樹色暝。客亦掩耳歸，嫗聲難再聽。

【箋】

〔董嫗〕汪懋麟百尺梧桐閣文集董嫗傳：「董氏，江都以死節著聞韓文適先生家嫗也。當乙酉城破時，先生與夫人蕭氏及其長子將就死。夫人痛韓氏之絶也，抱三歲兒泣拜嫗。嫗泣受，裹諸懷，即夜遯。當是時，萬馬屠城，城中火起，照鋒刃如雪。天大雨淙淙，與戈甲聲亂，殺人塞坊市。嫗匍匐蛇行刀頭馬脚之下，伏死人中，從城竇出，匿江灘，拾麥穗啖兒，得不死。亂定，投韓之故人高氏，義育之。及長，以有成，即余友醉白名魏者也。醉白初爲孤童，其故人者復以事破家，即自爲計。嘗讀書僧寺，不能朝夕嫗。嫗居郭外邨舍，思醉白並哀其主夫婦之死也，日夜哭不止。

其子患苦之。家畜一牛，嫗曰：『爾無苦，吾爲爾牧。』即牽之野，伏田塍下，仰天大哭，人莫能勸也。自是以爲常。後醉白有事四方，得錢歸，即往省嫗，置酒肉；嫗喜，持醉白撫弄如嬰兒。辭去，復大哭。」

〔韓默〕温睿臨南疆逸史義士：「韓默字文適，臨汾人。父賈於揚，因家焉。默補博士弟子員，甚有名，又善書。史可法知其才，延至軍門，欲官之，辭不可。城破，語其妻蕭氏曰：『吾受知史閣部，不可不死義。若等自爲計。』易巾服投井死。妻謂子彦超曰：『汝長子，當隨父左右！』彦超曰：『諾！』亦投井。蕭結繯於梁，命長女先縊，視其絶，挽幼子乳之，既已授老嫗辛氏，頓首曰：『韓氏惟此一塊肉，如不存，韓氏之鬼餒矣！善存之，汝義也。我夫婦死不恨！』老嫗號泣負兒去。蕭氏乃縊。嫗抱兒晝伏積尸下，夜至江灘馬家莊，傭工拾麥，以穗啖兒，得不死。」

〔韓魏〕字醉白，見卷十一題韓醉白行樂圖箋。

車笠詞贈汪左嚴

君乘車，相逢道左背君趨；我戴笠，道左相逢就我揖。背君君不怨，就揖色何温！設醴勸我飲，炊黍授我餐，還愁稍失故人歡。頑鐵自謂堅，懶入金鑪冶。貧賤不驕人，今日爲去聲。長者。

歸里別汪殿居

攜裝出東郭，霽日雪上黄。暄氣蒸籬落，人家水仙花名。香。年年歲杪歸，一路沽酒嘗。今日望桑梓，欲發轉徬徨。除夕誰慰我？空有壺中漿。預愁茆屋裏，深夜燈燭光。故人來相送，淮浦鳴鴛鴦。温言緩去舫，清淚霑離觴。君胡易泣下？昨日亦悼亡！

不謂惡少里，乃有人追隨。藹藹林際風，嚮我襟懷吹。襟懷非蘭杜，時爲斯人開。疇昔始相遇，斯人是孩提。拜見悲歌客，嗔看市井兒。人言膠漆堅，浸漬則分離。童稚逮壯盛，君情猶未移。雞黍有久要，笠簦有誓辭。前賢交道在，終願君扶持。

【箋】按汪舟次詩有懷長玉叔定閑先殿居少文諸兄弟，殿居當爲其兄弟行。

泊舟揚子橋寄所知

蒼鹿遊長林，銜苹鳴呼麀。情好野依依，心同迹復邇。如何雲與霞，出谷各栖止。疇昔師伯陽，平生慕綺里。采藥是何時？索居皆暮齒。揚揚晚渚花，泯泯春江水。石梁明月來，引領何能已？

岸草色萋萋，草上飛江鷗。借問客何事，終日如行舟？舟行有停時，客行無時休。海雲流壓樹，東眄故園丘。伊人莞葭中，高詠情優游。千篇詩已傳，五岳願未酬。懷抱寫絹素，名山與滄洲。水聲泠茆屋，巒岫藹悠悠。誰知宗少文，閉門獨卧遊！

君曾與我約，共卜盱眙居。桑榆禾菽麥，其地頗有餘。其人不慢老，況復能崇儒。不見閫中叟，黄仲丹先生。栖遲若故墟。有友可以偕，有田可以鋤。人生獲如此，此外更何須？邈焉牧羊山，柳毅傳書處。杖藜去徐徐；倘遇柳先生，應授養生書。

【箋】

〔揚子橋〕廣陵覽古：「揚子津在城南十五里，即揚子橋，一名揚子渡，又名揚子鎮。」

〔盱眙〕今江蘇盱眙，原屬安徽省。秦始置縣。

〔黄仲丹〕皇清詩選：「黄若庸字仲丹，福建閩縣人。」周應芹南莊輯略遜之公七十壽詩諸名人姓氏考：「黄若庸字仲丹，一字岸園，閩縣人。貢生，順治十七年任盱眙知縣。善詩，與吾鄉吳野人莫逆。陋軒集中泊舟揚子橋寄所知詩三首，『所知』即指若庸也。」

〔牧羊山〕盱眙縣志稿：「牧羊山，治西南八十里。明一統志：『牧羊山，相傳有龍女牧羊於上，柳毅爲傳書，遂成婚媾。』」

哭汪母

家家男婦悲，借問慟何爲？里巷憑賢母，凋傷失我師。古釵初入篋，舊珮尚懸椸。山谷無容色，青松遽已萎。

生息逾百口，辛勤聚一躬。圖書列牖下，筐篚滿廬中。疏竹影殘月，寒鴉啼北風。傳經兼課織，夜夜一燈紅。

海外忽心動，遥知親倚門。歸旌觸崩浪，疾櫂打驚鼉。鵲噪瓜洲樹，人來守禮村。母憂見兒解，瞑目復何言！汪悔齋自琉球抵家，次日，母即卧病不起。

年年母生日，門泊海濱船。蓑笠五湖客，笙歌百歲筵。雨晴山有樹，春老野無烟。怊悵稱觴者，今來拜柩前。昔賢當困餓，一飯不能忘。念母盤餐德，於余三十霜。羸驂行已倦，客鳥去安翔。未有涓埃報，漁竿老自傷！

【箋】

〔汪母〕姓閔，汪汝蕃妻，汪楫生母。

案悔齋集册封疏鈔略云：「歸舟遭險，失血盆餘，病骨支離，未敢暫息，旋即兼程踰嶺，行次浙江，本生母閔氏遣家人來迎，始知本生父汪汝蕃已於去年八月，在籍身故。及抵家，而母尩羸已極，不十餘日又復長逝。」汪汝蕃卒於癸亥，閔氏之死，當爲康熙二十三年甲子（一六八四）春間，此詩當作于是時。

送汪叔定 限「人」字。

出城官路香，微風飛柳花。暮春作客意無賴，況復折柳天一涯。巖石訇訇落瀑布，爲川爲河下山去。當時泉石同深山，今日去留各異路。黄鵠刷羽清江濱，奮身一直上秋旻；回看鷃雀籓柴下，争食争飛笑殺人。

共住里巷中，旬日不相見。城闉斑騅嘶一聲，行色向人人戀戀。前路林鶯音未老，看花尤愛長安好。已識公卿館閣開，應知昆季聲名早。令弟蛟門。别來今幾春？碧梧修竹署齋新。時任西曹。聞道盛時刑漸措，舉朝推重讀書人。

十丈紅塵外，門掩樹陰中。把卷啜茶四五月，北窗之下多清風。燕月團團花蔓蔓，過從稍稍來冠珮。誰道貴人趣不同？于中我有情親在。王黄湄、吳鹿園。殷勤爲我語情親，雲路泥途隔幾春。禄米頻年分寄遠，不曾飢倒采薇人。

【箋】

〔汪叔定〕見卷三上巳集汪叔定季角見山樓箋。

〔蛟門〕汪懋麟號，叔定胞弟，時任刑部主事。

〔王黄湄〕即王幼華，見卷一答贈王幼華箋。

〔吳鹿園〕吳苑號，見卷九之東亭訪吳楞香箋。

汪庾齊之寶應親迎，贈詩四首

芳樹啼鶯淮水濱，廣陵歌吹白田春。門闌喜遇乘龍日，城郭争看奠鴈人。

畫舫牙檣遠溯洄，射陽湖畔水花開。春風微呴晴波小，一對鴛鴦並翅來。
城中無處不繁華，紈綺何心向俗誇？琴在幃中書在几，宛如徐淑配秦嘉。
華燈深夜照含羞，邂逅居然勝女牛；天上銀河只數尺，郎今歸自大琉球。

【校】

六卷本卷六迄於此詩。

【箋】

〔汪庾齊〕同治兩淮鹽法志：「汪宸褒字庾齊，休寧人，官金華縣知縣。」按兩淮鹽法志載：「汪楫子守衷、寅衷、宸褒、宗衮、定裴、寶裘。」宸褒當爲楫第三子。

〔寶應〕道光寶應縣志：「唐武德四年立倉州，領安宜縣，尋廢州，以縣屬楚州。上元三年，獲定國寶於縣，遂更爲寶應。」

〔白田〕即今江蘇寶應縣。寶應縣志：「今治舊名白田，爲安宜勝地。今城南五里白田鋪，蓋白田之一隅耳。」

〔射陽湖〕寶應縣志：「射陽湖在縣東六十里，縈迴可三百里，南北淺狹，自固晉至喻口、白沙入海。」

吴嘉紀詩箋校卷十三

促織

小蟲開夕響，一若爲寒侵。不顧愁中夜，公然榻下吟。能停孤客夢，兼到去年心。閱盡秋聲處，哀音不似今。

酬公調諸子見過不遇之作

交寡如吾者，門庭常是秋。君初尋澹侶，我又似孤舟。茗至鐺仍默，雨臣攜茗見惠。堦虛日自幽。愧無林氏鶴，有字向誰投？

【校】

〔默〕原作「寂」，朱筆改作「默」。劉寶楠眉批云：「『默』字老。」

【箋】

〔吴公調〕見卷一寄吴公調箋。

〔雨臣〕謂吴雨臣，見卷一哭吴雨臣題下注。

此詩及以下題壁上畫菊、送公調歸白門、初八日雨中送公調諸詩，當作於順治九年壬辰（一六五二）前。案卷一寄吴公調自注云：「余去歲往淮時，公調尚客余里。」嘉紀往淮之時爲壬辰。詩中「君初尋澹侶」句，似爲酬答公調初訪不及相遇而作，其時當不出壬辰後。

苦雨

癯影朝猶卧，書來頻叩關。不堪愁病者，更入雨風間。屐没空街水，泉高隔墅山。賴逢幽詠客，一爲解衰顔。

【校】

〔屐没二句〕抄本朱筆改作「屐没街頭水，泉添屋後山」。劉批云：「苦雨無行人，故曰『空街』。泉湧上出，故高於山。泉不能添山也，從原本是。」

夜坐

窗冷不能眠，攬衣起長喟。杳冥半夜秋，空我十年累。階庭如荒山，中有古初意。繁蟲聲忽亂，月欲上頹砌。

題壁上畫菊 同公調。

籬下佳花猶未蕊，一枝亭亭已在此。香光寂寞近如無，只似秋烟上空紙。何必登高期故人，兹卉居然重九身。花中高士君不愧，不卑不媚難爲鄰。下有一石静如客，群葉生陰石欲碧。石亦落落自爲儀，高嚴不借花顔色。兩君並立成良友，冷香澹致終年守。其中尚餘半尺地，不知欲待誰家叟？日黑燈新我再看，久之忽覺身上寒。

【校】

〔其中句〕抄本原作「中尚共餘半尺地」，朱筆改。

待雁 同僧天然、友人王水心分韻。

鴻雁在何處？空懷雲外蹤。無聲來静寺，有客倚孤笻。燈黑無繇聽，群高不易逢。蘆花開岸岸，秋色待君供。

【箋】

〔天然〕未詳。

〔王水心〕即王劍。見卷一七歌箋。

送公調歸白門

斷岸蘆花下，是君明日舟；清溪秋水前，是予明日愁。明日果然别，無計暫淹留。憶昔麗媛篇，酬唱兩不休。半榻雨風聚，一月性情謀。詎意海風惡，令君懷故樓。故樓淮水上，秋色正清幽。江長楓摵摵，月冷雁啾啾。兩槳掉其中，歸人復何求？獨有同懷友，寂寥海上洲。

【校】

〔惡〕抄本作「悲」，劉批曰：「『悲』當是『惡』。」

〔清幽〕抄本原作「空幽」，朱筆改。

〔楓〕硯桂緒録引作「風」。

〔有〕抄本原作「是」，朱筆改。

初八日雨中送公調

故人白門去，東海少同吟。送子雨中路，懷予江上琴。孤舟千里意，一世兩人心。今夕泊何處？莫聽哀雁音。

輓方侍泉

君病常欲死，作客又不歇。孤影寄他鄉，數日忽長歿。憶昔呻吟聲，夜蟲共切切。母弟不在兹，兹痛向誰説？殘宵千里魂，冷店半牀月，此時高堂人，憶君正淒絶。誰知遠遊子，海上已白骨！

【校】

〔海上句〕劉批云：「『已』字擬改『歸』字。」

【箋】

〔方侍泉〕未詳。

雨夜酬眉生見懷

衰林兼積雨，十日不離聲。蕉破亂難聽，愁長醉易成。故人如異域，白日似前生。忽到懷余字，吹燈憶汝誠。

【箋】

〔眉生〕疑即范眉生，淮陰人。溉堂詩有寄題范眉生幽草軒。

早發

雞咽呼短童，燈此草軒壁。衣裳無次第，霜氣入窗隙。出門如古人，侵星以行役。撫躬繹前慮，慮亂翻難繹。圯上彼何人？未曉亦聞屐。

【校】

〔繹〕抄本原作「積」，朱筆改。

〔圯上彼〕抄本原作「彼橋上」，朱筆改。　眉端劉氏初批「删去」，後抹去。

夢公調

春光不可待，公調曾期明春再晤。入夢尋君面；君面似江光，澄霽慰余念。如何來春花，亦在江之甸？夢知别離苦，故使君相見。

送友人入村

里人顔色厲如虎，吾人挾瑟歸遥墅。墅前空水白畦畦，中有老屋待君棲。烟中一棹來何遲，荻影鴻音高下之。寒阡歸盡負薪叟，日夕孤村少攜手。小樓月出村欲曙，是君憶我高吟處。

【校】

〔墅前〕抄本作「遥墅」，劉批云：「第二『遥墅』擬易『墅前』。」

〔老屋〕抄本原作「净室」，朱筆改。

〔來何〕抄本原作「泛遲」，朱筆改。劉批云：「改字勝。」

待王太丹

夜至天寂然，無數啼鴻過；睎聽豈不幽，益覺孤我坐。風燈滅一半，草牖寒將大。遠夢不復尋，展榻期君卧。

【校】

〔覺〕抄本原作「愈」，朱筆改。

【箋】

〔王太丹〕見卷一王太丹死不能葬吴次巖汪次朗贈金發喪感泣賦此箋。

又待太丹

古屋寒多，慮縱横生。壁藤枯動，冰澗不聲。野鶴栖難，向我柴荆。欲入不入，似君性情。

【校】
〔題〕「又」字抄本朱筆點去，墨筆改回。

相卿移居

楊子愛友聲，佳客不去席。興至忽移家，移家兼移客。深深几席間，談言宜古昔。茶㼌杯有香，窗新月愈白。感君待我句，預掃寒宵壁。

【校】
〔興至〕硯桂緒録引作「興來」。
〔句〕硯桂緒録引作「詩」。

【箋】
〔相卿〕未詳，據首句當姓楊氏。

冬日田家

風起柳枝鳴，今日冬滿村。野老無閒時，荷鋤于衰原。侶伴亦已寡，力倦憂愈繁。子婦共作苦，襟袵帶兒孫。常感落日意，息我以黄昏。人盡説年豐，余田半黄草；只嗟己力微，不憾鄰苗好。歸來手足疲，薄醪慰枯槁。無端今昔愁，滿腹向誰道？徑上故人來，枯葉響不了！殘葉一村虚，卧犬冷不吠。帶夢啓柴荆，落月滿肩背。地荒寒氣早，禾黍連冰刈。里胥復在門，從來不寬貸。老弱汗與力，輸入胥囊内；囊滿里胥行，室裏饑人在。牧童就鄰塾，黄犢在野稀。夕至寒聲亂，斜巷黑無輝。兒女塞風隙，相與話依依。宵作到雞鳴，燈影出其扉。

【校】

〔胥囊〕抄本原作「公車」，「囊滿里胥行」原作「公車杳然去」，劉批云：「公車門非公車也，況胥人囊橐字。」

〔饑人在〕抄本原作「饑仍在」。

庚寅除夕

群動悉無聲，星色青户左。歲除貧未除，兒女不嗔我。况有几上梅，可以三更坐；短禿四五枝，影我半窗火。

【校】

〔群〕抄本原作「鄰」，朱筆改。

【箋】

〔庚寅〕順治七年（一六五〇）。

歲首書懷

昨夕歲方去，歲來又兹曉。來去壯士顔，焉得不衰老！醉後彈霜刀，顛倒歌懷抱。座無擊筑人，誰識歌中好？

【箋】

此詩似爲順治八年辛卯（一六五一）作。

入歲三日答吳雨臣

谿午採梅歸，見君詩在壁。君詩如明月，輝我人外宅。遂以所採梅，照之至於夕。歲易旦色新，念子不得息。微茫草上霜，予屐有初迹。

【校】

〔題〕抄本「答」下有「拜」字，「吳」下有「子」字。朱筆塗去「拜」字。

【箋】

〔吳雨臣〕見卷一哭吳雨臣題下自注。

雪夜聞鐘

雪鐘聲難遠，猶能醒静客。哽咽如泉到，衰林盡爲白。開户覓餘音，滿目太古色。立久耳目寒，身忽爲枯石。

【校】

抄本「雪」旁朱筆注「濕」字，劉批云：「可稱雪鐘，不可稱濕鐘，蓋雪中之鐘未濕也。」

〔耳目寒〕抄本朱筆旁注「淒我魂」，劉批云：「『耳目寒』是雪中真景，『淒我魂』則泛矣，從原本是。」

夜歸

獨行草中，日没野黑。呼人不應，欲退不得。墓木葉亂，其下鬼集。風走水上，狐出土隙。一身區區，險惡互及。

河下

冷鴉不到處，河下多居人。鬱鬱幾千户，不許貧士鄰。寒城天欲暮，方是主翁晨。主翁酒醒起，衆好隨一身。巷西車馬來，杯盤旋爲陳。豈能即遍及，只嫌味不珍。誰知里閭外，積雪連城闉？窮檐有明月，冷照無衣民。安得如爾輩，金錢買陽春？

【校】

〔有〕抄本原作「如」，朱筆改。劉批曰：「『如』字未解。」

【箋】

〔河下〕揚州畫舫録：「鈔關東，沿内城脚至東關，爲河下街。自鈔關至徐寧門，爲南河下；徐寧門至闕口門，爲中河下；闕口門至東關，爲北河下；計四里。」又：「城内富貴家好晝眠，每自旦寢，至暮始興，燃燭治家事，飲食燕樂，達旦而罷，復寢以終日。」

案何嘉延揚州竹枝詞中有咏當時河下者，詩云：「鹾客連檣擁巨貲，朱門河下鎖葳蕤；鄉音歙語兼秦語，不問人名但問旗。」

邗上過慎履先生賦贈

使君與余生共里，相知轉自他鄉始。古人一二金石交，其初不易皆如此。蕭寺寒雲歲暮天，一榻悠然對雪眠。不問城中車馬熱，只計杖頭沽酒錢。餘錢買得一雙鶴，鶴旁有我亦落落。海上看雲忽憶家，輕舟載去歸林壑。

【校】

〔旁有我亦〕抄本朱筆旁注「與主人俱」。

〔海上句〕抄本原作「偕我看罷忽思家」，朱筆塗改。劉批曰：「前四字從原本，蓋慎履先生在邗時，得一鶴與一野人，賓主高致俱見。若改作『主人』則泛矣！後五字改本勝。」

【箋】

〔慎履先生〕未詳。

蜀岡下過依園，同鴻寶分韻得依字　園主乃吾里韓翁。

高處正尋徑，園丁已啓扉。石前容我拜，竹上見樵歸。地主能相迓，鄉心到此稀。沿岡寒樹静，何鳥不思依！

【校】

〔地主句〕抄本原作「曲閣將來搆」，朱筆於「曲」旁注「危」字，「將來」旁注「何年」。又於左旁注「熟客何須問」。劉批曰：「第五句擬改『地主能相迓』，補還題注意，且引起第六句。」

【箋】

〔蜀岡〕見卷一客悔齋送汪舟次之龍岡箋。

〔依園〕陳維崧迦陵文集依園遊記：「出揚州北郭門百餘武爲依園。依園者，韓家園也。斜帶紅橋，俯映渌水。人家園林以百十數，依園尤勝，屢爲諸名士讌遊地。」案韓翁謂韓長源也。溉堂集有遊韓長源園林有贈。

拜曾襄愍公墓

吁嗟吾郡曾先生，先朝曾帥塞垣兵。嬉戲之際皆神算，嘗令沙漠人夜驚。會見風塵清萬里，廟堂從此妒疑起。熱血無由結主知，先生抱恨刀前死。一櫬迢遥萬里歸，當年國事已全非。壯心無限復何用？城裏子孫今亦稀。悲哉白骨委荒陸，行人一拜誰能哭？日暮蕭蕭寒菜青，胡馬亂來墳上牧。

【校】

〔熱血句〕抄本原作「妒者有術君心喜」，朱筆改。又於左旁改作「功未成時罪已深」，原句及「功未」句並乙去。别有紙簽一，云：「拜曾襄愍公墓酌句請訂。」出夏氏筆。旁批云：「『熱血』句佳，從之。」出劉氏筆。

〔胡〕夏氏刻、抄二本俱缺，據楊本補。

【箋】

〔曾襄愍公墓〕康熙揚州府志：「總制都御史，謚襄愍曾銑墓，在城西金匱山。隆慶中，給事中辛自修、御史張好問疏銑冤，賜祭葬。」案府志：「曾銑字子重，江都人。嘉靖進士，歷總督陜西三邊軍務。有膽略，長於用兵，立志復河套，條上方略十八事，爲嚴嵩所誣，誅死。隆慶初，追謚裏愍。有復套議。明史有傳。」

早行

强辭羈夢起，一褐自憐單。星在荒城動，燈留宿處殘。猶能失意返，敢憚去途難！擁絮放孤艇，天低積水寒。

自莫村夜發，至樊上，宿鴻寶館

雁鴻栖宿盡，同月在霜舟。望子一村柳，息余千里游。犬聲如水裏，梅影在齋頭。魂夢頻依處，今宵當故丘。

【箋】

〔莫村〕嘉慶東臺縣志：「縣南七十里，莊曰莫家莊。」

〔樊上〕東臺縣志：「縣西南五十里，莊曰大小樊莊。」

歸後送希文鑾江

雪後歸來貧且閒，招君共掩溪上關。入門見我慘不言，又似從前離別顔。北風冽冽走荒牖，看君酌盡一樽酒，頓使羈身入醉鄉，若無離恨竟分手。分手去，放寒舸，君不自憐轉憐我，月出江鳴深夜坐。

【箋】

〔希文〕謂吴希文，本卷有早春寄懷吴希文詩。

〔鑾江〕漁洋精華録箋注：「鑾江在儀真縣，爲揚州大江入京口之岸，東至大江一里。」

哭王體仁

體仁不可死，白髮雙高堂，終老無薄田，謀食各一方。體仁不可死，諸弟紛成行，未有治生術，參差依君旁。體仁不可死，弱女乍扶牀，尚未知悲泣，弄物如尋常，昨聞坐父懷，猶索栗與漿。體仁不可死，瓶中梅花香，前夜親折來，慟飲一百觴。觴古罏復舊，紙窗多輝光。方書及詩史，森然盈笥筐。我從江上歸，聞君病弗臧，策蹇踏霜曉，形影如癡狂，銜憂入君户，君已殯於堂。悲哉平生人，如君何温良！猶憶乙未冬，同盟偕程郎，謂程濬影。蕭寺對白水，歡期百年長。未幾程郎病，書來自維揚。我走冰雪中，遠去爲治喪。記得君送我，西風淚浪浪。去此曾幾時，君又忽云亡！譬如憶家客，君輩俱束裝，我獨在天涯，飄零尚茫茫。轉不如夜臺，二子同徜徉。所以易簀時，君言如歸鄉。一笑逢濬影，誦吾詩幾章！

【校】

〔殯〕抄本原作「逝」，朱筆改。

【箋】

〔王體仁〕未詳。

〔乙未〕順治十二年（一六五五）。

〔程濬影〕即程琳仙，見卷十四哭琳仙箋。

卒歲

卒歲苦貧儉，欲貸人饔飧。雞鳴溪未曙，先擬懷中言。了了多所謀，出户思忽繁。此際慚已甚，況乃入其門。主人舊知我，一見酒滿尊。誰能背妻子，就兹飽與温？婉轉辭杯斝，懷欲吐復吞。唯恐主人厭，舊好翻不敦。不如風雪天，歸去眠高軒。且樂十日餓，不受一人恩。

寓季州來先生城中别業

扶童歸里去，冰雪守堦庭。半榻分君冷，孤燈照我醒。車來依舊少，鴻過悄然聽。不負先生意，雙扉日日扃。

【箋】

〔季州來〕或即季大來，見卷十四十三夜酌季大來舟中賦贈箋。

雪夜念爲憲、希文去梁村

小屋擁衾坐，泠泠聲暗聞。羈縻同此夜，風雪更離群。一艇宿何地？衆村皆似雲。嚴寒在君處，愧我未能分。

【箋】

〔爲憲〕王斌字，見卷六挽王秀才斌箋。

夜發

客意急前路，中宵刺小舟。寒潮隨棹去，明月有聲流。襆被裹諸子，夢魂圍一愁。雞鳴霜滿岸，莫辨古揚州！

至邗次日，送希文往真州

虎丘纔返棹，又自東裝行。對我十五夕，送君三百程。酒當邗水勸，冷傍破衣生。明日舟開後，東西各雁聲。

【箋】

〔真州〕讀史方輿紀要：「儀真縣在揚州府西七十五里。唐揚子縣地，地名白沙。宋大中祥符六年改真州，明初改儀真縣。」

〔虎丘〕乾隆蘇州府志：「虎丘山在府城西北七里。吴越春秋：『闔閭葬於國西北，積壤爲丘，捷土臨湖以葬；三日，金精上揚爲白虎據墳，故名虎丘山。』」

往郡城訪楚江漁者不遇

歲晏無聊賴，窮濱況孤處，偶然念漁者，不顧雪盈路。殘燈見苦辛，沙雁同晨暮；行行廣陵近，屈指成良晤。豈知蕭蕭人，復向洞庭去！洞庭落葉多，與波俱不住。枯立深惆望，獨有湖邊樹；冷風吟別離，何時更長聚？

【校】

抄本「歲晏」二句朱筆旁注「窮濱逼歲徂，冰雪莽回互」。

〔不顧句〕旁注「飄然就長路」。

〔與波句〕旁注「之子渺何處」。删去末四句。劉批云：「此首只第二句擬改『況居窮荒處』，餘從原本。」又批：「末四句不必删。吴詩詞質而情暢，不似王、韋一派，悠然不盡。」

【箋】

〔楚江漁者〕疑指黄仙裳。國粹學報稱其「時而䍦網號『漁人』，忽而海舶稱『估客』，最後不儒不墨，自號樵青。生平與吴嘉紀交善，陋軒集贈詩甚多」。

雪　夜

紙牖夜過半，漸如明月侵。已能無俗累，不覺有鄉心。酒力人皆倚，寒威我獨任。荒荒雪堂裏，孤坐待鐘音。

訪羽吉留酌

幽巷曾頻記，冒寒今乍尋。舟車當日約，風雨故人心。室净來梅影，窗虚待竹陰。濁醪離別後，欲醒不能禁。

【箋】

〔羽吉〕謂郝羽吉，見卷一郝羽吉寄宛陵棉布箋。

尋酒家不得

歲暮羈孤邗水涯，驟逢好友即爲家。相攜幾里共謀醉，若得一壺安敢賒？殘市塵黄過健馬，冷城日黑亂啼鴉。當年帘影無蹤覓，歸去終宵慚對花。

送曙生歸新安

纔能一相見，別思又當晨。殘臘入雲去，前途與雁親。過江茆店晚，下馬故山春。冰雪不曾犯，知君非旅人。

【箋】

〔曙生〕謂江曙生，卷一有集江曙生南城別墅。

訪姚辱庵

又爲採風至，蕭條歲杪時。人間今有爾，天意不亡詩。七尺何嘗辱，孤舟欲傍誰？甲兵前路遍，好自愛須眉。

【箋】

〔姚辱庵〕明遺民傳：「姚佺字仙期，後改山期，秀水人，號辱庵，亦號口山貞逸。著詩源。少遊復社，國亡隱居。其聞鵑一絶及燕頌，極其悽惋。」遺民詩小傳：「姚佺字仙期，紹興人，江都籍，生平以振興風雅爲己任。」

送爲憲歸里

失意共爲客，君先歸海隅。羈愁今夜倍，鄉夢一時孤。野艇鐘前發，村醪雪上沽。去留俱抱冷，裘敝莫懷吾！

【箋】

〔爲憲〕見卷六挽王秀才斌箋。

送希文復往東海，客余陋軒

一榻在閒牖，游人夢更依；縱然無我伴，聊可當君歸。雪積梅花凍，風號烏雀稀；貧家寒不去，好爲看兒衣！

【校】

〔我伴〕抄本原作「友共」，朱筆改。

〔烏〕抄本作「鳥」。

向鄰僧乞白秋海棠種

緇流無物累，佳種或能分。他日思君處，秋齋一砌雲。

天寧寺曉月

竟夜不能寐，數疑天已晨。披衣聞去雁，出寺看歸人。野外連霜白，城頭上月新。無勞冷相照，還是遠遊身。

【校】

〔雁〕抄本原作「鵠」，墨筆改。

〔連霜〕周本作「春霜」。

〔上月〕周本作「戍鼓」。

〔無勞句〕周本作「冷冷曉月下」。

〔還〕周本作「愧」。

【箋】

〔天寧寺〕乾隆兩淮鹽法志：「天寧寺在揚州拱宸門外。舊爲晉太傅謝安別墅。義熙間，梵僧譯華嚴經於此。褚叔度請於謝琰，度捨爲寺，名謝司空寺。宋政和間改今名。」

早春寄懷吴希文

江南江北兩孤雲，一旦風來吹作群。嗟予咄咄轗軻裏，得知此心猶有君。思君掩我溪頭室，此中曾共數長日。長日荒唐如去年，故人已爲飢驅出。二月桃花開滿汀，知君愁裏酒初醒。雨後思家登小閣，隔江山影一時青。

雨後過麗祖不遇

一人獨坐梅花開，憶君因憶君齋梅。曳杖去尋溪外路，風雨肯爲游人住。地上枝頭冷一園，入門疑入雲中村。烏鳥不啼我衣薄，俯仰良久無人言。輕風淅淅天欲晚，吹香曲折來高館，宛似故人乘月返。

【校】

〔地上句〕抄本原作「枝上地上冷一園」，朱筆改。

〔雲〕抄本作「雪」。

【箋】

〔麗祖〕嘉慶東臺縣志引康熙十場志：「方一煌字麗祖，歙人，官桂林丞。以詩古文自負，落落寡合，目無一切。爲文峭削，如老吏斷獄；詩亦刻露清峻。早年客遊四方，名公卿重其才品，皆争禮之。晚乃隱于安豐，閉門嘯傲，不求人知。著有晚學堂集。」

案王仕雲方麗祖詩文集序稱：「方子麗祖，少年即負盛名。落筆踔厲矯鷙，其所摧陷，迄無堅壘。詩古文詞尤蔚然壇坫之間。一時推轂者欽其才名，扼擘其困頓場屋，辟薦交至，亦既以賢良徵矣，然卒未仕。乃枯槁隴畝，跌宕湖海，所如不合，棲遲邗上。仿佛杜子美之躑躅浣花溪，韓昌黎之淪落瘴海也。」

過江象賢寓齋看梅，不值，聞昨夜同方麗祖理絃梅下

雨歇幽人出門去，落落閒卻老梅樹。客來領此一庭雲，仿佛夢入西溪路。聞君偕友坐花陰，彈出空山風雨音。餘音淒絶應難散，我向亂枝深處尋。日暮階除歸凍雀，主人不至庭漠漠。參差花影上衣飛，想因昨夜絃催落。

【校】

〔題〕抄本作過象賢寓齋看梅時象賢他出聞昨夜同麗祖理絃梅下。

〔想〕周本作「皆」。抄本原作「皆」，墨筆改。

【箋】

此詩顧施禎盛朝詩選二集誤爲鄧炌作。

〔江象賢〕見卷二懷江象賢箋。

賣硯行　爲王太丹賦。時太丹病劇。

夫子傲岸坐虚牖，友生遺贈俱不受。匣中一片温然硯，托我换錢治身後。何曾頃刻離袖懷，今日攜出朝尋齋。朝尋憶昔明寒燈，兩人一硯爲三朋；或語或默各窈窈，此坐彼卧同嶒嶒。豈知夫子病云劇，不求諸人求諸石！市朝持去尋知音，齊道不若黄金色！昨夜歸來逢一翁，欲購又值囊中空；撫弄珍惜不去手，竟日面赤徒相從。節近清明淒雨多，冷門不復有人過。硯依主人猶似昔，主人欲去將奈何！

【校】

〔題〕周本注下無「時太丹病劇」五字。

〔溫然〕周本作「端谿」。

〔石〕抄本原作「己」，墨筆旁注「石」字。

〔市朝〕周本作「市廛」。

〔有人過〕周本作「有賓過」。抄本「人」原作「賓」，墨筆改。

〔猶〕周本作「堅」。

【箋】

〔王太丹〕見卷一王太丹死不能葬吴次巖汪次朗贈金發喪感泣賦此箋。

〔朝尋齋〕王太丹所居。王鴻寶詩晤劉蜀岡于太丹從父齋中，首句云：「晨起造朝尋」，自注：「季父齋名。」

哭王太丹

有鳥飛海東，音影兩相須；中路失其群，愴然向天呼。噫嘻更噫嘻！與君結相於，性情總無異，别離嘗有餘。二年去白甸，三年吴村居，十年虎墩客，未遑歸舊廬。今年四十七，忽喪蕭蕭軀。有生苦隔絶，永隔將何如？思君白甸時，骨肉多艱虞；俯仰無可向，荒野自悲噓。從兹抱深恨，是君長齋初。思君吴村時，水聲亂階除。終日不見人，浩浩斟一壺。大醉起作字，酒氣紙上舒。是時在茅屋，一幅雲烟圖。思君虎墩時，朝對一卷書，夜對一庭月，蒲團坐空虛。耳目停往來，木石無此枯。思君虎墩時，尋君不敢疏；風雨中小艇，霜雪上瘦驢；半月不過君，從來此事無。居人數見者，嘗聞笑我迂。入門乍呼君，君歡動眉須；親爲設牀席，命婦烹瓜蔬。十日五日留，三更二更俱。不寐或不言，竹影滿身扶。思君虎墩時，懷我天一隅；每望東海樹，哀吟抒嘆吁！一燈朝尋齋，宛轉歌嗚嗚。幽情與深意，理物任所驅。蒼氣及老致，高岑不能殊。思君虎墩時，送予歸里閭；行行已分袂，回首頻顧予；還自上岡阜，看我遠迴車。思君欲喪時，危坐氍氍毹。不受朋友贈，賣書製衣襦。意念如冰雪，俗塵不得污。思君欲喪時，七尺稜稜癯。夕入聲欬欬，曉出行徐徐。兩旬在左右，殷勤進杯盂。交情今日了，不忍離須臾。思君未喪時，遺我藥與醽；不留扶弱骨，只憂故人痡。故人即健在，無君安用乎？思君未喪時，同過酒家壚；一甌方在手，自嘆身欲徂。再生願爲僧，寂棲深山嵎，不親世烟火，松陰一萬株。又托我身後，又自嘆無雛。二月初九日，記得君語吾。去此曾幾宵？存没倏異途。星影照冷户，風聲帶啼烏；君辭海上去，我在人間孤。

【校】

〔酒家壚〕抄本原作「市頭壚」，朱筆改。

【箋】

〔白甸〕嘉慶東臺縣志：「縣西南六十里，甸曰白甸。」

〔吴村〕東臺縣志：「縣南三十里，垛曰吴家垛。」疑即指此。

〔虎墩〕見卷四送汪左嚴之虎墩箋。

苦雨

江北春難早，經旬雨又過。屐聲溪路絶，苔色嶼牀多。夜静千山瀑，燈昏一屋波。徒思去年月，虚白影藤蘿。

【校】

此詩抄本題上注「删」字，劉批：「不應删。」

〔嶼牀〕抄本原作「市朝」，朱筆改。

淘上訪龔柴丈

海上披髮翁，孤吟若寒鳥。非無求侶思，屣屧不輕倒。恭聞柴丈人，經我淘之道。欲尋如我者，而與云懷抱。二月海風衰，户户梅花曉。柴車且莫歸，與子班荆草。

【箋】

〔淘上〕即東淘，見卷一臨場歌箋。

〔龔柴丈〕謂龔賢，見卷四寄題龔大野遺新居箋。

同鴻寶、季康南梁重訪柴丈

三客放漁船，七里訪柴丈；雨裏復烟裏，溪上兼舟上。白禽入水啼，嫩草帶風長；景色新余杯，擊棹長歌往。

【校】

〔余〕硯桂緒録作「酒」。

【箋】〔季康〕未詳。〔南梁〕見卷一臨場歌箋。

雁盡

洲渚一時寂，開扉何處尋？沙虛疑有迹，燭滅聽無音。記得故人别，亦如兹夜心。可憐孤坐客，寥落對遥岑。

淘上遇李小有

君書一年不離予，出門忽然逢巾車。蕭蕭摵摵其衣裾，只如開卷對君書。相逢即是别離處，夕陽荒草生前路。

【箋】〔李小有〕重修興化縣志：「李長科字小有，改名盤，博綜古今，務爲經濟之學，尤精韜略。弟嗣京、及喬從受業，皆成進士。長科數奇，兩中副榜。崇禎十三年，始以賢良方正辟授廣西懷集令，興利除害，多善政，具載牧懷五紀中。考績報最，以外艱歸。嘗遊燕趙，阻兵廣平，與守土者栖宿雉樓四十晝夜，畫奇制勝，圍遂解。晚年僑居丹徒，造渡生船，建避風館於江口，拯活甚衆。著金湯十二籌諸書。」

自虎墩歸，見摶遠雨窗寄懷之句，三日後答以此章

遊倦返衰林，聞君寂寞吟；遥知當積雨，憶我響幽琴。三日袖中字，孤鴻天外音；徘徊無可寄，報以此時心。

【校】

〔聞君〕抄本原作「恭逢」，朱筆旁注「偏工」。劉批曰：「『恭逢』擬改『聞君』，蓋『寂寞吟』即指摶遠寄懷之句。」

〔遥知〕抄本作「知君」，劉批：「『知君』改『遥知』。」

〔孤鴻天外〕抄本原作「孤窗絃上」，朱筆改。劉批：「『孤鴻』句改本勝。」

【箋】

〔虎墩〕見卷四送汪左嚴之虎墩箋。

〔摶遠〕謂黄摶遠，卷七有詠走馬燈和黄摶遠。

寄題黄公言烟鬟小結

江北避人者，公言致足賢。爲園徵客句，種柳引村烟。世上不容傲，此間可以眠。柴關君莫閉，我欲放漁船。

【箋】

〔黄公言〕未詳。

遠村即事

半夜狂雨聲，未嘗須臾默。荒茫千里波，中無一草緑。墅墅晝無人，家家舟出屋。野人筋力疲，歸來如槁木。炊烟煮新雨，難止癡兒哭。飢餒水聲中，無地尋種稑。海上干戈後，此意向誰告？

雨臣就醫江南，夜半憶之

當門老樹寂寥風，白露濕庭庭愈空。酒醒樓頭一半漏，燈昏榻下兩三蟲。此時欲覓共吟客，起步忽思多病翁。江水杳冥來路遠，尋余魂夢莫頻東。

【校】

〔榻下〕抄本作小字夾注，劉批云：「宜改寫大字，恐刻本有誤。」

【箋】

〔雨臣〕謂吴雨臣，見卷二哭吴雨臣自注。

和集之、簡文登泰山絶頂觀日出

徑盡惟有空，低頭聞烈風。峰高天欲到，海動日將紅。星影落筇下，朝光開夜中。身如古初士，步步入鴻濛。

【校】

〔題〕抄本眉批：「題尾三字應删，以詩未嘗重發日出。」

〔低頭句〕抄本原作「登山不敢同」。朱筆于首二句旁注「兹鎮獨奇偉，齊州東復東」，「奇」旁又添注「雄」字。劉批：「首句從原本，取其奇創。次句擬改『低頭聞烈風』。」

〔落〕抄本原作「弱」，朱筆改。劉批云：「『弱』乃誤字。」

【箋】

〔集之〕楊集之，見卷八挽楊集之。

〔簡文〕沈簡文，未詳。本卷有沈簡文贈畫。

和夜過采石懷太白

載酒過青山，草色前人意。因懷李青蓮，此地先予醉。浩歌江山中，皎然狂士氣。明月還似君，夜夜峰顛出。

【箋】

〔采石〕讀史方輿紀要：「采石山，亦曰采石圻，在太平府西北二十五里。元和志：『采石西接烏江，北連建業，戍城在牛渚山上，與和州横江渡對。其地突出江中，自昔津渡處也。』」

弔壺

憶昔掩柴門，清泉共曉昏。忽如孤鶴去，不與故人言。茗色無由托，濤聲空自喧。鐺旁殘礫在，片片是君魂。

【校】

〔與〕抄本原作「助」，朱筆改作「共」。劉批：「『共』字自然。」

〔故〕改作「主」，又塗去。

獨酌

羲皇不再至，真淳無常時。賴有杯中物，邈與太古期。柴門十日雨，人迹絶苔墀。尊醪陳茆檐，松竹緑離離。孤影爲我客，揮杯屢勸之。此意陶公後，寂寞無人知。

【校】

〔杯中物〕抄本作「造酒翁」。

〔邈與句〕抄本原作「以醉太古之」，朱筆旁注「古意存糟醨」。劉批：「擬改『撫此杯中物，邈與太古期』。」

〔之〕抄本原作「伊」，朱筆改，左旁注云：「押『伊』字最難穩。」劉批：「『之』字勝。」

和雨後客至聽琴

老梧葉上雨初默，空陰如水扶吾屋。白鶴殘蟬兩不吟，此時可以彈高琴。扣門忽到知音士，相逢落落不爲禮。抱琴與客坐松根，雨後幽懷絃上論。

【校】

抄本題中「客」上有「有」字，塗去。

讀荆軻傳

此生若獲報秦怨，此身雖殺復何求？嗟乎壯哉樊將軍，拔刀長嘆贈人頭！白衣白冠送之子，蕭蕭易水悲風起；所待之人竟不來，徵聲羽聲空倚徙。謀秦客亦不爲少，刺秦術亦不爲拙；一時壯士俱死亡，秦則未損一毛髮。不平如此向誰論？歸來慟哭掩柴門。提出匣中霜雪刃，忽見荆軻一片魂！

【校】

〔衣〕抄本原作「水」，塗改。

〔蕭蕭句〕抄本作「水寒風又蕭蕭起」，劉批：「擬改『蕭蕭易水悲風起』。」

〔謀秦二句〕劉批：「擬改『謀秦客非少，刺秦術非拙』。」

説客

戰國無君臣，説客出户牖；繁音如亂蛙，無處不是口。一士伸於前，衆士揣於後；議論良可聽，俄頃即已朽。七篇而千秋，誰似孟家叟？

秋夜

草屋紙窗破，冷風徹夜鳴。羈人對此境，自然夢難成。愁至滅明燭，披衣屢坐行。照户星一個，咽露蟲幾聲。寸心千萬緒，紬繹到天明。

【校】

〔一個〕抄本朱筆旁注「炯炯」，又塗去。

〔幾〕旁注「聲」，又塗去。劉批：「仍從原本。」又曰：「第三次閲，擬仍從改本，或作『照户一星炯，聚壁雙蟲聲』。」

〔緒〕抄本原作「慮」，朱筆改。

懷徐鳳祖

落落徐孺子，杖藜看海雲。不羈全似我，何地可容君？賴有尊中釀，時披篋裏文。見懷同此際，木葉亂紛紛。

【箋】

〔徐鳳祖〕未詳。

寄王鴻寶

養母值凶歲，荷鋤安所之？莫將長夜嘆，一使老人知！殘犬桑顛吠，輕舟屋上馳。洋洋歌泌水，誰謂可忘飢？

【校】

〔題〕夏本誤作寄王鴻賓，據抄本校正。

〔歌〕抄本原作「衡」，朱筆改。

酬鳳祖、雨臣、摶遠、水湄見過，得六魚韻

除卻二三子，誰能來問余？荒荒蘆外日，汎汎水中廬。載歌復載嘯，不冠亦不裾。瓜蔬酬意氣，莫謂食無魚！

【箋】

〔鳳祖〕謂徐鳳祖，見前。

〔雨臣〕謂吴雨臣，見卷二哭吴雨臣箋。

〔摶遠〕謂黄摶遠，見卷七詠走馬燈和黄摶遠箋。

秋懷

凶年雜寒至，殘秋貧愈悽。嬌兒夜中冷，抱我肩臂啼。老妻愛癡卧，晏起常日低。至此亦不眠，坐牀至鳴雞。滿屋風泠泠，孤燈蟲凄凄。世上寒與飢，玆夜到已齊。汲泉清盥濯，開門向前蹊。營營衣食途，從未知東西。

【校】
〔夜中〕硯耘緒録作「中夜」。
〔老妻〕抄本原作「懶妻」，朱筆改。

沈簡文贈畫

沈子大醉後，懷抱書於紙；落落幾枝花，宛如醉高士。醒來嘆奇絶，不自知所以。他幅再圖之，百計不能似。殷勤藏笥中，曰留待知己。俗客欲借觀，摣牀罵不止。

【箋】
〔沈簡文〕未詳。

偶成

颯颯風沙裏，朝朝語笑稀。飄零幾鶴髮，寒暑一鶉衣。肺病憎書卷，鄉心對夕暉。妻兒守飢困，定不怨遲歸。

南湖

野風吹樹樹可憐，遠村近村無人烟。好奇偏屬窮途客，薄暮又在南湖船。亂鳥連翩下夕照，細泉淅瀝歸秋田。平生哀樂殊多事，醉聽山鐘鳴晚天。

【校】

〔晚天〕感舊集作「曉天」。

摘扁豆

村舍盡逢秋，貧翁何所求？一筐提户裏，半畝是墻頭。酒熟應堪佐，朋來不更謀。餘花結未了，風露正悠悠。

【校】

〔所〕抄本原作「處」，朱筆改。

落日

忍別妻兒上小舟，嗷嗷飢雁叫蘆洲。老人觸目多如此，落日空囊何處遊？古樹經霜無碧葉，寒溪過市有清流。幾時得伴田間叟，飽食高歌學飯牛？

懷羽吉

雨雪遠遊身，抱痾休愴神。山期耕老日，天不夭傳人。握手知何處？無書又幾旬。朝朝溪上水，徒見夕陽新。

【箋】〔羽吉〕謂郝羽吉，見卷一郝羽吉寄宛陵棉布箋。

謁岳武穆祠　在海陵泰山頂。

祠宇巍然俯一城，背人瞻拜淚縱橫。草荒石徑牛羊亂，風急山門鼓角聲。河北當年輕與敵，中原今日復誰爭？檐前歷歷江南岫，悵望徒傷野老情！

【校】

〔檜〕抄本原作「窗」，朱筆改。劉批：「『檜』字勝。」

【箋】

〔岳武穆祠〕續纂泰州志：「岳武穆祠在泰山墩。萬曆三十四年，錢塘張鳴鶚備兵泰州，於山巔建屋三楹，奉王遺像，以石刻秦檜及妻王氏像跪於前。」

〔泰山〕陳應芳重修泰山書院記：「大江以北，維揚自通州狼山而西故無山。泰之有泰山，非石也。起自岳武穆王爲通泰鎮撫使兼知泰州，於城西門中培土爲高臺，以望金人軍，後相傳遂名泰山云。」

贈潛川汪陶庵

武陵今日是潛川，中有陶庵稱最賢。種樹那知衰老至，入山獨在亂離前。客稀澗户朝調鶴，酒醒松窗夜聽泉。應笑當年同隱者，漫將名姓被人傳！

【箋】

〔汪陶庵〕歙縣志：「汪堯德號陶庵，潛溪人。少家華亭，與董思白、陳眉公爲忘年交。明末謁選，得廣東始興學博。清兵入粵，改署始興令，官一載，以母老疾，力求終養歸。居鄉三十餘年，足迹不入城市，以法書名畫自娛，所談多開、寶遺事，卒年八十有四。」

短歌爲豐溪吴節婦賦

雨雪零，松柏青。人倫變，奇節見。吁嗟吴氏母，芳年形影孤！忍心稱未亡，珍重腹中雛。雛出腹，聲呱呱；一年二年乳與餔，五年十年詩與書，二十三十稱眉須，來年年且近四十，鄉有賢名門有車。前以續吴嗣，後以大吴宗，子今多子懷愈舒。上無慚皎日，下不愧良人，志堅于石心如荼。始知昔日不輕棄此軀，不學人間小丈夫！

【箋】案此詩當爲壽吴延支母胡氏六十而作。吴延支字爾世，自號卷石山人。家歙縣西溪南。父自誠早卒。見施愚山文集吴處士傳。艾陵詩鈔貞婦歌序：「雷子爲吴延支母胡氏作也。胡氏二十三而寡，延支其遺腹子也。庚子，胡氏春秋六十，延支三十八矣。」此詩當作於順治十七年庚子（一六六〇）。

謁心齋先生祠

我亦生斯里，先生稱大賢。人傳元以後，學在漢之前。破廟唯餘草，殘爐不見烟。階墀卿相滿，擁褐憶當年。

【校】此詩抄本無。

【箋】〔心齋先生〕即王艮。康熙揚州府志：「王艮字汝止，安豐場人。少未學問，年近三十，誦論語、孝經，忽悟聖賢可學。聞陽明王公守仁倡道洪都，買舟兼程趨謁，服古製冠服，公訝之。艮曰：『此服堯之服也。』辯難屢日，始師事焉。盡得良知之説。遂制輕車詣京師，沿途講學，人士群聚聽之，多所感發。後歸，時時如陽明門質正新得。好誘引同志，至不遑寢食。四方薦紳道揚者，多造其廬與論學。自號心齋，其徒稱爲心齋先生。著有勉仁等作。」〔心齋先生祠〕乾隆兩淮鹽法志：「安豐場王心齋祠在月塘灣，祀王艮，其墓舍亦在焉。初御史洪垣爲艮作東淘精舍，以居問學諸生。艮歿，御史胡植改爲祠，令艮門人子姓祀之。」

送周雪客遊新安

三秋尋老友，千里去新安。地主雲中候，天都馬上看。蓬生黄帝竈，鶴唳吕公灘。登眺須扶醉，深山瀑布寒。

【校】此詩抄本無。

【箋】〔周雪客〕見卷四栝園詩四首贈周雪客箋。

〔吕公灘〕嘉慶重修一統志：「吕公灘在歙縣東南。方輿紀要：『吕公灘即徽溪下流，長二里，亦名車輪灣。』」

〔天都〕靳修歙縣志：「天都峰，高九百仞，健骨崚嶒，卓立天表。頂有石室，洞門宏敞。又有石臺淩空而出，背倚玉屏，端嚴聳峙，雲濤澎湃，時擁山腰。峰拔雲上，反若喬影虛懸，頹然欲墮。」

吴嘉紀詩箋校卷十四

學圃草堂爲胡益賦

解組歸來更卜居，寒溪老樹興蕭疏。高情自古憐三徑，吾道於今重一鋤。朝採露葵留客飯，夜分漁火課兒書。地偏莫患無鄰並，隔水梅花是我廬。

【校】〔並〕抄本原作「里」，朱筆旁注「并」，塗去，復於左旁注「並」字。劉批：「『并』字平聲。」

【箋】〔胡益〕未詳。

對雪選鴻寶詩

子不生今日，子身安肯賤？子不至今日，子詩安得善？吾子稱詩人，滄海愚風變。況以平生心，盡寄野人選。攜盞入寂寞，詩境身親遍。閒删子所歡，更去人所戀。寥寥幾詠歌，字字存顔面。日夕庭鳥稀，白雪隨一卷。

【箋】

案國粹學報第八十一期袁承業明遺民王鴻寶先生小傳云：「先生生明萬曆時，卒康熙中葉，年八十。著有棘人草、陟屺草、望岱吟前後集、卯辰出游草二集，都散失。余於東淘周鵬程家，得先輩袁嘯竹手輯古近體詩六十首。又於淮南王氏宗譜得七古詩一首；周氏鈔譜得七律四首。又於泰州汪鐵生處得先生哭友人崔之四詩三十首。彙訂一卷，稍加補注，以付印。」

哭王水心

名劍，末年爲僧，號殘客。

同里有四人，異姓稱兄弟。鄭僑急友難，七尺早徇義。道人王衷丹，肅默古松類；學佛忽有得，中歲謝塵世。論齒君最長，羸軀寒惴惴。顧影常自言：「大年安可冀？」今果辭白日，正首丘園地。前日遠歸來，爲葬二親計。二親未能葬，長嘆抱痾睡。榻下無兒孫，鐺中無藥餌。骨枯流水傍，君復何人瘞？憶昔好苦吟，溪上柴門閉；一字不孤冷，終夕弗肯置。堦前往來客，我獨云同志。吾輩爲樵漁，相訂終年歲。垂老苦飢寒，去覓刀錐利。其術豈不善，不是腐儒事。孤身宿逆旅，竟與匪人值。躑躅歧路間，華髮傷心鬌。八載走山川，緇衣備勞瘁。計較平生日，何處非失意？憶昔歸故鄉，蹤迹寄荒寺；親朋還隔絶，故妻終擯棄。樊莊王老友，聞之垂雙淚。扁舟共予尋，沿村呼姓字。踰垣君未忍，出見茅簷際。予瘧發此時，草草又分袂。回望相送處，水闊斜陽墜。

【校】

〔題〕周本無注。

〔今果二句〕周本無。

〔未能葬〕周本作「不能葬」。

〔堦前四句〕周本無。

〔相訂句〕抄本原作「始自乙酉歲」，「乙酉」二字朱筆加方框。墨筆改作「相訂終年歲」。

〔去覓六句〕抄本用朱筆鈎去。又於「去」旁注「君」字。劉批：「二十七日復閲，竟删去。」又批：「上云學佛有得，彌縫爲僧事最好。此段要删。」

〔鬌〕抄本劉批：「似當作薙，請檢之。」

〔歸故鄉〕周本作「歸來時」。

〔樊莊句〕周本作「余時方苦瘧」。

〔共予尋〕周本作「透迤尋」。

〔予瘧句〕周本作「追隨甫半日」。

【箋】

〔王水心〕見卷一七歌箋。

〔王衷丹〕即王太丹，見卷一王太丹死不能葬吴次巖汪次朗贈金發喪感泣賦此箋。

〔樊莊〕見卷十三自莫村夜發至樊上宿鴻寳館箋。

元宵過飲采臣齋中，時采臣他出

夕踏風聲出，人家燈火新。入廬尋静者，積雪涼我身。端然虚室中，一樽爲主人。竟對一樽坐，斟酌兩無語。眼白酒盞空，又自出門去。去來無將迎，月落橋西路。

【箋】

〔采臣〕未詳。

寄子期

知己不在眼，眼前春又殘。可憐離别處，夜夜猿聲寒。孤月更來照，七絃無與彈。愁看江海路，日夕生波瀾。

【箋】

〔子期〕未詳。

哭琳仙

獨卧佛燈裏，故人不至不肯死。風寥寥，雪絮絮，故人千里至。執手一哭已無事，魂魄欲别形骸去。賣汝書，葬汝軀，送汝出南郭，南郭鐘磬音徐徐。野日微，野烟夕，鵶雛昏語促歸客。呼汝呼汝别汝去，伴汝只有道旁樹。

歲歲言歸家，今朝歸地下。悲哉游子魂，夜夜尋父不能捨。父不知，霜晨起，頭白身寒空倚徙。自啓破柴扉，迢遥猶望爾。

酒是爾知己，沽得一斗來澆爾。對爾我悲悲難言，不知爾悲復何似？魂兮爾且醉，吾暫忍吾淚！

寂寂南郊陌，細雨烟迷長。是夕纍纍北邙土，寒食草青皆有主。君獨飄零白水濱，贈君紙錢亦無人，誰憐死後君更貧？

不愛世上名，甘心淪布衣。只寫江南山，换酒慰朝飢。昨夜酒盡月滿室，自愧年過李長吉。半世精魂詩幾篇，别去托我人間傳！

【校】

其二〔伴汝只有道旁樹〕抄本作「道傍一樹留伴汝」。劉批：「去來之『去』在御韻，末句擬改『伴汝只有道旁樹』。」

其三〔夜夜尋父不能捨〕抄本原作「夜夜邗江尋父話」，朱筆改。劉批：「『話』出韻。」

〔晨〕抄本原作「村」，墨筆改。

〔空〕抄本原作「晨」，墨筆改。

【箋】

〔琳仙〕謂程琳仙。悔齋詩贈吴後莊有云：「賓賢有友程琳仙，客死邗關無賻錢。老人淚枯不得赴，其時臘盡河冰堅。君乃奮臂扶驢韉，肩馱襆被手執鞭；冰霜着指指欲墮，三百里路相周旋。琳仙得葬賓賢喜，群訝此君胡爲爾？」即指葬琳仙事。

案卷十三哭王體仁詩，有「猶憶乙未冬，同盟偕程郎（謂程澹影）。蕭寺對白水，歡期百年長。未幾程郎病，書來自維揚。我走冰雪中，遠去爲治喪」之句，意程澹影或即琳仙字。此詩當作於順治十三年丙申。又卷四哭吴周詩，其三云：「丙申赴友難，周也願相隨；冒雪攜裝出，租驢讓我騎。犬鳴投宿店，燈照下鞍時。敝褐西風裏，禁寒泣共持。」當即指此。

寄子崔　時子崔病愈。

憶昔白門返，山山陟凍雲。有衣曾共我，遇冷必思君。服氣病初去，掩扉鐺自聞。書緘長不寄，只恐怨離群。

送文在

高閣聽啼鳥，忽然思故山；攜裝新草上，拜母萬松間。月出村臨水，人歸酒照顔；醉來開户坐，三十六峰間。

【箋】案文在姓汪，名元徵，歙縣上塢人，太學生。鋈之太高高祖也。有詩集未梓，故世多不知。見汪鋈手批本陋軒詩眉批。

自虎墩歸，坐友玉齋中，同諸子試新茗分韻

廿里抱奇渴，解衣投爾林。山魂來月下，泉色汲松陰。白髮幾人醒？清齋半夜心。是喧歸寂寞，只有一鐺音。

【箋】〔友玉〕未詳。

友玉客舍逢金翁啓明，賦贈

昔年聞説金家翁，今日相逢客舍中。八尺軀寒如雪刃，未入柴門先有風。主人爲汝沽醇酒，氣熱顔紅傾數斗。醉來言及眼前人，人頭恨不即在手。又言當日國初

亡，兵散馬嘶山日黄。一身已被十三矢，猶自縱横在戰場。壯事無端成往昔，不覺雪霜頭半白。里巷羞傳俠烈名，江湖甘作賤貧客。

【校】

〔里巷句〕抄本原作「人世恥貪榮顯名」，朱筆改。劉批：「改句佳。」

【箋】

〔金啓明〕未詳。

深夜舟抵樊上，過鴻寶不遇，宿其村館

暝色行不了，片帆投冷村。入門逢友出，待我有燈存。半夜見三子，四鄰謀一樽。就君歌飲處，醉卧接精魂。

爲木天題畫 時木天將歸上唐。

濃緑數百樹，茅屋三四間。堪偕白髮友，此中終歲閒。旁有憶山人，云似吾家山。看罷束書卷，放舟辭我還。

【箋】

〔木天〕二南遺音：「梁舟字木天，三原進士，令江都、安肅。有徜徉小草。」

案溉堂集有送梁木天歸里詩，編入順治十八年辛丑（一六六一），此詩當作於是年。

雨宿朝尋齋，同諸子分韻

相見懶歸去，歸途況阻長。暗洲燈影濕，空屋雨聲荒。一簟静深處，半生魂夢涼。白雲寒瀑裏，不復憶山鄉。

【箋】

〔朝尋齋〕王太丹所居室名，見卷一王太丹死不能葬吴次巖汪次朗贈金發喪感泣賦此箋。

送木天

昨聞子欲去，竟日不曾飯。燈火照高筵，游子果然返。賓朋圍一樽，予獨握空盞。忍使雙眼醒，看爾孤帆遠。

【校】

〔游子〕抄本原作「吾子」，墨筆改。

【箋】

此詩當與本卷爲木天題畫同時。

答雨臣劉莊見懷

海北劉莊地，荒荒百里雲。應無人迹到，只有雁聲聞。薄釀斟當夜，新寒遠傍君。最宜開雪屋，南望賦離群。

【箋】

〔雨臣〕吴雨臣，見卷一哭吴雨臣題下自注。

〔劉莊〕嘉慶東臺縣志：「縣北八十里，場曰劉莊場，舊屬淮安分司，乾隆元年，改屬泰州分司。」

寒夜寄劉道人並乞小影

鄰寺磬聲過，户内静如谷。此時燈影中，道人應未宿。夜冷尋寂寞，身物齊向肅；不知獨坐時，曾念吾面目？道人倘相念，起就窗下墨。短杖雙芒鞵，長溪幾寒木。寫出吴野人，與君坐茅屋。

【箋】

〔劉道人〕未詳。

寄李小有 時小有居秦郵。

白髮苦吟叟，天寒何處眠？平生才半面，離别又三年。湖闊夜無浪，月高樽在船。不能如野鶴，隨爾荻花邊。

【箋】

〔李小有〕見卷十三淘上遇李小有箋。

〔秦郵〕即今江蘇高郵市。

送緘子

從此送君後，陋軒無客過。可憐朋友少，只是别離多。雪渚雁同宿，酒家燈照歌。行行孱母近，切莫怨蹉跎！

【校】

抄本題上多「又」字，朱筆塗去。

【箋】

〔緘子〕方緘子。

案國粹學報第八十一期王鴻寶先生殘詩有贈方緘子五律一首：「時事岌風濤，身名未可高。聚徒仍白嶽，作客且東淘。趣涉籬間菊，圖留洞裏桃。日邀偓佺語，孤館集雲璈。」

録一年詩寄半千 時半千客邗上。

一歲吟將盡，迂情共者誰？祇應入殘雪，持去報相知。邗水簫聲後，荒庵犬夢時。令君不孤寂，濁酒野人詩。

【校】

〔後〕抄本朱筆改「夜」。〔夢〕改「吠」。劉批：「改字勝。」又批云：「初勘從改本，覆勘從原本。蓋『簫聲後』者，時無簫聲也；『犬夢』者，寂無人也，下句方接。」

【箋】
〔半千〕謂龔賢，見卷四寄題龔大野遺新居箋。

初三夜遲雨臣 時雨臣客劉莊。

北望皆荒草，迂翁不可招。唯餘新月影，來上故人橋。雨臣去歲別余，爲余置一橋于門前，題曰故人橋。溪冷夜揺落，雁啼風寂寥。劉莊酒薄甚，何事尚停橈？

【箋】
〔劉莊〕見前答雨臣劉莊見懷箋。
〔故人橋〕東臺縣志：「高士橋在吴家巷河西陋軒舊址前，汪舟次太史題名。」意即吴雨臣所爲置者。

客少

客少户嘗掩，天寒犬不吠；梅花當故人，終日坐相對。

憶老朋

開户一天霜，老朋在前路。别時去我遠，記得頻回顧。

微雪

微雪入林飛，林昏影愈微。嗟君寡儔侣，安得自光輝？

烹茗

山人不可逢，烹煮所遺茗。恰好别時月，光來照孤影。

十三夜酌季大來舟中，賦贈

先生卧水濱，卿相不能親。孤艇領群鳥，雙童扶一身。波聲過牖冷，月色上溪新。沽酒蘆花下，慇懃醉野人。

【箋】〔季大來〕國粹學報第七十一期袁承業明孝廉季大來先生傳：「先生諱來之，原名應甲，號綺里，大來其字，泰州安豐場人。師事伯祖存海，殫心理道，得心齋王氏之傳。舉崇禎壬午鄉試。甲申，國事大變，先生時有恢復之意，不樂與人言，不欲與世交。至乙酉清兵南下，屠揚州，江南盡失，先生知勢不可爲，乃潛居一樓，禁足不下者十餘年。終身服先朝之服，未嘗薙髮。著書盈篋，不以示人，惟吴嘉紀、王大經、沈聃開、周莊數人得共譚論。其自決詩云：『兩大君親總未酬，一身拋却義全收；時人莫笑書生拙，留得衣冠葬古丘。』先生生於萬曆二十二年甲午九月十三日，卒于康熙六年丁未八月十九日，年七十五。」

之三塘投宿子崔宅

車聲衰草裏，辛苦覓荆扉。幾樹啼栖鳥，三塘上落暉。閉窗生夜火，以酒厚人衣。之子殷勤甚，令予歡似歸。

【校】抄本題下多「上」字，墨筆塗去。

【箋】

〔三塘〕即海安鎮。泰縣志：「芙蓉塘在海安西寺，沿塘植芙蓉；合鷗鳥、白鷺，故號三塘。惟芙蓉名最勝，邑亦名芙蓉塘。」

〔子崔宅〕案國粹學報明遺民王言綸鴻寶先生殘詩寄懷周二安引言有「丙戌見之子崔季公樊川別業」云云。

渡江訪雨臣　時予與雨臣皆病後。

歲寒是客罷遥征，憶爾難辭辛苦行。如月小舟隨岸遠，待人殘雪隔江明。病除亂後存雙影，燈冷潮邊話五更。滿眼香醪予欲醉，金山忽聽曉鐘鳴。

【箋】

〔雨臣〕謂吴雨臣，見卷一哭吴雨臣題下自注。

〔金山〕在今鎮江，見卷十過金山寺箋。

和雨臣京口雪望次韻

大江寂絶無鴻度，水色淡然中有船；船上漁人山際樹，一時俱化雪中烟。

【箋】〔京口〕即今鎮江。見卷十二喜汪簡臣自京口歸東淘過訪二首箋。

同鴻寶酌江月下

舟子落帆後，滿江皆月明。同斟初熟酒，不説故鄉情。一望有餘冷，半生無此清。蕭蕭蘆葦下，漸覺起潮聲。

登燕子磯

石尤風急舍漁舲，步就危磯頂上亭。目縱始知家更遠，身高忽似夢初醒。幾層山色憑時遇，一面江聲坐後聽。日暮懶隨車馬去，欲招寒月醉香醽。

【箋】〔燕子磯〕見卷四登燕子磯箋。

案此詩當係嘉紀與王鴻寶同登燕子磯時所作，卷四登燕子磯詩自注有云：「曾同王鴻寶登此。」

訪林茂之，次茂之喜予過訪韻

鍾山臘月尋閩叟，石路寒多雪未消。聞我姓名出漸漸，坐君齋館空寥寥。亂餘每恨隔千里，老裏相逢得一朝。兵甲在郊又分手，何時同赴舟人招？

【箋】

〔林茂之〕見卷二一錢行贈林茂之箋。

〔鍾山〕見卷四寄題龔大野遺新居箋。

晤公調

孤客正惆悵，故人如夢逢。野烟隨冷屧，遊事入嚴冬。酌酒遠尋店，憶家同上峰。佇看天欲暝，處處落寒鐘。

【箋】

〔公調〕謂吴公調，見卷一寄吴公調箋。

登雨花臺

步尋古衲談經處，處處松陰老更蒼。千里客來雙屐冷，六朝人去一臺荒。風塵有恨高雲接，石徑無花衰草長。佇久不知歸路遠，共隨啼雁下斜陽。

【校】

〔老更〕抄本原作「郭外」，墨筆改。

〔下〕抄本原作「寄」，朱筆改。

【箋】

〔雨花臺〕江南通志：「雨花臺在江寧縣城南三里聚寶山上。俯矚城闕，萬家烟火，與遠近雲峰相亂；遥望大江如帶。方輿勝覽云：『梁武帝時，雲光法師講經於此，天雨花，故名。』」

六合道中懷鴻寶

歲暮憶茅屋，東歸不敢懶。孤身戎馬間，江北天欲晚。鳥與荒雲落，驢踏夕陽緩。舉頭得衆山，回頭失一伴。

【校】

〔歲暮〕抄本原作「世亂」，朱筆改。

〔孤身句〕抄本原作「束裝過戎馬」，朱筆改。

【箋】

〔六合〕古名棠邑，六合名縣始自隋代。在江寧府隔江，因六合山六峰環合，故名。詳六合縣志。

泊舟後遇陸右臣

行盡蘆花路，泊就烟火處。平生欲見未見人，青袍落落忽相遇。禽已栖，風在樹，不遑一説懷中語，暝色滿村各歸去。

【箋】

〔陸右臣〕案顧與治詩有陸右臣攜詩過訪一首，詩云：「門徑没蒿萊，高人惠肯來。食貧存古骨，餐秀得新裁。客路悲江水，閒心冥劫灰。年華看又晚，懷抱幾時開？」陸右臣無考，姑引此詩證之。

除日憶王二

此日石頭城，懷中兒女情。有霜隨鬢影，無我共松聲。鶴宿山衙暮，燈來雪屋晴。君應先客醉，不使旅愁生。

【箋】

〔王二〕謂王鴻寶也。

〔石頭城〕見卷六秦淮月夜集施愚山少參寓亭聽蘇崑生度曲箋。

案國粹學報王鴻寶先生殘詩有余將有白門探女之役賓賢送余以詩次韻酬之，詩云：「常時不出户，一出遂江洲。春月三冬令，輕裝片葉舟。直因兒女走，似作水山遊。天地猶風鶴，端居羨爾幽。」嘉紀此詩當即鴻寶去白門後所作。

雪後友玉攜杖頭見過

屋外雪高三四尺，屋裏寒光遍枕席，壁破火黑風又號，引衣欲起起不得。午鷄啼歇門始開，君持杖頭過雪來。頃刻貧家改顏色，稚子有糧予有醅。醅欲熟，與君語，寸心疇昔已相許。他日扣柴門，無錢不棄汝！

【箋】

〔友玉〕未詳。

自題陋軒

風雨不能蔽，誰能愛此廬？荒涼人罕到，俯仰我爲居。遺病一籬菊，驅愁數卷書。款扉誰問訊？禽鳥識樵漁。

【校】

〔不能〕朱筆改「竟難」，墨筆復塗去改字。

〔誰能〕抄本原作「先賢」，墨筆塗去，朱筆復改「誰能」。

〔款扉誰〕朱筆改「莫嫌無」，墨筆復塗去改字。

寒夜試吴昌言所惠園茗

寒泉白石鐺，試茗掩柴荆。對月不分色，無人偏有情。精神深夜醒，烟火一家清。穀雨新芽嫩，還期送我烹。

【箋】

〔吴昌言〕見卷十寄吴昌言箋。

詠劉生寓齋紅梅

四野寒無色，芳菲占一家。風前時掩映，雪裏自高華。影傍新燈好，枝依醉客斜。劉郎曾手種，錯認是桃花。

【校】

題内「生」字抄本原作「友」，墨筆塗去，「生」字朱筆改。

【箋】

〔劉生〕未詳。

送汪子兼寄其兄

新柳帶風柔，送君臨渡頭；潮生淮海岸，日落木蘭舟。遠道誰相慰？青年已解愁。孤村有羈客，憶弟正登樓。

【箋】〔汪子〕未詳。

今日

梅花落滿地，寒色倒侵軒。春好唯今日，人稀似遠村。間親魚鳥伴，飢煮蕨薇根。此外非吾欲，兒童且閉門。

題項楚生幽居

見松便僦松間屋，日日抛書兀坐看。户外不交人一箇，園中惟種竹千竿。聲傳静夜林風細，影亂空階夏月寒。稚子煮茶妻煮蕨；全家直似住烟巒。

【箋】〔項楚生〕未詳。

贈陸老人建之

偶然行樂滄海東，救病十年囊底空。小兒誰不知名字？貧士嘗聞稱此翁。深巷衡門隱廛市，閒種梅花醒沽醴。梅開月出吟自高，醴熟朋來笑弗止。葛巾竹杖芰荷衣，襟懷何處不忘機。無情白雪生雙鬢，頓使先生憶故扉。

【校】

〔行樂〕抄本作「行藥」。

【箋】

〔陸建之〕未詳。

懷吳雨臣

已許漁樵出處同，舟車何事又西東？頻年戎馬迂儒賤，此日乾坤我輩窮。對酒鄉心生月下，哭親血淚落塵中。故山松菊荒蕪久，莫使衰顏逐轉蓬。

【校】周本有同題五律一首，内容有相同處，見卷十五。

【箋】〔吴雨臣〕見卷二哭吴雨臣自注。

谿翁

農子都憂旱，谿翁獨問天：不才無死法，垂老遇凶年！草白如關塞，塵飛遍陌阡。城中催賦吏，策馬到門前。

【校】〔無死法〕周本作「生亂世」。抄本原作「生亂世」，朱筆改。劉批：「改句妥。」

喜劉師移家至淘上

春風吹緑東淘柳，師弟相逢皆皓首。吾師經史飽胸中，何事栖栖只餬口？憶昔青氈坐此鄉，數十弟子同一堂。吾師學大才更異，執筆耻作今文章。其時我年方弱冠，如航巨壑初得岸。業成慷慨出衡門，海内誰知遭喪亂。江山非舊各酸辛，浮雲富貴讓他人。吾師匿影四方去，我亦哀吟卧水濱。水濱漠漠户慵啓，繩牀破屋多風雨。吾師吾師身寒羞受故人袍，腸餓不借鄰家米。何幸吾師刺艇來，復攜八口居吾里。吾師吾師不憂窮，春秋七十顔如童。狂歌敝褐與時絶，賣卜負薪期我同。他日無慚高士傳，小兒休笑兩衰翁！

【校】

〔題〕周本作喜劉則鳴業師移家至海上。

〔同〕周本作「在」。

〔如航句〕周本作「讀書懷古滄海岸」。抄本原作「壯似驊騮初得岸」，墨筆改。劉批：「原句不貫。」

〔海内句〕周本作「北極朝廷遭喪亂」。

〔浮雲〕抄本朱筆改「甘將」，墨筆復塗去改字。

〔繩牀破屋〕周本作「藜牀草屋」。

〔何幸二句〕周本作「吾師忽然乘樵風，移家復居吾里中」。

〔敝〕周本作「被」。

【箋】〔劉師〕謂劉則鳴，見卷六哭劉業師箋。

蟋蟀

疏林秋氣入，蟋蟀一齊鳴。舉世應同醒，貧家那不驚！户庭難得曙，天地正無情。肺病衰年客，牀頭片月明。

【校】〔疏林句〕抄本原作「秋林逢肅殺」，墨筆改。

贈郝羽吉

歙州有静者，卓卓自高蹈。生即遇平世，亦不棄耕釣。十年客東海，呼我爲同調。新茗折足鐺，殘荷秋水櫂。兩人夜不倦，片月時相照。高秋憶敬亭，一杖去登眺。醉題泉石遍，醒愛須眉少。更欲買山隱，不使巢由笑！

【箋】案東臺縣志載方一煌過東淘同人送郝羽吉歸詩云：「前日東亭舟，昨日南梁住；明日郝子别，今日東淘聚。陋軒晨夕過，此日獨愁暮。數客聊共吟，如夢尚未寤。所恨花將黄，子目不一寓！子交滿邗水，桃李春無數；吾屬二三人，寒花獨貞素。醉飽不妄希，坦懷多謬誤；世或嗔其狂，我亦自知痼。子獨親此曹，談笑見情愫；興至間一詩，霜枝照玉樹。尤欽性情真，不染時俗趣。坐我秋光中，泠泠自生悟。如何子復别，棄我隔烟霧？涼風吹落日，淒然此林圃；且扃陋軒扉，畏見扉前路。」此詩當與嘉紀同時所作也。

新寒

門東楓樹葉初稀，前日清秋今已非。白髮病夫鐺火絶，蒼苔頹屋野風圍。樽罍誰給三升醞？妻子同懸百結衣。無數鴉啼天欲暮，杖藜扶出就斜暉。

滄海故人行，贈吴雨臣

山東驢背江南舟，古迂先生十年遊。滄海故人陋巷月，古迂先生幾迴别。逐逐風塵甘苦辛，區區懷抱自迂拙。有裾羞向王侯曳，有謀懶與親朋説。故人無食廡下歌，先生獨肯遠來過。避囂苦話青山好，此會齊驚白髮多。半生俯仰無尤怨，今日衰頹奈若何？我卧不得志，君遊復失意。夢裏徒憐舊業存，囊空難遂歸耕計。嶺頭泉，松下地，吾儕聊作浮雲視，村醪且就閒花醉。

【校】

〔無尤〕抄本原作「未曾」，墨筆改。

【箋】

〔吴雨臣〕號古迂，見卷二哭吴雨臣自注。

丙申除夕

鬔髮逢離亂，應隨猿鶴群。此生徒有恨，明日尚無聞。明日四十。疾愈酒還戒，鄰賢泉更分。梅花一瓶外，何事不浮雲！

【校】

〔鬔〕抄本作「鬢」。

【箋】

〔丙申〕順治十三年（一六五六）。嘉紀是年三十九歲。

虞美人花

楚漢已俱没，君墳草尚存。幾枝亡國恨，千載美人魂。影弱還如舞，花嬌欲有言。年年持此意，以報項家恩。

去歲行

去歲歲除夜，糴米十五斗。門外終朝謀食途，竟能旬日不趨走。北風暮起頹屋寒，老人欲眠眠何難！風集木，聲益烈，吹下皚皚一天雪。癡兒對雪舞且悦，那知烟火來日厨頭絶！

【校】

抄本「吹下句」下，原有「東家西家暝色去」七字，朱筆鈎去。〔皚皚〕抄本原作「巾巾」，朱筆改「沈沈」。劉批：「擬易『皚皚』。」

〔癡兒句〕抄本原作「癡兒相對舞且悦」，「雪」字朱筆改。墨筆復於「舞且」二字旁注「目怡」。

〔那〕抄本原作「不」，朱筆改。

琴歌贈周生

白嶽山人蒼海遊，夜夜一琴傍衾裯。有時夢醒絃觸手，滿牀皆是山泉流。鄉思無端生日晏，抱琴過我淘西澗。入門竟對瓶花坐，彈作思歸幾鴻雁。雁鴻次第落江皋，身去故關萬里遥。夕陽入浪雲迷路，空依蘆荻鳴嗷嗷。嗷嗷之聲聽不得，明月正從聲上出，我亦有愁在胸臆。與君曲罷共踟躕，霜村樹樹風蕭瑟。

【校】

〔絃觸手〕抄本原作「手拂絃」，朱筆改。

〔聽不得〕抄本原作「聚小室」，朱筆改。

抄本「我亦有愁」句下原有「向君欲語語不得」七字，朱筆鈎去。

【箋】

〔周生〕謂吴周生，歙人。汪扶晨栗亭詩集有吴周生家觀右軍澄清堂法帖詩，自注云：「周生所居爲傳桂里。」

〔白嶽〕見卷五送汪濬之西泠箋。

過懶雲齋看梅，主人因留茗酌，同鴻寶、麗祖賦

偶踏晴光過此園，梅花樹樹放初繁。半空落日如沈水，幾片寒雲欲入門。座上心魂依淡漠，香中烟火煮泉源。高言未了東風至，吹出清泠月一痕。

【箋】

〔麗祖〕方一煌字，見卷十三雨後過麗祖不遇箋。

同麗祖舟過大樊莊訪鴻寶

一舟容二客，撑入野天晴。亂水闊無定，夕陽流有聲。樹生村落近，犬吠老朋迎。便即煮藏酒，墻頭新月横。

【校】

〔亂〕抄本原作「流」，〔流〕原作「皆」，皆墨筆改。

【箋】

〔大樊莊〕見卷十三自莫村夜發至樊上宿鴻寶館箋。

送友人

丈夫未得志，庸愚競相嗤。不能一刻耐，拔劍去天涯。數日苦留君，多應未深思。聚既無一可，何須不别離？舟車逐孤影，慷慨當路歧。燕梁與吴楚，從此將何之？朝廷大典兵，遣帥征遥陲；欲得工文士，壯彼軍中辭。吾子今琳瑀，去作將軍師。戰伐倘未息，善自調渴飢。戰伐倘既息，當無負鬚眉。

【校】

〔得工〕抄本原作「選好」，朱筆改。

〔壯彼〕原作「以壯」，朱筆改。劉批：「改字俱勝。」

〔吾子句〕原作「吾子今詞伯」，朱筆改作「以子燕許筆」。劉批云：「『吾子』從原本。『燕許』擬改『琳瑀』，蓋陳琳、阮瑀皆工爲檄。此句擬作『吾子今琳瑀』。」

〔去作句〕下，抄本原有「殘書攜入陳，佳山收入詩」，朱筆鈎去。

往邘尋殘客上人不值

殘客音書到，相期邘水頭。别離過五載，魂夢滿孤舟。新柳曉城月，寒烟荒市樓。支笻在何處？不見使人愁。

【校】

〔支笻二句〕抄本原作「登高聊縱目，烏雀亂啾啾」，朱筆改。劉批：「改句勝。」

【箋】

〔殘客上人〕即王劍，見卷一七歌箋。

贈金鳴甫

隱者滿山谷，此翁偏在城。常看鄰樹影，不斷煮茶聲。一任往來熱，獨留庭户清。荷竿如我輩，始肯下階迎。

【箋】

〔金鳴甫〕未詳。

題漪園次麗祖韻

虚亭新水中，處處受微風；一座盡無夏，四鄰唯有空。柳陰連草碧，人面近花紅。歌起游魚至，悠然樂意同。

【校】

〔悠然句〕抄本原作「攸然更可同」，墨筆改。

偶述

一螢草中出，漸向林外去。爾明曾幾何？便即知道路。鼠老語兒孫，莫厭主無食。西家倉廩肥，風波多不測！南鄰種豆翁，中夜不能逸；白髮與豆苗，天明一齊出。

【校】

〔南鄰二句〕抄本原作「老農種豆歸，憂至夜難逸」，墨筆改。

晴

旱天兩朝雨，雨足復能晴。野鳥有餘適，溪翁同此情。葦低摇水色，日落入蛙聲。縱步不知返，歸帆處處生。

澹生爲予鼓琴

老友將辭我，房中出素琴；松風當暑至，谿鳥入扉尋。頓使別離恨，變爲山水心。從兹一揮手，餘響落空林。

【校】

〔出素琴〕抄本原作「抱出琴」，墨筆改。

〔從兹二句〕抄本原作「落暉在庭樹，聲盡静沈沈」，朱筆改。

【箋】

〔澹生〕詩觀初集：「葉榮字澹生，號樗叟，江南歙縣人。有廬山遊草。」案澹生善鼓琴，東臺縣志載有方一煌過虎墩山閣聽澹生彈琴七古一首。

送澹生遊南梁，兼懷謀伯、公燿、寧士諸同社

雖云數日别，相送亦愁生。豁白雨初足，裝貧舟愈輕。故人四五輩，新月二三更。應共澹情慮，聽君琴一聲。

【箋】

〔謀伯〕康熙徽州府志：「程思聰字謀伯，歙縣諸生。讀書不屑章句，日與其徒闡明格致之義。著述甚多，詩尤純古。著有鈍人萍問。」江都縣志：「程思聰字謀伯，食餼於徽，後徙江都，事親以孝聞。讀書能究性理粹義。講學淮揚間，裹糧來聽者踵接。更喜道古今節烈事。所著有詠史諸什，及鈍人集二卷。」

〔公燿〕即方公燿。汪楫悔齋詩有壽方公燿七古一首，詩後自注云：「方干隱居白雲源，公燿因自稱白雲裔云。」

〔寧士〕汪寧士，本卷有送汪寧士詩。

放舟至柳下

日落溪乍秋，攜尊上小艇。共作一片雲，浮入深柳影。蟬鳧上下鳴，其中客轉

静。微風吹顔酡，疏酌入清冷。欲尋曩遊蹤，明月來樹頂。

【校】

〔微風二句〕抄本原作「疏酌入清冷，酒濁精魂醒」，朱筆改。

〔曩〕抄本作「昔」。

梅女詩

芳蘭深谷中，將開忽自落。不向風光輝，不受風輕薄。於戲淘上梅翁家，阿女可並幽蘭花。卓立衆卉見標格，耻就人世凡紛華。不覺年過二十後，命苦一朝喪阿母。母殁悲母旋自悲，自悲許作蕩子婦。蕩子儀顔亦有光，豈料逝水爲心腸！似倚少年隨伴出，不商不賈不疆埸。飄零竟弗思鄉曲，閨中年紀二十六；窗前一樹雙老烏，夜夜烏聲傍獨宿。倏傳蕩子返故里，白髮紛亂阿父喜。逝水誰知不戀源，恖恖又束舊行李。阿父看畢入門悲，泣語吾女將安之？詎意房中一寸心，久與泉下路相期。村北有女惷且醜，是時嫁郎爲新婦。阿父聞之心旁皇，歸來女已病在牀。門外阿叔問病至，窈窈房櫳徐徐出；盈盈容貌冉冉儀，玲玲雜珮莊莊意。向叔塞默垂首低，阿叔相顧神慘悽；怒言吾家女如此，那堪去爲蕩子妻！女去歸房涕自語，從今不得依老父。缺月不明風氣寒，潛起自經堅閉户。其夕阿兄共一庭，聞聲急來救復醒。咿嚘漸與阿兄語，何可令予勞此形。阿嫂在旁淚如瀉，慇懃餉食晨且夜。解顔接嫂若平生，嫂去置食匡牀下。心知前路漸不吉，暗數不食到七日。盈盤清水自沐軀，鴉鬟雲髻還頻櫛。櫛沐既罷日欲曛，悉出箱籠衣與裙。願留微物表衷愫，女伴一一爲區分。獨有明珠一百顆，身前身後應隨我。紝絲親綴雙朱鞋，五十在右五十左。妝成形影宛若仙，家人驚悲哭滿前。危坐奄然目俄瞑，阿父號呼尤可憐。東鄰盡來營殯具，西鄰皆爲營葬去。去覓沙明水白間，安置娉婷貞女墓。墓中魂魄難再歸，化作皎皎孤雲飛。

【校】

此詩周本異文甚多，校録如下：

〔題〕作鄰女行。

〔淘上梅翁家〕作「溪上鄰翁家」。

〔可並〕作「彷彿」。

〔卓立三句〕作「卓然塵中立志氣，耻同人世趨繁華。芳春荏苒二十後」。

〔不疆場〕作「走四方」。
〔弗〕作「勿」。
〔雙老烏〕作「棲雙烏」。
〔倏傳蕩子〕作「倏傳昨宵」。
〔悤悤〕作「天明」。
〔泣語〕作「泣曰」。
〔詎意六句〕作「中夜徘徊呼女語，女已抱病眠空帷」。
〔問病至〕作「問訊至」。
〔窈窈房櫳〕作「遥遥弱質」。
〔玲玲句〕作「垂垂羅帶玲玲珮」。
〔垂首〕作「首垂」。
〔神慘悽〕作「懷悽悽」。
〔怒言〕作「怒謂」。
〔女去〕作「惆悵」。
〔潛起〕作「竟起」。
〔急來〕作「急起」。

〔咿嚘二句〕周本無。
〔雙朱鞋〕作「一雙履」。
〔去覓〕作「共覓」。
〔墓中二句〕作「蕩子出門不肯歸，墓上孤雲皎皎飛」。

懷寄後莊

念子冰霜骨，依人邗水涯。愁呼孤影語，貧使一身卑。月白夢歸里，風鳴秋滿枝。羈窮吾亦慣，且學弱男兒。

【校】

〔羈窮句〕抄本作「執雌堪涉世」。

【箋】

〔後莊〕謂吴後莊，見卷一懷吴後莊箋。

放舟過東亭，訪方子傳、汪虛中

一帆水烟上，遥向海城飛。别客不堪久，入舟翻似歸。蟲聲衰草岸，雨氣薄絺衣。漸覺人家近，輝輝燈影微。

【箋】

〔東亭〕見卷六正月三日晨之東亭午歸東淘風帆來去皆便舟中賦此箋。

〔汪虛中〕見卷一晏溪送汪虛中兼懷吴後莊箋。

雨宿大聖寺，聞仇松弟復病，不得往視，悵然賦此

寄宿海城寺，窈冥宵氣清。傍梧知雨歇，與佛共燈明。好友近還遠，沈疴去復生。思深愁寐著，賴有幾蟲聲。

【箋】

〔大聖寺〕嘉慶東臺縣志：「大聖寺一在北門内，一在富安場。」案此詩當指在東臺縣北門内者。

〔仇松弟〕袁承業東臺詩徵：「仇筠字松弟。」

送汪寧士

去年當此日，君來扣我扉；今年當此日，君來别我歸。歸山豈不樂？對我轉歔欷。不恨别離多，只憐同心稀。雁聲雜墜葉，村村寒落暉。行子盡愁嘆，君身況單衣！念君客吾鄉，顔色常苦違。兩人各有爲，未忍言是非。迢遞隔江海，會面寧易希。今夜江北雲，明夜江南飛。南北不相顧，寸心徒依依。

【校】

〔題〕周本作送汪生。

〔不恨二句〕周本無。

〔雁聲句〕周本作「秋聲起衰柳」。

〔寒〕周本作「正」。

〔迢遞二句〕周本無。

【箋】

〔汪寧士〕未詳。

九月十五日過胡翁寓齋，值紅梅開一枝，同諸子分賦

步入山翁徑，寒梅當户幽；微紅隨菊放，殘葉爲花留。不作一林雪，偏争幾日秋。人間霜露遍，春在此齋頭。

十月五日過虎墩訪澹生

風狂獨行役，爲厭久離群。野水聲摇路，蘆花冷過雲。無村不愛霽，有月始尋君。幾夜高窗裏，雁聲誰共聞？

山關别澹生，同麗祖賦

茫茫離況入晨寒，僮僕因依别亦難。君在樓頭窗莫掩，蘆花行盡我迴看。

【校】

〔山關〕疑當作「山閣」。案東臺縣志載方一煌過虎墩山閣聽澹生彈琴詩。山閣，當爲澹生

所居。

【箋】

〔麗祖〕方一煌字，見卷十三雨後過麗祖不遇箋。

别澹生後，虎墩道上同麗祖看蘆花

步去酒初醒，蕭蕭一望清。漸隨殘日霽，接到遠天明。水近似難夜，風停時有聲。白頭兩歸客，如在雪江行。

醉詠雁來紅

悄然獨立聽啼鴻，枝影攲斜庭户中。爾倚寒風吾倚酒，老來顔色一般紅。

【校】

〔般〕抄本原作「齊」，朱筆改。

吴搢公惠硯

半尺泠山骨，何代爲人取？整缺各自然，墨氣積已厚。不知燈火前，看白幾人首？平生耻妄托，昨歸君座右。君復代擇主，寄贈清溪叟。磊磊且默默，奇士到庭牖；雖欲時相向，敢不慎其手。作賦二十年，知己恨希有。從此冰霜間，呼君爲老友。

【箋】

案吴介兹名晉，意搢公即介兹也。魏叔子文集一硯齋記云：「吴子介兹以詩文遊四方，匣中有宋硯，縱五寸，衡半之有幾，高五分之一又加半，受形方，有池，無雕文，質厚而色理澤。吴子甚寶之，出入數千里不離側。置諸青溪讀書之樓，則又以一硯名其齋。或問之曰：『此祖若父之遺留歟？』吴子泫然曰：『變革以來，居室化爲軍營，流離患難，先世之手澤盡矣！是硯也，師友之所貽，吾奉之如先器焉！』蓋櫟園周公之被徵也，公子雪客懼覆巢之禍，手是硯而謂吴子曰：『此吾父所藏弆愛玩，蔡中郎書籍，舉以與王公之孫，是請之子屬！』吴子拜手而受。及公得白，吴子奉硯歸公者再，公不可，吴子於是再拜受而藏之。」細味詩中「平生耻妄托，昨歸君座右。君復代擇主，寄贈清溪叟」諸語，疑即此硯。姑存以備考。

過東亭訪趾振，招同以賓、松弟集飲壚頭

歷遍奇寒到水涯，荒城樹樹正棲鴉。西風訪友成良夜，明月先人在酒家。身接醉醒忘老病，客如冰雪盡幽遐。偶然得聚離群後，縱有羈懷莫漫嗟！

【箋】

〔趾振〕即吴趾振，卷十五有吴趾振齋中夜坐詩。

〔以賓〕未詳。

登東亭南城夕眺，同以賓、趾振、松弟分韻

各憐荒堞不歸去，四面曠然寒我魂。遠塔立殘村霧影，枯榛生滿夕陽痕。望中恰遇一天霽，空處偏留今日暄。鳥送淒音童送茗，苦吟趺坐到黄昏。

【箋】

案東臺縣志載有仇松弟東亭南城晚眺詩云：「荒堞登臨思已遐，支離醉影對烟霞。寒波鷺立渾疑雪，遠墅楓紅竟是花。不是身閒期采藥，每因地僻欲移家。良遊今日皆知己，坐看垂陽漸

漸斜。」

十七日別趾振，得寒字

渡頭雲黯黯，欲別一何難！不識此時酒，可勝前路寒？渚禽無侶静，野雪對愁寬。忽覺舟行緩，勞君雙眼看。

【校】

〔忽覺〕抄本原作「恨殺」，朱筆改。劉批：「二字宜易。」

送錢退山

抱琴適薊丘，黄沙幾千里。衰年伴酒徒，落日臨易水。昔人白衣冠，慷慨曾渡此。人今復何在？寒流但瀰瀰。君去試悲歌，定有淒風起！

【校】

〔瀰瀰〕夏本誤作「濔濔」，據周本改。此詩抄本無。

【箋】

〔錢退山〕謂錢肅圖，見卷二程聖瑞齋中聽吕方旦彈琴六首箋。

〔薊丘〕見卷三送汪左嚴北上箋。

案汪楫悔齋詩亦有抱琴歌送錢退山一首，亦同時所作。

六朝松

壓盡古今雪，還留最老柯。鬼神聲下集，日月影中多。懶逐春林茂，閒憑野叟過。幸生秦以後，不辱此巖阿。

【校】

此詩抄本無。夏刻此下尚有宿白末邨一首，與卷三之宿白米邨全同，今删。

【箋】

〔六朝松〕見卷三送汪二楫遊攝山箋。

吴嘉紀詩箋校卷十五

題蘇母小影 蘇與蒼母。自此詩至贈歌者，據賴古堂本補。

白日在天，碧筠在牖；中有一人，邗江蘇母。對膝下兒，續手内絲。絲滿提筐，持易文章。兒跪受之，笑讀母旁。曙出暮歸，授徒負米；里稱先生，人歌孝子。苦節篤行，並見一家。秋風入户，吹開桂花。

【箋】

〔蘇母〕見卷五題易書圖贈蘇母箋。

案汪楫悔齋詩亦有同題詩。

王阮亭先生遠寄陋軒詩序及紀年詩集，賦謝

阮亭先生，蒞治揚州。東海野人，與麋鹿遊。玉石同堅，貴賤則别。光氣在望，

不敢私謁。先生鳴琴，野人放歌。春暉浩蕩，忽及漁簑。六一荒臺，東山別墅；阮亭新編，頡頏今古。花樹盈堤，風輕鳥啼。愧非郊島，陪從昌黎。

【箋】

〔王阮亭〕即王士禛，見卷二冶春絶句和王阮亭先生箋。王阮亭陋軒詩序見附録四。

〔紀年詩集〕當指漁洋詩集。案帶經堂全集程哲漁洋詩集序有云：「漁洋集始於丙申以前，舊作悉屏勿録。去春元日書榜有云：『得第重逢辛卯歲，删詩斷自丙申年。』蓋自明其精專斯道者，實乙未成進士後也。先生前後諸集，多屬紀年。」

鸜鵒復來

吾家有鸜鵒，好潔其毛羽。地僻懶求伴，身閒或登樹。漸失禽鳥性，時雜兒女語。藏身偶不謹，他人攫之去。攫者定好事，旦暮細調護。飲食既有托，寧記舊棲處？相失況經年，自應等行路。早起茅檐下，俯仰看朝露。雙翼忽飛來，巧言復絮絮。見客始知避，無糧亦肯住，鄙哉貧主人，何嘗能厚遇！艱難到陋巷，感君不忘故。

【箋】

〔鸜鵒〕泰縣志：「鸜鵒，俗名八哥。羽毛純黑，背部稍帶紫光，翼部之尖端白色，頭上部稍長，似冠狀。嘴淡黄，而根部作薔薇紅色。喜群飛，馴養之，縱剔其舌尖，能效人語，邑人頗喜籠畜之。」

案汪楫悔齋詩有哀鸜鵒爲吴野人作五古一首，記其畜鸜鵒事頗詳。其詩云：「野人家海濱，不共鄉人語。兩年養鸜鵒，閉門相爾汝。依人生性情，觸口非訓詁。客至代翁迎，釜破呼工補。補釜聲閣閣，短喙亦呴煦；當其神似時，觀者滿墻堵。主翁慣朝飢，不炊常到午；乞粟恐取嗔，飛喚阿母。阿母心傷悲，相看涕如雨。入息恒在床，朝歌還出户。忽遇路旁兒，攫去鎩雙羽。十月不聞聲，一朝歸舊宇；是時野人病，對之霍然愈。何堪遭遇艱，貍奴猛如虎；白月照遠林，碧血濺塵土；廡下留哀音，堦前見遺距。酌酒語野人，中懷勿酸楚；市人難暫親，奇物寧久聚？微質擅高義，得無取世怒？俗情愛常言，爲君覓鸚鵡。」

得吴後莊書

酒醒嗟世隘，形神難徜徉。悲憤豈無謂，人徒笑爾狂。往予客平山，來日歸故鄉；爾醉來送我，赤脚到山房。右手執短笛，左手提壺漿。夜深奏别鶴，聲淒落月黄。别去更慟飲，人傳爾已忘。丈夫七尺軀，可惜委糟牀！村口噪烏雀，谿頭歸牛羊；豐干雲錦書，倏忽到草堂。上云三年别，下云四體康。始知磊落士，自有延年方。放歌弄白雲，日日在釣航。何不乘秋風？挂帆來我傍。

【箋】

〔吴後莊〕見卷一懷吴後莊箋。

〔平山〕見卷一揚州雜詠箋。

贈汪生伯先生

憶昔甲申歲，四鎮擁兵卒；興平稱最强，争地民不恤。下令助軍餉，威迫甚於賊。國家財富區，一朝爲蕭瑟。白嶽汪先生，吴楚常行役。中路逢靖南，將士紛紜逼；營陣江上列，同旅刀裹入。靖南怒相謂：「爾輩裕財力，以餉助吾讐，何事不吾及？」衆人盡匍伏，先生閒自得。抵掌語靖南：「將軍天下帥，行將渡河去，恢復舊社稷。奈何漫誅求，甘與興平匹？」言出一軍驚，將軍改顔色。笑謂「此男子，慷慨世無敵！吾久需豪傑，誰知眼前覿！」回頭顧裨將：「斯人堪左翊！即日遣聘幣，新安問其室。」先生婉辭退，儔侶尚慄慄。次第察貨財，未嘗毫髮失。歸來國步移，揚州成瓦礫。高隱計不就，飄零思舊業。立謀謀必遠，招伴伴争集。流亡望顔喜，官長下車揖。經營二十年，兩淮元氣植。後輩家漸潤，先生囊轉澀。閉户聽歌詠，三徑殊寂歷。長君篤行人，鄉閭聲嘖嘖；寸心急孝養，時離兩人膝。才名仲君大，座有四海客。而翁獨重我，下榻還推食。白月蕪城邊，清樽老梧側；中夜聞高言，客子忘愁疾。甲辰春正月，梅花開第宅；甕甕醇酒香，先生年六十。親朋稱兕觥，我亦拜父執。不作南山頌，平生聊短述。安得輶軒使，采風及此什？

【箋】

〔汪生伯〕汪舟次之父。見卷七題圖詩十二首箋。詩中言靖南侯黄得功事，詳卷十二哭汪生伯箋。　案溉堂集壽汪生伯先生閔老夫人詩序：「去歲與吴野人同壽汪生伯先生六十，讀野人贈先生詩，獨盛稱先生昔日身見黄虎山將軍義不受賞一事。竊愧余所作，未見其大」云云。

案詩中有「甲辰春正月」、「先生年六十」之句，當作於康熙三年甲辰（一六六四）。

寄吴介茲

黄鵠戀儔侶，江岸徘徊飛。如何同心人，咫尺與我違？舊宅遍秋草，寒蟬鳴落暉。聞君遠歸來，兒女啼無衣。對此懷故交，題書問渴饑。再拜開錦函，中情何依依！嗟哉荼與蓼，味苦憐者稀。

【校】

〔錦函〕感舊集作「素書」。

【箋】

〔吴介茲〕見卷一吟詩秋葉黄圖爲吴介茲題箋。

案悔齋詩有吴介茲歸自青齊：「閲世艱難甚，君歸意若何？黄金南國少，清淚故園多。看日應登岱，衝風獨渡河。只愁乏生計，不得戀巖阿。」嘉紀此詩當亦作於同時。

過徐次源古香堂

幽居近廛市，門巷蓬蒿生。聞有抱琴客，主人披衣迎。天寒雪已霏，籬菊吐黄英。晚節真可賞，濁醪相對傾。薄醉因止宿，團團海月明。

【箋】

〔徐次源〕見卷三别徐大次源歸陋軒時贈予臘酒園梅箋。

〔古香堂〕徐次源所居室。徐有古香堂詩，周櫟園爲之序。

哭吴雨臣

歙縣人，諱元霖，自號古迂。甲辰九月十日，覆舟皖江溺死。

凌岫衆山裏，秀鬱獨絶倫；其上有孤泉，氣味復清真。山水佳如此，乃能産幽人。夕照明虚谷，松風灑角巾。時擕樵者來，煎茶坐荒榛。風流今已矣，泉石空粼粼。

避喧東海岸，晞髪難水樓。雨臣安豐居處名難水樓。一褐乾坤裏，於人絶無求。吟訪墻東叟，醉看沙際鷗。猶恐姓名著，以爲平生羞。秋雲自杳杳，潭水何幽幽？鄙哉田子方，門外來諸侯！

堂上有高節，里人至今傳。吁嗟吴古迂，實不愧其先！詠歌寄懷抱，踪迹窮山川。不解貴黄金，生計拙暮年。廬舍客夢裏，十畝山雲邊；糗糒稍稍足，有子能耕田。

曾説買青山，同子種花柳。懷此雖有年，識君心不負。如何楚屈平，一朝擕君手？出入偶不慎，禍來復誰咎？故交剩老夫，霜風吹皓首。徒念沮溺輩，終身戀畎畝。

【校】此題諸本僅收一、二兩首。周本作六首，此其第三、四、五、六四首。

【箋】〔甲辰〕康熙三年（一六六四），此詩當作於是年。

哭程在湄

歙縣人，諱湄。甲辰十月六日，殁於揚州。

誰爲不死者，悲君年少日。青青松柏枝，翻同芳槿質。夙昔厭紛華，相期崇令德。命衰逢委化，不得共努力。黄葉滿淮南，月沉夜昏黑；遊魂何處招？舊館遺琴瑟。

兄弟嗜詩書，各居一小樓。窗牖兩相向，桐陰晝悠悠。閒門誰往來？一二敝羊裘。重陽雨初霽，攜手遊林丘；遲回菊花前，樽酒何綢繆？誰知是死别，思君搔白頭。

幼兒生兩月，大兒甫三齡；鬼伯催促時，撫摩萬種情。隋苑風蕭條，白楊烏鴉鳴；送君此中去，長卧謝浮名。陂塘藕花香，日出遠岫青；生前來遊此，幾度嘯歌聲！仲夏來邗上，秋盡未還鄉。風吹我絺衣，誰知子心傷？即今蕩子身，半是子衣裳。人亡物尚在，何忍不卷藏。飄蓬原野間，無奈多雪霜。貧賤交情薄，老淚徒浪浪。

【箋】

〔程湄〕汪楫妹婿，見卷十二程寡婦歌箋。

案悔齋詩有同題三首。溉堂集亦有輓程在湄詩，編入康熙三年甲辰（一六六四），此詩當作於是年。

古意寄周元亮先生

燈燭照寒夜，華堂忽生春；堂中諸美女，顏色如花新。含情挾琴瑟，各向君子陳。繁響繞樽酒，顧盼齊紛紜。誰知賞音者，脈脈親一人。一人調如何？古音自清真。一奏再三奏，彼此意俱伸。豈惟旦夕歡，皓首猶慇勤。感子懷中義，高邈如孤雲；思爲三秋雁，翱翔與子群。

【箋】
〔周元亮〕周亮工字，見卷二答櫟下先生箋。
案詩意當作於順治十八年辛丑（一六六一），蓋嘉紀初晤周之時也。

遠村吟

城郭兵火後，見者傷蕭然。吁嗟此遠村，誰知尤可憐！居民落日下，往往無炊烟。不能支旦暮，況頻遭凶年！土田喜贈人，宅舍時棄捐。無處不榛艾，有鄰皆烏鳶。一二舊主人，爲人方種田。

常家井

甘霖着鹵地，便與鹵味並。始知天壤間，水亦有不幸。東淘東二里，幾家煮鹽穽？其北古楝下，云是常家井。頗類江南泉，堪煎雨前茗。海氓不知淡，汲引絶脩綆。朝集烏鴉雛，夜流明月影。終年荒草中，一泓自孤冷。

【箋】〔常家井〕在安豐常家竈，見卷六東淘雜詠箋。

疾　風

黯黯滿天雲，疾風來吹散。隴上荷鋤農，仰首言且嘆：去年此時雨，一夜三尺半；禾稼盡沉波，舟檝直上岸。力耕方苦潦，轉盼忽憂旱。烈日六十日，是處泉源斷。里巷爭泥漿，甕盎聚昏旦。側聞山東蝗，千里遍羽翰；指日到江南，雙眼那忍看！況復徵兵馬，擾擾正防亂。

贈蘇羽蒼

白嶽汪耻人，占籍古維揚。四方結交客，首重蘇羽蒼。羽蒼家湖濱，耕釣養高堂。此生遇賢母，幸不以孝彰。歲晏訪汪生，滿院梅花香。見我如舊識，傾倒樽罍旁。意氣各有感，端不爲文章。臨别指瓶庵：「今夜當聯床。」日暮竟不至，寒月光茫茫。

【箋】

〔蘇羽蒼〕蘇宇字，見卷五題易書圖贈蘇母箋。

〔汪耻人〕汪楫號，見卷一懷汪舟次箋。

案汪楫悔齋詩亦有寄蘇羽蒼詩云：「蘇君吾好友，近住大湖濱；白眼酬名士，青燈見古人。北堂終歲暖，澤國一家春。勿嘆相逢少，還須結比鄰。」當與此詩作於同時。

捉魚行

茭草青青野水明，小船滿載鸕鷀行。鸕鷀斂翼欲下水，只待漁翁口裏聲。船頭一聲魚魄散，啞啞齊下波光亂。中有雄者逢大魚，吞却一半餘一半。驚起湖心三尺鱗，幾雄争搏能各伸。烟破水飛天地黑，須臾擊出秋湖濱。小魚潛藏恨無穴，雌者一一從容啜。漁翁舉篙引上船，倒出喉中片片雪。雌雄依舊腸腹空，盡將美利讓漁翁。回看出没争奇處，腥氣空留碧浪中。

後七歌

吴生吴生字賓賢，谿上釣魚十九年。一朝失意東西走，頭白眼暗絶可憐。鄉園咫尺不能返，坐看明膏深夜煎。嗚呼一歌兮歌始發，荼蓼心苦向誰説？

芙蓉城外春水長，野航蕩漾人來往。輕吹晴暉寒食天，家家紙錢焚墓上。我有丘塋委故鄉，今日奇窮累泉壤。嗚呼二歌兮歌且謡，淚憑流水到東洵。

六十老兄仰天泣，田鬻他人名在籍；吏胥呼去應徭役，長跪告免免不得。急難那有親朋援？我今捨兄方遠適。嗚呼三歌兮歌鶺鴒，傷心聽爾在原聲！

有妹有妹頽舍裏，沉疴別後今何似？飲食斷絶癡兒啼，疾病不死饑亦死！門前青草晝無人，床上白骨誰收爾？嗚呼四歌兮歌思長，車輪日夜轉中腸。

阿珂阿瑟采蒿藜，阿驄相攜在丘阪；提筐日午歸作食，一日一食天難晚。饑腸欲斷人不知，共啓柴門望爺返。嗚呼五歌兮歌轉愁，巢雛待哺音啾啾。

貧窶屢遭鄰里厭，故園躑躅如他鄉。他鄉友生意偏厚，哀我食我殊難忘。伯勞東飛燕西翔，同類何能共一方？嗚呼六歌兮歌倚徙，飄泊夷吾思鮑子。

垂老無端學干謁，東家借僕西借褐；朝來得與顯者遇，賓客笑我言辭拙。男兒各自有鬚眉，何用低顔取人悦！嗚呼七歌兮歌自哀，庭梅籬菊待歸來！

【箋】

〔芙蓉城〕謂海安鎮，亦名三塘，見卷十四之三塘投宿子崔宅箋。

〔六十老兄〕謂仲兄嘉紳也。　案卷一七歌其四有「仲兄垂老更多疾，歲儉門衰千慮集。黄金錯買里人田，白頭難覓忘憂術。幾人索逋幾催科，中庭雜沓無虚日」之句。　嘉紀妹，適同里周正冕，見卷一七歌箋。

贈里人吴秀芝

安豐老布衣，足不入市腸苦饑。迂闊屢遭親戚笑，誰復慇勤過我扉？奇哉里人吴秀芝，賣米橋頭生業微。不讀詩書形體陋，何獨於我情依依？童子朝出負米歸，童子暮出負米歸。升斗釜石弗違我，有錢無錢無不可。貧家男女十四口，不後四鄰舉烟火。今年海邊年又凶，謀生計拙故鄉中。去年米錢償未足，爾更愀然傷我窮。人糴只授江右白，米名。吾賒獨與桃花紅。吾鄉米名，種甚佳，遠方人稱爲泰州桃花米。桃花米熟香甑釜，癡兒食飽忽起舞。失意如吾何足論，高情似爾堪比數！君不見瀨水與沙丘，伍員韓信餓欲死，世人不顧英雄愁。授餐鐵笛漁竿側，千古唯聞二女流！

【箋】〔吴秀芝〕案詩意當爲業米肆於安豐者。

〔桃花紅〕康熙揚州府志：「泰州紅，又名海陵紅。按漢書『揚州有桃花米』，即此種。」

贈戴酒民

先生昔日富田園，座中食客比平原。先生今日顛毛白，門户蕭條無過客。暮雨朝雲幻眼前，先生懷抱自悠然。不知囊底久如洗，逢人只欲贈金錢。記得梅開汪氏宅，月夜與君乍相識；吟詩憑吊史相國，看君雙淚已霑臆。細將往事爲予言，程嬰王成如在側。知君自是情深人，落拓湖干二十春。荆榛滿地難爲客，混入屠沽號酒民。憐我衰年肺病深，幾回相對酒難斟。天涯飄泊知音少，感激先生一寸心！

【箋】〔戴酒民〕見卷三傷戴酒民箋。

澄塘吴烈女

澄塘水，不羡黄河流，黄河萬里無清時，塘水一勺清且幽。遊子吴陵去不返，綠窗紅顔啼日晚。耻爲生隻，寧爲死雙。五尺墓，寒水旁。君不見白烟碧荇晝冥寞，時時飛起雙鴛鴦！

【箋】

〔澄塘〕靳修歙縣志：「十五都十二圖，村曰班塘、古塘、澄塘、陳村、潛口、水界山、松明山、莘墟、唐貝、西山。」

〔吴烈女〕名復貞，澄塘吴仲孺女。見歙縣志。

贈汪耻人

伯勞悦飛燕，何必曾相依。才子憐同調，中懷知者稀。君不見南州王生于一，死錢塘，妻子凍餒羈維揚；學陶居士周元亮先生。贈錢帛，生死一朝歸故鄉。家人哭發喪，長跪謝居士。居士曰「否否！感激我實繇汪子。」汪子於王非故人，蒼惶匍匐何苦辛？乃知生前結納爲知己，千載徒稱雷與陳。

【箋】

〔汪耻人〕汪楫號。案溉堂集有賓賢自號野人舟次自號耻人希韓戲予曰君詩便可合刻當名三人集予笑而答之詩。

〔王于一〕昭代名人尺牘小傳：「王猷定字于一，號軫石，江西南昌人。明太僕卿止敬子。貢生，以詩古文詞自負；善書，得李北海筆法。遭亂，居廣陵；客死西湖。有四照堂集。」

〔周元亮〕即周亮工，見卷二答櫟下先生箋。

憶昔行，贈門人吴麐

憶昔北兵破蕪城，幾千萬家流血水；史相盡節西城樓，吴麐之父同日死。麐母少年麐垂髫，避亂金陵蹤迹遥；信音忽到烏衣巷，涕淚雙霑朱雀橋。毁容截髮母心苦，織素教兒夜常午。親授漢書與孝經，提攜六歲至十五。滿地旌旗未罷兵，移家來住海邊城。致富懶師范少伯，執經偏就鄭康成。悠悠户外誰同調？霜雪饑寒身自蹈。只思當路賦緇衣，不信時人譏皂帽。四海無家何處還？凄涼八口去茅山。離别終年愁落月，琴書一棹遇邗關。旅舍沽醪重話故，自言篆學攻朝暮。石上吾初運鐵刀，鐫成人曰如銅鑄。此藝前推何雪漁，以刀刻石如作書。僻壤窮陬傳姓字，殘章斷迹勝瓊琚。麐也何君同一里，須知助腕有神鬼。手底靈奇甫著名，城中車馬多尋爾。昨日空囊今有錢，糴糧糴菽上歸船。辛苦高堂頭已白，好憑微技養餘年！

【箋】

〔吴麐〕字仁趾，曾學詩於吴嘉紀，見卷一送吴仁趾箋。

〔何雪漁〕見卷六讀印人傳作歌贈周金谿先生箋。

案悔齋詩吾友：「吾友曰吴麐，賦詩時七歲，十歲學山水；十一工作字，十三貧養母，依人學心計。擔簦涉江海，苦吟自得意。名高富兒怒，竟受詩歌累。至性窮益堅，飄泊心無悔。黯黯海濱雲，烈烈江頭燧；迢迢尋故人，忽忽籬犬吠。開扉接容儀，春風動蘭蕙。爲言别經年，又復精一藝。客途得六書，刀錐閒遊戲。赤文光陸離，令我瞠目視。挾此干王侯，豈復憂粮糒？吁嗟乎吴生！技巧誠小慧；使卒十年學，古人端不愧！才多易得謗，年少尤招忌；試看手中鐵，宜鈍不宜利。黽勉藏鋒鍔，毋使高堂喟！」當與此詩作於同時。

悔齋桐樹歌 汪舟次讀書處。

園中雜樹何葳蕤？敷榮發艷各争奇。中有老桐自蒼皮，挐風影月只數枝。上枝覆屋勢屈曲，下枝向人形倒垂。安豐布衣踽踽甚，頻到邗關汲濤飲。清陰日夕蔭藜牀，感君歲歲容高枕。

九月四日懷吴雨臣 是日爲雨臣四十誕辰。

不見故山十二載，前日始踏山村路。村路咫尺不暇歸，萬里又向青徐去。八月十七風飀飀，聞君此夜泊真州。屈指數到君生日，茫茫應在東海舟。海波無聲海山立，左日右月坐前集，豁然千頃耳目開，自招孤影呼四十。

【箋】

案卷一九月四日吴雨臣見過詩，有「俱是先朝戊午生」之句。戊午爲明神宗萬曆四十六年（一六一八），至丁酉恰當四十。此詩當作於順治十四年丁酉（一六五七）。

風號呼行

風號呼，吹黄沙，吹滿東家又西家。西家三四小兒女，日暮厨頭烟未起，直待老翁糴粟歸，一升粟换一升水。連年雨多五穀絶，清泉甕底何曾缺？今日腸饑口復枯，縱能耐饑難耐渴。忽聞村北掘得泉，泥沙混混味如鹽。月落河干曙星緑，男婦争汲影簇簇。我家稚子力弱身短不能前，空擔歸來掩面向墻哭！

贈李生

李生三載客海濱，寒暑跋涉唯救人。仁術誰人不感激？藥石何須及老身！豐頤秀眉長在眼，未嘗一適李生館。不識肝腸不妄交，君既倔强予復懶。聞君思母海雲邊，雪霜千里放歸船。落葉依依戀根本，此時方信李生賢。李生李生侍母前，吾里瘡夷殊可憐。春風若更遊淘水，結交當自來年始。

【箋】

〔李生〕未詳。

訪周櫟園先生，兼呈汪耻人

櫟公之冤一朝白，懽呼聲滿長安陌。暫時歸卧江南春，從遊獨重汪耻人。耻人學大年更少，與公與我爲同調。聞我有疾眠清谿，十日不能開口笑。酒酣離席向公云：「草野今將失此君！」櫟公不覺搔首語：「世有此君胡未聞？」索詩一讀一長嘆，其時鵶叫寒宵分。公悲轉令耻人喜，貧病故人得知己；即遣蒼頭走風雨，陋軒半夜扶予起。跋涉舟車三百程，指日追隨公杖履。公既再生予未死，俱到耻人雙眼裏。

【箋】

案溉堂集有喜周元亮司農生還次龔孝升總憲韻，編入順治十八年辛丑（一六六一），此詩當同一年作。又汪舟次序有云：「辛丑歲，周櫟園先生在廣陵，見野人詩，推爲近代第一。復聞野人病，心慮之，恐遂不及見野人，屬余爲書招之，贈一詩附與俱往。余逆野人不肯爲先生來，以先生情至，誼無容辭。且屬藁慰先生曰：『野人性固嚴冷不易合，然見先生詩，或當忻然來。』書達，野人竟來。」詩中所叙，即爲此事。

贈汪快士

快士有母在練水，爾胡流落風塵裏？技藝雖精不救貧，白眼俗人隨處是。去秋重見葦花邊，老夫姓名石上鎸。秦章漢篆何堅朴，古人復作無能賢。緼袍敝履自蕭然，坐卧荒菴看暮天。愧我久稱素心侶，贈君獨乏青銅錢。終朝熟視徒爲爾，君今且上姑蘇船。姑蘇臺畔楓橋下，賓朋來往多車馬。君挾琴書遊此鄉，從遊寧乏知音寡？得金糴米須寄親，莫愛奇窮如我者！

【箋】

〔汪快士〕汪中汪氏家傳：「汪鎬京字快士，喜遊名勝，大江南北，遊蹤殆遍。工詩，喜篆籀，以山水品題，傳諸篆刻，系以小記，著紅朮軒山水篆册，以爲抱五岳名山之願，蓋記實也。又著紫泥法、文字原、印範，皆刊行於世。康熙初始遷江都。」

〔練水〕在歙縣境，見康熙歙縣志。

〔楓橋〕見卷六送江健六之長洲錢塘箋。

剩粟行

吏胥昨夜去村西，屋中剩粟如塵泥。呼兒握粟去易布，商賈飽眼皆不顧。一雁無侶聲嗷嗷，老夫惆悵歸荒郊。今夜燈前炊一斗，明夜床頭餘半缶，朔風依舊吹兩肘。

過兵行

揚州城外遺民哭，遺民一半無手足；貪延殘息過十年，蔽寒始有數椽屋。大兵忽說征南去，萬馬馳來如疾雨；東鄰踏死三歲兒，西鄰擄去雙鬟女。女泣母泣難相親，城裏城外皆飛塵。鼓角聲聞魂已斷，阿誰爲訴管兵人？令下養馬二十日，官吏出謁寒慄慄。入郡沸騰曾幾時？十家已燒九家室。一時草死木皆枯，昨日有家今又無。白髮夫妻地上坐，夜深同羨有巢烏。

【校】

此詩亦見抄本詩續：

〔大兵〕作「官兵」。

〔三歲〕作「可憐」。

〔雙鬟〕作「如花」。

〔魂已斷〕作「魂欲死」。

〔阿誰爲訴〕作「誰能去見」。

〔昨日有〕作「骨肉與」。

〔夫妻〕作「歸來」。

樊村紀遊 有序

江子象賢、曙生，郝子羽吉，共浮一舟至柴門，偕余往樊村訪鴻寶，兼就荷焉。抵樊，招鴻寶到，帆下，放棹中流，夕陽數點，緑綺一片。輕風與客俱至，花意悦懌。乃命童子煮酒，甫舉杯，見邨南高柳森立，碧成世界。更移舟，尋路至柳下。是時也，亂葉與蟬鳥共爲一聲，月漸出水，濛濛蒼蒼，絶非人間境。默酌久之，雲盡波寬，群動皆夢。羽吉起謳，象賢引管絃佐之，婉折頓挫，令人忘情。及曉，鴻寶復止諸子，諸子亦無有欲返者。是夕，重集柳下。夜氣寒淡，飲趣玄適，較昨又將過之。次日始謀歸。將歸，曙生徘徊。鴻寶知其爲荷也；命童採贈一瓶。瓶入舟，因依花前，且以葉代茗，滿飲花下。三子命余賦詩。

樊村新水添幾尺，白首主人門外立。客來不揖不話舊，無限清芬雙槳入。隨流曲折行徐徐，身閒始與白鷗俱。開樽痛飲飲欲醉，溪香月皎心何如？

【箋】

〔樊村〕見卷十三自莫村夜發至樊上宿鴻寶館箋。

管鮑篇呈汪舟次

賦詩菰蘆中，世不知名字。齒脱髮毛白，始遇汪舟次。己亥來遊東海涯，九月十日見余詩；兩心不覺膠投漆，因詩與我成相知。去冬過邗江，訪君梅下館。館前冰雪來往稀，獨把陋軒詩一卷，賞心真與時流殊，精論不恕老夫短。老夫垂首忽自憐，此身若死己亥前，篇章縱得逢同調，不過異代相周旋！草白沙黄歲暮天，窮途還愧費君錢；知己不作感恩語，高義旋聞舉國傳。君不見吴越詞人新句好，朝來嘖嘖揚州道：上言今人吴與汪，下言古人管與鮑。

【箋】案嘉紀與舟次篤於友情，孫枝蔚溉堂集贈汪舟次詩：「公孫與甯戚，牧豕常飯牛。吁嗟吳野人，忍饑東海頭。鄉鄰逢竈户，估家驕漁舟。彈鋏既不可，仗策將焉投！一自逢汪生，不願識荆州。月明病客榻，雨雪酒家樓。豈獨念行李，常許共車裘。知己有如此，天下最風流。」

吳爾世四十贈以詩

老烏山月中，悲鳴啞啞思故雄；雄去荒烟身不返，雌守舊巢腸欲斷。風淒雨急誰相憐？只有孤雛在眼前。拮据哺雛雛不餓，今日雛較昨日大；長成毛羽飛出林，不知老烏受幾辛苦到于今！君不見豐谿吳氏遺腹子，今年四十母心喜。

【箋】〔吳爾世〕吳延支字，見卷十三短歌爲豐溪吳節婦賦箋。

案雷伯籲艾陵詩鈔貞婦歌序有云：「雷子爲吳延支母胡氏作也。胡氏二十三而寡，延支其遺腹子也。庚子胡氏春秋六十，延支三十八矣。」庚子，延支年三十八；詩云今年四十，當作於康熙元年壬寅（一六六二）。

自題陋軒

閉門二十載，霜雪滿頭顱。治亂從當世，簞瓢自老夫。空堦苔半掩，頹壁樹全扶。寥落無鄰舍，乾坤此室孤。

九月桃花

已是蕭條候，忽驚芳樹開。衰年那可對，春色不時來。霽日故相照，霜風未忍摧。花前有漁父，莫漫放舟回。

【箋】案乾隆如皋縣志載：「康熙二年十月，桃李華，林檎實。」如皋爲泰州鄰邑，同屬揚州府治，災異或相同，此詩或作於是年。

懷曹僧白

久客復誰憐？蒼蒼髮兩肩。顔衰應仗酒，囊破不宜錢。水月處高詠，雪城中醉眠。瓠居前後竹，相待影蕭然。

【箋】

〔曹僧白〕靳修歙縣志：「曹應鵬字僧白，巖鎮人。任俠好施，有雋才。於黄山白龍潭上築精藍，每歲訂友登峰，累日忘反。爲詩法中晚唐，所著甚富。」溉堂集過李家堡訪曹僧白自注：「僧白欲作瓠堂歸隱，未就。」

同葉澹生飲江聲閣

出郭花滿洲，老朋攜杖頭。自沽幾瓶酒，人借一間樓。江水春何闊，寒山暮欲浮。去來身不繫，閒殺兩沙鷗。

【箋】

〔葉澹生〕見卷十四澹生爲予鼓琴箋。

〔江聲閣〕焦山志：「江聲閣，舊在香林庵内，久廢。」

品外泉

晝夜寒光湧，一亭皆混茫。自存空谷味，何用古人嘗？此日名仍掩，深山影共涼。鐘鳴僧出汲，落月在松篁。

【箋】

〔品外泉〕在攝山上。見攝山志。

別郝羽吉

出城逢落日，看我上歸艭。離況有如此，鄉心轉欲降。寒潮浮遠樹，驟雨下空江。今夕難成夢，君應坐竹窗。

待吴後莊

貧老難爲客，離群更若何？城荒春氣冷，門閉雨聲多。命子沽醽醁，扶筇看薜蘿；烟生庭欲暮，雙屐可來過。

訪道開上人

上人年七十，寄迹古城隈。花落客行少，鐘殘門未開。此身能寂寞，前日始歸來。留我同趺坐，斜陽在蘚苔。

【箋】

〔道開上人〕未詳。

聞鶯

東海無鶯，汪子虛中讀書東亭，初夏，鶯忽鳴其庭北古槐，詩以紀異。

東亭春去後，始緑兩三槐。下有静人住，能令黄鳥來。輕風當午善，小室對晴開，莫憚聲頻囀，香醪正滿杯。

【箋】

〔汪虛中〕見卷一晏谿送汪虛中兼懷吴後莊箋。

〔東亭〕見卷九四月一日送汪梅坡之東亭箋。

送吴雨臣

漠漠水烟裏，看君一棹移。愁連蒼海岸，别到白頭時。離亂客何處？平生人不知。浮雲無定迹，未敢問來期。

送淼公

人顔何可向，久矣勸師行！短杖又無定，斜陽皆有情。從今尋一寺，應不負餘生。古渡暮分手，蘆花秋水明。

【箋】

〔淼公〕未詳。

汪虚中齋中喜晤汪舟次

尋友來敲户，逢君正念余。何曾同旦暮，偏肯愛樵漁。澤國梅開早，荒齋月上初；不須競投轄，我僕已停車。

【箋】案汪舟次陋軒詩序謂「余知野人自己亥九月始」云云(見本書附録四),則此詩乃嘉紀初遇舟次時所作,當作于順治十六年己亥(一六五九)。

吴趾振齋中夜坐

歸來微醉在,松影半堦斜。我意欲危坐,人間皆不譁。新霜生石壁,落月入鄰家。尚有殘燈火,敲冰自煮茶。

【箋】〔吴趾振〕未詳。

送孫無言令弟象五遊汝南　時無言仲君同行。

未見詩書賤,爲商豈自輕;欲稱真學者,不敢後謀生。白月孤帆影,黄河一雁聲。知君對猶子,時有憶兄情。

【箋】

〔孫無言〕見卷一送人歸黄山箋。

案汪懋麟孫處士墓誌銘：「有諱秉仲者，生五子，處士其長也。配吴氏，生二子，長自省卒，次自益。」仲君當指自益。溉堂集有送無言弟象五之汝南詩，編入順治十六年己亥（一六五九），此詩當作於是年。

遲汪虚中

曾指一園梅，花時當再來；臨溪扃竹户，對月煮春醅。良夜今如此，南枝已盡開。蹇驢策何處？不踏陋軒苔。

懷吴雨臣

漁樵曾有約，何事又西東？戎馬迂儒賤，舟車吾道窮。鄉心生月下，客淚落塵中。松菊荒蕪久，年年怨轉蓬。

【校】

此詩卷十四有同題七律一首，内容有相同處。

九月紅梅

步入山翁徑，老梅當户幽。微芳隨菊放，殘葉爲花留。不作一林雪，偏争幾日秋。人間霜露遍，春在此齋頭。

抵邗，集汪耻人齋，次韻答周元亮先生

力疾尋知己，霜風海岸長。艱難王子棹，羞澀杜陵囊。見面齊驚在，聞歌各自傷。羸軀真棄物，公獨愛疏狂。

歲暮東風暖，邗關處處花。更生人躑躅，半夜月横斜。詩出皆悲感，杯深失嘆嗟。病夫不得醉，搔首怨琵琶。

【箋】

〔汪耻人〕見前贈汪耻人箋。

〔周元亮〕見卷二答櫟下先生箋。

案賴古堂詩吴賓賢爲予至飲汪舟次齋中：「亂覺良朋賚，君來道路長。江風吹敝帽，海氣滿

奚囊。酌酒心爲動，論文意轉傷。斜陽猶未落，及見老夫狂。」「歌吹揚州地，寒梅不肯花。人憐關塞返，客嘆夕陽斜。垂老真相見，傳詩各有嗟。同君從世好，深夜醉琵琶。」此詩當作於順治十八年辛丑（一六六一），蓋嘉紀初與周相晤時也。

寄程伯建

山水滇南勝，知君定憶予。十霜垂老别，三度隔年書。荒徼兵戈裏，遺民飢饉餘。此身方許國，莫漫羨鱸魚。

【箋】

〔程伯建〕康熙重修中十場志：「程封，徽州人，家梁垛。國朝順治甲午科選貢，雲南南寧縣知縣。著有石門集。」石修歙縣志：「程封字伯建，基弟，自幼徙居江夏。順治貢生，官雲南經歷。喜吟詠，涉歷山川幾遍。吴梅村、王阮亭、杜于皇、龔半千皆樂與之游。著石門確史，載甲申國變死難諸臣事。又嘗倡海陵秋社，與曹應鵬齊名。有滄螺集、山雨堂詩集。」

案溉堂集亦有題程伯建滇南詩。

雨中移蕉謝孫八

孫八吟詩處，離披盡緑蕉。終年陰不散，三伏暑全消。念我同棲泊，無人慰寂寥。殷勤分數本，恰值雨蕭蕭。

【箋】

案悔齋詩亦有同題詩云：「乞種曾春日，移根及雨晨。色連童子碧，聲過道途新。失伴憐高士，當窗認美人。學書吾有意，早晚荷相親。」

客悔齋，送汪舟次之真州

江頭北風肅，鴻雁各飛翻。汪子攜書卷，真州去杜門。斜陽分遠岫，白水漲荒村。一見梅花放，知君憶故園。

【箋】

〔悔齋〕汪楫讀書處。見前悔齋桐樹歌自注。

〔真州〕即今江蘇儀徵縣。

寄葉澹生

到處自忘機，同袍似汝稀。終年名嶽住，何日釣船歸？作賦霜生鬢，彈琴月滿衣。幾回逢勝境，嘆息素心違。

【箋】

〔葉澹生〕見卷十四澹生爲予鼓琴箋。

登柳家山

幾村接喬木，中有柳家山。雪後樵人少，天涯客子閒。野烟凝草徑，江日盪松關。亦自成丘壑，孤雲獨往還。

送孫八遊金陵

策杖遊何處，江頭虎踞關。春風醒別酒，落日照衰顏。慟哭荆榛裏，題詩戎馬間。齊梁任憑吊，不用對鍾山。

【箋】〔虎踞關〕即清涼臺，在南京。見卷四登清涼臺箋。悔齋詩亦有送孫焦穫之金陵兼柬周雪客詩。案溉堂集有客金陵一月將歸維揚留别周雪客兼寄尊公櫟園先生詩，編入康熙二年癸卯（一六六三），此詩當作于是年。

題程飛濤、在湄兄弟小樓

小樓梧樹下，秋月正茫茫。窄户登山入，虚窗傍水涼。客稀書共展，冬近夜初長。籬下黄花放，移來繞一牀。

【箋】汪楫悔齋詩亦有題程氏小樓詩。

九日答甦菴先生見懷

年年此日客隋宫，歸計難成逐轉蓬。催放黄花憐細雨，故吹皂帽笑西風。登高只望城東路，搔首徒聞塞北鴻。慚愧素心囊似洗，無能沽酒餽陶公。

【箋】

〔甦菴先生〕方拱乾自號。皖志列傳稿：「方拱乾字肅之，號坦庵，崇禎戊辰進士，官諭德。入清，以薦起補宏文院學士，尋除少詹。順治九年，科場罣誤，謫寧古塔；十一年，放歸，寓揚州，撰絶域紀略，因自號甦老人。所著白門、鐵鞖、裕齋、出關、入關諸集，傳於世。」

〔隋宮〕見卷一送方爾止箋。

案悔齋詩亦有九日答方坦菴先生詩，當是同時所作。

除日懷孫豹人

衰顔我亦苦風塵，臘盡還家四壁貧。此日陶潛空責子，何年杜甫不依人？茅山鐘動棲鴉静，句曲梅開濁酒新。羨爾客中門早閉，追呼無復到閒身。

【箋】

〔茅山〕見卷五送王玉久歸茅山箋。

〔句曲〕見卷二酒間口號答句曲張鹿牀箋。

案溉堂文集有寄汪舟次書云：「弟二十年不曾策蹇，及抵句容，腰膝都痛，非枸杞之類所能濟事也。奈此但有喜客泉，無喜客主人；遊況殊苦。惟長吟疾書，日無停晷，爲青元觀中道士所笑：何其酷似趕考秀才耶？新作録成一册呈覽，幸教之。吴野人已歸東淘否？椒觴之需，能不缺否？貧中亦有等級。東坡云『即吾二人而觀之，當推夢得爲首』是也。若弟與此老，可謂孫、吴齊名矣！一笑。」此書爲豹人初抵句容時致汪舟次者。溉堂集客句容五歌、寓句容道觀寄簡王阮亭揚州、句容書懷寄呈程别駕諸詩，均編入康熙三年甲辰（一六六四），此詩當作於是年除夕。

文選樓

太子風流甚，登樓只讀書。江山頻換主，樓在更誰居？

【校】

此詩周本作揚州雜詠第八首，諸本均不録。

【箋】

〔文選樓〕見卷一贈孫八豹人箋。

送孫無言之吴門

桂檝蒲帆受風，金閶遥指雲中。吴儂春處須問，今日誰爲伯通？

姑蘇臺上烏啼，遠客登臨杖藜。越艷吴姬不見，西江月爲誰低？

【箋】案溉堂前集有家無言遊吴門有懷二首，編入康熙元年壬寅（一六六二），此詩當亦作於是年。

送高菘若之都門

垂老不勝旅愁，送君更起離憂。蓮花冉冉郭外，野月蒼蒼馬頭。

黄金臺上笳聲，衰草秋風有情。邊塞彎弓子弟，近來都學儒生。

【箋】〔高菘若〕未詳。

悔齋詩亦有送高菘若入燕七古一首。

安豐場絶句四首

盡説安豐風土非，蒹葭瑟瑟鷺飛飛。誰知斗大潮邊室，聞道當年有布衣。斗室乃王心齋先生悟道處，今基址在場北。

兒童弄武范公堤，塞馬騰來踏作泥。無數髑髏衰草裏，年年變作野禽啼。
場東卑狹海氓房，六月煎鹽如在湯。走出門前炎日裏，偷閒一刻是乘涼。
烟火蕭條户口殘，半遭客債半遭官。當年駿馬輕裘子，徹夜西風破屋寒。

【校】

此詩第三首，諸本編入卷一，題作絶句。

〔場東句〕作「白頭竈户低草房」。

〔如在湯〕作「烈火傍」。

【箋】

〔安豐〕見卷一臨場歌箋。

〔王心齋〕見卷十四謁心齋先生祠箋。

〔范公堤〕見卷五范公堤行呈汪苇斯先生箋。

題梁鴻賃舂圖　同孫豹人、汪虚中、舟次、吴仁趾分賦。

回首長安不可還，夫妻食力到吴關。伯通廡下風光好，只愁年凶四體殘。

【箋】孫豹人溉堂集有題畫五首，見卷一題卓文君當壚圖箋。

江天際四十初度

囊底仍餘賣畫錢，自沽醇酒對霜天。生辰不向家園過，只恐雙親覺暮年。

【箋】〔江天際〕見卷三題亡友江天際畫箋。

案汪楫悔齋詩亦有江天際四十贈詩：「强仕今朝是，君方作浪遊。烟雲腕底在，愁嘆醉時休。到處悲青眼，還家拜白頭。山中有真樂，未必讓封侯。」

冶春絶句和王阮亭先生 甲辰清明作。

春光已暮人已老，幾度欲歸歸更遲。白鷺沙邊漫相訝，汝曹頭上也絲絲。

騎馬山公醉可憐，使君今日更堪傳。青州從事酬佳節，皓首漁人共釣船。

寒烟生處有歸鴉，短棹殘陽各去家；依舊笙歌滿城郭，黄昏留與玉勾斜。

【校】

此題諸本俱爲八首，周本十一首，此其四、五、十一。

【箋】

〔甲辰〕爲康熙三年（一六六四）。

〔青州〕見卷二得周僉憲青州書箋。

〔玉勾斜〕見卷一揚州雜詠箋。

送吴仁趾歸句曲

幽居聞在翠微間，歸去漁樵任往還。屋後鷗飛揚子水，門前月出大茅山。

【箋】

〔吴仁趾〕見卷一送吴仁趾箋。

〔句曲〕即句容，見卷二酒間口號答句曲張鹿牀箋。

〔大茅山〕茅山主峰，見卷五送王玉久歸茅山箋。

案悔齋詩亦有送吴仁趾歸茅山七絶二首。

贈歌者

戰馬悲笳秋颯然，邊關調起緑樽前；一從此曲中原奏，老淚霑衣二十年。

【校】

此詩諸本俱爲二首，此其第一首；唯夏本僅收第二首。

〔秋颯然〕陳本作「清颯然」。

送吴仁趾北上 據溉堂集補。

絶技自殊衆，相知在寸心。漸離善擊筑，交與荆軻深。含情對酒歌。悲來涕霑襟。今汝適燕市，市人聽汝吟；祇愁異衷悽，夫豈無賞音？

【校】

此題諸本均作四首，溉堂集引作五首，此其第四首。

【箋】

〔吴仁趾〕見卷一送吴仁趾箋。

九月十五夜聞新鴈 此下二首據感舊集補。

亂水不喧風肅然，新鴻今夕到溪前；遠連衆影冷穿露，各咽一聲秋滿天。月色中飛枯木葉，蘆花下泊釣人船。又逢此地少禾黍，旅夜栖栖應自憐。

爲吴爾世題漸江上人畫

漸公乘化去，墨迹留人寰；展對清秋時，空堂來萬山。山雲争靈奇，觀者欲躋攀。巖際林遠近，峰頭瀑潺湲。豐谿吴生廬，位置於其間；我願持竿來，與君相往還。

【箋】

〔吴爾世〕見卷十三短歌爲安豐吴節婦賦箋。

〔漸江〕見卷八舉世無知音者五韻五首和吴蒼二箋。

絶句二首　據劉文淇陋軒詩續序補。

長公詩句在香臺，六百餘年没草萊。片石不愁零落久，琅邪居士會尋來。

拭盡寒烟舊蘚痕，新題陳迹共相存。老僧漫説因緣事，緑草春風滿寺門。

【箋】

案東坡石刻在揚州蜀岡禪智寺，詳見卷三七夕同諸子集禪智寺碩公房再送王阮亭先生箋。

題楓山草堂　據抄本陋軒詩續補。

亂後栖遲何處尋？草堂留得在雲深。懶親濁世春風好，獨領空山秋夜音。巖冷自堪酬木石，高閒端不藉纓簪。即今樹樹霜前赤，長見先生當日心。

【校】

抄本於題上注「删」字，劉氏復於眉端批「删」字。

代袁漢儒輓崔老人 據抄本陋軒詩續補。

市朝逐逐不肯息，盡是西陵松下客；西陵一臥無歲年，誰解生前採白石？嗟乎嗟乎八十翁！古貌長眉壽已豐。老至不知身是夢，杖聲亦在市朝中。憶昔天奪衰年子，我翁慟哭聲如水。銜悲戚戚曾幾時？老妻又待重冥裏。翁去秋喪子，前月喪妻。冥中骨肉翻能聚，不似前宵無可訴。諸孫稺幼縱堪憐，至此老人亦不顧。翁之孫女字吾兒，翁子與余稱故知。去年我哭故人處，豈知今又拜翁衣！拜翁莫謂不深哀，淚已先入去年杯。

【校】

抄本劉批：「此應酬之作，擬删。」

附録一　吴嘉紀手札序贊輯佚

右川袁老伯像贊 二贊見國粹學報第六十九期。

沉漭滄海，誕生此翁。亭亭古柏，靄靄春風。峨冠弁首，法服被躬。自我不見，四十五載；墓松已老，人代已改。絹素披陳，形神宛在。我昔髫齔，親炙容光；襟懷倜儻，聲譽芬芳。南陽文季，遼海彦方。魂去雲霄，影傳孫子；佳晨佳夕，是禱是祀。明月出天，清輝在水。通家子吴嘉紀拜稿。

案袁老伯即袁沔，號右川，安豐人。

袁母丁孺人像贊

豐顔淑儀，莊衿古琚；依然壽母，生在庭除。其微笑也，似睞負米之子；其端居也，若恭賃廡之夫。德操範於閨閣，容貌傳諸畫圖。簪花映几，朝日温襦。嗚呼誰歟？漢儒先生之母，野人大姊之姑。通家子吴嘉紀拜稿。

案袁母即袁漢儒之母，袁沔之妻。

與王鴻寶書 見國粹學報第八十一期。

鴻寶二兄足下：淫雨滂沱，凶荒驅至，對雨兀坐，未嘗不時憶我老友也。青泥來，得悉近況，甚爲跼蹐。然我兄仍須耐心堰上，與貴族諸君子日夕盤桓，得成千秋大業。且以筆墨謀饘粥，亦吾輩分内事也。我兄知余，應不以斯言爲謬。匆匆草候，不盡欲言。弟吴嘉紀頓首。

與汪舟次書 見結鄰集。

此子喜其胸中無一字，尚可教。所謂净潔白氎，易爲受色也。

王鴻寶哭崔季公三十律詩卷跋書 見東臺文徵稿本。

三十律無一意雷同，無一篇浮泛。季公之人之行之心事，及兩家絲蘿之好，兩人相與之情，一一於聲淚中傳出。此詩不朽矣！季公亦不朽矣！

附録二　周刻賴古堂本陋軒詩目録

陋軒詩　海陵吴嘉紀著

四言古
臨場歌
翁屨冰行
題蘇母小影蘇與蒼母
王阮亭先生遠寄陋軒詩序及紀年
詩集賦謝
五言古
懷汪舟次
修葺破屋詩
谿頭
鸜鵒復來
雜述八首
得吴後莊書
程烈婦詩并序
答贈王幼華

烈女詩郃陽王幼華之姊
贈汪秋澗
贈汪生伯先生
得櫟老人書
哭妹二首
寄吴介兹
送孫豹人之屯留二首
登康山山以康海先生得名○二首
過徐次源古香堂
哭吴雨臣歙縣人諱元霖自號古迂甲辰九月十日覆舟皖江溺死○六首
哭程在湄歙縣人諱湄甲辰十月六日歿於揚州○四首
古意寄周元亮先生
送錢退山
遠村吟
常家井
疾風
哭王水心
送汪生
贈蘇羽蒼
七言古
捉魚行
破屋詩
義鶻行
七歌
賣硯行爲王太丹賦
鄰女詩
贈孫豹人
喜劉則鳴業師移家至淘上

哀羊裘爲孫八處士賦
難婦行壬寅六月瓜洲事
東家行壬寅六月揚州事
碾傭歌二首
後七歌
汪長玉生日
贈里人吴秀芝
贈戴酒民
嘉樹詞
一錢行贈林茂之
澄塘吴烈女
贈汪耻人
憶昔行贈門人吴麐
客中七夕時與汪長玉別
鄰家僕婦行

歲暮留別鄭仲夔
悔齋桐樹歌汪舟次讀書處
王太丹死不能葬吴次巖汪次朗贈
金爲發喪感泣賦此
江邊行
鄰翁行
朝雨下
九月四日懷雨臣是日爲雨臣四十誕辰
淒風行傷饑竈也
過江象賢寓齋看梅不值聞昨夜同
方麗祖理絃梅下
郝羽吉寄予宛陵棉布
風號呼行
贈李生
訪周櫟園先生兼呈汪耻人

風潮行
贈汪快士
剩粟行
過兵行
樊村紀遊有序
管鮑篇呈汪舟次
吴爾世四十贈以詩

五言律
自題陋軒
懷吴後莊
僻壤
偶成
摘扁豆
河邊廢冢
九日桃花
送汪耳公
落葉
豆棚
寄吴公調余去歲往淮時公調尚客余里
賣書祀母
懷曹僧白
同葉澹生飲江聲閣
六朝松
品外泉
别郝羽吉
待吴後莊
訪道閒上人
聞鶯
送吴雨臣
集江曙生南城别墅

送淼公
汪虛中齋中喜晤汪舟次
吴趾振齋中夜坐
晏溪送汪虛中兼懷吴後莊
送孫無言弟象五遊汝南時無言仲君同行
新僕
遲汪虛中
懷江象賢
懷吴雨臣
谿翁
九月紅梅
天甯寺曉月
抵邗集汪耻人齋次韻答周元亮先生二首

元日
寄程伯建
重遊邗上途中寄懷周櫟園先生
五月初四夜
茉莉
楊蘭佩招同諸子泛舟
雨中移蕉謝孫八
客悔齋送汪舟次之真州
寄孫八豹人
孫八期過何五看菊阻不果同郝羽吉分韻
寄葉澹生
長林吴處士
登柳家山
郝羽吉自邗江寄梅

送孫八遊金陵
秋霖
送吴仁趾之秦郵二首
送鄭小白之泉州
送周雪客
題程飛濤在湄兄弟小樓
七言律
登觀音閣即隋妃吴絳仙梳妝樓舊址
再登康山
内子生日
過史可法相國墓
落日
客邗上送汪舟次之龍岡
送孫無言歸黄山
舟中九日
城閉不能出汲邗濤汪舟次乞諸豆腐翁家得水半甕煮茗供予喜賦
答櫟下先生
九月四日吴雨臣見過是日雨臣初度
送方爾止
九日答甦菴先生見懷
除夕懷孫豹人
五言絶句
税完
送貴客
揚州雜詠
董井漢董仲舒先生舊宅内
瓊花揚州志云宋慶曆淳熙間兩移植禁苑皆逾年而枯送還揚州榮茂如故
玉勾斜煬帝葬宫人處

第五泉鴻漸高士品次
平山堂
隋堤
浮山
文選樓
梅花嶺
九月二十二日揚州城西泛舟同諸子各賦一題得荒寺
酒旗和汪舟次
秋原和郝羽吉
黄葉和程飛濤

六言絶句

送孫無言之吴門二首
送高菸若之都門二首

七言絶句

安豐場絶句四首
題梁鴻賃舂圖同孫豹人
題張良進履圖
題卓文君當壚圖
江天際四十初度
冶春絶句和王阮亭先生甲辰清明作〇十一首
送吴仁趾歸句曲
贈歌者二首

附録三　宋石齋抄本陋軒詩續目録

陋軒詩續　泰州吴嘉紀野人著　鄉後學夏荃

退庵輯

夜坐

題壁上畫菊同公調

待雁同僧天然友人王水心分韻

送公調歸白門

輓方侍泉

代袁漢儒輓崔老人〇抄本劉氏眉批：「此首應酬之作，擬删。」

早發

夢公調

待王太丹

相卿移居

冬日田家

庚寅除夕

入歲三日答吴子雨臣

河下

早行
自莫村夜發至樊上宿鴻寳館
歸後送希文繼江
哭王體仁
卒歲
寓季州來先生城中別業
雪夜念爲憲希文去梁村
夜發
至邗次日送希文往真州
往郡城訪楚江漁者不遇
雪夜
訪羽吉留酌
尋酒家不得
訪姚辱庵
題楓山草堂○抄本於題上注「删」字，劉氏復於眉端批「删」字。
送爲憲歸里
送希文復往東海客余陋軒
向鄰僧乞白秋海棠種
天甯寺曉月
過象賢寓齋看梅時象賢他出聞昨夜同麗祖理絃梅下
賣硯行爲王太丹賦時太丹病劇
哭王太丹
苦雨
淘上訪龔柴丈
同鴻寳季康南梁重訪柴丈
雁盡
寄題黄公言烟鬟小結
遠村即事

雨臣就醫江南夜半憶之
和夜過采石懷太白
和雨後客至聽琴
秋夜
寄王鴻寶
酬鳳祖雨臣摶遠水湄見過得六
魚韻
秋懷
沈簡文贈畫
偶成
南湖
摘扁豆
落日
贈潛川汪陶庵
短歌爲豐溪吴節婦賦
哭王水心名劍末年爲僧號殘客
學圃草堂爲胡益賦
對雪選鴻寶詩
元宵過飲采臣齋中時采臣他出
寄子期
哭琳仙
送文在
深夜舟抵樊上過鴻寶不遇宿其
村館
爲木天題畫時木天將歸上唐
送木天
寄李小有時小有居秦郵
送緘子
初三夜遲雨臣時雨臣客劉莊
客少

憶老朋
微雪
烹茗
十三夜酌季大來舟中賦贈
之三塘投宿子崔宅
渡江訪雨臣時予與雨臣皆病後
同鴻寶酌江月下
登燕子磯
訪林茂之次茂之喜予過訪韻
晤公調
登雨花臺
六合道中懷鴻寶
泊舟後遇陸右臣
雪後友玉攜杖頭見過
自題陋軒
寒夜試吴昌言所惠園茗
題項楚生幽居
贈陸老人建之
懷吴雨臣
喜劉師移家至淘上
蟋蟀
贈郝羽吉
滄海故人行贈吴雨臣
虞美人花
去歲行
琴歌贈周生
同麗祖舟過大樊莊訪鴻寶
贈金鳴甫
題漪園次麗祖韻
偶述

澹生爲予鼓琴
送澹生遊南梁兼懷謀伯公燿寧士
諸同社
放舟至柳下
放舟過東亭訪方子傳汪虛中
送汪寧士
九月十五日過胡翁寓齋值紅梅開
一枝同諸子分韻
山關別澹生同麗祖賦
別澹生後虎墩道上同麗祖看蘆花
醉詠雁南紅
吳搢公惠硯
過東亭訪跐振招同以賓松弟集飲
壚頭
十七日別跐振得寒字

陋軒詩續

促織
酬公調諸子見過不遇之作
苦雨
初八日雨中送公調
雨夜酬眉生見懷
送友人入村
又待太丹
歲首書懷
雪夜聞鐘
夜歸
邗上過慎履先生賦贈
蜀岡下過依園同鴻寶分韻得依字園
主吾里韓翁
過兵行○抄本附簽云：「過兵行嫌傷

時，應入選與否，祈酌之。」劉氏批云：
「刪去是。」

拜曾襄愍公墓

送曙生歸新安

早春寄懷吳希文

雨後過麗祖不遇

淘上遇李小有

自虎墩歸見摶遠雨窗寄懷之句三
日後答以此章

和集之簡文登泰山絶頂觀日出

弔壺

獨酌

讀荆軻傳

説客

懷徐鳳祖

懷羽吉

謁岳武穆祠在海陵泰山頂

寄子崔時子崔病愈

自虎墩歸坐友玉齋中同諸子試新
茗分韻

友玉客舍逢金翁啓明賦贈

雨宿朝尋齋同諸子分韻

答雨臣劉莊見懷

寒夜寄劉道人並乞小影

録一年詩寄半千時半千客邗上

和雨臣京口雪望次韻

除日憶王二

詠劉生寓齋紅梅

送汪子兼寄其兄

今日

谿翁
新寒
丙申除夕
過懶雲齋看梅主人因留茗酌同鴻寳麗祖賦
送友人
往邗尋殘客上人不值
晴
梅女詩
懷寄後莊
雨宿大聖寺聞仇松弟復病不得往視悵然賦此
十月五日過虎墩訪澮生
登東亭南城夕眺同以賓趾振松弟分韻

附録四　陋軒詩序跋題記

吴野人陋軒詩序　見夏本，據周本校。

周亮工

余己丑過廣陵，與汪子舟次交，舟次每以制舉業相質，時年甚少，未嘗見其爲詩也。越十三年，予復至廣陵，見舟次詩，而詩又甚工，余驚詢之。舟次曰：「東淘有吴賓賢者，善爲詩，余與之遊，同學詩，愧不逮也。」後每見輒言賓賢、賓賢不置，若惟恐余不知有賓賢者。且曰：「賓賢每把先生詩，匆匆不自禁，淚輒涔涔下。每札至，輒詢得先生新詩不？聞先生寄余詩，則急録之去。聞先生近帙至，則倉皇大索，若追余逋負者。先生獄事急，則向予曰：『安得雲中舒金色臂，援周先生使不死，再見其三數詩。』先生固不屑與人同調，而又時發虞仲翔之嘆。以予論，若賓賢者，可謂先生同調，亦不可謂不知先生者矣！」因出其手録陋軒詩一帙示予，余讀之，心怦怦動。已又見其寄舟次札子，有「夕陽殘照，于時寧幾」之語，則不禁悽心欲絶。謂賓賢常恐不及見余，余倖返；今乃有不及見賓賢之感矣！急賦一詩寄之。及退而語廣陵人，則絶不知有賓賢者。鍾山龔野遺曰：「吴賓賢家東淘，東淘産鹽，人擁高貲，家不蓄書，間有書，輒以覆瓿，或以拭牢盆。賓賢居陋軒，環堵不蔽，自號野人。野人每晨起，繙書枯坐，少頃起立徐步，操不律疾書，已復細吟；或大聲誦，誦已復書。或竟日苦思，數含毫不下。又善病咯血，血竭髯枯，體僅僅骨立，終亦不廢，如是者終年歲。里人相與笑之曰：『若何爲者？若不煮素而固食淡。』數指目以爲怪物，野人終不之顧。東淘蓋舊有分司使者署，一使者至，詢此間有能文士否？屬胥對曰：『某不識能文士何等也？見有手一編向之絮語，忽作數十字，欣欣自以爲得意，或者其是乎？』使者則急請之見。數請數辟去；辟之不得，强與之見；見則大悦，以爲真能文之士；士固無出其右者。東淘人群異之，以爲是淡食者固可與長吏揖耶！自是望野人若不及，漸有過其廬者，野人終閉户不與之接。」嗟乎！賓賢如是，即不旦夕死，其終死於陋軒必矣！因彙其前後之作，刻爲陋軒詩。余門人周本作「受業人」。昇州吴介兹曰：「讀野人詩，想見此老彳亍海濱，空墻落日，攢眉索句，路人作鬼聲唧唧揶揄時。昔宋登春見謝榛詩，嘆曰：『何乃津津諛貴丐活？』展賓賢詩竟卷，如入冰雪窖中，使人冷畏。」嗟乎！介兹數言，可序野人詩矣。舟次名楫，賓賢名嘉紀。舟次别有集。賓賢是集行世，會有知之者。獨分司其地者，能物色野人，當非俗吏，而忘詢其姓氏，惜哉！康熙元年，歲次壬寅，陽月，櫟下同學周亮工題於賴古堂。

陋軒詩序　見夏本，據周本校。

王士禛

癸卯孟春，周櫟園司農將之青州，過揚州，遺予陋軒詩一卷，蓋海陵吴君嘉紀之作也。披讀一過，古澹高寒，有聲出金石之樂，殆郊、島者流。近世之號爲詩人者衆矣，掇拾漢、魏，撏撦六朝，以獻酬標榜爲名高，以類函韻藻爲生活，此道羶穢榛莽久矣！如君白首藜藿，戢影窮海之濱，作爲詩歌，托寄蕭遠，若不知有門以外事者，非夫樂天知命，烏能周本作「何以」。至此！余在揚三年，而不知海陵有吴君，今乃從司農得讀其詩，余愧矣愧矣！

陋軒詩序　見周本。

汪　楫

余知野人自己亥九月始。己亥江上震驚，揚人傾城走。余時移家艾陵，念虚中在東亭，趣棹視之。至則虚中手近詩一帙納余前，俾余讀。余交虚中三年，未聞虚中一言詩，忽纍纍成帙，心異之。顧其詩已丹黄遍，下數行，詫驚，向虛中曰：「閱詩者誰耶？余不子異，異閱詩者。」虛中矍然良久曰：「嗟乎，野人今遇知己矣！野人者，東淘處士吴嘉紀也。」余生平未嘗一見野人詩，聞虛中言，殊色動。虛中復言「野人性嚴冷，窮餓自甘，不與得意人往還；所爲詩古瘦蒼峻，如其性情。東淘距此地僅三十里，歲不一二至，野人固不易見；即見野人，野人亦不易合也。」余默然久之。詰旦，野人忽至，兩人相見歡甚，各爲詩，詩成，呼酒共醉，酒盡，復爲詩，如是者三日夜，留連低徊，不忍别去。余私念往與虛中言，虛中殆私野人，野人殊易合也。野人夙有肺疾，恒不自惜，喜苦吟；近數年來疾且甚，悔之，禁不得多作，然一詩成，必百里寄余，反復更訂，無慮數四。余嘗以小舠迎野人，野人輒爲余來，抵掌論心，浹旬累月，視東亭又將過之。然當熱客登筵，穨然自廢，野人率落落無一可。輒憶虛中言，虛中不予欺也。辛丑歲，周櫟園先生在廣陵，見野人詩，推爲近代第一。復聞野人病，心心慮之，恐遂不及見野人，屬余爲書招之，贈一詩附與俱往。余逆野人不肯爲先生來，以先生情至，誼無容辭。且屬藁慰先生曰：「野人性固嚴冷不易合，然見先生詩，或當忻然來。」書達，野人竟來。蓋野人名不出户，而先生詩走四方。野人與余共論諸家詩，時先生方逮繫大廷，野人於時已切切望先生事白，得時見先生近詩。固不意先生南還，亦爲野人悲惜如此也。先生既得見野人，慮野人死益切，語余曰：「古之工爲詩文者多矣！人情忽近喜遠，其人不死，則著作不傳。野人之人、之遇、之詩，皆可必其傳；□病又□幾於死。且以野人詩，亦必待其死而後傳，吾與子與不知野人者等耳！子其圖之。」余唯唯。因即郵筒所寄寸牘片紙彙次之，得百首，應先生命。先生欲及野人之生，令天下知野人，百詩何能盡，然剞劂非野人志，百詩而傳，可以謝先生，亦可以謝野人已！集成弁以言，蓋以見野人不易知；知野人者，初亦非偶然也。

吴賓賢陋軒集序 見夏本，據溉堂文集校。

孫枝蔚

泰州之安豐場，海濱斥鹵之鄉也。明正德間，以上四字，溉堂文集作「自三百年以來，前」。有布衣曰王艮，號心齋，以理學聞。不百年，以上三字，溉堂文集作「後」。有布衣曰吴嘉紀，字賓賢，號野人，以工詩聞。自兩賢相繼出，而四方譚安豐場人物者，皆嘖嘖心齋、賓賢不置。心齋能爲嚴苦峭厲之行；而賓賢憂深思遠，所爲詩，多不自知其哀且怨者，以上五十四字，溉堂文集作「而安豐場之人材，於是乎足以稱雄於四方矣。獨是賓賢詩多哀怨之辭」。似與顔子之簞瓢陋巷，曾晳之沂水舞雩，旨趣殊焉。余不獲及見心齋，猶幸以上十三字，溉堂文集作「不無略相乖者。然余」。得交賓賢，垂溉堂文集作「今」。三十年，溉堂文集此下有「之久」二字。習知其爲人，蓋醇厚而狷介者。狷介則知耻，醇厚則善自責，善自責則恕於人。其怨也，悲於人有所不平之謂也；其哀也，不過自鳴其所遇之窮。且以爲詩不出於誠意，則不足傳也，故其體如此。今有斥人者曰：「汝不誠！」則受者必艴然怒。而詩之不誠，則往往强自托於佩玉鳴珂以爲文，不必標枝野鹿以爲質也。然乎？否乎？此其非是亦最易別白者矣！然予每三復其詩，又未嘗不深有慨於古法之久亡也。自鄉舉里選廢，而簡兮二字溉堂文集作「衡門」。考槃之詩作矣；自井田廢，而大田、南山之詩此下溉堂文集作「不復有繼而詠之者矣」。作矣。賢如賓賢，而窮如此，吾不獨爲賓賢悲也。後世有位君子，有讀賓賢之詩如吾之悲者，願無如吾之徒悲，而慨然以舉行周禮爲任，庶幾怨調罕聞；而賓賢之詩，有益於人之國家不既多乎！或曰：「賓賢今之處士，獨無意於學顏、曾與？」曰：命不同也！顏、曾非窮人也。夫既得聖人而爲之師，且其家庭亦必有可樂者；顏淵死於顏路之前，而曾皙父子間事，孟子略載之。溉堂文集此下有一「矣」字。憂於國而樂於家，窮於出而通於處，賓賢都未有此也，而何疑於其哀且怨乎？嗟乎！賓賢之哀怨，乃其詩之誠此下溉堂文集作「而亦其人之所以高與」。也。心齋踐履篤實，其學一本於誠，使賓賢得與生同時，則亦心齋之徒矣，豈獨以其詩鳴哉！溉堂文集無以上三十四字。

泰州吴野人先生詩序　見陳本、夏本。

計　東

今天下何處士之多也？以余所見，今富貴利達者之家，其坐客多世俗所稱處士者焉。彼富貴利達者，視其家食用玩好之物無不具，獨不能具其文章，通知古今載籍之語。乃挾其勢與利，思鈎致貧賤失志、稍知詩與文、又自驕語爲高士者，以充其玩好之一物；而彼驕語爲高士者，欲以其詩與文汲汲然求知於人，不幸貧賤，失志益甚，遂俛首甘心，充爲富貴利達者之玩好而不辭。余觀古處士，未嘗不受知於富貴之人，特其終身所受知者，一人而已，名且大顯於天下。古富貴之人，於天下之士，固無所不好，然誠得士之報，使天下後世，信其心之誠；然好士者，亦不過一二士，未若今天下兩者相遇多而相得者不益彰也。以毛公、薛公之隱於博徒賣漿也，知從之游者獨信陵君耳！同時平原君亦好士，未常知毛公、薛公在其國中也。以北郭騷之賢，幾不受知於晏子；既知之，又幾失之。蓋賢者之難知，而又不肯屑屑求知於人若此。以予觀我友泰州吴子野人之詩，與其所以立身持己者，可謂不愧古處士；而當世之大公卿好士者之衆，能深知其詩與其立身持己不愧處士，篤好之表彰之如不克者，惟櫟園周先生一人。即阮亭且云：「我官揚州三年，未知海陵有吴子，今乃從周司農公知之。」予益以嘆吴子之爲處士，非予所見爲多者之處士也。周先生之知處士，果有異於世之所爲好士者也。兩人者，皆遠矣，皆不可及矣！予故樂得而叙之。康熙戊申首夏，吴下同學弟計東，書於廣陵玉笑亭。

陋軒詩序 見陳本、夏本。

吴周祚

海陵吴野人，積學三十餘年，著爲詩歌古文辭，凡若干卷。然橐鋒埋照，不屑以才炫，世亦無有知者。櫟園周先生始奇之，爲梓其詩行世。而後野人之名，不脛而馳於大江南北。吾友汪子芾斯復裒其全集，録詩近四百篇，續梓以傳。刻成，而余重有感矣！野人家東淘，爲瀕海斥鹵魚鹽沮澤之鄉，賈儈雜居，習尚凌競，其於詩文筆墨之事，固非所論。而野人以一鶴孤騫，翛然雲表，不干名，又耻藉時流延譽。居僅蓽門蒿徑，旁有野水虚明，荻蘆森錯。日惟鍵户一編，吟嘯自若。雖鉼罄履決不復問。故其爲詩，冰霜高潔，刻露清秀，不得指爲何代何體，要自成其爲野人之詩而已。然吾聞其生平，天性孝友，與人交，嚴冷難合；至緩急患難，則不以生死久暫異。其於新安程琳、同里王衷丹兩事爲尤著。且其鄉有王汝止先生者，曾受學餘姚，以躬行實踐，力排矯飾爲事。若野人之氣專容寂，篤行潛修，其聞道而後興者歟？予故因詩並述其人之梗概若此，使讀其詩者，遂以求其人，而知野人之不僅以詩足尚也。屏山宗同學弟周祚拜書。

陋軒詩序　見陳本、夏本。

汪懋麟

唐書之傳隱逸也，纔二十有二人，中間或隱或仕略相半，而爲道士之學者數人焉。史臣謂隱之概有三，而其所述皆下概也。噫！何真隱之難也！上焉者，身藏而德不晦，萬乘之貴，尋軌而委聘；次則挈治世之具，弗得伸，或持峭行，泛然爵禄，使人君常有所慕企；末焉者，資槁薄，樂山林，内審其材，終無當於取舍，故遯迹不返，使人高其風而不敢訾。史臣之論率如是。以余觀其論列諸人，若朱桃椎、田游巖、李元愷、盧鴻、陸羽之徒，其於泉石烟霞，洵膏肓痼疾矣。若王績、吴筠、賀季真、秦系、張志和、陸龜蒙諸子，文詞卓越，以詩歌相雄長，詼諧放蕩，浮沉榮遇之間，當時慕之，後世傳之；身雖隱而名益彰，豈寂寂無所表見者比哉！揚之泰州，有吴先生者，名嘉紀，字野人，隱居東淘，名所居曰陋軒。與世罕接，家最貧，雖豐年常乏食，以歌詩自娱樂。獨與余兄舟次善，嘗竊誦其詩於周櫟園司農，爲刊其初稿。繼家芇斯分司東淘，慕其賢，爲再刊其集。於是江南北家有其詩，漸達於京師。濟南阮亭王公，尤時時口其詩不置。先生之名，雖欲俱隱不得矣！余獲交先生久，間入城，必過余家，故得盡覽其作。大抵四五言古詩，原本陶潛、王粲、劉楨、阮籍、陳子昂、杜甫之間；七言古詩渾融少陵，出入王建、張籍；五七言近體，幽峭冷逸，有王、孟、錢、劉諸家之致，自脱拘束。至所爲今樂府諸篇，即事寫情，變化漢、魏，痛鬱朴遠，自爲一家之言，必傳於後何疑歟？先生之詩日益多，不自收拾，其友方子于雲，裒其前後詩，重刊精好，吾黨義之。詢其人，孝而樂善，又左右於先生，賢矣！先生以其所刊首示余，且屬爲論次。余何足爲先生序，顧不鄙棄而必見屬者，或以余之知之也！噫！余之所以知先生者，獨詩云爾哉！大都號爲隱逸者，多違乎時，不得已而托焉者耳！苟有知而舉之者，即攘臂而起，肩相摩於道，求如桃椎諸人，塵芥徵辟，走林草以自匿者幾人乎？若先生名雖聞於時，身處海濱，自甘窮寂，不肯托迹於終南、嵩少，爲釣名竊禄之計。愛其詩而願見其人者，至想像不可得此。其品概何等也！先生生平無所好，惟酷嗜茶，有鴻漸、魯望之遺風焉。他時有傳逸民者，當與並列云。時康熙十八年己未，六月望日，郡同學弟汪懋麟拜撰於百尺梧桐閣。

陋軒詩序 見陳本、夏本。

陸廷掄

數十年來，揚郡之大害有三：曰鹽筴，曰軍輸，曰河患；讀陋軒集，則淮、海之夫婦男女，辛苦墊隘，疲於奔命，不遑啓處之狀，雖百世而下，瞭然在目。甚矣吴子之以詩爲史也！雖少陵賦兵車，次山詠舂陵，何以過？使其得志，出厥懷抱，裨益軍國民生不淺，奈何托之空言也！然而吴子蒿目愴心、孤吟而永嘆者，尚不止此。予自申、酉杜門垂廿載，不知户外事，獨時時耳吴子名。辛亥，館海陵，以爲必識吴子，越十年，不識如故。今年癸亥夏四月，始定交於館舍。予見吴子，大喜；吴子見予，亦大喜；爲張讌置酒相樂也；已而相泣。嗚呼！予當初閉户時猶壯盛，即吴子亦未艾；乃今吴子近七十，予亦去者無幾，吾兩人者皆老矣，而始得一遇；俟河之清，人壽幾何？不可重爲太息哉！吴子詩自三事而外，懷親憶友，指事類情，多纏綿沉痛；而於高岸深谷，細柳新蒲之感尤甚。予讀之往往不及終卷而罷。而吴子酒半出袖中詩屬爲序，予亦何能究其言悉其旨乎？少陵云：「傷心不忍問耆舊，復恐初從亂離説。」而陋軒集中，亦有「往事不得忘，痛飲求模糊」之句。然則予之不盡言也，亦猶少陵之不忍問也，又若吴子之百觚千爵以祈模糊也。悲夫！

重訂陋軒詩後序 見陳本。

陳璨

東淘去吾州百有二十里，地濱海，瀰望沙黄葦白，無復山川靈秀之氣，顧碩儒畸士，往往問生其中。在前則心齋王先生以理學名；後此則賓賢吴先生以詩學名。今所傳陋軒詩，海内操觚家但解吟風弄月，慮無不知有泰州吴野人名字者。詩初刻於櫟園周司農，繼刻於分司汪芾斯，爲數不滿四百篇。今本較舊刻加多逾倍，蓋先生故人方于雲又從而裒録之者也。歷歲既久，版更易數主，漸次脱落。璨不忍里中先輩其幸而僅存者衹此一編，不幸其子孫不能世守流傳，將遂聽其波蕩轉徙，日漸澌滅，以至於盡也。乃因購得坊肆見行版，更取家藏舊本，逐一讎對，補其殘闕，并字句有漫漶不可識者，亦一併刊正以行。夫莫爲之前，雖美弗彰；莫爲之後，雖盛弗傳。王、吴兩先生負百世盛名，人代未久，後嗣乃不免顛連困踣，所憂有不止窮餓無聊爲足餒若敖之鬼而已者，其亦志士之所同慨也夫！乾隆乙酉初夏，邑後學倥侗陳璨識。

陋軒詩跋　見信芳閣本。

王相

野人先生陋軒詩，零章斷句，傳誦已久，每令人悠然神往，而原板蕩佚無存。余輯是編，遂録全稿，不遺一章。近見泰州繆君重刊本，然先生詩固人所争睹，廣其流傳，亦人所共願也。惜庵王相識。

選吴野人先生詩集序　見揚州足徵録。

尤璋

國初人甚喜談詩，自公卿大夫士而下逮氓庶旁流，多争自琢磨，附於風雅。其在上者，如合肥、婁東、大梁之屬，難更僕數，而要皆有其集盛傳於世。惟窮悴隱居，以詩自命，而莫附青雲，名隨湮没，絶可惜也。往時名人，亦有選本，附載數人，卒成挂漏。其真能直逼古人者，不少概見，即其書亦未歷久而廢棄無存矣。當時以處士有集行世者，凡數人，吾郡吴嘉紀野人與焉。野人初處海濱，無意於世，遭汪悔齋先生於埸下，乃奇而稱之；歸與蛟門、豹人、孝威諸公爲之揚譽，遂甚爲郡城夙老所許；

而諸商好文者，争延致之。今所刻陋軒集，皆其力也。野人詩未爲極至，然亦自具性情，不寄他人籬壁，傳之後祀，固當有數十首可存不廢者，乃其名竟得悔齋以傳。其視老死鄉而生平含毫苦吟，祇成榮花飄風、好音過耳者，顧不甚幸也哉！吾宗人崆峒先生名敏，高郵州學生，不及貢而殁。同邑丁子先先生，名元甲，府學生，當貢而適遇停貢八年，亦不及復而殆。其子震三、施敬，與予交善。三人詩絶佳，高出野人數倍，皆以窮悴不傳，到今幾無有知其人者。士不幸終困膠庠，並一二詩之傳後，尚有數阸焉，不深可痛乎！嗚呼！野人其真厚幸也已。

陋軒詩四刻 見夏退菴筆記。

夏荃

陋軒詩，以周櫟園司農所刻爲最初本。康熙改元，司農來揚州，因汪舟次知野人，爲序其詩，梓而行之，名曰陋軒詩，司農所命也。同時作序者，有計甫草、王阮亭。阮亭時官揚州推官，順治十七年任。因司農知野人，雪夜被酒，爲作詩序，翼明，走急足寄陋軒，當在是時。康熙六年，錢塘汪芾斯分司東淘，雅重先生，爲裒其全集，得詩四百首，續梓以行。吴周祚序言之甚詳。汪公當自有序，惜不傳。厥後方于雲鴻逵合先生前後詩，重付剞劂，汪蛟門序，稱其刊刻精好。今世所傳陋軒詩原刻，即方本。余家藏二部，一爲先君子所遺，今歸家仲。余所藏，乃妻大父仲松嵐先生圈評本，内子巾箱中物也。周、汪兩刻，余未見。其最後者，嘉慶時，栟茶場繆竹癡所刊，刻手遠遜於前。且原詩六卷，離爲十二，失其舊矣。然其表章前哲之功，正不可没。此陋軒詩四刻之原委也。頃選先生詩入海陵詩徵，爲國朝詩人之冠，特詮次其説。

陋軒未刻詩　見夏退菴筆記。

夏　荃

吴野人先生陋軒詩，自栟茶繆君竹癡重刊後，稍知先生者，幾家置一編矣。然先生詩實不止此。東淘施丈井亭，藏陋軒未刻詩二册；一爲孫豹人手訂，一爲陋叟自鈔。乾隆戊子，宫丈節溪游東淘，於井亭處見之，攜鈔本歸，丈有讀陋軒未刻遺稿五言古，及陋軒續集小引，稱其手書楷字，筆法古拙可寶。宫丈文孫枚波，與余爲僚婿，取此本贈余。前二十三葉先生自鈔，體兼隸楷，古趣盎然；即此寥寥數十葉，而先生之精神面目，幾於活現紙上，古物可貴如此。後五十葉，他人書；計詩三百六十餘首，其已見陋軒詩刻者，約十之一，餘詩多可傳。宫丈曾三選，得詩百七首，擬另録附陋軒詩刻後。頃余取全帙，詳加遴選，得詩百二十餘首，與宮丈選小異。竊謂鈔不如刻，擬取所選另刻單行本，名曰陋軒詩補遺，與全集相輔而行。

陋軒詩續序

見青溪舊屋文集。

劉文淇

吾友夏君退庵，既購得繆氏所刻陋軒詩集板，又獲陋軒未刻詩册，輯爲兩卷，刻成未及印行，遽歸道山。哲嗣子猷以集見示，並乞爲之序。余謂野人先生詩，前人序之已詳，復何俟鄙人贊説。而續刻始末，則固不可不序也。先是東淘施君井亭藏陋軒未刻詩二册：一爲孫豹人手訂，一爲陋軒自鈔。乾隆戊子，宮君節溪遊東淘，於井亭處見之，攜歸。其孫文波爲退庵僚婿，取以相贈。計詩三百六十餘首，其已見陋軒詩刻者，約十之一，餘皆世所未見；又得周櫟園、孫豹人序兩篇，亦前集所未有。退庵詳加遴選，得詩百二十餘首，分爲上下卷，以付諸梓，將與初集並行。此事詳退庵所著筆記中。退庵所得詩册，余未之見。然觀初集，猶間有酬應之篇，而續集則皆陶寫性靈之作，以是嘆退庵抉擇之精也。余猶憶辛丑閏三月間，退庵自郡城歸，舟已將發，過禪智寺，於壞壁石刻中，録得先生二絶句云：「長公詩句在香臺，六百餘年没草萊；片石不愁零落久，琅琊居士會尋來。」「拭盡寒烟舊蘚痕，新題陳迹共相存。老僧漫説因緣事，緑草春風滿寺門。」此詩蓋爲漁洋先生獲東坡石刻而作，初集、續集皆未載。退庵得之狂喜，遍以告諸同人。情景宛然在目，因並記之，以見其搜輯之勤如此。退庵博雅多才，著作甚富，所輯海陵文徵、詩徵，尤有關鄉邦文獻。倘有好事者取以付梓，庶不負退庵辛苦綴輯之意也。

陋軒詩跋　見夏本。

夏嘉穀

吴野人先生陋軒詩，以周櫟園司農所刻爲最初本。康熙前壬寅，司農來揚州，因汪舟次知野人，爲序其詩，梓而行之，名曰陋軒，司農所命也。同時作序者，有計甫草、王阮亭兩公。阮亭時官揚州推官，因司農知野人，雪夜被酒，爲作詩序，翼明，走急足寄陋軒，當在是時。今集中並無王序，即帶經堂集亦未編入，殊不可解。康熙丁未，錢塘汪芾斯分轉東淘，雅重先生，爲裒全集，得詩四百首，續梓以行。吴周祚序言之甚詳。厥後方于雲鴻逵合先生前後詩重付梓人。汪蛟門序稱其刊刻精好，此語信然。余家藏陋軒詩，爲先君子所遺，乃方刻也，近亦罕有。汪、周二刻都未及見。嘉慶時，栟茶繆竹癡中復爲剞劂，刻工較遜於前；且原詩六卷分爲十二，失其舊矣。然其表彰前人之功，自不可没，此陋軒詩四刻之原委也。道光辛卯，繆板歸富安徐氏，頃又展轉出售，余即購回，但字多漫漶，重加校訂，闕者補之，譌者正之，閱五月而蕆事，因詮次其説於簡末。鄉後學夏嘉穀謹識。

案此跋文字與退庵陋軒詩四刻一文略同。

重刻吴野人先生陋軒詩序

見絶妙好辭齋本。

方碩甫

曩者讀新建王文成公集，於泰州得識一王心齋先生，鹽丁中之麟鳳也。不百年而吴野人先生又繼之起焉，亦泰州鹽丁也。抱道食貧，超然雲表，人仰之如青天立鶴，高不可攀。胸有所觸，輒隨意吟詠，調不師古，亦不法今，寂寂焉獨彈無絃之琴，以自適其性情而已。茅屋一椽，不蔽風雨，晏如也。殁後遺有陋軒詩稿，自存者半，散存於各親友者亦半。大都抒寫其忠孝節義之懷，借以箴世，與才士騷人之作異焉。一時賢士大夫先後爲之搜輯刻行，僅成七册，膾炙人口久矣！兵燹後版灰燼，原詩罕有存者。後之人咸以不及誦讀爲憾。歲民國八年己未，吾友楊繩武茂才，偶於荒肆中購得之，珍如拱璧，集友復加校讎，亟謀重梓印行。發幽光而著潛德，誠古君子之用心也。攜詩示余，屬爲序。輔深愧不文，辭不獲已。誦其詩纏綿悱惻，言淺而意深。可以示懲，可以示勸，三百篇温柔敦厚之旨，先生其獨有會心乎！自號野人，孔子從先進之意也，野人而更進乎君子者也。名其詩曰陋軒，顏子樂簞瓢之意也，愈陋而愈賢者也。於戲！若兩先生者，均以極貧之鹽丁，而一念自克，遂能奮起庸俗之中，上與孔子爲徒。王子能傳孔子之道者也；吴子能傳孔子之詩者也。殊塗同歸，後先一轍。謂野人先生之詩爲詩者可也，謂野人先生之詩即心齋先生之道，亦無不可也。吾讀吴野人之詩，吾益嘆三百篇之有功於世道人心爲匪淺也，宜乎吾友楊君之亟謀梓行也。民國九年夏曆庚申三月禹縣方碩甫撰於揚州。

重刻陋軒集跋　見絶妙好辭齋本。

楊程祖

安豐距今東臺縣治南二十五里，予家以業鹺僑居斯土，於今五世。先廣文湛波府君，自幼耽吟詠；古今名家别集，搜羅惟恐不及，而於陋軒尤篤好之。春秋佳日，間與二三同志，訪陋軒故居，所謂「野水虛明，鳧鷗出没」者。此中有人，呼之欲出，恒流連不忍去。蓋生長是鄉，關於鄉之文獻，故家遺俗，餘韻流風，景行倍摯也。屢擬重刻以廣流傳，奈坊刻訛誤太多，苦無善本資校勘，用是中輟。今府君捐館垂廿載，程祖迺於江都肆中，購得信芳閣藏本六卷，點畫完好，紙精墨良，洵爲初印。嗣又於儀徵程子青岳處，獲睹夏氏退庵所輯陋軒詩續鈔本上下二卷，卷首有周櫟園、孫豹人、劉孟瞻三家序，及汪蛟門所撰吴處士墓誌，皆信芳閣本所無也。喜不自勝，爰假歸，合爲正續集八卷，亟籌刊資。一依信芳閣板式付梓，以成府君未竟之志；且使海内詩家瓣香吴先生者，獲睹爲快焉。工既蕆，特書其涯略於後。民國九年，夏曆庚申三月，丹徒楊程祖繩武謹跋。

四庫全書總目提要·陋軒詩提要

陋軒詩四卷（江蘇巡撫採進本），國朝吴嘉紀撰。嘉紀字野人，泰州人。泰州多以煮海爲業，嘉紀獨食貧吟詠，屏處東淘，自銘所居曰陋軒，因以名集。其詩頗爲王士禛所稱。後刊板散佚，此本乃其友人方于雲裒集重刻者也。其詩風骨頗遒，運思亦復劖刻；而生於明季，遭逢荒亂，不免多怨咽之音。

桑園讀書記

鄧之誠

吴野人陋軒詩六卷，信芳閣活字本，爲清初十家詩鈔之七。據康熙十八年汪懋麟序，野人詩初集，爲周櫟園所刻。汪芾斯分司東淘，爲再刊其集。方于雲復裒其前後詩刊之，懋麟所序即此本也。計東序初集之刊，在康熙戊申，先於于雲凡十二年。吴周祚序于雲所刊，案「于雲」當爲「汪芾斯」之誤。共四百餘首。今六卷本，蓋野人没後，其友程岫所刊者，後於于雲凡五年。陸廷掄江邨詩序：「甲子秋客廣陵，再過雲家，則野人已前死數月，遺稿多放失未梓，雲家悉捃拾排纘，付其友汪悔齋太史發梓，爲陋軒集六卷。」凡一千十二首。甲子爲康熙二十三年。江邨詩者，岫所撰。雲家，岫之字。信芳既複刻，又稱泰州繆氏有重刊本。蓋繆中竹癡刻陋軒集，依汪刻强分十二卷，時在嘉慶甲戌。刻成未印行，後其族弟錦，爲之補板行世，則道光庚寅矣。繆刻集板，後歸夏退菴。退菴又得東淘施井亭藏陋軒未刻詩二卷，三百六十餘首，選出百二十餘首，編爲續集，分上下二卷，附刻集後，劉文淇爲之序。然則野人之詩，先後凡七刻矣。讀野人詩，如沁寒泉，如沃冰雪，如飲甘露，如觸幽香。然肝腸甚熱，急人之飢，過己之飢；急人之溺，過己之溺。是真有情，不能從形迹求也。程岫江村詩二卷，袁承福嘯竹詩鈔八卷，皆號高逸，能衍野人之緒餘。野人名嘉紀，字賓賢，泰州東淘人。

陋軒江村集合刻八卷

見王心齋先生全集後所附書目。

袁承業

陋軒字賓賢，號野人，明遺老。氣節文章，當時無輩。遺書前清已數刻板，風行海内。凡忌諱之詩，多數删去。今得清初鈔本，與諸刻本迴異，予略加箋注，并撰年譜一卷附後。又將所藏墨迹，攝影刻銅印附。江村集，程岫撰。岫字雲家，亦明遺老，與野人爲莫逆交。野人詩則傳播海内，雲家詩則湮没無聞。予心醉其詩，多方搜求，始得鈔本二卷。卷首有興化遺老陸廷掄序，謂其詩「真至古樸，刮盡浮靡，置陋軒集中不能辨」。足徵雲家詩實與陋軒相伯仲也。并將野人雲家蒹葭并立圖遺像，及諸名人題跋，攝影鑄銅，印之卷顛，此集誠稀世之寶也。

案此書搜訪已久，惜未見傳本，惟陋軒墨迹像贊二卷，陸廷掄江村詩序及蒹葭并立圖，曾先後影印刊載於國粹學報中。據袁氏書目前之識語云：「年來抱病家居，搜羅先哲遺殘數十種，日夕編纂，謄清脱稿者計有數十種，已付手民陸續排印。預將各種書目刊列於左，以供好學君子争先購睹爲快。伯勤於壬子秋病卧床中識。」或此集即當時未及脱稿排印者，亦未可知。

附録五　吴嘉紀事迹輯存

予居揚州三年，而後知海陵吴嘉紀。嘉紀貧士，所居瀕海斥鹵之地，老屋敗瓦，苦竹數畝蔽虧之；蛇虎蒙翳，鼪鼯啼嘯，人迹晝絶，四方賓客之所不至。嘉紀苦吟其中，不求知於人，而名亦不出百里之外。廣陵去海陵百里。嘉紀所居，去海陵又百里；雖見其詩，而無由見其人。一夕雪甚，風籟窌寥，街鼓寂然，燈下檢篋中故書，得嘉紀詩，讀且嘆，遂爲其序。明日，遣急足馳二百里，寄嘉紀於所居之陋軒。嘉紀感余意，爲余刺舟一來郡城，相見極歡。始余知嘉紀，以前户部侍郎浚儀周公，周公知嘉紀則以汪楫。汪楫字舟次，嘉紀所爲賦管鮑篇者也。竊以爲真賞日稀，有才如嘉紀，天下之人不知之，鄉曲之人不知之，及其妻孥亦且駭異唾棄之，舉世無知之者，而獨有一汪楫知之，然則楫之爲人何如也？王士禛悔齋詩集序〇案漁洋居易録亦紀其事云：

「泰州布衣吴嘉紀，居東淘，苦吟，不交當世。余見其爲五言詩，清冷古淡，雪夜被酒，爲其詩序，馳使三百里致之；嘉紀大喜過望，買舟至廣陵謁謝，遂定交。」

處士名嘉紀，字賓賢，一字野人。其先世載家乘中。居泰州安豐場，地濱海斥鹵，煮鹽爲業。處士生而穎異，好讀書，以上三十一字，百尺梧桐閣文集作「泰州人，家州之安豐場，地濱海斥鹵，居人煮鹽爲業，性剽悍喜鬭，遇凶歲或天下多故，即起爲盜，平居無事，口舌憤怨輒殺人。處士」。獨以温然儒者居其鄉。初學科舉，後遂棄去，閉門窮居，蓬蒿土室，名所居曰陋軒。終日把一卷，苦吟自娱。晚年善病，或并日一食，不以告人，里人不知也。近海多暴風疾雨，水湧數丈，鹵地爲魚場，人絶粒，動稱凶年。處士廬舍污窪，每歲水至，常及半扉，井竈盡塌，苦吟不輟。其爲詩，工爲嚴冷危苦之詞，所撰今樂府，尤凄急幽奥，皆變通陳迹，自爲一宗。近代巖棲之作，鮮有過之者。積既久，稍稍流傳於時，爲周櫟園、王阮亭兩公所知。兩公官省郡，强致之，力疾一出，布衣草履，低頭座上，終日不出一語。兩公善談論，每説詩樹議鈎致，處士數語微中而已。兩公雅重之，即送歸海濱。處士生平不妄與人交，所善惟三原孫豹人枝蔚、郃陽王幼華又旦、休寧汪舟次楫、歙縣郝羽吉士儀。處士時飢寒不給，舟次、羽吉時緩急之。其見知於周、王兩公也，則舟次延譽焉。此下百尺梧桐閣文集有「王公既得處士，大悦，戲謂舟次云：『野人固冷，今因君熱矣！』」處士篤於孝友，其諸兄有死於鬭者，竭力以斂其遺孤。逋場稅爲州吏所搒掠，處士匍匐營救，州吏聞其名，即省釋。處士生數子，皆不學。或舂賃無以自資，百尺梧桐閣文集，作「給」。故百尺梧桐閣文集下有「處士」。閉門以窮老終。處士生於前明萬曆戊午九月二十二日，歿於國朝康熙甲子春三月，以上二十七字，百尺梧桐閣文集無。年六十有七。百尺梧桐閣文集作「八」。所爲陋軒詩若干卷，板行於世。處士既卒之明年，幼華以都給事中典廣東鄉試返命，紆道揚州哭之，留金其家。時舟次亦以翰林奉使海外，憂歸，爲經紀其葬。葬於梁垛開家舍之原，爲之書碣曰：「東淘布衣吳野人先生之墓。」以上二十五字，百尺梧桐閣文集所無。遠近義之。余交處士稍晚，常屬余序其詩。至是百尺梧桐閣文集作「今」。余兄舟次命爲墓誌，不獲辭，處士素謂余知之也。論曰：據百尺梧桐閣文集補録。歷代處士亦紛紛矣！或被徵不屈，或拜爵還山。若周党伏而不謁，樊英應對無奇；而范升、張楷之徒輒有異議，不亦難乎！惟終始巖穴，束帛不加，没身而後，挹其高風，斯爲絶俗矣！嗚呼延陵，庶無譏焉！汪懋麟吳處士墓誌○見夏本，據百尺梧桐閣文集校。

癸亥季秋，天都程雲家至自南梁，訪予於海陵，兼攜野人詩箋以來，予識雲家自此始。甲子秋，客廣陵，再遇雲家，則野人已前死數月矣。予出詩箋，與雲家相對嗚咽者久之。先是野人死，乏殮具，雲家實佐佑之。野人所居故湫隘，時有水潦之災；一棺在殯，幾陸沉。雲家慨然曰：「是予責也。」顧雲家貧甚，於是醵金於同人，舉其未葬之三喪，同歸窀穸，且爲樹豐碑墓側。又野人遺稿多放失未梓，雲家悉掇拾排纘，付其友汪悔齋太史發梓，爲陋軒集之六卷，凡數十百篇，無一字放失者。予乃不覺矍然起拜雲家曰：「吾子賢乎哉！吾子非今之人，古之人也！」於時雲家客舍，去余館咫尺，朝夕過從，揚搉詩文；言及野人，輒流涕，予頗抑譬之。雲家曰：「岫遇他人固不爾也！獨晤先生，則念亡友，故不禁涕若綆縻耳！」其篤於友誼如此。已乃出江村集視予，真至古樸，刮盡浮靡；置陋軒集中，不能辨！予又不覺矍然拜雲家曰：「吾子獨非今之人，詩亦非今之詩也！」予自客廣陵，見汪子閑先、吴子後莊、郝子羽吉、乾行諸詩，皆簡潔得野人度矩；最後讀雲家詩，尤心折。昔昌黎以古文辭鳴於唐，其後李翺、皇甫湜、張籍、孫樵之屬，踵接而起，而翺名尤盛，故當時有韓、李之目。然則江村一帙，當與陋軒並傳千古無疑也。野人之後復有野人，盛矣！雖然雲家之與野人，可並傳於世者，獨詩也乎哉？陸廷掄江村詩序○見國粹學報第五十三期。

泰州處士吴賓賢，居東淘滷澤中，善病工詩，與汪舟次密。汪言之於周櫟園司農，且代贊其詩；周急欲一見，曰：「使賓賢病且死，而吾終不得識面，豈非生平一大缺事！」比相見，乃極歡，且選梓其詩以行，賓賢由是知名當世。鄧孝威慎墨堂筆記

吴嘉紀字賓賢，别號野人。幼負異姿，成童時，習舉子業，操觚立就，見地迥出人意表。無何，輒棄去，曰：「男兒自有成名事，奚必青紫爲！」自是遂專工爲詩，至今將三十年，絶口不談仕進。蓬門蒿徑，樂以忘饑。其爲詩，五七律並驅高、岑，至古體則直逼漢、魏。集中最著者七歌諸作，即起工部於今日，弗能易也。性不喜近軒冕，久之，聲聞籍甚。海内鉅公名流，咸樂與訂交，如龍眠、櫟下、宛陵、新城，以及潁州、郃陽諸君子，先後造訪馳函無虚日，以得識其人爲快。孝弟出於天性，交朋友，不以死生易慮。歙邑程琳，客死揚州；東淘王衷丹，窶死虎墩；二人皆無後，嘉紀不憚跋涉，爲經理其喪葬。其生平高誼多類此。所著有陋軒詩集，周櫟園爲梓以行世。最後分運汪公芾斯，復録其近稿。康熙重修中十場志。○案嘉慶東臺縣志，雍正、道光泰州志所紀與本傳同，兹從略。

吴野人嘉紀，字賓賢，泰州東淘里人也。東淘固産鹽地，人擁高貲，家不蓄書，間有書，輒以覆瓿，或以拭盆牢；而嘉紀獨好書，嘗擁書居陋軒。陋軒者，草屋一楹，環堵不蔽，與泠風涼月爲鄰，荒草寒烟爲伍，故人盡呼嘉紀曰「野人」，而野人因以自號焉。野人每晨起，即攤書枯坐，少頃，起立，徐步室中，忽操筆疾書，書已，輒細吟；吟已，或大聲誦；誦已，復操筆疾書。或竟日苦思，數吮毫不下。又善病咯血，血竭，鬚盡白，體稜稜骨立，終亦不廢；而塵封釜數日夕，勿問也。如是者終年歲。居人相與目笑之曰：「若何人者？若不煮素而固食澹者耶！」皆斥爲怪物，野人終弗顧。東淘蓋舊有鹾運分司使署，一使者至，詢左右：「此間有能文士否？」屬胥對曰：「某不識何者爲能文士也！第見破屋中，有手一編，終日向之絮語；忽作數十字，自以爲得意，或者其是乎？」使者急召之，不至；數召，數辟去。使者大駭曰：「此固賢者，烏可召？」乃造廬頓首請見，見輒大悦，以爲真能文士，固無出其右者。東淘人群駭之，以爲淡食者固可與鹾長吏揖耶！自是望野人若不及，漸有過其廬者，野人終閉户不納，竟老死陋軒。案此傳與周櫟園陋軒詩序中述龔野遺語文字多雷同，意留溪取材周序。外史氏曰：野人著陋軒詩一卷，字字如入冰雪窖中，讀之令人畏冷。嗚呼！野人固爲賢士也，而當日之分司使者，亦賢者也！今之吏，聞詩人隱士之名，莫不疾首痛心，斥爲

怪物，惟恐望見其顏色； 乃使者竟能造廬下士，非賢者不克至此也。陳鼎留溪外傳

徐州閻梅，字古古，嘗同吳野人過鄧尉山，遇崔兔牀於梅花下，相持大慟。時花開正燦，遊賞者雲集，皆陳殽核雜坐呼飲，聞三人哭極哀，俱色然而駭，挈榼散去。惟靈巖山樵徐枋低徊不退，久之，至前從容請問其故。乃曰：「吾輩生天地間，毫無補於世道人心，對此梅花，素心相感，是以悲耳！」枋識其高，遂留宿山中，豪吟七日夕而去。陳鼎留溪外傳三逸傳　○案閻古古白耷山人詩及年譜皆不載其事；考嘉紀生平似未嘗至鄧尉，留溪此傳，不知何據？

先生姓吳氏，名嘉紀，號野人，揚之東淘人也。四世祖顯卿，仕元爲提舉，至正間，歸隱安豐，遂家海上。七世祖汝寧，有奇行，能代兄罪死，家道式微。先生以前明萬曆戊午年生，幼而穎異，好讀書，不事生業，以故境愈窮而詩愈工。與杜于皇、方嵞山、孫豹人一時諸名士分執壇坫，殆有過之而無不及。然先生賦性孤介，不喜奔競。王文簡公任揚州推官，召號名流，大江左右攀龍附鳳之英，無不收名定價，争出公門。獨先生近隸宇下，不自投刺，一銜其技。後文簡於周司農座上得先生詩，恨相知之晚

也：「我官揚州三年，曾未知海陵有吴子。」嗚呼！先生之志，亦可以概見矣！乾隆丁亥年，余分司泰州，弔先生之墓，哀其詩而讀之，於七哀、祀母諸篇，見先生之篤天倫；於王太丹、吴雨臣哀辭，見先生之崇友誼；於淒風行、海潮嘆、臨場歌諸什，見其忠愛之悃，纏緜悱惻，居然小雅遺音矣。他若嘉孝婦之割肉，紀賢母之易書，劉昇以老僕而撫孤，張啓以小妻而守節，尤足以風勵綱常，宣揚郅治，爲守兹土者之所愛敬弗諼也。余姪廷炳官安豐大使時，訪先生之孫某，斂錢爲婚，以延先生之嗣。今年夏，儀之文學胡子正坊，崇古好學，捐貲復修其墓。舊有檢討汪舟次先生題名。胡子懼先生之行久而泯也，以余曾官其地，請記於余，余固樂道先生之善者也，因並揭其始末於阡云。東臺文徵張景宗吴野人先生墓碑記

吴嘉紀字賓賢，號野人。自題其居曰陋軒，故又號陋軒，泰州安豐場人。安豐場爲王心齋故里，多生偉人，野人其一也。野人生於貧家，自幼即好讀書，長而吟詠，蓋其天性不事舉業，安貧樂道，終日抱膝高吟於破屋中，以古人爲師範。門外鹽筴紛紜，富商大賈往來叢雜，塵芥視之蔑如也。所爲詩多自寫其性情，每憫窮竈之辛苦墊隘，其狀如繪，百世可以瞭然，少陵詩史不是過。五七言詩既追配古作者，而所爲今

樂府，尤能即事寫情，變化漢、魏，痛鬱朴遠，自成一家，蓋古之人，非今人也。不妄交遊，獨與汪方伯楫善。楫誦詩於周司農亮工，後有汪分司爲刊全集，名漸達於京師。周櫟園篤好之。王阮亭士禛云：「我官揚州三年，不知海陵有吳子，今乃從周司農知之。」其爲人之介可知。已行世詩，即名陋軒集。沈默發幽録

明吳嘉紀字賓賢，一字野人，泰州人，家州之安豐場。地濱海斥鹵，居人煮鹽爲業，性剽悍，喜鬬；遇凶歲，即起爲盜；平居無事，口吻憤怨輒殺人。嘉紀獨以温然儒者居其鄉，初事制舉業，明亡，遂棄去；閉門窮居，蓬蒿土室，名所居曰陋軒。終日把一卷，苦吟自娱。晚年善病，或并日一食，不以告人，里人不知也。近海多暴風疾雨，水湧數丈，廬舍窪汙，每歲水至，常及半扉，井竈盡塌，苦吟不輟。其爲詩，工爲嚴冷危苦之詞，所著今樂府，尤悽急幽奥；當時遁迹巖棲之作，鮮有過之者。所著有陋軒詩若干卷。明遺民録

吳嘉紀字賓賢，一字野人，家泰州東淘，爲濱海斥鹵之區，鄉人以魚鹽爲業，駔儈雜居，習尚凌競，野人一鶴孤騫，翛然雲表。名所居曰陋軒。蓽門圭竇，草萊不翦，旁

有野水虚明，凫鷗出没。日惟鍵户一編，吟嘯自若。即缾無儲粟，弗恤也。最工爲危苦嚴冷之詞，所撰今樂府，尤凄急幽奥，皆變通陳迹，自立一宗，近代巖栖之作，罕有過之者。性孤狷，不諧俗。獨與汪舟次、孫豹人數君子善。舟次嘗誦其詩於周櫟園司農所，司農大嘆賞，亟招之至城邑，而王阮亭先生爲之作序，聲名大起，凡四方名士，冠蓋來遊，與邦君牧伯之以建節剖符至者，罔不式廬恐後。阮亭先生嘗戲謂舟次曰：「好一箇冰冷底吴野人，被君輩弄得火熱。」又言其出游後，詩亦漸失本色，不終其爲魏野、楊朴。今取其集讀之，一卷冰雪文，澄敻獨絶。如蔡君謨品能仁院茶，如段田夫攜琴就松風澗響之間，如王摩詰夜登華子岡，輞水淪漣，與月上下，氣專容寂，初終一致，異於不能唱渭城者。且野人晚節，固大有聞於時，而篤行潛修，卒甘心窮餓以死，其品概何等。前説云云，先生蓋别有爲言之也。鄭方坤《陋軒詩鈔小傳》

吴野人名嘉紀，居泰州之東淘。其先世竈户也。有兄世其業，苦草場累日窮窘。野人授經里門，時時以所得金濟其兄，自食恒不給，而恬然安之。爲歌詩，刻意苦吟，不求聲譽。王貽上爲揚州推官，重其詩，延致之，于是一時知名之士，無不願交野人而恐不得矣。既死，友人裒其遺稿梓之，名《陋軒集》。吴德旋《初月樓聞見録》

吴嘉紀字賓賢，號野人，守來孫，一輔五子也。幼負異姿，成童時，習舉業，操觚立就，見地迴出人意表。州試第一，入國朝，輒棄去。曰：「男兒自有成名事，何必區區學舉業也？」自是專工爲詩，歷三十年，絶口不談仕進。隱居海濱，家貧，破屋數椽，不蔽風雨，蓬門蒿徑，樂以忘饑。顔其門曰陋軒，苦吟其中。久之，聲聞海内。鉅公名流，咸樂與交。爲兩淮鹽運使周亮工、揚州推官王士禛所知，再三强召，始肯一出，未幾辭歸。由是東南名士，先後造訪郵筒無虚日，争識其人以爲快。如三原孫枝蔚、郃陽王又旦、休寧汪楫、廣東屈大均、歙縣郝士儀、程琳等，屢造其門。有同里同隱者孝廉季來之，處士沈聃開、王言綸、王衷丹、王劍、周莊、程岫、周京等，得共談論，稱莫逆交，其他多不得而見也。先生崇孝弟，敦倫紀，交友無間死生。程琳死揚州，王衷丹死富安，二人皆無後。先生不憚跋涉，爲經理其喪葬，並以詩哭之，其高義多類此。康熙二十二年五月卒，年六十九，葬梁垛之開家舍。程岫、汪楫經理其葬事。岫囑其子曰：「吾死，當附葬於此。」後果如之。先生氣節文章，當時無輩。善書法，宗六朝碑。余曾見先生題袁右川像贊，鬱朴古勁，令人神逸。著有陋軒集行世。純廟讀「白頭竈户低草房」絶句詩，發國帑卹竈。同郡阮文達奏入國史館文苑列傳。袁承業王心齋弟子師承表季來之大來，號綺里。吴嘉紀賓賢，號野人，著有陋軒詩集。王大經有獨善堂文集。周莊元度，一字蝶園，有桴窩草、蝶園詩鈔，未刻。沈聃開亦季，有汲古堂詩。王言綸鴻賓，有棘人草，未刻。王衷丹太丹，著有朝尋集，未刻。今僅得詩十餘篇。王劍水心，鼎革後爲僧，名殘客。有逃禪集，未刻。傅瑜琢山，有雨軒集，未刻。徐發荪蓂階，有嶺雲集，未刻。周京洊吉，又字柳隱，有默庵詩，未刻。右諸子皆爲明儒，萃生於萬曆年間，同處東淘左右。國變後，隱居不仕，沈冥孤高，與沙鷗海鳥相出入。結社於淘上，所有懷抱，寄托詩文。其流風餘韻、德行文藝，三百年來，猶膾炙人口。袁承業擬刻東淘十一子姓氏○見國粹學報第八十一期。

附録六　諸家品題評論輯存

吾友十一人，君獨拔其類。邱壑見性情，苦吟多至醉。何以知詩工？取老不取媚。時而如空山，漫漫無可攀。時而如古木，亭亭氣自肅。時而如清流，澮澮入新秋。時而如怪石，冷冷輕烟積。復聞窮餓不關心，購詩弗惜床頭金。胸中日空闊，所以字字無近今。我好文，君好詩；文易令人老，詩能令人思。高人顏色如可借，我願從吟松樹下！周京閱賓賢社兄詩集因懷之

古人好爲詩，嘯歌抒性情；今人好爲詩，辛苦師嚶鳴。五字與七字，投刺恒相并；道路盛刓劂，卷帙争縱横。詩歌小道耳，所重在生平；丈夫能自立，豈必多友聲。吁嗟吴野人！東海掩□濱；賃舂寄人廡，著書羞時名。呼我爲知己，出詩令我

評。峻嶒冰雪骨，對之泠泠清；諷詠見哀怨，取舍無逢迎。但令不可朽，百篇亦已盈；不然徑尺書，何足爲重輕？汪楫悔齋詩選陋軒詩

吳野人詩格日長，其意便欲多毀却從前詩，弟謂却似不必也。譬如舂米，精粗不同，要之皆是米，粒粒從辛苦中得來，何忍棄之？若是稗子，則斷不可存耳！足下以爲何如？孫枝蔚溉堂文集與汪舟次書

野人詩腔板打定矣。只看得一二首，以作壽文無暇也，容細細讀之以復。黄心甫到青，推野人爲王、孟一流。僕向不喜此老，因其喜野人詩，遂大喜此老。青屬諸城縣有李生名澄中，字渭清，僕從衆中與之目成，亦如在揚之得野人。但渭清詩尚氣色，與野人兩路，却是尚氣色之佳者，故僕喜之。渭清讀僕爲野人序而墮淚，其人可知。故急急令足下知其姓字，足下亦當説與野人也。周亮工賴古堂集與汪舟次書

讀吳野人詩，想見此老彳亍東淘，空墻落日，攢眉索句，路人作鬼聲唧唧揶揄時。昔宋登春見謝榛詩，唾曰：「何乃津津諛貴丐活？」展此老詩竟卷，如入冰雪窖中，使

人冷畏。賴古堂尺牘新鈔吴介兹復汪舟次書

承惠野人詩，其澹遠處殆學陶而未至者。然下筆一路蕭疏，無半毫朝市烟火氣，真有野才。先生刻其詩而行之，豈胸中無野趣者所能耶？藏弆集黄國琦與周櫟園書

海濱有吴野人，苦吟追郊、島，櫟園每與舟次並稱，屬舟次至交。舟次之詩，切磋於友生者久矣！方拱乾山聞集序

吴嘉紀字野人，家泰州之安豐鹽場，地濱海，無交遊，而獨喜爲詩。其詩孤冷，亦自成一家。其友某，家江都，往來海上，因見其詩，稱之於周櫟園先生，招之來廣陵，遂與四方之士應酬倡和，聲氣浸廣，篇什亦浸繁，然而寒瘦本色自在。今陋軒集中佳者，故不減郊、島風格。或有謂其詩品稍落，不終其爲魏野、楊朴者，似非篤論也。王士禛分甘餘話

東淘詩太苦，總作斷腸聲；不是子鵑鳥，誰能知此情？哀猿相叫嘯，落月未分

明；夜夜同淒絕，教人白髮生！○江南與江北，秋總在君家。一片蕭條意，含陰作海霞。何須雲際雁，不必雨中花；已自堪腸絕，聲聲入暮笳。屈大均翁山詩外讀吴野人東淘集

余每謂今之爲詩者，管擊楮摩而成就者三家耳：新城之秀雅，翁山之雄偉，野人之真率。其他雲蒸霞蔚者，未嘗不盛，而丹候似猶未圓，猶不足主盟一代也。孔尚任題居易堂文集屈翁山詩集序後

錢湘靈嘗言：「自王于一死，而揚州無古文；自吴野人死，而揚州無詩。」張符驤閔賓連墓表

吾州之荒鄙而代有聞人。今即不遑遠引，如王心齋之理學，沈鳳岡之忠讜，華南畹之天官，吴陋軒之詩，黄童之弈，柳敬亭之説書，與俞公之制藝，皆卓卓名家，海内承學者未之或先也。張符驤俞其武詩序

泰州野人吳嘉紀，一生貧苦數何奇？我訪朱襄坐書室，偶於架上得其詩。詩中情思何淒絶？讀之細細生涼颸。調高句古人莫及，巉巖絶壁枯松枝。野人之面人不識，野人之詩世所奇。野人處世隱其身，謝世何能隱其辭？我爲付梓傳百世，當與李杜相追隨。與之同時不同遊，嗚呼此恨何能有已時？岳端玉池生稿題陋軒集

跌宕似杜，雋永似劉；野人即少陵之野老，陋軒即夢得之陋室乎？王爾綱名家詩永

樂府新題繼雅風，東淘苦語最能工。長城若墮文房壘，合讓堂堂杜水東。李必恒樗巢詩選論詩絶句

東淘吳野人，吟苦效郊島。崛起魚鹽中，海濱知者少。我行讀其集，奉持若瓌寶。鈔謄失寒燠，吟諷錯昏曉。長者或嗤予：「所見毋乃矯！性情貴和平，此亦太枯槁！」長跪謝長者，兹理本微渺。同嗜有殷生，名玉嶧，字樊桐，同里人，有能詩聲。可爲知者道！○大雅久不作，俗調何靡靡？蚓唱與蛙鳴，一倡而百隨。折楊悦里耳，白雪

和者希。嗟予沉溺久，既乃悟其非；譬彼失路子，中道始得歸。僞體應見裁，風雅良在兹；清詩近道要，少陵豈吾欺！李必恒樗巢詩選讀陋軒詩

陋軒詩最善説窮苦，惜其山水不多，接交不廣，華貴一無所有。所謂一家言，未可爲天下才也。鄭燮板橋集板橋自序

吴嘉紀字賓賢，更字野人，江南泰州布衣，著有陋軒詩。野人居泰州之安豐鹽場，瀕於海。刻苦成詩，人無知者。自周櫟園侍郎盛稱其詩，人争重之，由是陋軒之名，與諸家相埒。○漁洋詩以學問勝，運用典實，胸有鑪石，故多多益善而不見痕迹。陋軒詩以性情勝，不須典實，而胸無渣滓，故語語真樸而越見空靈，然終以無名位人。予持此論，而衆人不以爲然。然其詩具在，試平心易氣讀之，近人中有此孤懷高寄者否？沈德潛清詩别裁

偶然落筆並天真，前有寧人後野人；金石氣同薑桂氣，始知天壤兩遺民。洪亮吉更生齋詩論詩截句

悔齋先生與吴野人先生齊名。野人詩清而冷，悔齋則清而腴，所謂同工而異曲也。汪文著百尺梧桐閣遺稿序

汪舟次楫與郃陽王幼華、泰州吴野人、江都孫豹人、郝羽吉五人，皆以詩文相友善，屬戴倉作五子樽酒論文圖，各有題句。阮元廣陵詩事

泰州吴野人嘉紀，以陋軒名其詩。野人稱詩淮、揚間甚久，而廓功案魏衛字廓功。名不出白沙。陋軒朴勁有法，少生新之意；西陴詩鬱鬱古色，而阡陌町畦，不甚就界畫。若夫不事琱繢而品高，成其爲處士之詩則一也。廓公、野人皆産廣陵，其生時相知與否未可知；死而陋軒、西陴之詩并有錄本，雖隱約以歿世，可傲然而常存！先著西陴詩稿序

東淘有處士吴野人，窮居海濱，吟詠自適。與君按指戴勝徵。友善，常相與冥搜幽討於蓽門陋室、寒蘆野水間。其詩幽冷淒清，如蟬嘶雁唳，令人聞之，輿當秋之感也。程士械石桴詩鈔序

吴野人陋軒集，沈歸愚選入國朝詩別裁，朱竹垞則入明詩綜，猶昔宋書、南史各有陶靖節傳也。其詩字字入人心腑，殆天地元氣所結。予專選一百餘首，朝夕諷玩，以爲陶、杜之真衣鉢，猶恨竹垞、歸愚之不盡。人以其窮約而少之，指爲山林一派，豈知詩之根本者！潘南村意境相似，規模較狹，非其敵也。潘德輿養一齋詩話

吴野人，嘉紀。本泰州安豐場人。自分縣後，安豐籍隸東臺。野人著陋軒詩鈔十二卷。其歌行之妙，直逼老杜；餘詩亦如九秋唳鶴，三峽啼猿，布衣之中，罕有其匹。薄游郡城之日，與諸君詩篇倡和，未改耿介之行。而王貽上獨譏之曰：「一箇冰冷的吴野人，亦弄得火熱。」不知野人何開罪於貽上，而詆諆若是也。野人之詩集自在，人品亦自在，固無俟鄙人爲之昭雪而言之喋喋也。康發祥伯山詩話後集

吴野人布衣，沈歸愚別裁集小傳以爲詩筆刻苦，語語真樸，不得以名位少之。平心易氣讀其詩，試問近人有此孤懷高寄否？歸愚昔持此論，余亦深韙其言。集中名作，不能備舉。余最愛其玉鈎斜云云。白塔河云云。董嫗詩云云。落葉云云。新僕云云。仁人長者之言，橫見側出，一時隱逸，未之或先。康發祥伯山詩話後集

程孟陽嘉燧、吴非熊兆、邢孟貞昉三君詩自有可傳，然較之吴野人，竊恐不逮。而漁洋於程、吴、邢則譽之，於吴則譏之，於此知門户之見，詩人不免。余以爲布衣之詩，吴爲第一，匪獨重桑梓之誼，抑以見公道之不泯。如予言不信，則新安二布衣詩、石臼集、陋軒詩鈔俱在，取而觀之可也。康發祥伯山詩話後集

「瓜步江空微有樹，秣陵天遠不宜秋。」「烟中小市開晴翠，樹杪重泉帶雨聲。」此孟陽句也。「維舟登岸先尋寺，入境逢人即問山。」「游過山川常在夢，别來朋舊久無書。」此非熊句也。「桃花一夜飄還剩，燕子今年到故遲。」「城邊月出還聞角，水上雲來始見秋。」此孟貞句也。三君之詩，非不淵雅雋永，然老氣横九州，究不如陋軒之苦心孤詣也！康發祥伯山詩話後集

瀕海荒寒處，天風浩蕩來；不知詩意苦，但聽鶴聲哀。斥鹵盤清氣，乾坤老逸才。謝翺晞髮集，如見哭西臺。康發祥伯山詩鈔讀吴陋軒詩集

不傲公卿不苟同，閒閒自放海陵東。人當在野名偏著，陋可名軒學不窮。一老

荒涼蘆荻外，半生淒楚亂離中。浣花若使尋蹊徑，得列門墻是此翁。范崇簡題吳野人集後

一字一成淚，因悲季世身。産愁老後破，詩到亂離真。七子才應揜，三家學並純。如何陋軒後，來者絶無人？徐可讀吳野人陋軒集

野人先生詩，幽澹似陶，沈痛似杜，孤峭嚴冷似賈、孟。其至處恐漁洋亦不能到。漁洋當雪夜被酒，爲作詩序，翌明，馳急足寄野人，可謂神交吻合。後又論野人居廣陵，與四方之士交游倡和，漸失本色，兼爲讕語，頗傷忠厚。以余觀汪蛟門撰野人墓誌，稱其在周、王二公座中，布衣草履，低頭無言，終日不出一語；蓬户朱門，塵土軒冕，野人有焉，尚得謂之漸失本色乎？若夫交游倡和，詩人所有事，孤冷如野人，詎能廢此？漁洋乃欲并絶其交游倡和，是何説乎？夏荃退菴筆記

周侍郎櫟園有言：「國朝詩推寧人、野人二家。」野人姓吳，名嘉紀，江南泰州人，詩名陋軒集。寧人先生以經濟考證名天下，詩之工拙，姑無深論。余讀陋軒集，喜其

曠懷孤寄，静夜披讀，如對高僧，如聞異香。其哀羊裘爲孫八賦云云；新僕云云。野人落拓布衣，不事聲華，微侍郎，夫孰知菰蒲中大有人在耶？録二首以存梗概。陸鎣問花樓詩話

海陵吴野人，名所居曰陋軒，甘心窮餓，其吾廬詩云云。與吴鱗潭祭酒善，鱗潭官京師，夜夢野人索棉布十丈。詰朝，寄詩與布。野人得之曰：「神交哉！」報以詩。見金會公所爲吴祭酒傳。漁洋謂野人出游後，詩亦漸失本色。要其志節，固初終一轍也。楊鍾羲雪橋詩話○案金德嘉吴祭酒傳有云：「海陵吴野人，詩友也。官京師，夜夢野人索棉布十丈，詰朝，憶夢中語，寄以詩與布。野人得之曰：『神交哉！』報以詩。」

吴野人僻壤云云。水退後同戴岳子晚步因過季園時季秋九日云云。初冬云云。途中贈吴子遠云云。泊船觀音門云云。吴介兹謂讀野人詩，如入冰雪窖，使人冷畏。可謂確評。楊鍾羲雪橋詩話

海上吟詩到白頭，菱花滿地一沙鷗。一生不出東淘路，自有才名十五州。王苹讀

吴野人詩

字字流從肺腑真，乾坤清氣幾遺民？更生别具千秋眼，前數寧人後野人。郭曾炘匏廬詩存雜題國朝諸名家詩集後

陶杜而還有此詩，漁洋確士未真知。苦吟落得身貧賤，殘燼應關鬼護持。上座敝衣名士會，荒丘宿草故交悲。篝燈録罷重尋諷，益信潘翁不我欺。潘四農詩話，謂野人詩字字入人心腑，殆天地元氣所結。〇郭曾炘匏廬詩存鈔吴野人陋軒詩一册書後

野人精飲荈，秋士喜飲烟；赤貧皆至骨，獨此未能捐。一當鼎革際，一值太平年，生世迥不同，乃同一迍邅。昔聞野人名，遺書購乏緣。一瓻昨借得，愛玩忘食眠；晨書兼暝寫，密點復濃圈。遍覽並時作，幾無可差肩！篋中秋士集，舊得自吴船。雖然邊幅窘，愛其天真全；合鈔成一册，尚覺臭味聯。平生不解詩，安敢論前賢！顧於烟與荈，亦有癖嗜偏。兩君復愛菊，詠菊詩聯篇。東籬正敷英，把卷坐其前；金薰吹管馥，花乳浮甌圓。菊影畫四壁，秋聲詩一天。二語秋士原句。臨風時諷

誦，百慮爲之湔；可爲知者道，難與俗人宣。郭曾炘匏廬詩存鈔彭秋士詩與舊鈔野人集合裝成卷書後

陋軒古詩，序事得之史公，沈痛得之少陵；五七律俊爽，亦不失爲元遺山。明末詩家，可與孟貞按指邢昉。抗行。陳田明詩紀事

泰州吴野人詩，純是天籟，隨手拈來，都成妙諦。偶記其夜發云云。次韻答黄鳴六見懷云云。贈歌者云云。林昌彝海天琴思録

泰州吴嘉紀，字賓賢，號野人，居泰州安豐場。地濱海，斥鹵煮鹽爲業。家貧，豐年亦乏食。穎異，好讀書，以歌詩自娱。所爲詩，老辣嚴畏，有薑桂之氣，然出於天籟，不待作爲。近代詩家境界，如紅爐點雪者，吾於野人見之。讀其受侮詞，可爲窮士吐盡鬱濇之氣。詩曰：「此揶揄，彼睚眦，水上風來波浪生，鸞鷟無端集於枳。時俗計較苦不休，赤丸白刃争報讎。江海納水千萬里，就下那擇清濁流。山麋擁大角，隴羫擁小角；長者襟懷自坦夷，異類相逢任抵觸。」又送公調歸

白門云云。此詩非天籟乎？待王太丹云云。此詩肯著一字乎？相卿移居云云。此詩極見渾成，無斧鑿迹。又同鴻寶季康南梁重訪柴丈云云。秋懷云云。林昌彝海天琴思録

樂有天籟、地籟、人籟，詩亦有天籟、地籟、人籟。近代國初諸老詩，吴野人，天籟也；屈翁山、顧亭林，地籟也；吴梅村、王阮亭、朱竹垞，人籟也。此中精微之境，難爲不知者言也。林昌彝海天琴思録

本朝吴野人詩多辣，屈翁山多超，顧亭林多鬱，朱竹垞多雅。林昌彝海天琴思録

鍾嶸詩品論詩，以骨氣奇高爲詩品第一。余謂元代之藍山，近代之吴嘉紀其庶幾乎！然藍明之雄處多，吴野人淡處多。林昌彝海天琴思録

天留一遺老，詩酒將情陶；知音得櫟下，骨格何孤高？時移局屢變，終守冰霜操。胸中積傀儡，筆底含風騷。漁洋亦傾倒，舟次真同袍。陋軒集以外，金盡沙空

洶。施峻雲樵詩賸讀陋軒詩

曾見滄桑劇可哀，側身天地老奇才；貌枯直與秋巖並，詩冷如從雪窖來。幸有宗工傳此作大梁周櫟園先生曾刻其集。不知襟抱向誰開？陋軒風月依然好，消恨難憑酒一杯。施峻雲樵詩賸題陋軒詩後

翩然高舉謝華紳，竹杖芒鞵只守貧。禾黍悲歌千古淚，乾坤俯仰一吟身。浣花溪後添新史，種菊籬邊老逸民。試與婁東提並論，詞章節義屬何人？楊謙題吳陋軒詩

閱盡滄桑鍛鍊精，不求聞達重公卿。能傳陶杜真衣缽，自得風騷古性情。僻處海隅終卻掃，孤吟盛世竟知名。零珠斷璧珍希代，把卷公前一告成。費文虎讀吳陋軒詩書後

予推之案指杜于皇。與屈翁山、顧亭林、吳野人、彭仲謀並，殆五霸不足六耶！譚獻復堂日記

野人詩在玉川、東野之間。諸人序之，未有一言及者，但稱好好而已。然則野人終無知音也。王闓運湘綺樓日記

自明都傾覆，□□交侵，江、淮之間，□騎若織。史公以一旅之師，畫淮而守，軍孤糧竭，兵弱□强，戰而不克，以死繼之。土著士民，殞身湛族，而罹屠戮之慘者，以高孝纘、戴子蕃爲最烈。若夫惓懷故國，形之詩歌，所南心史之編，皋羽西臺之哭；則吴氏詩刊禁目，徐氏誅連宗親，文網之嚴，於今爲烈。讀揚州十日記、陋軒集諸書，而嘆吾郡受禍之烈矣。悲夫！劉光漢揚州前哲畫像記

丹徒趙彦修，字季梅，喜聚書，近數年間已散出。其收藏以明、清人著述爲多，蓋寒士無力購求古本者也。余前收其陋軒詩六卷，首頁批曰：「野人學杜學陶，幾於具體。其直率處，與陶尤近。余謂彭澤替人，二千餘年只有野人耳！」此語頗耐人思。昔洪北江論詩，以亭林、野人並稱；謂亭林有金石氣，野人有薑桂氣，實爲確論。野人以古體詩名天下；其近體淡而彌永，清初諸老中，亦別開生面。如贈方爾止云：「出郭北風吹敝裘，亭皋東望使人愁；隋宮緑酒離前飲，魯國青山老去遊。寒雁背群

飛夕照，霜砧何處搗殘秋？欲攀堤柳增惆悵，黄葉蕭蕭落馬頭。」内人生日云：「潦倒丘園二十秋，親炊藜藿慰余愁。絶無暇日臨青鏡，頻過凶年到白頭。海氣荒涼門有燕，谿光摇蕩屋如舟；不能沽酒持相祝，依舊歸來向爾謀。」賣書祀母云：「母没思今日，兒貧過昔時；人間無樂地，地下共長飢。白水當花薦，黄粱對雨炊。莫言書寡效，今已慰哀思。」學者賣書悲矣！賣而祀母，其悲可知。宜其言之痛也。神州舊主獨

樹齋見聞隨筆

附録七　同時諸家酬贈題詠輯存

與賓賢過虎墩訪曹僧白，同楊二集之、楊四倫表、沈亦季、家弟訒次集中弟爲憲齋中

王鴻寶

移此亦已久，慚余未到門。爲來尋白羽，僧白别字。相向坐黄昏。七子生海上，三更聚虎墩；貧中難得爾，敬共舉君樽。

賓賢招集，適符同玉與太丹叔至

王鴻寶

素士清溪啓陋軒，自宜處處與言言；一尊秩爾才當午，二客翩然忽入門。夙約亦難爲是集，新詩直欲可俱存。貧中晤語能如此，春日秋風豈可諼！

送吴野人歸海濱，兼柬徐次源　　汪楫

乙巳三春天不雨，五月六月雨不住，七月三日雨更奇，大風拔起園中樹。城郭只怕洪濤入，大野茫茫更何措？昨朝我過邵伯鎮，累累浮屍聚無數；應知白浪無所逃，自縛妻孥作一處。復聞泰州煎鹽場，萬人頃刻隨烟霧。海濱空有避潮墩，百丈狂瀾那得度？我友吴叟家安豐，却望城東淚如注；縱使敝廬依舊在，鄉里多應少親故。乞食吾甘栗里翁，授餐誰是淮陰嫗？吴叟吴叟勿復慮，君不見雪滿陋軒人肯顧，吴秀芝米郝髯布。憐才更有徐次源，淒涼窮海且歸去。

聞吴野人就館角斜却寄　　汪楫

老友不得意，擔簦走角斜。片氈初爲客，一歲幾還家？春去無青草，湖迴盡白沙。苦吟堪自慰，且勿怨天涯！

雨中吴野人至

汪　楫

不雨竟三月，吴陵先斷流；懸知凶歲至，又使老人憂。日暮聞清溜，門開見白頭；相逢且歡笑，兵革未全休。

陋軒詩爲吴野人賦

汪　楫

高士生窮海，結廬蘆葦前。人過元旦節，門閉甲申年。野水白浮月，瓦苔青接天。徒勞吴楚客，詩句競相傳。

宿陋軒留别野人

汪　楫

偶向清溪住，論交得野人。種花常自傲，對客恥言貧。只此鬚眉古，聊存天地真。悲歌千里共，揖别莫逡巡！

送陋叟

汪　楫

田田荷葉香，陋叟上歸航；垂老親妻子，安貧累藥囊。帆開如快馬，酒熟正端陽；歲歲悲佳節，明朝在故鄉。

懷吴野人

汪　楫

急遽掛滿帆，經旬少報緘。樵風隨短褐，海月照長鑱。運米河方竭，煎茶水定鹹；那堪正饑渴，乳燕共諵諵！

送吴五賓賢

汪　楫

霜林棲烏啼，蕪城天不曉；行子急道路，仰視參與昴。年年歸此時，芒履踏枯草；寒冰結髭鬚，朔氣令人老。歸家常苦遲，出門常苦早。子廉有賢妻，餔糜共亦好。

郊原結冰雪，日出光泠泠；萬物苦閉塞，只待春風生。君今已皓首，毋庸嘆飄零。在天亦有雲，在水亦有萍。丈夫惡饑寒，何以垂令名？飲水被鶉衣，高節誠可貞！

懷安豐吴野人

汪　楫

陋軒老子近何如？二百里天無尺書。拄杖青錢應罷數，勝簪白髮若爲梳？秋來穀賤誰舂米，雨過溪深合打魚。聞道孫生來卜宅，孫八豹人謀僦居東淘。分明比屋得長沮。

題五子樽酒論文圖

渭北王幼華來江東，與吴野人、孫豹人、郝羽吉、汪舟次交，命曰五友，繪圖以歸，分賦。

汪　楫

汪子無才負傲骨，尋常出門少親暱。僻壤相逢吴野人，風塵意氣膠投漆。野人之友亦落落，論詩共許孫與郝。幾處歌聲向一燈，吴陵新安與焦穫。焦穫自昔多名家，孫郎動向人前誇；眼中難見李叔則，户外忽來王幼華。王生結交殊不苟，屈指素心惟五友；預愁他日走長安，不似於今時聚首。西湖戴蒼能寫真，遊子不顧囊中貧；却將渭北江東意，圖成樽酒共論文。更有黄山江天際，畫水畫石多生氣；援筆添寫兩株松，百尺寒岡接蒼翠。裝來卷軸喜同看，皓首孫郎酒不乾，郝子撚鬚時欲笑，吴生抱膝動長嘆，汪子把卷苦抑鬱，王生惜别何辛酸！王生王生勸爾且盡尊前歡，明日徒從紙上觀！

題吴賓賢處士陋軒

孫枝蔚

幽徑小河通，海邊環堵宫。烹茶勤貯雨，種樹預愁風。鄰舍販鹽叟，往來驅犢童。莫笑英俊少，楚屈宅相同。

鸜鵒迎賓語，梅花應節香。陋軒陋何有？陋巷陋相當。掃地雙椶帚，堆書一草堂。是予曾卧處，月色更難忘。

坐久常多愧，誰知遠客心？結廬須近墓，求食便投林。浩浩江湖闊，悠悠歲月深。何時守故土？亦得學狂吟。

送吴賓賢歸東淘

孫枝蔚

茱萸灣畔夕陽微，回首高城雁正飛。遮莫清霜船外落，故人新贈布袍歸。賓賢有謝羅生贈棉布袍詩。

雨歇家家刈稻忙，柴門開處對漁航。教成鸜鵒能言語，先報東籬菊蕊黄。已過重陽溪最滿，大魚網得應躊躇。海風愁捲層茅去，老人於此坐讀書。

懷吴賓賢

孫枝蔚

重遊東海上，竊喜近吴生；十日不相見，秋風無限情。雨餘流水急，寺裏晚鐘鳴；爲有扁舟約，踟躕立古城。

過安豐鹽場作

孫枝蔚

我自攜琴東海濱，相逢半是賣鹽人；論詩近有吴生好，三十場中一隱淪。

過吴賓賢陋軒因題碾坊一絶

孫枝蔚

伯鸞不道賃舂苦，元亮偏因看菊忙；能兼二子惟吾友，菊在東籬稻在場。

問吴賓賢成二絶

孫枝蔚

相見酒盈壺，倉中有稻無？旱乾三十里，誰最念潛夫？
肺病今何似？君言病漸稀。茶烟出茅屋，但見彩雲飛。

客中苦熱寄懷吴賓賢

孫枝蔚

陰陽成萬物，雲如炭與銅；當其流爍時，誰頌造化功？遊子更堪哀，奔走忘西東。避暑豈無地，芭蕉映簾櫳。舍之來江南，揮汗糞埃中。朱門臭酒肉，席上無野翁。野翁詩數卷，氣與冰雪同；急歸且把讀，煮茶聽松風。先洗昏眵眼，徐開煩悶胸；何必崑崙頂，赤脚拄青筇！

爲吴賓賢題行路圖

孫枝蔚

瓶中米無幾，煩君出門去；妻子待君歸，同立垂釣處。似聞向維揚，嶺頭梅正香。借問往來人，或恐知其詳。答云遇一叟，行吟道路旁；似是林和靖，復類孟襄陽。梅花滿驢背，未可充飢腸。充腸雖不可，無花俗㸐我。只愁天氣暖，綻盡枝頭朵。

賓賢自號野人，舟次自號耻人，希韓戲予曰：君詩便可合刻，當名三人集。予笑而答之

孫枝蔚

盧仝馬異句相當，名字參差復不妨；得號三人誠忝竊，會稽曾説有三康。

賦得梅花，送吴賓賢歸東淘

孫枝蔚

玉樹映窗紗，幽人句每誇；織成機上素，曾比鬢邊花。影伴三更月，香傳一水涯；歸途劇煩惱，吹笛是誰家？

懷吴野人

孫枝蔚

寄書東海上，長怪報書遲。連夜夢全少，百年身各衰。寡歡嫌魯酒，多病想秦醫；準擬歸來日，朝朝不相離。

望隔墻冬青樹，有懷吴賓賢

孫枝蔚

冬青隔墻看，看罷增嘆息；無人知懷抱，但謂愛樹色。松竹不在眼，此樹復難即。嘆息謂固宜，聽之心益惻。故人卧海濱，守拙艱衣食；本是歲寒交，别來歲非一。冬青覆墻頭，舉首輒在側；與子各一方，爲鄰安可得？

寄吴賓賢

孫枝蔚

歲歲素心稀，日日朱顏毁。合密尚嫌疏，況隔千餘里。佳作看無繇，好音亦寂爾；寂爾自何時？兩見楊花起。豫章饒賈客，未曾絶行李；端坐自躊躇，不覺淚如水。求田問舍心，應爲高人鄙。學稼誡小人，謀食非得已！君貧如延之，誰繼王公子？勸君當治生，復恐輕啓齒。在陳有絃歌，先死曾不死。雖飢幸免寒，日暖陋軒裏。

雪中憶賓賢

孫枝蔚

故人有茶癖，不合生長海之涯；積雪寒如此，妻兒乞食向誰家？高賢受餓亦尋常，且復烹雪賞梅花。平生不識孟諫議，何人爲寄月團茶？

東淘吴賓賢，貧病工詩。汪舟次手録其近作相示，頗有同調之感。舟次且爲予言：賓賢近札，有夕陽殘照，於時寧幾之語。櫟下生痛賓賢或真死不及見矣，爲賦一詩，急令舟次寄示賓賢

周亮工

無意聞從汪舟次，把君詩卷淚交承。同調於今寧幾見？斯人當世未有稱。老病行藏一徑菊，亂離兒女滿床冰。頗恐傳聞真即死，新詩呼朋細細謄。

汪舟次每見予輒言賓賢不置，予既爲一詩寄賓賢，感舟次於賓賢纏綿怞切，復作此與舟次

周亮工

暮得一士朝相告，爾與吴生交有神。細寫新詩急示我，惟恐當世失此人。五字七字聞謦欬，清酒濁酒共咨詢。大笑國門多知己，媸媸亦解嫌其真。

吴賓賢爲予至，飲汪舟次齋中

周亮工

亂覺良朋贅，君來道路長。江風吹敝帽，海氣滿奚囊。酌酒心爲動，論文意轉傷。斜陽猶未落，及見老夫狂。

歌吹揚州地，寒梅不肯花。人憐關塞返，客嘆夕陽斜。垂老真相見，傳詩各有嗟。同君從世好，深夜醉琵琶。

聞君買藥至，似爲老夫來。遽啓殘詩篋，休停濁酒杯。蒙羞從世網，忍死待予回。莫便尋歸棹，寒花次第開。

吴賓賢力疾爲予至，至則病益甚，不能晨夕。賓賢既以病留邗上，予乃先歸

周亮工

力疾爲予至，依然見面疏。空江殘歲棹，遠夢野人廬。此地難爲客，何時更寄書？歧途頻握手，五十見君初。

答吴五賓賢

王又旦

古柏厲霜雪，蜒蜿百尺景。志士多苦懷，俯仰發深省。斯世重丹雘，吾道同斷梗。夫子奮獨往，觀書得要領。正始力可追，冥搜氣何猛？攘臂剸蛟鼉，無心逐黿黽；潛迹絶城市，結架傍鹵井。瀣氣野茫茫，天風樹冥冥。餔糜共萊娘，歌嘯存箕潁。依人計誠拙，適己興自迥；將學任公釣，從子泛漁艇。

次豐城得汪檢討書，知吴野人已卒，詩以哭之

王又旦

颶母盪迅飇，茫茫暗斥鹵。結交苦難合，夫子竟貧窶。藜羹寡一斟，力盡皋橋

廡。吁嗟王侯門，不易海陵土。平生獨往心，百夫挽强弩。唯餘五株梅，色映青苔古。淒涼五男兒，與梅守環堵。客子下南州，蘆叢聽柔艣；鳴雁有哀音，淚盡洪都府。

地暖君亦寒，歲豐君亦飢；耕作苦無地，西域寧有時？海日上柴門，清暉羅四垂。滌彼齋中硯，供此八口炊。五字追黄初，流播江之涯。長貧復何憾？造物若爾私。傷哉志士心，終埋蒿與藜。巋然三尺墓，高與狼山齊！

東吴處士賓賢

吴　周

日暮暑氣徂，柴門有餘清；遥遥沙際月，泛泛波中明。榆柳既垂陰，藻荇亦交横；莎雞出岸草，振羽如欲鳴。時移樂幽棲，多病懷友生；倉卒歧路别，浩蕩滄洲情。向老會面難，寸心何懸傾？愁坐東軒下，獨夜秋泉聲。

陋軒

吴　麐

伯鸞居廡下，元亮老籬邊；隱矣吴夫子，高風齊二賢。賃舂常作客，采菊始歸田。想見行吟處，溪流繞數椽。

贈吴賓賢

張　謙

朝暮多悲風，吹君海上屋；君當未衰時，早已謝榮辱。吟詩二十年，空齋苔蘚緑。賤子苦風塵，古道蒙相屬：君釣槎頭魚，我侶澗邊鹿。萬里歲寒心，相望慰幽獨。

贈汪舟次兼懷吴野人

陳維崧

旅舍愁無那，濃秋把汝詩。驛樓臨水處，涼月掛城時。更憶東淘客，吟成老淚垂。乾坤二子在，蕭瑟莫深悲。

答吴野人以詩見懷

喬雲漸

垂楊生水涯，春鳥鳴高枝；相望隔烟水，煩子縈遐思。曰予淡蕩人，爰寄招隱詩。研慮晚雲薄，擷藻朝霞披。蕉展青乍引，籜解緑初垂；有景不能肖，庶幾彷彿之。揣予慚酬答，工拙寡所施；繞樹行千匝，一日盡六時。昨夢過瀟湘，旋復上峨嵋；瀟湘飲小雨，峨嵋啖靈芝。恍然識浮生，勞勞胡喧卑？願言成把臂，吾道其在斯！

過陋軒　吴野人居。　喬雲漸

宛轉垂楊岸，柴門自一家；細流通曲澗，小圃隱疏花。風外眠吟榻，烟中老釣艖。終年忘盥櫛，不問鬢雙華。

陋軒爲吴賓賢賦　汪士裕

聞君棲隱處，蘆荻繞幽居。隙地留鋤菜，長竿學釣魚。秋風吹褐短，夜月到窗虚；寂寞無來客，窮愁好著書。

泛舟平山下，送吴賓賢歸東淘　汪士裕

何事陋軒叟，含愁對酒卮？無錢飄短髮，多病憶齊眉。白水青荷長，紅橋緑柳

垂；臨歧重分首，歸棹夕陽遲。

懷吴賓賢

汪士裕

東淘西岸是君家，溪水逶迤繞户斜；橋畔飛來鷺鷥鳥，庭前開遍蜀葵花。一春苦旱嗟無麥，五月連陰好試茶。我欲片帆相問訊，難憑雲樹隔天涯。

喜吴賓賢過訪

汪士裕

杜門成懶僻，偏喜故人來。夜静開茶竈，談濃罷酒杯。林風吹緑樹，城月下蒼苔；此地淹留慣，新詩逵曙裁。

寄懷吴賓賢

丁日乾

丘園有勁鞠，巖壑無卑枝。彼美綣中懷，秋月揚我眉。芒鞋悔識長安路，衣上沙塵落無數。自挽鹿車見君詩，欲行欲止始無誤。潦田無廪食無魚，四顧君如安樂廬。何日海鷗更相見？篋中應有虞卿書。

柬吴野人

王士禄

心知吴處士，未厭古人風。短褐逃塵外，柴門閉鹵中。露涼深警鶴，秋老急吟蟲。此際抽思好，新詩定不窮。

答吴野人見訪

錢陸燦

故人雲端墮，汪子與吴子；又偕一友來，海陵野人是。曰余夙所欽，拾衣不及履。掀髯見古貌，揮麈乃譚止。曩者讀叟詩，性情拓於紙。食淡鹽焰中，苦吟東淘市。竭來舊京洛，蒼然定交始。何處可論心？青蓮有遺址。

送吴野人、汪秋澗、舟次、吴仁趾還廣陵

錢陸燦

江船遽催發，兩足先感腓。昨意猶未決，今朝果成歸。去去各攜手，予留獨何依？百草炎中長，群卉芳日違。離人背孤□，原缺，疑是「帆」字。回翔鳥鳴悲。真州渺烟霧，柳下停斜暉。酒家繫漁船，早發無嫌遲。青燈話此夕，寄詩不我遺。

晒書檢出吴野人詩

錢陸燦

野人詩二册，食半蠹魚飛。巷口鹽烟漲，床頭稚子饑。苦寒因錬句，疏濬在忘機。揚州掃足迹，對此尚依依！

贈賓賢

汪懋麟

風吹疏雨來，瑟瑟梧桐響；獨坐把君詩，一室動秋爽。大雅久淪喪，遺音在草莽。君居窮海邊，海水執蒼漭；日月常昏黑，蛇龍自激盪。原野草木稀，白晝見魍魎。年來歲苦凶，何以慰俯仰？老弱甘凍餓，直道不肯枉；白首耽詩歌，孤懷在天壤。

過安豐訪賓賢陋軒不遇

汪懋麟

到此忽相憶，安豐老布衣。過橋逢野市，隔水問荆扉。鹽井孤烟起，魚罾落日微。可憐栖隱處，乞米不曾歸。

留別吴野人

錢肅圖

君家客安豐，予往鄭城隅，一水僅相越，人情千萬殊。昔年經安豐，風俗何夸腴！壯者賈齊楚，高閈吹笙竽。次亦競魚鹽，婦女垂秦珠。君胡行偏僻，辛苦事爲儒？清夜燈熒熒，白晝神癯癯。爲儒亦有得，金紫榮其軀。君胡慕柴桑，四壁日疏蕪？俯仰多古今，涕淚交衣襦。詩篇何嬌好，力足挽衰媮！讀書汪子園，户限不肯踰。多君謬推分，與我情相需。我今苦飄零，老眼何時娱？感兹遠行邁，含悽向前衢。丈夫慎末路，離别何時無！

吴野人、程雲家、孫豹人過松菊山房

汪士鋐

高興留佳客，新寒典一裘。談詩過夜半，聯榻話深秋。老至珍朋舊，心閒愛獻酬。明朝無斗酒，歸向室人謀。

送吴陋軒

王　雅

知己聯吟可判年，問君何事理歸鞭？應愁鸜鴿饑無米，約伴山僧種野田。

杪冬吴賓賢夜話

冷士嵋

江上逢君晚，蕭條歲暮陰。高齋對寒雨，剪燭共論心。香爐爐猶熱，尊空酒復斟。莫將容易别，今夜鼓瑶琴。

吴野人

冷士嵋

野人家貧，處東海之濱，屢遭昏墊，困於衣食，蕭然四壁，而清吟自若，不以間也。

抱病菰蘆四十秋，布衣終老海西頭。一生憤世難爲俗，八口無田莫自謀。只與酒瓢相白首，獨將吟卷付滄洲。七歌讀罷江天晚，何日偕登北固樓？

題陋軒

程岫

瀰瀰流水，海鷗飛下。蓽門不關，塵氛自寡。錦瑟朱絃，且鼓且吟；調高聲悲，風動寒林。黄金何爛，賤於魯連。居食不憂，遐哉子淵！渚鴻肅肅，哀鳴何急？羽翼雖微，爰求我匹。

訪吴野人

程岫

蕭艾不自榮，得近芝蘭芳。嗟我與夫子，中歲始徜徉。相思輒望遠，雞鳴樹蒼蒼。聚會每不樂，預憂别路長。晴雲雖可娱，臨風苦飄揚。扁舟還自楫，兩岸垂緑楊。

寄懷吴野人三首

程岫

庭樹冬發榮，折以遺所思。所思在何處？渺渺長河湄。我欲往從之，日暮舟楫稀。野風何蕭蕭，海月照我懷。躑躅步庭隅，仰視明星垂。萍蓬各無根，東西詎有期？冉冉歲云暮，冰雪道途長。鴻雁遠依依，辛苦謀稻粱。時向蘆葦栖，懶隨鷗鷺翔。寧知鷗與鷺，故渚得徜徉。逝將起雙翼，高舉還我鄉。鄉里隔雲山，江湖復渺茫。徘徊不能去，引領心自傷。刈薪無斧柯，多受荆棘欺，澗道既傾仄，狐狸高下馳。中懷暗無歡，戚戚歸巖扉。澄淵不肯濁，孤岫不可移；物情有如此，所貴惟自己。不見嚴霜降，草木同時衰。瞻彼青松樹，慰我平生思！

喜雨兼寄吴野人

程岫

曉雨隨風至，冥冥暗海西。蛙聲才出草，鴨掌已沾泥。巷僻聞人過，樽空看僕攜。明朝舟楫便，獨自泛江溪。廡下梁夫子，新苗盼遠疇。茆茨拚盡濕，杵臼復何憂？顧影勸醇酒，忘形親白鷗。菊叢看漸長，摵摵草堂秋。

雨中寄吴野人　二首

程岫

風雨送寒至，獨處懷百憂。遥思淘上翁，白髮披羊裘。杵臼寂無聲，鼯鼯繞舍遊。乞米焉得飽？開帙聊消愁。咫尺不相見，還如客他州。濁醪徒滿樽，何人共勸酬？

將歸只夢家，久客仍懷侶。去住意茫然，思欲尋君語。雪霜前路多，離索殘冬苦。三載共歡娱，百年同出處。别後應掩扉，何人立環堵？勸君更加餐，烟火難頻舉。相視囊俱空，殷勤亦奚補？

贈吴野人次來韻

姚潜

舊讀陋軒集，風騷賴爾存。兵戈星短鬢，塵海閉閒門。白雨城東寺，青楓江上村。邗濤秋正好，爲别各消魂！

喜吴野人至

田雯

甓社湖頭蓮葉津，輕鷗柔艣水粼粼；白髭拄杖斜陽下，知是詩人吴野人。

家野人以陋軒集見貽，賦詩奉答，兼送歸東淘

吴苑

東海有孤鴻，天際自翱翔；俯仰矜毛羽，不妄啄稻粱。高潔莫與並，白雲相頡頏。偶來棲竹西，竹木生秋光。

頭白陋軒中，操綆獨汲古；挹得萬斛泉，可濯人肺腑。結交十年餘，同心而異土。寄迹在菰茭，爲我入州府。何以叙契闊，詩歌慰風雨。

海濱歲大歉，君無儋石儲。長策惟閉户，可以讀異書。此來未盈旬，乃復歸舊廬。輕帆背夕陽，蘆葦正蕭疏。君歸且足慰，我留當何如？

登清涼臺同吴野人賦

汪洪度

極目向何處？狂歌登此臺。秋聲隨葉下，山色過江來。宫闕餘殘照，園陵盡草

萊。年年懷古意，今日倍生哀。

送吴野人先生歸東淘

汪洪度

庭前月落盡，熒熒燈燭光。不悟所□思，今夕共一堂。絲竹紛然陳，爲樂夜未央。座中奏别鶴，清琴何琅琅！聽者皆愉悦，我心獨徬徨。此日膠與漆，來日參與商。黄鵠思舊棲，北風戀枯桑；出郭東向望，海天雪茫茫！

寄懷吴野人

黄生

海濱有高士，素懷在樂饑；樂饑但高歌，金石聲其辭。自我歸山中，十載相與揆。偶讀新知詩，如瞻故人眉。芳蘭與芝草，臭味無參差。置卷望停雲，悠悠深我思。

贈汪舟次兼寄吴野人

曾傳燦

大儒惜口珠，群蟻慕羶肉。竊名因竊鈎，殺身苦不足。釀成盜賊區，甘受排墻戮。汪君獨愴懷，讀書破萬斛。倚柱二十年，雙趺猶在目。名動公卿間，柴荆滿華轂。槐阪企林宗，草屏羨元叔；直視如等夷，不以愧幽獨。于時有高士，寄居淮海曲；身不入州府，何從及榮辱？唯君能與游，素交久彌篤；唱和盈百篇，一一歸老樸。君爲揚扢之，裝潢連卷軸。吁嗟今之人，噂沓紛相逐！但食五侯鯖，安知貴菽粟？

贈吴野人

張紹良

東海有高士，著作無人京。語語發幽性，才思何縱横！海隅藏其迹，天下欽其名。我與君同里，澹然無俗情。願得偕隱遁，爲結烟霞盟。乾坤無可親，鹿豕相與行。世事莫復問，悠然此班荆。

哭吴野人先生

吴　寅

東海凶問至，竟夕雨瀟瀟。肺病何時劇？詩魂不可招。日暄新草木，月冷舊溪橋；今日鄰翁碾，還歌野叟謡？

過陋軒再哭

徐發英

七載追隨地，今來涕淚多。鄰雞翻菊圃，簷雀啄梅柯。日食蒼黄照，風聲衰颯過。不堪重佇立，户外湧寒波。

拜吴野人先生墓碑 在南梁道中。

徐發英

卓然碑獨立，名勒布衣香。海内存遺稿，墳前種野棠。生前頻旅食，葬死復離鄉。草際躊躇久，寒風動夕陽。

吴先生野人小影贊 有序

陸廷掄

先生予畏友也。文章氣節，當今無輩，不幸以夏五死。越數月，故人程雲家奉圖索贊，予爲嗚咽久之。圖作荻花一片，先生洎程離立范堤之最高處，若盱衡狀。予既悼吴，兼重程請，援筆作贊，亦識予之傾倒於先生者至矣！

蒹葭蒼蒼，離立高岡，欲去不去，躑躅相羊。天都程生，與君同德；跫跫距踦，何時暫析？暘谷在眼，若木無枝；長歌遠望，泣下沾衣。嗟彼東洵，無異培塿！松柏何來？亭亭直峙。前有心齋，後有吴子，歷年三百，與國終始。此以節鳴，彼以學植。借問來者：是一是二？

吴嘉紀年表

楊積慶

一六一八　明神宗萬曆四十六年戊午　一歲。

九月二十二日嘉紀生於東淘（一名安豐）。嘉紀字賓賢，號野人。祖鳳儀，字守來，號海居，泰州庠生。父一輔，生五子，嘉紀其第五也。

一六一九　萬曆四十七年己未　二歲。

吴雨臣生。楊敏芳生。

一六二〇　光宗泰昌元年庚申　三歲。

程守生。

孫枝蔚生。

一六二一　熹宗天啓元年辛酉　四歲。

一六二二　天啓二年壬戌　五歲。

　　喬雲漸生。黄生生。

一六二三　天啓三年癸亥　六歲。

一六二四　天啓四年甲子　七歲。

　　陳其年生。

一六二五　天啓五年乙丑　八歲。

一六二六　天啓六年丙寅　九歲。

　　魏衛生。

一六二七　天啓七年丁卯　十歲。

一六二八　思宗崇禎元年戊辰　十一歲。

一六二九　崇禎二年己巳　十二歲。

一六三〇　崇禎三年庚午　十三歲。

　　三月二十五日王西樵生。

一六三一　崇禎四年辛未　十四歲。

一六三二　崇禎五年壬申　十五歲。

郝羽吉生。汪士鋐生。

一六三三　崇禎六年癸酉　十六歲。

一六三四　崇禎七年甲戌　十七歲。

汪玠生。鄭旼生。汪鎬京生。閏六月二十八日王士禛生。

一六三五　崇禎八年乙亥　十八歲。

田雯生。文點生。

一六三六　崇禎九年丙子　十九歲。

王又旦生。汪楫生。

一六三七　崇禎十年丁丑　二十歲。

一六三八　崇禎十一年戊寅　二十一歲。

嘉紀是年婚。娶泰興王三重女，名睿，字智長。

案卷十二哭妻王氏詩，王氏卒於康熙二十二年癸亥。詩序有「歸余四十五年」之句，自癸亥逆數四十五年，當爲戊寅。

吴苑生。

一六三九　崇禎十二年己卯　二十二歲。

一六四〇　崇禎十三年庚辰　二十三歲。

汪懋麟生。

一六四一　崇禎十四年辛巳　二十四歲。

嘉紀次子瑶琴生。

案卷六辛亥孟夏二十八日三兄嘉經歸葬東淘有「次男名瑶琴，襁褓兄愛惜；衆謀立爲嗣，此支庶不歇。四歲離所生，命仰伯母活」等語。嘉紀三兄嘉經於甲申遭讎家所害，以瑶琴立嗣亦當爲是年，時瑶琴四歲，生當於辛巳。

一六四二　崇禎十五年壬午　二十五歲。

一六四三　崇禎十六年癸未　二十六歲。

一六四四　清世祖順治元年甲申　二十七歲。

福王立於江南，高傑兵縱掠揚州。

三兄嘉經爲讎家所害。

案卷六辛亥孟夏二十八日三兄嘉經歸葬東淘有「嗚呼甲申歲，兄禍生倉卒。

身飽强横手，命盡少壯日」之語。

一六四五　順治二年乙酉　二十八歲。

四月，清師下江南，揚州城破，史可法死之。

一六四六　順治三年丙戌　二十九歲。

汪洪度生。

一六四七　順治四年丁亥　三十歲。

汪洋度生。

一六四八　順治五年戊子　三十一歲。

孫枝蔚客安豐，爲嘉紀題陋軒。

一六四九　順治六年己丑　三十二歲。

是年大水，河堤決。

有與王鴻寶書，内有「淫雨滂沱，凶荒驅至」之語。

一六五〇　順治七年庚寅　三十三歲。

有庚寅除夕詩卷十三。

一六五一　順治八年辛卯　三十四歲。

有歲首書懷、入歲三日答吳雨臣卷十三等詩。

一六五二　順治九年壬辰　三十五歲。

孫枝蔚客富安場。是年苦旱。

吳雨臣解金趣行賈，嘉紀販薪糴麥於白駒場、清江浦等地。

案卷二哭吳雨臣有「壬辰歲云凶，盡室命如縷；君解囊中金，趣我出行賈。販薪白駒場，糴麥清江浦」云云。

有酬公調諸子見過不遇之作、題壁上畫菊、送公調歸白門、初八日雨中送公調、夢公調卷十三等詩。

一六五三　順治十年癸巳　三十六歲。

有寄吳公調詩卷一。

一六五四　順治十一年甲午　三十七歲。

曹僧白卒。

一六五五　順治十二年乙未　三十八歲。

冬，與王體仁、程琳仙盟會。

案卷十三哭王體仁有「猶憶乙未冬，同盟偕程郎。蕭寺對白水，歡期百年長」之語。

一六五六　順治十三年丙申　三十九歲。

歲暮，與吴周䟫揚州治程琳仙喪。

案卷四哭吴周詩，其三有云：「丙申赴友難，周也願相隨；冒雪攜裝出，租驢讓我騎」等語。汪楫悔齋詩有贈吴後莊詩，内云：「賓賢有友程琳仙，客死邗關無賻錢。老人淚枯不得赴，其時臘盡河冰堅。君乃奮臂扶驢韉，肩馱襆被手執鞭；冰霜着指指欲墮，三百里路相周旋。」即指丙申葬程琳仙事。

一六五七　順治十四年丁酉　四十歲。

九月四日吴雨臣四十初度，嘉紀作詩寄懷。

有九月四日懷吴雨臣卷十五、送人歸黄山卷一等詩。

有哭琳仙、丙申除夕卷十四等詩。

一六五八　順治十五年戊戌　四十一歲。

王又旦中進士。孫枝蔚遊泰州，在泰州度歲。

有答贈王幼華詩卷一。

一六五九　順治十六年己亥　四十二歲。

春，泰州饑，分司高勃勸賑。夏六月，鄭成功破瓜洲，入鎮江，沿場戒嚴。八月，洪水至，霪雨爲災，民田盡没。

九月十日，嘉紀始遇汪楫於東亭汪虛中齋中。

有汪虛中齋中喜晤汪舟次、送孫無言令弟象五遊汝南卷十五、淒風行卷一等詩。

一六六〇　順治十七年庚子　四十三歲。

王士禛任揚州推官。孫枝蔚遊東臺，泛舟西溪，又過安豐。

冬，嘉紀與郝羽吉遊攝山。羽吉寄贈宛陵棉布。

案汪楫悔齋詩壽郝羽吉三十有云：「相攜千里上棲霞。」「十日狂歌驚道路，一朝分手宛陵去。綈袍幾見憂故人，窮冬忽寄一束布。」「無端受贈方咨嗟，春來又寄敬亭茶。」汪詩作於辛丑冬，上棲霞、贈棉布，當在庚子。

有短歌爲豐溪吴節婦賦卷十三、六朝松卷十四、郝羽吉寄宛陵棉布卷一等詩。

一六六一　順治十八年辛丑　四十四歲。

夏，江都、如皋等地伐木造海船。七月十六日夜，海潮至，淹廬舍無數。周亮工獄事得解，南還至揚州。梁木天歸上唐。

冬，嘉紀應周亮工之招，至揚州，病甚。

有古意寄周元亮先生、訪周櫟園先生兼呈汪恥人、抵邗集汪恥人齋次韻答周元亮先生卷十五、爲木天題畫、送木天卷十四、江邊行、鄰翁行、風潮行卷一、答櫟下先生卷二等詩。

一六六二　聖祖康熙元年壬寅　四十五歲。

孫枝蔚徧遊東臺、安豐各場，過陋軒，爲題碾坊詩。

秋，嘉紀與孫枝蔚同舟赴揚州，七夕泊舟海陵城下。立冬前一日，與孫枝蔚、郝羽吉、吴麐泛舟至平山。

案孫枝蔚溉堂集有過吴賓賢陋軒因題碾坊一絶、七夕同賓賢泊舟海陵城下諸詩，均編入壬寅。

有題梁鴻賃舂圖、程烈婦詩、送孫無言之吴門、吴爾世四十贈以詩卷十五、題張良進履圖、題卓文君當壚圖卷一、難婦行、東家行卷二等詩。

一六六三　康熙二年癸卯　四十六歲。

周亮工任青州海防道。二月四日，汪玠舟覆皖江。王又旦自揚州歸秦。孫枝蔚遊金陵，一月始歸。春，嘉紀在揚州，郝羽吉庭前梅花不開，與孫枝蔚、汪楫作詩催之。

案溉堂集有郝羽吉庭前梅花不開與賓賢舟次作詩催之，編入癸卯。

有送孫八遊金陵、烈女詩、九月桃花卷十五、汪大生日卷一、得周僉憲青州書卷二、送王幼華歸秦、傅谿孤子行卷三等詩。

漸江卒。

一六六四　康熙三年甲辰　四十七歲。

八月，海潮上漲，凡六至，沿場廬舍漂溺。春，林茂之至廣陵，年八十五。孫枝蔚之屯留省其兄枝蕃，復遊句容。九月十日，吳雨臣覆舟皖江溺死。十月六日，程在湄卒。

嘉紀在揚州。春，與林茂之、錢肅圖、陳維崧、程邃、孫默等酬聚，詩酒倡和。秋，與汪楫泛舟至平山。重陽前別揚州東歸，九日抵家。

有贈汪生伯先生、哭程在湄、除日懷孫豹人卷十五、送吳仁趾卷一、一錢行、冶春絶句和王阮亭先生、客中七夕時與汪長玉别、送孫豹人、寄孫八豹人、哭吴雨臣卷二、送程翼士、姪女割股詩卷三等詩。

一六六五　康熙四年乙巳　四十八歲。

七月，颶風作，拔樹；海潮高數丈，漂没亭場廬舍及竈丁男女數萬人，凡三晝夜，風雨始息，草木咸枯死。王士禛司理揚州五年，内遷，諸詩老七夕送别禪智寺。

嘉紀在揚州。上巳，遊汪氏愛園，登見山樓。七夕，禪智寺送别王士禛。風潮後歸東淘。

有海潮嘆卷二、上巳集汪叔定季角見山樓、題亡友江天際畫、七夕送王阮亭先生、七夕同諸子集禪智寺碩公房再送王阮亭先生、葭園讌集、歸後贈菊、十月十九日贈王黄湄、送王季鴻之西泠卷三等詩。

一六六六　康熙五年丙午　四十九歲。

王又旦寒食後去揚遊豫章。汪楫下第後遊攝山。周亮工擢江南江安督糧道，八月還江寧。

嘉紀在揚州。寒食，與諸子宴集康山，送王又旦遊豫章。歲暮，與汪楫、吴麐同赴金陵，訪錢陸燦，遊清涼臺、燕子磯諸勝。

有康山宴集送王黄湄遊豫章、送汪二楫遊攝山、郝母詩、題程飛濤獨坐抱琴圖、題王西樵司勳桐陰讀書圖、歲暮送汪舟次遊匡廬、晚發白沙、渡揚子、送吴冠五還屯谿卷三、鳳凰臺訪錢湘靈贈詩二首、登清涼臺、登燕子磯、爲錢湘靈題潁川君絶筆二種後、栝園詩四首贈周雪客卷四等詩。

林茂之卒，年八十七。

一六六七　**康熙六年丁未　五十歲。**

四月，蝗蔽天，泰州分運汪芾斯購捕蝗，數日後盡死。汪懋麟中進士。八月十二日，楊敏芳五十初度，嘉紀贈以詩。季大來八月十五日卒，年七十五。

嘉紀在揚州，八月間偶歸東淘。

有曬書日作卷三、秣陵酒徒歌贈吴介兹、送吴仁趾、送王司勳四首、偶歸東淘茅屋寄楊蘭佩二首卷四、范公堤行呈汪芾斯先生卷五等詩。

一六六八　**康熙七年戊申　五十一歲。**

汪懋麟過安豐訪陋軒不遇。

案汪懋麟百尺梧桐閣集有過安豐訪賓賢陋軒不遇詩，編入戊申。

二月，嘉紀自揚州歸東淘，爲其子娶婦。

案溉堂集有吴野人歸東淘爲其子娶婦屢月不來江都戲寄此詩，詩編入戊申，首句有云：「江頭二月桃花紅，野人别我歸安豐。」

有吴仁趾復移家來廣陵卷三、答贈羊山先生二首、懷汪二、七月初六夜贈吴仁趾移居二首、九日冒雨登康山草堂寄汪舟次卷四等詩。

一六六九　康熙八年己酉　五十二歲。

方文、吴周卒。孫枝蔚遊潛江，王又旦時任潛江令。秋，汪懋麟赴京。

嘉紀是年秋在揚州，見山樓餞别汪懋麟，曾賦絶句贈之。

案汪懋麟百尺梧桐閣集有諸兄弟同友人攜酒餞余見山樓下聽妓度曲賓賢舟次家兄各賦絶句依韻率答二首，詩編入己酉。嘉紀所賦詩今集中未見。

有哭吴周卷四、挽方爾止、秋日懷孫八豹人六首卷五等詩。

一六七〇　康熙九年庚戌　五十三歲。

五月，淮揚大水。十二月，淮揚大雪，連陰三十餘日，嚴寒積冰，饑民數萬，屯住揚州四郊。

有流民船、題易書圖贈蘇母、題荷山草堂圖贈徐仲光卷五等詩。

一六七一　康熙十年辛亥　五十四歲。

春潦，六七月間復旱，瘟疫行，人多死。歲歉，米石價一兩八錢。

四月二十八日，嘉紀歸葬三兄嘉經於東淘。

歲暮，孫枝蔚雪中舟過姜堰，訪黃雲兄弟，宿秋佳館。

有辛亥孟夏二十八日三兄嘉經歸葬東淘、汪芾斯先生四十初度、歸里與胡右明二首卷六等詩。

一六七二　康熙十一年壬子　五十五歲。

春，周亮工渡江至揚州，諸詩老招集玉持堂。六月，周亮工卒於江寧。

案周亮工賴古堂集有壬子春正渡江汪長玉舟次招同程穆倩汪秋澗孫豹人吴野人冠五仁趾集玉持堂七律一首。

嘉紀是年春在揚州，同孫枝蔚遊方園，並與諸詩老集玉持堂。

案卷十一田綸霞先生見示方園雜詩次韻奉答八首，其七自注云：「壬子春，同孫豹人遊方園，時堂前牡丹發花一百枝。」

有德政詩五首爲泰州分司汪公賦、病中哭周櫟園先生卷六等詩。

一六七三　康熙十二年癸丑　五十六歲。

有贈汪長玉卷六。

七月二十二日王酉樵卒，年四十四。

一六七四　康熙十三年甲寅　五十七歲。

正月，汪汝蕃七十初度，嘉紀與孫枝蔚有題圖詩贈之。鄧漢儀在揚州選詩觀二集。三藩兵變，烽達沅湘，揚州震驚，士女奔竄。金鎮知揚州府，民心始定。

案百尺梧桐閣文集贈揚州知府金公序有云：「皇帝十三年春，滇、閩叛亂，東南震驚。揚人多惑易擾，譌言道聽，家室朋奔，城門夜開，填衢泣路。我公甫下車，不急不縱，既温且和，徐告吾民曰：『爾毋遽往，曷與歸來？盜伺於郊，寇在萬里。』於是聞者感泣，去者悉返，自夏徂秋，遂告無事。」

有題喬雲漸小像卷六、題圖詩十二首卷七等詩。

一六七五　康熙十四年乙卯　五十八歲。

金鎮遷江寧參憲。汪如江九十初度，嘉紀贈以詩。泰州分司汪芾斯丁艱歸錢塘。孫枝蔚遊豫章。

有贈郡伯金長真先生二首、贈汪觀瀾先生時九十初度、送分司汪芾斯先生歸錢塘卷七等詩。

一六七六　康熙十五年丙辰　五十九歲。

汪懋麟母憂服闋入京。王又旦徵拜給事中。汪觀瀾十二月五日卒，年九十一。

嘉紀長子大年十月病歿。

有汪扶晨自新安之吴門遇於竹西奉送四首、程節婦、送汪蛟門、送瑶兒卷七等詩。

一六七七　康熙十六年丁巳　六十歲。

汪楫任贛榆教諭。汪士裕任太湖教諭。孫枝蔚自南昌歸揚州。

嘉紀是年春由東淘至揚州。

有送汪左嚴之太湖教諭任、自淘上至竹西送汪舟次之贛榆教諭任、汪舟次別後詩二首、送汪三于鼎歸新安、八月十二日寄楊蘭佩、郡城未得一晤彭爰琴將歸東淘題其山中獨坐圖寄之卷八等詩。

一六七八 **康熙十七年戊午　六十一歲。**

五月二十八日，孫默卒於揚州，年六十六。秋，鄧漢儀、孫枝蔚應詔入都。

一六七九 **康熙十八年己未　六十二歲。**

汪楫、鄧漢儀、孫枝蔚等舉博學鴻詞。汪楫授翰林院檢討；鄧漢儀、孫枝蔚以年老授中書舍人，放歸。

有十月六日羅母初度詩六首卷二、送汪扶晨卷九等詩。

一六八〇 **康熙十九年庚申　六十三歲。**

秋，安豐場堤決，平地水高數尺。五月五日，黄周星投錢塘江死。六月，田雯督學江南。孫枝蔚在泰州。冬，郝羽吉卒。崔華任揚州知府。

嘉紀是年秋在東淘。七月十四日，東淘西堤決，水深三尺，嘉紀全家坐立波濤中，歷五晝夜。九月九日，與戴勝徵遊季園。

有送吴仁趾北上卷一、送程飛濤遊茅山、贈程隱菴、堤決詩卷九、呈四兄賓國、悲髯公、移菊復歸陋軒喜戴岳子過訪、水退後同戴岳子晚步因過季園時季秋九日、寄學憲田綸霞先生卷十等詩。

一六八一　康熙二十年辛酉　六十四歲。

嘉紀是年春在東淘。

有江都池烈女卷九、燕子巢陋軒十年矣今春余適在家值雙燕來内人顧之色喜乞余賦詩、雨中栽菊、李家孃、王解子夫婦、吴氏、嗟老翁、茶絶懷郝二卷十等詩。

一六八二　康熙二十一年壬戌　六十五歲。

四月，學使田雯卸事。汪楫册封琉球正使，出使琉球。張蔚生任泰州分司。吴苑中進士。

嘉紀是年春在揚州。

有訪田綸霞先生、贈趙雷文儀部、田綸霞先生見示方園雜詩次韻奉答、送汪悔齋使琉球、贈張蔚生先生、過郝乾行青葵園卷十一等詩。

一六八三　康熙二十二年癸亥　六十六歲。

三月，奉旨進貢揚子江鰣魚入京，沿途立竿懸燈，晝夜傳遞。孫枝蔚在武昌，依總督董衛國幕中。十二月，汪楫自琉球歸。汪生伯卒。

四月，嘉紀在泰州與陸廷掄定交。十一月一日，妻王氏卒。

鄭旼卒。

有贈陸懸圃、挽崔凌岳先生卷十一、題圖詩十首贈吴君仲述、打鰣魚、哭汪生伯先生、哭妻王氏、醉竹先生歌贈汪長玉卷十二等詩。

一六八四　康熙二十三年甲子　六十七歲。

五月，嘉紀卒，葬梁垛開家舍。

案嘉紀辭世年月，諸家紀載不一。汪懋麟吴處士墓誌云：「歿於國朝康熙甲子春三月。」陸廷掄江村詩序：「甲子秋，客廣陵，再遇雲家，則野人已前數月死矣。」又吴先生野人小影贊序（國粹學報第五十三期影印）云：「先生，予畏友也。文章氣節，當今無輩，不幸以夏五死。」袁承業王心齋弟子師承表云：「康熙二十二年五月卒，年六十九。」乾隆兩淮鹽法志及道光泰州志則皆作「年六十八卒」。兹從墓誌及江村詩序，「五月」姑從陸説。

吴嘉紀詩箋校徵引書目

嘉慶重修一統志　四部叢刊本
江南通志　乾隆元年丙辰刊本
畿輔通志　光緒十年刊本
陝西通志　康熙十三年刊本
兩淮鹽法志　陳時夏修　雍正六年官刊本
兩淮鹽法志　吉慶等輯　乾隆十三年官刊本
兩淮鹽法志　佶山等輯　同治九年揚州書局重刊本
重修中十場志　楊大經纂輯　影抄本
揚州府志　崔華修　張萬壽纂　康熙二十四年刊本

重修揚州府志　張世浣修　姚文田纂　嘉慶十五年重修本
江都縣志　李蘇修纂　康熙五十六年刊本
江都縣志　陸朝璣等纂修　雍正七年刊本
泰州志　褚世暄等纂修　雍正六年刊本
泰州志　陳道坦修　劉鈐纂　道光七年刊本
東臺縣志　周右纂修　嘉慶丁丑刊本
如皋縣志　鄭見龍修　周植纂　乾隆十五年刊本
如皋縣續志　范仕義修　道光十七年刊本
高郵州志　馮馨修　王念孫纂　嘉慶二十年增修本
寶應縣志　孟毓蘭修　成觀宣纂　道光庚子刊本
山陽縣志　金秉祚纂修　乾隆十三年刊本
贛榆縣志　王豫熙纂修　光緒十四年刊本
六合縣志　謝延庚修　賀廷壽纂　光緒十年刊本
興化縣志　梁國棣修　薛樹聲纂　咸豐壬子重修本
徽州府志　丁廷楗修　趙吉士纂　康熙三十八年萬青閣本

歙縣志　靳治荆修　吴苑纂　康熙二十九年刊本
歙縣志　張佩芳修　劉大櫆纂　乾隆三十六年刊本
歙縣志　石柱國修　許承堯纂　民國二十六年鉛印本
休寧縣志　廖騰煃修　汪晉徵纂　康熙三十二年刊本
寧國府志　魯銓修　洪亮吉纂　民國八年影印嘉慶本
太湖縣志　高壽恒修　民國十一年刊本
江寧府志　吕燕昭修　姚鼐纂　光緒六年重刊本
上元江寧合志　汪士鐸纂　同治甲戌刊本
句容縣志　曹襲先纂　光緒重刊本
丹徒縣志　貴中孚修　蔣宗海纂　嘉慶乙丑刊本
蘇州府志　習寯纂　乾隆十三年刊本
常昭合志　王錦修　言如泗纂　光緒戊戌重刊本
江陰縣志　季念詒纂　光緒四年刊本
杭州府志　鄭澐修　邵晉涵纂　乾隆四十九年刊本
潛江縣志　劉焕修　朱戴震纂　光緒五年刊本

盱眙縣志稿　王錫元纂修　光緒二十九年重刊本
讀史方輿紀要　顧祖禹　中華書局排印本
天下郡國利病書　顧炎武　四部叢刊本
黄山志定本　閔麟嗣編纂　康熙十八年刊本
黄山志續集　汪士鋐等纂　安徽叢書本
攝山志　陳毅纂　乾隆庚戌蘇州府署刊本
京口山水志　楊棨纂　道光二十七年刊本
揚州畫舫録　李斗　乾隆乙卯自然盦刊本
揚州鼓吹詞序　吴綺　揚州叢刻本
揚州足徵録　焦循輯　榕園叢書本
廣陵覽古　顧鑾　嘉慶研經室刊本
休寧碎事　徐卓輯　嘉慶十六年刊本
白下瑣言　甘熙　民國十五年江寧甘氏刊本
讀畫録　周亮工　讀畫齋叢書本
印人傳　周亮工　翠琅玕館叢書本

書影　周亮工　中華書局排印十卷本
今世説　王晫　原刊本
留溪外傳　陳鼎　康熙戊寅刊本
皇明遺民傳　朝鮮闕名撰　北京大學影印本
明遺民録　孫静庵編　民國元年新中華圖書館排印本
昭代名人尺牘小傳　吴修編　道光六年刊本
國朝名家詩鈔小傳　鄭方坤　寫刻本
國朝先正事略　李元度編　湖南刊本
國朝詩人徵略　張維屏　嘉慶己卯刊本
文獻徵存録　錢林輯　咸豐八年有嘉樹軒刊本
汪氏學行記　汪中　江都汪氏叢書本
王心齋弟子師承表　袁承業　東臺袁氏排印本
皖志列傳稿　金天翮纂　民國二十五年蘇州鉛印本
大清歷朝實録　實録館　影印本
天下名家詩觀初二三集　鄧孝威輯　康熙刊本

漁陽感舊集　王士禛選　康熙十三年寫刻本
篋衍集　陳維崧輯　康熙壬申寫刻本
皇清詩選　孫鋐選評　康熙戊辰刊本
盛朝詩選　顧施禎選輯　康熙二十八年心耕堂刊本
離憂集　陳瑚輯　峭帆樓叢書本
明詩綜　朱彝尊選輯　康熙乙酉刊本
明遺民詩　卓爾堪選輯　中華書局排印本
名家詩永　王爾綱評選　民國二十五年至德周氏影印本
清詩別裁　沈德潛纂評　國學基本叢書本
海虞詩苑　王應奎輯　乾隆己卯刊本
淮海英靈集　阮元輯　文選樓叢書本
國朝詩　吴翌鳳輯　新陽趙氏刊本
江蘇詩徵　王豫輯　道光元年焦山詩徵閣本
金陵詩徵　朱緒曾輯　光緒壬辰刊本
明詩紀事　陳田輯　萬有文庫本

崇川各家詩鈔彙存　王藻編輯　咸豐七年有嘉樹軒刊本
二南遺音　劉紹攽輯　同治癸酉刊本
國朝詩鐸　張應昌選輯　同治乙巳刊本
程氏所見詩鈔　程鴻緒纂輯　嘉慶丁卯刊本
先我集　陳文田輯　海陵叢刻本
續甬上耆舊詩　全祖望輯選　民國七年四明文獻社
衆香詞　徐敏樹等選　大東書局影印本
海陵文徵　夏荃輯　光緒癸未刊本
東臺文徵　袁承業輯　稿本
東臺詩徵　袁承業輯　稿本
海叟詩集　袁凱　宣統三年江西石印本
顧與治詩　顧與治　金陵叢書本
悔齋詩　汪楫　手稿本
悔齋集　汪楫　刊本
賴古堂集　周亮工　康熙乙卯刊本

尺牘新鈔　周亮工　賴古堂本
溉堂集　孫枝蔚　初刊本
黄湄詩選　王又旦　康熙辛酉刊本
艾陵詩文鈔　雷伯籲　康熙十六年莘樂草堂本
帶經堂全集　王士禛　七略書堂刊本
翁山詩外　屈大均　家刻本
疑庵詩　喬雲漸　順治刊本
湖海樓集　陳維崧　康熙己巳刊本
施愚山全集　施閏章　國學扶輪社石印本
適園詩鈔　汪士裕　嘉慶刊本
栗亭詩集　汪士鋐　康熙刊本
曝書亭集　朱彝尊　康熙戊子刊本
百尺梧桐閣集　汪懋麟　康熙刊本
古歡堂詩集　田雯　康熙五十二年田氏叢書本
調運齋集　錢陸燦　抄本

魏叔子文集　魏禧　易堂刊本
獨善堂文集　王大經　嘉慶丁丑刊本
緑雪堂詩略　夏九叙　康熙刊本
湛園未定稿　姜宸英　乾隆刊本
息廬詩　汪洪度　乾隆壬辰五世讀書園本
湖海集　孔尚任　古典文學出版社排印本
玉池生稿　岳端　康熙三十五年刊本
居業堂文集　王源　金陵劉文楷家刻本
江村詩　程岫　傳鈔本
江泠閣詩集　冷士嵋　道光庚申横山草堂刊本
樸學齋文稿　林佶　道光乙酉刊本
道古堂集　杭世駿　光緒戊子刊本
樗巢詩選　李必恒　嘉慶乙巳刊本
鄭板橋集　鄭燮　中華書局一九六二年排印本
洪北江全集　洪亮吉　授經堂重刊本

所宜軒詩　王敬之　高郵王氏小言叢書本
雲樵詩賸　施峻　刊本
鐵珊小草　費文彪　光緒六年刊本
匏廬詩存　郭曾炘　民國十六年刊本
居易録　王士禛　帶經草堂本
廣陵詩事　阮元　嘉慶辛酉刊本
柳南隨筆　王應奎　乾隆五年刊本
初月樓聞見録　吴德旋　道光三年刊本
養一齋詩話　潘德輿　道光十六年刊本
雪橋詩話　楊鍾羲　民國吴興劉氏校刊本
伯山詩話　康發祥　泰州康氏叢書本
問花樓詩話　陸鎣　陸氏傳家集本
硯桂緒録　林昌彝　同治丙寅刊本
海天琴思録　林昌彝輯　同治三年嶺南刊本
退庵筆記　夏荃　海陵叢刻本

復堂日記　譚獻　光緒庚辰刊本
湘綺樓日記　王闓運　民國十六年商務鉛印本
桑園讀書記　鄧之誠　三聯書店排印本
明清之際黨社運動考　謝國楨　商務史地小叢書本
海陵叢刻　韓國鈞輯　海陵韓氏鉛印本
南莊輯略　周應芹輯　民國九年排印本
國粹學報

龔自珍詩集編年校注	[清]龔自珍著	劉逸生、周錫䪖校注
水雲樓詩詞箋注	[清]蔣春霖著	劉勇剛箋注
人境廬詩草箋注	[清]黄遵憲著	錢仲聯箋注
嶺雲海日樓詩鈔	[清]丘逢甲著	丘鑄昌標點

龔鼎孳詞校注	[清]龔鼎孳著　孫克强、鄧妙慈校注
吴嘉紀詩箋校	[清]吴嘉紀著　楊積慶箋校
陳維崧集	[清]陳維崧著　陳振鵬標點 李學穎校補
屈大均詩詞編年校箋	[清]屈大均著　陳永正等校箋
秋笳集	[清]吴兆騫撰　麻守中校點
漁洋精華録集釋	[清]王士禛著 李毓芙、牟通、李茂肅整理
聊齋志異會校會注會評本	[清]蒲松齡著　張友鶴輯校
敬業堂詩集	[清]查慎行著　周劭標點
納蘭詞箋注	[清]納蘭性德著　張草紉箋注
方苞集	[清]方苞著　劉季高校點
樊榭山房集	[清]厲鶚著　[清]董兆熊注 陳九思標校
劉大櫆集	[清]劉大櫆著　吴孟復標點
儒林外史彙校彙評(增訂版)	[清]吴敬梓著　李漢秋輯校
小倉山房詩文集	[清]袁枚著　周本淳標校
忠雅堂集校箋	[清]蔣士銓著　邵海清校 李夢生箋
甌北集	[清]趙翼著　李學穎、曹光甫校點
惜抱軒詩文集	[清]姚鼐著　劉季高標校
兩當軒集	[清]黄景仁著　李國章校點
惲敬集	[清]惲敬著　萬陸、謝珊珊、林振岳標校　林振岳集評
茗柯文編	[清]張惠言著　黄立新校點
瓶水齋詩集	[清]舒位著　曹光甫點校
龔自珍全集	[清]龔自珍著　王佩諍校點

白蘇齋類集	[明]袁宗道著　錢伯城校點
袁宏道集箋校	[明]袁宏道著　錢伯城箋校
珂雪齋集	[明]袁中道著　錢伯城點校
喻世明言會校本	[明]馮夢龍編著　李金泉點校
警世通言會校本	[明]馮夢龍編著　李金泉點校
醒世恒言會校本	[明]馮夢龍編著　李金泉點校
隱秀軒集	[明]鍾惺著　李先耕、崔重慶標校
譚元春集	[明]譚元春著　陳杏珍標校
張岱詩文集(增訂本)	[明]張岱著　夏咸淳輯校
陳子龍詩集	[明]陳子龍著 施蟄存、馬祖熙標校
夏完淳集箋校(修訂本)	[明]夏完淳著　白堅箋校
牧齋初學集	[清]錢謙益著　[清]錢曾箋注 錢仲聯標校
牧齋有學集	[清]錢謙益著　[清]錢曾箋注 錢仲聯標校
牧齋雜著	[清]錢謙益著　[清]錢曾箋注 錢仲聯標校
牧齋初學集詩注彙校	[清]錢謙益著　[清]錢曾箋注 卿朝暉輯校
李玉戲曲集	[清]李玉著 陳古虞、陳多、馬聖貴點校
吴梅村全集	[清]吴偉業著　李學穎集評標校
歸莊集	[清]歸莊著
顧亭林詩集彙注	[清]顧炎武著　王蘧常輯注 吴丕績標校
安雅堂全集	[清]宋琬著　馬祖熙標校

放翁詞編年箋注(增訂本)	[宋]陸游著　夏承燾、吴熊和箋注 陶然訂補
渭南文集箋校	[宋]陸游著　朱迎平箋校
范石湖集	[宋]范成大撰　富壽蓀標校
范成大集校箋	[宋]范成大撰　吴企明校箋
于湖居士文集	[宋]張孝祥著　徐鵬校點
稼軒詞編年箋注(定本)	[宋]辛棄疾撰　鄧廣銘箋注
辛棄疾詞校箋	[宋]辛棄疾著　吴企明校箋
姜白石詞編年箋校	[宋]姜夔著　夏承燾箋校
後村詞箋注	[宋]劉克莊著　錢仲聯箋注
劉辰翁詞校注	[宋]劉辰翁著　吴企明校注
瀛奎律髓彙評	[元]方回選評　李慶甲集評校點
雁門集	[元]薩都拉著 殷孟倫、朱廣祁校點
揭傒斯全集	[元]揭傒斯著　李夢生標校
高青丘集	[明]高啓著　[清]金檀注 徐澄宇、沈北宗校點
唐寅集	[明]唐寅著　周道振、張月尊輯校
文徵明集(增訂本)	[明]文徵明著　周道振輯校
震川先生集	[明]歸有光著　周本淳校點
海浮山堂詞稿	[明]馮惟敏著 凌景埏、謝伯陽標校
滄溟先生集	[明]李攀龍著　包敬第標校
梁辰魚集	[明]梁辰魚著　吴書蔭編集校點
沈璟集	[明]沈璟著　徐朔方輯校
湯顯祖詩文集	[明]湯顯祖著　徐朔方箋校
湯顯祖戲曲集	[明]湯顯祖著　錢南揚校點

歐陽修詞校注	[宋]歐陽修著　胡可先、徐邁校注
蘇舜欽集	[宋]蘇舜欽著　沈文倬校點
嘉祐集箋注	[宋]蘇洵著　曾棗莊、金成禮箋注
王荆文公詩箋注(修訂版)	[宋]王安石著　[宋]李壁箋注　高克勤點校
王令集	[宋]王令著　沈文倬校點
蘇軾詩集合注	[宋]蘇軾著　[清]馮應榴注　黄任軻、朱懷春校點
東坡樂府箋	[宋]蘇軾著　[清]朱孝臧編年　龍榆生校箋
東坡詞傅幹注校證	[宋]蘇軾著　[宋]傅幹注　劉尚榮校證
欒城集	[宋]蘇轍著　曾棗莊、馬德富校點
山谷詩集注	[宋]黄庭堅著　[宋]任淵、史容、史季温注　黄寶華點校
山谷詩注續補	[宋]黄庭堅著　陳永正、何澤棠注
山谷詞校注	[宋]黄庭堅著　馬興榮、祝振玉校注
淮海集箋注(修訂本)	[宋]秦觀撰　徐培均箋注
淮海居士長短句箋注	[宋]秦觀著　徐培均箋注
清真集箋注	[宋]周邦彦著　羅忼烈箋注
石門文字禪校注	[宋]釋惠洪撰　周裕鍇校注
石林詞箋注	[宋]葉夢得著　蔣哲倫箋注
樵歌校注	[宋]朱敦儒著　鄧子勉校注
李清照集箋注(修訂本)	[宋]李清照著　徐培均箋注
吕本中詩集箋注	[宋]吕本中著　祝尚書箋注
陳與義集校箋	[宋]陳與義著　白敦仁校箋
蘆川詞箋注	[宋]張元幹著　曹濟平箋注
劍南詩稿校注	[宋]陸游著　錢仲聯校注

韓昌黎文集校注	[唐]韓愈著　馬其昶校注　馬茂元整理
劉禹錫集箋證	[唐]劉禹錫著　瞿蜕園箋證
白居易集箋校	[唐]白居易著　朱金城箋校
柳宗元詩箋釋	[唐]柳宗元著　王國安箋釋
柳河東集	[唐]柳宗元著　[宋]廖瑩中輯注
元稹集校注	[唐]元稹著　周相録校注
長江集新校	[唐]賈島著　李嘉言新校
張祜詩集校注	[唐]張祜著　尹占華校注
三家評注李長吉歌詩	[唐]李賀著　[清]王琦等評注　蔣凡校點
樊川文集	[唐]杜牧著　陳允吉校點
樊川詩集注	[唐]杜牧著　[清]馮集梧注
温飛卿詩集箋注	[唐]温庭筠著　[清]曾益等箋注
玉谿生詩集箋注	[唐]李商隱著　[清]馮浩箋注　蔣凡校點
樊南文集	[唐]李商隱著　[清]馮浩詳注　錢振倫、錢振常箋注
皮子文藪	[唐]皮日休著　蕭滌非、鄭慶篤整理
鄭谷詩集箋注	[唐]鄭谷著　嚴壽澂、黄明、趙昌平箋注
韋莊集箋注	[五代]韋莊著　聶安福箋注
李璟李煜詞校注	[南唐]李璟、李煜著　詹安泰校注
張先集編年校注	[宋]張先著　吴熊和、沈松勤校注
二晏詞箋注	[宋]晏殊、晏幾道著　張草紉箋注
樂章集校箋	[宋]柳永著　陶然、姚逸超校箋
梅堯臣集編年校注	[宋]梅堯臣著　朱東潤編年校注
歐陽修詩文集校箋	[宋]歐陽修著　洪本健校箋

蕭繹集校注	[南朝梁]蕭繹著　陳志平、熊清元校注
玉臺新咏彙校	吴冠文、談蓓芳、章培恒彙校
王績集會校	[唐]王績著　韓理洲校點
王梵志詩校注(增訂本)	[唐]王梵志著　項楚校注
盧照鄰集箋注	[唐]盧照鄰著　祝尚書箋注
駱臨海集箋注	[唐]駱賓王著　[清]陳熙晉箋注
王子安集注	[唐]王勃著　[清]蔣清翊注
陳子昂集(修訂本)	[唐]陳子昂撰　徐鵬校點
孟浩然詩集箋注(增訂本)	[唐]孟浩然著　佟培基箋注
王右丞集箋注	[唐]王維著　[清]趙殿成箋注
李白集校注	[唐]李白著　瞿蜕園、朱金城校注
高適集校注(修訂本)	[唐]高適著　孫欽善校注
杜詩趙次公先後解輯校	[唐]杜甫著　[宋]趙次公注　林繼中輯校
新刊校定集注杜詩	[唐]杜甫著　[宋]郭知達輯注　聶巧平點校
新定杜工部草堂詩箋斠證	[唐]杜甫著　[宋]魯訔編　[宋]蔡夢弼會箋　曾祥波新定斠證
杜詩鏡銓	[唐]杜甫著　[清]楊倫箋注
錢注杜詩	[唐]杜甫著　[清]錢謙益箋注
杜甫集校注	[唐]杜甫著　謝思煒校注
岑參集校注	[唐]岑參著　陳鐵民、侯忠義校注
戴叔倫詩集校注	[唐]戴叔倫著　蔣寅校注
韋應物集校注(增訂本)	[唐]韋應物著　陶敏、王友勝校注
權德輿詩文集	[唐]權德輿撰　郭廣偉校點
王建詩集校注	[唐]王建著　尹占華校注
韓昌黎詩繫年集釋	[唐]韓愈著　錢仲聯集釋

《中國古典文學叢書》已出書目

詩經今注	高亨注
楚辭集注	[宋]朱熹撰　黄靈庚點校
楚辭今注	湯炳正、李大明、李誠、熊良智注
司馬相如集校注	[漢]司馬相如著　金國永校注
揚雄集校注	[漢]揚雄著　張震澤校注
張衡詩文集校注	[漢]張衡著　張震澤校注
阮籍集	[魏]阮籍著　李志鈞等校點
陸機集校箋	[晉]陸機著　楊明校箋
陶淵明集校箋(修訂本)	[晉]陶潛著　龔斌校箋
世説新語箋疏(修訂本)	[南朝宋]劉義慶撰　余嘉錫箋疏　周祖謨等整理
世説新語校釋(增訂本)	[南朝宋]劉義慶撰　[南朝梁]劉孝標注　龔斌校釋
鮑參軍集注	[南朝宋]鮑照著　錢仲聯增補集説校
謝宣城集校注	[南朝齊]謝朓著　曹融南校注集説
江文通集校注	[南朝梁]江淹著　丁福林、楊勝朋校注
文心雕龍義證	[南朝梁]劉勰著　詹鍈義證
詩品集注(增訂本)	[梁]鍾嶸著　曹旭集注
文選	[梁]蕭統編　[唐]李善注